KNAUR

Im Knaur Taschenbuch Verlag sind bereits folgende Bücher der Autorin erschienen:

Die Wanderhure
Die Kastellanin
Das Vermächtnis der Wanderhure
Die Tochter der Wanderhure
Töchter der Sünde
Die List der Wanderhure

Die Rache der Wanderhure

Dezembersturm
Aprilgewitter
Juliregen

Das goldene Ufer
Der weiße Stern
Das wilde Land
Der rote Himmel

Die Wanderapothekerin

Die Goldhändlerin
Die Kastratin
Die Tatarin
Die Löwin
Die Pilgerin
Die Feuerbraut
Die Rose von Asturien
Die Ketzerbraut
Feuertochter
Die Fürstin
Die Rebellinnen
Flammen des Himmels

Die steinerne Schlange

Im Knaur HC ist erschienen:

Das Mädchen aus Apulien

Über die Autorin:
Hinter dem Namen Iny Lorentz verbirgt sich ein Münchner Autorenpaar, dessen erster historischer Roman »Die Kastratin« die Leser auf Anhieb begeisterte. Mit »Die Wanderhure« gelang ihnen der Durchbruch; der Roman erreichte ein Millionenpublikum. Seither folgt Bestseller auf Bestseller. Die Romane von Iny Lorentz wurden in zahlreiche Länder verkauft. Die Verfilmungen ihrer »Wanderhuren«-Romane und zuletzt der »Pilgerin« haben Millionen Fernsehzuschauer begeistert. Im Frühjahr 2014 bekam Iny Lorentz für ihre besonderen Verdienste im Bereich des historischen Romans den »Ehrenhomerpreis« verliehen. Die Bühnenfassung der »Wanderhure« in Bad Hersfeld hat im Sommer 2014 Tausende von Besuchern begeistert und war ein Riesenerfolg.
Besuchen Sie auch die Homepage der Autoren: www.inys-und-elmars-romane.de

INY LORENTZ

Die Liebe der Wanderapothekerin

ROMAN

Besuchen Sie uns im Internet:
www.knaur.de

Vollständige Taschenbuchausgabe Juli 2017
Knaur Taschenbuch
© 2017 Knaur Verlag
Ein Imprint der Verlagsgruppe
Droemer Knaur GmbH & Co. KG, München
Alle Rechte vorbehalten. Das Werk darf – auch teilweise –
nur mit Genehmigung des Verlags wiedergegeben werden.
Redaktion: Regine Weisbrod
Covergestaltung: ZERO Werbeagentur, München
Coverabbildung: FinePic®, München; FinePic®, München / shutterstock
Satz: Adobe InDesign im Verlag
Druck und Bindung: CPI books GmbH, Leck
ISBN 978-3-426-51835-9

2 4 5 3 1

Prolog

1.

Im hintersten Winkel der Gaststube saß ein junger Mann vor einem Becher mit dünnem Bier und einem Napf, der Rübeneintopf enthielt. Auf seinem Tisch knisterte eine dünne Talgkerze, der man kleingeriebene Kräuterstücke beigemischt hatte, um ihren stechenden Geruch zu mildern. Ein paar Tische weiter vorne hingegen brannten echte Wachskerzen und verbreiteten ein warmes Licht, in dem die dort sitzenden Gäste deutlich zu erkennen waren, reiche Kaufleute, die nicht mit jedem Pfennig knausern mussten wie der junge Mann in der Ecke. Eben brachte der Wirt den Händlern einen großen Krug Wein und füllte ihre Gläser. Eine junge Magd servierte ein Tablett mit einem Berg gebratener Schweinerippen und knickste so ehrerbietig, als hätte sie Leute von Stand vor sich.

»Die Welt ist ungerecht«, murmelte der junge Mann und aß einen weiteren Löffel seines Rübeneintopfs. Nach Aussage des Wirtsknechts, der ihm den Napf hingestellt hatte, sollten Fleischstücke darin sein, doch bisher hatte er noch keines entdeckt.

Seufzend trank er einen Schluck Bier. Es schmeckte schal. Neiderfüllt blickte er erneut zu den Männern hinüber, die sich

· 5 ·

Wein leisten konnten, und hätte seinem Ärger über die Ungerechtigkeit der Welt am liebsten lauthals Luft gemacht. Doch einer wie er hatte das Maul zu halten und seinen Hut zu ziehen, wenn jemand wie die dort des Weges kamen.

»He, Wirtschaft! Ein frisches Bier«, rief er.

Der Wirt und die Magd schauten nicht einmal zu ihm her. Nur der Knecht wandte kurz den Kopf. »Kriegst gleich eins!«, rief er, bediente aber eine Gruppe neu eingetroffener Gäste.

Während der Ärger des jungen Mannes stieg, verdunkelte ein Schatten das aus handtellergroßen Butzenscheiben bestehende Fenster an seinem Tisch. Er blickte hinaus, sah aber nur noch, dass sich jemand abwandte und weiterging. Augenblicke später wurde die Tür geöffnet, und ein weiterer Gast trat ein. Es handelte sich um einen untersetzten Mann Mitte dreißig, der mit Kniehosen aus festem Tuch und einem bis zu den Waden reichenden Rock bekleidet war. An den Füßen trug er derbe Schuhe und auf dem Kopf einen Schlapphut. Dazu hatte er einen großen Tragkorb geschultert. Er sah sich um, wich dem Tisch mit den Kaufleuten aus und kam auf den jungen Mann zu.

»Wenn das nicht Armin Gögel ist! Welch ein Zufall! So trifft man sich wieder.« Lachend stellte er seine Kiepe neben das Traggestell des jungen Mannes und setzte sich zu ihm.

»Na, schon kräftig beim Futtern?«, fragte er gutgelaunt.

Armin verzog das Gesicht. »Rübeneintopf – und zwar der schlechteste, den ich bisher auf meiner Strecke vorgesetzt bekommen habe.«

»Danke für die Warnung, da werde ich mir wohl besser etwas anderes bestellen. He, Wirtschaft! Ist es bei euch Sitte, frisch eingetroffene Gäste verhungern und verdursten zu lassen?«

Auf diesen Ruf hin kam der Wirtsknecht an den Tisch. »Was willst du?«, fragte er unfreundlich.

»Schweinerippen, wie die Herren sie dort essen, und einen Krug Wein.«

Da der Gast ein teures Essen bestellte, wurde die Miene des Knechts auf einmal freundlich. »Aber selbstverständlich, der Herr! Darf es Wein aus Sachsen sein, oder besteht der Herr auf Rheinwein?«

»Vom Rhein!«, antwortete Armins Tischnachbar und lehnte sich gemütlich zurück.

»Bei Gott, Rudi, du musst gute Geschäfte gemacht haben!«, rief Armin neidisch.

»Wie sich's halt ergibt! Ins Himmelreich mitnehmen kann man's nicht, und ehe ich es zu Hause dem Steuereintreiber überlasse, gönne ich mir unterwegs eine Kleinigkeit.« Der Mann zog eine Tonpfeife hervor, stopfte sie und zündete sie an der Talgkerze an.

»Weißt du, Armin, ein Weib habe ich nicht mehr. Ist mir vor vier Jahren gestorben, ebenso mein Sohn. Da frage ich mich: Wieso soll ich für andere sparen, wenn ich das Geld ebenso gut für mich ausgeben kann?«, erklärte er und blies Rauchringe gegen die bemalte Holzdecke.

»Du hast es gut!«, seufzte Armin. »Ich hingegen schufte mich ab, bis mir die Schwarte kracht, damit der Herr Laborant noch reicher wird. Es ist eine Ungerechtigkeit, sage ich dir. Rumold Just und sein Sohn sitzen feist und fett in Königsee und zählen ihre Taler, während ich bei einer Hitze, die einem schier das Mark aus den Knochen brennt, oder bei Kälte und Regen durchs Land stapfe und ihre Erzeugnisse an den Mann zu bringen versuche. Selbst die Destillateure haben es besser. Die haben ein Dach über dem Kopf, mischen die Arzneien und kehren am Abend zu Weib und Kind zurück. Ein Buckelapotheker wie ich sieht seine Familie monatelang nicht und besitzt nicht einmal genug Geld, um unterwegs eine Hure stoßen zu können.«

»Sag bloß, du zahlst für ein Weibsstück?«, fragte Rudi lachend.

»Armin, dafür sind die Mägde auf den Bauernhöfen da, in denen unsereins übernachtet, und manchmal auch die Bäuerin selbst. Ein junger Bursche wie du hat doch wohl einen strammen Riemen, mit dem er jedes Weib zufriedenstellen kann.«

»Gelegentlich rafft die eine oder andere Magd den Rock. Aber die meisten sind hässlich wie die Sünde und tun's nur, weil ihnen kein anderer Mann zwischen die Schenkel fährt«, antwortete Armin.

Da der Wirtsknecht gerade den Wein und die gebratenen Schweinerippen brachte, erstarb das Gespräch. Armins Gegenüber trank einen kräftigen Schluck und riss sich dann mehrere Rippen ab. Der Duft des saftigen Bratens ließ Armin das Wasser im Mund zusammenlaufen. Rudi entging das nicht, und er wies mit der fettigen Hand auf das Tablett mit den restlichen Rippenstücken. »Bedien dich! Ist genug da.«

»Wirklich?« Armin wollte es zunächst nicht glauben, griff aber auf eine bejahende Geste des anderen hin zu.

»Das schmeckt schon anders als der Rübeneintopf«, sagte er mit vollem Mund.

»Das will ich meinen!« Rudi lachte, sah dann, dass Armins Becher leer war, und goss ihn mit Wein voll. »Der Tag ist schön, und wer weiß, wann wir uns wiedersehen. Morgen muss ich westwärts wandern, während dein Weg, wie du gestern sagtest, weiter nach Norden führt.«

»Ich hatte angenommen, du hättest schon heute Morgen den anderen Weg eingeschlagen«, antwortete Armin.

Rudi schüttelte verwundert den Kopf. »Da hast du mich falsch verstanden, mein Guter. Ich sagte, dass ich nicht weiß, welche Straße ich wählen soll, und habe mich entschieden, die zu nehmen, die von hier zu meinem Ziel führt. Allerdings gebe ich zu, dass ich nichts dagegen hatte, dich hier zu treffen. Es war ein angenehmes Gespräch gestern, und das wollte ich gerne fortsetzen.«

Armin zog den Kopf ein, denn am Vorabend hatte er heftig über den Laboranten Rumold Just hergezogen, in dessen Auftrag er als Wanderapotheker unterwegs war. Dann aber kam ihm die Kiste mit Arzneien in den Sinn, die er an diesem Ort übernehmen sollte, und er verzog das Gesicht.

»Ist doch wahr«, murrte er. »Der Herr Laborant hat gut reden, aber ausbaden müssen wir seine Entscheidungen. Verkaufen wir nicht genug, verdienen wir nichts, müssen aber Just alle Essenzen und Salben bezahlen. Er hat immer sein Auskommen, während wir …« Armin brach ab und wies zum Stall hinüber. »An solch kalten, zugigen Orten verbringe ich die meisten Nächte des Jahres! In früheren Zeiten sind die Buckelapotheker mit ihrem Reff von daheim aufgebrochen, und als es leer war, sind sie wieder nach Hause zurückgekehrt. Jetzt aber schicken die Herren Laboranten ihre Arzneien mit Fuhrwerken und Postkutschen voraus, so dass wir einen doppelt so weiten Weg zurücklegen müssen und unser Zuhause kaum mehr zu Gesicht bekommen. Hier in der Poststation wartet die gesamte Füllung eines Reffs auf mich. Dabei habe ich erst gut zwei Drittel der Waren verkauft, mit denen ich von Königsee aufgebrochen bin. Zurücklassen darf ich jedoch nichts, und so wird mein Reff morgen noch weitaus schwerer sein.«

»Bist doch ein strammer Bursche, Mann! So einer wie du trägt das leicht«, warf Rudi ein.

In Armins Gesicht zuckte es. »Du würdest anders reden, wenn du statt deines Korbes mein Reff tragen müsstest!« Nachdenklich musterte er die Kiepe des Mannes. »Womit handelst du eigentlich? Ich habe das gestern nicht mitbekommen.«

»Oh, mal mit diesem, mal mit jenem, wie es sich gerade ergibt«, antwortete Rudi ausweichend. »Aber trink ruhig! Der

Weinkrug ist noch halbvoll, und ich will nichts für den Wirt übrig lassen.«

»Wäre schade drum«, fand Armin und schob ihm den Becher hin, damit Rudi einschenken konnte.

2.

Auch wenn der Kiepenhändler sich gebratene Schweinerippen und Wein geleistet hatte, so war er bei der Übernachtung recht sparsam und wählte dieselbe Kammer neben dem Stall, in der auch Armin untergekommen war. Dort stellte er seine Kiepe erneut neben dessen Reff ab und sah zu, wie der junge Buckelapotheker im Schein einer Stalllaterne den Inhalt einer Kiste auspackte und die Flaschen und Schachteln mit viel Ausprobieren und Umpacken auf seinem Traggestell unterbrachte.

»Sind das wirklich alles Arzneien?«, fragte der Mann, der sich als Rudi vorgestellt hatte, nach einer Weile.

Armin nickte. »Allerdings! Und es sind die besten der Welt! Einige Buckelapotheker schleppen sie sogar bis nach Amsterdam. Die verdienen dabei gut, während unsereins durch die Kuhdörfer tingeln und zusehen muss, wo er bleibt. Und als wäre das noch nicht schlimm genug, muss man sich auch noch mit betrügerischen Heilmittelhändlern herumärgern, die ohne Erlaubnis des Landesherrn umherwandern und schlechte Ware so billig verkaufen, dass die Leute von mir nichts mehr nehmen.«

Da Armin seinen Gesprächspartner bei diesen Worten nicht anschaute, sondern sein Reff füllte, entging ihm, wie dessen Gesicht sich hasserfüllt verzerrte. Rudi hatte sich aber rasch wieder in der Gewalt und lachte. »Diese Leute wollen auch leben!«

»Aber nicht auf meine Kosten!«, rief Armin empört. »Immerhin musste der Laborant gute Taler für das Privileg bezahlen, mit dem ich als Buckelapotheker seine Arzneien auf dieser Strecke verkaufen darf. Andere haben nicht das Recht dazu.«

»Recht muss man auch durchsetzen können!« Diesmal klang Rudi spöttisch, doch Armin achtete nicht darauf.

»In den Städten, in denen gleich Richter und Büttel bei der Hand sind, kann man diese Schurken fangen, doch in den verstreuten Dörfern und einsamen Höfen haben zumeist die Grundherren das Sagen, und deren Macht reicht nicht weiter als bis zu ihrem Grenzpfahl. Einen dieser vermaledeiten Kerle dort zu erwischen, ist fast unmöglich.«

Armin hatte sich in Rage geredet und drohte allen, die seinen Verdienst schmälern könnten, mit der Faust.

Da hielt ihm der Kiepenhändler einen noch fast vollen Krug Wein hin. »Hier, den habe ich mir als Schlummertrunk reichen lassen. Spül damit deinen Ärger hinab und sage dir, dass morgen ein neuer Tag ist, an dem du gut verdienen wirst.«

»Schön wär's!«, antwortete Armin, nahm den Krug und trank mangels eines Trinkgefäßes direkt daraus.

»Nimm einen guten Zug!«, forderte Rudi ihn auf, schob den schlichten Strohsack in dem primitiven Bettgestell zurecht und legte seinen Mantel über die fadenscheinige Decke.

Armin trank, soviel er konnte, und reichte den Krug zurück. »Das hat gutgetan.«

»So soll es sein!« Der Kiepenhändler setzte nun ebenfalls den Krug an, hielt sich aber beim Trinken zurück und ließ den jungen Mann nicht aus den Augen.

Da Armin nur ein, zwei Becher leichten Bieres am Abend gewohnt war, spürte er rasch die Wirkung des Weines und stolperte über die eigenen Füße, als er sich seinem Lager zuwandte.

Der Kiepenhändler fing ihn gerade noch auf. »Hoppla, nicht so übermütig, mein Freund!«

»Schon gut, Rudi!« Armin spürte eine wohltuende Müdigkeit und entledigte sich seines Rocks und seiner Weste. Bei den
Schuhen hatte er mehr Mühe, und als er die Hose ausziehen
wollte, kam er aus dem Gleichgewicht und plumpste auf sein
Lager. Das Holz krachte zwar, blieb aber heil.

»Hast Glück gehabt!«, spottete Rudi. »Der Wirt hätte dich
sonst das ganze Bett samt Stroh bezahlen lassen.«

»Bläst du die Laterne aus?«, fragte Armin schläfrig, ohne auf
die Bemerkung einzugehen.

»Mach ich, sobald ich mich ausgezogen habe!« Mit diesen
Worten streifte Rudi seinen Rock ab und hängte ihn über seinen Tragkorb. Bis er auch die Weste abgelegt hatte, dauerte es
ein wenig, und bei den Schuhen und der Hose ließ er sich noch
mehr Zeit. Dabei spähte er immer wieder zu Armin hinüber.
Dieser hatte die Augen geschlossen und atmete ganz ruhig.

»Was ich dich noch fragen wollte ...«, sagte der Kiepenhändler, erhielt als Antwort aber nur ein paar Schnarchgeräusche.
Leise stand er auf und tippte Armin leicht an. Der bewegte kurz
den Kopf, drehte sich um, so dass er dem anderen den Rücken
zuwandte, und schlief weiter.

Rudi wartete noch einige Augenblicke, dann stellte er die Laterne so hin, dass ihr Schein den Buckelapotheker nicht mehr
erreichte, und schlich auf Zehenspitzen zu dessen Reff. Zwar
hatte Armin es mit einer Plane aus gewachstem Leinen bedeckt
und diese verschnürt, doch der Mann löste die Knoten mit ge-
übter Hand. Er schlug das Wachstuch zurück und nahm eines
der Fläschchen aus dem Reff. Nachdem er die Aufschrift gelesen
hatte, stellte er es wieder zurück und zog das nächste heraus,
studierte dessen Etikett und lächelte zufrieden. Rasch goss er
ein gutes Drittel des Inhalts in den Weinkrug, zog eine kleine
Tonflasche aus seinem eigenen Korb und füllte das Fläschchen
mit dessen Inhalt wieder auf. Nachdem dies geschehen war,

stellte er es an seinen Platz zurück und band die Plane genauso fest, wie er es bei Armin gesehen hatte. Nach einem prüfenden Blick auf den jungen Mann legte er sich ins Bett und blies die Talgkerze in der Laterne aus. Dabei musste er an sich halten, um nicht schallend zu lachen. Es war so fürchterlich einfach gewesen, den jungen Buckelapotheker an der Nase herumzuführen.

Zufrieden schloss der Kiepenhändler die Augen und schlief rasch ein, wurde aber bald darauf von Armins weinseligen Schnarchgeräuschen geweckt. Er versetzte dem jungen Burschen einen Rippenstoß, und für einen Augenblick erwachte Armin, drehte sich um und versank wieder in einen unruhigen Schlaf. Da er nun nicht mehr schnarchte, weckte erst der Hahn die beiden Männer.

Armin brauchte an diesem Morgen mehr Zeit als sonst, bis er sich draußen am Brunnen gewaschen hatte und in die Wirtsstube treten konnte. Auf dem Weg dorthin kam ihm Rudi entgegen. Er hatte bereits seine Kiepe geschultert und ließ sich vom Wirtsknecht ein Stück Wurst und eine dicke Scheibe Brot als Wegzehrung reichen.

»Gute Geschäfte! Vielleicht sehen wir uns wieder!«, rief er Armin zu.

»Wahrscheinlich nicht, weil du nach Westen wanderst und ich nach Norden«, antwortete Armin mürrisch. Der Kopf tat ihm weh, und er hätte alles andere lieber getan, als mit dem schweren Reff auf dem Rücken in den sonnigen Tag hinauszuwandern.

»Auf jeden Fall wünsche ich dir Glück!«, antwortete Rudi und verließ grinsend den Hof des Gasthauses.

Armin sah ihm nach und sagte sich, dass er es beim Abendessen bei einem bis zwei Becher Bier belassen sollte. Zwar hatte der Wein am Abend geschmeckt, doch die Nachwirkungen setzten ihm heftig zu.

3.

ie ersten Meilen wurden für Armin zur Qual. Schon bald rann ihm der Schweiß in Strömen übers Gesicht, und er war froh, als er zu einer Quelle kam und seinen brennenden Durst löschen konnte. Wegen seines heftigen Katers brachte er, wenn er an einem Hof oder einer Kate anklopfte, kaum den Mund auf und verkaufte nur wenig.

Er maß einem alten Mütterchen ein paar Lot einer Salbe ab, die gegen das Gliederreißen helfen sollte. Als er dann sein Reff wieder auf den Rücken nehmen wollte, war es so schwer, dass er es kaum hochstemmen konnte.

»Ich hätte nicht so viel Wein saufen sollen«, stöhnte er.

Jammern half jedoch nichts. Er war unvernünftig gewesen und musste nun die Folgen tragen.

Gegen Mittag ging es ihm schließlich etwas besser. Da er jedoch vergessen hatte, sich im Gasthof einen Mundvorrat geben zu lassen, grummelte sein Magen schon bald. Daher war Armin froh, als endlich das nächste Dorf vor ihm auftauchte. An diesem Ort hatte er in den beiden Jahren, die er bereits für Rumold Just als Wanderapotheker tätig war, immer gute Geschäfte getätigt und hoffte, dies auch heuer zu tun. Entsprechend forsch schritt er auf den ersten großen Hof zu und sah sich Augenblicke später zwei riesigen Hunden gegenüber, die ihn geifernd verbellten.

Kurz erwog er, mit seinem Wanderstock nach ihnen zu schlagen, gab diesen Vorsatz aber beim Anblick der scharfen Zähne und kräftigen Kiefer rasch wieder auf.

»Hallo! Ist hier jemand?«, rief er.

Die Hunde kamen näher und schnappten nach ihm. Bevor er oder seine Kleidung Schaden nehmen konnte, tauchte ein altes, verhutzeltes Weiblein auf und rief mit dünner Stimme nach den Tieren.

· 14 ·

Zu Armins Verwunderung gehorchten diese sofort und trollten sich. Erleichtert ging er weiter und blieb vor der Frau stehen. »Armin Gögel zu Diensten! Ich komme im Auftrag des Königseer Laboranten Rumold Just und trage für ihn die Arzneien aus.«

»Als ob ich dich nicht kennen würde!«, erwiderte die Alte lachend. »Du bist doch der hübsche Bursche, der schon voriges und vorvoriges Jahr hier war. Letztes Jahr hat mir euer Lebensbalsam gut geholfen, als der Schleim nicht aus meiner Lunge herauswollte. Kannst mir gleich das Doppelte dalassen wie damals.«

Damit brachte sie Armin in Verlegenheit, denn er hatte keine Ahnung, wie viel von diesem Balsam er hier verkauft hatte. »Ich habe auch noch andere gute Arzneien dabei.«

»Weiß ich doch! Komm herein!«

Armin folgte der Alten in den düsteren Hausflur und atmete auf, als sie ihn in die Küche führte und er dort auf die Bäuerin traf.

»Gott zum Gruß, gute Frau! Ich bringe die guten und heilsamen Arzneien des Laboranten Rumold Just!«

»Sei willkommen! Ich brauche so einiges«, erklärte die Bäuerin. »Die Tiegel habe ich schon ausgewaschen. Sie stehen drüben in der Kammer bereit. Mach sie voll!«

»Und was braucht ihr alles?«, fragte Armin und rang sich ein verlegenes Lächeln ab. »Wisst ihr, ich komme zu so vielen und kann mir nicht immer merken, was jeder Einzelne davon kauft.«

Die Bäuerin nannte ihm die Mittel, die sie haben wollte. Erleichtert trat Armin in die Kammer und begann, jede einzelne Arznei abzumessen. Wie schon bei den anderen Höfen, die er an diesem Vormittag aufgesucht hatte, blieb auch diesmal das Fläschchen unberührt, das sein Zimmergenosse am Vorabend mit einer anderen Flüssigkeit aufgefüllt hatte.

Als Armin fertig war, nannte er der Bäuerin die Summe, die er von ihr bekam, und nahm das Geld entgegen. Während er es einsteckte, schnupperte er betont. »Das riecht aber gut!«

»Das ist unser Mittagessen!«, antwortete die Bäuerin mit einer gewissen Abwehr in der Stimme.

Händler und Hausierer, die zuerst kassierten und dann noch etwas zu essen schnorren wollten, mochte sie ganz und gar nicht. Da die Arzneien, die der Wanderapotheker ihr brachte, jedoch zuverlässig halfen, wollte sie nicht geizig erscheinen. Aus diesem Grund schnitt sie ihm ein Stück Brot ab und schmierte etwas Schmalz darauf.

»Hier, du wirst Hunger haben!«, sagte sie, während sie es ihm reichte.

»Möge Gott es dir vergelten!«, antwortete Armin freundlich, obwohl er fand, dass ein Napf Eintopf seinen Magen besser gefüllt hätte. Wenigstens hatte er etwas zu beißen und verließ halbwegs zufrieden den Hof. Die Alte kam mit, um die Hunde zurückzuhalten.

»Hab Dank und bis zum nächsten Jahr«, verabschiedete er sich von ihr.

»So ich da noch leben werde«, antwortete die Alte, und die Worte hallten seltsam unangenehm in den Ohren des jungen Mannes wider.

4.

Vier Tage später erreichte Armin Rübenheim, die größte Stadt auf seiner Strecke. Es war ein sonniger Tag, aber nicht zu warm, und die Torwachen ließen ihn sofort ein. Mit einem fröhlichen Gruß betrat er die Apotheke, bei deren Besitzer er einen guten Teil seiner Arzneien loswerden wollte. An die Begegnung mit dem fremden Kiepenhändler dachte er längst nicht mehr, als er sein Reff absetzte und die Wachstuchplane entfernte.

»Na, Armin, bist wieder wacker auf der Walz?«, fragte der Apotheker lächelnd.

»Ist nun mal mein Gewerbe, Herr Stößel«, antwortete der junge Mann und setzte für sich ein »ob es mir passt oder nicht« hinzu.

»Wovon soll der Mensch leben, wenn nicht von seiner Hände Arbeit? Ein Buckelapotheker wie du hat es gut, weiß man doch, dass dein Laborant gute Ware herstellt. Andere Hausierer tun sich da schwerer. Ist auch viel Gesindel darunter, das die Leute übers Ohr haut und es ehrlichen Handlungsreisenden schwermacht, ihre Sachen zu verkaufen, weil man sie ebenfalls für Betrüger hält«, antwortete der Apotheker.

Bei diesen Worten empfand Armin sogar ein wenig Stolz darauf, ein Buckelapotheker aus Königsee zu sein. »Ist schon wahr, dass ich gute Arzneien bringe! Wir werden aber auch vom Stadtsyndikus von Rudolstadt überwacht, und der ist immerhin der Leibarzt Seiner Hoheit, des Fürsten Ludwig Friedrich.«

»Die Arzneien deines Laboranten sind die besten! Die Kunden reißen sie mir fast aus den Händen. Daher habe ich mir schon gedacht, ich lasse mir von Herrn Just eine Kiste davon mit der Post schicken. Ob die jetzt vom Posthalter zu mir gebracht wird oder in einer Poststation darauf wartet, bis einer von euch Buckelapothekern sie übernimmt und zu mir trägt, bleibt sich gleich.«

Armin kniff die Lippen zusammen. In dieser Apotheke verdiente er am meisten, und wenn Stößel sich die Sachen schicken ließe, würde er ihn als Kunden verlieren und seine Ware nur noch bei Bauern und Kätnern in den Dörfern anbringen. Damit aber würde er all seine Hoffnungen, sich in ein paar Jahren ein Häuschen kaufen und heiraten zu können, begraben müssen.

Der Apotheker bemerkte den Unmut des jungen Mannes nicht, sondern sprach weiter, während er Schachteln und Flaschen öffnete, um sich den Inhalt anzusehen und daran zu riechen.

»Wie geht es dem alten Just? Ich war noch ein Knabe, als er seine Arzneien selbst ausgetragen und in unsere Apotheke gebracht hat. Die wurde zu jener Zeit noch von meinem Vater selig geführt.«

»Selbst als Buckelapotheker zu gehen, hat Rumold Just längst nicht mehr nötig. Sein Sohn Tobias musste dies nie tun«, antwortete Armin seufzend.

»Der Tobias soll, wie ich gehört habe, geheiratet haben«, fuhr der Apotheker fort.

»Wohl, wohl, das stimmt!«

»Muss ein besonderes Mädchen gewesen sein. Ein Apotheker, den ich letztens getroffen habe, erzählte mir, sie wäre selbst als Wanderapothekerin unterwegs gewesen.«

Armin sah Stößel die Neugier an der Nasenspitze an und nickte. »Auch das stimmt! Ist aber schon ein paar Jahre her, damals habe ich noch nicht für Just als Balsamträger gearbeitet. Da ihre Schwiegermutter vor drei Jahren gestorben ist, ist sie jetzt die Hausfrau im Hause Just. Soll ihre Sache gut machen, heißt es, und kann sich jetzt Frau Laborantin nennen, denn Tobias Just hat den größten Teil des Geschäfts von seinem Vater übernommen. Die Leute in Königsee nennen sie aber noch immer die Wanderapothekerin, und es passt auch nicht allen, dass ein bitterarmes Mädchen aus Katzhütte den Sohn des reichen Just heiraten konnte. Andererseits heißt es, sie hätte eine beachtliche Mitgift ins Haus gebracht. Muss wohl stimmen, denn ihre Mutter und ihre Geschwister haben sich in Katzhütte gut eingerichtet. Aber so ist nun einmal das Leben! Der eine findet einen Schatz und der andere nur Katzengold.«

Erneut konnte Armin seinen Neid nicht verbergen. Der Apotheker, der in behaglichen Verhältnissen lebte, lächelte darüber und griff nach dem Fläschchen, zu dessen Inhalt der Kiepenhändler Rudi vor ein paar Tagen etwas hinzugefügt hatte. Als er den Stöpsel abzog und daran schnupperte, zog er die Stirn kraus.

»Das riecht anders als sonst!«

»Wahrscheinlich hat Just eine neue, wirksamere Rezeptur verwendet«, antwortete Armin, der diesen Umstand nicht ernst nahm.

»Wenn du es sagst! Ich brauche das Mittel nämlich dringend. Es ist das Einzige, das unserem Bürgermeister Engstler gegen seine Koliken hilft. Ich werde es ihm gleich bringen.«

Der Apotheker erstand noch etliche andere Arzneien von Armin und musste diesem zuletzt ein erkleckliches Sümmchen bezahlen. »Gib acht, damit es dir die Straßenräuber nicht wegnehmen«, riet er ihm aufgeräumt.

»Ich passe schon auf!«, versicherte Armin ihm.

Er steckte zufrieden das Geld ein, schulterte sein um einiges leichter gewordene Reff und verließ die Apotheke. Sein nächster Weg führte ihn zur Poststation, deren Betreiber ihm jedes Mal ein Gutteil der Mittel abkaufte, die gegen Pferdekrankheiten wirkten. Auch bei diesem verdiente der junge Buckelapotheker so ordentlich, dass er sich guten Gewissens neben seinem Eintopf auch noch zwei Bratwürste und einen großen Krug Bier leisten konnte.

5.

Während Armin in der Gaststube das Essen genoss, verließ der Apotheker seinen Laden und eilte zum Haus des Bürgermeisters Engstler. Er musste nicht einmal klopfen, denn die Tochter des Hausherrn öffnete ihm erleichtert die Tür.

»Gut, dass Ihr kommt, Herr Stößel! Mein Vater wird erneut von üblen Koliken geplagt, und ich weiß mir keinen Rat mehr. Das Mittel, das ich zuletzt von Euch bekommen hatte, habe ich bereits verbraucht. Bei Gott, warum muss Vater all das essen und trinken, von dem er weiß, wie sehr es ihm schadet?«

»Ich habe ihm davon abgeraten, doch auf mich hört er auch nicht«, antwortete der Apotheker.

»Er würde auch nicht auf den Leibarzt unseres Landgrafen hören«, erwiderte die Haustochter mit einem traurigen Lächeln.

»Ihr könnt beruhigt sein, denn ich habe heute das gute Mittel erhalten, das Eurem Herrn Vater immer geholfen hat. Hier ist es, noch besser und stärker als früher.«

Mit diesen Worten reichte Stößel der jungen Frau das Fläschchen.

Sie sah ihn fragend an. »Soll ich ihm dennoch zehn Tropfen geben wie sonst oder weniger?«

Der Apotheker hatte vergessen, Armin danach zu fragen. Da dieser nichts gesagt hatte, nahm er an, dass es genauso wie früher dosiert werden sollte.

»Nehmt ruhig die zehn Tropfen, Jungfer Kathrin. Mehr aber sollten es nicht sein«, riet er der jungen Frau.

»Habt Dank! Lasst Euch von der Köchin einen Becher Bier einschenken. Ich eile derweil zu meinem Vater, um ihn von seinen Leiden zu erlösen.«

Als Kathrin Engstler die Schlafkammer ihres Vaters betrat, lag dieser stöhnend in seinem Bett und versuchte verzweifelt, die Luft, die ihn im Magen und in den Därmen quälte, loszuwerden. Obwohl er immer wieder aufstieß und schwächlich furzte, half es ihm kaum.

»Oh Gott, diese Schmerzen!«, stöhnte er, als seine Tochter hereinkam.

»Fasse dich, Vater! Apotheker Stößel hat eben das Heilmittel gebracht, das dir immer am besten geholfen hat. Ich messe dir gleich zehn Tropfen davon ab.«

»Hoffentlich reicht es diesmal länger als letztes Mal«, murrte ihr Vater und hätte seiner Tochter das Fläschchen am liebsten aus der Hand gerissen, um an die begehrte Arznei zu gelangen.

Die junge Frau maß zehn Tropfen in einem Becher mit Wasser vermischten Weines ab und reichte ihn dem Vater. »Hier! Möge es dich heilen!«

Der Kranke griff gierig nach dem Becher und stürzte den Inhalt mit einem Zug hinunter. Danach stieß er knallend auf und schnaufte erleichtert.

»Wie es aussieht, wirkt es schon«, sagte er zu seiner Tochter und ließ sich in das Kissen zurücksinken.

»Unserem Heiland im Himmel sei Dank!« Die junge Frau schloss kurz die Augen, denn die letzten Stunden waren schrecklich gewesen.

Als sie die Augen wieder öffnete, lag ihr Vater ruhig da, und seine Miene wirkte entspannt.

»So ist es doch gut, nicht wahr?«, fragte sie ihn, erhielt aber keine Antwort.

Verwundert, weil er so schnell eingeschlafen war, brachte sie das Arzneifläschchen in ihre Kammer, damit sie es immer zur Hand hatte, wenn ihr Vater seine Koliken bekam. Dann ging sie in die Küche und teilte dem Apotheker mit, dass sie am nächsten Vormittag zu ihm kommen würde, um die Arznei zu bezahlen.

»Das hat keine Eile, Jungfer Kathrin«, antwortete Stößel, der wusste, dass die Tochter des Bürgermeisters Schulden stets rasch beglich. Er trank sein Bier aus und verabschiedete sich.

Kathrin Engstler kehrte zu der Beschäftigung zurück, die sie wegen der Kolik ihres Vaters hatte unterbrechen müssen, und schüttelte den Kopf über dessen Unvernunft. Er wusste genau, welche Speisen und Getränke seine Schmerzen auslösten, und konnte sie doch nicht meiden.

Gegen Abend kochte sie eine Haferschleimsuppe und machte sich mit der vollen Schüssel und einem Löffel auf den Weg zur Schlafkammer ihres Vaters. Als sie die Tür öffnete, hatte die Dämmerung bereits ihren grauen Schleier ausgebreitet. Verärgert, weil keine der Mägde die Kerze in der Lampe angezündet hatte, stellte Kathrin Engstler die Schüssel ab und kehrte in die Küche zurück, um einen Fidibus zu holen.

Als die Kerze endlich brannte, wandte sie sich lächelnd ihrem Vater zu. »Ich habe dir Suppe gemacht. Sie wird dir …«

Was sie noch sagen wollte, unterblieb, denn der Ratsherr lag mit starrem Blick und verzerrter Miene auf seinem Bett und hatte die Hände in die Zudecke gekrallt. Auf seinen Lippen stand rötlicher Schaum.

»Vater! Was ist?«

Erschrocken eilte Kathrin zu ihm hin und fasste nach seiner rechten Hand. Sie war eiskalt, ebenso seine Stirn. Als sie sich über ihn beugte, um seinen Atemgeräuschen zu lauschen, blieb alles still. Schlagartig wurde ihr klar, dass ihr Vater nicht mehr lebte, und sie wich mit einem gellenden Schrei zurück.

Ein paar Augenblicke später waren die Köchin und zwei Mägde zur Stelle. Erstere schlug entsetzt das Kreuz. »Heiliger Jesus Christus, hilf uns in unserer Not!«

»Vater ist tot!«, flüsterte Kathrin mit blutleeren Lippen. »Dabei sollte die Medizin ihm doch helfen.«

Die Köchin wies auf die Schaumspuren auf den Lippen des Ratsherrn. »Ich würde sagen, er ist vergiftet worden.«

»Aber er hat doch den ganzen Nachmittag nichts zu sich genommen«, wandte Kathrin ein. »Ich habe ihm nur die Medizin gegeben.« Bei ihren eigenen Worten stutzte sie und wies auf die beiden Mägde. »Eine von euch muss sofort zu Apotheker Stößel laufen und ihn herholen! Die andere soll einem Arzt Bescheid geben! Ich will wissen, woran mein Vater gestorben ist. War es diese Arznei, werden die Leute, die das Mittel brachten, dafür bezahlen.«

Während die Mägde das Haus verließen, holte Jungfer Kathrin die Flasche mit dem Mittel gegen Kolik und stellte es auf den kleinen Beistelltisch, auf dem die Haferschleimsuppe inzwischen kalt wurde.

Als Erste kehrte jene Magd zurück, die den Apotheker hatte holen sollen. Stößel trat ins Zimmer und betrachtete den Toten, ohne zu begreifen, was geschehen war.

»Wie es aussieht, hat Eure Medizin meinem Vater den Tod gebracht«, sagte Kathrin Engstler herb.

»Das kann nicht sein! Ich beziehe dieses Mittel seit Jahren von dem Laboranten Just aus Königsee. Sie hat Eurem Vater immer geholfen!« Noch während Stößel es sagte, ergriff er das Fläschchen, zog den Stopfen ab und schnupperte erneut daran.

»Irgendwie riecht es diesmal anders. Der Buckelapotheker meinte, sein Laborant hätte eine neue Rezeptur verwendet!«

Es ging Stößel nicht allein darum, den Verdacht von sich zu weisen, sondern er wollte wissen, weshalb Engstler nach Einnahme dieses Medikaments ums Leben gekommen war. Daher träufelte er ein wenig auf seinen Zeigefinger und leckte daran, spie dann aber sofort aus.

»Das ist doch das Gift der Tollkirsche! Wie kommt Just dazu, es bei seinem Elixier in einer tödlichen Menge zu verwenden?«

»Ihr meint tatsächlich, dieses Mittel hätte meinen Vater umgebracht?« Kathrin schüttelte es. Nie mehr würde sie vergessen können, dass sie selbst ihm dieses Zeug eingegeben hatte.

»Ich würde gerne wissen, was ein Arzt dazu sagt. Mir scheint es, als wäre diese Arznei vergiftet worden!«, rief Stößel empört aus. Auch wenn er persönlich keine Schuld trug, würde etwas an ihm hängenbleiben und ihn Kunden kosten.

Er war froh, als eine Magd Doktor Capracolonus hereinführte, der den Rat der Stadt in medizinischen Dingen beriet.

»Was höre ich? Herr Engstler soll tot sein?«, rief der Arzt, noch während er den Raum betrat.

»Leider ja!«, antwortete der Apotheker und wies anklagend

auf die grünlich schimmernde Flasche. »Dieses Medikament hat ihn vergiftet. Ein Buckelapotheker aus Königsee brachte es mir heute gegen Mittag. Zu meiner Schande muss ich gestehen, dass ich es ungeprüft an Jungfer Kathrin weitergegeben habe. Doch ich habe dem Laboranten Just vertraut.«

Der Arzt nahm die Flasche und roch daran. Doch erst, als auch er ein wenig des Inhalts mit der Zunge prüfte, erkannte er die Gefährlichkeit der Essenz.

»Beim Herrgott, mit dem Inhalt dieser Flasche kann man ein Dutzend Leute umbringen! Wie viel habt Ihr Eurem Vater gegeben?«, fragte er Kathrin.

»Zehn Tropfen, wie immer!«

»Das ist für einen einzigen Menschen viel zu viel. Stößel, Ihr sagt, ein Wanderapotheker aus Königsee habe Euch das Mittel gebracht?«

»Nicht nur dieses Mittel, sondern eine ganze Auswahl an Arzneien, die ich bislang gerne und mit Erfolg an meine Kunden weitergegeben habe.«

»Ihr hattet Glück, dass bisher niemand gestorben ist, bei dem man die Schuld diesen angeblichen Arzneien zuweisen konnte. Nichts als schädlicher Humbug, das ganze Zeug! Dies hier ist eine Sache für den Stadtrichter. Ihr solltet Herrn Hüsing holen lassen, Jungfer Kathrin. Das hier war Mord!« Der Arzt nickte der jungen Frau kurz zu und untersuchte den Toten.

»Einwandfrei vergiftet!«, erklärte er anschließend.

Kathrin hatte die Ausführungen des Arztes nicht abgewartet, sondern eine Magd losgeschickt, die nach kurzer Zeit mit dem Stadtrichter im Gefolge zurückkehrte.

»Was sagt Ihr da? Der Bürgermeister ist ermordet worden?« Man hatte den Richter vom Abendbrottisch weggeholt, und nun trauerte er dem Schmorbraten mit Brotklößen nach, die sein Koch für ihn zubereitet hatte. Richard Hüsing vergaß das Essen jedoch, als er von dem Arzt und dem Apotheker die näheren Umstände von Engstlers Tod erfuhr.

»Könnt ihr vor Gericht beschwören, dass der Bürgermeister vergiftet worden ist?«, fragte er, nachdem die beiden Männer ihren Bericht beendet hatten.

»Das können wir!«, erklärte der Arzt und hob den Zeigefinger. »Ich muss unseren verehrten Stadtapotheker Stößel tadeln, dass er sich die angeblichen Heilmittel aus Königsee ohne genauere Prüfung hat aufdrängen lassen. Unser hochverehrtes Stadtoberhaupt, Euer Vater, Jungfer Kathrin, könnte noch leben, wenn Stößel mehr Sorgfalt aufgewandt hätte.«

»Ich habe Herrn Engstler seit vielen Jahren mit diesem Mittel versorgt«, rief der Apotheker verzweifelt. »Bis jetzt hat es immer geholfen. Jungfer Kathrin kann das bezeugen!«

Die Tochter des toten Ratsherrn zögerte. Immerhin hatte Stößel ihr das giftige Medikament gegeben, ohne zu prüfen, ob es etwas taugte. Andererseits war er ein geachteter Bürger dieser Stadt gewesen und hatte nie eine Entscheidung ihres Vaters angezweifelt. Daher meinte sie ausschließen zu können, dass er ihm vorsätzlich hatte schaden wollen. »Die Schuld trägt allein dieser verfluchte Buckelapotheker und dessen Laborant!«, flüsterte sie. »Hätten sie die Mixtur belassen, wie sie war, und sie nicht mutwillig verändert, wäre mein Vater noch am Leben.«

Doktor Capracolonus hob nach Aufmerksamkeit heischend den Arm. »Ich habe immer davor gewarnt, den Mitteln dieser Bauern aus Thüringen zu vertrauen. Es sind ungebildete Kerle, die aus dem Gras ihrer Wiesen angebliche Wundermedizinen zusammenmischen und damit das einfache Volk betrügen. Man sollte den nächsten Buckelapotheker, der in unsere Stadt kommt, verhaften und einsperren, um unsere braven Bürger vor seinem verderblichen Gebräu zu schützen!«

»Diese Kerle gehören an den Galgen!«, stieß Kathrin Engstler aus.

Der Apotheker zog eine zweifelnde Miene, doch er wagte keinen Widerspruch. Jedes Eintreten für die thüringischen Wanderapotheker könnte ihm so ausgelegt werden, als würde er zu diesen halten und den Tod des Bürgermeisters billigen.

Daher rief er: »Der Kerl, der mir dieses Gift verkauft hat, muss noch in der Stadt sein. In den letzten Jahren hat er stets in der Posthalterei übernachtet, weil deren Wirt Heilmittel für die Pferde von ihm kauft.«

»Wenn er noch im Ort ist, werden wir ihn fangen. Ich schicke sofort die Büttel los!« Mit diesen Worten eilte der Stadtrichter davon.

»Gebe Gott, dass der Mann gefangen und bestraft werden kann!«, rief der Arzt und bat Kathrin, ihn zu entschuldigen, weil er einen Patienten aufsuchen müsse.

Auch Stößel verließ das Haus. Die Gewissensbisse, Armin Gögel an die Obrigkeit verraten zu haben, bekämpfte er damit, dass er etlichen Bewohnern, die sonst den verderblichen Arzneien des Buckelapothekers zum Opfer gefallen wären, das Leben gerettet hatte.

6.

Armin Gögel überlegte gerade, ob er sich noch einen zweiten Krug Bier leisten sollte, als mehrere Stadtbüttel in den Schankraum stürmten. Armin beachtete sie nicht, bis sie sich vor seinem Tisch aufbauten und ihre Spieße auf ihn richteten.

»Was soll das?«, fragte er verdattert.

»Du bist des Mordes überführt und verhaftet! Aufstehen, sonst machen wir dir Beine!«, blaffte ihn der Anführer der Büttel an.

»Ich ein Mörder? Seid ihr von Sinnen?«

Bevor Armin noch mehr sagen konnte, packten ihn zwei Häscher und zerrten ihn hoch. Dann banden sie ihm die Hände hinter dem Rücken zusammen und gingen dabei nicht gerade zimperlich mit ihm um.

»Aua, das tut doch weh!«, rief er empört und erntete einen harten Hieb mit dem Schaft eines Spießes.

»Maul halten und mitkommen!«, befahl der Anführer und trat einen Schritt beiseite, damit seine Männer Armin nach draußen schleifen konnten. Er selbst folgte ihnen mit dem guten Gefühl, dass er den gesuchten Verbrecher dem Stadtrichter schnell vorführen konnte.

Der Tod des Bürgermeisters war Richard Hüsing wichtig genug, um auf sein schönes Abendessen zu Hause zu verzichten. Er wartete im Vorraum des Gefängnisses und labte sich gerade an einer Scheibe Brot und einem Stück Wurst, als seine Männer mit dem Gefangenen erschienen. Rasch legte er die angebissene Wurst beiseite, schluckte das, was er noch im Mund hatte, hinunter und maß Armin mit einem strengen Blick.

»Du bist wegen des Verdachts verhaftet worden, den Tod unseres ehrengeachteten Bürgermeisters Emanuel Engstler herbeigeführt zu haben!«

Armin starrte den Richter erschrocken an. »Aber ich kenne diesen Mann doch gar nicht! Ich habe ihn nie gesehen! Wie hätte ich ihn da umbringen können?«

»Er starb durch das angebliche Heilmittel, das du dem ehrenwerten Apotheker Stößel verkauft hast. In Wirklichkeit war es Gift und hätte ausgereicht, mehr als einhundert Menschen zu töten!«

Die Stimme des Richters klang so scharf, dass Armin bereits das Schwert des Henkers über seinem Nacken spürte. Verzweifelt blickte er Hüsing an. »Ich habe diese Arzneien guten Gewissens von dem Laboranten Just in Königsee übernommen. Er und sein Sohn Tobias haben diese Arzneien angemischt. Wenn einer die Schuld trägt, dann sind sie es! Nicht ich!«

»So Gott will, werden auch Rumold Just und sein Sohn für den Tod des Ratsherrn büßen. Du aber hast das Mittel verkauft und bist daher ebenfalls der irdischen Gerechtigkeit verfallen. Bringt ihn weg und sperrt ihn in eine Zelle. Ich werde ihn morgen verhören.«

Nachdem er diesen Befehl erteilt hatte, überlegte der Richter, nach Hause zu gehen und zu sehen, ob sein Abendessen doch noch genießbar war. Sein Pflichtbewusstsein war jedoch stärker, und er nahm Papier und Feder zur Hand. Emanuel Engstlers Tod war eine üble Sache, daher wollte er die fälligen Berichte an den Stadtrat und an Landgraf Karl von Hessen-Kassel, der über die ringsum von Hannoverschem Land umgebene Stadt Rübenheim gebot, noch am gleichen Abend fertigstellen.

Dabei galten seine Gedanken auch dem Laboranten Rumold Just und dessen Sohn Tobias. Es stand für ihn außer Frage, dass die beiden bestraft werden mussten. Deshalb würde er auch einen entsprechenden Brief an die Behörden im Fürstentum Schwarzburg-Rudolstadt senden, zu deren Untertanen Vater und Sohn Just zählten.

Während er seine Berichte verfasste, fragte Hüsing sich besorgt, wie es in seiner Stadt weitergehen würde. Emanuel Engstler war nicht nur mit Abstand der reichste Bürger in Rübenheim gewesen, sondern auch der fast allmächtige Herrscher der Stadt, denn der Rat hatte sich stets seinem Willen gebeugt. Wer würde an Engstlers Stelle treten und die Stadt sowohl gegen die Begehrlichkeiten des Kurfürstentums Hannover verteidigen wie auch gegen die mit Sicherheit erfolgenden Versuche des Landgrafen, die Privilegien, die dieser der Stadt erteilt hatte, wieder zu beschneiden?

Teil 1

...

Eine schlimme Nachricht

———

1.

Klara biss die Zähne zusammen, doch die Übelkeit wollte nicht weichen. Aber wenn sie die Kirche verließ, um draußen ihren Magen zu entleeren, würden ihr scheele Blicke folgen und einige ihr sogar nachreden, sie wäre vom Teufel besessen, weil sie den Weihrauch und die Predigt des Pastors nicht vertrüge. Dabei war sie schwanger und wurde von einer besonders üblen Morgenübelkeit geplagt. Ich hätte nicht in die Kirche gehen sollen, dachte sie. Und doch wusste sie, dass auch dies keine Lösung gewesen wäre. In ihrer ersten Schwangerschaft war sie dem Gottesdienst ein paarmal ferngeblieben, und sofort hatten die Schwatzweiber von Königsee sich das Maul darüber zerrissen.

Mit eisernem Willen beherrschte sie ihren Magen, schwitzte aber vor Anstrengung und war froh, als der Pfarrer sein letztes Amen sprach. Klara zwang sich, nicht sofort hinauszustürzen, sondern ließ den alten Frauen den Vortritt.

Eine von ihnen lächelte ihr zu. »Bist ein braves Weib, Justin! Da könnte sich so manch hochfahrende Jungfer ein Beispiel nehmen.«

Klara senkte kurz den Kopf, spürte dabei, dass die Übelkeit abnahm, und atmete auf. Ganz so schlimm wie vor gut drei Jahren, als sie mit dem kleinen Martin schwanger gegangen war, hatte es sie diesmal nicht befallen. Bei dem Gedanken an ihren Sohn lächelte sie. Martin hatte wieder Freude in das Leben ihres Schwiegervaters gebracht, nachdem dessen Ehefrau Magdalena kurz zuvor verstorben war. In sechs Monaten würde er sich über einen weiteren Enkel oder eine Enkelin freuen können.

In Gedanken versunken, hatte Klara kaum bemerkt, dass die Kirche sich geleert hatte. Erst eine Berührung am Arm ließ sie aufblicken. Es war Tobias, ihr Mann.

»Geht es dir nicht gut, mein Schatz?«, fragte er besorgt.

Klara sah ihn lächelnd an. »Vorhin war es quälend, doch jetzt geht es wieder. Ich muss nur an die frische Luft.«

»Dann komm! Vater ist schon draußen.« Tobias bot Klara seinen Arm und führte sie auf den Vorplatz. Dort hatten sich bereits viele Kirchenbesucher eingefunden. Während die meisten Männer dem Wirtshaus zustrebten, standen die Frauen in der Nähe des Portals und tauschten den neuesten Klatsch aus.

»Sollen wir gleich nach Hause gehen?«, fragte Tobias.

Klara schüttelte den Kopf. Sie wusste, dass er noch mit einigen Männern sprechen und hinterher einen Krug Bier in der Schankwirtschaft trinken wollte. Auch fühlte sie sich mittlerweile wieder gut genug, um den Weg allein zu bewältigen. Daher löste sie sich von Tobias und trat zu den anderen Frauen.

Deutlich war eine Trennung zwischen den einzelnen Ständen und Gruppen zu erkennen. Als Schwiegertochter des reichen Laboranten Rumold Just war Klaras Platz bei den wohlhabenden Bürgerinnen und den Ehefrauen der fürstlichen Beamten in Königsee. Während es bei den Weibern der einfacheren Stände recht lebhaft zuging, achteten die bessergestellten Frauen auf die Bedeutung, die ihnen ihre Abstammung und die Familie verliehen.

Klara, die als Tochter eines einfachen Wanderapothekers aufgewachsen war, hätte sich gewünscht, sich zu den Ärmeren gesellen zu können. Bei denen wurde zwar auch gehechelt und gestritten, aber aus ehrlichem Herzen. Stattdessen war sie gezwungen, sich das ebenso gezierte wie vergiftete Gerede der Damen anzuhören.

Während die Frau des Pastors eben über eine Magd des Amtsmanns herzog, die sich durch unsittliches Verhalten einen dicken Bauch geholt habe, blickte Klara zu ihrem Mann hinüber. Noch heute erschien es ihr wie ein Wunder, dass Tobias sich in sie verliebt und die Heirat bei seinen Eltern durchgesetzt hatte. Er war der liebenswerteste Mensch, den sie kannte, sah obendrein noch gut aus und hatte Verständnis für all ihre kleinen und großen Sorgen. Auch mit ihrem Schwiegervater kam sie gut zurecht. Leider hatte er nach dem Tod seiner Frau die Freude am Leben verloren und überließ Tobias die meiste Arbeit bei der Herstellung ihrer Arzneien. Dennoch galt er nach wie vor allen als der Herr im Hause Just. Klara lächelte, denn sie war sich sicher, dass ihr Mann ihm ohne Schwierigkeiten würde nachfolgen können.

Sie hoffte jedoch, dass dieser Tag noch fern war, denn sie lebten alle gut miteinander. Zudem war es nie schön, am Grab eines Menschen stehen zu müssen, den man geliebt hatte. Mit diesem Gedanken wandte sie sich wieder dem Gespräch der Damen zu. Es unterschied sich nicht nur durch die gezierte Sprache und die feinen Spitzen, die darin verteilt wurden, von dem der einfacheren Frauen. Die Ärmeren nahmen es einer Magd nicht übel, wenn sie einen dicken Bauch bekam. Hier aber wetzten die Pharisäerinnen, wie Tobias sie nannte, ihre Schnäbel, und die waren äußerst scharf.

Um der Höflichkeit Genüge zu tun, blieb Klara eine Zeitlang bei den Frauen stehen, dann verabschiedete sie sich erleichtert und strebte dem stattlichen Anwesen ihres Schwiegervaters zu. Dieser war bereits mit Tobias zusammen zum Wirtshaus gegangen, doch die beiden würden rechtzeitig zum Mittagessen zurück sein. Bis dorthin lag einiges an Arbeit vor ihr und der Köchin Kuni.

Ein paar Frauen sahen ihr nach, und nicht alle taten es mit Wohlwollen. »Seht nur, wie stolz sie geht!«, sagte eine Jungfer, die sich vor ein paar Jahren große Hoffnungen gemacht hatte, der schmucke Laborantensohn Tobias Just könnte sie heimführen.

»Dabei ist sie nur die Tochter eines schlichten Buckelapothekers und ist sogar selbst als Wanderapothekerin durch die Lande gezogen«, warf eine zweite Frau ein.

Ihre Nachbarin wollte ebenfalls nicht zurückstehen. »Man muss sich wirklich fragen, was der junge Just an ihr gefunden hat.«

»Wahrscheinlich die Bereitwilligkeit zu gewissen Dingen, die leider Gottes bei Mädchen niederen Standes verbreitet sind«, erwiderte die Frau des Pastors. Sie hatte mehrere Töchter zu versorgen, und da wäre ihr der Sohn eines wohlhabenden Laboranten als Schwiegersohn durchaus willkommen gewesen.

»Es steht schon in der Bibel, dass ihr nicht falsches Zeugnis ablegen sollt über euren Nächsten«, mahnte die alte Frau, der Klara in der Kirche den Vorrang gewährt hatte. »Immerhin hat Klara Just ihr erstes Kind geziemende vierzehn Monate nach ihrer Hochzeit geboren, und ich habe nie eine Klage über sie gehört, dass sie hoffärtig wäre oder jemanden beleidigt hätte. Euer Ehemann«, der Finger der Alten stach auf die Frau des Pastors zu, »nannte sie letztens von der Kanzel ein glänzendes Beispiel christlicher Nächstenliebe, denn sie hat, als das Haus von Mat-

thes in Lichta abgebrannt ist, nicht nur für den armen Mann ge-
spendet, sondern drei von dessen Kindern im Haus ihres Schwiegervaters aufgenommen, bis die neue Kate errichtet war.«

Einige der Frauen freuten sich über die Zurechtweisung der
Pfarrersfrau, da diese sich ihrer Meinung nach etwas zu viel auf
ihre Stellung einbildete und kaum ein gutes Haar an anderen
ließ. Die Pastorenfrau selbst aber wandte sich grußlos ab und
strebte erhobenen Hauptes dem Pfarrhaus zu.

2.

Unterdessen hatte Klara das Anwesen ihres Schwiegervaters erreicht und trat in ihre Kammer, um sich umzuziehen. Als sie kurz darauf zur Küche hinunterstieg, wunderte sie
sich, Stimmen zu vernehmen. Immerhin war Kuni allein zurückgeblieben, und der kleine Martin spielte draußen im Garten.

Sie öffnete die Küchentür und stieß einen Laut der Überraschung aus. »Martha! Wie schön, dich zu sehen!«

Begeistert umarmte sie ihre Freundin, nahm erst dann den
schmerzlichen Ausdruck auf deren Gesicht wahr und sah sie erschrocken an. »Ist etwas Schlimmes geschehen?«

Martha nickte. »Ja! Aber das werde ich dir später erzählen.
Zuerst sollten wir zusehen, dass die Brotklöße so werden, wie
Tobias und sein Vater sie mögen.«

»Ihr könnt ruhig ein wenig miteinander schwatzen. Martha
hat mir genug geholfen, so dass ich jetzt allein zurechtkomme«,
erklärte Kuni.

Trotz dieser Worte sah Klara sich in der Küche um, stellte
aber fest, dass Kuni recht hatte. Für sie gab es nichts mehr zu
tun.

· 33 ·

»Dann komm mit!« Sie führte Martha in ihr Nähzimmer. Es war zwar nicht besonders groß, bot aber Platz für einen kleinen Tisch und zwei Stühle. Vor allem aber wagte weder ihr Mann noch ihr Schwiegervater, sie in diesem Raum zu stören.

Klara goss Schlehenwein in einen Becher, stellte ihn vor Martha hin und sah sie auffordernd an. »Was gibt es?«

Zunächst druckste Martha ein wenig herum, hob dann mit einer hilflosen Geste die Hände und brach in Tränen aus. »Es geht um Fritz' Vater!«

Klara kannte den alten Kircher als einen kleinen Bauern, der sich bislang mühsam über Wasser gehalten hatte. In den letzten Jahren hatte sein Hof nicht zuletzt durch Zukäufe an Land, die er mit Marthas Geld hatte tätigen können, an Wert gewonnen. Da Marthas Ehemann Fritz ein besserer Landwirt war als sein Vater, konnte er seitdem genug erwirtschaften, um seiner Familie ein gutes Auskommen zu bieten.

»Was ist mit ihm?«, fragte sie. »Er ist doch nicht etwa gestorben?«

»Ich wollte, er wäre es!«, rief Martha erregt aus. Sie sah Klara mit wehen Augen an. »Alles hat mit dem Tod meiner Schwiegermutter im letzten Winter angefangen. Am nächsten Tag schon begann Fritz' Vater, mir nachzustellen. Er sagte mir ins Gesicht, dass er, da ich nach vier Jahren Ehe von seinem Sohn nicht schwanger geworden wäre, wohl selbst für seine Enkel sorgen müsse!«

»Aber das ist doch …« Klara fehlten die Worte.

»Zuerst habe ich es nur für das dumme Gerede eines alten Mannes gehalten und mir nicht viel dabei gedacht. Aber dann bedrängte er mich wieder und wieder. Wenn Fritz nicht in der Nähe war, griff er mir an die Brust oder an den Hintern. Als ich ihm sagte, er solle damit aufhören, weil ich es sonst meinem Mann sagen würde, lachte er mich aus. Er erklärte mir, er wäre der Herr auf dem Hof, und Fritz hätte zu kuschen – und ich ebenfalls!«

Martha rieb sich die Tränen aus den Augen. »Er brachte mich so weit, mich schuldig zu fühlen, weil ich noch kein Kind geboren habe. Daher wollte ich unbedingt von Fritz schwanger werden. Aber es kam nicht dazu. Und dann … dann hat mich der Alte im Stall überfallen, mich auf die Streu gedrückt und mich wie ein Wilder mit Gewalt gerammelt. Er meinte, ich dürfe es Fritz gerne erzählen. Dem würde er sagen, ich hätte mich ihm angeboten, um ein Kind zu bekommen, weil Fritz es ja fast vier Jahre lang nicht geschafft habe, mir eins in den Bauch zu schieben!«

»Hast du es Fritz erzählt?«, fragte Klara.

Ihre Freundin nickte.

»Und?«

»Es gab einen wüsten Streit! Dabei schrie der Alte Fritz an, da er bei mir nicht für Kinder sorgen könne, müsse er das wohl übernehmen. Sollte uns dies nicht passen, könnten wir den Hof verlassen.«

»Der Mann ist verrückt!«, rief Klara erregt aus. »Was hat Fritz daraufhin gesagt?«

»Er hat den Alten zur Rede gestellt, wurde aber von diesem scharf angefahren, und fragte mich zuletzt, ob es denn so schlimm sei, wenn ich seinen Vater das eine oder andere Mal machen lasse. Ich wünschte mir, er hätte mehr Selbstvertrauen, doch er ist zu sehr gewohnt, dem Alten zu gehorchen.«

»Das kann doch nicht wahr sein!«, rief Klara empört. »Wenn Fritz das von dir fordert, ist er ebenfalls verrückt. Ich wusste ja, dass er nicht viel im Kopf hat, aber das hätte ich nicht von ihm erwartet.«

Martha brach in Tränen aus. »Ich doch auch nicht! Auf jeden Fall habe ich ihm erklärt, dass er nicht mehr mein Mann ist, solange er von mir verlangt, die Hure für seinen Vater zu spielen. Dann habe ich mein Bündel gepackt und bin gegangen. Sie wollten mich zwar aufhalten, aber ich bin schneller als die beiden.« Martha zischte bei der Erinnerung an die Szene empört und klammerte sich an Klara. »Ich bitte dich, mir Obdach zu geben, bis ich weiß, wie es weitergehen soll.«

»Du bist meine beste Freundin, und ich lasse dich nicht im Stich.« Klara streichelte Martha sanft übers Haar und sagte sich, dass diese, wäre es ihr damals mit einer Heirat nicht so eilig gewesen, gewiss einen Mann mit einem festeren Charakter als Fritz Kircher gefunden hätte.

»Jetzt bleibst du erst einmal hier. Du kannst Kuni helfen und ein wenig auf Martin achtgeben. Der kleine Racker versetzt mich mit seinen Streichen immer wieder in Angst und Schrecken. Erst gestern habe ich ihn vom Bachufer weggeholt. Er wolle einen Fisch fangen, sagte er.«

»Mit drei Jahren? Da fängt er aber früh an!« Nun lächelte Martha doch, und als sie in sich hineinhorchte, freute sie sich darauf, Klaras Sohn um sich zu haben.

»Du bist so lieb zu mir!«, sagte sie und brach erneut in Tränen aus.

»Du hast so viel für mich getan, da kann ich auch ein wenig für dich tun«, antwortete Klara und wies zur Tür. »Wir sollten jetzt zurück in die Küche. Nun gibt es gewiss etwas für uns zu tun, denn es wird nicht mehr lange dauern, bis Tobias und sein Vater heimkommen.«

»Du wirst ihnen doch nicht sagen, weshalb ich von zu Hause ausgerückt bin?«, fragte Martha besorgt.

Klara schüttelte den Kopf. »Natürlich nicht! Du hast dich mit deinem Mann gestritten und wirst vorerst nicht zu ihm zurückkehren. Das muss ihnen reichen.«

»Danke!« Erleichtert folgte Martha ihrer Freundin in die Küche und half dort mit, alles für das Mittagessen vorzubereiten.

3.

Es dauerte diesmal etwas länger, bis Rumold und Tobias Just aus dem Gasthof zurückkamen. Beide wirkten ernster als sonst.

»Na, was gibt es Gutes?«, fragte Tobias und begrüßte dann erst Martha. »Du hast es in Katzhütte ohne Klara wohl nicht mehr ausgehalten?«

»Ich hoffe, ich komme nicht ungelegen?«, fragte Martha besorgt.

Tobias hob begütigend die Hand. »Nein, gewiss nicht!«

»Martha wird etwas länger bei uns bleiben. Es gab Ärger mit ihrem Mann und ihrem Schwiegervater.« Klara wollte so nahe wie möglich an der Wahrheit bleiben, ohne die direkten Gründe zu offenbaren, aus denen ihre Freundin Heim und Hof verlassen hatte.

»Ist schon recht!«, erwiderte Rumold Just. »Ich bin ganz froh, wenn dir jemand unter die Arme greift. Immerhin bist du bereits im vierten Monat, und da solltest du es etwas langsamer angehen lassen.«

»Was? Du bist wieder schwanger?«, rief Martha.

Für einen Augenblick empfand sie Neid. Aber dann umarmte sie Klara stürmisch. »Ich freue mich so für dich!«

»Ich würde dir wünschen, bald auch ein Kleines im Arm zu halten«, antwortete Klara leise.

»Dafür müsste sich einiges ändern. Wer weiß, vielleicht ist mein Schoß trocken und ohne Leben!« Ein Ausdruck des Schmerzes zuckte über Marthas Gesicht und rührte die beiden Männer.

»Sind Fritz und sein Vater zornig auf dich, weil du bislang kein Kind geboren hast?«, fragte Just. »Bei Gott, ich kannte Frauen, die waren zehn Jahre und länger verheiratet, bis das erste Kind kam. Die beiden sollten dir mehr Zeit lassen. Du bist noch nicht einmal fünfundzwanzig Jahre alt!«

»So sehe ich das auch«, stimmte Tobias seinem Vater zu.

»Klara ist jünger als ich und bekommt schon ihr zweites!«, sagte Martha seufzend und fand die Gaben der Welt ungerecht verteilt. Im nächsten Moment schalt sie sich für dieses Gefühl und sagte sich, dass ihre Freundin ihr Glück verdient hatte.

»Es gibt Schweinerippen, Kohl und feine Brotklöße«, erklärte sie und schnupperte. So gut wie in diesem Haus hatten sie auf dem Kircherhof nie gegessen, obwohl sie dort mehr Schweine hielten als Just, der zweimal im Jahr ein Ferkel kaufte und es mästete.

Martha schob auch diesen Gedanken beiseite. Wenn sie eines nicht wollte, so war es, neidisch auf ihre Freundin zu sein. Sie half Klara beim Tischdecken und erhielt sogar einen eigenen Stuhl, so als wäre sie ein gerngesehener Gast. Dabei hätte sie auch mit Kuni in der Küche gegessen. Hauptsache, sie hatte ein Plätzchen gefunden, an dem sie vor den Nachstellungen ihres Schwiegervaters sicher war.

Unterdessen musterte Klara ihren Mann und dessen Vater. Etwas bewegte die beiden, das spürte sie, doch rückte keiner von ihnen mit der Sprache heraus.

»Gab es etwas in der Gastwirtschaft?«, fragte sie daher geradewegs.

Tobias schüttelte den Kopf. »Wie kommst du darauf? Nein, natürlich nicht!«

»Dein Weib kennt dich besser, als du denkst. Bei Magdalena und mir war es genauso. Ihr konnte ich auch nichts vormachen!« Rumold Just wischte sich über die Augen, die verdächtig feucht schimmerten, und stupste seinen Sohn an.

»Sag es Klara! Sie wird sonst keine Ruhe geben.«

»So schlimm bin ich nun auch wieder nicht«, rief Klara.

Ihr Schwiegervater sah sie mit einem schmerzlichen Lächeln an. »Du bist das Beste, was meinem Sohn passieren konnte. Aber nun zu dem, was wir erfahren haben. Im Gasthaus haben wir Herrn Liebmann getroffen, einen Laboranten aus Großbreitenbach.«

Klara hob die Augenbrauen. Großbreitenbach war neben Königsee einer der Ausgangspunkte der Wanderapotheker. Die Kunst, Arzneien aus den Heilpflanzen dieser Gegend zu destillieren, war von dort aus nach Königsee gekommen, wie Klara mittlerweile gelernt hatte. Seitdem gab es einen gewissen Konkurrenzkampf zwischen den Laboranten der beiden Städte, zumal sie auch noch verschiedenen Fürstentümern angehörten. Regierte in diesem mit Friedrich Ludwig der Fürst von Schwarzburg-Rudolstadt, war es drüben Günther Friedrich Carl von Schwarzburg-Sondershausen. Die Laboranten beider Länder versuchten, einander zu übertreffen, und das machte sich so manch anderer Landesherr zunutze, indem er das Privileg, dort Arzneihandel treiben zu dürfen, wechselweise vergab, um möglichst hohe Einnahmen zu erzielen.

»Und? Was hat der Mann erzählt?«, fragte Klara, die sich wunderte, was ein Laborant aus Großbreitenbach ausgerechnet in einer Königseer Gastwirtschaft zu suchen hatte.

»Er wollte wissen, ob es in letzter Zeit Probleme auf unseren Strecken gegeben habe«, antwortete Tobias. »Er selbst hat im Frühjahr zwei Strecken verloren. Angeblich würden seine Arzneien nichts taugen. Dabei sind die Großbreitenbacher Laboranten gewiss nicht schlechter als wir.«

»Vielleicht waren die Heilpflanzen schlechter als in den Jahren zuvor, so dass die Arzneien an Wirksamkeit verloren haben«, überlegte Klara.

»Wir sollten uns davon nicht den Appetit verderben lassen«, warf ihr Schwiegervater ein. »Heute habe ich endlich mal wie-

· 39 ·

der richtig Appetit. Das ist selten, seit meine Magdalena von uns gegangen ist.«

»Vater hat recht. Greift zu!«, forderte Tobias die beiden Frauen auf.

»Aber erst, nachdem er oder du das Tischgebet gesprochen habt. Wir wollen uns doch bei unserem Herrgott dafür bedanken, dass unser Tisch so reichlich gedeckt ist«, sagte Klara lächelnd und faltete die Hände.

Ihr Schwiegervater sprach das Dankgebet, und danach hörte man geraume Zeit nichts weiter als das Klappern des Geschirrs. Nach dem Mittagessen half Martha Kuni, den Tisch abzutragen und die Teller und das Besteck zu spülen. Tobias schenkte sich und seinem Vater je ein Glas Schlehenwein ein und trank einen Schluck. Er grübelte schweigend vor sich hin, dann schüttelte er den Kopf. »Das, was wir von dem Laboranten aus Großbreitenbach gehört haben, gefällt mir gar nicht. Unsere Wanderprivilegien wurden teuer bezahlt! Man kann sie doch nicht so einfach außer Kraft setzen – und das mit einer so jämmerlichen Begründung.«

»Wir hatten bislang keine Probleme, ebenso wenig die anderen Königseer Laboranten. Auch aus Oberweißbach haben wir nichts gehört«, wandte sein Vater ein. »Vielleicht steckt irgendeine Verstimmung zwischen den entsprechenden Landesherren mit dem Fürsten von Schwarzburg-Sondershausen dahinter, also etwas, was uns hier in Schwarzburg-Rudolstadt gar nicht betrifft.«

»Ich habe trotzdem ein ungutes Gefühl«, antwortete Tobias.

Klara hörte nur zu und sorgte dafür, dass genug Schlehenwein auf dem Tisch stand.

Gerade verzog ihr Mann verärgert das Gesicht. »Ausgerechnet jetzt muss ich nach Weimar reisen! Dabei würde ich lieber hierbleiben, um rasch reagieren zu können, wenn es zu einem

Zwischenfall kommt. Vielleicht könnten wir die Arzneien ja auch mit der Post schicken.«

»Wie stellst du dir das vor?«, tadelte ihn sein Vater. »Apotheker Oschmann zu Weimar ist ein wichtiger Kunde. Da können wir es nicht bei einer Kiste belassen, die er bei der Poststation abholen muss. Auch hat ein hoher Weimarer Beamter eine Bestellung aufgegeben. Sie ist zwar nicht groß, aber einem solchen Herrn muss man um den Bart gehen, weil er jederzeit Zutritt zu Herzog Wilhelm Ernst hat. Wenn wir ihn verärgern, könnte es uns schaden.«

»Wie heißt dieser Mann denn?«, fragte Klara.

»Albert von Janowitz«, antwortete ihr Schwiegervater. »Er soll ein bekannter Dichter sein.«

»Auch das noch!«, stöhnte Tobias. »Einer der Herren, die ihre Zeit damit verschwenden, sich Gedichte auszudenken, die dann, auf gutem Papier gedruckt, dazu dienen, die Öfen anzuheizen.«

»So schlimm ist es mit Herrn von Janowitz nicht. Er soll recht anstellige Verse verfassen. Doch seine wahre Vorliebe gehört Steinen und Käfern, habe ich mir sagen lassen«, erklärte Just.

»Von wem?«

»Von Oschmann, dem Weimarer Apotheker, zu dem du fahren sollst. Er hält sehr viel von Herrn von Janowitz. Dieser hat ihn sogar auf einige fremdländische Heilpflanzen aufmerksam gemacht, die ich in Zukunft ebenfalls erproben will. Der Mann ist wichtig für uns, denn ich hoffe, dass er mich berät. Sagt er jedoch ein abschlägiges Wort zu seinem Landesherrn, bleibt das Herzogtum Sachsen-Weimar unseren Buckelapothekern verschlossen. Wir verlören daher im nächsten Jahr eine oder sogar zwei Strecken.«

»Also gut, ich fahre nach Weimar!« Tobias stöhnte, sagte sich dann aber, dass es wichtig war, dort gut Wetter zu machen. Wenn sie die Privilegien in diesem Gebiet verloren, würde es

schwer sein, diese gleichwertig zu ersetzen. Weimar war nämlich zu Fuß in wenigen Tagen zu erreichen, während einige ihrer
Wanderapotheker viele Tage oder sogar Wochen brauchten, um
an den Ausgangspunkt ihrer Strecken zu gelangen.

4.

Die nächsten Tage verliefen ruhig. Es gab keine Nachrichten mehr, dass Buckelapotheker, seien sie aus Schwarzburg-Sondershausen oder Schwarzburg-Rudolstadt, irgendwo
behindert worden wären. Deshalb hatte sich Tobias mit dem
Gedanken angefreundet, nach Weimar zu fahren, und beschlossen, dort ein hübsches Geschenk für Klara zu kaufen. Sie war
nicht nur eine gute Hausfrau und bereitwillige Gefährtin im
Bett, sondern bot ihm und seinem Vater ein angenehmes Leben.
Natürlich hatte sie ihre Marotten. So konnte sie, wenn sie zu
Fuß unterwegs war, nie ihre Hände von Heilpflanzen lassen, die
sie entweder auf dem Dachboden trocknete oder gleich verarbeitete. In der Hinsicht vermochte sie es mit jedem ihrer Destil-
lateure aufzunehmen. Dies war auch ganz gut, denn wenn sein
Vater unpässlich war, brauchte er jemanden, der ihm bei der
Herstellung von Arzneien zur Hand ging.

Auch an diesem Tag setzte er wieder eines der Mittel an. Klara reichte ihm die einzelnen Zutaten, während Martha sich oben
um den kleinen Martin kümmerte.

»Wann willst du nach Weimar fahren?«, fragte Klara, als sie
von dem getrockneten Salbei die Menge abwog, die Tobias forderte.

»Frühestens nächste Woche. Einen Tag brauche ich hin, einen
bleibe ich, und am dritten komme ich wieder nach Hause.«

»Ist Weimar eine große Stadt?«, fragte Klara weiter.

· 42 ·

»Wenn man sie mit unserem Königsee vergleicht, schon. Es gibt aber weitaus größere Städte wie Erfurt oder Leipzig. Nach Leipzig will ich heuer übrigens zur Herbstmesse fahren. Es ist zwar schön und gut, dass unsere Buckelapotheker durch die Lande ziehen, doch ferne Kunden würde ich lieber durch die Post beliefern. Wenn wir alles in eine feste Kiste packen und mit Holzwolle ausstopfen, kann nichts kaputtgehen.«

Klara nickte beeindruckt. Ihr Mann gab sich nicht damit zufrieden, ein paar Wanderapotheker loszuschicken, sondern wollte mehr erreichen. Wer immer auf derselben Stelle stehen bleibt, erreicht nie sein Ziel, sagte er häufig. So ganz begriff Klara nicht, was er damit meinte, denn sie hatten auch so ein angenehmes Leben. Doch wenn mehr Kinder kamen und diese sich das Erbe teilen mussten, war es wohl besser, wenn genug da war. Ihre Nachkommen sollten ein solides Fundament für ein angenehmes Leben und einen guten Broterwerb erhalten.

»Wir sind gleich fertig! Ich brauche nur noch etwas Minze und Kümmel. Danach müssen wir das Zeug ein paar Tage ruhen lassen, bevor wir es abfüllen können.«

Tobias' Bemerkung beendete Klaras Gedankengang, und sie beeilte sich, das Verlangte abzumessen. Als alles fertig war, schnupperte sie an ihren Händen, die nach dem Hantieren mit den Heilpflanzen besonders gut rochen.

Als Tobias es sah, nahm er ihre Hände in die eigenen und legte sie an sein Gesicht. »Ich liebe dich, Klara. Ich liebe dich über alles!«

»Ich liebe dich auch!« Klara lehnte sich an ihn und war einfach nur glücklich.

»Was meinst du, ob wir heute Abend ein wenig Adam und Eva spielen können?«, fragte Tobias.

»Ich denke schon! Du musst nur sehr vorsichtig sein.«

»Lange wird es leider nicht mehr gehen!« Tobias seufzte leise und strich seiner Frau über den bereits leicht gerundeten Bauch.

»Ich werde froh sein, wenn unsere Tochter geboren ist und wir wieder richtig miteinander kuscheln können.«

»Kuscheln können wir auch so, doch mit mehr werden wir uns in den nächsten Monaten zurückhalten müssen. Aber sag, weshalb willst du unbedingt eine Tochter haben?«

»Ich bin allein aufgewachsen und habe mir immer eine Schwester gewünscht«, erklärte Tobias. »Außerdem spreche ich als berechnender Familienvater. Einer Tochter gibt man eine gewisse Mitgift in die Ehe mit, und damit hat es sich. Der größte Anteil meines Erbes würde daher an Martin gehen.«

»Und was machst du, wenn ich dir zwanzig Söhne schenke?«, fragte Klara mit einem Hauch von Bosheit.

»Die Antwort will ich dir lieber ersparen«, antwortete Tobias lachend.

Er wollte noch mehr sagen, doch da steckte Martha den Kopf zur Tür herein. »Draußen steht der Pastor von Katzhütte und …«

Sie brach ab, doch ihr entsetzter Gesichtsausdruck verriet Klara genug. Wie es aussah, hatte der alte Kircher sich hinter den Pfarrer gesteckt, um die Schwiegertochter zurückzuholen. Klara hätte sich gewünscht, dass Fritz Kircher ein wenig mehr Mut besitzen und sich gegen seinen Vater durchsetzen würde. Ihr Schwiegervater war da ein ganz anderes Kaliber. Rumold Just vertraute sie. Auch wagte Tobias durchaus das eine oder andere Widerwort, wenn er im Recht zu sein glaubte. Eine Situation wie die, in der Martha sich befand, wäre in dieser Familie undenkbar.

Dieser Gedanke entband sie jedoch nicht von der Pflicht, sich für ihre Freundin einzusetzen. »Ich komme!«, sagte sie und löste sich aus Tobias' Armen.

»Was hast du denn ausgefressen, dass gleich der Pastor hinter dir herkommt?«, fragte dieser Martha lächelnd.

»Martha hat gar nichts ausgefressen!« Klaras Stimme klang scharf, denn ihre Freundin sah aus, als würde sie jeden Augenblick in Tränen ausbrechen.

»Komm, das fechten wir gemeinsam aus«, forderte sie Martha auf und legte ihr den rechten Arm um die Schulter.

Tobias sah den beiden nach und begriff, dass die Gründe für Marthas Erscheinen schwerwiegender sein mussten, als es zunächst den Anschein gehabt hatte.

5.

Runi hatte es nicht gewagt, den Pfarrer draußen vor der Tür warten zu lassen, und ihn daher in die gute Stube geführt. Dort sah er sich neugierig um. Der Tisch, die Stühle und der Schrank waren solide Schreinerarbeit. Obwohl nicht übertrieben schmuckvoll, verrieten sie, dass hier keine armen Leute lebten. An der Stirnseite hing ein Kruzifix, daneben zwei Gemälde, die Rumold und Magdalena Just in mittleren Jahren zeigten, als genug Geld ins Haus gekommen war, um sich eine solche Ausgabe leisten zu können.

Auch wenn der Pastor beeindruckt war, wollte er seinen Auftrag zu Ende führen. Als er hörte, dass jemand die Kammer betrat, drehte er sich um und sah der Hausherrin und der Frau entgegen, deretwegen er den Weg von Katzhütte hierher auf sich genommen hatte.

»Guten Tag, Herr Pastor! Wäre ein Becher Schlehenwein genehm?«, fragte Klara.

Der Pfarrer leckte sich unwillkürlich die Lippen. Klaras Mutter Johanna Schneidt bereitete den besten Schlehenwein im weiten Umkreis, und es hieß, die Tochter stände ihr in nichts nach.

· 45 ·

»Nun, ein Gläschen mag angehen«, sagte er daher und wartete, bis Klara ihm eingeschenkt hatte. Danach trank er einen Schluck und fixierte Martha mit einem strafenden Blick.

»Was hast du dir gedacht, die häusliche Gemeinsamkeit mit deinem dir vor Gott angetrauten Ehemann aufzugeben und davonzulaufen?«

Da Martha aussah, als wolle sie auch jetzt weglaufen, hielt Klara sie fest. »Ich sagte doch, das stehen wir gemeinsam durch«, flüsterte sie ihr ins Ohr und sah dann den Pfarrer herausfordernd an.

»Wer hat Euch geschickt?«

»Nun, es war der ehrenwerte Hermann Kircher, seines Zeichens Bauer …«

»Kätner«, unterbrach Klara ihn.

»… in Katzhütte«, setzte der Pfarrer seinen Satz fort, ohne den Einwand zu beachten.

»Also nicht Fritz Kircher, der als Einziger das Recht hat, Martha zur Rückkehr aufzufordern?«, fragte Klara mit abweisender Stimme.

»Ob Schwiegervater oder Ehemann, bleibt sich doch gleich!«, antwortete der Pfarrer verärgert, weil ihm unerwarteter Widerstand entgegenschlug.

»Nicht in allen Dingen bleibt sich das gleich«, fuhr Klara fort, während Martha immer weiter schrumpfte.

»Ich schäme mich so!«, flüsterte sie.

Der Pfarrer hörte es trotzdem und verstand es falsch. »Du hast auch allen Grund dazu. Fritz Kircher und sein Vater haben dir, einer Landfremden, eine neue Heimat gegeben und dich in ihre Familie aufgenommen. Du solltest ihnen dafür auf Knien danken!«

»Meine Freundin ist bereit, die eheliche Gemeinschaft mit ihrem Mann fortzusetzen, jedoch nicht mehr auf dem Hof seines Vaters. Martha hat viel Geld mitgebracht, das für den Kauf neuer Grundstücke verwendet wurde. Der Vertrag, den mein Schwiegervater aufgesetzt hat, spricht ihr und ihrem Mann dieses Land zu, nicht dessen Vater. Wenn Fritz Kircher bereit ist, dort eine Hofstelle einzurichten und sie gemeinsam mit meiner Freundin zu bewirtschaften, wird sie es tun. Auf den Hof des alten Kircher kehrt sie nicht zurück, es sei denn, dieser würde sich erneut verheiraten und bei seinem Weib leben. Soll ich noch deutlicher werden?« Klaras Stimme stellte eine einzige Anklage gegen Marthas Schwiegervater dar.

Damit brachte sie den Pfarrer in eine Zwickmühle. Dieser kannte den alten Kircher gut genug, um zu begreifen, was sie meinte. Wenn er darauf bestand, dass Martha zu ihrem Mann zurückkehrte, leistete er womöglich einer schlimmen Sünde Vorschub. Tat er es jedoch nicht, würde er in seinem Sprengel an Autorität verlieren.

Er bemühte sich, eine überlegene Miene aufzusetzen, und sah Martha durchdringend an. »Gott wird dir die Kraft geben, deine Pflicht als Ehefrau des braven Fritz Kircher zu erfüllen.«

»Ihr habt die Bedingungen gehört, die meine Freundin für ein weiteres Zusammenleben mit ihrem Mann stellt. Werden sie erfüllt, ist es gut. Wenn nicht, werdet auch Ihr es nicht ändern können«, erklärte Klara.

»Weshalb sprecht Ihr die ganze Zeit? Martha Kircher hat selbst einen Mund, um ihre Meinung kundzutun.« Der Pfarrer versuchte, Klara einzuschüchtern, doch diese blieb fest.

»Martha tut damit, dass sie bei mir ist, ein gutes Werk, denn ich bin guter Hoffnung und kann ihre Hilfe und Unterstützung gut gebrauchen.«

»Sie soll selbst reden!«, fuhr der Pfarrer auf.

Da Martha so aussah, als würde sie sich am liebsten ins nächste Mauseloch verkriechen, zwickte Klara sie ordentlich. »Sag dem Herrn Pastor, dass es so ist und nicht anders!«

· 47 ·

»Es ist so, Herr Pastor! Ich kehre nicht in das Haus meines Schwiegervaters zurück. Das könnt auch Ihr nicht von mir verlangen.«

Marthas Stimme zitterte, doch sie gab nicht nach. Ihr Schwiegervater hatte sie einmal vergewaltigt, und sie wollte dies kein zweites Mal mehr durchleben müssen.

Mittlerweile hatte der Pfarrer begriffen, dass er kein besseres Ergebnis erreichen konnte. Er hätte nun die Büttel holen und Martha durch diese nach Katzhütte bringen lassen können. Klaras eisiger Blick warnte ihn jedoch davor. Ihr traute er zu, Dinge an die Öffentlichkeit zu bringen, die den alten Kircher in keinem guten Licht erscheinen lassen würden – und ihn ebenso wenig, weil er nicht in der Lage gewesen war, den Mann von seinem sündhaften Tun abzuhalten.

»Ich werde deinem Mann sagen, dass du deiner Freundin während ihrer Schwangerschaft beistehen willst und daher nicht nach Hause zurückkehren kannst«, sagte der Pfarrer, um nicht als vollends gescheitert zu gelten.

»Wollt Ihr noch einen zweiten Becher Schlehenwein und vielleicht ein Stück Kuchen?«, fragte Klara freundlich.

Der Pfarrer sagte sich, dass es doch eine Weile dauern würde, bis er wieder daheim war, und nickte. Rasch wollte er den Becher leeren, stellte aber fest, dass er bei dem heftigen Streitgespräch mit Klara bereits alles ausgetrunken hatte.

6.

Klara sah erleichtert zu, wie der Pfarrer das Haus verließ und seinen Wagen bestieg. So mutig, wie sie sich ihm gegenüber gegeben hatte, war sie nicht gewesen. Sie hatte nur deshalb durchgehalten, weil sie hatte verhindern wollen, dass ihre Freundin erneut unter den Nachstellungen des alten Kircher zu leiden hatte. Nun hoffte sie, dass der Pastor auf Marthas Mann einwirken würde, damit dieser sich endlich gegen seinen Vater behauptete und nicht wieder einknickte.

»Ich hatte solche Angst«, sagte Martha. »Der Pfarrer ist ein strenger Herr, und der alte Kircher kann gut mit ihm, weil er immer in die Kirche läuft und ihm berichtet, wenn andere etwas tun, das der Pastor nicht gutheißt. Erst letztens hat er deinen Bruder zurechtgewiesen, weil dieser nackt in der Schwarza gebadet hat.«

»Das sollte Albert auch nicht tun«, erwiderte Klara, die ihren Bruder auch getadelt hätte.

»Es war nicht Albert allein, sondern mehrere Dorfjungen, und es geschah an einem sehr heißen Tag. Also war es wohl verzeihlich. Ich hätte es auch gerne getan.«

»Was?«

»Nackt gebadet! Aber das ging schon wegen dem alten Kircher nicht. Der hat mich nämlich nicht aus den Augen gelassen.«

»Man badet nicht nackt«, wies Klara ihre Freundin zurecht.

»Aber so macht es mehr Freude. Ein Hemd behindert einen im Wasser, und wenn man hinaussteigt, hängt es einem klitschig am Leib, und man kann genauso viel sehen, als wäre man nackt.«

Das war wieder die Martha, die Klara kannte. Sie umarmte die Freundin und versetzte ihr einen sanften Nasenstüber. »So darf man wirklich nur baden, wenn keiner zusehen kann.«

»Darum habe ich es ja auch nicht getan! Der Alte hat mich stets mit seinen Blicken verfolgt. Würde der Teufel ihn holen, wäre es das Beste für mich. Ich könnte zu Fritz zurück und vielleicht doch noch schwanger werden.« Martha stieß zornig die Luft aus den Lungen, musste dann aber lachen.

· 49 ·

»Was ist denn jetzt mit dir?«, fragte Klara verwundert.

»Ich habe gerade daran gedacht, dass ich nun sechs Monate Ruhe vor dem Alten habe. Vielleicht sogar noch mehr, denn du wirst mich gewiss auch nach deiner Niederkunft eine Zeitlang brauchen. Es wird Martin nicht gefallen, deine Liebe plötzlich mit einem Schwesterchen teilen zu müssen.«

»Jetzt redest du mir auch schon eine Tochter nach. Es reicht mir, dass Tobias das tut!« Klara schüttelte in scheinbarer Empörung den Kopf, musste aber auch lachen. »Ich würde es ihm gönnen, jedes Jahr Vater eines Sohnes zu werden.«

Martha streckte abwehrend beide Hände aus. »Jedes Jahr ein Kind? Bei Gott, das wäre mir zu viel!«

»Mir auch«, gab Klara zu, »aber ein drittes und vielleicht auch viertes Kind darf noch kommen. Achtzehn wie bei einer Nachbarin hier in der Straße sollten es aber nicht werden.«

»Oh Gott, so viele?«, rief Martha entsetzt. »Da kann man doch aufpassen und es vermeiden, sich während der fruchtbaren Tage mit einer Frau zu paaren. Oder auch nicht, wenn der Ehemann auf sein Recht pocht und rammeln will, wie es ihm passt.«

»Auf jeden Fall sollten wir jetzt von etwas anderem reden«, erklärte Klara. »Wo steckt denn Martin?«

»Der ist bei Kuni in der Küche. Ich habe ihr versprochen, ihn gleich wieder zu holen. Oh Gott, sie wird mich schelten, weil es so lange gedauert hat!« Mit diesen Worten eilte Martha los und ließ Klara kopfschüttelnd zurück.

Kurz darauf kam Tobias herein. »Ist der Katzhüttener Pastor schon wieder weg? Ich hoffe, er hat keine schlimme Nachricht von deiner Familie gebracht.«

Klara spürte seine Neugier, wollte aber nicht, dass er den genauen Grund erfuhr, aus dem der Pfarrer hier gewesen war. »Nein, meiner Familie geht es gut. Der Pastor überbrachte nur einen Gruß von ihnen.«

»Du bist keine gute Lügnerin«, sagte Tobias leise. »Es geht um Martha. Sie ist von zu Hause weggelaufen, nicht wahr?«

»Dir kann man auch wirklich nichts verheimlichen«, sagte Klara seufzend. »Du solltest nicht schlecht von ihr denken. Sie hatte ihre Gründe.«

»Du willst es mir also nicht sagen?« Tobias klang enttäuscht.

Klara hob in einer hilflosen Geste die Hände. »Es geht nicht ums Wollen. Ich möchte Martha nicht beschämen.«

»Es ist also etwas Unangenehmes vorgefallen, an dem sie beteiligt war«, schloss Tobias aus ihren Worten.

»Nicht freiwillig!« Zu mehr war Klara nicht bereit.

Tobias pfiff leise durch die Zähne. »So ist das also.«

»Was?«, fragte Klara verständnislos.

»Wir waren doch auf der Beisetzung von Marthas Schwiegermutter. Dabei sind mir die Blicke aufgefallen, mit denen ihr Schwiegervater sie gemustert hat. Damals dachte ich mir nicht viel dabei, doch wenn ich es mit dem in Zusammenhang bringe, was du mir eben gesagt hast, würde ich sagen, der alte Kircher ist zudringlich geworden.«

»Dabei sollten wir es belassen!« Klara lächelte schmerzlich, denn ihr tat die Freundin leid, die, wenn es schlecht kam, nicht nur ihre Heimat, sondern auch ihr ganzes Geld verlieren würde, denn das war bei der Eheschließung an ihren Mann gefallen.

Tobias dachte kurz über ihre Worte nach und nickte. »So muss es gewesen sein! Der alte Kircher hat sie gezwungen, ihm zu willfahren. Deutlicher will ich nicht werden. Sage ihr, sie kann so lange bei uns bleiben, wie sie will. Ich werde meinen ganzen Einfluss in die Waagschale werfen, damit sie Haus und Hof nicht als Bettelweib verlassen muss.«

Da er fühlte, wie traurig seine Frau war, schloss er sie in die Arme und küsste sie. »Du wirst sehen, es wird alles gut!«

7.

Ein paar Tage lang sah es so aus, als ginge Tobias' Prophezeiung in Erfüllung. Klaras und Marthas Laune besserte sich wieder, und da Klaras Schwangerschaft noch nicht so weit fortgeschritten war und die Übelkeit nachgelassen hatte, konnte sie kräftig mit anpacken. Daher ging die Arbeit allen gut von der Hand.

Tobias überlegte bereits, auf einer besonders ertragreichen Strecke zwei Wanderapotheker einzusetzen, da einer kaum noch in der Lage war, sie allein zu bewältigen. Gerade als er mit seinem Vater das Für und Wider besprach, schlug jemand den Türklopfer an. Da Kuni meistens öffnete, kümmerten die beiden Männer sich nicht darum. Dann aber hörten sie jemanden die Treppe in den Keller herabkommen und blickten zum Destillierraum hinaus.

Vor ihnen stand ein Knecht des Posthalters, dem Tobias und sein Vater seit einigen Jahren die Kisten mit ihren Arzneien anvertrauten. »Gott zum Gruß, Herr Just«, begann der Mann. »Ich bin geschickt worden, um Euch zu sagen, dass mit der letzten Postkutsche ein Brief für Euch gekommen ist.«

»Ein Brief? Der kann nur von einem Apotheker sein, der entweder seine Ware nicht erhalten hat oder welche nachbestellen will«, meinte Tobias.

Sein Vater nickte und sah den Wirtsknecht auffordernd an. »Gib mir den Brief!«

»Der ist noch bei meinem Herrn«, antwortete der Bursche. »Es ist darauf vermerkt, dass Ihr ihn selbst abholen müsst.«

»Was für ein Unsinn!«, stieß Rumold Just verärgert aus. »Holst du ihn, Tobias, oder soll ich gehen?«

Tobias war schon halb bei der Tür. »Wenn es dir genehm ist, hole ich ihn. Oder willst du auf einen Krug Bier oder ein Glas Wein dorthin gehen?«

· 52 ·

»Geh ruhig! Mir reicht es, wenn wir am Sonntag nach der Kirche einen Krug trinken. Ich will noch mal in Ruhe nachrechnen, ob es sich auf dieser Strecke wirklich lohnt, zwei Leute loszuschicken.«

»Tu das! Und du kommst mit.« Das Letzte galt dem Knecht.

Dieser machte unauffällig die Geste des Geldzählens und erhielt von Rumold Just eine Münze zugesteckt.

Unterdessen stieg Tobias nach oben, zog seinen Rock an und setzte den Hut auf. Klara, die gerade in die Küche wollte, blieb stehen. »Du willst noch einmal fort?«

»Wollen ist gut! Ich soll einen Brief abholen, der beim Posthalter liegt.«

»Bis jetzt hat doch immer einer seiner Knechte die Briefe gebracht. Wieso musst du diesen selbst abholen?«, fragte Klara verwundert.

»Ich weiß es auch nicht! Vielleicht hat ein Apotheker eine Arzneiprobe zurückgeschickt, die ihn überzeugt hat, und will unbedingt dieses Mittel haben.«

Mit diesen Worten verließ Tobias eilig das Haus. Die wenigen Schritte zum Posthalter hatte er rasch zurückgelegt und trat dort ein.

Sofort kam die Schankmaid mit schwingenden Hüften auf ihn zu. »Der junge Herr Just! Was darf es denn sein, ein Krug Bier oder vielleicht doch ein Becher Wein?«

»Weder noch! Es heißt, es gäbe hier einen Brief für uns. Ich will ihn abholen«, antwortete Tobias.

Ihm kam der Verdacht, der Posthalter hätte es aufgegeben, hier ankommende Briefe durch seine Knechte verteilen zu lassen, damit die Bewohner zu ihm kamen und dabei an den Tischen sitzen blieben und zechten. Dazu aber war er nicht bereit.

»Was ist? Bekomme ich jetzt den Brief?«, fragte er scharf.

· 53 ·

Nach einem verächtlichen Achselzucken rief die Magd einen der Knechte herbei und forderte ihn auf, das Schreiben für den Laboranten Just zu holen. Der Mann schlurfte davon, und an seiner Stelle kam der Wirt herein.

»Der junge Herr Just steht trocken da wie die Wüste in meiner Gaststube«, stichelte er.

»Ich bin auch nicht zum Trinken gekommen, sondern um einen Brief zu holen«, antwortete Tobias.

»Der Brief? Ach ja! Der kam mit der letzten Postkutsche. Muss etwas Wichtiges sein, denn er trägt ein amtliches Siegel. Ihr wollt wirklich nichts trinken?«

Tobias schüttelte den Kopf. »Nein, ich muss wieder nach Hause!«

»Hält Euch Euer Weib am kurzen Zügel oder Euer Vater? Ihr kommt ohnehin kaum mehr zu mir, sondern trinkt Euer Bier zu Hause. Dabei schicke ich Eure Kisten quer durchs Land.«

»Ihr verdient auch genug daran!« Tobias' Ärger wuchs, doch der Posthalter ließ sich nicht aufhalten.

»Verdienen tun die Herren von Thurn und Taxis sowie die Besitzer der Postkutschenlinien. Bei mir bleibt das wenigste hängen.«

»Dann füllt mir in drei Teufels Namen einen Krug Bier und bringt mir endlich den Brief!«

Gegen die Dickfelligkeit des Wirts kam Tobias einfach nicht an. Er setzte sich, wartete, bis ihm die Schankmaid einen vollen Krug hingestellt hatte, und trank einen Schluck. Wenigstens ist das Bier gut, dachte er, während der Wirt die Stube verließ und nach einer Weile endlich mit einem in braunes Papier eingeschlagenen Brief zurückkehrte.

»Da ist er!« Er legte den Umschlag vor Tobias auf den Tisch.

Dieser spürte die Neugier des Wirts und musterte selbst den Absender und das Siegel. Das Schreiben stammte aus Rübenheim, einer Stadt, in der sein Wanderapotheker Armin Gögel den meisten Profit erzielte. Aus dem Grund hatte er bereits überlegt, dem dortigen Apotheker Stößel die Arzneien durch die Post zukommen zu lassen. Dies erinnerte ihn an den Posthalter, der noch immer lauernd hinter ihm stand. Wenn es dazu kam, würde der Mann noch mehr Geld an ihm und seinem Vater verdienen.

Mit diesem Gedanken trank er aus, zahlte seine Zeche und das, was ihm der Posthalter für die Beförderung des Briefes abverlangte, und kehrte nach Hause zurück.

8.

Rumold Just wartete in dem kleinen Raum, in dem er seine Abrechnungen erledigte, auf seinen Sohn. Noch immer war er sich nicht im Klaren, ob er zwei Buckelapotheker zusammen auf die gleiche Strecke schicken oder diese besser teilen sollte. Für einen allein war es mittlerweile zu viel, doch für zwei reichte es noch nicht.

»Was meinst du, Tobias, sollen wir zwei oder drei Jahre lang einen Mann mit einem Jungen, den er einarbeiten soll, auf die Wanderschaft schicken?«, fragte er, als sein Sohn in den Raum trat.

»Hier ist der Brief«, sagte Tobias, anstatt auf die Worte seines Vaters einzugehen. »Er stammt vom Magistrat der Stadt Rübenheim.«

»Was wollen denn die von uns? Warum hast du den Brief nicht geöffnet?«

»Er ist an dich gerichtet! Außerdem war mir der Posthalter zu neugierig. Ich musste einen Krug Bier bei ihm trinken, sonst hätte er mir den Brief nicht ausgehändigt.«

· 55 ·

Rumold Just nickte lachend, erbrach das Siegel und zog den Brief heraus. Dieser war ebenfalls gesiegelt und äußerst ausschweifend formuliert. Einige Stellen musste Just daher zweimal lesen, bevor er sie verstand. Seine Miene wurde immer düsterer. Schließlich legte er den Brief auf den Tisch und sah seinen Sohn hilflos an.

»Man schreibt uns, Armin Gögel sei in Gewahrsam genommen worden. Er soll sich eines Verbrechens schuldig gemacht haben, das man uns aber nicht mitteilt.«

»Das kann ich nicht glauben!« Tobias nahm den Brief an sich und las ihn durch. Dabei schüttelte er mehrmals den Kopf.

»Armin Gögel ist ein junger, sehr zurückhaltender Mann. Nie hat er ein böses Wort über seine alte Mutter fallenlassen, obwohl diese ihm das Leben nach dem Tod des Vaters wahrlich nicht leichtgemacht hat.«

»Sie hat geschrien und getobt und den Jungen verprügelt. So manch anderer hätte, sobald er groß genug war, es ihr seinerseits mit Schlägen heimgezahlt, aber nicht Armin. Mich wundert es daher ebenso wie dich, dass er ein Verbrechen begangen haben soll«, erwiderte sein Vater kopfschüttelnd. »Wir dürfen ihn nicht im Stich lassen. Wenn eine Strafe zu zahlen ist, legen wir sie für ihn aus. Er kann sie ja im Laufe der Jahre in kleinen Beträgen abbezahlen.«

Tobias überlegte kurz und nickte dann, als müsse er einen Entschluss bekräftigen. »Ich werde nach Rübenheim fahren und mit den Leuten dort reden.«

»Aber was ist mit Weimar?«, fragte Just.

»Das kann ich auf dem Rückweg erledigen«, schlug Tobias vor.

Just schüttelte den Kopf. »Der Apotheker Oschmann erwartet nächste Woche deinen Besuch. Vielleicht sollte ich mich um Armin kümmern.«

»Reise du lieber nach Weimar«, antwortete Tobias. »Rübenheim ist um einiges weiter entfernt, und ich will dir die Strapazen einer solchen Fahrt nicht zumuten.«

»So alt und klapprig bin ich nun auch wieder nicht«, erklärte sein Vater bärbeißig. Dennoch war er froh, dass der Sohn ihm den längeren, weitaus anstrengenderen Weg abnehmen wollte.

»Wir können froh sein, dass Martha zu uns gekommen ist. Allein würde ich Klara ungern mit Kuni zurücklassen. Der ganze Haushalt, die Aufsicht über die Destillieranlage sowie unseren kleinen Rangen im Zaum halten, all das wäre ihr auf die Dauer doch zu viel.« Tobias atmete tief durch und sagte sich, dass er seine Frau über seine Reisepläne informieren musste. Je eher er in Rübenheim ankam, umso rascher konnte er sich um Armin Gögel kümmern.

»Ich werde die morgige Postkutsche nehmen«, sagte er kurzentschlossen.

Sein Vater wiegte den Kopf. »Sollten wir nicht zusammen abreisen? Wir könnten zumindest das erste Stück gemeinsam zurücklegen.«

»Das würde mich freuen, doch es sind noch nicht alle Proben für den Weimarer Apotheker fertig. Da ich dir nicht mehr helfen kann, muss Klara das übernehmen. Zum Glück ist Weimar mit der Postkutsche innerhalb eines Tages zu erreichen, aber du solltest sofort aufbrechen, wenn ihr fertig seid. Übernachte im *Elephanten.* Der soll sauber sein und kein Gesindel dulden.«

»Dann werde ich das wohl tun«, sagte Just seufzend und fragte sich erneut, was Armin Gögel angestellt haben mochte, weil man ein so seltsames Schreiben auf den Weg geschickt hatte.

Auch Tobias dachte darüber nach, war aber der Meinung, die Sache rasch klären zu können. Er ließ seinen Vater in der Kammer zurück und suchte nach seiner Frau. Als Erstes traf er auf

Martin, der Martha für den Augenblick entkommen war und nun nach unten in den Keller tapsen wollte, in dem so viele interessante Tiegel und Flaschen herumstanden.

»Halt, hiergeblieben!«, rief Tobias seinem Sohn lachend zu und fing das Bürschchen ein. »Du weißt doch, was deine Mama gesagt hat. Du darfst hier nicht hinunter! Wenn du nicht gehorchst, wird sie dir den Hosenboden strammziehen.«

Der Kleine sah mit vorgestülpten Lippen zu ihm auf. »Du und Großvater immer unten!«

»Wir müssen dort arbeiten. Aber bis du so weit bist, werden noch einige Jahre vergehen. Also husch zu deiner Mama oder zu Martha! Und wehe, du reißt ihnen wieder aus.«

Martin kannte diesen Ton und wusste, dass es besser war, zu gehorchen. Mit hängendem Kopf schlich er davon und murmelte, dass er auch unten arbeiten wolle.

»Das wirst du, mein Sohn, aber eben zu seiner Zeit. Dann aber wirst du dir so manches Mal wünschen, du könntest hoch und an die frische Luft gehen. Und nun sei brav und mache deiner Mama keine Sorgen. Sonst gibt es womöglich keinen Honigkringel am Sonntag.«

Dies war eine Drohung, die den Dreijährigen mehr beeindruckte als Schläge, die sich dann doch nur als leichte Klapse entpuppten.

Tobias folgte ihm und sah erleichtert, dass Martha bereits nach dem Jungen suchte. Nun fasste sie ihn bei der Hand und führte ihn ins Freie. Klara fand er in der Küche, wo sie mit einem Kochlöffel in einem Topf herumrührte.

»Kuni ist in den Hühnerstall, um zu sehen, ob die faulen Biester schon ein Ei gelegt haben«, sagte sie lächelnd zu Tobias.

»Sie sollten es tun, sonst wandern sie in die Suppe«, antwortete dieser.

»Die vier, die wir haben, sind dafür noch zu jung.«

· 58 ·

Tobias schüttelte sich in gespielter Empörung. »Soll das heißen, dass bei uns nur uralte, zähe Hühner in die Suppe kommen?«

»Wenn du es so siehst, ja! Jedes Tier hat seinen Nutzen. Das Schwein frisst die Küchenabfälle und liefert uns dafür Speck und Fleisch, die jungen Hühner legen Eier und sind daher zu wertvoll, um vor der Zeit in den Kochtopf zu wandern«, erklärte Klara.

Nun erst bemerkte sie Tobias' ernsten Blick. »Du bist gewiss nicht gekommen, um mit mir über Hühner zu reden.«

»Dir kann man nichts vormachen!« Tobias atmete kurz durch und lehnte sich gegen den Türstock. »Armin Gögel ist in Rübenheim in Schwierigkeiten geraten. Ich werde zusehen, dass ich bereits morgen einen Platz in der Postkutsche bekomme, um das Ganze zu klären.«

»Und was ist mit Weimar? Du wolltest doch dorthin fahren.«

»Das übernimmt Vater. Da ich ihm bei den Vorbereitungen nicht mehr helfen kann, möchte ich dich bitten, einzuspringen, damit er rechtzeitig fertig wird.«

Klara nickte. »Es wird wohl das Beste sein. Martha, Kuni und ich kommen ein paar Tage allein zurecht. Muss unten im Destillationsraum viel erledigt werden?«

»Ihr müsst nur die Proben für Oschmann fertigstellen. Von den meisten Mitteln haben wir genug vorrätig, so dass wir erst wieder im Herbst an die Arbeit gehen müssen. Bis dorthin können unsere Destillateure auf ihren Feldern arbeiten. Sollte wirklich etwas ausgehen, werden Vater und ich es nach unserer Rückkehr herstellen.«

Doch Tobias glaubte nicht, dass das notwendig werden würde, denn sie und die beiden Destillateure hatten den Winter über gut gearbeitet und einen hübschen Vorrat über das hinaus erzeugt, was ihre Wanderapotheker in den verschiedensten Orten verkaufen sollten.

· 59 ·

Einen Augenblick erinnerte er sich an den Bericht des Laboranten Liebmann aus Großbreitenbach, dessen Buckelapotheker in Schwierigkeiten geraten waren, und überlegte, ob es einen Zusammenhang mit Armin Gögel und dessen Problemen gab. Da er aber zu wenige Anhaltspunkte hatte, beschloss er, das Thema erst einmal ruhenzulassen.

»Ich packe jetzt meine Sachen und gehe anschließend zum Posthalter, damit er mir einen Platz für den morgigen Tag frei hält«, erklärte er, küsste Klara auf die Wange und begab sich in seine Kammer.

9.

Wie Tobias gehofft hatte, konnte er am nächsten Vormittag in die Postkutsche steigen. Klara begriff nicht, was in ihr vorging, doch sie verspürte beim Abschied eine große Angst um ihren Mann, die sie nur mit Mühe vor den anderen verbergen konnte. Das macht die Schwangerschaft, dachte sie. Um sich abzulenken, sah sie sich im Haus um und überlegte, was sie alles erledigen musste, bevor sie zu schwerfällig wurde.

Martha half ihr kräftig, während Rumold Just in dem Raum beschäftigt war, in dem er und Tobias die Arzneien aus den großen Töpfen und Flaschen in jene Behältnisse umfüllten, die die Wanderapotheker mitnahmen. Die meisten der Proben, die er nach Weimar bringen sollte, hatte er mit Klaras Hilfe bereits fertiggestellt, und er musste nur noch wenige abfüllen. Auch wenn es keine schwere Arbeit war, dauerte es seine Zeit, bis alles sorgfältig etikettiert und verpackt war.

Zuletzt sah Just zufrieden auf die Kiste hinab, die vor ihm stand, und sagte sich, dass er mit dem Inhalt bei Apotheker

Oschmann wie auch bei dem Geheimen Herzoglichen Rat Albert von Janowitz Ehre einlegen würde.

Um mehr über den Edelmann zu erfahren, hatte er sich einen der Gedichtbände, die dieser geschrieben hatte, besorgen lassen. Das Büchlein trug einen endlos langen und für ihn unverständlichen Titel, und er fand den Inhalt arg überspannt. Aber so etwas war wohl das Ergebnis, wenn Männer in höheren Positionen die Zeit fanden, das Dichterross zu reiten.

In diese Gedanken verstrickt, rutschte Just auf verschüttetem Öl aus und fiel hin. Gerade noch rechtzeitig riss er die Arme hoch und verhinderte, dass er mit dem Kopf gegen die Tischkante schlug. Gleichzeitig spürte er einen rasenden Schmerz im linken Bein, der ihm für ein paar Augenblicke den Atem raubte. Langsam erst begriff er, dass sein Fuß hart gegen die Anrichte gestoßen war, die saubere Gläser und Tiegel enthielt. Eine Weile blieb er liegen und nannte sich einen Narren, weil er nicht achtgegeben hatte. Als er versuchte aufzustehen, fuhr ihm erneut ein stechender Schmerz durch den linken Fußknöchel.

»Verdammt! Musste das sein?«, fluchte er, kam mühsam auf die Beine und wollte die paar Stufen hochsteigen, die zur Küche führten. Doch schon nach zwei Schritten hielt er sich fest und rief um Hilfe.

Klara und Martha waren sofort bei ihm, Letztere mit Martin auf dem Arm. Als sie Just einbeinig im Raum stehen und sich mit beiden Händen auf dem Tisch abstützen sahen, schrie Klara erschrocken auf.

»Was ist geschehen?«

»Mein Fuß!«, antwortete Just schnaubend. »Ich muss ihn mir verrenkt haben – oder Schlimmeres!«

»Um Gottes willen, nein!« Klara eilte zu ihm hin und legte den Arm um ihn. »Stütz dich auf mich! Ich bringe dich nach oben in deine Kammer und sehe dort nach deinem Bein.«

»Das geht nicht! Du bist doch schwanger und darfst dich nicht anstrengen«, widersprach ihr Schwiegervater.

Klara schüttelte den Kopf. »So weit, dass ihr mich in Holzwolle packen müsst, bin ich noch nicht. Außerdem kann Martha mir helfen.«

»Was ich auch gleich tue!« Ihre Freundin setzte Martin auf der Treppe ab, schob ihn ein Stück nach oben und trat an Justs andere Seite.

»Und nun keine Ziererei mehr!«, sagte sie. »Klara und ich werden das wohl noch schaffen.«

Just gab nach und war schließlich froh, als er auf seinem Bett lag. Klara zog ihm die Pantoffeln aus, und als sie den linken Knöchel berührte, zuckte er zusammen und stöhnte.

»Das sieht nicht gut aus«, stellte sie fest. »Zu dem kaputten Knöchel hast du dir ein paar Abschürfungen zugezogen, und ich würde nicht dagegen wetten, dass du morgen einige stattliche blaue Flecken vorweisen kannst.«

»Was muss ich auch so dumm fallen«, brummte Just ungehalten, während Klara seinen Fuß zuerst mit einer Salbe bestrich und anschließend verband. Obwohl sie sanft vorging, tat es so weh, dass er die Zähne zusammenbeißen musste.

»Hoffentlich ist nichts gebrochen!«, rief Martha besorgt.

Klara legte ihm eine Hand auf den Knöchel und bewegte mit der anderen den Fuß leicht hin und her. Obwohl ihr Schwiegervater schmerzerfüllt stöhnte, atmete sie auf. »Ich glaube nicht, dass etwas gebrochen ist. Meines Erachtens ist der Fuß verstaucht. Allerdings dauert die Heilung an dieser Stelle fast so lange wie bei einem richtigen Bruch. Zum Glück haben wir die passenden Salben und Elixiere im Haus. Aber du wirst einige Tage liegen bleiben müssen.«

»Unmöglich!«, rief Just erschrocken. »Ich muss übermorgen nach Weimar. Wenn ich die Arzneiproben nicht hinbringe, wird der Apotheker denken, wir wollen mit ihm nicht ins Geschäft kommen. Zudem verärgern wir diesen dichtenden Höfling!«

Er wollte aufstehen, doch Klara und Martha drückten ihn aufs Bett zurück.

»Du kannst nicht reisen! Sieh das doch ein«, bat Klara.

»Die Proben müssen nach Weimar!«, rief ihr Schwiegervater verzweifelt.

Klara sah ihn lächelnd an. »Ich werde sie hinbringen! Weimar liegt nicht so fern, als dass ich die Strecke nicht bewältigen könnte.«

»Was würde der Apotheker denken, wenn ein Weib zu ihm kommt und ihm die Arzneien zeigen will?«, brummte Rumold Just, aber er begriff, dass ihm keine andere Wahl blieb.

»Ich werde dem Herrn Apotheker Oschmann sagen, dass mein Mann auf Reisen ist und du dich so verletzt hast, dass du nicht fahren kannst«, antwortete Klara lächelnd und machte sich daran, den Knöchel zu versorgen.

Auch wenn es arg schmerzte, so bewunderte Just ihre sanften Hände. So wie Klara hatte auch seine Magdalena ihn einst versorgt. Er vergoss eine Träne, als er an seine verstorbene Frau dachte, und sagte sich nicht zum ersten Mal, dass sein Sohn bei der Wahl seiner Ehefrau das gleiche Glück gehabt hatte wie er.

10.

Klara verließ sich nicht nur auf ihre eigenen Kenntnisse, sondern schickte Martha los, um die Hebamme des Ortes zu holen. Diese verstand mehr von verstauchten und verrenkten Gliedern als die gelehrten Herren Doktoren und konnte gebrochene Knochen auch besser einrichten und schienen als der Bader.

Die Frau sah sich den Fuß an, drückte hier und dort und bewegte die Zehen und schließlich das Gelenk.

»Aua, das tut doch weh!«, stöhnte Just.

»Gebrochen ist der Knöchel nicht«, erklärte die Hebamme. »Mag aber sein, dass ein Knöchelchen ein wenig angebrochen ist. Auf jeden Fall ist er heftig verstaucht. Es ist besser, Just, Ihr bleibt einige Tage ruhig liegen und verwendet, wenn es Euch dann doch aus dem Bett treibt, eine Krücke.«

»Ich lasse dir noch eine schnitzen, bevor ich fahre«, versprach Klara.

Die Hebamme wandte sich ihr zu. »Du willst fort?«

»Ich muss! Der Hofapotheker zu Weimar wartet auf unsere Arzneien.«

»Der Hofapotheker gleich gar! Da kann Herr Just mich ja fürstlich entlohnen.« Die Hebamme hielt Klaras Schwiegervater fordernd die Hand hin.

»Du bekommst dein Geld von mir«, erklärte ihr Klara.

»Auch gut. Ihr werdet mich ja bald wieder brauchen.« Kichernd erhob sich die Frau und klopfte Just auf die Schulter. »Das wird schon wieder! Deine Schwiegertochter hat den Fuß sehr gut versorgt. Eigentlich hätte ich gar nicht zu kommen brauchen.«

»Und du willst auch noch Geld dafür, dass du nicht gebraucht wurdest!« Der Schmerz und der Ärger ließen Just harsch antworten, doch weder die Hebamme noch Klara gab etwas darauf.

»Du wirst jeden Tag kommen müssen und dir den Fuß ansehen«, forderte Klara die Hebamme auf. »Mein Schwiegervater ist zwar eine Seele von einem Menschen, aber leider auch ein wenig ungeduldig und wird nicht gerne im Bett bleiben.«

Die Hebamme winkte ab. »Er wird so lange darin liegen, wie es sein muss. Es sei denn, er will Gefahr laufen, einen Hinkefuß zu behalten, mit dem er am Sonntag nicht einmal richtig in die Kirche, geschweige denn ins Wirtshaus gehen kann.«

»Habt ihr nichts anderes zu tun, als mir die Zeit zu stehlen?«, fragte Just verärgert.

»Zeit habt Ihr die nächsten Tage genug«, spottete die Hebamme.

»Raus!«, brüllte Just und sah grimmig zu, wie die Frau lachend die Kammer verließ und Klara mit sich zog.

»Lass ihn schreien, wenn es ihm guttut!«, hörte er die Hebamme noch sagen, dann war er allein.

Klara brachte die Frau in die Küche. Dort bestrich Kuni der Hebamme eine Scheibe Brot dick mit Butter, während diese sich einen Becher Schlehenwein einschenkte.

»Sollte ich Martha lieber hierlassen?«, fragte Klara die Köchin.

»Du kannst nicht allein reisen!«, rief Martha, die neugierig hinzugekommen war. »Dafür ist allein schon die Kiste zu schwer.«

»Ich kann Kuni nicht mit der Pflege meines Schwiegervaters und Martins Betreuung beauftragen«, wandte Klara ein.

»Also, das werde ich wohl noch schaffen«, erklärte ihre Köchin. »Außerdem kann ich die Liese holen – wenn es genehm ist, heißt das. Es ist die Tochter meiner Schwester, und die muss nun mit zwölf Jahren selbst ihr täglich Brot verdienen.«

»Das ist ein ausgezeichneter Vorschlag«, lobte Martha sie. »Wenn Liese hier im Haus hilft, können Klara und ich unbesorgt nach Weimar fahren.«

Klara hatte ein wenig davor gegraut, allein reisen zu müssen. Daher erschien auch ihr dies als beste Lösung. »Also gut, machen wir es so«, sagte sie. »Kuni, kannst du deine Nichte holen, bevor wir abreisen? Ich möchte sie mir ansehen und ihr ein paar Maßregeln mitgeben. Nicht, dass sie Martin zu viele Freiheiten lässt und der Bengel in den Keller entwischt. Dort stehen etliche Sachen, die nicht in Kinderhände gehören.«

»Nur keine Sorge, Frau Klara!«, erwiderte Kuni. »Ich achte schon darauf, dass unserem Kleinen nichts zustößt. Und was die Liese angeht, so ist sie ein verständiges Ding und hat arbeiten gelernt. Außerdem musste sie zu Hause auf ihre jüngeren Geschwister achtgeben. Ihr werdet mit ihr zufrieden sein.«

»Davon bin ich überzeugt.«

Klara begriff, dass Kuni hoffte, ihre Nichte auf Dauer hier im Haus unterzubringen. Das ging jedoch nur, wenn Martha irgendwann zu ihrem Mann zurückkehrte. Aber dafür musste Fritz Kircher sich gegen seinen Vater durchgesetzt haben, so dass ihre Freundin vor dessen Nachstellungen sicher sein konnte. In der momentanen Situation kam ihr Liese als Hilfe gerade recht, und sie beschloss, das Mädchen nicht sofort wieder wegzuschicken, wenn sie aus Weimar zurückkehrte. Mit diesem Vorsatz ging Klara in den Raum, in dem die vorbereitete Kiste stand, und las die Begleitliste durch.

Da der größte Teil der Heilmittel an den Apotheker Oschmann und ein kleinerer an einen Weimarer Hofbeamten ging, strotzten die Blätter vor lateinischen Bezeichnungen. Inzwischen hatte sie so viel gelernt, dass sie die Bedeutung der meisten Wörter kannte. Bei einigen aber würde sie ihren Schwiegervater bitten müssen, sie ihr zu erklären. Da sie dies nicht aufschieben wollte, nahm sie die Liste an sich und suchte Just in dessen Kammer auf.

Seine Verletzung und der Gedanke, nutzlos hier herumliegen zu müssen, ließen Just unwirsch reagieren.

»Ich wusste doch, dass du das nicht schaffen wirst!«, blaffte er Klara an. »Bei Gott, warum hat sich alles gegen uns verschworen? Ich müsste fahren und könnte mit den Herren zu einer guten Übereinkunft kommen. Du kannst genauso gut zu Hause bleiben, denn bringen wird deine Reise uns nichts.«

Klara ließ das Geschimpfe des kranken Mannes an sich abperlen und fragte dann mit einem sanften Lächeln, was der Ausdruck Cort. cinnam. bedeutete.

»Chinesische Rinde«, erklärte Just. »Das ist dieses braune Pulver in dem kleinen Topf und hilft sehr gut gegen Fieber. Da es sehr teuer ist, sind daraus hergestellte Arzneien nur für Apotheken erschwinglich, die hohe Herrschaften beliefern. Für die anderen Fieberarzneien verwenden wir Brombeerblätter, Hagebutten, Holunder, Himbeeren, Lindenblüten, schwarzen Senf und anderes.«

»Die sind aber lange nicht so wirksam wie diese chinesische Rinde?«, fragte Klara.

Just zuckte mit den Schultern. »Jeder Mensch bekommt das, was er bezahlen kann. Für den Rest muss Gott sorgen.«

»So wird es wohl sein.« Klara klang traurig, und so ärgerte Just sich, sie angefahren zu haben.

»Es tut mir leid! Ich wollte dich nicht betrüben.«

»Mich betrübt nur die Ungerechtigkeit der Welt. Wer Geld hat, kann sich die beste Medizin kaufen, den Armen bleibt hingegen oft nur das Gebet.«

»Das hilft, wenn Gott es will, besser als die teuerste Arznei.« Just legte ihr die rechte Hand auf den Arm und lächelte. »Du wirst es schon schaffen, Kind! Immerhin hast du vor ein paar Jahren die Strecke deines Vaters bewältigt, und das hat dir niemand hier in Königsee zugetraut.«

Klara dachte mit einem gewissen Schaudern an jenen Sommer, in dem sie mit ihrem Reff bis nach Gernsbach gewandert war. Es war eine gefährliche Reise gewesen, und sie hatte etliche bedrohliche Situationen überstehen müssen. Als das größte Übel hatte sich ihr eigener Onkel herausgestellt. Er hatte sie umbringen wollen, um an den kleinen Schatz zu kommen, den ihr Vater hinterlassen hatte. Sie schüttelte sich bei dem Gedanken und kämpfte gegen den Trübsinn an, der sie überkommen hatte.

»Ich habe damals eine weitaus schwierigere Reise gemeistert. Wollen wir hoffen, dass ich auch diese Fahrt gut hinter mich bringe«, sagte sie leise.

»Es geht ja nur bis nach Weimar, und das nicht zu Fuß, sondern bequem in der Postkutsche. Gib aber acht, dass du dich darin nicht zu sehr stößt und womöglich vom Kind kommst.«

Kaum hatte Just es gesagt, bereute er es bereits. Durch ihre Schwangerschaft wurde seine Schwiegertochter stärker als sonst von Gefühlen und Ängsten geplagt, und die hatte er wirklich nicht verstärken wollen.

»Es wird alles gut, es wird alles gut«, versuchte er, sie zu beruhigen, und fragte, welchen lateinischen Begriff sie als nächsten erklärt haben wolle.

11.

Zusammen mit Martha gelang es Just, Klara aus ihrer Niedergeschlagenheit zu lösen. Am Abend saß sie mit ihrem Sohn auf dem Schoß am Tisch und fütterte ihn, während sie selbst erst etwas zu sich nahm, als der Junge erklärte, satt zu sein.

»Hat gut geschmeckt«, meinte er zu ihr.

»Das musst du Kuni sagen, denn die hat gekocht«, antwortete Klara.

Der kleine Mann zog eine Schnute, denn Kuni bewachte ihre Schätze an süßem Mus, Kuchen und ähnlich wohlschmeckenden Dingen besser als ein Drache sein Gold. Andererseits gab sie ihm immer mal etwas davon ab, wenn auch nie so viel, wie er es gerne gewollt hätte. Um sie nicht zu verärgern, sah er die Köchin an. »Hat gut geschmeckt!«

»Freut mich!«, sagte Kuni geschmeichelt und nahm sich vor, dem Jungen den Trennungsschmerz von seiner Mutter mit einem Marmeladenbrot zu lindern.

In dem Augenblick klopfte es draußen.

»Wer mag das um diese Zeit noch sein?«, fragte Martha verwundert und huschte zum Fenster, um hinauszuschauen. Als sie sich zu Klara umdrehte, war ihr Gesicht kalkweiß.

»Es ist mein Mann!«

»Fritz?« Klara fühlte sich durch das Auftauchen des jungen Kircher gestört. Wenn er Martha mit nach Hause nahm, würde sie allein nach Weimar reisen müssen. Selbst zu zweit würden Martha und sie sich durchsetzen müssen, weil Frauen im Allgemeinen nur in männlicher Begleitung durch die Lande fuhren.

»Was machen wir jetzt?«, fragte Martha bang.

»Am besten draußen stehen lassen, bis er schwarz wird«, antwortete Klara, wusste dabei aber selbst, dass dies keine Lösung war.

Sie atmete einmal tief durch und stand auf. »Wir werden wohl mit ihm reden müssen. Das sollte aber nicht zwischen Tür und Angel geschehen. Ich bringe ihn in die Kammer, in der unsere Weimarer Kiste steht.«

»Rede du mit ihm!«, bat Martha.

Klara schüttelte den Kopf. »Du wirst schon dabei sein müssen! Keine Angst, ich stärke dir den Rücken.« Mit der Bemerkung verließ sie die Küche und ging zur Haustür.

Es pochte erneut und heftiger als zuvor.

»Was soll das?«, schalt Klara laut genug, damit es von draußen verstanden werden konnte, und öffnete.

Fritz Kircher hatte eben die Hand erhoben, um erneut den Türklopfer anzuschlagen, senkte sie aber jetzt, als er Klara vor sich sah. »Ich will Martha holen«, sagte er mit betont fester Stimme.

· 69 ·

»Wollen kannst du viel!«, antwortete Klara und winkte ihm, einzutreten. »Wir reden im Haus weiter, oder willst du, dass die ganze Nachbarschaft mitbekommt, was wir dir zu sagen haben?«

Der junge Mann folgte ihr mit verbissener Miene, musterte Klara aber verstohlen. Sie war immer schon hübsch gewesen, doch nach der Geburt ihres Sohnes war sie zu einer wahren Schönheit herangereift. Allerdings wirkte sie viel zu selbstsicher, und daher hätte er am liebsten mit Martha allein gesprochen. Gegen sie konnte er sich vielleicht durchsetzen, doch bei Klara war dies unmöglich.

In der Kammer, in die Klara ihn führte, gab es nicht einmal Hocker. Sie sah auch nicht ein, warum sie für Fritz eine Sitzgelegenheit holen lassen sollte. Mit verschränkten Armen lehnte sie sich gegen die Wand und blickte den jungen Mann mit ernster Miene an. Er hatte sich mit Trotz gewappnet, doch sie spürte seine Unsicherheit. Dies gab Martha und ihr einen Vorteil, den sie auszunutzen gedachte.

»Martha, wo bleibst du?«, rief sie.

»Ich komme schon!«, kam es nicht gerade mutig zurück.

Um Klaras Lippen erschien ein nachsichtiges Lächeln. Sie hätte ihrer sonst so beherzten Freundin in dieser Beziehung etwas mehr Rückgrat gewünscht. Daher deutete sie mit dem Finger auf Fritz.

»Du weißt, weshalb Martha aus deinem Haus geflohen ist?«

Der schuldbewusste Ausdruck auf seinem Gesicht genügte ihr als Antwort. »Und doch willst du sie zurückholen, obwohl du weißt, was ihr dort zustoßen kann? Mein Gott, was bist du für ein erbärmlicher Wicht!«

Fritz Kircher hatte an ihren verächtlichen Worten zu kauen. Daher war er froh, als Martha hinter Klaras Rücken auftauchte. »Ich bin gekommen, um dich zurückzuholen«, sagte er zu ihr.

»Unser Herr Pastor sagt, dass es nicht nur mein Recht, sondern auch meine Pflicht wäre.«

»Deine Pflicht ist es, dein Weib zu beschützen!«, fuhr Klara ihm in die Parade. »Doch du hast zugelassen, dass dein Vater sie vergewaltigt hat.«

Es gefiel Fritz überhaupt nicht, dass Klara über alles, was im Haus seines Vaters geschehen war, Bescheid wusste.

»Der Pastor hat gesagt, dass es meine Pflicht ist, Martha zurückzuholen. Ich wäre sonst nicht würdig, nach meinem Tod ins Himmelreich einzugehen.«

Fritz klang verzweifelt, während Klara ihn verärgert anzischte. Der Pfarrer seines Heimatorts hatte seine Niederlage offenbar nicht hinnehmen wollen und alle Verantwortung auf Fritz abgeschoben. Wahrscheinlich steckte dessen Vater dahinter, dachte sie. Dem alten Kircher war es immer wieder gelungen, sich bei höhergestellten Personen lieb Kind zu machen. Viel hatte es ihm nicht genützt, denn er war arm geblieben und erst seit den Landzukäufen mit Marthas Geld zu einem gewissen Wohlstand gekommen.

»Ich bezweifle, dass du ins Himmelreich kommst, wenn du dein Weib zwingst, deinem Vater als Hure zu dienen!«, antwortete Klara mit leiser Stimme, da sie nicht wollte, dass ihr Schwiegervater, Kuni oder gar ihr Sohn diese Unterhaltung mitbekam.

»Wenn der Alte mich noch einmal anfasst, werde ich so schreien, dass das ganze Dorf zusammenläuft!«, stieß Martha erregt hervor.

In ihrer Jugend war sie Leibeigene gewesen und das Freiwild ihres Herrn und dessen Vertrauten. Daher wollte sie nun so leben, wie es einer verheirateten Frau zukam, und nicht wieder der Gier eines Mannes ausgeliefert sein, den sie verabscheute.

»Ich … nun, wir …«, stotterte Fritz, ohne ein verständliches Wort herauszubringen.

»Kannst du Martha vor deinem Vater schützen oder nicht?«, fragte Klara scharf.

»Er ist mein Vater, und ich kann ihn nicht verdammen«, flüsterte Fritz mit gesenktem Kopf.

Auch das war ein Satz, wie ein Pfarrer sie gerne lehrte, dachte Klara. »So wird dein Weib nicht zu dir zurückkehren, Fritz Kircher. Versuchst du es mit Gewalt, wird die ganze Welt erfahren, weshalb sie vor dir und deinem Vater geflohen ist.«

»Vater wird es abstreiten«, antwortete der junge Mann unglücklich.

»Aber du kennst die Wahrheit, und das ist noch schlimmer!« Klaras Stimme nahm wieder an Schärfe zu. »Du hast die Wahl: Entweder trennst du das Land, das Martha durch ihr Geld in die Ehe mitgebracht hat, von dem Besitz deines Vaters ab und lebst dort allein mit deiner Frau – oder sie bleibt hier.«

»Vater wird dieses Land nicht hergeben!«

»Er wird es tun müssen!«, trumpfte Klara auf. »Dieses Land ist Marthas Mitgift und gehört damit dir als ihrem Ehemann und nicht deinem Vater. Jeder Richter wird ihm dies genau erklären.«

»Mit dieser Auskunft kann ich mich nicht zu Hause sehen lassen.« Fritz sah Martha so verzweifelt an, dass es diese rührte. Bevor sie jedoch nachgeben konnte, griff Klara ein.

»Du wirst lernen müssen, dich gegen deinen Vater durchzusetzen, sonst wirst du deine Frau verlieren. Sollte Martha sich jedoch von dir trennen, hast du ihr einen Teil des Geldes, das sie in die Ehe mitgebracht hat, zurückzugeben.«

»Aber das haben wir doch nicht mehr!«, rief Fritz entsetzt.

»Dann werdet ihr Land verkaufen müssen.«

Klara war nicht bereit, auch nur um ein Jota nachzugeben. Entweder lernte Fritz, auf eigenen Beinen zu stehen, oder er war nicht der Mann, dem sie ihre Freundin anvertrauen wollte.

»Was soll ich denn tun?«, fragte Fritz verzweifelt. »Wenn ich mit leeren Händen nach Hause komme, schelten mich der Herr Pastor und mein Vater und drohen mir mit Satan und der Hölle.«

»Das kann höchstens der Pfarrer, und der sollte sich vorsehen, weil er damit eine schwere Sünde gutheißen würde!« Klara musterte den jungen Mann und Martha, die kurz davor war, Fritz tröstend in die Arme zu schließen, und überlegte, was sie tun sollte.

»Du sagst, du kannst mit dieser Nachricht nicht nach Hause zurückkehren?«, fragte sie.

Fritz nickte eifrig.

»Dann solltest du es auch nicht tun. Martha und ich wollen übermorgen nach Weimar aufbrechen. Auf dieser Reise könnten wir einen Mann brauchen, der unsere Kiste trägt und als unser Reisemarschall gilt. Uns wäre damit sehr geholfen, und du hättest Zeit, dich mit Martha auszusprechen.«

Der Vorschlag kam überraschend. Fritz starrte Klara entgeistert an, während Martha zuerst verwirrt den Kopf schüttelte, dann aber erleichtert nickte.

»Ich würde mich freuen, einmal in Ruhe mit dir reden zu können, ohne dass dein Vater sofort dazwischenfährt. Wir sind doch bis zum Tod deiner Mutter so gut miteinander ausgekommen.«

Bei Fritz dauerte es länger, bis er Klaras Vorschlag richtig begriff. Zuerst wollte er ablehnen, doch die Angst, dann sowohl vom Pfarrer wie auch von seinem Vater getadelt und sogar beschimpft zu werden, gab schließlich den Ausschlag.

»Also gut, ich komme mit! Aber ich weiß nicht, was ich als Reisemarschall zu tun habe.«

»Unsere Sachen tragen! Das andere übernimmt Klara«, antwortete Martha keck.

Klara hingegen lächelte sanft. »Wir werden sehen, was du alles tun kannst, um uns zu helfen.«

Insgeheim dachte sie, dass Fritz, der noch nie weiter von seinem Heimatort fortgekommen war, als seine Beine ihn an einem halben Tag trugen, auf dieser Reise vielleicht genug an Selbstvertrauen gewinnen würde, um sich endlich gegen seinen Vater behaupten zu können.

12.

So ohne weiteres wollte Martha die eheliche Gemeinschaft mit ihrem Mann nicht wieder aufnehmen. Fritz musste daher in dem kleinen Raum hinter der Küche schlafen. Am nächsten Tag packte Klara alles zusammen, was Martha und sie brauchten, und suchte ein paar Kleidungsstücke ihres Mannes heraus, damit Fritz auf der Reise wie ein Bürger und nicht wie ein Bauer aussah. Sie hielt ihn an diesem Tag mit einigen kleineren Arbeiten auf Trab, die zwar erledigt werden sollten, aber bislang nicht so dringend gewesen waren.

Klara konnte Fritz einiges nachsagen, aber nicht, dass er arbeitsscheu wäre. Sie fand ihn sogar recht geschickt, und er hätte, wäre er nicht so stark unter der Fuchtel seines Vaters gestanden, zusammen mit Martha ein schönes Leben führen können. Umso wichtiger fand sie es, ihm unterwegs ins Gewissen zu reden, damit er sich endlich auf eigene Füße stellte.

Zunächst aber galt es, alles für die Reise vorzubereiten. Vor fünf Jahren war sie nach dem Tod ihres Vaters als Wanderapothekerin aufgebrochen, ohne auch nur das Geringste von der Welt zu kennen. Mittlerweile war sie um einiges erfahrener und sah die Fahrt nach Weimar als nicht allzu schwierig an. Martha hingegen war sehr aufgeregt. Zwar hatte sie in ihrem

· 74 ·

Leben bereits einiges erlebt, aber mit einer Postkutsche hatte sie noch nie fahren dürfen.

Am nächsten Tag machten sich die beiden Frauen auf den Weg. Fritz hatte die Kiste und die Taschen mit ihrem eigenen Gepäck bereits mit dem Schubkarren zur Postkutschenstation gebracht und wartete dort auf sie. Er konnte seine Unruhe kaum verbergen, hatte aber nicht gewagt, sich mit einem Krug Bier zu stärken.

Während Klara und Martha sich in den Kutschkasten setzen durften, musste er mit dem Gehilfen des Postillions zusammen die Kiste auf das Dach heben und dort festschnallen. Sein Platz war auf dem Kutschbock zwischen dem Kutscher und dem Knecht. Bereits auf der ersten Meile bedauerte er, nicht in der Kutsche sitzen zu können, denn durch deren kleine Fensterluken konnte man gewiss nicht so deutlich sehen, wie das Gespann die Straße entlangraste und sich in den Kurven gefährlich zur Seite legte.

Der Postillion und sein Helfer bemerkten die Angst des jungen Mannes und machten sich einen Spaß daraus, ihn aufzuziehen. »Werden schon nicht in den Graben fahren«, meinte der Kutscher grinsend, als das Vorderrad der Kutsche keinen Zoll vom Straßengraben entfernt dahinrollte.

»Wäre auch erst das zwölfte Mal heuer«, setzte sein Gehilfe bemüht ernsthaft hinzu.

»Elf Mal seid ihr heuer schon in den Graben gefahren?«, fragte Fritz erbleichend.

»Und drei Mal haben wir die Kutsche umgeschmissen«, log der Kutschenknecht unverfroren.

Fritz wurde es trotz des kühlen Windes auf dem Kutschbock heiß. »Ihr seid also schon vierzehn Mal verunglückt?«

»Gab aber bloß ein paar Verletzte und keine Toten. Da sind die Herren von der Postlinie eigen. Wenn ein Fahrgast unterwegs durch ein Unglück stirbt, verliert unsereiner leicht sein

· 75 ·

täglich Brot und muss betteln gehen. Darum bemühen wir uns auch, vorsichtig zu fahren.«

Da die Kutsche in dem Augenblick so heftig durch ein Schlagloch rumpelte, dass es Fritz fast vom Kutschbock schleuderte, hielt er das Wort »vorsichtig« für einen Witz. In seinen Augen fuhr der Postillion wie ein Verrückter – und sein Helfer stand ihm in nichts nach.

Erst mit der Zeit begriff Fritz, dass ihn die beiden auf den Arm nahmen. Er trug es ihnen aber nicht nach, sondern bewunderte zunehmend das Geschick, mit dem der Postillion das Gespann über die Straßen lenkte. Auch wenn sie zu Hause nur mit Kühen arbeiteten, so kannte er sich doch ein wenig mit Pferden aus und begriff, dass ein Kutscher viel Erfahrung brauchte, um sein Gespann so im Griff zu haben wie dieser hier.

Als sie die Posthalterei erreichten, bei der die Pferde gewechselt wurden, stieg Fritz ab und sah nach, wie es Martha und Klara ging. Letztere hatte sich mit Kissen gewappnet, um nicht zu sehr gegen die Kutschenwände geworfen zu werden, und wirkte erstaunlich munter. Anders als sie war Martha bleich geworden und suchte als Erstes den Abtritt auf.

»Das solltet ihr alle tun«, riet der Postillion seinen Passagieren. »Ich halte nämlich nicht an, wenn euch unterwegs übel wird oder der Darm und die Blase drücken. Die Kutsche könnt ihr dann selber säubern.«

Klara befolgte den Rat sofort und kehrte erleichtert auf den Hof zurück. Auch Martha hatte sich wieder eingefunden und meinte, dass sie hungrig wäre. Dabei sah sie ihren Mann auffordernd an. Da Fritz aber bislang noch nie eine Poststation betreten hatte, wusste er nicht, was er tun sollte. Klara winkte ihm mitzukommen und suchte die Wirtsstube auf. Der Posthalter war es gewohnt, dass den meisten Reisenden nicht die Zeit blieb, ausgiebig zu essen. Als Klara nach Brot und ein paar Scheiben kalten Bratens fragte, machte er alles fertig und verkaufte ihr auch einen Krug Bier, den sie sich zu dritt teilten.

Nach kurzer Zeit ging es weiter, und diesmal stieg Fritz mit einem besseren Gefühl nach oben. Die beiden Freundinnen nahmen wieder ihre Plätze in der Kutsche ein. Als Klara nach ihren Kissen suchte, stellte sie fest, dass ein anderer Reisender sie sich unter den Nagel gerissen hatte.

»He, was soll das?«, fragte sie ihn ärgerlich. »Die Kissen gehören mir!«

»Das kann jeder sagen«, blaffte er zurück.

Martha sah, dass Klara sich nicht gegen den Kerl zu behaupten wusste, und steckte den Kopf zum Schlag hinaus. »He, Fritz, kannst du noch mal herabkommen? Hier ist jemand, der nach Schlägen schreit!«

»Der Kerl, der oben beim Kutscher sitzt, gehört zu euch?« Der Mann wirkte erschrocken, denn Fritz war um einen halben Kopf größer als er und sah aus, als könne er kräftig zulangen.

»Ich dachte, die Kissen wären von der Postlinie«, meinte er brummig und reichte sie Klara zurück.

»Du kannst oben bleiben!«, rief Martha ihrem Mann zu.

So kannte Klara ihre Freundin, und sie war froh, dass diese wieder an Selbstsicherheit gewonnen hatte. Sie reichte ihr ein Stück Brot mit einer Scheibe Braten, doch statt es selbst zu essen, reckte ihre Freundin sich und reichte es nach oben zu Fritz. »Ich will doch nicht, dass er hungern muss.«

Klara schüttelte lächelnd den Kopf. »Er wäre gewiss nicht vom Fleisch gefallen, zumal ich ihm bereits vorhin eine Portion zugesteckt habe. So müssen wir beide uns das teilen, was noch übrig ist.«

»Ich kann es wieder zurückholen«, bot Martha an. Doch da nahm die Kutsche Fahrt auf, und die Gelegenheit dazu war vorüber.

13.

In der Zeit, in der Tobias nach Rübenheim reiste und Klara nach Weimar fuhr, erhielt Klaras Familie in Katzhütte unerwarteten Besuch. Johanna Schneidt sah den Wagen durch das Fenster ihres Hauses und kniff verwundert die Augen zusammmen.

»Wer mag das sein?«, fragte sie. Da niemand in der Nähe war, als das Gefährt vor dem Haus anhielt, erhielt sie keine Antwort.

Es handelte sich nicht um eine richtige Kutsche, aber der Wagen war auch kein simpler Bauernkarren. Von einem Pferd gezogen, konnte er zwei Personen bequem und vier etwas beengt transportieren. Der Kutscher saß auf einem schmalen Bock und trug einen Mantel und einen breitkrempigen Hut, die ihn vor den Steinchen und dem Schmutz bewahren sollten, welche von den Pferdehufen aufgewirbelt wurden. Er stieg nun ab und wickelte die Zügel um einen Balken.

»Der will tatsächlich zu uns, Liebgard!«, rief Johanna Schneidt ihrer jüngeren Tochter zu, die gerade neugierig hinzukam.

Das Mädchen trat an ihre Seite, blickte ebenfalls durch das Fenster und schnaufte. »Aber das sind doch Tante Fiene und Reglind!«

»Was sagst du?« Nun erkannte Johanna Schneidt ihre Schwägerin und deren Tochter ebenfalls. Vor etwa vier Jahren waren diese im Streit von ihr geschieden, und sie hatte nicht erwartet, sie jemals wiederzusehen. Sie ärgerte sich, dass ihr Sohn bei seinem Lehrherrn in Oberweißbach weilte, denn ihm traute sie es eher zu, der Verwandtschaft gebührend zu antworten, falls die beiden Frauen Vorwürfe erhoben.

Es klopfte, und für einen Augenblick überlegte Johanna Schneidt, ob sie so tun sollte, als wäre sie nicht zu Hause. Sie verspürte aber auch Neugier auf das, was Fiene Schneidt und Reglind in den letzten Jahren erlebt und getan hatten, und ging zur Haustür. Als sie öffnete, drückte ihre Miene wenig Freude aus.

Fiene Schneidt tat so, als bemerke sie die abwehrende Haltung ihrer Schwägerin nicht. »Liebste Johanna, lass dich umarmen«, rief sie und schlang die Arme um sie.

»Fiene! Reglind! Das ist aber eine Überraschung«, antwortete Johanna Schneidt, ohne die Umarmung zu erwidern.

»In den letzten Jahren haben wir uns immer wieder gefragt, wie es euch wohl gehen mag, sind aber nicht dazu gekommen, euch aufzusuchen. Jetzt ließ es sich endlich einrichten.« Fiene Schneidt blickte sich bei diesen Worten neugierig um. Einen gewissen Wohlstand konnte sie ihrer Schwägerin nicht absprechen. Am Haus gab es einen neuen Anbau, und es war ein kleiner Stall errichtet worden. Daneben gab es sogar einen Schuppen, dessen oberer Teil als Lager für das Heu diente.

Auch Johannas Kleidung und die ihrer Tochter Liebgard, die hinter ihrer Mutter zum Vorschein kam, deuteten auf angenehme Verhältnisse hin. Der Eindruck verstärkte sich noch, als sie das Haus betrat. Auch wenn Johanna Schneidt gewiss nicht reich war, so nagte sie wohl kaum am Hungertuch.

»Und? Wie geht es euch?«, fragte Johanna.

»Oh, bestens«, antwortete Fiene Schneidt lächelnd.

»Ist Reglind mittlerweile verheiratet? Als ihr von hier weggezogen seid, war sie doch in anderen Umständen.«

Ein leichtes Blitzen glomm in Fiene Schneidts Augen auf, doch sie hatte sich sofort wieder in der Gewalt. »Das Kleine kam tot zur Welt. Inzwischen ist Reglind das Weib eines wohlhabenden Mannes und hat ein schönes Leben.«

»Ja, so ist es«, sagte nun Reglind, die das Feld nicht allein ihrer Mutter überlassen wollte. »Uns geht es gut, denn mein Ehemann besitzt eine Manufaktur für …« In dem Augenblick traf sie der Ellbogen der Mutter.

· 79 ·

»Der gute Fabel beliefert den Hof in Bayreuth und wird sich bald mit dem Titel ›Kurfürstlicher Hoflieferant‹ schmücken können«, fuhr Fiene anstelle ihrer Tochter fort.

»Das freut mich für euch«, sagte Johanna, die trotz unangenehmer Erinnerungen der Verwandtschaft alles Gute wünschte.

»Uns freut es auch! Ich kann mir jedes Jahr ein paar neue Kleider leisten, und sogar Schmuck! Auch bekomme ich bald eine Zofe.« Reglind gab an, um Johanna und deren Tochter zu imponieren und womöglich sogar neidisch zu machen.

Johanna empfand jedoch nicht den geringsten Neid, sondern lächelte erleichtert, weil es ihrer Schwägerin und Reglind gutging. Das, was damals geschehen ist, soll vergessen sein, dachte sie, zumal Fiene und Reglind nichts dafürkonnten, dass ihr Mann und Vater, von Goldgier gepackt, den eigenen Bruder ermordet hatte.

»Wir leben auch in guten Verhältnissen«, berichtete sie. »Albert geht beim Glasmacher Gräber in die Lehre. Da dieser keine Söhne hat, überlegt er, meinen Sohn mit seiner jüngsten Tochter zu verheiraten …«

»Albert und heiraten? Dafür ist er doch noch viel zu jung!«, rief Reglind dazwischen.

»Albert wird heuer fünfzehn. Wenn er sich in den nächsten drei Jahren gut macht – und das wird er –, sehe ich keinen Grund, warum er nicht mit achtzehn heiraten sollte.«

Johanna ärgerte sich ein wenig über den Tonfall ihrer Nichte. Wie es aussah, hatte Reglind sich in den letzten Jahren nicht geändert. Sie war schon immer ein vorlautes, faules Ding gewesen … Jetzt verurteile sie nicht wegen eines einzigen Satzes, rief sie sich zur Ordnung. In gewisser Weise hatte sie ja recht. Mit fünfzehn war Albert wirklich noch zu jung, um bereits ans Heiraten zu denken. Es galt aber, eine gute Gelegenheit auszunützen, und die bot Gräber ihm. Der Glasmacher freute sich, seinen Schwiegersohn und Nachfolger selbst ausbilden zu können. Das

· 80 ·

Mädchen selbst war ein knappes Jahr älter als Albert und sehr folgsam erzogen worden.

Dies erzählte Johanna ihren Besucherinnen und tischte dabei Schlehenwein und selbstgebackenen Kuchen auf. Der war zwar für den Sonntag gedacht gewesen, doch sie wollte sich von der Verwandtschaft nicht als geizig verschimpfen lassen.

Fiene Schneidt und deren Tochter hörten aufmerksam zu und verzogen gelegentlich das Gesicht. So viel Glück gönnten sie Johanna und deren Kindern nicht.

»Dann wird Albert einmal ein Manufakturbesitzer in Oberweißbach sein«, sagte Fiene gepresst.

Sie kannte den jetzigen Glasmacher Gräber und wusste, dass er stets in guten Verhältnissen gelebt hatte. Die Gläser, die in seiner Manufaktur hergestellt wurden, waren von guter Qualität. Es hieß, dass sogar Fürst Ludwig Friedrich sie gerne benutzen würde.

»Ich bin sehr froh darum«, erklärte Johanna, während sie ihrer Schwägerin ein weiteres Stück Kuchen vorlegte. »Es wäre mir nicht recht gewesen, wenn Albert wie sein Vater als Buckelapotheker in die Welt hätte hinausziehen müssen.«

Für einen Augenblick lag die Erinnerung an die Vergangenheit wie ein dunkler Schleier über dem Haus, und Liebgard vergoss ein paar Tränen, als sie an die schlimmen Schicksale ihres Vaters und ihres älteren Bruders dachte. Wenigstens Gerold hatte Glück im Unglück gehabt, denn er war trotz seines fehlenden Fußes ein erfolgreicher Apotheker fern im Badischen geworden. Gelegentlich schrieb er einen Brief, in dem er berichtete, wie es ihm und seiner Familie dort erging.

»Dein Mann und der meine waren Buckelapotheker!« Fiene verzog ihr Gesicht zu einer Grimasse. Hätte ihr Mann damals Erfolg gehabt, wäre sie jetzt nicht auf die Gnade und Barmherzigkeit ihres Schwiegersohns angewiesen, sondern die Frau ei-

· 81 ·

nes erfolgreichen Laboranten. So viele Jahre hatten ihr Mann Alois und sie Rumold Just und die anderen Arzneimittelhersteller glühend beneidet. Aus diesem Grund hatte ihr Mann den Goldschatz seines Bruders an sich bringen wollen. Doch dieses Vorhaben war an Johannas ältester Tochter Klara gescheitert. Bei dem Gedanken erinnerte Fiene sich daran, dass es hieß, diese habe Rumold Justs einzigen Sohn geheiratet.

»Wie geht es denn der lieben Klara?«, fragte sie heuchlerisch.

»Oh, der geht es sehr gut! Sie hat mittlerweile einen dreijährigen Sohn und ist wieder guter Hoffnung.« Johanna gab nun einen kurzen Bericht über das Leben, das ihre Tochter in Königsee führte.

»Herr Just überlässt die Arbeit immer mehr Tobias, und der macht seine Sache gut. Heuer konnten sie wieder zwei Buckelapotheker mehr auf Wanderschaft schicken. In ein paar Jahren wird er der größte Laborant nicht nur in Königsee, sondern vielleicht im ganzen Fürstentum sein.«

»Wenn es dazu kommt!«, stieß Reglind leise hervor und fing sich dafür einen weiteren Rippenstoß ihrer Mutter ein.

Während Johanna vieles erzählte, hielten die Gäste sich zurück und nannten weder das Gewerbe, das Reglinds Ehemann betrieb, noch die Gegend, in der sie nun lebten. Stattdessen lenkte Fiene das Gespräch auf die Heilpflanzen, die im weiten Umkreis dieser Gegend wuchsen.

»Sammelst du immer noch Kräuter?«, fragte sie Johanna.

»Freilich! Es war doch all die Jahre meine Arbeit, und ich will jetzt nicht die Hände in den Schoß legen.«

»Du schenkst sie wohl deinem Schwiegersohn?«, fragte Reglind, die so gerne Tobias' Ehefrau geworden wäre und sich nun mit einem Kasimir Fabel zufriedengeben musste, der einen halben Kopf kleiner als Tobias war und fast zwanzig Jahre älter. Dazu hatte ihr Mann eine Glatze und krumme Beine.

»Das würden Rumold Just und Tobias niemals annehmen! Sie bezahlen mich für meine Kräuter, wie es sich gehört«, antwortete Johanna auf Reglinds Frage.

»Ein paar lumpige Pfennige für harte Arbeit! Das kenne ich. Reglind und ich haben auch lange genug dieses Zeug gesammelt.«

Fiene schüttelte sich, während Johanna nachsichtig lächelte. Besonders fleißig waren ihre Schwägerin und deren Tochter nie gewesen. Hätten sie sich an ihr und Klara ein Beispiel genommen, wäre ihnen ein besseres Leben möglich gewesen. Doch auch das war Vergangenheit, und daran wollte sie nicht mehr rühren.

Das Gespräch verflachte. Fiene lobte den Schlehenwein ihrer Schwägerin in den höchsten Tönen und sah sie dann auffordernd an. »Könntest du nicht ein wenig mehr davon keltern und an meinen Schwiegersohn verkaufen? Der trinkt ihn gewiss gerne!« Noch lieber wird er ihn für teures Geld verkaufen, dachte sie für sich. Dafür aber musste die Schwägerin mindestens ein Dutzend großer Glasballons ansetzen. Sie an diesem Tag dazu aufzufordern, war jedoch verfrüht. Stattdessen zeigte Fiene auf die Kräuterbüschel, die an einem Gestell trockneten.

»Für meine eigenen Arzneien könnte ich auch Heilkräuter brauchen. Bei uns wachsen die, die es hier gibt, nicht.«

»Ein wenig kann ich dir abgeben«, antwortete Johanna nach kurzem Überlegen. »Aber wirklich nur ein wenig. Ich habe Tobias versprochen, ihm im Herbst so viele Kräuter zu bringen, dass er kaum etwas hinzukaufen muss.«

»Geizig ist er also auch!«, zischte Reglind leise vor sich hin.

Da weder Johanna noch Liebgard es gehört hatte, verzichtete Fiene darauf, ihr noch einmal einen Rippenstoß zu versetzen, sondern blickte nach draußen auf den Sonnenstand.

»Es wird Zeit, weiterzufahren. Es hat mich sehr gefreut, euch wiederzusehen. Richtet Albert einen schönen Gruß aus, wenn ihr ihn seht, und natürlich auch Klara!« Fienes letzte Worte klangen bissig, denn immerhin war dieses Mädchen daran schuld, dass sie ihre Heimat verloren hatte.

»Das mache ich selbstverständlich. Aber wollt ihr wirklich schon fahren? Ihr könnt doch über Nacht bleiben.«

»Das geht leider nicht! Wir haben uns für morgen in Hildburghausen angesagt, und das erreichen wir nur, wenn wir heute noch ein oder zwei Meilen zurücklegen.« Fiene stand auf und umarmte zuerst ihre Schwägerin und dann deren Tochter.

»Schade«, sagte Johanna, war aber im Herzen froh, die beiden nicht über Nacht beherbergen zu müssen. Auch wenn die Zeit vieles gelindert hatte, so waren Fiene und Reglind doch dieselben geblieben, die sie damals gewesen waren.

»Wie steht es eigentlich mit Reglind? Hat sie ihrem Mann schon ein Kind geboren?«, fragte sie, um auf andere Gedanken zu kommen.

Fiene schüttelte den Kopf. »Noch nicht! Auch deswegen wäre mir an einigen deiner Kräuter gelegen. Einigen sagt man nach, dass sie den weiblichen Schoß für den Samen des Mannes vorbereiten.«

Diesem Appell konnte Johanna sich nicht verschließen. Sie ging durchs Haus und suchte eine stattliche Auswahl an Heilkräutern zusammen, die sie in kleine Spanschachteln verpackte und Fiene übergab. Erst als diese ihren Kutscher gerufen und die Schachteln hatte wegpacken lassen, fiel Johanna ein, dass sie für diese Kräuter von Tobias genug Geld erhalten hätte, um einen ganzen Monat angenehm davon leben zu können. Sie wollte jedoch nicht kleinlich sein und verabschiedete ihre Besucherinnen herzlicher, als es ihrem Gefühl entsprach. Während sie ihnen nachwinkte, zupfte Liebgard sie am Schürzenband.

»Mama, kannst du mir sagen, weshalb die beiden eigentlich zu uns gekommen sind?«

Da Johanna nicht annahm, dass die Kräuter, die sie ihrer Schwägerin gegeben hatte, der Anlass waren, konnte sie es sich nicht erklären. In gewisser Weise ärgerte deren Besuch sie sogar, hatte er doch Wunden aufgerissen, die sie mittlerweile vernarbt geglaubt hatte.

14.

Als die Postkutsche sich den Grenzpfählen des Herzogtums Sachsen-Weimar näherte, wuchs Klaras Anspannung. Würde sie das Vertrauen, das ihr Schwiegervater in sie setzte, auch erfüllen können? Es mochte durchaus sein, dass der Apotheker zu Weimar einer Frau den Verstand absprach, ihm die Wirkung der Arzneien zu erklären.

Zuerst aber galt es, durch den Zoll zu kommen. Die Grenzwachen öffneten den Schlagbaum und befahlen dem Postillion, bis zum Wachhaus vorzufahren. Dort öffnete einer der Soldaten den Schlag.

»Ich fordere alle Reisenden auf, auszusteigen«, rief er.

Der Mann, der Klara zu Beginn der Reise ihre Kissen hatte wegnehmen wollen, drängte als Erster hinaus. »Hier, mein Pass! Die Kiste dort oben gehört mir. Ich habe nichts zu verzollen. Es sind Arzneiproben für den Hofapotheker in Weimar«, erklärte er.

Ein Soldat stieg auf das Dach und schnallte Klaras Kiste los. Sofort wedelte der andere abwehrend mit beiden Händen.

»Nein, nicht die! Die andere!«

»Auch gut.« Der Soldat reichte trotzdem Klaras Kiste als erste hinab und danach die des Mannes. Ein Offizier trat neben diesen.

»Ihr sagt, das wären Proben für die Hofapotheke? Dafür ist die Kiste aber zu groß. Wir werden sie öffnen und untersuchen müssen.«

· 85 ·

»Es sind nichts als Proben, wenn auch nicht nur für den hiesigen Hofapotheker, sondern auch für andere Apotheker. Ich reise ja noch weiter.«

»Wenn es zu viel ist, werdet Ihr Zoll zahlen müssen«, antwortete der Offizier gelassen und wandte sich Fritz zu, der vom Bock gestiegen war und nun neben Klaras Kiste stand.

»Gehört die Euch?« Fritz schüttelte den Kopf und wies auf Klara.

»Diese Kiste gehört mir«, bestätigte diese.

»Was ist darin?«

Klara hatte das kurze Gespräch des anderen Reisenden mit dem Offizier mit angehört und fühlte eine gewisse Abneigung, ebenfalls zu erklären, dass sie zum Apotheker Oschmann wollte. Auch hatte sie Angst, dass die Grenzwachen die Kiste unsanft öffnen und die Fläschchen und Tiegelchen dadurch Schaden nehmen könnten. Kurzentschlossen erklärte sie daher, dass diese Kiste für den Herzoglichen Geheimrat von Janowitz bestimmt wäre.

Der Offizier lachte. »Lässt der Herr sich erneut irgendwelche Kuriositäten schicken? Ladet die Kiste wieder auf! Wegen ein paar Steinen, ausgestopften Kröten oder irgendeiner Pinselei lohnt es sich nicht, sie zu öffnen.«

»Und warum öffnet ihr dann meine Kiste?«, fragte ihn der Besitzer der anderen Kiste aufgebracht. »Ich bin Kasimir Fabel, Manufakturbesitzer zu Grimmwald in Baiern, und mit dem Herrn Hofapotheker Oschmann zu Weimar gut bekannt.«

»Das mag sein, aber Ihr wollt ja noch weiterreisen«, antwortete ihm der Offizier ungerührt. »Ihr müsst entweder Zoll für alles bezahlen oder die Proben, die Ihr in Weimar lassen wollt, herausnehmen, so dass wir die Kiste mit dem, was Ihr wieder ausführen werdet, versiegeln können. Ist das Siegel, wenn Ihr weiterreist, unversehrt, so müsst Ihr die Kiste nicht verzollen.«

»Wie stellt Ihr Euch das vor? Soll ich mir die Flaschen und Töpfe in die Rocktaschen stecken?« Fabel führte eine erkleckliche Auswahl an Tränken und Salben mit sich, die er unterwegs mehreren Apothekern schmackhaft machen wollte. Der Gedanke, dafür Zoll zahlen zu müssen, brachte ihn zur Weißglut.

»Weshalb wird die Kiste dieser Frau dort nicht durchsucht?«, fragte er den Offizier schnappig.

»Weil sie zur Gänze für den Herrn von Janowitz bestimmt ist. Der sammelt alle möglichen Sachen, deren Wert zu ermessen für uns unmöglich ist. Oder könnt Ihr mir sagen, wie irgendein Stein oder ein aufgespießter Käfer zu besteuern ist?«

Fabel schüttelte den Kopf. »Das muss ja ein feiner Herr sein, wenn er solchen Unsinn sammelt!«

»Macht nur weiter so!«, spottete der Offizier. »Dann erhaltet Ihr auch noch eine Strafe wegen Beleidigung eines hohen fürstlichen Würdenträgers. Herr von Janowitz ist nämlich nicht irgendjemand, sondern ein enger Vertrauter von Seiner Durchlaucht, Herzog Wilhelm Ernst.«

»Er mag in Eurem Ländchen etwas gelten, aber nicht da, wo ich herkomme!«, brach es aus Fabel heraus.

Zu seinem Glück kümmerte der Offizier sich nicht mehr um ihn, sondern begutachtete die Waren, die die anderen Reisenden mit sich führten. Zwei seiner Untergebenen öffneten unterdessen die Kiste und stellten den Inhalt auf einen Tisch.

Klara wunderte sich über die Menge an Flaschen und Tiegeln, die Fabel mit sich führte, und trat neugierig näher. Die Flaschen waren mit Papieretiketten versehen, auf denen Phantasienamen standen, die die Kunden zum Kauf verleiten sollten.

Sie musste an jenen Theriak-Verkäufer denken, der sie auf der ersten Station ihrer Strecke als Wanderapothekerin zum Narren gehalten hatte. Zu guter Letzt aber hatte sie dem Mann in Gernsbach allen Ärger zurückgezahlt. Fabel schien ein ähnli-

· 87 ·

cher Wundermittelhändler zu sein, nur dass er sein Zeug nicht als Marktschreier an den Mann bringen, sondern sie Apothekern aufschwatzen wollte. Wie es aussah, würde sie bei Oschmann in Weimar mit ihm konkurrieren müssen.

Mit diesem unangenehmen Gedanken stieg sie wieder in die Kutsche, nachdem ihre Kiste festgeschnallt worden war. Martha folgte ihr und schnaubte empört, weil einer der Soldaten ihre Reisetasche geöffnet und darin herumgewühlt hatte.

»Was hätte ich schon schmuggeln können?«, beschwerte sie sich bei Klara.

»Es lohnt nicht, sich darüber aufzuregen. Zöllner sind nun einmal so. Sie müssen den Reisenden ihre Macht beweisen«, meinte ein anderer Reisender. »Bedauert lieber den armen Fabel. Den werden sie bluten lassen.«

Diesen unangenehmen Mann zu bedauern, war das Letzte, was Klara im Sinn hatte. Sie suchte ihre Kissen zusammen und setzte sich bequem hin. Auch Martha nahm Platz, sah aber durch den offenen Schlag zu, wie die Zöllner Fabel eine gewisse Summe abforderten und ihn, als er zähneknirschend gezahlt hatte, seine Kiste selbst einräumen ließen. Es dauerte seine Zeit, und so beschwerten sich einige Passagiere beim Postillion.

»Was soll das?«

»Warum fahren wir nicht weiter?«

»Müssen auf den Mann da warten. Ist nun mal so! Kann ja seine Kiste nicht zu Fuß nach Weimar schleppen«, antwortete der Kutscher gemütlich und zeigte auf Fabel. Für sich selbst dachte er, dass er diesem ein hübsches Trinkgeld abfordern würde, weil er auf ihn gewartet hatte.

15.

Auf ihrer Wanderung vor fünf Jahren hatte Klara größere Städte gesehen als Weimar, aber kaum eine, die so schön gelegen war. Klaras Blick schweifte über die Stadt an der Ilm, und sie bewunderte die weitläufigen Gebäude des Schlosses, die sich an einen ausgedehnten Park schmiegten. Doch auch die Bürgerhäuser waren stattlich, und als die Kutsche am Markt anhielt, so dass sie und Martha aussteigen konnten, sah sie das wuchtige Rathaus vor sich. Ein Passant kam des Weges, und Klara hielt ihn auf.

»Wo, guter Mann, kann ich den *Gasthof zum Elephanten* finden?«

Der Passant deutete auf das Haus, neben dem sie stand. »Hier ist es schon! Wie Ihr seht, ist der Weg nicht gerade weit.« Mit einem leisen Lachen ging er weiter. Klara rief ihm noch ihren Dank nach und ging zur Tür des Gasthofs. Martha folgte ihr, während Fritz sich die Kiste herabreichen ließ.

Auch Fabels Reise war an dieser Stelle zu Ende, doch er wollte in einem anderen Gasthof übernachten und rief ungeduldig nach einem Dienstknecht, der sein Gepäck dorthin schaffen sollte. Klara war froh, den Menschen los zu sein. Er hatte sich während der Reise schlecht benommen und immer als Erster etwas für sich gefordert. Ein Stachel blieb jedoch. Wenn es dem Mann gelang, seine Elixiere und Salben dem Apotheker aufzuschwatzen, war sie umsonst nach Weimar gereist. Selbst der Gedanke, dass ein Apotheker die meisten seiner Medikamente selbst anfertigte und nur einige Dinge, die er nicht herstellen konnte, fertig kaufte, konnte sie nicht trösten.

Entsprechend missgestimmt trat sie in den Gasthof und fand dort einen Mann vor, der an der Schanktheke lehnte und sich mit einer hübschen, jungen Frau unterhielt. Er warf ihr einen

· 89 ·

kurzen Blick zu und setzte sein Gespräch fort, ohne sie zu beachten.

Klara zählte in Gedanken bis zwanzig, dann wandte sie sich zu Martha und Fritz um. »Wir werden wohl einen Gasthof aufsuchen müssen, in dem Gäste willkommen sind!«

Da sie ihrer Stimme keine Zügel anlegte, war sie nicht nur in der Gaststube zu hören. Kaum hatte sie das letzte Wort gesprochen, schoss ein älterer Mann mit runder Kappe und einer halb eingeschlagenen grünen Schürze in den Raum, sah sie und ihre Begleitung sowie den schwätzenden jungen Burschen und versetzte diesem eine Ohrfeige, die sich gewaschen hatte.

»Du sollst dich um die Gäste kümmern und nicht mit irgendwelchen Weibsbildern tändeln, du Lümmel!«, fuhr er ihn an und wandte sich mit freundlicher Miene Klara zu.

»Ihr wollt in Weimar übernachten? Da seid Ihr bei mir in den besten Händen.«

»Ich will nicht in Euren Händen schlafen, sondern in einem Bett«, gab Klara belustigt zurück. »Wir brauchen zwei Kammern, eine für meine Freundin und mich und eine für unseren Begleiter.«

Marthas Miene wurde lang, denn sie hatte sich überlegt, ob sie nicht doch die Nächte mit ihrem Mann verbringen sollte, um ihm zu zeigen, dass sie ihm nicht mehr böse war. Auch Fritz sah nicht gerade glücklich aus, doch keiner von beiden wagte ein Widerwort.

»Die besten Kammern stehen Euch zur Verfügung«, rief der Mann.

Klara hob abwehrend eine Hand. »Zwei einfache Kammern reichen uns!«

Tobias hatte sie gewarnt, dass Wirte die besten Kammern für gutbetuchte Edelleute frei hielten und entsprechend hohe Preise dafür verlangten. So viel zu zahlen war sie nicht bereit.

Als der Mann begriff, dass er nicht zusätzlich an ihr verdienen konnte, versetzte er dem jungen Burschen einen Stoß. »Führe die Frau und ihre Leute nach hinten!«

Mit schiefer Miene gehorchte der Jüngling, während Klara zufrieden lächelte. Von ihrer Wanderschaft als Buckelapothekerin wusste sie, dass die Kammern im hinteren Teil der Gasthöfe für Reisende einfachen Standes vorgesehen waren. Auch wenn ihr Schwiegervater und ihr Mann nicht gerade zu den armen Bewohnern von Königsee zählten, so bestand doch noch ein himmelhoher Unterschied zwischen ihnen und den Herren von Stand mit eigenen Gütern oder den reichen Kaufleuten der großen Städte.

In einer kleinen, aber reinlichen Kammer angekommen, überlegte sie, wie sie weiter vorgehen sollte. Es drängte sie, sich sofort zur Apotheke zu begeben und ihre Proben vorzustellen. Der Gedanke, dort auf Fabel zu treffen, ließ sie jedoch davon Abstand nehmen. Stattdessen forderte sie Martha auf, den Wirt um einen Korb zu bitten, und nahm die Arzneimittel aus der Kiste, die sie im Auftrag ihres Schwiegervaters dem Weimarer Geheimrat von Janowitz überbringen sollte. Zu diesem würde Fabel gewiss nicht gehen.

»Sollte nicht besser Fritz die Sachen tragen?«, fragte ihre Freundin.

Klara wog kurz die Flaschen und Tiegelchen und schüttelte den Kopf. »Das schaffe ich allein. Du wirst gewiss mit ihm reden wollen. Lass dich aber auf nichts ein, was dir schadet!«

Nachdem Martha das Gefäß besorgt hatte, brach Klara auf. Als sie kurz darauf mit dem vollen Korb an dem Wirt vorbeikam, bemerkte sie dessen verächtliche Miene. Offensichtlich hielt er sie nun trotz ihrer besseren Kleidung für eine schlichte Hausiererin. Diesen Eindruck machte sie auch auf den Knecht, der ihr die Tür des Janowitzschen Wohnhauses öffnete. Da er aussah, als wolle er sie sogleich wieder fortschicken, stellte sie einen Fuß in die Tür.

»Guten Tag! Ich bin Klara Just, die Schwiegertochter des Königseer Laboranten Rumold Just, und bringe die Arzneien, die Herr von Janowitz über den hiesigen Apotheker Oschmann bei uns bestellt hat.«

Der Knecht sah sie zweifelnd an, ließ sie dann aber hinein. »Warte hier!«, befahl er und schlurfte davon.

Da ihr der Korb allmählich zu schwer wurde, stellte Klara ihn ab und blickte sich um. Das Haus ihres Schwiegervaters war gewiss keine Hütte, doch dieses Gebäude übertraf es bei weitem. Allein das Treppenhaus war riesig und die Treppe mit ihren niedrigen Stufen sehr bequem zu ersteigen. Am meisten wunderte Klara sich über die vielen Gemälde an den Wänden. Zwar besaß ihr Schwiegervater Porträts von sich und seiner verstorbenen Frau, doch die hingen in der guten Stube und wurden nur zu besonderen Anlässen gezeigt. Hier aber befanden sich allein im Treppenhaus größere und schönere Bilder, und das war noch nicht alles. Auf halber Höhe, dort, wo der untere Teil der Treppe endete und es in die Gegenrichtung weiterging, entdeckte sie die vergoldete Statue eines Jünglings. Erst auf den zweiten Blick sah sie, dass dieser nackt war.

Was für eine seltsame Sitte, dachte sie, hörte dann, wie jemand den oberen Teil der Treppe herabkam. Die ältere Frau in der strengen Tracht einer höheren Dienerin musterte sie misstrauisch. »Du sagst, du kommst von dem Laboranten Just aus Königsee?«

»Das stimmt«, antwortete Klara, die sich zunehmend über den unfreundlichen Empfang ärgerte.

»Du hättest die Sachen auch in der Apotheke abgeben können!«

»Mir wurde gesagt, ich solle sie persönlich hierherbringen.« Klara war nicht bereit, sich von irgendeiner Magd abwimmeln zu lassen.

»Ich werde die gnädige Frau fragen«, erklärte die Dienerin und stieg hocherhobenen Hauptes wieder nach oben.

Klara hatte den Hochmut herrschaftlicher Dienstboten auf ihrer Wanderung als Buckelapothekerin zur Genüge kennengelernt und fragte sich, ob die Herrin nun schlimmer oder freundlicher war als ihre Magd. Schon nach kurzer Zeit kehrte Letztere mit zusammengekniffenen Lippen zurück.

»Der gnädigen Frau beliebt es, dich zu empfangen!«

Na also, dachte Klara und nahm ihren Korb wieder auf.

Die Dienerin führte sie die Treppe hoch. Oben am Treppenabsatz stand eine weitere Statue eines jungen, unbekleideten Mannes. Im ersten Raum, durch den Klara geführt wurde, entdeckte sie mehrere Bilder nackter Jünglinge. Sie waren recht hübsch, trotzdem wunderte sie sich darüber. Es war fast, als wolle der Hausherr seine eigene Jugend beschwören, denn während sie der Dienerin folgte, entdeckte Klara kein einziges Bild von einer Frau.

In einem kleinen Eckzimmer angekommen, blieb die Magd stehen. »Bleib hier, bis die gnädige Frau Zeit findet, dich zu empfangen.« Damit verschwand sie und ließ Klara allein zurück. Diese stellte ihren Korb erneut ab und musterte den Raum. Unter zwei Eckfenstern standen ein Tisch und mehrere Stühle, und es war so hell, wie eine Frau es sich für ihre Nadelarbeiten nur wünschen konnte. Insgesamt atmete das Stübchen eine Behaglichkeit aus, die Klara gefiel. So ähnlich, dachte sie, hätte sie ihr Nähstübchen daheim auch gerne eingerichtet.

Diesmal musste sie nicht lange warten, denn noch während sie die Einrichtung bewunderte, erschien eine junge, elegant gekleidete Dame, die nach Klaras Meinung nicht viel älter als fünfundzwanzig Jahre sein konnte. Unwillkürlich machte sie einen Knicks.

Die andere lächelte, setzte sich und bot ihr mit einer Handbewegung einen Stuhl an.

»Ihr seid die Schwiegertochter des Laboranten Rumold Just?«

Auf jeden Fall ist die Hausherrin freundlicher als ihre Dienerschaft, dachte Klara und nickte. »Die bin ich!«

»Ihr habt eine anstrengende Reise auf Euch genommen, und das, obwohl Ihr guter Hoffnung seid.«

Noch war Klaras Leib noch nicht so vorgewölbt, dass ihre Schwangerschaft offensichtlich wurde. Die junge Frau hatte es trotzdem gemerkt und damit verraten, dass sie eine gute Beobachterin war.

»Bis zu meiner Niederkunft werden noch gut fünf Monate vergehen«, antwortete Klara lächelnd. »Auch habe ich diese Reise nicht allein unternommen. Eine Freundin und deren Ehemann haben mich begleitet. Sie sind im *Elephanten* zurückgeblieben.«

Ihre Gastgeberin interessierte sich wenig für Klaras Gefolge, sondern kam auf ihre Arzneien zu sprechen. »Im letzten Winter gab uns der Apotheker mehrere Salben und Tränke Eures Schwiegervaters. Diese haben uns bei Erkältung gut geholfen, so dass wir sie auch weiterhin verwenden wollen.«

»Das freut uns«, sagte Klara erleichtert und sagte sich, dass sie wenigstens einen Erfolg hier in Weimar haben würde.

»Im Auftrag meines Ehemanns soll ich in Erfahrung bringen, wie diese Arzneien hergestellt werden. Keine Sorge, er will nicht die gewiss geheimen Rezepte wissen, sondern nur einen allgemeinen Überblick erhalten, den er zu Papier bringen kann. Er ist sehr an solchen Dingen interessiert, und ich mag ihn nicht enttäuschen«, fuhr die Frau fort.

Klara gab ihr einen kurzen Überblick über die Heilpflanzen, die in ihrer Heimat besser gediehen als an anderen Orten, und über die Arbeit der Laboranten und ihrer Destillateure.

»Die meisten Arzneien werden den Winter über hergestellt, damit unsere Balsamträger im Frühjahr damit aufbrechen können«, erklärte sie. »Den Sommer über werden Kräuter und Beeren gesammelt, und die Laboranten gehen auf Reisen, um in anderen Gegenden Bestandteile der Salben und Essenzen zu besorgen, die bei uns nicht wachsen. Besonders begehrt ist die chinesische Rinde, die ein ausgezeichnetes Mittel gegen Fieber abgibt. Mein Schwiegervater und mein Ehemann verwenden sie für mehrere teure Arzneien.«

»Hoffentlich auch für die unsrigen«, wandte die Hausherrin ein.

»Selbstverständlich!« Klara zeigte ihr eine Flasche mit einer zähen Flüssigkeit, deren Hauptbestandteile Honig und Fenchelsaft waren. »Das hier ist die Arznei mit der chinesischen Rinde. Doch auch ohne diese lindert das Mittel den Husten und reinigt die Lunge.«

»Ihr seid sehr klug!«, lobte Erdmute von Janowitz ihre Besucherin. Sie ließ sich noch einige andere Mittel zeigen und machte sich Notizen.

Klara stand ihr Rede und Antwort, so gut sie es vermochte, und erklärte ihr, dass sie anstelle ihres Mannes und ihres Schwiegervaters diese Fahrt angetreten hatte. »Mein Mann musste dringend auf Reisen, und mein Schwiegervater hat sich leider verletzt und kann nun die Wirkung unserer Arzneien am eigenen Leib erproben.«

»Das tut mir leid für ihn!«, antwortete ihre Gastgeberin. »Doch entschuldigt, wenn ich Euch jetzt bitte, wieder zu gehen. Nennt meiner Mamsell die Rechnung. Ich werde das Geld in den Gasthof bringen lassen.«

Mit diesen Worten stand Erdmute von Janowitz auf, nickte Klara noch einmal zu und verließ mit einem Abschiedswort den Raum. An ihrer Stelle erschien der Drache, wie Klara für sich die Mamsell getauft hatte.

»Was bekommst du?«, fragte diese befehlend.

»Ich hoffe, du kannst lesen«, antwortete Klara und schob ihr den Zettel hin, auf dem ihr Schwiegervater die Summe notiert hatte.

Die Dienerin zog die Stirn kraus. »So viel?«

»Deine Herrin hat die teuren Arzneien bestellt«, antwortete Klara mit mühsam aufrechterhaltener Freundlichkeit.

»Ich werde ihr den Zettel zeigen«, sagte die andere mürrisch und winkte ihr zu folgen.

»Wenn das Geld zum Gasthof gebracht wird, so bringt auch den Korb zurück. Der gehört dorthin.« Klara lächelte noch immer, doch ihr Tonfall wurde schärfer.

Die Magd sah nach wie vor eine Hausiererin in ihr und wollte schroff antworten. Da wurde eine Tür geöffnet, und ihre Herrin erschien erneut. In der Hand hielt sie ein in Leinen gebundenes Buch.

»Ich wollte Euch nicht gehen lassen, ohne Euch das neueste Werk meines verehrten Gemahls zu überreichen. Es handelt von der Geschichte der thüringischen Fürstentümer, und ein Kapitel darin ist auch Schwarzburg-Rudolstadt gewidmet. Herr von Janowitz hat es eigenhändig signiert«, sagte sie freundlich und streckte das Buch Klara hin.

»Vergelte es Euch Gott!« Klara nahm das Buch entgegen und sah aus dem Augenwinkel, wie das Gesicht der Dienerin sich veränderte. Der hochmütige Ton verschwand und machte einer besorgten Miene Platz. »Hoffentlich verrät sie meiner Herrin nicht, dass ich unhöflich zu ihr war«, las Klara daraus. Doch das hatte sie nicht vor.

Sie knickste noch einmal vor Erdmute von Janowitz. Auf dem Weg zur Treppe kam sie an einer offenen Tür vorbei und sah dahinter einen älteren Herrn im Schlafrock stehen, der eben einige recht große Käfer durch ein rundes Glas betrachtete. Zuerst glaubte Klara, diese wären lebendig, doch die Tiere rührten sich nicht.

Der Mann schien wahrzunehmen, dass er beobachtet wurde, und drehte sich missmutig zu ihr um. »Wer bist du, und was willst du hier?«

Aha, dachte Klara, von hier hat die Dienerschaft ihr Benehmen. Sie knickste dennoch und rang sich ein Lächeln ab. »Ich bin Klara Just, die Schwiegertochter von Herrn Rumold Just, und habe die Arzneien gebracht, die Eure Frau Gemahlin über den hiesigen Hofapotheker bestellt hat.«

»Ach, so ist das«, brummte Albert von Janowitz und wandte sich wieder seinen Käfern zu.

16.

Etwa zu der Zeit, in der Klara in Janowitz' Wohnhaus weilte, betrat Kasimir Fabel Oschmanns Apotheke in Weimar. Ihm folgte ein Knecht des Gasthauses, in dem er Unterschlupf gefunden hatte, und schleppte die große Kiste herein. Auf einen Wink Fabels stellte er sie auf den Tisch, auf dem der Apotheker einen Teil seiner Flaschen und Tiegel stehen hatte.

»Kasimir Fabel! Ich habe mich angemeldet«, stellte Fabel sich vor.

Der Apotheker sah ihn erstaunt an. »Ich erhielt zwar einen Brief, dass Ihr hierherkommen wollt, schrieb Euch aber zurück, dass ich kein Interesse an Euren Erzeugnissen habe. Das wenige, was ich nicht selbst herstellen kann, besorge ich mir von einem Laboranten aus Königsee.«

Freundlich klang anders, doch Fabel hatte ein zu dickes Fell, um auf diese Worte hin zu weichen. »Ich kenne die Erzeugnisse dieser Wald-und-Wiesen-Laboranten! Mein Weib stammt aus einer dieser Sippen. Was sie mir berichtet hat, geht auf keine Kuhhaut. Kein Einziger dieser Laboranten hat je bei einem rich-

· 97 ·

tigen Apotheker wie Euch gelernt, sondern den Aberglauben von seinen Altvorderen übernommen. Sie wissen weder über die wahre Wirkung der Heilpflanzen noch über die richtige Dosierung Bescheid. Daher sind ihre Erzeugnisse bloßer Humbug und heilen niemanden. Meine Mittel hingegen reißen einen Kranken noch von der Schwelle des Todes zurück!«

Der Apotheker schüttelte den Kopf. Die Gebiete, in denen die besten Heilkräuter in weitem Umkreis wuchsen, lagen nur eine geringe Wegstrecke entfernt, und er reiste jedes Jahr zu den Märkten in Oberweißbach, Königsee und Großbreitenbach, um sich dort mit den getrockneten Pflanzen einzudecken, die er für seine selbstgefertigten Arzneien benötigte.

Aus einer gewissen Neugier heraus griff er trotzdem nach einer Flasche, die Fabel aus seiner Kiste holte, öffnete sie und roch daran. Um nicht den Anschein zu erwecken, er würde nur oberflächlich prüfen, goss er ein wenig von der Flüssigkeit in eine Schale, gab ein schwärzliches Pulver hinzu und rührte es um. Als das Mittel die dunkle Farbe des Pulvers annahm und behielt, schob der Apotheker die Flasche Fabel wieder zu.

»Das Zeug ist viel zu schwach dosiert und im Grunde nur Honigwasser, das süß schmeckt, aber wenig hilft. Da erhalte ich von dem Laboranten Just weitaus bessere Elixiere.«

»Ihr irrt Euch! Dieses Mittel bewirkt Wunder!«, rief Fabel. »Allein es mit dieser Bauernmedizin aus den Schwarzburger Fürstentümern zu vergleichen, ist schiere Blasphemie. Ich habe dieses Elixier in meiner eigenen Manufaktur hergestellt und von sechs hochgelehrten Apothekern und Doktoren prüfen lassen. Hier ist ihr Urteil!« Damit zog Fabel mehrere Blätter hervor, auf denen Männer mit hochtrabenden Titeln seine Salben und Säfte über den grünen Klee lobten.

Der Apotheker wurde unsicher. Als Fabel dann auch noch eine gesiegelte Bestätigung vorlegte, dass seine Mittel vom

Leibarzt des bairischen Grafen Josef Maria von Thannegg ver-
schrieben würden, ließ er sich dazu überreden, eine gewisse
Menge davon und drei andere Arzneien zu bestellen. Auf die
von Fabel geforderte Vorkasse ließ er sich jedoch nicht ein.

»Zuerst will ich die Ware haben, bevor ich sie bezahle. Mit
meinem Königseer Laboranten halte ich es auch nicht anders.«

»Es kostet viel Geld, Euch diese Arzneien zu schicken«, wandte Fabel ein.

»Dann verkauft sie dorthin, wo es Euch weniger Geld kostet!« Der Apotheker war kurz davor, den Kauf wieder rückgän-
gig zu machen, doch nun gab Fabel nach.

»Dann soll es so sein! Erwartet meine Lieferung in vier Wochen.«

»Ihr lasst Euch aber Zeit. Just liefert auf Anfrage innerhalb
weniger Tage«, antwortete der Apotheker.

»Ich werde zusehen, ob es nicht schneller geht«, versprach
Fabel und verabschiedete sich.

Der Wirtsknecht hatte draußen vor der Apotheke gewartet.
Auf Fabels Wink kam er herein und hob die Kiste wieder auf.

»Wo soll ich sie hinbringen, zurück in den Gasthof?«, fragte
er in der Hoffnung, ein hübsches Trinkgeld herauszuschlagen.

»Wohin denn sonst?«, fuhr Fabel ihn an und sagte sich, dass
es schwerer war, als er erwartet hatte, diese sturen Apotheker
für seine Arzneien zu begeistern.

17.

Ohne zu ahnen, dass er mit der Schwiegertochter seines
Konkurrenten Rumold Just gereist war, verließ Kasimir
Fabel am nächsten Tag Weimar. Auch wenn er dem Apotheker
nicht so viel hatte verkaufen können, wie er erhofft hatte, so

war er doch sicher, dass dieser seine Bestellungen bei Just einschränken würde.

Und tatsächlich musste Klara genau das feststellen, als sie am nächsten Morgen mit ihrer Kiste in der Apotheke erschien. »Guten Tag! Ich bin Klara Just, die Schwiegertochter des Königsseer Laboranten Rumold Just«, grüßte sie. »Mein Ehemann ist bedauerlicherweise auf Reisen, und mein Schwiegervater hat sich verletzt, so dass ich hierhergekommen bin, um Euch die gewünschten Proben zu bringen.«

»Guten Tag!«, antwortete der Apotheker halb ablehnend, halb mit einem schlechten Gewissen. »Ich hoffe, Herr Just ist nicht schwer verletzt.«

»Er hat sich den Knöchel verstaucht und vielleicht sogar angebrochen. Diese Verletzung ist jedoch weniger schlimm als die seines Stolzes. Ihm war es gar nicht recht, dass er im Bett bleiben muss, während ich für ihn auf Reisen gehe.« Klara brachte es so trocken vor, dass der Apotheker schmunzeln musste.

»Dann zeigt mal, was Ihr habt!«, forderte er sie auf und sah sich die Salben und Elixiere genau durch. Riech- und Schmeckproben zeigten ihm, dass die Qualität wie immer ausgezeichnet war. Just hatte nur die besten Zutaten für seine Arzneien genommen, und das taten nicht alle. Auch dem Zeug, das er von Fabel erhalten hatte, waren schlechtere Teile beigemischt. Da er sie aber bestellt hatte, musste er das Beste daraus machen, auch wenn dies hieß, weniger von Justs Waren kaufen zu können, als er vorgehabt hatte.

Er wählte einige Arzneien mit Bedacht aus und bestellte schließlich doch einen Teil der Heilmittel. Auch wenn Klara auf einen besseren Verkauf gehofft hatte, war sie zufrieden. Wenigstens konnten ihr Mann und ihr Schwiegervater nicht sagen, dass sie auf dieser Reise völlig versagt hätte. Sie notierte alles, nannte dem Apotheker die Preise und ließ sich noch um eine

Kleinigkeit herunterhandeln, um ihm das Gefühl zu geben, ein gutes Geschäft gemacht zu haben.

Der Abschiedsgruß, den sie von Oschmann erhielt, fiel daher weitaus freundlicher aus als der, den er Fabel gegönnt hatte. Nachdem Klara gegangen war, machte der Apotheker bei einem ähnlichen Elixier wie dem von Fabel ebenfalls die Probe mit dem schwärzlichen Pulver. Die Flüssigkeit färbte sich stark rötlich und bewies ihm, dass sie genügend heilende Substanz enthielt. Mit dem Gefühl, einen Fehler begangen zu haben, indem er sich von Fabel hatte beschwatzen lassen, räumte er die Proben weg und betete, dass sein Ruf nicht beschädigt wurde, wenn er armen Leuten die schlechtere Medizin verkaufte.

Klara erreichte unterdessen den Gasthof und teilte Martha und Fritz mit, dass sie am nächsten Tag heimwärts reisen würden. Als sie in ihrer Kammer am Fenster saß und auf den lebhaften Markt hinausschaute, galten ihre Gedanken Tobias, und die Sehnsucht nach ihm drohte sie zu übermannen.

18.

Während seine Frau ohne Probleme nach Weimar gelangt war, verlor Tobias einen ganzen Tag durch einen Achsbruch der Postkutsche und musste zusammen mit den anderen Passagieren in einer Scheune übernachten. Als endlich ein Ersatzwagen kam und sie weiterfahren konnten, verpasste er die Postkutsche, in die er hatte umsteigen wollen, und musste zwei weitere Tage in der Postkutschenstation verbringen, bis er einen Platz im nächsten Wagen bekam.

In Rübenheim angekommen, wählte er den Gasthof, in dem Armin Gögel verhaftet worden war, und stellte seine Reisetasche auf den Tisch. »Guten Tag! Mein Name ist Tobias Just aus Königsee. Ich will hier ein paar Tage übernachten.«

»Sehr wohl, der Herr.« Der Wirt schlurfte näher und musterte ihn durchdringend. Eigentlich gefiel ihm, was er sah, denn Tobias war ein ansehnlicher Mann. Doch das war Gögel auch gewesen, dachte er, ließ sich aber nichts anmerken.

»Wir haben noch eine Kammer frei. Wenn der Herr sich hier einschreiben will.«

Tobias tat dies, sah dann aber durch das Fenster zu Stößels Apotheke hinüber. Der Wunsch, rasch zu erfahren, was hier geschehen war, brachte ihn dazu, seine Pläne zu ändern. »Ein Knecht soll meine Tasche in die Kammer bringen. Ich mache nur kurz eine Besorgung und komme bald wieder. Dann hoffe ich, dass Ihr etwas Gutes auf den Tisch bringen könnt. Ich bin nämlich sehr hungrig«, erklärte er und verließ den Gasthof.

Er bemerkte nicht, dass der Wirt ihm kurz nachschaute und dann einen seiner Knechte hastig zu sich winkte. »Lauf zu unserem Herrn Richter und sage ihm, dass Tobias Just in die Stadt gekommen ist.«

»Der Laborant, der den ehrenwerten Bürgermeister Engstler umgebracht hat?« Der Knecht konnte kaum glauben, dass der Mann die Unverfrorenheit besaß, den Ort seines Verbrechens aufzusuchen. Hastig verließ er den Gasthof und eilte zum Wohnhaus des Richters. Zu seiner Erleichterung war Hüsing anwesend und ließ ihn gleich vor.

»Was sagst du? Tobias Just ist in der Stadt? Das wird ihn noch reuen!«, rief der Richter, als der Knecht seinen Bericht beendet hatte.

»Er ist vorhin zur Apotheke hinübergegangen«, setzte der Knecht hinzu.

»Ob Gasthof oder Apotheke – er entkommt uns nicht mehr!«

Richard Hüsing stand auf und griff nach einer Klingel. Sogleich traten zwei Männer in sein Zimmer.

»Gebt Befehl an die Torwächter, dass Tobias Just, für den Fall, dass er zu fliehen versucht, nicht aus der Stadt gelassen wird«, wies er einen der Männer an. Während dieser davoneilte, wandte der Richter sich dem zweiten Wachmann zu.

»Hole die Büttel! Vier sollen im Gasthof Posten beziehen und Tobias Just sofort verhaften, wenn er auftaucht. Die anderen schicke zur Apotheke. Ich bete, dass unserem guten Stößel nichts zustößt! Ein Verbrecher, der unseren Bürgermeister ermordet, macht auch vor einem Apotheker nicht halt.«

Als der Wächter das Haus verlassen hatte, rieb der Richter sich die Hände. Einen so raschen Erfolg hatte er nicht erwartet. Kathrin Engstler wird zufrieden sein, dachte er. Auch wenn es sich nur um eine Frau handelte, so besaß sie doch das größte Vermögen in der Stadt, und der Mann, den sie einmal heiratete, würde der neue Bürgermeister werden. Einen Augenblick lang erwog Richard Hüsing sogar, selbst um die Jungfer zu werben. Er erinnerte sich jedoch daran, von ihrem Vater gehört zu haben, dass dieser sie mit Elias Schüttensee verlobt hatte, dem Sohn des mächtigsten Mannes von Steinstadt. Dieser Ort gehörte wie Rübenheim zu den Hessen-Kasseler Enklaven im Machtbereich des Hannoveraner Kurfürsten und Königs von England. Damit würde Elias Schüttensee bald hier das Heft in der Hand halten.

Mit diesem Gedanken stand Richter Hüsing auf, zog seinen Rock an und nahm den Amtsstab zur Hand. Es galt, einen kaltblütigen Mörder oder zumindest Mordgehilfen zu verhaften.

19.

Tobias betrat die Apotheke und fand den vorderen Teil leer. Aus dem hinteren Teil drangen jedoch die typischen Geräusche eines Stößels heraus, der in rascher Folge in einen Mörser schlug. Dieses Geräusch hatte wohl auch den Klang der Glocke übertönt, die über der Tür hing und neue Kunden anmeldete. Tobias streckte die Hand aus und ließ eine Klingel, die auf der Theke stand, erschallen.

»Ich komme ja schon!«, hörte er den Apotheker rufen.

Kurz darauf trat dieser ein, sah ihn an und wurde bleich. »Herr Just? Das ist aber nicht gut, dass Ihr gekommen seid.«

»Wieso?«, fragte Tobias verwundert. »Ich erhielt einen Brief, dass unser Wanderapotheker Armin Gögel wegen irgendeiner Sache verhaftet worden ist, und bin gekommen, um ihm beizustehen.«

Stößel atmete tief durch und sah Tobias traurig an. »Ich bin mir gewiss, dass Euch bei der Dosierung des Elixiers nur ein Fehler unterlaufen ist und es nicht aus Absicht geschah.«

»Ich verstehe nicht, was Ihr meint.«

»Es geht um unseren Bürgermeister Emanuel Engstler. Seit Jahren nimmt er eines Eurer Mittel ein, und bis zu jenem schrecklichen Tag hat es ihm immer geholfen. Als ich ihm die letzte Flasche zukommen ließ, die Euer Buckelapotheker mir kurz zuvor gebracht hatte, starb Engstler an dem Zeug, das in der Flasche war.«

Tobias starrte Stößel ungläubig an und schüttelte erregt den Kopf. »Der Bürgermeister starb gewiss nicht durch unser Mittel. Mein Vater und ich mischen unsere Arzneien selbst und achten dabei sorgsam auf unsere Rezepturen.«

»Vielleicht ist einem Eurer Destillateure ein Fehler unterlaufen«, mutmaßte Stößel.

Erneut schüttelte Tobias den Kopf. »Das sind erfahrene Männer, die seit Jahren für uns arbeiten. Sie wissen mit den Arzneipflanzen und anderen Ingredienzien, die wir verwenden, umzugehen. Außerdem überprüfen mein Vater und ich noch einmal alles, bevor wir es an unsere Buckelapotheker weitergeben.«

»Und doch ist Emanuel Engstler unzweifelhaft nach der Einnahme Eures Mittels gestorben! Sowohl Doktor Capracolonus wie auch ich haben herausgefunden, dass diesem Elixier eine tödliche Menge des Giftes der Tollkirsche beigemischt war. Dabei wurde diese Zutat auf dem Beizettel nicht einmal erwähnt, sonst hätte ich diese Arznei niemals ungeprüft weitergegeben.«

Stößel schob Tobias verärgert das Blatt Papier mit der Beschreibung des Medikaments hin. Dieser nahm es in die Hand, blickte kurz darauf und legte es aufgebracht wieder hin.

»Unsere Arznei enthält kein Tollkirschengift! Daher kann dieser Ratsherr niemals durch dieses Mittel gestorben sein.«

»Wollt Ihr mich der Lügen zeihen?«, fragte Stößel scharf. »So wie Ihr annehmt, dass ich mich geirrt habe, könnt Ihr oder der Stadtsyndikus von Rudolstadt, der Euer Mittel prüfte, sich auch geirrt haben.«

Dies wollte Tobias nicht gelten lassen. »Vielleicht hat der Bürgermeister noch ein anderes Medikament eingenommen, das dieses Gift enthielt! Das ist für mich die einzige Erklärung, denn ich bin mir unserer Arzneien vollkommen sicher.« Tobias beruhigte sich etwas und fuhr in gemäßigtem Tonfall fort: »Guter Mann, unsere Arzneien werden nicht nur vom Stadtsyndikus von Rudolstadt geprüft, sondern auch von den Ärzten in Königsee. Glaubt Ihr, all diesen Herren wäre entgangen, wenn eines der Mittel einen tödlichen Anteil an Gift enthalten würde?«

»Dann ist ein schändliches Verbrechen begangen worden!«, antwortete Stößel kalt.

Er sah nun mehrere Stadtbüttel auf den Gasthof zukommen und ein paar andere auf seine Apotheke. Es würde nicht lange dauern, so sagte er sich, bis die Wahrheit an den Tag kam.

Tobias starrte noch einmal auf den Zettel, den er hatte drucken lassen. Dort standen alle Zutaten der Arznei verzeichnet, doch Atropa belladonna war mit absoluter Gewissheit nicht darunter gewesen. In seinen Augen gab es nur zwei Möglichkeiten: Entweder hatte der Ratsherr eine andere Medizin eingenommen, oder er war vorsätzlich mit dem Gift der Tollkirsche ermordet worden.

Das Klingeln der Ladenglocke riss ihn aus seinen Gedanken. Er drehte sich um und sah mehrere Männer auf sich zukommen, die alle in der gleichen, uniformähnlichen Kleidung steckten. In den Händen hielten sie Hellebarden und richteten diese auf ihn. Ihr Anführer sah ihn mit einem zufriedenen Grinsen an.

»Du bist Tobias Just aus Königsee?«, fragte er.

»Der bin ich! Was wollt ihr von mir?«

»Du bist verhaftet!«, erklärte der Anführer der Büttel.

Zwei seiner Männer packten Tobias' Arme und bogen sie ihm auf den Rücken, ein weiterer schlang ihm eine Schnur um die Handgelenke und fesselte ihn.

»Was soll das?«, rief Tobias aufgebracht.

»Ich sagte doch, du bist verhaftet. Mitkommen!«, schnauzte ihn der Oberbüttel an.

Bevor Tobias reagieren konnte, erhielt er einen Schlag mit einem Hellebardenstiel und wurde zur Tür hinausgestoßen. Draußen liefen die Bewohner zusammen und musterten ihn, als wäre er ein Ungeheuer. Einige Jungen hoben Steine und Dreckbatzen auf und bewarfen ihn damit, ohne dass die Büttel etwas dagegen unternahmen. Sie führten ihn auffällig langsam durch die Stadt zum Rathaus, in dessen Keller sich die Zellen für die

Gefangenen befanden. Dort brachten sie Tobias zum Richter, der im ersten Stock des Gebäudes residierte.

Richard Hüsing saß mit zufriedener Miene auf seinem Stuhl und musterte den Gefangenen, an dessen Kleidung und in dessen Gesicht Pferdemist und Dreck klebten. Schließlich beugte er sich vor und ergriff einen großen Bogen Papier.

»Im Namen des löblichen Rates unserer Stadt Rübenheim erhebe ich gegen Tobias Just, wohnhaft zu Königsee im Fürstentum Schwarzburg-Rudolstadt, Anklage wegen Mordes oder mindestens Beihilfe zum Mord an dem ehrengeachteten Bürger und Bürgermeister Emanuel Engstler. Dem Angeklagten ist es gestattet, einen Advokaten aus seiner Heimat herbeizurufen, der ihn verteidigen soll. Abführen!«

Der Richter hatte kaum geendet, da wurde Tobias schon wieder gepackt und in den Keller geschleift. Dort sperrten ihn die Büttel in eine Zelle, von der aus er Armin Gögel weder sehen noch mit diesem sprechen konnte, und ließen ihn allein im Halbdunkel zurück.

Es dauerte eine ganze Weile, bis Tobias wieder einen halbwegs klaren Gedanken fassen konnte. Er war wegen eines Mordes verhaftet worden, den er mit Gewissheit nicht begangen hatte und den er auch Armin Gögel nicht zutraute.

»In unserer Arznei war kein Tollkirschengift«, stieß er zornerfüllt aus.

Doch der Einzige, der ihm zuhörte, war er selbst. Der Richter hatte gesagt, er könne einen Advokaten aus seiner Heimat rufen lassen. Dafür musste er einen Brief schreiben. In der Zelle aber gab es weder Feder oder Papier noch Tinte, nur eine schmale, harte Pritsche mit einer alten, verschossenen Decke, mit der er sich zudecken konnte.

»Das kann doch alles nicht sein!«, brach es aus ihm heraus. Das war gewiss nur ein Alptraum, der ihn quälte. Doch als er gegen die Kante der Pritsche klopfte, fühlte diese sich sehr real an.

»Die brauchen einen Sündenbock, und da kommen wir ihnen als Landfremde gerade recht.«

Er schloss die Augen und ballte beide Fäuste, wusste aber selbst, dass es in einem solchen Fall keinen Ausweg gab. Man würde ihn verurteilen und hinrichten, um dem Volk ein Schauspiel zu bieten. Klara kam ihm in den Sinn, die sein zweites Kind in sich trug.

»Wie schrecklich muss dies alles für sie sein«, flüsterte er unter Tränen.

Sie war zwar eine mutige Frau, würde ihm aber nicht im Geringsten helfen können. Möglicherweise erfuhr sie von seinem Schicksal sogar erst, wenn er bereits tot war.

Was würde aus ihr und den Kindern werden? Konnte sein Vater ihr die Stütze sein, die sie benötigte? Nach dem Tod der Mutter hatte der Vater viel von seinem Lebensmut verloren, und so hielt Tobias es für möglich, dass ihn die Nachricht von seinem Tod ins Grab bringen könnte.

»Soll denn alles verloren sein?«, schrie er und hämmerte mit beiden Fäusten gegen die Tür. Es kam jedoch niemand, und er kämpfte gegen das Gefühl an, ganz allein auf dieser Welt zu sein.

Teil 2

...

Der Feind aus dem Dunkeln

1.

Der alte Mann war erschöpft. Immer wieder blieb er stehen und wischte sich den Schweiß von der Stirn. Es war ein heißer Tag, und sein langer Rock war für weit kühleres Wetter gedacht. »Wenn das Reff nicht so drücken würde«, stöhnte er und hätte jedem, der ihn hörte, damit verraten, dass er einer der Buckelapotheker aus den schwarzburgischen Fürstentümern war.

»Weiterlaufen!«, mahnte er sich selbst und schritt stärker aus.

Sein Blick glitt sorgenvoll nach oben. Der Weg führte zwar nicht allzu steil den Hügel hinauf, doch es würde noch einige Zeit dauern, bis er die Kuppe erreicht hatte und wieder abwärtssteigen konnte.

Zweihundert Klafter weiter blieb er erneut stehen und setzte sein Reff ab. Mit zitternden Händen holte er die Tonflasche heraus, die er am Morgen an einem Brunnen gefüllt hatte, und öffnete sie. Als er sie an die Lippen setzte, kamen jedoch nur ein paar Tropfen heraus. Der Alte schluckte sie gierig, stellte die Flasche ins Reff zurück und wuchtete es sich wieder auf den Rücken.

Als er sich wieder in Bewegung setzte, begann er zu beten. »Heiliger Geist, gib mir die Kraft, weiterzugehen! Herr Christus, lass mich bald eine Quelle finden, an der ich meinen brennenden Durst löschen kann, und du, oh mein Herr im Himmel, wache über mich und meine Familie, auf dass uns kein Übel trifft.«

Den Blick starr nach vorne gerichtet, bemerkte der alte Mann nicht, dass ein anderer Wanderer langsam zu ihm aufschloss. Auch er schleppte eine Trage auf dem Rücken, doch diese schien nicht allzu schwer zu sein. Den Rock hatte er ausgezogen und auf die Trage geschnallt, gegen die Sonne schützte ihn ein grauer Hut mit breiter Krempe. Als er nur noch wenige Schritte hinter dem Alten war, huschte der Anflug eines Lächelns über sein Gesicht.

»Grüß dich, Buckelapotheker! So trifft man sich wieder!«, rief er ihm zu.

Der alte Mann blieb schwer atmend stehen und drehte sich um. »Du bist es, Rudi? Ich dachte, du wolltest nach Westen wandern?«

»Wollte ich auch, aber man hat mich an der Grenze abgewiesen. Jetzt muss ich einen anderen Weg suchen, um meine alte Route oder meinen Strich, wie ihr Buckelapotheker sagt, wieder aufzunehmen.«

»Das ist ärgerlich.« Der Alte schüttelte missbilligend den Kopf. »Manchmal könnte man wirklich mit dem Donnerkeil dreinfahren, wenn diese elenden Zöllner einen abweisen. Schon in der Bibel steht, dass es böse Menschen sind.«

»Die Zöllner sind auch nur Knechte«, wandte Rudi ein. »Die wahren Tyrannen sind die Ratsherren und Bürgermeister, die aus reiner Habsucht dem, der sie gut schmiert, den Weg freigeben, aber ehrliche Leute vor den Toren stehenlassen. Du hast ja noch Glück, denn du, Heinz, kannst als Buckelapotheker jahrelang die gleiche Strecke laufen. Ich muss in einem Jahr dorthin, im anderen dahin, gerade so, wie es dem Herrn Manufakturisten gefällt. Das ist ein fast noch schlimmeres Gesindel als Zöllner und Bürgermeister, kann ich dir sagen.«

»Ich bin mit meinem Laboranten, Herrn Liebmann, sehr zufrieden«, erwiderte der Alte. »Immerhin hat er mir meine Strecke gelassen und ist bereit, meinen Enkel als meinen Nachfolger zu akzeptieren. Im nächsten Jahr werde ich das Bürschlein mitnehmen und anlernen. Dann können wir uns die Last teilen, und mir wird es auch nicht mehr so schwerfallen, mein Reff zu tragen. Zwei, drei Jahre später wird der Junge alt genug sein, um sich allein auf den Weg machen zu können. Dann kann ich zu Hause bleiben, Rechen schnitzen und Körbe flechten.«

Obwohl er ein karges Leben führte, klang Heinz zufrieden. Im Gesicht des anderen Mannes stand Spott. »Da hast du dir ja einiges vorgenommen, Großvater. Aber sag, warum geht dein Sohn oder Schwiegersohn nicht mit dir?«

»Mein Sohn war als Trossknecht zum Heer gegangen. Dies dünkte ihn das leichtere Los, denn er mochte nicht als Buckelapotheker wandern. Er starb irgendwo in Flandern, und erst acht Jahre später hat uns ein Kamerad diese Nachricht gebracht. Jetzt ist dieser elende Krieg endlich vorbei, aber mein Junge hat sein Leben dafür geopfert.«

»Und wofür?«, meinte Rudi. »Dafür, dass ein Fürst oder König ein paar Quadratmeilen mehr Land sein Eigen nennen kann als vorher?«

Heinz hob ratlos die Hände und ging weiter. Nach wenigen Schritten blieb er wieder stehen und versuchte, die Riemen des Reffs so zu ziehen, dass sie ihn weniger drückten.

Als der Wanderhändler es sah, fasste er ihn am Arm. »Ich könnte jetzt weitergehen und dich hinter mir zurücklassen. In Gesellschaft läuft es sich jedoch leichter. Daher überlass mir

· 111 ·

dein Reff! Ich schleppe es eine Weile für dich, während du meinen Korb tragen kannst. Der ist gewiss um einiges leichter als deine Trage.«

»Das würdest du für mich tun?«, fragte der Alte verwundert.

»Sagte ich doch! Wir können uns unterwegs wieder so wie vorgestern unterhalten und am Abend in der gleichen Herberge übernachten, um unsere Bekanntschaft fortzusetzen.«

»Das würde mich freuen«, bekannte Heinz und stellte sein Reff ab.

Rudi übernahm es und sah zu, wie der alte Mann seinen Korb auf den Rücken schnallte.

»Das ist wirklich leicht«, rief Heinz verblüfft. »Was verkaufst du denn, Gänsedaunen?«

»So etwas Ähnliches!«, antwortete der jüngere Mann lachend.

Als sie weitergingen, musterte der Alte seinen Begleiter. Rudi mochte etwas über dreißig sein und stand im besten Saft. Daher trug er das schwere Reff, das er selbst kaum noch hatte schleppen können, fast ebenso leicht wie zuvor seinen Korb.

»Wo kommst du eigentlich her?«, fragte er neugierig.

»Aus Erfurt!«

Seiner Sprechweise nach konnte dies stimmen. Dennoch glaubte der alte Buckelapotheker, eine Färbung darin zu vernehmen, die sich anhörte, als würde der Mann schon seit Jahren in einer Gegend leben, in der ein anderer Dialekt beheimatet war.

»Bist wohl schon lange auf Wanderschaft?«, fragte er weiter.

»Seit zwei Jahren«, antwortete Rudi.

»Was hast du früher gemacht?«

»Bist wohl ein ganz Neugieriger!«, meinte sein Begleiter lachend. »Aber wenn du es genau wissen willst: Ich war Knecht auf einem Gut. Das hat mir nicht mehr getaugt, und so bin ich

• 112 •

Wanderhändler geworden. Ist zwar ein mühsames Geschäft, doch man sieht etwas von der Welt und lernt viele Leute kennen.«

»Das kann man wohl sagen«, stimmte der Alte ihm zu und blickte nach vorne. »Wir haben gleich die Höhe erreicht!«

»Wie weit willst du heute noch wandern?«

Heinz seufzte. »Ich muss noch zwei Dörfer aufsuchen und werde dann in Steinstadt übernachten. Dort habe ich einen ganz besonderen Kunden. Der lässt sich seine Medizin nach eigenen Vorstellungen anmischen.«

»Dann ist er gewiss ein Arzt oder so etwas Ähnliches«, mutmaßte Rudi.

Der alte Heinz schüttelte den Kopf. »Ganz und gar nicht! Es ist der ehrengeachtete Stadtrat und Notarius Christoph Schüttensee. Er ist ein sehr reicher Mann, musst du wissen. Ein paar der Ingre… äh, also der Sachen, die in die Arznei kommen, lässt er sogar aus Indien kommen.«

»Dann muss er wahrlich schwerreich sein.« In Rudis Stimme schwang ein Unterton mit, der den Alten aufmerken ließ.

»Du magst wohl keine reichen Leute, was?«

»Magst du sie?«, antwortete Rudi mit einer Gegenfrage.

»Gott hat es halt so eingerichtet, dass es oben und unten, reich und arm, Fürsten und Bettler gibt«, antwortete Heinz mit einem Achselzucken.

»Aber er hat den Reichen und Mächtigen nicht gesagt, dass sie in ihrer Gier nach Geld und Einfluss sämtliche Zehn Gebote missachten dürfen.« Erneut klang Rudis Stimme hart. Er hatte sich rasch wieder in der Gewalt und winkte lachend ab. »Was soll's. Ändern können wir's eh nicht! Lass uns gemütlich weiterwandern. Wenn wir bei dem ersten Dorf angekommen sind, kannst du deine Kiepe wieder übernehmen.«

»Es heißt Reff«, berichtigte Heinz ihn.

»Von mir aus! Du übernimmst es dann wieder, während ich vor dem Ortsausgang auf dich warte. Ich trage es dir dann bis zum nächsten Dorf und später bis nach Steinstadt.«

Der Vorschlag kam so überraschend, dass der Alte zunächst nicht wusste, was er sagen sollte.

»Aber du würdest viel Zeit dadurch verlieren!«, meinte er schließlich.

Rudi lachte erneut. »Die halbe Meile, die ich gewinnen würde, wenn ich dich hinter mir lasse, fällt wirklich nicht ins Gewicht. Außerdem säße ich dann allein beim Wirt und könnte mich nur mit meinem Bierkrug unterhalten. Da ist es doch viel lustiger, wenn wir zwei zusammenbleiben und den Abend ein wenig miteinander schwatzen. Bist doch weit herumgekommen und weißt gewiss einiges zu erzählen.«

»Und das nicht zu wenig!«, antwortete Heinz geschmeichelt und freute sich, weil der andere ihn begleiten wollte.

2.

Heinz' gute Laune stieg durch gute Verkäufe in den beiden Dörfern weiter an. Da Rudi das Reff für ihn trug, kamen sie auch rasch vorwärts und erreichten Steinstadt noch am Nachmittag. Als der Buckelapotheker zu Schüttensees Haus abbiegen wollte, hielt sein Begleiter ihn auf.

»Sollten wir nicht besser erst zur Herberge gehen und dort einen Krug Bier trinken? Auch solltest du vorher deinen Rock ausbürsten lassen. So trägst du dem Herrn Stadtrat die halbe Landstraße ins Haus.«

»Da hast du schon recht«, stimmte Heinz ihm zu und folgte ihm zum Gasthof.

Als Wanderhändler wies man ihnen einen Platz ganz hinten

in der Ecke zu, und die Wirtsmagd fragte ziemlich unfreundlich, was sie essen und trinken wollten. Bevor Heinz etwas sagen konnte, hob Rudi die Hand.

»Weißt du was? Ich lade dich heute ein. Schließlich trifft man nicht jeden Tag einen so guten Reisekameraden wie dich.«

»Aber das ist nicht nötig!«, erwiderte der Alte.

Rudi bestand darauf und wandte sich der Wirtsmagd zu. »Einen Krug Wein – und nicht vom schlechtesten – sowie zweimal Braten für uns.«

Die Wirtsmagd hatte erwartet, Bier und Eintopf zu hören, und war nach dieser Bestellung wie ausgewechselt. »Aber selbstverständlich, der Herr! Bringe ich sofort! Wollt Ihr auch ein wenig Weizenbrot dazu? Der Bäcker hat es erst heute Morgen gebacken.«

»Das kannst du auch mitbringen«, rief Rudi und versetzte ihr lachend einen Klaps auf den Hintern. »Bist ein hübsches Ding!«

»Und verlobt!«, antwortete sie, ohne böse zu sein.

Als sie gegangen war, zupfte Heinz seinen Begleiter am Ärmel. »Willst du wirklich Wein trinken und Braten essen? Das ist doch furchtbar teuer!«

»Und wennschon! Geld ist Tand, und zu viel davon sollte ein aufrechter Mann nicht besitzen.« Rudi klopfte dem alten Mann auf die Schulter und zwinkerte ihm zu. »Wir wollen das Leben genießen! Wer weiß, was morgen kommt.«

Das war nicht gerade das Motto, nach dem der Alte lebte. Er warf einen Blick auf sein Reff, das neben dem Tisch an der Wand lehnte, und meinte, dass er wohl doch besser gleich zu Herrn Schüttensee gehen sollte.

»Meinst du den Herrn Stadtrat Schüttensee?«, fragte ihn ein anderer Gast. »Da wirst du einen oder zwei Tage warten müssen. Der ist nach Hannover geritten, um dort eine wichtige Sache zu klären. Er kommt gewiss nicht vor morgen Abend zurück.«

»Hab Dank für die Auskunft!« Heinz überlegte trotzdem, zu Schüttensees Haus zu gehen und die Arznei dort abzugeben. Die Erinnerung daran aber, dass der Stadtschreiber ihm jedes Mal ein hübsches Trinkgeld gegeben hatte, das er von dessen Dienern gewiss nicht erhalten würde, ließ ihn zögern. Als dann die Wirtsmagd einen großen Krug Wein, zwei Becher und zwei knusprige Stücke Braten brachte, vergaß er sein Vorhaben.

In den nächsten zwei Stunden aßen Rudi und Heinz das Fleisch und dazu einen Laib Weißbrot. Außerdem sprachen sie kräftig dem Wein zu, wobei Rudi weniger trank als der alte Mann. Zeitlebens an dünnes Bier gewöhnt, wurde Heinz rasch ein Opfer des schweren Weines und lallte bald nur noch vor sich hin.

Nach einer Weile legte Rudi ihm die Hand auf die Schulter. »Ich glaube, es ist das Beste, wenn wir zu Bett gehen. Es wird auch schon dunkel.«

So ganz stimmte das nicht, doch Heinz nickte schläfrig. »Bin auch müde!«

»Ich ebenfalls!«, log Rudi und reichte der Wirtsmagd ein paar Münzen, die nicht nur für die Zeche, sondern auch für die Stube reichten, in der er mit Heinz zusammen nächtigen wollte. Dieser hatte sonst immer auf dem Boden über dem Stall geschlafen und starrte verwirrt in die Kammer mit dem großen, breiten Bett, in das die Wirtsmagd sie führte. Rudi brachte das Reff und seine eigene Trage mit. Er stellte beides nebeneinander gegen die Wand und bedankte sich bei der Wirtsmagd.

Diese wies auf Heinz. »Gib acht, dass er nicht das Bett vollspeit! Ich müsste sonst noch einmal die Hand aufhalten.«

»Damit ich dir ein paar Münzen hineinlegen kann«, sagte Rudi lachend.

Die junge Frau erwiderte sein Lachen. »So kann man es sagen«, sagte sie und verließ mit einem aufreizenden Hüftschwung den Raum.

»Ein schmuckes Ding!«, meinte Rudi. »Der würde ich gerne meine paar Zoll reinstecken, aber da bleibt mir wohl der Schnabel sauber.«

»Ist wirklich sehr hübsch, aber für die bin ich wohl zu alt«, nuschelte Heinz. »Außerdem bin ich viel zu müde, um an so etwas auch nur zu denken.«

Er zog sich mit schwerfälligen Bewegungen aus und wollte sich ins Bett legen.

Da packte Rudi ihn am Arm. »Du hast doch vorhin von dieser speziellen Medizin für den Stadtrat Schüttensee erzählt. Ich würde gerne einmal sehen, was sich so einer schicken lässt!«

Heinz wollte zu seinem Reff treten und stolperte dabei über die eigenen Füße. Gerade noch rechtzeitig hielt Rudi ihn fest.

»Nicht so hastig, mein Freund! Sonst geht noch etwas kaputt.«

»Das wäre nicht gut!«, brabbelte Heinz und öffnete die gewachste Leinenhülle, mit der er seine Waren abgedeckt hatte. Ein großer Krug, ein paar Flaschen und eine große Spanschachtel kamen zum Vorschein.

»Siehst du die Flaschen da?«, fragte er.

Rudi nickte.

»Alle sind aus braunem Glas, wie Flaschen im Allgemeinen so sind. Aber der Herr Stadtschreiber Schüttensee will seine Arznei unbedingt in einer grünen Flasche haben.«

Heinz ließ die Hülle wieder über das Reff fallen, machte sie aber nicht mehr fest, sondern wandte sich seinem Bett zu und legte sich hin.

»Gute Nacht, Rudi«, murmelte er, und schon bald zeigten leise Schnarchgeräusche, dass er eingeschlafen war.

Rudi wartete noch eine Weile, dann zog er die Leinenhülle wieder vom Reff und holte die grüne Glasflasche heraus. Sie war gut verschlossen, doch er konnte den Stopfen mit einem

Federmesser lösen. Er trat ans Fenster, öffnete es und sah sich kurz um. Da niemand zu sehen war, schüttete er gut ein Drittel des Flascheninhalts nach draußen. Er schloss das Fenster wieder und trat zu seiner Trage. Dort zog er eine Flasche hervor, öffnete sie und füllte die für Christoph Schüttensee bestimmte Flasche mit deren Inhalt auf. Anschließend setzte er den Stopfen wieder auf und verbarg die Spuren des Öffnens, so gut es ging.

Anschließend stellte er die grüne Flasche zurück und wollte den Leinenüberzug wieder schließen. Da fiel sein Blick auf die Trinkflasche des alten Mannes. Kurzentschlossen füllte er den Rest aus seiner Flasche hinein, ging noch einmal in die Wirtsstube und besorgte sich einen Krug Wein.

Die Wirtsmagd sah ihn zwar kopfschüttelnd an, war aber nicht bereit, auf das Geschäft zu verzichten. Als Rudi in seine Kammer zurückkehrte, lag der alte Heinz schnarchend in seinem Bett und rührte sich nicht. Mit einem höhnischen Grinsen goss Rudi dessen Flasche voll Wein, schloss sie und steckte sie wieder zurück. Anschließend verschnürte er den Leinenüberzug so, wie er es bei Heinz gesehen hatte, und legte sich ins Bett.

3.

*H*einz schlief noch, als Rudi am nächsten Morgen erwachte. Mit einem Blick auf das Reff vergewisserte er sich, dass niemand daran gewesen war. Er atmete auf, denn in der Nacht hatte er geträumt, jemand hätte sie geöffnet, jenes spezielle Fläschchen für Schüttensee herausgenommen und ausgegossen.

Als Rudi nach draußen ging, um sich am Brunnen Gesicht und Hände zu waschen, lief ihm die Wirtsmagd über den Weg.

»Dein Wandergefährte sagte doch, dass er zu Herrn Schüttensee müsse. Der Herr Notarius ist gestern Abend noch nach
Hause gekommen.«

»Das ist eine gute Nachricht. Hab Dank!« Rudi kehrte in die
Kammer zurück und rüttelte Heinz wach.

»Guten Morgen! Die Magd sagt, Schüttensee wäre zurück.
Du kannst also zu ihm gehen und dann gleich weiterwandern.
Damit verlierst du nicht mehrere Tage, die du sonst später
heimkämest zu Weib und Enkel.«

Heinz hatte starke Kopfschmerzen, und ihm war übel. Die
Gewohnheit vieler Jahre als Buckelapotheker brachte ihn jedoch
dazu, aufzustehen und nach draußen zu wanken. Als er zurück-
kam, ging er wieder gerade, und auch sein Gesicht wirkte frischer.

»Ich danke dir«, sagte er zu Rudi. »Gestern habe ich wohl einen Becher zu viel getrunken. Aber nichts vertreibt Kopfweh
besser als eine Wanderung in frischer Luft. Ich werde daher
Schüttensee seine Flasche bringen und danach aufbrechen.
Kommst du weiter mit?«

Rudi schüttelte den Kopf. »Nein, unsere Wege trennen sich
hier. Es war mir ein Vergnügen, dich kennengelernt zu haben.
Vielleicht sehen wir uns nächstes Jahr wieder, dann zusammen
mit deinem Enkel.«

»Ich würde mich freuen«, antwortete Heinz und wuchtete
sich das Reff auf den Rücken.

»Übrigens habe ich dir gestern deine Trinkflasche mit Wein
füllen lassen, damit du etwas Kräftiges für unterwegs hast«, erklärte Rudi, der sich nun seine Kiepe über den Rücken hängte.

»Du hättest besser Wasser in die Flasche getan«, meinte
Heinz, sagte sich aber, dass er unterwegs seinen Durst auch an
einer Quelle stillen konnte. Der Wein war viel zu wertvoll, um
ihn auszuschütten und durch Wasser zu ersetzen.

»Leb wohl!«, rief Rudi und verließ die Kammer. Unterwegs steckte er der Magd noch eine Münze als Trinkgeld zu und trat auf die Straße. Dort herrschte viel Betrieb, und er musste mehrmals einem Karren und einmal sogar einer Kutsche ausweichen, bis er das Stadttor erreichte und Steinstadt hinter sich lassen konnte.

Er ging strammen Schrittes weiter, bog aber kurz darauf auf eine andere Straße ab und schlug einen Bogen um die Stadt, um parallel zu seinem eigenen Herweg zurückzuwandern. Die Strecke, die er am Vortag zusammen mit Heinz gegangen war, und ein Stück darüber hinaus schaffte er bis kurz nach Mittag. Bevor er sich der nächsten Stadt zuwandte, bog er in ein ausgedehntes Waldstück ab und setzte seinen Korb in der Deckung einiger dichter Büsche ab. Er überzeugte sich, dass niemand in der Nähe war, zog sich bis auf das Hemd aus und zog ein Bündel anderer Kleidung aus seiner Kiepe. Kurz darauf stand er in ledernen Reithosen und einem kurzschößigen Rock da. Statt seiner Schnallenschuhe trug er nun kniehohe Stiefel und setzte sich anstelle des breiten Hutes eine Kappe mit einem Schirm auf, der die Augen beschattete.

Nach einem weiteren Blick in die Umgebung zerlegte er das Korbgestell, zerbrach die einzelnen Teile und zündete sie mit Hilfe seines Luntenfeuerzeugs und zwei Handvoll trockener Blätter an. Als das Holz brannte, warf er seine alte Kleidung nacheinander auf das Feuer und sah zu, wie die Flammen Rock, Hut und Hose verzehrten. Mit einem Stock, den er vom nächsten Baum abschnitt, schob er die Sachen immer wieder ins Feuer, bis nicht mehr zu erkennen war, was sie einst gewesen sein mochten.

Mit einem zufriedenen Grunzen warf er den Stock weg und verließ den Wald wie ein Mann, der ihn kurz betreten hatte, um sich zu erleichtern. Als er nach weniger als einer halben Meile sein Ziel erreichte, hätte ihn niemand mehr mit dem Wanderhändler in Verbindung gebracht, der Heinz aufgelauert und betrunken gemacht hatte.

Die Torwachen musterten ihn flüchtig und ließen ihn durch. Wenig später erreichte er einen Gasthof, trat ein und bestellte mit lauter Stimme einen Krug Bier und einen Napf Eintopf als spätes Mittagsmahl. Der Wirt trug ihm selbst auf und blieb neben dem Tisch stehen.

»Na, hattest du Erfolg und konntest Pferde kaufen?«

»Weiß ich noch nicht! Muss erst meinem Herrn berichten«, erklärte Rudi zwischen zwei Bissen.

»Wohl eher nicht, weil du gar so gesprächig bist«, antwortete der Wirt spöttisch und trollte sich.

Rudi aß in aller Ruhe fertig, trank sein Bier aus und stand dann auf. »Die Rechnung, Wirt! Und lass meinen Hengst satteln.«

»Du willst heute noch reiten? Dabei hat die Turmuhr bereits die dritte Nachmittagsstunde geschlagen«, fragte der Wirt verwundert.

»Ein paar Meilen schaffe ich noch! Ich komme dann eher zu meinem Herrn.«

Rudi nestelte die Börse vom Gürtel und zählte dem Wirt die Summe hin, die dieser ihm nannte. Danach verließ er die Gaststube und lächelte dabei über den Blick, den der Wirt ihm nachsandte. Dem schien es gar nicht zu passen, dass ein anderer Wirt an seiner Übernachtung verdienen würde. Er hatte jedoch seinen Auftrag erfüllt, und es war nicht in seinem Sinn, länger in dieser Gegend zu bleiben.

4.

Trotz des ausdauernden Hengstes brauchte Rudi mehrere Tage, bis er sein Ziel erreichte. Es handelte sich um eine zum Schloss umgebaute Burg, die von einem weitläufigen, dichten Wald umgeben war. Die Bäume waren uralt und ihr Holz von bester Qualität. Da der Wald jedoch fern aller Flüsse lag, auf denen seine Stämme hätten geflößt werden können, bestand sein Wert nur in seiner Nutzung als Jagdrevier. Zum Glück lieferte er wenigstens genug Wild, um den Schlossherrn und seine Bediensteten das ganze Jahr über mit Fleisch zu versorgen.

Rudi ritt durch das Tor, das noch von der alten Anlage stammte, und hielt vor den Ställen an. Ein alter Mann schlurfte auf ihn zu.

»Wieder mal zurück?«, fragte er und verzog die Lippen, so dass seine schwarzen Zahnstummel sichtbar wurden.

»Geht dich das was an, Günter?«, antwortete Rudi. »Wo ist der Herr?«

»Wo wohl? In der Gruft natürlich! Das ist nicht gut, sage ich dir.« Der Alte klang ehrlich besorgt, doch Rudi zuckte die Achseln.

»Kümmere dich um den Hengst! Bürste ihn gut ab und striegle ihn. Du kannst ihm auch zwei Handvoll Hafer zu fressen geben, er hat es verdient.«

Ohne auf die Antwort des Knechts zu warten, ging Rudi auf den neueren Teil des Schlosses zu, in dem Graf Tengenreuth seit dem Verlust von Rodenburg wieder lebte, durchquerte ihn und verließ ihn durch eine Pforte, die zum alten Bergfried der Burg führte. In dessen Schatten lag die stattliche Gruft.

Rudi blieb am Eingang stehen, wartete, bis sich seine Augen an das hier herrschende Dämmerlicht gewöhnt hatten, und trat ein. Seit Generationen wurden hier die Herren von Tengenreuth, ihre Gemahlinnen sowie die verstorbenen Kinder in Sarkophagen beigesetzt. Die ältesten waren noch schlicht gestaltet und wiesen als einzigen Schmuck die liegenden Abbilder derer auf, die darin bestattet worden waren. Bei den Sarkophagen aus späterer Zeit fehlten diese Reliefporträts, dafür waren sie weitaus kunstvoller geschmückt. Der Sarkophag des Vaters des jetzigen Herrn war über und über mit steinernen Girlanden, Engeln sowie Kanonen und Schwertern verziert. Selbst der Name war in so geschwungener Schrift eingemeißelt, dass es einem Fremden schwerfiel, ihn zu entziffern. Rudi konnte ihn jedoch selbst noch im Schlaf herbeten.

»Eustachius Johannes Matthias Otto Heinrich Adalbert von Tengenreuth, Herr auf Rodenburg, Märzweil und Tengenreuth, Feldmarschall der kaiserlichen Truppen und Ritter vom Goldenen Vlies.«

Erst als seine Worte von den Wänden widerhallten, begriff Rudi, dass er sie laut ausgesprochen hatte, und zuckte erschrocken zusammen.

Sein Herr stand vor den drei Sarkophagen, die sich an den des Feldmarschalls anschlossen. Einer davon war groß, die beiden anderen so klein, als seien sie für Kinder gedacht.

Abrupt drehte Hyazinth von Tengenreuth sich zu Rudi um. »Du bist schon wieder da, Ludwig? Hattest du Erfolg?«

Ludwig, der sich bei Heinz Rudi genannt hatte, nickte. »Jawohl, Herr! Ich konnte den Buckelapotheker abpassen und ihm das Gift in die für Christoph Schüttensee bestimmte Arzneiflasche füllen. Dieser elende Hund von einem Stadtrat und Notar dürfte innerhalb der nächsten Tage krepieren.«

»War es nötig, erneut einen Buckelapotheker in diese Sache mit hineinzuziehen?«, fragte Tengenreuth.

»Es war die einfachste Möglichkeit, Eurem Feind das Gift beizubringen«, antwortete Ludwig und musterte seinen Herrn.

· 123 ·

Hyazinth von Tengenreuth war um mehr als einen halben Kopf größer als er, schlank und hatte ein markantes Gesicht, das allerdings durch seine Blässe auffiel. Obwohl er die Mitte dreißig gerade überschritten hatte, war er durch Gram und Schmerz vorzeitig ergraut. Ludwig hätte seinem Herrn etwas mehr Härte gewünscht. Doch als die drei Schurken Engstler, Schüttensee und Mahlstett ihn um den größten Teil seiner Besitzungen gebracht hatten, war er tatenlos geblieben und hatte sich wie ein wildes Tier in der Einsamkeit vergraben.

Erst nachdem die Gemahlin und die Kinder des Grafen zusammen mit Ludwigs Frau und Sohn durch die Schuld der Laboranten und Buckelapotheker ums Leben gekommen waren, hatte Ludwig ihn endlich so weit gebracht, an Rache zu denken.

»Euer zweiter Feind ist tot«, erinnerte er Tengenreuth an Schüttensee.

Hyazinth von Tengenreuth nickte nachdenklich. »Jetzt gilt es, auch den Dritten dieser Betrüger zu bestrafen. Zudem muss ich etwas unternehmen, um das, was mir von diesen Schurken widerrechtlich entrissen wurde, zurückzugewinnen.«

»Vergesst nicht die Rache an den Buckel- und sonstigen Wanderapothekern«, setzte Ludwig leise hinzu.

»Der Laborant, der am Tod meiner Gemahlin und meiner Kinder schuld ist, soll bestraft werden. Er hat mich um das Liebste gebracht, das ich auf Erden hatte. Du bist mein Schwert, um sowohl die Räuber meines Eigentums wie auch die Mörder meiner Gemahlin und meiner Kinder zu bestrafen.«

»Rumold Just trägt auch die Schuld am Tod meines Weibes und meines Sohnes!«, erklärte Ludwig bitter.

Nicht zuletzt aus Hass auf die wandernden Heilmittelhändler hatte er Armin Gögel das Gift für den Bürgermeister Engstler von Rübenheim untergeschoben und Heinz das für den Stadtrat und Notar Christoph Schüttensee von Steinstadt. Der gleiche

Hass hatte ihn dazu getrieben, dem alten Buckelapotheker Gift in dessen Feldflasche zu füllen. An diesem Abend, spätestens aber am nächsten Tag würde Heinz vor seinem himmlischen Richter stehen und als Händler von Drecksmedizinen in die Hölle gestoßen werden. Ludwig wollte seinem Herrn schon sagen, dass er einen dieser verworfenen Arzneihausierer ums Leben gebracht hatte, schwieg dann aber. Hyazinth von Tengenreuth liebte es nicht, wenn Dinge getan wurden, die er nicht angeordnet hatte. Doch hatte ein normaler Mann wie er nicht das gleiche Recht wie der Edelmann, den Tod seiner Liebsten zu rächen?, fragte Ludwig sich und sah seinen Herrn an.

»Habt Ihr weitere Befehle für mich?«

»Die habe ich! Aber du musst einige Tage warten, bevor du wieder aufbrechen kannst. Dann wird meine Rache auch den dritten Schurken treffen, der zusammen mit seinen Kumpanen dafür gesorgt hat, dass meine Familie die reichen Herrschaften Rodenburg und Märzweil verloren hat und uns nur unser Stammsitz Tengenreuth geblieben ist.«

Zwar verstand Ludwig die Beweggründe seines Herrn, aber ihm ging es hauptsächlich um die Rache an den Wanderapothekern, die jene verderblichen Arzneien verkauften, die dem hochgelehrten Doktor Capracolonus zufolge die Schuld am Tod seiner Frau und seines Sohnes trugen.

»Wann werdet Ihr den Laboranten Just für all das bestrafen, was er uns angetan hat?«, fragte er.

»Die Bestrafung hat bereits begonnen«, erklärte Tengenreuth, »denn Emanuel Engstlers Tod wird ihm zugeschrieben. Sein Sohn ist bereits in Haft, und den Vater wird meine Rache bald ereilen.«

»Was ist mit dem Weib des jungen Just und dessen Sohn?«, fragte Ludwig rachsüchtig. »Sollen sie am Leben bleiben, während unsere Frauen und Kinder sterben mussten?«

Hyazinth von Tengenreuth zögerte einen Augenblick und schüttelte dann den Kopf. »Just und dessen Sohn wird meine Rache treffen, doch an Weibern und Kindern vergreife ich mich nicht!«

»Gott straft die Sünder bis ins dritte Glied!«, rief Ludwig und hob anklagend die Hand. »So steht es schon in der Bibel. Auge um Auge, Zahn um Zahn, Blut um Blut!«

»Jesus Christus sprach jedoch auch vom Verzeihen. Es bei Engstler, Schüttensee, Mahlstett und den beiden Justs zu tun, vermag ich nicht. Es ist ein von Gott gewolltes Werk, sie alle auszurotten, so wie Josua und seine Israeliten einst die Kanaaniter ausgerottet haben.«

»Amen!«, setzte Ludwig hinzu, doch seine Gedanken waren alles andere als fromm.

5.

Klara, Martha und Fritz waren gut nach Königsee zurückgekommen. Allerdings erfüllte Klara die düstere Miene, mit der die Kuni sie empfing, mit Sorge.

»Ist etwas geschehen?«, fragte sie, kaum dass sie die Köchin begrüßt hatte.

»Der Pastor von Katzhütte war vor zwei Tagen da und will in den nächsten Tagen wiederkommen, um Martha und ihrem Mann ins Gewissen zu reden. Aber das ist es nicht, was mir Sorgen bereitet. Mir geht es um Herrn Just. Er hatte bereits nach dem Tod der armen Magdalena viel von seinem Lebensmut verloren und glaubt nun, da er wegen seines kranken Beines im Bett bleiben muss, bereits am Rande des Grabes zu stehen. Dabei ist er kaum mehr als fünfzig Jahre alt. Am besten wäre es, wenn er wieder heiraten würde, sage ich. Es gibt etliche Frauen in Königsee und darüber hinaus, die dazu bereit wären. Aber er sieht sie nicht einmal an.«

Kuni seufzte, denn die letzten Tage waren nicht schön gewesen. Zwar hatte Rumold Just ihr und ihrer Nichte Liese keine übermäßige Arbeit bereitet, war dafür aber mehr und mehr in Schwermut versunken.

Während Martha bei der Erwähnung des Katzhütter Pastors ein angewidertes Gesicht zog und Fritz schuldbewusst den Kopf senkte, eilte Klara in die Kammer ihres Schwiegervaters und sah diesen matt auf seinem Bett liegen.

»Gott zum Gruß! Ich bin wieder zurück«, sagte sie.

Just hob den Kopf und sah sie an. »Gott sei Dank! Ich habe mir schon Sorgen gemacht.«

»Das war nicht nötig!« Klara zog den in der Ecke stehenden Stuhl zu sich her und setzte sich. »Ich konnte dem Weimarer Kammerherrn von Janowitz alle Arzneien verkaufen, die er bei dir bestellt hat, und habe auch vom Apotheker die Liste der Arzneien erhalten, die wir ihm schicken sollen.«

»Es wäre meine Aufgabe gewesen und nicht die eines schwangeren Weibes«, antwortete Just weinerlich.

»Die nächste Fahrt wirst entweder du übernehmen, oder Tobias tut es«, antwortete Klara, um ihm Mut zu machen.

Ihr Schwiegervater winkte mutlos ab. »Wer weiß, wie lange ich noch lebe! Ich fühle mich wie morsches Holz, das jederzeit brechen kann. Mein Knöchel will nicht heilen, und auch sonst ist mir das Herz so schwer, als wolle es jeden Augenblick stehenbleiben.«

»So darfst du nicht denken!«, rief Klara. »Wir haben ein gutes Leben, und schon bald wird dein zweites Enkelkind geboren. Du willst es doch gewiss mit dem kleinen Martin zusammen aufwachsen sehen.«

»Das würde ich gerne«, gab Just zu, schränkte es aber sofort wieder ein. »Ich weiß jedoch nicht, ob der Herrgott mir die Zeit dazu lässt. Ich fühle mich wie morsches Holz …«

»… das jederzeit brechen kann. Das sagtest du bereits. Was für ein Unsinn! Du bist in einem Alter, in dem du noch zwei, drei Jahrzehnte leben kannst. Du musst nur daran glauben!«

Um seine Schwiegertochter nicht zu betrüben, tat Just so, als stimme er ihr zu, und fragte sie nach ihren Erlebnissen in Weimar.

Klara berichtete nach bestem Wissen und Gewissen das, was sie auf der Reise erlebt hatte, und wurde dann sehr ernst. »Ich habe unterwegs einen Arzneimittelhändler getroffen, der ebenfalls auf Reisen war. Dieser hat auch den Apotheker in Weimar besucht. Als ich zu Oschmann kam, sah ich mehrere Flaschen von diesem Fabel bei ihm stehen.«

Überrascht richtete Just sich auf. »Man braucht doch die Erlaubnis dazu, Arzneimittel zu verkaufen. Wir haben sie für teures Geld erworben. Niemand anderer hat das Recht, seine Mittel dort an den Mann zu bringen. Wir könnten den Herrn in Weimar verklagen!«

»Das würde wohl wenig bringen«, meinte Klara.

»Wenn wir es selbst tun, wahrscheinlich nicht. Aber wenn die Beamten unseres Fürsten es in dessen Namen tun, hat es Gewicht. Vielleicht sollten wir uns bei diesen beschweren.«

»Du willst diesen Fabel wegen unlauteren Handels anklagen?«

Just nickte. »Man muss den Anfängen wehren! Wir wissen nicht, welchen Dreck dieser Fabel verkauft. Es könnte uns schaden, wenn es heißt, die Arzneien der wandernden Apotheker seien nichts wert.«

Mit einer gewissen Zufriedenheit stellte Klara fest, dass ihr Schwiegervater seine Schwermut wenigstens für den Augenblick abgestreift hatte. Vielleicht, so sagte sie sich, konnte er sogar nach Rudolstadt fahren, um mit den Herren am Hof über dieses Problem zu sprechen. Da ein großer Teil der Steuereinnahmen aus Königsee, Oberweißbach und anderen Orten des Fürstentums aus der Erzeugung dieser Arzneien und dem Wanderhandel damit stammte, durfte es den Beamten des Fürsten nicht gleichgültig sein, wenn fremde Händler versuchten, das Privileg der Schwarzburger Buckelapotheker zu untergraben.

Als sie dies jedoch vorschlug, schüttelte Just den Kopf. »Mein verletzter Knöchel erlaubt mir nicht, ohne Krücken zu gehen. Was würde das für einen Eindruck machen, wenn ich so in Rudolstadt erscheine? Es ist daher besser, wenn du das übernimmst. Ich nenne dir die Männer, an die du dich wenden musst. Sie werden schon dafür sorgen, dass Kerlen wie diesem Fabel das Handwerk gelegt wird.«

Klara nickte, obwohl es ihr lieber gewesen wäre, wenn ihr Schwiegervater selbst gefahren wäre. Als sie jedoch seinen Knöchel ansah, begriff sie, dass er zu Hause bleiben musste, denn dieser war stark angeschwollen und braungelb verfärbt.

»Bei Gott, wie konnte das geschehen?«, fragte sie erschrocken.

»Ich bin mit meiner Krücke weggerutscht und hingefallen«, sagte Just kleinlaut. »Statt der Hebamme hat Kuni vor lauter Angst den Wundarzt geholt, der die Frau des Amtmanns behandelt hatte. Der hat mir ein Mittel gegeben, das ich unbedingt einnehmen müsse, und sonst nichts getan.«

»Ich werde den Mann fragen, woher er das Zeug hat! Vorher aber werde ich deinen Knöchel selbst verarzten. Wie kommt dieser Mensch dazu, dir fremde Medizin zu verordnen, wo wir doch selbst die besten Salben und Elixiere im Haus haben?«

»Ich habe auch nur einen Schluck davon getrunken und es dann ausgeschüttet«, gab Just zu.

»Das war wohl auch besser so!« Empört verließ Klara den Raum und kehrte kurz darauf mit einer Schüssel kalten Wassers, mehreren Salbentöpfen und Verbandsmaterial zurück.

Martha folgte ihr neugierig. Eben hatte sie sich mit ihrem Mann gestritten, der unbedingt wollte, dass sie ihn auf den Hof begleiten sollte. Aber solange ihr Schwiegervater im gleichen Haus lebte, würde sie dies niemals tun. Sie betrachtete Rumold Just mit einem bedauernden Blick. Einen Schwiegervater wie ihn hätte sie sich gewünscht. Er stellte Klara gewiss nicht nach und entblößte auch nicht sein Glied aufreizend vor ihren Augen, um Wasser zu lassen.

Mühsam schüttelte sie diesen Gedanken ab und half ihrer Freundin bei der Versorgung des Verletzten. Zuerst wuschen sie Justs Knöchel vorsichtig mit Wasser. Es war nicht einfach, da die leichteste Berührung schmerzte. Als sie damit fertig waren, trug Klara zuerst eine wässrige Flüssigkeit und danach eine Salbe auf. Anschließend wickelte sie einen Verband um den Knöchel und sah dann ihren Schwiegervater an.

»Wie du siehst, war es gar nicht so schlimm!«

Just hatte die Zähne zusammengebissen, um nicht zu schreien. Dennoch nickte er. »Es wird schon besser. Die Salbe tut gut!«

»Das Elixier und die Salbe müssen zweimal am Tag aufgetragen werden«, erklärte Klara. »Heute Abend und morgen früh mache ich es noch, dann soll Martha es bis zu meiner Rückkehr übernehmen. Kuni ist zwar eine gute Seele, aber sie kann besser Teig kneten als Salbe auftragen, und Liese traue ich es noch nicht zu.«

»Du willst doch nicht etwa allein nach Rudolstadt fahren!«, rief ihr Schwiegervater.

Klara schüttelte den Kopf. »Ich werde Liese mitnehmen. Sie geht hier im Haus am wenigsten ab. Um Martin wird Martha sich kümmern. Der Junge hängt sehr an ihr.«

»So ein liebes Kind hätte ich auch gerne«, flüsterte Martha und setzte in Gedanken ein »aber nicht von meinem Schwiegervater« hinzu.

»So mag es gehen«, befand Just. »Bevor du in die Hauptstadt fährst, müssen wir noch darüber reden, wo du dort unterkommen kannst und mit wem du reden musst. Du solltest dir ein paar Taler mitnehmen, für den Fall, dass du einige Leute schmieren musst, damit dir die eine oder andere Tür geöffnet wird.«

»Das mache ich! Und vor dem Abendessen komme ich noch einmal zu dir«, versprach Klara und stand auf, um nach ihrem Sohn zu sehen. Sie lächelte bei dem Gedanken an den Kleinen, denn sie hatte in Weimar für Martin ein wunderbar bemaltes Steckenpferd gekauft, über das er sich gewiss freuen würde.

6.

Es war, als hätte der Pastor in Katzhütte von Klaras und Marthas Rückkehr erfahren, denn er erschien am Mittag des nächsten Tages in Königsee. Da Klara mit Liese im Gefolge bereits nach Rudolstadt aufgebrochen war, blieb Martha nichts anderes übrig, als den Besuch des Pfarrers ohne die Unterstützung ihrer Freundin durchzustehen.

Der Pastor missachtete sie jedoch zunächst und funkelte ihren Mann strafend an. »Was ist das für eine Art, Fritz Kircher, der Arbeit fernzubleiben und sie deinem alten Vater ganz allein zu überlassen?«

Fritz schien unter diesen tadelnden Worten zu schrumpfen. »Es ist … Ich … Vater hat gesagt, ich darf nicht ohne Martha nach Hause kommen.«

»Es wäre an dir gewesen, es ihr zu befehlen!«, fuhr der Pfarrer ihn an.

»Ich kehre nicht unter das Dach meines Schwiegervaters zurück!«, erklärte Martha mit aller Festigkeit, die sie aufzubrin-

· 131 ·

gen vermochte. »Nicht, bis ich vor seinen Nachstellungen sicher bin.«

»Hermann Kircher streitet ab, dir jemals zu nahe getreten zu sein«, antwortete der Pfarrer in hochfahrendem Tonfall. »Als gläubiges Mitglied der Kirchengemeinde und ehrbarer Bürger gilt mir sein Wort mehr als das einer fremden Frau.«

Martha begriff, dass ihr Schwiegervater und der Pastor sie in ein schlechtes Licht rücken wollten. Entweder sie gehorchte und nahm das, was mit ihr geschehen würde, mit der Demut hin, die nach Ansicht der beiden einer Frau zukam, oder man würde sie um das gesamte Geld bringen, mit dem Kircher seinen Hof erst ertragreich hatte gestalten können. Ihr Blick suchte ihren Mann. Wenn Fritz sie liebte, musste er ihr helfen. Er stand jedoch mit hängenden Schultern neben ihr und wagte kein Wort zu ihrer Verteidigung.

Auch gut!, dachte sie. Dann muss ich mich eben ohne ihn behaupten.

Unterwegs hatte sie es bedauert, dass Klara ihr kaum eine Möglichkeit gegönnt hatte, mit ihrem Mann allein zu sein. Nun aber war sie froh darüber. Er hatte es nicht verdient, dass sie bereitwillig für ihn die Beine spreizte, da er offensichtlich der Meinung war, sie müsse dies auch bei seinem Vater tun.

»Du wirst mit deinem Ehemann kommen!«, erklärte der Pastor streng.

Martha schüttelte den Kopf. »Das werde ich nicht tun!«

»Du bist ein Weib und deinem Manne untertan!« Die Stimme des Pfarrers wurde lauter, außerdem packte er Martha bei der Schulter und schüttelte sie. »Du hast zu gehorchen! Tust du es nicht, bist du eine Verworfene, die dein Mann verstoßen kann, um eine neue Ehe einzugehen. Du wärst eine Bettlerin, und ich würde dafür Sorge tragen, dass du aus dem Fürstentum vertrieben wirst und dein weiteres Leben auf der Landstraße fristen musst.«

Die Drohung war hart, und für einen Augenblick überlegte Martha, ob sie aufgeben und sich in ihr Schicksal fügen sollte. Im nächsten Augenblick füllte Rumold Justs hohe, breite Gestalt den Türrahmen aus. Mit einer Hand hielt er sich an dem Holz fest, mit der anderen reckte er seine Krücke nach vorne.

»Dies hier ist mein Haus, und ich lasse nicht zu, dass mein Gast hier bedrängt und bedroht wird!«, rief er mit eisiger Stimme. »Selbst der hiesige Pastor müsste damit rechnen, eine Widerrede zu hören, umso mehr der von Katzhütte. Kehrt vor Eurer eigenen Tür und nicht vor der meinen! Was Martha betrifft, so habe ich jeden Taler, den sie in die Ehe mitgebracht hat, aufschreiben lassen. Zwar habe ich gehofft, dass ihre Ehe glücklich sein würde, doch ich wollte sie im Falle des Scheiterns gesichert sehen. Selbst das Gericht des Fürsten wird nicht anders entscheiden, und vor allem wird es Martha mit Gewissheit nicht des Landes verweisen. Sollte es wirklich zum Streit vor Gericht kommen, werde ich meinen ganzen Einfluss einsetzen, um ihr beizustehen. Sagt das dem alten Kircher und dringt in ihn, auf dass er Sohn und Schwiegertochter ihr eigenes Leben führen lässt.«

Der Pastor schluckte mehrmals, und Fritz schrumpfte noch mehr. Er liebte Martha, war aber von klein auf gewohnt, dem Vater in allen Dingen zu gehorchen. Daher klammerte er sich an die Hoffnung, es würde schon alles irgendwie wieder in Ordnung kommen. War es denn wirklich so schlimm, dass Martha sich gelegentlich seinem Vater hingab, wenn dieser danach freundlich zu ihnen war?, fragte er sich. In einigen Jahren würde der Vater zu alt dafür sein und ihnen den Hof überlassen müssen. Dann konnten Martha und er so zusammenleben, wie es sich für Eheleute gehörte.

»Herr Just, das ist eine schwerwiegende Sache, die der göttlichen Ordnung gemäß geklärt werden muss«, erklärte der Pastor in dem Versuch, den Laboranten zum Nachgeben zu bewegen.

· 133 ·

»Ist es wirklich gegen Gottes Gebot, wenn Martha fordert, dass ihr Schwiegervater ihr fernbleibt?«, fragte Just zornig.

»Das behauptet dieses Weib! Doch der ehrenwerte Bauer Hermann Kircher streitet ab, es getan zu haben.«

Trotz dieser Worte spürte der Pastor, dass er sich im Nachteil befand. Wenn die Angelegenheit über diesen engen Kreis hinaus Wellen schlug, würden fürstliche Beamte die Bewohner von Katzhütte befragen, und da konnte leicht jemand behaupten, er habe gesehen, wie der alte Kircher seiner Schwiegertochter den Arm um die Schulter gelegt oder ihr an den Hintern oder den Busen gefasst hatte. Selbst ihm war das bereits aufgefallen, und er bedauerte es, dem alten Mann nicht gleich ins Gewissen geredet zu haben. Sollte sich das Gericht des Fürsten darum kümmern müssen, würde er daher in ein schlechtes Licht gerückt werden und womöglich sogar seine einträgliche Pfarrstelle verlieren.

Zornerfüllt brach er das Gespräch ab und wandte sich Fritz zu. »Du kommst jetzt mit, damit du deinem Vater bei der Arbeit helfen kannst! An den Sonntagen, die Gott geweiht sind, wirst du nach Königsee gehen und so lange auf dein Weib einreden, bis es dir gehorcht. Und damit Gott befohlen!«

Mit dem Gefühl, eine bittere Niederlage erlitten zu haben, verließ der Pastor Justs Haus. Nach einem verzweifelten Blick auf Martha folgte Fritz ihm.

Martha hatte gehofft, dass ihr Mann wenigstens ein Mal Mut zeigen und sich gegen seinen Vater und den Pfarrer auflehnen könnte, gab diese Hoffnung nun aber endgültig auf und brach in Tränen aus.

»Aber nicht doch«, versuchte Just sie zu trösten und legte ihr den Arm um die Schulter. »Weder Klara noch Tobias oder ich werden dich im Stich lassen, das lass dir gesagt sein! Auch wird der Pastor es nicht wagen, die Sache an die große Glocke zu hängen. Er weiß, dass seine Amtsführung genauer untersucht würde. Irgendetwas finden die Beamten des Fürsten dabei immer, und das ist ihm klar.«

»Als Fritz hierhergekommen ist, hatte ich die Hoffnung, es könnte doch noch alles gut mit uns werden«, antwortete Martha unter Tränen. »Jetzt aber weiß ich, dass er nicht der Mann ist, der sich im Leben behaupten kann. Wäre der Alte nicht, könnte ich ihn anleiten, doch nach all dem, was geschehen ist, fehlt mir die Kraft dazu.«

»Vielleicht wird ja doch noch alles gut«, sagte Just ohne große Überzeugungskraft. Er kannte den alten Kircher kaum, obwohl dessen Frau ihm regelmäßig Kräuter gebracht hatte. Sie war das Herz der Familie gewesen, dem sich sowohl der Ehemann wie auch der Sohn untergeordnet hatten. Von diesen Zügeln befreit, lebte der Alte jetzt seine Triebe aus, auch wenn dies zu Lasten seines Sohnes ging.

»Hat Fritz' Vater dir wirklich Gewalt angetan?«, fragte er, da Martha nicht antwortete.

Die junge Frau senkte den Kopf und kniff die Lippen zusammen, so als wolle sie nicht, dass ihr ein unbedachtes Wort entschlüpfte. Dann aber sagte sie sich, dass Rumold Just ein Mann war, dem sie vertrauen konnte, und nickte.

»Ja! Einmal im Stall, und es wäre nicht dabei geblieben, hätte ich nicht den Hof verlassen und mich hierher geflüchtet.«

»Der Teufel soll Kircher holen! Und den Pastor dazu, der sich für diesen elenden Sünder einsetzt, um die angeblich von Gott gewollte Ordnung wiederherzustellen«, stieß Just angeekelt aus.

Dann klopfte er Martha auf die Schulter. »In meinem Haus bist du in Sicherheit! Ich habe Einfluss in Rudolstadt und werde ihn, wenn es nötig sein sollte, bis zum Letzten ausreizen.«

»Ihr seid so gut zu mir!«, sagte Martha, und trotz der Tränen, die noch immer über ihre Wangen liefen, stahl sich ein Lächeln auf ihre Lippen.

7.

Klara hatte ein Fuhrwerk gefunden, das sie und Liese nach Rudolstadt mitnahm. Zum Abschied hatte ihr Schwiegervater ihr noch geraten, im *Gasthof zur Goldenen Gabel* zu übernachten. Der Wirt dieser Herberge kannte Rumold Just und ließ Klara und ihrer Begleiterin sofort eine Kammer zuweisen. Auch sorgte er für ein reichhaltiges Abendessen und stellte einen großen Krug frisch zubereiteter Limonade und zwei Becher auf den Tisch.

»Wohl bekomm's, Frau Just!«, sagte er jovial und fragte dann nach einigen Bekannten in Königsee.

So gut sie es vermochte, gab Klara ihm Auskunft, war aber froh, als neue Gäste kamen und der Wirt sich diesen zuwandte. Sie und Liese konnten nun ungestört essen.

Da die junge Magd aus einer armen, kinderreichen Familie stammte, hatte sie nie in einem Gasthaus einkehren können und war daher ganz aufgeregt. So etwas Gutes wie die Fleischsuppe, die es als Erstes gab, sowie den Braten mit feinen Klößen und einer gut gewürzten Soße hatte sie selten gegessen. Am meisten aber begeisterte sie sich für die süße Limonade. Sie füllte ihren Becher immer wieder aufs Neue, und so war der Krug leer, ohne dass Klara mehr als einen Becher getrunken hatte.

»Oh Gott, das wollte ich nicht!«, rief Liese erschrocken.

»Was wolltest du nicht?«, fragte Klara, die ihren Gedanken nachgehangen war.

»So viel trinken! Jetzt habt Ihr nichts mehr.« Liese zog den Kopf ein und erwartete, gescholten zu werden, doch Klara sah sie nur lächelnd an.

»Hauptsache, es hat dir geschmeckt. Mir war die Limonade sowieso zu süß. Daher werde ich den Wirt fragen, ob er einen

Salbei-Kamille-Aufguss für mich bereiten kann. Du kannst gerne noch einen kleinen Krug Limonade haben.«

Liese schüttelte vehement den Kopf. »Oh Gott, nein! Ich würde mich in den Boden schämen. Etwas Wasser vom Brunnen tut es auch!«

»Dann bekommst du auch einen heißen Aufguss. Magst du Pfefferminze?«

»Ja, sehr gerne! Meine Mutter hat den immer gemacht«, erklärte Liese.

Klara winkte den Wirt herbei, bestellte einen Becher mit Salbei-Kamille- und einen mit Pfefferminzaufguss und lehnte sich zurück. »Heute ist es bereits zu spät, um noch den Beamten aufzusuchen, mit dem ich reden muss. Doch morgen sollten wir zur neunten Stunde vor seiner Tür stehen.«

Da Liese sich nichts unter Klaras Auftrag vorstellen konnte, nickte sie nur und sah zu, wie der Wirt mit zwei großen, dampfenden Bechern erschien und sie vor sie stellte.

»Mag es euch bekommen!« Ihm war anzumerken, dass er Wein und Bier für bessere Getränke hielt als diese Heubrühe, wie er die Kräutertees insgeheim nannte.

Klara und Liese achteten nicht auf seine Miene, sondern leerten genüsslich ihre Teller und warteten dann, bis der Inhalt der Becher so weit abgekühlt war, dass sie trinken konnten.

Nach dem ersten Schluck schnalzte Liese mit der Zunge. »Dieser Aufguss schmeckt besser als der zu Hause.«

Klara konnte sich vorstellen, dass bei einer vielköpfigen Familie weniger Pfefferminzblätter ins Wasser getan werden konnten als an diesem Ort, an dem der Wirt hohe Gäste bei Laune halten musste. Auch ihr schmeckte es, und sie genoss den Abend in der Wirtsstube, bis sie sich, als es voller wurde, neugierigen Blicken ausgesetzt sah. Sie trank aus und stand auf. »Wir sollten in unsere Kammer gehen. Wenn Männer Bier oder

Wein getrunken haben, sagen sie oft Dinge, die nicht für deine oder meine Ohren bestimmt sind.«

Liese nickte, wollte gleichzeitig trinken und verschluckte sich fürchterlich.

»Nun mal langsam mit den jungen Pferden«, meinte ein Mann am Nebentisch.

»Soll ich dir auf den Rücken klopfen?«, bot ein anderer an.

»Das mache ich schon selbst«, antwortete Klara und setzte es auch gleich in die Tat um.

Liese hustete noch ein paarmal heftig, dann ging es ihr langsam besser, und sie wischte sich die nass gewordenen Augen trocken. »Es tut mir leid, Frau Just, ich wollte nicht, dass …«

»Jetzt komm erst einmal zu Atem! Das kannst du am besten in unserer Kammer.« Nach diesen Worten hakte Klara sich bei dem Mädchen unter und verließ mit ihr zusammen die Gaststube. In dem kleinen Raum angekommen, zog sie als Erstes das Kleid aus, das sich ein wenig um ihren Leib spannte, und legte sich im Hemd auf das Bett.

Unterdessen sah sich Liese verwundert um, denn außer dem recht breiten Bett gab es nur noch ein Gestell, an das die Reisenden ihre Kleidung hängen konnten, einen Stuhl und einen kleinen Waschtisch, auf dem eine Schüssel und ein Krug mit frischem Wasser standen.

»Wo ist denn der Strohsack für mich?«, fragte sie verwundert.

»Das Bett ist breit genug für uns beide«, antwortete Klara lächelnd.

»Ich soll bei Euch im Bett schlafen?« Liese wollte es nicht glauben, denn zu Hause hatte sie mit sechs Geschwistern zusammen in einem kleinen Raum auf Strohsäcken geschlafen, die dicht an dicht auf dem Fußboden ausgelegt waren. Bei Justs hatte Kuni ihr einen Strohsack in ihrer eigenen Kammer zuge-

· 138 ·

standen. Jetzt mit der Herrin im gleichen Bett schlafen zu dürfen, hätte sie nie zu träumen gewagt.

Klara begriff, dass sie Liese noch einiges beibringen musste. Da ihr die Kleine gefiel, war sie gerne bereit dazu. Es begann bereits mit der Abendtoilette. Liese war es gewohnt, die Zähne mit ihrem Zeigefinger abzureiben. Anders als sie holte Klara mit den Fingerspitzen getrocknete Kräuter aus einem Beutel, steckte sie in den Mund und kaute darauf herum.

»Was macht Ihr da?«, fragte Liese verwundert.

»Das ist eine Mischung aus Himbeer-, Brombeer- und Pfefferminzblättern sowie etwas Waldmeisterkraut«, erklärte Klara. »Das macht einen angenehmen Atem und sorgt dafür, dass das Zahnfleisch nicht blutet und die Zähne nicht vor der Zeit verfaulen. Dazu braucht man noch das hier!«

Klara zeigte Liese eine kleine Bürste und reinigte sich anschließend damit die Zähne.

»Die verkaufen die Bürstenbinder auf den Märkten für ein paar Pfennige«, erklärte sie, als sie fertig war.

Die Kleine nickte beeindruckt. »Wenn Mama das wüsste, hätte sie gewiss auch so eine Bürste für uns gekauft!«

»Eigentlich sollte jeder seine eigene Zahnbürste haben«, wandte Klara ein.

»Jeder eine?«, stieß Liese hervor. »Es wäre für Mama eine zu große Ausgabe gewesen, für alle eine solche Bürste zu kaufen. Wir hatten auch keine Seife außer der, die sie selbst gemacht hat, und sie hätte es niemals geduldet, dass wir jeden Tag Himbeerblätter und Ähnliches kauen, wo uns doch die Laboranten Geld dafür geben, das wir so dringend benötigen.«

Klara erinnerte sich daran, dass ihre Mutter sie, Albert und Liebgard angehalten hatte, ihre Zähne sorgfältig zu reinigen. »Wenn einem die Zähne im Mund verfaulen, kommt zu diesen Schmerzen noch die Pein durch die Zange des Zahnbrechers hinzu. Außerdem kann man hinterher nur noch Brei und Suppe essen. Wenn du in unserem Haushalt bleiben willst, musst du auf deine Zähne achten«, erklärte sie Liese.

Diese nickte beeindruckt. »Ihr seid so klug, dass ich mir ganz dumm vorkomme!«

»Jeder Mensch kann lernen, wenn er es will«, antwortete Klara, die sich auf einmal sehr müde fühlte. Bevor sie sich schlafen legte, wollte sie noch ihre Blase entleeren. Um jedoch zum Abtritt zu gehen, hätte sie noch einmal das Kleid anziehen müssen. Sie schaute daher unter das Bett und entdeckte einen großen Nachttopf aus Steinzeug. Sie zog ihn hervor, raffte ihr Hemd und ließ Wasser.

Liese sah ihr verwundert zu. »Das ist aber seltsam. So ein Topf ist doch viel zu wertvoll, um ihn so zu verwenden.«

»Der ist extra dafür gemacht worden«, erklärte Klara lachend. »Der Wirt will seinen Gästen nicht zumuten, in der Dunkelheit den Weg zum Abtritt suchen zu müssen. Morgen früh holt eine Magd oder ein Knecht den Nachttopf und leert ihn auf dem Misthaufen aus.«

Nun zog auch Liese sich aus, und so konnte Klara ihren Körper mustern. Das Mädchen war ein wenig mager, sonst aber wohlgestaltet und würde sicher einmal hübsch werden. Bis dorthin war es ihre Pflicht, Liese alles zu lehren, was sie brauchte, um selbstbewusst durchs Leben gehen zu können. Vor allem musste sie dafür sorgen, dass das Mädchen nicht auf irgendeinen Kerl hereinfiel und mit einem dicken Bauch zurückblieb. Auch wenn ledige Schwangere nicht mehr mit Ruten über die Grenze getrieben wurden, durften diese froh sein, wenn sie nach der Niederkunft ihr Leben als Tagelöhnerinnen fristen konnten.

8.

Nachdem Fritz sich von dem Pastor verabschiedet hatte, lenkte er seine Schritte auf den väterlichen Hof zu. Als er diesen erreichte, fand er das Haus leer, obwohl die Kühe danach schrien, gemolken zu werden. Er eilte in den Stall und fand ihn in einem unbeschreiblichen Zustand vor. Sein Vater hatte seit Tagen nicht mehr ausgemistet, sondern den Dung und die dreckige Streu einfach nach hinten gegen die Wand geschoben. Daher schwappte die Jauche in dicken Pfützen um die Hufe der Kühe.

Der Anblick tat Fritz im Herzen weh. Rasch eilte er ins Haus, zog sich um und kehrte in den Stall zurück. Als Erstes schaffte er den Mist nach draußen und warf den Tieren frische Streu hin. So hungrig, wie diese das trockene Stroh fraßen, schienen sie in letzter Zeit kaum gefüttert worden zu sein.

Fritz' Ärger über seinen Vater wuchs, weil dieser sich noch immer nicht sehen ließ. Bevor er die Kühe melken konnte, musste er erst einmal die Dreckbatzen von ihnen abkratzen und die Euter waschen. Danach molk er sie und merkte dabei, dass sein Vater auch hier schlampig gearbeitet hatte. Das Euter einer Kuh war so entzündet, dass er ihre Milch auf den Mist schütten musste.

»Martha hat recht! Hier muss sich einiges ändern«, schimpfte er und schämte sich, weil er nicht eingeschritten war, als sein Vater ihr nachgestellt und sie zuletzt sogar vergewaltigt hatte.

Es war bereits Nacht, als er endlich fertig war und ins Haus gehen konnte. Dort musste er eine Lampe suchen und Feuer schlagen, um diese anzünden zu können. Beim Anblick des kalten Herdes und der verkrusteten Töpfe fluchte er. Gleichzeitig erfasste ihn eine tiefe Traurigkeit.

»Wir könnten so schön leben, wenn Vater Ruhe geben würde«, stöhnte er und kämpfte vergebens gegen die Tränen an, die in ihm aufsteigen wollten. Er saß hungrig, verzweifelt und erschöpft von der harten Arbeit der letzten Stunden da und überließ sich seinem Elend.

Das Geräusch schwerer Schritte schreckte Fritz auf. Er drehte sich um und sah seinen Vater hereinkommen. Das Gesicht des alten Kircher war rot, und seine Augen glänzten. Als er näher trat, schlug Fritz der Geruch nach billigem Schnaps entgegen.

»Da bist du Lump ja wieder!«, rief Kircher anstelle einer Begrüßung. »Wo ist dein Weib? Warum hat sie hier nicht aufgeräumt und gekocht? Hat sie endlich begriffen, dass ich ihr einen neuen Kircher in den Bauch schieben muss, weil du nicht in der Lage dazu bist?«

Jeder Satz wirkte wie ein Peitschenhieb auf Fritz. Gleichzeitig verspürte er wieder die Angst vor seinem Vater, der ihn mit harter Hand erzogen und dabei die Rute nicht geschont hatte.

»Martha ist nicht mitgekommen«, brachte er mühsam heraus.

»Was? Du wagst es, ohne sie zurückzukommen? Du Lump! Ich habe dir deutlich gesagt, dass du sie mitzubringen hast! Bist du denn zu überhaupt nichts nütze?«

Fritz sprang erregt auf. »Doch, zum Stallausmisten und Kühemelken! Du hättest es heute wohl kaum mehr getan!«

»Was erlaubst du dir? Ich bin dein Vater, und was ich mache, ist recht getan!« Der Alte hob die Hand, um Fritz eine Ohrfeige zu versetzen. Dieser wich behende aus und schlug mit der Faust auf den Tisch.

»Ich werde mir noch viel mehr erlauben! Als Erstes wirst du Martha in Zukunft in Ruhe lassen, verstanden?«

Der Alte stemmte die Fäuste in die Seiten und lachte höhnisch auf. »Ihr ist es wohl zu viel, von zwei Männern bestiegen zu werden. Dann wirst eben du auf sie verzichten müssen, bis ich sie geschwängert habe. Hat sie dann erst einmal einen Balg geworfen, kannst auch du ihr wieder zwischen die Beine fahren. Doch vorher will ich junges Blut auf dem Hof sehen! Ich habe nicht all die Felder gekauft, damit sie nach meinem Tod an einen Fremden fallen.«

»Ich bin also ein Fremder für dich«, erwiderte Fritz bitter.

»Du bist mein Sohn, aber nicht fähig, selbst einen Sohn zu zeugen«, antwortete sein Vater mit verächtlicher Miene. »Wenn ich tot bin, wird es keinen neuen Kircher auf dem Hof geben, es sei denn, ich sorge selbst dafür.«

»Und wenn es nicht an mir liegt, sondern an Martha?«

»Wenn ich sie ein Jahr lang beackert habe und kein Samen aufgeht, werden wir es wissen«, tat der Alte diesen Einwand ab.

»Und was willst du dann tun?«

Hermann Kircher sah seinen Sohn an, als hätte er einen Schwachsinnigen vor sich. »Die Arbeit auf einem Bauernhof ist nicht ohne Gefahren. So manches Weib ist schon vom Heustock gefallen und hat sich das Genick gebrochen.«

Fritz wich mit aschfahler Miene vor ihm zurück. »Bei Gott, was bist du nur für ein Mensch? Zuerst schändest du Martha, und nun willst du sie auch noch umbringen!«

»Nur wenn sie nicht schwanger wird«, schränkte Kircher diese Aussage ein.

»Ich wollte, du wärst gestorben und nicht die Mutter!«, rief Fritz verzweifelt. »Seit sie tot ist, bist du nicht mehr der Vater, den ich kannte. Bei Gott, du bist dabei, alles kaputt zu hauen, was mir je etwas bedeutet hat. Ich liebe Martha, und sie war mir ein gutes Weib, bis du deine Hand nach ihr ausgestreckt und sie vertrieben hast!«

Fritz' Stimme war immer lauter geworden. Zuletzt packte er seinen Vater, schüttelte ihn wild und stieß ihn gegen die Wand. »Du bist ein Lump, ein ganz elender Lump! Du wirst mir jetzt den Hof übergeben und in Zukunft in einer Hütte leben, die ich dir am anderen Ende des Dorfes errichten werde. Wehe, du stellst Martha noch einmal nach, dann lernst du mich kennen!«

In seiner Trunkenheit hatte der Alte das Gleichgewicht verloren und war zu Boden gestürzt. Nun sah er seinen Sohn mit zornerfüllter Miene über sich stehen. In dem Augenblick übermannte ihn glühend heiße Wut. Direkt neben seiner Hand lag die Axt, mit der er am Vortag gearbeitet hatte. Anstatt sie in den Schuppen zurückzubringen, hatte er sie einfach liegen lassen. Nun packte er sie, kämpfte sich auf die Beine und sah seinen Sohn hasserfüllt an.

»Du wagst es, mir zu drohen, du Drecksack? Dir werde ich es zeigen!«

Noch während er es sagte, schwang er die Axt. Fritz riss zwar noch den Arm schützend hoch, doch es war zu spät. Mit einem knirschenden Geräusch bohrte die Axt sich in seinen Schädel, und er sank mit einem ungläubigen Ausdruck auf dem Gesicht in sich zusammen.

Kircher starrte auf seinen Sohn und die Blutlache, die sich um dessen Kopf bildete, und begriff zunächst nicht, dass Fritz tot war.

Das wollte ich nicht!, fuhr es ihm durch den Kopf. Doch die Reue hielt nicht an. An dem, was passiert war, trug nur Martha die Schuld, nicht er. Wäre sie nicht gewesen, hätten sein Sohn und er sich niemals entzweit. Einen Augenblick lang überlegte er, nach Königsee zu laufen und auch sie zu erschlagen. Dann aber sagte er sich, dass diese Klara ihm die Schwiegertochter ins Haus gebracht hatte und damit ebenfalls Schuld an dem Ganzen trug.

Mit einem unmenschlichen Schrei verließ er seinen Hof und eilte zu Johanna Schneidts Anwesen hinüber. In seinem Rausch hatte er ganz vergessen, dass Klara bereits seit mehreren Jahren Tobias Justs Ehefrau war und längst nicht mehr in Katzhütte lebte.

Es war Nacht, und die Dorfbewohner schliefen, als Kircher das Haus von Klaras Mutter erreichte. Er rüttelte an der Tür und fand sie verschlossen. Mit einem wütenden Aufschrei schwang er die Axt und hieb wie von Sinnen auf das Türblatt ein. »Ich bringe euch alle um!«, brüllte er und stellte sich vor, wie die Axt die Leiber von Klara, deren Mutter und ihrer Geschwister spalten würde.

9.

Johanna Schneidt wachte durch ein wildes Poltern und Krachen auf und sah sich erschrocken um. In der Kammer war es dunkel, und als sie das Fenster aufriss, sah sie zunächst gar nichts. Dafür hörte sie deutlich, wie jemand auf die Haustür einschlug, als wolle er diese aus den Angeln sprengen. Mit zitternden Händen tastete sie nach einer Lampe, blies die sorgsam gehütete Glut auf dem Herd an und entzündete mit einem Fidibus die Kerze darin. In deren Licht sah sie, wie die Tür bei jedem Schlag ruckte und wackelte. Gleichzeitig brüllte jemand wie tobsüchtig.

Sie vernahm die Worte »Ich bringe euch alle um!« und eilte panikerfüllt in die Kammer, in der Liebgard schlief. Ihre Tochter war ebenfalls wach geworden und blickte ihre Mutter entsetzt an.

»Was ist los, Mama?«, fragte sie.

»Ich weiß es nicht!«, antwortete Johanna. »Aber wir müssen weglaufen und uns verstecken! Sonst werden wir erschlagen.«

Kurzentschlossen wandte sie sich der Tür zu, die vom Flur in den kleinen Stall führte, und winkte Liebgard, ihr zu folgen. Im Stall waren die Ziegen durch das Toben vor der Haustür in heller Aufregung. Johanna hatte jedoch nicht die Zeit, sich um die Tiere zu kümmern. Stattdessen öffnete sie die Stalltür, spähte hinaus und stellte beruhigt fest, dass niemand dort war. Bevor sie den Stall verließ, blies sie die Lampe aus, um den wütenden Mann vor dem Haus nicht auf sich aufmerksam zu machen. Dann packte sie Liebgards Hand, schlich mit ihr hinaus und wollte zum Bach laufen, um sich im dichten Gestrüpp zu verstecken. Aber nach wenigen Schritten sah sie, dass im Nachbarhaus die Fensterläden aufgestoßen wurden.

»Komm, Mädchen!«, forderte sie ihre Tochter auf und eilte dorthin. Als sie das Haus erreichte, stand der Nachbar schon vor der Tür.

»Was ist denn los, Schneidtin?«, fragte er.

»Ich weiß es nicht! Irgendjemand hämmert wie verrückt auf meine Tür ein. Da Albert in Oberweißbach ist, habe ich Liebgard gepackt und bin mit ihr durch den Stall geflohen«, gab Johanna zur Antwort.

»Der Teufel soll den Kerl holen!«, antwortete der Nachbar, wagte aber nicht, allein hinüberzugehen. Doch mittlerweile waren auch aus den anderen Häusern Männer herausgetreten. Als sie von Johanna erfuhren, dass jemand ihre Haustür einschlagen wollte, packte sie der Zorn.

»Dem Schuft legen wir das Handwerk!«, rief einer. »Mein Arnold soll die Laterne halten. Wir anderen bewaffnen uns mit Stangen und Stöcken und rücken dem Lumpen auf den Pelz!«

Zu sechst fühlten sich die Männer mutig genug, um einzugreifen. Jeder von ihnen packte einen Stock oder Knüppel, dann wandten sie sich Johannas Anwesen zu.

Dort hing die Haustür mittlerweile in Fetzen. Mit einem triumphierenden Schrei trat Kircher die Reste aus den Angeln und drang in das Haus ein. Innen war es noch dunkler als draußen, und er stolperte über einen Stuhl, der in der Küche stand. Dann hatte er den Herd erreicht und stieß die Axt in die Glut. Diese sprühte auf und flog durch den ganzen Raum.

· 146 ·

Kircher kicherte, als er den Funkenregen sah.

Da wurde es mit einem Mal hell. Jemand hatte das Fenster eingeschlagen, und ein Junge hielt die Lampe hinein, während sein Vater und dessen Gefährten ins Haus eindrangen.

Kircher riss seine Axt hoch. »Kommt nur! Ich schlage euch alle tot!«, brüllte er und wollte auf seine Nachbarn losgehen.

Da traf ihn der erste Stockhieb. Ein zweiter folgte, und schon prasselten die Schläge hageldicht auf Kircher ein. Einer prellte ihm die Axt aus der Hand. Er wollte sich bücken, um sie wieder aufzuheben, bot damit aber seinen Gegnern die Gelegenheit, mit allen Kräften auf ihn einzuprügeln. Schließlich ging er zu Boden und blieb bewusstlos liegen. Jetzt erst hörten die Männer auf und starrten ihn an.

»Das ist doch der Hermann!«, rief einer verwundert. »Wie kommt der dazu, sich so aufzuführen?«

»Er war den ganzen Nachmittag und Abend beim Wirt und hat gesoffen. Als ich ihn aufgefordert habe, nach Hause zu gehen und seine Arbeit zu erledigen, hat er mich angeschnauzt, dass es mich nichts anginge«, berichtete ein anderer.

»Er war seltsam in letzter Zeit. Fast bin ich geneigt zu glauben, was man so munkelt.«

»Was munkelt man denn?«, wollte einer wissen.

»Es hat doch jeder gesehen, wie er seiner Schwiegertochter nachgestiegen ist. Es heißt, er hätte sie einmal abgepasst und gegen ihren Willen auf den Rücken gelegt. Deshalb soll sie ausgerissen sein.«

»War zwar eine Fremde, aber ein freundliches Ding und immer hilfsbereit«, beschrieb einer der Männer Martha.

Dann aber wandten sie sich wieder Kircher zu. »Wir sollten ihn binden, denn wer weiß, wozu er fähig ist, wenn er wieder aufwacht!«, erklärte ihr Anführer und befahl seinem Sohn, nach Hause zu laufen, um einen Strick zu holen.

»Zwei von uns sollten zu Kirchers Hof gehen und sich um das Vieh kümmern. Es wäre jammerschade, wenn es verdirbt«, schlug einer vor.

»Ich habe Fritz am Abend auf dem Hof gesehen. Er hat gewiss die Stallarbeit übernommen«, sagte ein Mann.

»Fritz ist hier? Aber warum hat er seinen Vater nicht aufgehalten?«

Der Anführer nahm eine von Johannas Laternen, zündete die Kerze an seiner eigenen Laterne an und eilte zu Kirchers Hof. Im Stall war alles in Ordnung. Als er jedoch die Küche betrat, wich er mit einem Aufschrei zurück. Kurz darauf kehrte er mit bleicher Miene zu seinem Nachbarn zurück.

»Kircher hat seinen Sohn erschlagen!«

»Oh Gott!« Johanna schlug die Hände vors Gesicht.

»Wir können froh sein, dass wir ihn aufgehalten haben. Wer weiß, wen er sonst noch umgebracht hätte. Auf jeden Fall müssen wir dem Amtmann Bescheid geben und ihm Kircher übergeben. Dass so etwas ausgerechnet bei uns passieren konnte!« Der Sprecher senkte den Kopf und schlug das Kreuz.

Mittlerweile waren etliche Frauen erschienen und kümmerten sich um Johanna und Liebgard, die nicht wussten, wie ihnen geschehen war. Auch der Pastor kam, hörte sich den Bericht der Männer an und kämpfte mit einem plötzlichen Schwindelgefühl. Er hatte die von Gott gewollte Ordnung wiederherstellen wollen, doch nun war alles noch viel schlimmer gekommen, als er es sich in seinen übelsten Träumen hätte ausmalen können.

10.

Am Morgen des nächsten Tages klopfte Klara in Rudolstadt an die Tür des Mannes, den sie den Worten ihres Schwiegervaters zufolge aufsuchen sollte. Es handelte sich um einen Beamten des Fürsten, der die Privilegien der Laboranten und Buckelapotheker zu überwachen und mit ausländischen Behörden Kontakt aufzunehmen hatte, um weitere Rechte für den Wanderverkauf der hier hergestellten Arzneien zu erhalten. Er war bereits mehrfach bei den Königseer Laboranten gewesen und kannte Klara daher.

»Einen schönen guten Morgen, Frau Just«, grüßte er und trug einer Magd auf, einen Becher Wein für Klara zu holen.

»Bitte mindestens zur Hälfte mit Wasser vermischt«, bat diese und wandte sich dann dem Beamten zu.

»Guten Morgen, Herr Frahm. Mein Schwiegervater schickt mich. Er wäre gerne selbst gekommen, doch hat er sich den Knöchel angebrochen und kann nicht laufen.«

»Dann wünsche ihm eine gute Genesung«, sagte der Mann leutselig. »Aber was gibt es denn, dass Rumold Just es für so dringend hält, dass er Euch schicken muss?«

Unterdessen kam die Magd zurück und reichte Klara einen Becher mit Wasser vermischten Weines. Diese trank durstig ein paar Schlucke und gab den Becher zurück.

»Hab Dank!«, sagte sie und kam dann auf ihren Auftrag zu sprechen. »Ich war letztens in Weimar, um im Auftrag meines Schwiegervaters mit dem dortigen Apotheker Oschmann zu sprechen. Dabei bin ich einem Mann mit Namen Kasimir Fabel begegnet, der sich als Hersteller von Arzneien bezeichnete und dem Apotheker seine Erzeugnisse anbot. Er muss es auch schon an anderen Stellen getan haben. Aber das widerspricht unserem Privileg, dort als einzige Wanderhändler Arzneien verkaufen zu dürfen.«

· 149 ·

Wilhelm Frahm hörte ihr mit verkniffener Miene zu, trat dann an einen Schrank und holte mehrere Blätter heraus. »Euer Schwiegervater ist nicht der Erste, der sich über diese Konkurrenz beschwert hat. Das haben auch andere Laboranten getan. Ich habe bereits Briefe an die entsprechenden Hofkanzleien geschickt, bisher aber nur eine Antwort erhalten. Ein Geheimrat aus Schleiz wagte mir mitzuteilen, dass meine Beschwerde grundlos sei, da es sich um zwei völlig verschiedene Vorgänge handeln würde. Unsere Buckelapotheker hätten das Recht, von Dorf zu Dorf zu wandern und ihre Arzneien anzubieten. Für die Apotheken in den Städten sei jedoch ein ganz anderes Privileg vonnöten. Zwar habe man bis jetzt darüber hinweggesehen, wenn die Königseer, Oberweißbacher und Großbreitenbacher Buckelapotheker ihre Erzeugnisse auch den Apothekern verkauft hätten. Inzwischen aber habe Herr Kasimir Fabel das Recht erwirkt, seine eigenen Arzneien den Apothekern zu offerieren. Es wäre bereits die Rede davon, dies unseren Buckelapothekern in Zukunft zu untersagen.«

»Wir verkaufen den Apothekern viele Grundstoffe für ihre eigenen Medizinen, und dies verschafft uns einen guten Teil unseres Verdienstes!«, rief Klara empört. »Man kann uns das Recht, sie weiterhin zu beliefern, nicht einfach wegnehmen.«

Der Beamte lächelte trotz seines Ärgers überlegen. »Man kann sehr viel, wenn man Geld sehen will. So mancher Landesherr will gerne zweifach verdienen, und zwar an unseren Buckelapothekern, aber auch an Leuten wie Kasimir Fabel.«

»Ich habe den Verdacht, dass Fabels Arzneien wenig wirksam sind.« Klara hatte zwar keinen Beweis dafür, doch so, wie sie den Mann kennengelernt hatte, traute sie ihm zu, unwirksame Mittel zu verkaufen.

»Das mag sein«, antwortete ihr Gastgeber. »Aber das müssen die Apotheker, die seine Medizin kaufen, und die Herren Doctores in den Städten selbst erkennen. Vorher hat es wenig Sinn, dagegen vorzugehen, denn es besteht der Verdacht, dass die Verantwortlichen, die gewiss von Fabel geschmiert wurden, ihren Landesherren zureden, die Privilegien für unsere Buckelapotheker von einem Tag auf den anderen aufzuheben.«

Klara spürte den Ärger des Mannes, der dem neuen Fürsten Friedrich Anton gegenüber für die Steuereinkünfte durch die Laboranten und Wanderapotheker des Landes verantwortlich war. Wenn diese schrumpften, würde auch sein Stern sinken und er seinen Posten womöglich für einen anderen Mann räumen müssen, von dem der Fürst sich bessere Einnahmen versprach.

»Können wir denn gar nichts tun?«, fragte sie mit bitterer Miene.

Ihr Gastgeber schüttelte den Kopf. »Im Augenblick nicht! Nach dem überraschenden Tod Seiner Durchlaucht, Fürst Ludwig Friedrich, und der Thronbesteigung Seiner Durchlaucht, Fürst Friedrich Anton, ist vieles liegengeblieben. Bevor dies alles behandelt worden ist, können wir nichts tun, sondern müssen alles vermeiden, was unsere Position noch mehr schwächen kann.«

»Mein Mann, mein Schwiegervater und unsere Wanderapotheker tun ihr Bestes«, erklärte Klara und seufzte. »Ich wünschte, ich könnte mit günstigerer Nachricht nach Hause zurückkehren.«

»Das wünschte ich auch!« Frahm reichte ihr die Hand und bat sie, ihrem Schwiegervater und Tobias seine Grüße auszurichten.

»Sagt ihnen, dass ich alles tue, was in meiner Macht steht, um unseren Laboranten und Buckelapothekern ihre Privilegien zu erhalten.«

»Ich danke Euch!« Klara knickste und verließ das Haus mit dem Gefühl, besser in Königsee geblieben zu sein. Der Gedanke,

dass ein Mann wie Fabel ihre gutgehenden Geschäfte mit den
städtischen Apotheken stören und vielleicht gar beenden konnte, brannte wie Säure in ihr.

11.

Die ersten Tage hatte Tobias noch gezählt, aber bald keine
Kraft mehr dafür gehabt. Er saß nun schon eine ganze
Weile in der Zelle und bekam zweimal am Tag Wasser, Brot und
eine dünne Suppe vorgesetzt. Sonst tat sich nichts. Nur gelegentlich traten Leute draußen an die Tür und öffneten die kleine
Klappe in Augenhöhe, um hereinzuschauen. Wenn er versuchte,
sie anzusprechen, verschlossen sie sie wieder.

Seine Verzweiflung wuchs mit jedem Morgen, an dem er auf-
wachte und niemanden sah außer seinem Gefängniswärter, der
ihm das Essen brachte und den Latrinenkübel mitnahm. Auch
der Mann sagte nur wenig und gebrauchte Ausflüchte, wenn
Tobias ihn um Papier, Feder und Tinte bat, um seinem Vater und
Klara, aber auch den Behörden in Rudolstadt schreiben zu können. Als Untertan des Fürsten hatte er ein Anrecht darauf, dass
diese sich für ihn verwandten.

An diesem Tag kam der Wärter früher als sonst, und er brachte auch kein Essen. Stattdessen stellte er sich neben der Tür auf
und wartete, bis der Richter eingetreten war. Eine hochgewach-
sene, blonde Frau, die ihrem Kleid nach zu den reichen Bürgern
der Stadt gehörte, begleitete den Mann.

»Das ist der Schuft, Jungfer Engstler!«, erklärte der Richter.

Kathrin Engstler blieb vor Tobias stehen und schlug ihm mit
aller Kraft ins Gesicht. »Möge Gott deine Seele für alle Zeiten in
die Hölle verbannen, du Mörder!«, zischte sie ihn an.

»Ich habe niemanden umgebracht!«, rief Tobias verzweifelt

und fing sich dafür eine zweite Ohrfeige ein. Nun wurde es ihm zu viel, und er hob die Hand, um zurückzuschlagen. Da war der Wärter bei ihm und versetzte ihm einen Stoß, der ihn gegen die Wand taumeln ließ.

»Wage es nicht, Jungfer Engstler anzurühren! Du würdest es bei Gott bereuen!«, erklärte der Richter.

Tobias begriff, dass man ihn verprügeln würde wie einen Hund, der etwas angestellt hatte. Trotzdem war er nicht bereit, so einfach aufzugeben. »Ich habe niemanden ermordet, und als Untertan Seiner Durchlaucht, des Fürsten Ludwig Friedrich von Schwarzburg-Rudolstadt, habe ich das Recht, mich an meinen Landesherrn zu wenden und um Unterstützung zu bitten.«

»Hat er das?«, fragte Kathrin Engstler den Richter.

»Zu meinem Leidwesen, ja!«, antwortete Hüsing. »Ich wollte den Gefangenen daher nach Rudolstadt schreiben lassen, damit ein Advokat aus seiner Heimat seine Verteidigung vor Gericht übernimmt, tat es dann aber doch nicht, um mich erst einmal in die Gesetze einzulesen. Die Bestimmungen sind jedoch eindeutig! Bevor wir Just zum Tode verurteilen können, muss sein Landesherr benachrichtigt werden. Allerdings ist Fürst Ludwig Friedrich vor kurzem verstorben und sein Sohn Friedrich Anton der neue Souverän. Daher herrscht dort gewiss große Aufregung, und so fürchte ich, dass es einige Zeit dauern wird, bis wir aus Rudolstadt eine Antwort erhalten.«

»Bemüht Euch darum! Einer der Rudolstädter Beamten wird sich wohl mit der Angelegenheit befassen können«, rief Kathrin Engstler erbost über die Verzögerung, die die Bestrafung der Mörder ihres Vaters weiter hinausschob.

»Kein Beamter wird es in einem so schwerwiegenden Fall wagen, ohne das Plazet seines Landesherrn eine Entscheidung zu treffen«, erklärte ihr Hüsing. »Wir müssen daher warten, bis

Friedrich Anton von Schwarzburg-Rudolstadt geruht, auf mein Schreiben zu antworten.«

»Der Teufel soll dieses Schwarzburg-Rudolstadt holen!«, stieß Kathrin Engstler zornig hervor. »Ist dieses Fürstentum denn so bedeutend, dass wir darauf Rücksicht nehmen müssen?«

Hüsing begriff, dass sie die Männer, die sie für den Tod ihres Vaters verantwortlich machte, so rasch wie möglich auf dem Richtplatz sehen wollte. »Wenn wir voreilig handeln, wird nicht nur der Fürst von Schwarzburg-Rudolstadt empört sein«, erklärte er leise. »Der Kurfürst von Hannover, der von Sachsen und vor allem unser Landesherr Karl von Hessen-Kassel werden schärfsten Protest einlegen, um keinen Präzedenzfall zu schaffen.«

Er fand es schwierig, der rachsüchtigen jungen Frau die Verwicklungen zu erklären, die ein Handeln auf eigene Faust nach sich ziehen konnte. Aber als Jurist musste er auf den ordnungsgemäßen Ablauf der Verhandlung achten, damit die Stadt nicht hinterher eine Strafe wegen Verstoßes gegen die Reichsgesetze und die Abmachungen mit anderen Ländern zahlen musste.

»Tobias Just und sein Buckelapotheker müssen sterben!«, erklärte Kathrin Engstler unversöhnlich.

»Das müssen sie wohl.« Der Richter nickte, verzog dann aber zweifelnd das Gesicht. »Seit Tagen quält mich eine Frage. Laut den Gesetzen der Schwarzburger Fürsten wird die Anfertigung der Arzneien von erfahrenen Ärzten überwacht. Diesen hätte eine solch giftige Rezeptur doch nicht entgehen dürfen.«

»Wahrscheinlich wurde ihnen dieses Mittel nicht vorgelegt!« Kathrin Engstler hatte eine einfache Erklärung parat.

Hüsings Gedanken gingen in die gleiche Richtung. Allerdings schlugen sie zuletzt ihren eigenen Weg ein. »Der Laborant weiß, dass er das Privileg zur Herstellung von Arzneien verliert, wenn er unerprobte Elixiere verkauft und damit Schaden anrichtet. Das wagt so leicht keiner. In meinen Augen ist Just nur die ausführende Hand. Jemand anderer muss dahinterstecken und ihm genug Geld geboten haben, damit er diesen Mordanschlag verübt. Den Buckelapotheker selbst halte ich für unschuldig.«

»Er hat das Mittel gebracht, an dem mein Vater starb, und muss dafür hingerichtet werden!« Kathrin Engstler war nicht bereit, einen der Männer davonkommen zu lassen.

Dies begriff auch der Richter. Durch ihren Reichtum besaß die junge Frau die Macht, die Geschicke der Stadt zu beeinflussen, und da sie ihm jederzeit schaden konnte, lenkte er ein.

»Armin Gögel war sich vielleicht nicht vollumfänglich bewusst, was er tat, doch er ist ein Helfershelfer des Mörders. Dies kann allerdings auch für Just gelten.«

»Dann lasst ihn foltern, damit er jenen Menschen nennt, der ihn zu diesem Giftanschlag veranlasst hat!« Kathrin Engstler blickte Tobias an, als könne sie ihm kraft ihres Willens diesen Namen entreißen.

Mit wachsendem Entsetzen hatte Tobias dem Zwiegespräch der jungen Frau und des Richters gelauscht und schüttelte heftig den Kopf. »Ich habe nichts getan! Meine Arzneien sind ohne Fehl! Außerdem kenne ich den Toten gar nicht, und es hat mich auch niemand beauftragt, eine giftige Medizin für ihn zu mischen.«

»Unter der Folter wirst du gestehen!«, schrie Kathrin Engstler ihn an und wandte sich wieder dem Richter zu.

»Ordnet sie an!«

Richard Hüsing hob in einer bedauernden Geste die Arme. »Erst muss die Verhaftung dieses Mannes in Rudolstadt gemeldet sein. Ihn ohne die Erlaubnis seines Landesherrn zu foltern, könnte schlimme Folgen für uns zeitigen.«

»Es ist eine Schande, dass wir auf so einen Zaunkönig Rücksicht nehmen müssen, wo es doch um Gottes Gerechtigkeit
geht!« Außer sich vor Zorn, drehte Kathrin Engstler sich um
und ging zur Tür. Dort blieb sie stehen und musterte den Richter mit einem eisigen Blick.

»Ihr hättet längst nach Rudolstadt schreiben müssen! Daher
ist es Eure Schuld, dass der Tod meines Vaters noch länger un-
gesühnt bleibt. Wenn Ihr weiterhin so zaudert, muss die Stadt
einen neuen Richter bestimmen.«

»Ich habe nach Rudolstadt geschrieben, doch bislang keine
Antwort erhalten«, verteidigte Hüsing sich.

Als Frau besaß Kathrin Engstler zwar keine direkte Macht,
doch weder der Bürgermeister, der kommissarisch die Nachfolge ihres Vaters angetreten hatte, noch der gesamte Rat wagten
es, sich gegen sie zu stellen. Wenn sie einen neuen Richter forderte, würde sie ihn erhalten. Dabei war die Lage nicht so rosig,
wie alle glaubten. Am liebsten hätte er ihr ins Gesicht gesagt,
dass es ihr Vater gewesen war, der mit seiner hochfahrenden Art
viele Nachbarorte gegen sich aufgebracht hatte. Nur mit Steinstadt bestand ein gutes Verhältnis, doch dessen Ratsherr und
Notar Schüttensee war ein ferner Verwandter der Engstlers,
und es war beschlossen, dass dessen Sohn Elias Kathrin zur Frau
nehmen sollte. Der junge Schüttensee würde dann auch Bürgermeister werden und über all das bestimmen, was hier in Rübenheim zu geschehen hatte.

Richard Hüsing beschloss, noch am gleichen Tag erneut nach
Rudolstadt zu schreiben. Zudem würde er mit führenden Männern der Stadt sprechen und darauf hinweisen, dass ein allzu
forsches Vorgehen der Jungfer ihnen allen schaden würde. Mit
diesem Gedanken verließ auch er die Zelle. Der Wärter folgte
ihm, und so war Tobias wieder allein. Er setzte sich auf seine
Pritsche und dachte nach.

Ein Mann war tot, angeblich durch ein Gift, das sein Buckelapotheker Armin Gögel hierhergebracht hatte. Für Tobias gab es mehrere Möglichkeiten. Am wahrscheinlichsten erschien ihm, dass der Mord durch andere verübt worden war und Armin und er nur als Sündenböcke herhalten sollten. Eine andere, in seinen Augen aber unwahrscheinliche Möglichkeit war, dass Armin, von ein paar Talern verlockt, dem Opfer ein fremdes Fläschchen mit dem Gift untergeschoben hatte. Und schließlich konnte der Bürgermeister auch eines natürlichen Todes gestorben sein, was dessen Tochter nicht akzeptieren wollte.

Letztlich war es gleichgültig, welche Vermutung die richtige war. Seine eigenen Aussichten standen schlecht, und er fragte sich, wie Klara und sein Vater die Nachricht von seiner Verhaftung aufnehmen würden.

12.

Klara kehrte unzufrieden nach Königsee zurück, denn ihre Reise nach Rudolstadt hatte nicht das Geringste erbracht. Stattdessen würde sie ihrem Schwiegervater und später auch Tobias berichten müssen, dass mit Fabel tatsächlich ein unlauterer Konkurrent aufgetaucht war und sie dies ohne Gegenwehr hinnehmen mussten.

Sie stieg am Markt von dem Wagen, der sie hierhergebracht hatte, bedankte sich bei dem Fuhrmann und ging eiligen Schrittes auf das Haus ihres Schwiegervaters zu. Liese musste laufen, um mit ihr Schritt halten zu können.

Als sie die Haustür erreichten, wurde diese geöffnet, und Kuni schaute heraus. »Es ist gut, dass Ihr kommt«, sagte sie zu Klara. »Ich weiß mir keinen Rat mehr mit Martha.«

»Was ist mit ihr?«, fragte Klara besorgt.

»Das soll Euch Eure Mutter erzählen!« Kuni trat beiseite, damit Klara eintreten konnte, hielt aber ihre Nichte auf.

»Hoffentlich hast du dich gut betragen, so dass ich mich deiner nicht zu schämen brauche.«

Liese sah sie ängstlich an. »Die Herrin hat mich nicht geschimpft.«

»Nimm dich weiterhin zusammen, vielleicht behält sie dich doch.« Kuni gab dem Mädchen einen leichten Klaps und ließ es dann eintreten.

Unterdessen stand Klara ihrer Mutter und ihrer jüngeren Schwester gegenüber. Beide hatten vom Weinen gerötete Augen, und die Kleine sah so erschreckt drein, als befände sie sich bei einem schweren Gewitter ganz allein im Wald. Aus dem angrenzenden Raum drang haltloses Schluchzen, unterbrochen von einzelnen Worten, die jedoch so undeutlich waren, dass Klara sie nicht verstand.

»Was ist denn geschehen?«, fragte sie.

Ihre Mutter schloss sie in die Arme und hielt sie so fest, als hätte sie Angst, Klara könnte ihr genommen werden.

»Es ist schrecklich!«, begann sie unter Tränen. »Der alte Kircher hat seinen Sohn erschlagen und wollte dann in unser Haus eindringen, um auch Liebgard und mich umzubringen.«

»Was sagst du da?«, rief Klara entgeistert. »Das kann doch nicht wahr sein!«

»Leider ist es so«, erwiderte ihre Mutter mit düsterer Stimme. »Es war entsetzlich! Er wollte die Tür einschlagen, und da bin ich mit Liebgard durch den Stall geflohen. Als er schon im Haus war, haben die Nachbarn ihn überwältigen können. Nicht viel später haben sie den armen Fritz gefunden. Sein Vater war betrunken und hat die Hofarbeit nur noch schlecht verrichtet. Die Nachbarn nehmen an, dass es deswegen zum Streit kam und der Alte den Sohn im Jähzorn erschlagen hat. Einige meinen auch, Kircher wäre verrückt geworden. Es sah jedenfalls so aus, als wenn er es wäre!«

Johanna Schneidts Bericht wurde immer wieder durch Schluchzen unterbrochen. Auch Liebgard weinte zum Erbarmen, und Klara begriff, dass die beiden das Geschehene noch nicht überwunden hatten.

»Wir möchten gerne eine gewisse Zeit hierbleiben«, setzte die Mutter hinzu. »Vorausgesetzt, dass dir das recht ist. Die Nachbarn wollen sich um unser Haus und unsere Tiere kümmern. Sie werden auch für eine neue Haustür sorgen. Die alte hat Hermann Kircher völlig zerhackt. Zudem muss ein Fenster neu gemacht werden. Das mussten die Nachbarn einschlagen, um in die Küche hineinleuchten zu können. Sonst hätten sie den alten Kircher nicht überwältigen können.«

»Ihr könnt gerne bleiben. Ich werde mit meinem Schwiegervater darüber reden«, erklärte Klara und strich ihrer Schwester über den Schopf. »Es wird wieder alles gut!«

Die Kleine sah mit nassen Augen zu ihr auf. »Das wird es ganz gewiss!«

Unterdessen warf Johanna Schneidt einen Blick auf die Tür, hinter der das Schluchzen erklang. »Du solltest dich um Martha kümmern, Klara. Sie ist völlig verzweifelt. Ich wollte sie trösten, aber sie hat mir nicht einmal zugehört.«

Klara nickte und löste sich aus den Armen von Mutter und Schwester. »Vielleicht könnt ihr Kuni in der Küche helfen. Ich sehe jetzt nach Martha und spreche anschließend mit Herrn Just.«

Nach diesen Worten öffnete sie die Tür zu der Kammer, die sie Martha zugewiesen hatte, und trat ein. Ihre Freundin lag bäuchlings auf dem Bett und weinte zum Steinerweichen. Voller Mitleid setzte Klara sich auf die Bettkante und berührte Martha an der Schulter.

»Es tut mir so leid! Dabei hatte ich gehofft, Fritz könnte sich gegen seinen Vater durchsetzen.«

Ein erneuter Weinkrampf schüttelte Martha, dann drehte sie sich halb um und sah Klara wie ein waidwundes Reh an. »Ich bin an seinem Tod schuld! Ich hätte niemals weglaufen dürfen.«

Klara legte die Arme um die Freundin und zog sie an sich. »So darfst du nicht denken, Liebes! Der alte Kircher war ein böser Mann und hätte vielleicht auch dich erschlagen. Erinnere dich daran, was er dir angetan hat.«

»Was wäre schon dabei gewesen, wenn ich ihm zu Willen gewesen wäre? Mein ehemaliger Herr und dessen Vertraute haben mich auch nicht gefragt, ob es mir gefällt, von ihnen genommen zu werden!«, stieß Martha mit einem weiteren Tränenstrom hervor und verfiel wieder in haltloses Schluchzen.

»Martha, nein! Das wäre gegen Gottes Gebot! Der alte Kircher war Fritz' Vater. Daher hatte er absolut kein Recht, Dinge von dir zu fordern, die nur einem Ehemann zustehen.«

»Aber Fritz würde noch leben«, kreischte Martha und streifte Klaras Arme ab. »Er ist tot, weil ich ihm nicht gehorsam war. Ich bin verflucht! Alles, was ich beginne, endet im Schrecken. Ich …«

Klara spürte, dass mit ihrer Freundin nicht mehr zu reden war. Noch eine Zeitlang hörte sie zu, wie ihre Freundin sich mit Selbstanklagen peinigte. Dann aber packte sie Martha und schüttelte sie durch.

»Jetzt komm endlich wieder zur Vernunft!«

Als auch das nichts half, holte sie aus und versetzte Martha eine Ohrfeige, die sich gewaschen hatte. Eine zweite folgte und beendete den Heulkrampf. Stattdessen starrte Martha sie erschrocken an.

»Was geschehen ist, kannst du nicht ändern«, erklärte Klara mit Nachdruck. »Es war von Gott vorbestimmt, dass der alte

Kircher am Ende seines Lebens ein elender Sünder und Sohnesmörder werden würde. Mit dir hat das nichts zu tun. Er hätte einer anderen Schwiegertochter ebenso nachgestellt und sie unter sich gezwungen.«

»Aber vielleicht hätte sie ihm nachgegeben, und Fritz hätte nicht sterben müssen«, wandte ihre Freundin ein.

Klara sah sie mit einem strafenden Blick an. »Kein christlich erzogenes Mädchen hätte sich dafür hergegeben, es sei denn, sie wäre eine elende Schlampe, und eine solche wäre Fritz' Mutter als Schwiegertochter nicht ins Haus gekommen. Es sei Gott geklagt, dass er diese arme Frau vor ihrem Ehemann hat sterben lassen. Wäre der alte Kircher gestorben und sie noch am Leben, hätte Fritz' und dein Schicksal ganz anders verlaufen können. So aber musst du beten, dass Gott, der Herr, sich Fritz' Seele annimmt und ihm die Pforten des Paradieses öffnet.«

Die Ohrfeigen hatten ihre Wirkung nicht verfehlt. Martha war nun weitaus ruhiger und auch Vernunftgründen zugänglich. Sie begriff, dass Klara recht hatte. Einem anderen Mädchen als ihr wäre es als Fritz' Ehefrau auch nicht besser ergangen.

»Der Teufel soll den Alten in seinen heißesten Kessel stecken und das Feuer darunter besonders stark schüren lassen«, sagte sie leise.

»Mit diesem Wunsch bist du nicht allein!« Klara umarmte sie erneut und hielt sie fest. »Was auch geschieht, wir werden es gemeinsam durchstehen. Ich werde dir dabei helfen, so gut ich kann!«

»So viel Liebe habe ich gar nicht verdient«, antwortete Martha, fühlte sich aber, da Klara bei ihr war, gleich um einiges besser. »Es tut mir leid, dass der Alte auch deine Mutter und deine Schwester so in Schrecken versetzt hat«, setzte sie hinzu.

»Die beiden werden hierbleiben, bis sie ihr Entsetzen überwunden haben«, erklärte Klara, und ihr fiel ein, dass sie deshalb dringend mit ihrem Schwiegervater sprechen musste. »Wie geht es Herrn Just?«, fragte sie Martha.

»Ich weiß es nicht! Ich habe meine Kammer nicht mehr verlassen, seit deine Mutter mir diese entsetzliche Nachricht überbracht hat. Ich bin nicht einmal mehr zum Abtritt, sondern habe den Nachttopf verwendet. Oh Gott, ich muss ihn rasch ausleeren, bevor Kuni kommt und es übernimmt.«

»Wenn, dann wäre das Lieses Aufgabe«, wandte Klara ein, konnte damit aber Martha nicht beruhigen. Diese stand auf, richtete ihr Kleid zurecht und zog den übelriechenden Topf unter dem Bett hervor.

Der Gestank schlug Klara auf den Magen. Daher verließ sie eilends das Zimmer und öffnete ein Fenster, um frische Luft in die Lungen zu bekommen. Als ihre Übelkeit abgeklungen war, sah sie ihren Sohn vor sich. Martin war beleidigt, weil seine Mutter so viele Tage nicht zu Hause gewesen war. Dazu hatte auch Martha seit dem Vortag nicht mehr nach ihm geschaut, ebenso wenig die Großmutter und auch nicht seine Tante Liebgard. Was Kuni betraf, so hatte sie ihm erklärt, er solle ihr nicht vor den Füßen herumlaufen, und ihn einfach geraume Zeit in eine Kammer gesperrt. Nun streckte er fordernd die Arme aus.

Klara hob ihn hoch und trat mit ihrem Sohn auf den Armen in die Kammer ihres Schwiegervaters. Dieser lag mit düsterer Miene auf seinem Bett und sah sie fragend an.

»Ist es dir gelungen, Martha zu beruhigen? Die arme Frau grämt sich so, weil ihr Mann tot ist!«

»Ich habe mit ihr gesprochen«, erklärte Klara. »Sie ist jetzt ruhiger und begreift, dass nicht sie die Schuldige an dem Ganzen ist. Der alte Kircher hätte mit einer anderen Schwiegertochter dasselbe Spiel getrieben.«

»Der Teufel soll ihn holen!«, rief Just voller Grimm. »Schuld ist vor allem dieser Pastor, der nicht eingeschritten ist, als es an der Zeit war, sondern zum alten Kircher gehalten und dessen Lügen geglaubt hat. Nun darf er dessen Sohn unter die Erde bringen, und wenn er einmal am Himmelstor steht, wird der himmlische Richter nicht auf sein geistliches Amt achten, sondern auf diese Sache – und die wiegt schwer!«

Klara wollte den Pastor nicht verdammen, denn sie kannte ihn als aufrechten, wenn auch etwas steifen Menschen. Wahrscheinlich hatte er geglaubt, Kircher würde es unterlassen, Martha weiter nachzustellen, wenn er ihm ins Gewissen redete. Eine gewisse Zeit hätte der Alte es vielleicht auch getan, aber er wäre rückfällig geworden. Klara wusste um die Gier, die einen Mann befallen konnte, sei es nach Gold oder nach Frauen. Zudem hatte Martha ihr berichtet, dass der alte Kircher seinem Sohn die Schuld gegeben hatte, weil sie nicht schwanger geworden war. Deshalb hatte er selbst für einen Sohn sorgen wollen, der nach außen hin sein Enkel gewesen wäre.

»Die Welt ist verrückt geworden«, sagte sie seufzend. »Auch ich bringe keine gute Nachricht. Dieser Fabel hat sich in einigen Ländern das Privileg geben lassen, Apotheken mit seinen Heilmitteln beliefern zu dürfen. Herr Frahm aus Rudolstadt befürchtet, dass unsere Buckelapotheker das Recht verlieren könnten, unsere Arzneien an diese Apotheker zu verkaufen.«

»Das ist nicht gut!«, rief Just mit zorniger Miene. »Wenn wenigstens Tobias wieder hier wäre. Er bleibt mir etwas zu lange aus.«

Mir auch, dachte Klara, doch sie wollte ihren Schwiegervater nicht beunruhigen. »Tobias hat gewiss viel zu tun, um Armin Gögel beizustehen«, sagte sie daher. »Auch ist der Weg bis nach Rübenheim nicht in einem oder zwei Tagen zu schaffen.«

»Du warst in der Zeit sowohl in Weimar wie auch in Rudolstadt, obwohl du später losgefahren bist als er!« Just war besorgt, denn in letzter Zeit war zu viel geschehen, als dass er so einfach hätte darüber hinweggehen können. »Zumindest einen Brief hätte er schicken können«, sagte er mürrisch.

Dem kleinen Martin dauerte das Gespräch der Erwachsenen zu lange, und er schlug mit seinen Beinchen, um auf sich aufmerksam zu machen. Dabei traf er den Bauch seiner Mutter.

»Was soll das?«, schimpfte Klara. »Wenn du nicht still bist, kann ich dich nicht mehr auf den Arm nehmen!«

»Du solltest tun, was deine Mutter sagt. Und jetzt setze dich zu mir, mein Kleiner. Ich werde dir ein Märchen erzählen! Zu etwas anderem bin ich derzeit nicht nutze!«

Rumold Just hob seinen Enkel auf und setzte ihn neben sich auf das Bett. Das gefiel dem kleinen Mann weitaus besser, als von seiner Mutter nur still im Arm gehalten und sonst nicht beachtet zu werden. Klara war froh, dass ihr Schwiegervater sich des Jungen annahm, denn sie fühlte sich nach den schlechten Nachrichten, die ihre Mutter mitgebracht hatte, außerstande dazu.

13.

Nach einigen Tagen erschien ein Bote mit der Nachricht, dass Rumold Just sich umgehend bei Herrn Frahm in Rudolstadt einzufinden habe.

»Was wollen die jetzt schon wieder?«, schimpfte er, zumal er seinen Fuß immer noch schonen musste.

»Die Aufforderung hört sich dringend an«, fand Klara, nachdem sie den Brief durchgelesen hatte.

»Ich würde ihr ja gerne Folge leisten, doch wegen meines Fußes kann ich nicht allein reisen. Dich darf ich wegen deiner Schwangerschaft nicht mitnehmen, Liese ist zu schmächtig, mich zu stützen, und deine Mutter ist auch nicht mehr so kräftig wie vielleicht noch vor ein paar Jahren.«

»Dann nimm Martha mit!«, schlug Klara vor. »Sie ist kräftig genug, dir zu helfen. Vor allem aber würde sie etwas anderes sehen. Das könnte ihr über den Verlust ihres Mannes mit all den entsetzlichen Einzelheiten hinweghelfen.«

Zuerst sträubte Just sich gegen diesen Vorschlag, dachte dann aber daran, dass der Befehl, nach Rudolstadt zu fahren, an ihn persönlich ergangen war. Die Herren in der Hauptstadt waren sehr auf ihr Ansehen bedacht und würden es als Brüskierung auffassen, wenn er nicht selbst auftauchte.

»Also gut, machen wir es so! Sieh zu, dass du für morgen ein Fuhrwerk bekommst, das mich und Martha nach Rudolstadt nimmt«, sagte er schließlich und fand, dass er seiner Schwiegertochter zu viel Arbeit aufhalste. Immerhin war sie schwanger und hatte Schonung verdient.

Klara war froh, dass ihr Schwiegervater auf ihren Vorschlag eingegangen war, denn auf diese Weise war allen dreien geholfen. Sie konnte im Haus nach dem Rechten sehen, Just würde in Erfahrung bringen, was die Herren in Rudolstadt wollten, und Martha würde an anderes zu denken haben als an den Tod ihres Mannes. Daher verließ sie die Kammer und ging in die Küche. Dort winkte sie Liese zu sich.

»Lauf zum Posthalter und trage ihm auf, dafür zu sorgen, dass Herr Just morgen nach Rudolstadt reisen kann.«

Während das Mädchen davoneilte, blickte Kuni von ihrem Topf auf und sah Klara zweifelnd an. »Der Herr kann mit seinem verletzten Bein nicht allein reisen. Doch wenn Ihr ihm Liese mitgebt, kann sie ihm nicht so helfen, wie es nötig wäre.«

»Martha wird ihn begleiten«, erklärte Klara. »Ihr fällt es leichter, Herrn Just beim Gehen zu stützen.«

»Dann ist es gut.« Kuni widmete sich wieder ihrem Topf, während Klara die Küche verließ, um ihre Freundin zu suchen.

Sie fand Martha im Garten, wo sie ein Gemüsebeet inspizierte. Obwohl ihre Freundin immer noch sehr blass war, wirkte sie gefasst. In ihren Augen lag jedoch Trauer, und ihre Stimme zitterte, als sie Klara ansprach. »Mit diesem Gemüse werden wir wohl noch eine Woche warten müssen.«

»Dort drüben steht noch ein wenig Kohl. Das wird wohl bis dorthin reichen«, antwortete Klara, um dann auf Justs Fahrt noch Rudolstadt zu sprechen zu kommen.

»Ich würde mich freuen, wenn du meinen Schwiegervater begleiten würdest«, setzte sie hinzu.

»Warum fährst du nicht mit ihm?«, fragte ihre Freundin.

»Weil ich schwanger gehe und Herr Just Angst hat, es könnte mir schaden, wenn ich ihn stützen muss. Meiner Mutter traut er es ebenfalls nicht zu, und Liese ist noch zu schmächtig. Also bleibst nur du!« Klara sagte es in einem lockeren Ton, um Martha ein wenig aufzuheitern.

Diese nickte verbissen, als stünde eine überaus verantwortungsvolle Aufgabe vor ihr. »Ich werde alles tun, damit Herr Just unbesorgt reisen kann. Er ist ein so guter Mensch!«

»Das ist er!«, stimmte Klara ihr zu. »Da er nach Rudolstadt fährt, werde ich ihn bitten, sich gleich für dich zu verwenden.«

»Für mich? Wieso?«

»Dein Mann ist tot und dein Schwiegervater des Mordes angeklagt. Nun geht es um den Hof, den sich gewiss Verwandte des alten Kircher unter den Nagel reißen wollen. Ich möchte, dass du wenigstens das Geld herausbekommst, das du hineingesteckt hast. Es war immerhin deine Mitgift. Vielleicht kann der Hof aber auch dir als Erbe zugesprochen werden. Dafür müssen wir etwas tun.«

»Mir ist es gleichgültig, was damit passiert«, antwortete Klara mit trauriger Miene.

»Aber mir nicht! Ich möchte, dass du doch noch dein Glück findest. Mehrere hundert Taler wären dabei durchaus hilfreich.«

»Du meinst, ich soll noch einmal heiraten? Niemals!« Martha schüttelte vehement den Kopf, doch Klara ließ sich nicht beirren.

»Du bist nur wenig älter als ich und kannst durchaus noch einen Ehemann finden, der besser zu dir passt als Fritz.«

»Fritz hätte schon zu mir gepasst, wenn sein Vater nicht gewesen wäre. Der Teufel soll den Alten holen!«, stieß Martha hasserfüllt aus.

»Der wird bald in Rudolstadt vor dem Richter stehen, und ich glaube nicht, dass dieser gnädig mit ihm verfahren wird!«

Klaras Stimme klang hart, denn der alte Kircher hatte sich bereits mit der Vergewaltigung ihrer Freundin außerhalb des Gesetzes gestellt, und der Mord an seinem Sohn war eine Tat, die nur mit dem Tode bestraft werden konnte. Zudem hatte er ihre Mutter und ihre Schwester erschlagen wollen.

»Ich werde zusehen, wenn sie ihn hinrichten, und ihn dabei zur Hölle wünschen!«, erklärte Martha unversöhnlich.

Auch wenn ihre Liebe zu Fritz Kircher nicht himmelhoch jauchzend gewesen war, so hatten sie gut zusammengelebt und einander geachtet. Dieses kleine Glück hatte der Alte mit seiner Gier zerstört. Martha glaubte nicht, dass es ihm darum gegangen war, selbst für einen Hoferben zu sorgen. Er hätte auch eine Magd bedrängt und ihr Gewalt angetan.

»Er ist ein Schuft! Doch wir sollten jetzt nicht mehr über ihn reden. Es ist wichtiger, welches Gemüse Kuni für das Abendessen benötigt«, setzte sie hinzu und klammerte sich einen Augenblick an Klara. »Ich bin so froh, dass du meine Freundin bist. Allein wäre ich verloren!«

»Das wärst du nicht!«, antwortete Klara lächelnd. »Aber auch ich bin froh, dass wir Freundinnen sind. Der Tag wird kommen, an dem du mir Kraft geben musst, so wie ich sie dir jetzt gebe.«

»Verschrei es nicht!« Ängstlich sah Martha sich um, so als könnte ein böser Geist es hören und ihnen Unglück wünschen.

Klara hingegen dachte an den Brief, den ihr Schwiegervater erhalten hatte, und fragte sich, was die Herren in Rudolstadt von ihm wollten.

Und von Tobias hatte sie auch immer noch nichts gehört …

14.

Am nächsten Vormittag reisten Rumold Just und Martha ab. Klara blickte dem Wagen nach, bis sie nur noch eine Staubwolke erkennen konnte, und kehrte dann ins Haus zurück. Sie war zutiefst beunruhigt. Die Herren in Rudolstadt hatten ihren Schwiegervater gewiss nicht wegen einer Kleinigkeit gerufen. Hoffentlich ist Tobias nichts geschehen, dachte sie. Er war noch immer nicht zurückgekehrt und hatte auch keine Nachricht geschickt. In den nächsten Stunden tat sie ihre Arbeit, während Liese Martin hütete, und sehnte sich danach, dass Tobias endlich heimkommen würde.

Am Mittag desselben Tages saß Ludwig, der Vertraute des Grafen Tengenreuth, mit zwei Männern in einer Gastwirtschaft in Gehren, kaum eine Meile von Königsee entfernt. Er hatte sich wieder als Wanderhändler verkleidet, wie er es immer tat, wenn er im Auftrag seines Herrn unterwegs war, um dessen Feinde auszuspionieren. Mal hatte er Glaswaren aus dem Böhmischen bei sich getragen, mal Vogtländer Spitzen oder aus Holz geschnitzte Löffel und Schüsseln. Diesmal hatte er sich für harte Dauerwürste entschieden, wie die Salamihändler aus der Lombardei und aus Venetien sie bis ins Bairische verkauften. Zwar war noch keiner dieser Männer so weit nach Norden gekommen, doch Ludwig gefiel diese Verkleidung, zumal sie ihn mit Reiseproviant versorgte.

· 168 ·

Bislang hatte er sich darauf beschränkt, das Vertrauen von Wanderapothekern zu erschleichen und diese auszuhorchen. Auf diese Weise hatte er Armin Gögel die giftige Medizin unterschieben können, die Emanuel Engstler getötet hatte, und Heinz aus Großbreitenbach jene, durch die Christoph Schüttensee ums Leben gekommen war. Nun hatte er im Auftrag seines Herrn zwei Galgenvögel aus einem Kerker in Sachsen freigekauft. Die beiden sollten ihm zu einer ganz besonderen Rache verhelfen.

Mit einer überheblichen Geste legte er ihnen den Plan der Straße hin, in der Rumold Justs Haus stand. »Seht es euch genau an«, sagte er. »Es wäre fatal, wenn ihr das falsche Haus wählen würdet.«

»So dumm sind wir nicht«, meinte einer der beiden Sachsen.

»Zählen können wir schon noch«, setzte der andere hinzu.

Ludwig blickte die Männer streng an. »Es wird Nacht sein, und in der sind alle Katzen grau. Also gebt genau acht!«

Die beiden Strolche grinsten einander an. »Wir wissen schon, was wir zu tun haben«, sagte der eine. »Ihr müsst nur die Talerchen herüberschieben, die Ihr uns versprochen habt.«

»Im Voraus gibt es ein Viertel«, erklärte Ludwig. »Den Rest erhaltet ihr drüben in Saalfeld, wenn alles erledigt ist.«

»So ist es ausgemacht!« Der Sachse grinste, denn mit der Summe, die sie erhalten sollten, würden er und sein Kumpan etliche Zeit feine Herren spielen können. Vor allem reichte sie aus, um in einer abgelegenen Gegend ein paar brauchbare Burschen um sich zu sammeln und die höhere Stufe des Räuberhandwerks zu erklimmen.

Ludwig durchschaute die beiden Männer und dachte sich seinen Teil. Nun erklärte er ihnen leise, was sie zu tun hatten. Wenn alles vorbei ist, dachte er, ist Rumold Just entweder tot oder zumindest völlig ruiniert. Der Gedanke an seine Frau und seinen Sohn, die neben der großen Gruft von Tengenreuth in geweihter Erde ruhten, sorgte dafür, dass er sämtliche Gewissensbisse beiseiteschob.

»Ihr werdet als Branntweinhändler gehen. Ich habe die entsprechenden Pässe für euch besorgt!«

Diese waren gefälscht, wie so viele Papiere, mit denen er gereist war, doch sie würden ihren Zweck erfüllen.

»Branntwein, sagt Ihr?« Einer der Sachsen leckte sich die Lippen.

Ludwig klopfte mit dem Fingerknöchel auf den Tisch. »Lasst euch nicht einfallen, davon zu trinken. Es ist ein übles Zeug, und ihr könntet davon blind werden!«

»Pfui Teufel!«, meinte der Redseligere der beiden Sachsen.

»So ist es! Euer angebliches Gewerbe als wandernde Branntweinhändler dient nur als Tarnung, damit ihr die beiden Fässchen in die Stadt bringen könnt. Diese ruhen auf einem Bett aus Werg, das ihr ebenfalls braucht. Darunter liegen zwei Brecheisen. Ihr könnt doch damit umgehen?«

»Das will ich meinen«, antwortete einer der beiden lachend.

»Ihr dürft keinen Lärm machen!«, belehrte Ludwig sie.

»Wir wissen, was zu tun ist, nicht wahr, August?«

»Oh ja, Karl, das tun wir!«

August grinste breit. Er und sein Kumpan hatten von Einbrüchen und Diebstählen gelebt und waren nur durch Zufall in die Hände der sächsischen Behörde geraten. Nachdem Ludwig sie freigekauft hatte, waren sie des Landes verwiesen worden. Es zog auch keinen von ihnen nach Freiberg oder zu einer anderen Stadt in Sachsen zurück.

Ludwig setzte seine Erklärungen fort und unterbrach seine Worte nur, als der Wirt kam und fragte, ob sie neuen Wein wollten. Obwohl die beiden Sachsen durstig waren, wagten sie es nicht, zu viel zu trinken. Um Ludwigs Auftrag auszuführen, mussten sie nüchtern bleiben. Zwar hätten sie gerne gewusst, weshalb der Mann die Bewohner jenes Hauses tot sehen wollte, doch der gab keine Auskunft.

Ludwig hatte sich ihnen unter dem Namen Rudi vorgestellt und eine falsche Herkunft genannt, damit man keine Spur zu seinem Herrn zurückverfolgen konnte. Nun nickte er den beiden Gaunern zu.

»Macht eure Sache gut! Wir treffen uns danach in Saalfeld.«

»Habt Ihr nicht etwas vergessen?«, fragte August. »Ihr wolltet uns ein Viertel unseres versprochenen Lohnes geben.«

»Habe ich das noch nicht?« Ludwig griff in die Tasche und zog einen Beutel hervor. »Tatsächlich, du hast recht! Hier ist das Geld. Lasst euch aber nicht einfallen, damit zu verschwinden! Ich werde euch finden, und dann würdet ihr es bereuen!«

Die beiden Sachsen lachten, denn sie nahmen seine Drohung nicht ernst.

»Wie kommt Ihr darauf, dass wir mit den paar Talern abhauen könnten, wenn wir noch einmal das Dreifache davon bekommen werden?«, meinte Karl.

»Dann ist es beschlossen!« Ludwig stand auf und rief nach dem Wirt, um zu zahlen.

»Ihr solltet jetzt aufbrechen«, sagte er zu den beiden Galgenvögeln. »Bis Königsee habt ihr eine gute Stunde Weges vor euch. Ihr müsst noch bei Tageslicht dort ankommen und euch umsehen. Auch müsst ihr die Nachtpforte finden, damit ihr die Stadt nach vollbrachter Tat heimlich verlassen könnt. Bei dem Aufruhr, der entstehen wird, sollte euch das gelingen.«

»Wir sind doch keine Kümmelspalter!«, gab August grinsend zurück, hielt dann aber den Mund, weil der Wirt erschien.

»Ich hoffe, den Herren haben Wein und Braten geschmeckt?«, fragte dieser liebedienerisch und dachte dabei, dass er kaum einmal Wanderhändler erlebt hatte, die so gut gespeist hatten. Den meisten reichten ein Krug Bier und eine Schüssel Eintopf, wenn sie sich nicht gleich mit einem Stück Brot und einer Leberwurst zufriedengaben.

Nachdem Ludwig gezahlt hatte, schulterte er das Gestell mit den Dauerwürsten, während jeder der beiden Sachsen eine Rückentrage mit einem gut abgepolsterten Fass auf den Rücken nahm. Ludwig hatte sie ihnen kurz vorher im Wald samt der dazugehörigen Tracht überreicht.

Auf dem Weg durch die Stadt schritt er ihnen voran und blieb noch eine knappe halbe Meile bei ihnen. Als er sich dann verabschiedete, um sich nach Saalfeld zu wenden, sahen ihm die beiden Schurken feixend nach.

»Hat keinen Mumm, der Mann, sonst wäre er mit uns gekommen und hätte die Sache selbst durchgezogen«, sagte August spöttisch.

»So muss er halt mehr zahlen«, antwortete sein Kumpan.

»Er hätte uns eine seiner Würste dalassen können! Die haben verdammt gut gerochen!«

Karl nickte grinsend. »Allerdings! Wenn die Sache vorbei ist und wir ihn in Saalfeld treffen, werde ich ihm eine abfordern.«

Besorgt wiegte August den Kopf. »Falls er dort ist … Nicht, dass er uns mit dem Bettel abspeisen will, den er uns vorhin gegeben hat!«

Sein Kamerad schlug ihm lachend auf die Schulter. »Wie meinte er? Er würde uns überall finden? Wir finden ihn auch! Ein Wursthändler läuft hier nur selten herum. Daher werden wir seine Spur rasch aufnehmen und ihr folgen können. Außerdem ist er tatsächlich in Richtung Saalfeld unterwegs. Ich habe vorhin den Meilenstein gesehen.«

Sein Kumpan nickte zufrieden, und so wanderten sie gemütlich auf Königsee zu. Sie erreichten die Stadt nach einer guten Stunde, wurden nach dem Vorzeigen ihrer Pässe eingelassen und schlenderten durch die Gassen zu dem Haus, das Ludwig ihnen gewiesen hatte. Es handelte sich um ein stattliches Gebäude im Ständerfachwerkstil, zu dem ein Garten, ein kleiner Stall und ein Schuppen gehörten.

»Arm sind die Leute nicht«, fand August. »Ich würde gerne wissen, was der Wursthändler mit ihnen zu schaffen hat.«

»Du hast doch nicht etwa kalte Füße bekommen?«, fragte Karl.

»Ich und Angst?«, lachte sein Komplize. »Wir erledigen das, und damit hat es sich. Danach wandern wir nach Saalfeld und holen die restlichen Talerchen, die schon nach ihren Freunden schreien, die wir bereits erhalten haben.«

15.

Als der Abend hereinbrach, versammelte Klara ihre Mitbewohnerinnen in der Küche. Ihrer Mutter ging es wieder besser, und auch Liebgard überwand langsam den Schrecken, den der tobsüchtige Kircher ihr eingeflößt hatte. Das Essen, das Kuni auf den Tisch stellte, schmeckte, und so fühlte Klara sich an diesem Tag recht wohl.

Bei Anbruch der Nacht schloss sie die Fensterläden und löschte die Lampe in der Küche. Kuni hatte bereits die Glut auf dem Herd abgedeckt, damit sie diese am nächsten Morgen nur anblasen musste, und die anderen machten ebenfalls alles zum Schlafengehen bereit. Auch wenn Liese in der Kammer ihrer Tante schlief, mussten mit Martha, Klaras Mutter und ihrer Schwester mehr Leute im Haus untergebracht werden als sonst. Daher hatte Klara ihrer Familie das Zimmerchen neben dem Hinterausgang des Hauses zugewiesen. Sie selbst schlief in der Kammer, die sie mit Tobias teilte, und Kuni und Liese vorne neben der Küche. Die beiden löschten als Erstes die Kerze, während

· 173 ·

Johanna Schneidt noch eine Weile betete und Klara ein wenig in dem Buch schmökerte, das ihr Albert von Janowitz in Weimar geschenkt hatte.

Als von der Kirche »Zum Lobe Gottes« die zehnte Stunde geschlagen wurde, legte sie das Buch beiseite und blies die Kerze aus. Es dauerte eine Weile, bis sie einschlief, dann aber träumte sie davon, dass Tobias zurückgekehrt sei, und lächelte im Schlaf.

16.

Die Kirchturmuhr schlug die elfte Stunde und schließlich Mitternacht. Nur die Stimme des Nachtwächters klang durch die Stadt und beruhigte jene, die in dieser Nacht noch nicht schlafen konnten oder eben aufgewacht waren.

Zwei Stunden später war es so still wie in einer leeren Kirche. Da verließen zwei Gestalten den Gasthof, in dem sie sich einen Platz im Stall als Schlafstelle gesucht hatten. Es waren die beiden Sachsen, die ihre Fässchen unterm Arm trugen. Ihre Traggestelle hatten sie zurückgelassen, die Brecheisen in den Gürtel gesteckt und die Wergbündel unter den Rock.

»Pass auf, dass du das Zeug nicht auf die nackte Haut bringst. Das beißt fürchterlich«, warnte August seinen Kumpan.

Karl nickte mit verkniffener Miene. »Ich gebe schon acht! Mir gefällt nur der Nachtwächter nicht. Wenn wir den niederschlagen müssen …«

»… ist er selber schuld!«, antwortete August feixend. »Hauptsache, wir wissen, wie wir zur Pforte kommen. Da sie nur mit einem Riegel verschlossen ist, können wir die Stadt jederzeit verlassen.«

»Die Pforte ist fast am anderen Ende der Stadt«, gab Karl zu bedenken. »Für mich ist der Weg sogar noch weiter als für dich, denn ich muss von hinten an das Haus herankommen.«

»Wenn du willst, tauschen wir«, bot ihm sein Kumpan an.

»Ich bin kein Feigling«, brummte Karl und bog ab. Nach ein paar Schritten blieb er stehen. »Wenn ich mein Ziel erreicht habe, schreie ich wie ein Eichelhäher.«

»Ich antworte wie ein Kauz.«

Danach trennten sie sich und näherten sich Justs Haus von zwei Seiten. Sie machten dabei kaum ein Geräusch und achteten sorgsam auf ihre Umgebung. Als sie den Nachtwächter von einer Stelle aus hörten, an der er sie nicht stören konnte, grinsten beide. August, der zur Vorderseite des Hauses wollte, blieb in der Deckung eines anderen Gebäudes stehen, um Karl Zeit zu geben, sich dem Haus von der Rückseite zu nähern. Nach einer Weile öffnete er das Fässchen, zog das Wergbündel hervor und tränkte es mit der scharf riechenden Flüssigkeit.

Die ist wirklich nichts zum Trinken, dachte er. Kurz darauf hörte er den vereinbarten Vogelruf und antwortete wie ein Käuzchen. Er nahm sein Brecheisen in die Hand, schlich auf das Haus zu und bog die Fensterläden so weit zurück, dass er die Haken, mit denen sie verriegelt waren, hochschieben konnte. Anschließend drückte er das Fenster auf und schüttete den Inhalt des Fässchens in das Zimmer. Als es leer war, lauschte er kurz, zog dann sein Luntenfeuerzeug hervor, zündete das Wergbündel an und warf es in den Raum. Dann rannte er davon. Das Brecheisen behielt er bei sich, um es im Notfall als Waffe benutzen zu können.

17.

Da ihre Mutter laut schnarchte, hatte Klaras Schwester Liebgard zunächst nicht einschlafen können. Erst als die Mutter sich auf die andere Seite drehte, wurde es besser. Der Schlummer des Mädchens war jedoch leicht, und sie wurde immer wieder durch die leiernde Stimme des Nachtwächters geweckt.

Erst nach Mitternacht fiel sie in einen tieferen Schlaf, träumte aber schlecht und sah sich zuletzt inmitten von Flammen liegen. Der Schmerz war so stark, dass sie mit einem Aufschrei hochschreckte. Um sie herum brannte es tatsächlich! Selbst ihr Hemd hatte Feuer gefangen, und an ihrem linken Unterarm roch sie den Gestank verbrannter Haut. Kreischend sprang sie aus dem Bett und streifte das Hemd ab.

»Mama, aufwachen!«, brüllte sie und schlug mit der rechten Hand auf ihren brennenden Arm.

Johanna Schneidt brauchte etwas länger, um auf die Beine zu gelangen, packte dann ihre Tochter und zerrte sie aus dem Raum. Im Flur angekommen, sah sie, dass es auf der anderen Seite ebenfalls brannte.

»Klara, Kuni, Liese, es brennt!«, schrie sie und wollte zur Haustür laufen.

Da kam Klara von oben herab. »Wir müssen löschen! Rasch! Sonst brennt das ganze Haus ab!«

»Wir haben nicht genug Wasser im Haus«, rief Kuni, die ebenfalls wach geworden war.

»Dann nehmen wir Decken und Mäntel und ersticken die Flammen«, antwortete Klara.

Unterdessen war es Johanna gelungen, das Feuer auf Liebgards Arm zu löschen. Es stank nach verbranntem Fleisch, und das Mädchen greinte vor Schmerz. Es blieb ihr jedoch keine Zeit, sich weiter um ihre Tochter zu kümmern. Kuni stürmte in die Küche, brachte ein Wasserschaff heraus und deutete darauf.

»Wir müssen die Decken einweichen, sonst fangen sie sofort Feuer, und wir machen alles nur noch schlimmer.«

Klara befolgte den Rat und drang in die Kammer ein, in der ihre Mutter und ihre Schwester geschlafen hatten. Dichter

Rauch schlug ihr entgegen und raubte ihr den Atem. Dennoch biss sie die Zähne zusammen und schlug auf die Feuerwand ein. Sie begriff jedoch rasch, dass sie so nicht weiterkam. Auch wenn sie die Flammen an einer Stelle für den Augenblick gelöscht hatte, züngelten sie kurz danach erneut hoch.

»Macht Decken, Kleider und alles, was sich verwenden lässt, nass, und werft es auf die Brandherde!« Klara schnappte sich den kleinen Martin, der schlaftrunken zwischen ihnen herumirrte, und schob ihn Liebgard zu. »Du musst ihn festhalten. Kannst du das?«

Trotz ihrer Schmerzen nickte das Mädchen. »Ja!«

»Wir anderen müssen das Feuer löschen!« Noch während sie es sagte, packte Klara eine Decke, tauchte sie in das Wasserschaff, das Liese an jedem Abend für Kuni füllen musste, damit diese am Morgen über frisches Wasser verfügte, und eilte in eines der brennenden Zimmer. Als sie die Decke über die Flammen warf, die unter dem Fenster züngelten, erstickten sie dort. Dafür aber brannte das Bett, in dem Liebgard geschlafen hatte, lichterloh, denn es hatte am Fußende die Flüssigkeit aus Augusts Fässchen aufgesaugt. Ein Stück daneben lag das glühende Bündel Werg.

Hier war mit nassen Decken nichts zu machen. Klara riss das Fenster auf, packte das Wergbündel, die Zudecke und den Strohsack des Bettes mit ihrer nassen Decke und warf alles ins Freie. Den Bettkasten selbst konnte sie mit der Decke löschen.

Liese brachte weitere Decken und breitete sie auf den Stellen des Fußbodens aus, die ebenfalls Feuer gefangen hatten. Es war eine harte Arbeit, die ihnen alles abverlangte. Liese atmete dabei zu viel Rauch ein und stürzte, nach Luft ringend, zu Boden. In letzter Not schleppte Klara sie zum Fenster, so dass das Mädchen frische Luft in die Lungen bekam.

Zum Glück erschienen nun auch die Nachbarn. Einige hatten Eimer voll Wasser dabei und reichten sie Klara durch das Fenster. Als Liese wieder zu Atem gekommen war, eilte sie zu den Türen und öffnete diese, damit die Leute hereinkommen konnten.

In der Kammer an der Straße kämpften Klaras Mutter und Kuni gegen die Flammen, waren aber kurz davor, zu unterliegen. Da kam die Hilfe der Nachbarn gerade noch rechtzeitig. Auch hier mussten sie das Feuer mit nassen Decken, Wandbehängen und Mänteln so weit ersticken, dass sie es mit Wasser endgültig löschen konnten.

Schließlich war es geschafft. Im Licht eilig entzündeter Lampen sah Klara ihre Mitstreiterinnen an. Sie alle waren mit Ruß bedeckt. Johannas und Kunis Nachthemden wiesen große Brandlöcher auf, und Liebgard saß nackt und wimmernd auf der Treppe, hielt aber den kleinen Martin mit dem unverletzten Arm umklammert. Beide Kinder weinten, und Klara begriff nun erst, wie viel Glück sie gehabt hatten. Sie trat zu ihrer Schwester und bat sie, ihr den Arm zu zeigen. An einer Stelle war die Haut daumenlang weggebrannt, die Schmerzen des Mädchens mussten unerträglich sein. Dennoch hatte es sich um Martin gekümmert.

Klara strich Liebgard dankbar über den Kopf. »Du warst so tapfer! Warte noch einen Augenblick! Ich hole Salbe für deinen Arm und ein Elixier, damit es nicht mehr so weh tut.«

»Ich bin von dem brennenden Arm aufgewacht«, erklärte das Mädchen unter Tränen.

»Wer auch immer das Feuer gelegt hat, hat Lampenöl oder Spiritus hereingeschüttet und angezündet. Etwas davon hat dich getroffen, zu unserem Glück, wie ich sagen muss. Hätte das Feuer sich richtig ausbreiten können, wären wir alle verloren gewesen.«

Klara umarmte ihre Schwester und schwor sich, alles zu tun, damit diese so wenig wie möglich von der Verletzung spürte.

Während sie Salbe holte, brachte Kuni dem Mädchen ein Hemd, damit es nicht länger nackt war. Die Nachbarn sahen sich derweil die verrußten Kammern an.

»Es ist kaum zu glauben, dass hier noch jemand lebend herausgekommen ist«, meinte einer.

»Wer mag das gewesen sein? Ein anderer Laborant, der auf Just neidisch ist? Oder ein Buckelapotheker, den Just heuer nicht mehr angenommen hat?«, fragte ein anderer.

»Du meinst, es war der Klaus? Der hat sich ja im letzten Jahr mit Tobias Just zerstritten und wurde daher von diesem hinausgeworfen.«

»Klaus ist doch als Buckelapotheker in Oberweißbach untergekommen«, sagte Klara. »Er ist auf seiner Strecke unterwegs und kann daher nicht hier gewesen sein. Außerdem müssen mindestens zwei Männer gezündelt haben. Einer allein hätte das nicht geschafft.«

»Da hast du schon recht«, meinte der Mann. »Aber wer sollte es sonst gewesen sein?«

»Jemand, der uns tot sehen wollte!« Klara wurde bei diesem Gedanken schummerig. Wenn ihre Vermutung stimmte, schwebten ihre Familie und sie in höchster Gefahr, ohne zu wissen, wer ihr Feind war.

Kuni ging unterdessen durchs ganze Haus und riss sämtliche Fenster auf, damit der Rauch abziehen konnte. Der Brandgestank blieb jedoch und ließ sich auch am nächsten Morgen nicht durch eifriges Putzen und Scheuern vertreiben.

Der Königseer Amtmann stellte Untersuchungen nach den Brandstiftern an, doch das Einzige, was man herausfand, war, dass zwei Männer, die in der Gastwirtschaft übernachtet hatten, spurlos verschwunden waren, aber ihre Traggestelle zurückgelassen hatten. Der Nachtwächter wusste noch zu berichten, dass eine Pforte während der Nacht geöffnet worden war. Obwohl der Amtmann daraufhin sofort Reiter ausschickte, um nach den Schurken zu suchen, blieben diese wie vom Erdboden verschluckt.

18.

Ludwig war gut nach Saalfeld gelangt. Als Wursthändler erregte er zwar eine gewisse Aufmerksamkeit und wurde, da er keine Erlaubnis vorweisen konnte, hier handeln zu dürfen, von den Torwächtern angehalten, seinem Gewerbe in diesem Ort nicht nachzugehen. Da er ohnehin kein Interesse daran hatte, ließ er seine Würste am Tor registrieren und grinste über die Drohung des Wachtpostens, dass er eine Strafe zahlen müsse, wenn er die Stadt nicht mit der gleichen Zahl wieder verlassen würde. Kaum war er abgefertigt worden, wandte er sich einem Gasthof zu und mietete dort eine Kammer. Danach wartete er angespannt auf die beiden Schurken, die er gedungen hatte, um Justs Haus in Brand zu setzen.

Die Sachsen erschienen am Abend des nächsten Tages und waren bester Dinge. Keiner der beiden konnte sich vorstellen, dass ihr Anschlag misslungen sein könnte. Als sie Ludwig entdeckten, setzten sie sich zu ihm und sahen ihn feixend an.

»Da sind wir wieder!«, meinte August.

»Und? Habt ihr alles so erledigt, wie es sich gehört?«

»Das könnt Ihr laut sagen! Als wir abgehauen sind, brannte es vorne und hinten lichterloh. Jetzt dürfte von dem Haus nichts mehr stehen«, berichtete Karl.

»Habt ihr euch davon überzeugt?«

»Glaubt Ihr, wir hätten Lust gehabt, dort zu bleiben, bis die Nachbarn zusammengelaufen sind, und dann als Brandstifter gefasst zu werden? Unter der Folter hätten wir gewiss gebeichtet, dass unser Anstifter in Saalfeld auf uns wartet«, antwortete August mit spöttischer Miene.

Der Tonfall war eine Unverschämtheit, und so beschloss Ludwig, dafür zu sorgen, dass die beiden Kerle ihn nicht verraten konnten. Da er einen weiteren Feind seines Herrn aus dem Weg räumen musste, hatte er in einem Geheimfach seines Traggestells eine Flasche mit jenem Gift bei sich, das sich schon zweimal bewährt hatte.

»Wir wollen unsere Taler haben!«, sagte jetzt Karl.

»Aber freilich! Gute Arbeit will belohnt sein.« Ludwig überlegte, ob er nach Königsee wandern und sich überzeugen sollte, dass alles nach seinem Sinn verlaufen war, entschied sich aber dagegen. Da es dort nach dem Brand wie in einem aufgescheuchten Bienenstock zugehen würde, bestand die Gefahr, als Fremder aufzufallen und von den Behörden genauer kontrolliert zu werden. Das wollte er nicht riskieren. Mit einem Lächeln, das die beiden Männer nicht zu deuten wussten, zählte er ihnen die Summe hin, die er ihnen versprochen hatte. Er tat es so, dass sie einen Blick in seinen gut gefüllten Beutel erhaschen konnten. Wie erwartet, glitzerten ihre Augen gierig auf.

»Wir sollten den morgigen Tag in trauter Kameradschaft wandern und uns erst später trennen«, schlug er vor.

Die beiden Galgenvögel grinsten erwartungsfroh, denn das passte genau in ihre Pläne. »Wir haben nichts dagegen, nicht wahr, Karl?«, meinte August.

»Nein, nicht im Geringsten!«, stimmte sein Kumpan ihm zu.

»Dann ist es abgemacht!« Ludwig streckte ihnen die Hand entgegen, die sie nacheinander ergriffen.

Obwohl Ludwig sie nicht für so dumm hielt, dass sie ihn gleich hier im Gasthof berauben würden, sorgte er dafür, dass sie sich eine Übernachtungsgelegenheit im Stall suchten. Er kehrte in seine Kammer zurück, ließ sich einen Krug Wein bringen und traf seine Vorbereitungen für den nächsten Tag.

19.

Am nächsten Morgen drängten Karl und August darauf, früh aufzubrechen. Ludwig frühstückte dennoch ausgiebig, zahlte seine Zeche und nahm sein Wurstgestell an sich. Zwischen den Würsten lag gut abgepolstert eine Feldflasche mit Wein.

Am Tor ließ er seine Würste nachzählen und lachte, als die Wachen erkennen mussten, dass sie ihm nichts am Zeug flicken konnten.

»Zwanzig Würste hatte ich, als ich kam, und mit ebenso vielen gehe ich auch wieder«, rief er dem Offizier zu und schritt mit einem Lied auf den Lippen davon. Die beiden Sachsen folgten ihm und wechselten hinter seinem Rücken beredte Blicke. So nahe an der Stadt wagten sie es jedoch nicht, ihn auszurauben.

Während sie durch das bewaldete Hügelland wanderten, wischte Ludwig sich mehrmals den Schweiß von der Stirn. Nach einer Weile blieb er stehen und nahm sein Traggestell von der Schulter.

»Ich weiß nicht, was ihr macht, aber ich werde mir jetzt ein Stück Wurst und einen Schluck Wein zu Gemüte führen.«

»Von deinen Würsten wollten wir schon lange probieren, und gegen einen Schluck Wein haben wir auch nichts einzuwenden, nicht wahr, August?« Karl griff frech in Ludwigs Traggestell und holte dessen Feldflasche heraus. Nachdem er sie geöffnet hatte, setzte er sie an die Lippen und trank, als würde er dafür bezahlt.

»He, ich will auch noch was!«, rief sein Freund und nahm ihm die Feldflasche weg. Nachdem August getrunken hatte, drehte er die Flasche um und grinste Ludwig frech an.

»Für dich ist bedauerlicherweise nichts übrig geblieben.«

Bislang hatten die beiden Ludwig wie einen höhergestellten Herrn angeredet, aber nun glaubten die Kerle wohl, ihm keine Höflichkeit mehr schuldig zu sein. Da die beiden im Gasthof kaum etwas zu sich genommen hatten, waren sie hungrig, und so griff sich jeder eine Wurst und begann zu essen.

»Schmeckt nicht übel!«, sagte Karl grinsend. »Du könntest uns ein paar davon abtreten.«

»Und vielleicht auch noch ein paar Talerchen! War doch ein lumpiger Lohn, den du uns für unsere Arbeit gegeben hast«, setzte August hinzu.

»Wollt ihr mich etwa berauben?«, fragte Ludwig scheinbar erschrocken.

»Berauben ist ein böses Wort. Uns wäre lieber, wenn du uns deine Taler schenkst …«

»… und deine Würste!«, fiel August seinem Kumpan ins Wort.

»Die wollen wir auch haben! Also, was ist?« Karl zog sein Messer, doch bevor er zustechen konnte, war Ludwig auf den Beinen und wich mit dem Stock in der Hand ein paar Schritte zurück.

»Ihr seid elendes Gesindel, das der Teufel holen soll!«, fuhr er die beiden Kerle an.

Da ein Messer gegen einen kraftvoll geführten Stockhieb die schlechtere Waffe war, nahm nun auch August seinen Wander-stock und wollte auf Ludwig losgehen. Er kam nur einen Schritt weit, hielt sich mit einem Mal den Bauch und stöhnte.

»Was ist los?«, fragte Karl, der ebenfalls seinen Stock gepackt hatte, um Ludwig zusammen mit seinem Kumpan in die Zange zu nehmen.

»Mir ist auf einmal ganz flau! Ich …« Noch während er es sagte, brach August in die Knie, ließ den Stock fallen und press-te sich beide Hände gegen den Leib.

»Zum Teufel noch mal!«, stieß Karl hervor und wurde blass wie ein Leintuch. »Das geht nicht mit rechten Dingen zu. Mir tut auf einmal alles weh. Ich … Oh Herrgott im Himmel, hilf!«

»Der hat anderes zu tun!«, höhnte Ludwig. »Ihr hättet den Wein nicht so gierig trinken sollen. Er war anscheinend nicht gut.«

»Du Schwein hast uns vergiftet!«, kreischte Karl.

»Ihr werdet an eurer Gier krepieren und zur Hölle fahren«, spottete Ludwig und versetzte ihm einen Schlag mit dem Stock.

Karl war nicht mehr in der Lage, sich zu wehren. Stattdessen sank er langsam nieder, schrie noch einmal verzweifelt auf und blieb mit glasigen Augen liegen.

Kurz darauf war auch August tot. Nach einem kurzen Blick in die Umgebung nahm Ludwig ihnen das Geld, das er ihnen gegeben hatte, wieder ab, schleifte die beiden Leichname ein paar Schritte in den Wald hinein, so dass sie nicht auf Anhieb zu sehen waren, und wanderte zufrieden weiter. Gewissensbisse empfand er keine. Karl und August waren Räuber gewesen und hatten ihr Ende voll und ganz verdient.

20.

Rumold Just und Martha hatten Rudolstadt gut erreicht und im *Gasthof zur goldenen Gabel* Quartier genommen. Zu seinem Leidwesen war Just stärker auf die Hilfe der jungen Frau angewiesen, als er gedacht hatte. Er konnte kaum einen Schritt ohne sie tun und saß daher missmutig in der Gaststube vor einem Krug Bier, während Martha zu Frahms Haus eilte, um diesem die Nachricht von Justs Ankunft zu überbringen.

Nach einer Weile kehrte Martha zurück. »Herr Frahm ist bei Hofe, aber sein Hausdiener hat mir versprochen, dass er Euch morgen empfangen wird.«

»Gut!«, antwortete Just, obwohl es in seinen Augen alles andere als gut war. Er hielt es für ein schlechtes Omen, dass er als Hinkebein von einer Frau gestützt vor den Beamten treten musste.

»Habt Ihr schon gegessen?«, fragte Martha ihn.

Just schüttelte den Kopf. »Ich hatte keinen Hunger!«

»Dafür habe ich einen so großen, dass mein Magen mich beinahe auffrisst«, antwortete Martha und erinnerte Just daran, dass sie beide seit ihrem Aufbruch in Königsee nichts mehr zu sich genommen hatten.

»Du musst mich für einen argen Stoffel halten, weil ich dich hungern ließ«, sagte er und winkte den Wirtsknecht heran. »Einen zweiten Krug Bier! Und was trinkst du?«

Die Frage galt Martha, die sich nach kurzem Überlegen ebenfalls für Bier entschied.

»Wir brauchen auch etwas zu essen. Was gibt es außer Eintopf?«, fragte Just nun den Wirtsknecht.

»Die Wirtin hat Schweinerippchen im Rohr. Die schmecken sehr gut!«

»Dann bring zwei Portionen, aber keine zu kleinen, und genug Brot dazu«, befahl Just und lehnte sich auf der Bank zurück.

Dabei musterte er Martha. Sie war jung und hübsch und hatte ein besseres Schicksal verdient als das, welches das Leben bislang für sie bereitgehalten hatte. Mit Abscheu dachte er daran, dass Fritz Kircher nicht Manns genug gewesen war, sie vor den Nachstellungen seines Vaters zu schützen. Er würde Klara gewiss nicht zu nahe treten. Dabei hatte er seit dem Tod seiner Frau kein Weib mehr besessen und bis zum Augenblick auch nicht den Wunsch danach verspürt. Nun aber stellte er sich vor, wie es sein würde, mit Martha im gleichen Bett zu schlafen.

· 185 ·

Schnell rief er sich zur Ordnung. Es war nicht gut, wenn ihn auf seine alten Tage noch der Hafer stach. Er war daher froh, dass sie in verschiedenen Kammern nächtigten, auch wenn er deswegen auf Marthas Hilfe verzichten musste. Der Gedanke, sie würde ihm den Nachttopf unter dem Bett vorziehen und ihn festhalten, während er Wasser ließ, machte ihn schaudern. Wahrscheinlich würde sie ihn für einen Greis halten, der selbst einer nackten Jungfrau nicht mehr gefährlich werden konnte.

Von seinen Empfindungen verwirrt, trank er einen Schluck Bier und widmete sich anschießend den Schweinerippchen, die die Wirtsmagd auf den Tisch stellte. Während er aß, wanderte sein Blick immer wieder zu Martha hin. Sie könnte meine Tochter sein, schalt er sich. Dennoch, es war nicht zu übersehen, dass sie ein prachtvolles Weib war, das einem Mann schöne Stunden schenken konnte.

Wenn es mit mir so weitergeht, muss ich wohl doch wieder heiraten, dachte er und ging in Gedanken die Liste der Witwen und Jungfern von Königsee durch, die in seinem Alter oder ein paar Jahre jünger waren. Doch in seinem Innern schob sich immer wieder Marthas Bild vor alle Überlegungen.

21.

Als Just am Morgen erwachte, war seine Gier, Martha zu besitzen, erloschen, und er konnte schon wieder über sich selbst lachen. Als er jedoch zum Waschgestell humpelte, in dem eine Schüssel und Wasser zum Waschen und Rasieren in einem Tonkrug für ihn bereitstanden, hätte er dringend ihre Hilfe gebraucht. Auf einem Fuß stehend, musste er sich mit der linken Hand festhalten, um nicht zu fallen. Zähneputzen und Waschen gingen ja noch, aber das Rasieren wurde zu einer Qual.

Während er um sein Gleichgewicht kämpfte, schnitt er sich zweimal und war schließlich froh, als er die lästigen Bartstoppeln endlich abgeschabt hatte. Mit einem Elixier stillte er die Blutungen. Trotzdem sah Martha ihn erschrocken an, nachdem sie zu ihm gekommen war, um ihn abzuholen.

»Ihr hättet mich doch rufen können, Herr Just! Ich hätte Euch gerne geholfen.«

»Du hältst mich wohl für einen argen Tattergreis?«, fragte er bissig.

»Aber gewiss nicht! Ihr seid ein Mann in den besten Jahren …«

»… der derzeit ohne eine stützende Hand nicht einmal auf die Straße treten kann! Komm her und hilf mir in den Rock. Nimm auch gleich meinen Hut mit hinab. Ich werde ihn brauchen, wenn wir zu Frahm gehen.«

Noch während Just es sagte, schnappte Martha sich den Rock und sah ihn lächelnd an.

»Es gibt gleich Frühstück«, sagte sie, als er fertig angezogen war.

»Dafür muss ich in die Wirtsstube, und da keine freundliche Fee bereitsteht, um mich dorthin zu versetzen, wirst du mich stützen müssen.«

»Das mache ich doch gerne«, sagte sie lächelnd, stellte sich so, dass er den Arm um sie legen konnte, und brachte ihn erst zur Kammer hinaus und dann die Treppe hinab.

Just spürte unter ihrem Kleid festes Fleisch und auch die Kraft, die sie ausstrahlte. Von Klara wusste er, dass sie kein leichtes Leben gehabt hatte, und die letzten Monate in Katzhütte waren auch nicht angenehm für sie gewesen. Er würde sich darum kümmern müssen, dass sie gut versorgt wurde. Sollte man ihr das Geld verweigern, das sie in die Ehe mit Fritz Kircher mitgebracht hatte, war er bereit, ihr eine kleine Mitgift auszu-

· 187 ·

setzen, so dass sie eine zweite Ehe eingehen konnte. Die, so dachte er, würde hoffentlich besser werden als die erste.

Bei dem Gedanken beneidete er den Mann, der Martha einmal ehelichen würde, und wünschte sich, er selbst könnte es sein. Ein junges Weib und ein alter Mann tut nicht gut, mahnte er sich. In ihrem Schoß würde noch Feuer glühen, wenn er längst die Kraft verloren hatte, es zu löschen.

In seine Überlegungen verstrickt, bemerkte Just gar nicht, dass sie die Gaststube erreicht hatten. Erst als er saß und der Wirt ihm das Morgenbier hinstellte, wurde er sich dessen bewusst. Inzwischen hatte er sich wieder so weit in der Gewalt, dass er Martha ohne Hintergedanken betrachten konnte. Sie saß still neben ihm und löffelte ihre Morgensuppe. Dabei musterte sie mehrere Gäste, deren Kleidung ihr etwas eigenartig vorkam. Den Gesprächsfetzen nach, die sie auffing, handelte es sich um Kaufleute, die versuchten, den Stil von Adeligen nachzuahmen. Ihre Röcke wiesen gewaltige Aufschläge und Ärmelstulpen auf, die Hemdkragen und die Ärmel waren mit Stickereien besetzt und ihre Kniehosen weit geschnitten.

»Seidenstrümpfe können sie sich anscheinend nicht leisten«, spottete Just, denn an ihren Unterschenkeln saßen gebleichte Wollstrümpfe.

Auch Martha lächelte ein wenig über die aufgeputzten Männer, erinnerte Just aber dann an den Grund, der sie nach Rudolstadt geführt hatte.

»Wir sollten nicht zu lange säumen, Herr Just. Die Zeit, zu der Herr Frahm Euch empfangen will, ist bald da.«

»Ich bin so weit fertig!« Just aß den letzten Löffel Suppe, trank sein Bier aus und stand auf.

Sofort war Martha an seiner Seite, um ihn zu stützen. Mit ihrer Hilfe und der Krücke ging es halbwegs. Allerdings fielen sie nun den aufgeputzten Kaufleuten auf.

· 188 ·

»So eine Hilfe würde ich mir auch gefallen lassen«, rief einer von ihnen.

»Ich wüsste mit dem Frauenzimmer mehr anzufangen, als mich nur auf sie zu stützen«, meinte ein anderer.

»Ihr würdet wohl mit Eurem gesamten Gewicht auf ihr liegen? Das könnte mir auch gefallen«, erwiderte sein Begleiter lachend.

Just und Martha beachteten die Männer nicht. Erst draußen auf der Straße schüttelte Just den Kopf. »Zu Hause würden sie brav das Maul halten, doch in der Fremde glauben sie, sich alles erlauben zu können.«

»Dabei gefällt mir keiner von denen gut genug, um ihn so wie Euch zu stützen«, antwortete Martha mit dem Anflug eines Lachens.

Ihre gute Stimmung hielt noch an, als sie das Haus des Beamten erreichten. Auf Marthas Klopfen hin öffnete ihnen ein Diener und ließ sie ein.

»Der Herr ist noch beim Frühstück. Ihr werdet daher warten müssen«, beschied er ihnen hochmütig und ließ sie im Vorzimmer stehen.

Damit gab er Martha die Gelegenheit, sich gründlich umzusehen. Der Raum war etwa drei Mannslängen lang und fast genauso breit. Es gab kein einziges Möbelstück, nur in der Ecke stand ein säulenartiges Podest, auf dem ein aus Gips modellierter Kopf thronte. Neben den vier Türen, die von hier wegführten, hingen je zwei Bilder, die sie für Porträts des Hausherrn und seiner Familie hielt. Diese Leute waren ebenfalls aufgeputzt, aber weitaus geschmackvoller als die Handelsleute, die sie vorhin im Gasthof gesehen hatten.

»Herr Frahm lebt in angenehmen Verhältnissen«, meinte Just zu Martha.

Sie nickte wenig beeindruckt. »Euer Haus gefällt mir besser.«

· 189 ·

Das Lob tat Just gut, und er straffte sich ein wenig. Kurz darauf kehrte der Diener zurück und erklärte, dass sein Herr bereit sei, sie zu empfangen.

Just nickte und versuchte, ein paar Schritte ohne Martha zu gehen. Es war jedoch zu mühsam, und so war er froh, als sie ihm unter den Arm griff. Der Weg in den Raum, in dem der fürstliche Rat Wilhelm Frahm sie empfing, war zum Glück nicht weit. Der Herr saß hinter einem kleinen Tisch, auf dem mehrere Stapel Papier und Pergament lagen. Weitere Sitzgelegenheiten gab es nicht, und er ließ auch keine holen, obwohl er sehen konnte, dass Just verletzt war. Der Mann sprach auch kein Grußwort, sondern las in aller Ruhe mehrere dicht beschriebene Blätter durch. Erst als er diese wieder auf den Tisch gelegt hatte, sah er Just an.

»Wir haben Post aus Rübenheim erhalten, Just, sehr unangenehme Post! Der dortige Rat teilt uns mit, dass der ehrengeachtete Ratsherr und Bürgermeister Emanuel Engstler nach Einnahme einer Eurer Arzneien verstorben sei. Die Untersuchung des Stadtsyndikus Doktor Capracolonus und des dortigen Apothekers Stößel ergab, dass dein Mittel eine tödliche Dosis Atropa belladonna enthielt. Dabei war dieses Gift in der Beschreibung des Medikaments gar nicht aufgeführt. Der Rat der Stadt Rübenheim hat daher deinen Buckelapotheker Gögel sowie deinen Sohn Tobias inhaftieren lassen und will ihnen den Prozess wegen Mordes machen. Gleichzeitig haben sie unseren Buckelapothekern das Privileg entzogen, dort ihre Arzneien anzubieten, und werden alles tun, damit die übrigen Städte und Herrschaften der Landgrafschaft Hessen-Kassel sich diesem Schritt anschließen.«

Diese Nachricht traf Just wie ein Keulenschlag. »Ich verstehe das nicht!«, rief er. »Meine Arznei kann es nicht gewesen sein. Alle Mittel, die ich erzeuge, werden sowohl vom Stadtsyndikus von Rudolstadt wie auch von Doktor Halbers aus Königsee geprüft. Wenn laut der Beschreibung kein Auszug von Tollkirschen dabei ist, ist er auch nicht darin.«

»In Rübenheim hat man das Gegenteil festgestellt«, erwiderte der Beamte kühl. »Dir oder einem deiner Destillateure muss ein Fehler unterlaufen sein, der nun große Wellen schlägt. Der Tod einer so hochgestellten Person wie eines Ratsherrn und Bürgermeisters ist nicht nur für dich und deinen Sohn fatal, sondern für das ganze Fürstentum. Wenn unsere Buckelapotheker dadurch ihre Wanderrechte in jenen Landstrichen verlieren, bedeutet das für nicht wenige in unserem Land Hunger und Not – und das durch deine Schuld!«

Während Just dem Ganzen verständnislos folgte, las Martha die Drohung heraus, sich in dem Fall an Justs Vermögen schadlos zu halten. Da sie Tobias und dessen Vater kannte, hätte sie ihr Leben darauf verwettet, dass ihre Arznei nicht vergiftet gewesen war. Entweder war dieser Engstler aus anderen Gründen gestorben, oder irgendjemand hatte ihn vergiftet und versuchte nun, die Schuld Just und seinem Sohn in die Schuhe zu schieben. Wenn dies gelang, bedeutete das für Tobias, im Kerker oder auf dem Richtplatz zu enden, und für Rumold Just den Verlust seiner Heimat und seines Gewerbes. Er würde als Bettler das Land verlassen müssen – und Klara mit ihm.

Martha zog es das Herz zusammen, als sie daran dachte. Klara hatte einen allerliebsten kleinen Sohn und war erneut schwanger. Sollte sie dieses Kind auf der Landstraße gebären müssen oder vielleicht in einem Stall wie einst die Jungfrau Maria das Jesuskind? Klara hatte so viel für sie getan. Jetzt wurde es an der Zeit, dass sie etwas für die Freundin tat, dachte Martha. Das Geld, das sie vor ein paar Jahren in Kirchers Hof gesteckt hatte, wurde für sie nun ungeheuer wichtig. Wenn sie es zurückbekam, konnte sie in einem anderen Land einen kleinen Bauernhof kaufen, den Just, Klara und sie bewirtschafteten.

Unterdessen musterte Frahm Just mit einem grimmigen Blick. »Du wirst warten müssen, bis diese Angelegenheit geklärt ist. Bis dorthin wirst du das Laborieren und Destillieren unterlassen! Hast du verstanden?«

Bei seinem letzten Besuch hatte Frahm Just noch mit Herr Just und Euch angesprochen. Dass er jetzt wie ein Knecht behandelt wurde, der einen schweren Fehler begangen hatte, zeigte dem Laboranten, wie ernst die Lage war. Er wollte schon gehen, doch da trat Martha einen Schritt vor.

»Ich bitte um Verzeihung, Euer Ehrwürden. Herr Just war so freundlich, mich nach Rudolstadt mitzunehmen. Ich bin Martha Kircher, die Witwe des Fritz Kircher aus Katzhütte, der von seinem eigenen Vater erschlagen wurde. Die Verwandten meines Mannes verlangen das Erbe für sich, doch habe ich etliche hundert Taler als Mitgift eingebracht und fordere diese zurück.«

Der Beamte sah sie säuerlich an. »Hast du Beweise für deine Behauptung?«

»Die habe ich! Die Summe wurde bei der Heirat aufgeschrieben, außerdem hat der Amtmann von Königsee sie in die Akte eingetragen, mit der ich zur Untertanin Seiner Durchlaucht, Fürst Ludwig Friedrichs, erklärt wurde.«

»Ich werde mich darum kümmern«, antwortete Frahm und machte eine Geste, als wolle er Martha und Just verscheuchen.

»Habt Dank!« Martha knickste und half Just hinaus. Als sie nach ihrer Ankunft in Schwarzburg-Rudolstadt eingebürgert worden war, hatte sie sich wenig aus diesem Verwaltungsakt gemacht. Jetzt aber konnte dieser Klara und sie womöglich vor einem Leben auf der Landstraße bewahren.

Teil 3

...

Gegen Windmühlen

1.

Klara blickte Mutter und Schwester nach, bis sie hinter einer Kurve ihrem Blick entzogen wurden. Am Vortag hatten die beiden noch mitgeholfen, Justs Haus zu reinigen. Trotzdem waren mehrere Kammern stark verrußt und rochen so sehr nach Rauch, dass niemand länger darin bleiben, geschweige denn eine ganze Nacht darin schlafen konnte. Dazu zählte auch jenes kleine Zimmer, das für Martha gedacht war. Klara hatte daher beschlossen, dass ihre Freundin nach ihrer Rückkehr erst einmal bei ihr nächtigen sollte. Bis Tobias wieder da war, wollte sie die Schäden des Brandanschlags beseitigt haben.

Bei dem Gedanken fragte sie sich wie schon so oft, wer das Haus hatte in Brand setzen wollen. Ihr Schwiegervater und ihr Mann waren angesehene Bürger von Königsee. Es war unvorstellbar, dass es im Ort Feinde geben sollte, die auf ihren Tod aus waren.

Es war ein Rätsel, das Klara nicht zu lösen vermochte. Allein der Gedanke, die Unbekannten könnten erneut aus dem Dunkeln heraus zuschlagen, war kaum zu ertragen. Wenn es wieder zu einem Anschlag kam, würde womöglich niemand früh genug

· 193 ·

aufwachen, um alle retten zu können. Klara erinnerte sich, dass ihre Mutter berichtet hatte, ihre Schwägerin Fiene und deren Tochter Reglind hätten sie in Katzhütte besucht. Obwohl sie von den Verwandten nicht gerade in Frieden geschieden war, glaubte sie nicht, dass die beiden auf ihren Tod aus waren. Immerhin sah es so aus, als würden Fiene und Reglind mittlerweile in angenehmen Verhältnissen leben.

»Zu viel Grübeln bringt nichts«, sagte Klara mahnend zu sich selbst und kehrte zum Haus zurück. Dort war der Zimmermann mit der Reparatur der beschädigten Fenster beschäftigt.

Klara blieb neben ihm stehen. »Du solltest die Fensterläden so verstärken, dass sie von außen nicht mehr geöffnet werden können.«

Der Zimmermann drehte sich mit zweifelnder Miene zu ihr um. »Wenn jemand sie aufbrechen will, hilft auch der beste Riegel nichts!«

»Dann sollte es wenigstens so viel Krach machen, dass jemand im Haus wach wird.«

»Das könnte gehen«, antwortete der Zimmermann. »Dafür aber brauche ich stärkere Riegel, und die muss mir der Schmied fertigen. Das wird noch ein paar Tage dauern.«

»Bis dorthin wird sich hoffentlich niemand an unseren Fenstern zu schaffen machen. Wenn du Durst hast, so lass dir von Kuni einen Krug Bier reichen.« Nach diesen Worten betrat Klara das Haus, wo ihr sogleich der stechende Brandgeruch in die Nase stieg.

Kuni kam mit missmutiger Miene auf sie zu. »Wir werden einige Vorräte entsorgen müssen, Frau Just. Das Zeug stinkt nach Rauch!«

»Das ist schade, aber nicht zu ändern. Kümmere dich darum!« Klara ging weiter und fand Liese dabei, Wäsche in einen großen Korb zu stopfen. »Wir werden alle Kleider, Laken und

Decken, die noch zu retten sind, waschen müssen, Herrin. Das Zeug ist stark verrußt und stinkt.«

»Das sollen aber nicht Kuni und du machen. Hole dir zwei Tagelöhnerinnen für diese Arbeit«, wies Klara das Mädchen an.

Liese wiegte unschlüssig den Kopf. »Ich weiß nicht, ob die sorgsam genug mit unserer Wäsche umgehen werden.«

»Die Heide und die Bine haben schon oft anderer Leute Wäsche gewaschen, und man war immer mit ihnen zufrieden. Frag sie, ob sie auch für uns arbeiten wollen.«

Klara war froh, dass ihr die beiden Frauen eingefallen waren. Diese gingen zwar auf Tagelohn, doch sie waren als zuverlässig bekannt.

»Sie werden es gewiss gerne tun«, meinte Liese und lief los.

Klara suchte ihren Sohn und fand ihn im Garten. Er hatte sich dort unter den Apfelbaum gesetzt und kaute auf einem noch recht grünen Apfel herum.

»Gib acht, dass du keine Bauchschmerzen bekommst!«, warnte ihn die Mutter.

Der Junge lachte. »Äpfel sind gesund, sagt Großvater.«

»Das schon, aber erst, wenn sie reif sind.« Klara nahm dem Jungen den Apfel weg und warf ihn dem Schwein vor, das im Anbau gemästet wurde.

»Komm mit zu Kuni! Sie soll dir ein Butterbrot mit Honig schmieren«, sagte sie zu Martin.

Sofort hellte sich seine Miene auf. »Honigbrot mag ich noch lieber als einen Apfel.«

»Wenn die Früchte reif sind, wirst du ganz viele essen dürfen und auch von dem Saft trinken, den wir daraus bereiten«, versprach Klara ihm und nahm ihn bei der Hand.

Als sie bei Kuni in der Küche ankamen, hob diese zwinkernd den Kopf. »Der Kleine bekommt wohl wieder ein Honigbrot, was?«

»Woher weißt du das?«, fragte Martin verwundert.

»Ich sehe es dir an der Nasenspitze an! Außerdem gehst du nur dann so brav an der Hand deiner Mama, wenn es was Gutes gibt.« Kuni zerzauste dem Jungen den Schopf und machte sich daran, das Brot zu schmieren.

»Kann ich Martin bei dir lassen?«, fragte Klara. »Ich fühle mich so unruhig. Herr Just und Martha müssten heute aus Rudolstadt zurückkommen.«

»Vielleicht hat Herr Just dort mehr zu tun und braucht dafür ein paar Tage«, meinte Kuni.

»Mir wäre es lieb, wenn er zurückkäme. Mit einem Mann im Haus würde ich mich sicherer fühlen!«

Kuni lachte. »Mit seinem verletzten Fuß wäre er keine große Hilfe. Außerdem haben wir Frauen das Feuer auch ohne ihn gelöscht.«

»Mit tatkräftiger Unterstützung der Nachbarn«, schränkte Klara ein.

»Die sind erst zuletzt erschienen! Aber ich glaube …« Kuni blickte zum Fenster hinaus und wies auf einen Wagen, der eben die Straße herankam. »Da kommen der Herr und Martha zurück! Na, die werden sich wundern, wenn sie erfahren, was hier passiert ist.«

Den letzten Satz hörte Klara schon nicht mehr, denn sie rannte bereits aus dem Haus und dem Wagen entgegen.

2.

Rumold Justs Gesicht wirkte grau, als er sich von Klara und Martha vom Wagen helfen ließ. Auch Martha sah aus, als hätte sie Schreckliches erlebt. Klara stand jedoch zu sehr unter dem Bann des Brandanschlags, um darauf achten zu können.

»Gott sei Dank seid ihr wieder hier!«, rief sie und schloss beide in die Arme.

»Wir bringen keine gute Nachricht! Wahrlich, gar keine gute«, sagte Just mit trüber Stimme, und Martha kämpfte gegen ihre Tränen an.

Nun erst begriff Klara, dass etwas Entsetzliches geschehen sein musste, doch als sie danach fragte, schüttelte Just den Kopf.

»Nicht hier vor allen Leuten!«

Also musste die Nachricht sehr schlimm sein, fuhr es Klara durch den Kopf. »Auch ich habe eine schlechte Neuigkeit«, sagte sie. »Jemand hat vorletzte Nacht versucht, unser Haus anzuzünden. Hätte Liebgard es nicht früh genug bemerkt, wären wir alle verbrannt!«

»Bei Gott!« Rumold Just starrte seine Schwiegertochter entgeistert an und bewegte die Lippen, ohne dass ein Ton herauskam.

»Wir sollten ins Haus gehen! Herr Just ist erschöpft«, sagte Martha besorgt.

Klara nickte und trat an die andere Seite ihres Schwiegervaters. Gemeinsam gelang es ihnen, ihn ins Haus zu schaffen. Da es in der guten Stube noch heftig nach Rauch stank, führten sie ihn in die Küche. Kuni schob ihm einen Stuhl hin. Kaum saß er, schlug er sich die Hände vors Gesicht, damit die anderen die Tränen nicht sahen, die ihm aus den Augen quollen. Er war so aufgewühlt, dass er nicht zu reden vermochte. Daher blieb es Martha überlassen, zu berichten, was sie in Rudolstadt erfahren hatten.

»Dein Mann ist in Rübenheim verhaftet worden!« Eigentlich hatte Martha es Klara schonend beibringen wollen, doch der Schrecken über den Brandanschlag war zu groß, als dass sie über eine bessere Formulierung hätte nachdenken können.

»Was?«, rief Klara entgeistert. »Aber warum?«

»Man gibt ihm die Schuld am Tod des Bürgermeisters dieser Stadt.«

»Zunächst hat man Armin Gögel deswegen festgesetzt, doch man schiebt die Schuld auf unsere Medikamente.« Endlich hatte Just sich so weit gefasst, dass er etwas sagen konnte. Gemeinsam mit Martha berichtete er, weshalb Gögel und Tobias eingesperrt worden waren, und auch davon, dass ihnen das Privileg, Arzneien zu erzeugen, vorerst entzogen worden war.

»Es besteht sogar die Gefahr, dass Herrn Justs Haus beschlagnahmt und dem fürstlichen Domänenamt zugeschlagen wird«, setzte Martha düster hinzu.

Klara brauchte einige Zeit, um das alles zu begreifen. Ihr eigenes Schicksal und das, was mit ihr, ihrem Schwiegervater und dem kleinen Martin geschehen würde, wenn sie tatsächlich enteignet und aus Schwarzburg-Rudolstadt ausgewiesen wurden, kümmerte sie am wenigsten.

»Man muss doch etwas für Tobias tun können!«, rief sie empört. »Er ist Schwarzburg-Rudolstädter Untertan. Die Bewohner von Rübenheim können ihn doch nicht einfach gefangen nehmen und ihm den Prozess machen.«

»Vor die Wahl gestellt, Tobias zu opfern oder das Wanderapothekerprivileg dieser Stadt und vielleicht der ganzen Landgrafschaft Hessen-Kassel zu verlieren, werden die Beamten des Fürsten diesem raten, den Behörden von Rübenheim bei Tobias und Gögel freie Hand zu lassen.«

Dieses Argument wog schwer. Trotzdem war Klara nicht bereit, so einfach aufzugeben. »Wenn der Fürst nichts für Tobias unternimmt, müssen wir es tun.«

»Was willst du denn unternehmen?«, fragte ihr Schwiegervater mutlos. »Der Tote war der Bürgermeister dieser Stadt und einer der reichsten und mächtigsten Bürger in ganz Hessen-Kassel. Sie werden den Mann, den sie für seinen Tod verantwortlich machen, nicht einfach laufenlassen, weil wir ihnen schreiben, sie sollen es tun.«

»Klara hat recht!«, sprang Martha ihrer Freundin bei. »Wir dürfen unsere Hände nicht in den Schoß legen!«

»Jemand muss versuchen, mit Tobias zu reden.«

»Herrn Just ist das nicht möglich!«, wandte Martha ein. »Selbst wenn er nicht verletzt wäre, dürfte es viel zu gefährlich für ihn sein. Er ist immerhin der Laborant, und man gibt der von ihm gefertigten Arznei die Schuld, dass der Bürgermeister starb. Daher würde man ihn sofort verhaften und zu Tobias ins Loch stecken.«

»Aber ich kann!«, rief Klara aus. »Mich können sie nicht einsperren. Und falls doch, muss unser Fürst sich für mich verwenden. Schließlich bin ich nur das Weib des Laboranten und zudem schwanger.«

»Ich rate dir von dem Wagnis ab!«, sagte Just. »Es ist ein weiter Weg, und du bist, wie du selbst sagst, guter Hoffnung. Ich will nicht, dass du Gefahr läufst, dein Kind zu verlieren.«

Klara griff sich mit der rechten Hand an den Bauch und lächelte schmerzlich. »Mein Kind und ich sind stark genug, um auch das zu ertragen. Ich darf und kann Tobias nicht im Stich lassen.«

»Dann komme ich mit dir«, sagte Martha mit kämpferisch blitzenden Augen.

»Nein! Du wirst hier gebraucht. Zum einen wissen wir nicht, ob unser Feind erneut zuschlägt, und da traue ich dir eher als Kuni oder Liese zu, damit fertigzuwerden. Zum anderen ist es möglich, dass wir Tobias auf andere Weise retten müssen, wenn ich vor Ort nichts erreiche. Dafür ist es besser, wenn man dich in Rübenheim nicht kennt.«

Martha dachte einen Moment nach und sah sie dann listig an.

»Du meinst, wir müssen Tobias notfalls befreien? Das wird nicht leicht werden.«

»Das wird es gewiss nicht!«, stimmte Klara ihr zu. »Daher hoffe ich ja, dass wir seine Unschuld beweisen können. Der Bürgermeister kann an allem Möglichen gestorben sein, aber gewiss nicht an unserer Medizin.«

Just nickte mit verkniffener Miene. »Tobias und ich mischen die Bestandteile der Arzneien selbst, und wir gehen dabei sehr sorgfältig vor. Darüber hinaus werden sie sowohl von unserem hiesigen Arzt wie auch vom Stadtsyndikus von Rudolstadt geprüft und sind bisher immer für gut befunden worden.«

»Ihr habt in Rudolstadt gesagt, dass bei diesem Mittel das Gift der Tollkirsche nicht verwendet wird«, mischte sich Martha ein.

»So ist es! Deshalb kann ich auch nicht verstehen, weshalb man behauptet, der Mann wäre durch diese Arznei zu Tode gekommen.«

Just spürte, wie seine Kraft, sich gegen das Schicksal aufzulehnen, immer mehr schwand. Musste er wirklich alles seiner Schwiegertochter überlassen?, fragte er sich. Klara hatte doch schon so viel zu tragen. Er betrachtete bewundernd ihr schönes, nun aber recht blasses Gesicht und ihre kämpferisch blitzenden Augen. Wenn es jemanden gab, der Tobias zur Freiheit verhelfen konnte, dann war sie es. Er selbst durfte ihr dabei nicht wie ein Klotz am Bein hängen. Damit war weder seinem Sohn noch ihr gedient.

3.

Nachdem Klara den Entschluss gefasst hatte, nach Rübenheim zu fahren, bereitete sie die Reise sorgfältig vor. Als Erstes ging sie zum Arzt und bat ihn, das Urteil, das er für die Medizin abgegeben hatte, noch einmal aufzuschreiben. Mittlerweile hatte auch er von Tobias' Verhaftung erfahren und zögerte. Andererseits wollte er Klara nicht vor den Kopf stoßen. Daher schrieb er, dass Proben dieser Arznei, so sie ihm vorgelegt worden seien, der Gesundheit zuträglich gewesen wären und keine Anteile an Atropa belladonna enthalten hätten.

Auch wenn Übelwollende daraus entnehmen konnten, dass jemand das Gift später beigegeben hatte, war Klara mit dieser Erklärung zufrieden. Sie konnte Tobias so weit entlasten, dass es für das Gericht in Rübenheim unmöglich war, einen Schuldspruch zu fällen. Andererseits richtete das Attest den Verdacht auf Armin Gögel, und diesem traute sie keinen Mord zu.

Bevor Klara abreiste, verfasste sie noch eine Bittschrift an den Fürsten, in der sie ihn bat, ihrem Ehemann, aber auch ihr, Mutter eines Sohnes und schwanger mit dem zweiten Kind, beizustehen. Was es bewirken konnte, wusste sie nicht, doch vielleicht würde Fürst Friedrich Anton die Sache nicht mit einem für die Rübenheimer Behörden genehmen Federstrich beenden, sondern darauf dringen, dass seine eigenen Beamten sich darum kümmerten und nach Beweisen verlangten.

Klara bat Just, die Bittschrift nach Rudolstadt bringen zu lassen, erteilte Martha Anweisungen, was im Haus alles getan werden musste, und brach schließlich mit Liese als Begleiterin auf. Da sie nicht wusste, wie lange die Reise dauerte, und sie unterwegs immer wieder Trinkgelder würde verteilen müssen, nahm sie genug Geld mit und versteckte es unter ihrer Kleidung.

Als sie mit Liese die Kutsche bestieg, fühlte Klara sich unsicher. Bis Rübenheim war es eine lange Fahrt, und sie würden mehrfach die Kutsche wechseln müssen. Einen Augenblick lang dachte sie an ihre Reise nach Weimar, bei der ihr der Wunderarzneihersteller Fabel unangenehm aufgefallen war. Auch diesmal musste sie sich mit der Rücksichtslosigkeit eines Mannes herumschlagen, der ihr eine große Ledertasche gegen den Leib schlug.

Sie krümmte sich und stöhnte zum Gotterbarmen.

»Kannst du nicht achtgeben, du Rüpel!«, herrschte ein Reisender den Mann an und drehte sich besorgt zu ihr um.

»Ich hoffe, Ihr habt keinen Schaden davongetragen?«

»Habt Dank, Herr! Ich denke nicht, auch wenn mir nun übel ist und die Stelle schmerzt, an der die Tasche dieses Herrn mich getroffen hat«, antwortete Klara.

»Das Wort ›Herr‹ würde ich bei dem Kerl vergessen«, antwortete ihr Helfer. »Der hat wohl nie gelernt, dass er anderen Leuten Höflichkeit und Rücksicht schuldet. Wenn wir weiterfahren, soll er oben auf dem Bock Platz nehmen, dann ist hier im Kutschkasten mehr Platz.«

»Wie käme ich dazu?«, fragte der Rüpel bissig.

»Auf jeden Fall wirst du deine Tasche oben beim übrigen Gepäck lassen. Im Wagen hat sie nichts verloren!« Der Mann, der Klara beigesprungen war, gab zur Hälfte nach, blieb aber bei der anderen Sache hart. Es wurden noch ein paar Worte gewechselt, bei denen sich weitere Mitreisende einmischten, die sich durch den flegelhaften Mann und seine Tasche gestört fühlten. Zuletzt kam der Kutscher hinzu und beendete den Streit dadurch, dass er die Tasche an sich nahm und seinem Helfer zureichte, der sie oben beim Gepäck verstaute.

Klara nützte die Zeit, in der die meisten um den rüpelhaften Mann herumstanden, und ging in die Gaststube der Posthalterei. Dort bestellte sie für Liese und sich je einen Becher mit viel Wasser vermischten Weines und ein Butterbrot und war daher mit dem Essen fertig, als das Zeichen des Kutschers erklang, dass es weitergehen würde.

Andere kauten noch mit vollen Backen, als sie einstiegen. Der Mann mit der Tasche rächte sich an den übrigen Fahrgästen,

· 202 ·

indem er sich einen stark riechenden Käse hatte geben lassen und diesen während der Fahrt mit Genuss verspeiste.

Klaras Magen beschwerte sich zwar, doch ihr wurde zum Glück nicht stärker übel. Am nächsten Morgen konnte sie eine andere Kutsche nehmen und war den unverschämten Passagier los.

Auf dem restlichen Weg rief Klara sich noch einmal in Erinnerung, was sie über Rübenheim gehört hatte. Es handelte sich um eine Enklave der Landgrafschaft Hessen-Kassel und war mit großen Vorrechten ausgestattet. Dazu gehörte auch die Blutsgerichtsbarkeit, die unabhängig von den Gerichten in Kassel ausgeübt werden konnte. Klara beschloss, trotzdem an Landgraf Karl zu schreiben. Ihr war jeder recht, der Einfluss auf die Behörden in Rübenheim ausüben konnte. Für den Fall, dass dies nichts nützte, würde sie sich überlegen müssen, wie sie Tobias und Armin Gögel befreien konnte. Nun bedauerte sie, Martha nicht mitgenommen zu haben. Ihre Freundin war gewitzt und hätte ihr gewiss helfen können. Liese war zwar ein liebes Ding und bemüht, ihr die Reise zu erleichtern, aber mehr konnte sie nicht von ihr erwarten.

An der Grenze des Rübenheimer Stadtfriedens wurden sie vom Zoll kontrolliert. Ein Soldat blickte auch in Klaras Koffer und entdeckte mehrere kleine Tiegel und Fläschchen mit Arzneien.

»Was ist das?«, fragte er neugierig.

»Diese Sachen brauche ich wegen meiner Schwangerschaft«, antwortete Klara, die nicht wollte, dass ihre Ankunft zu früh bemerkt wurde.

Der Soldat öffnete eines der Tiegelchen und genoss den angenehmen Geruch, den die darin enthaltene Salbe verströmte. »Wozu braucht Ihr das?«, fragte er.

Klara wurde klar, dass es dem Mann nur darum ging, seine Macht zu beweisen, und rang sich ein Lächeln ab. »Damit schmiere ich am Abend meinen Leib ein, damit die Haut während der Schwangerschaft nicht reißt«, erklärte sie.

Da griff eine ältere Mitreisende ein. »Der Mann versteht das doch gar nicht! Er soll sich mit deiner Auskunft zufriedengeben, oder will er, dass es heißt, die hessischen Zöllner belästigen selbst schwangere Weiber?«

Der Soldat wollte eine harsche Antwort geben, doch da griff sein Offizier ein und befahl ihm, sich um den großen Koffer eines anderen Reisenden zu kümmern.

4.

Klara wählte den Gasthof, in dem auch Tobias abgestiegen war, denn sie hoffte, dort die ersten Auskünfte zu erhalten. Nach ihrer Ankunft fühlte sie sich so erschöpft, dass sie sich in die Kammer zurückzog, die ihr der Wirt zugewiesen hatte. Sie aß einen Teller Fleischbrühe und legte sich dann zum Schlafen nieder. Da Liese sie nicht stören wollte, setzte sie sich ans Fenster und blickte auf das muntere Treiben auf dem Marktplatz hinab.

Irgendwann meldete sich ihr Hunger, und sie verließ die Kammer, um nach unten zu gehen. Eine Magd kam ihr entgegen und sah sie fragend an.

»Brauchst du etwas?«

»Ich würde gerne etwas essen«, antwortete Liese.

»Du bist doch die Magd der Frau, die im vierten Zimmer untergebracht ist. Kommt deine Herrin auch?«

Liese schüttelte den Kopf. »Sie hat sich hingelegt und schläft.«

»Dann solltest du nicht allein in die Gaststube gehen«, erklärte die Magd. »Es sind Männer dort, die sich dumme Scherze mit dir erlauben könnten. Geh wieder ins Zimmer zurück! Ich bringe dir etwas. Was möchtest du?«

· 204 ·

»Einen Teller Eintopf und ein Stück Brot, wenn es recht ist«, sagte Liese.

»Mir ist es recht! Und was zum Trinken?«

»Einen Krug Bier!« Von Kuni hatte Liese gehört, dass ein Krug Bier am Tag die Brüste wachsen ließ. Für sie war dieser Umstand gleichbedeutend mit Erwachsenwerden, und das wollte sie so schnell wie möglich, um Klara die Magd sein zu können, die diese sich vorstellte.

»Bekommst du alles!«, versprach die Wirtsmagd und stieg wieder nach unten.

Liese sah ihr nach und hoffte, dass die Frau sie nicht vergaß. Sie kehrte in die Kammer zurück und setzte sich wieder ans Fenster. Mittlerweile war es dämmrig geworden, doch sie wagte nicht, nach unten zu gehen und um Licht zu bitten, da sie ihre Herrin nicht stören wollte.

Wenig später klopfte es kurz an die Tür. Noch bevor Liese reagieren konnte, trat die Wirtsmagd mit einem Tablett in den Händen ein.

»Hier ist es ja so duster wie in einer Kirche um Mitternacht«, rief die Frau und stellte ihr Tablett auf die leere Seite des Bettes.

»Warte, ich hole Licht!« Mit diesen Worten ging sie wieder und kehrte nach kurzer Zeit mit einer brennenden Lampe zurück. Sie stellte diese auf einen Mauervorsprung und deutete auf das Tablett, auf dem ein großer Napf Suppe, ein Krug Bier und eine dicke Brotscheibe zu sehen waren.

»Du wirst das Tablett zum Essen auf den Schoß nehmen müssen«, erklärte die Magd. »Tische gibt es nur in den besseren Kammern.«

»Ist schon gut so!« Liese nickte lächelnd, holte sich das Tablett zum Fenster und setzte sich dort wieder hin. Nachdem die Magd die Kammer verlassen hatte, begann das Mädchen zu essen und trank dabei immer wieder einen Schluck von dem Bier, das ihr stärker vorkam als jenes, das sie von zu Hause gewohnt war. Es musste auch so sein, denn kaum hatte sie fertiggegessen und den letzten Schluck getrunken, fühlte sie sich auf einmal fürchterlich müde. Sie konnte sich gerade noch notdürftig für die Nacht zurechtmachen, dann legte sie sich neben Klara ins Bett und war innerhalb weniger Augenblicke eingeschlafen. Die Lampe ließ sie brennen.

Klara war froh um das Licht, denn als sie nach einer gewissen Zeit erwachte, bot es ihr die Gelegenheit, den Nachttopf zu suchen und zu benutzen.

5.

Das Frühstück am nächsten Morgen nahmen Klara und Liese in der Gaststube ein. Ein paar Gäste hatten bereits zu dieser frühen Stunde dem Wein zugesprochen und machten Witze über ihre Schwangerschaft. Schließlich griff der Wirt ein und schalt die ärgsten Spötter.

»Ihr seid wohl nicht verheiratet, weil ihr so loses Zeug schwatzt? Eine schwangere Frau ist von Gott gesegnet, und man sollte ihr mit Achtung begegnen!«

»Wir haben es doch nicht böse gemeint«, sagte einer der Gäste und wandte sich Klara zu. »Nichts für ungut, Frau! Ich wünsche dir einen prachtvollen Jungen.«

Klara nickte freundlich, sagte aber nichts, sondern legte sich in Gedanken ihre nächsten Schritte zurecht. Zuerst überlegte sie, zum hiesigen Richter zu gehen und mit diesem zu sprechen, sagte sich aber, dass es wohl klüger war, wenn sie als Erstes den Apotheker aufsuchte. Stößel bezog seit etlichen Jahren Arzneien und Heilpflanzen von Just und musste wissen, dass dieser immer gute Ware geliefert hatte.

Nach dem Frühstück kehrte sie kurz in ihre Kammer zurück, holte dort die Arzneiprobe und das Attest des Königseer Arztes und machte sich auf den Weg zur Apotheke. Liese kämpfte mit der Angst, ebenfalls verhaftet zu werden, folgte ihr aber gottergeben.

In der Apotheke angekommen, lauschte Klara dem Klang der Glocke, die sie mit der Tür angeschlagen hatte. Im Raum war niemand. Unzählige dunkle Gläser standen in den Regalen, und der Schrank, der die ganze Seitenwand einnahm, wies mehr als zwei Dutzend Schubfächer auf. Klara entdeckte auch zwei Waagen sowie etliche andere Gerätschaften, die nötig waren, um Salben und Elixiere abzumessen. Alles machte einen wohlgeordneten Eindruck und zeugte davon, dass Stößel sein Handwerk verstand.

Wenige Augenblicke später kam der Apotheker von hinten und grüßte freundlich. »Gott schenke Euch einen schönen Tag, liebe Frau. Womit kann ich dienen?«

Der Mann wirkte auf Klara sympathisch, und so beschloss sie, mit offenen Karten zu spielen. »Ich bin Klara Just, Tobias Justs Ehefrau.«

Stößel brauchte einen Augenblick, um ihre Worte richtig einzuordnen, dann schluckte er. »Ihr seid Tobias Justs Weib?«

»Das sagte ich doch!«

Erregt zupfte Stößel an seinem Kragen, sah an Klara vorbei durch das Fenster nach draußen und wies dann nach hinten. »Ich glaube, wir reden in meiner Wohnung weiter. Dort platzt kein Kunde herein.«

Klara schloss aus seinen Worten, dass es Dinge gab, die andere nicht hören sollten, und nickte. »Gerne!«

»Mögt Ihr ein Glas Hagebuttenwein oder lieber einen Kräuteraufguss?«, fragte Stößel.

»Wenn Ihr Pfefferminze habt, würde ich mich über einen Aufguss mehr freuen als über Fruchtwein, und Liese gewiss auch«, antwortete Klara und folgte ihm nach hinten.

Stößel musterte sie von der Seite und bemerkte die Wölbung ihres Leibes. »Ihr seid guter Hoffnung?«

»Das bin ich!«

»Dann tut mir doppelt leid, was geschehen ist!« Stößel seufzte und verstärkte damit Klaras Verdacht, dass sich hier Dinge abgespielt hatten, für die ihr Ehemann als Sündenbock herhalten sollte.

»Ich möchte genau wissen, was passiert ist«, sagte sie mit Nachdruck. »Es heißt, der Bürgermeister sei durch eines unserer Medikamente ums Leben gekommen. Das bezweifle ich jedoch.«

»Leider ist es so«, antwortete Stößel. »Euer Buckelapotheker Gögel hat mir die Arzneiflasche übergeben, und ich habe sie umgehend in das Haus Emanuel Engstlers gebracht. Kurz nachdem er es eingenommen hatte, war er tot. Sowohl Doktor Capracolonus wie auch ich haben das Mittel anschließend untersucht und festgestellt, dass es eine hohe Menge an Atropa belladonna enthielt.«

Klara schüttelte energisch den Kopf. »Das kann nicht sein! Wir haben dieses Medikament sowohl in Rudolstadt wie auch bei unserem Arzt in Königsee prüfen lassen. Hier ist der Bescheid von Doktor Halbers. Er besagt, dass diese Arznei keinen Anteil an Tollkirschengift enthält. Ich habe hier auch die Liste mit den Bestandteilen, die mein Mann und mein Schwiegervater für dieses Medikament verwenden. Es ist in vielen Fällen erprobt.«

Stößel hörte ihr mit wachsendem Unbehagen zu und seufzte anschließend erneut. »Dann ist es wohl doch so, wie ich es mittlerweile annehme. Kein Laborant würde wegen eines solchen Verbrechens sein Privileg aufs Spiel setzen. Ich hätte Euren Mann damals warnen sollen, damit er sofort die Stadt verlässt, anstatt ihn hinzuhalten, bis die Stadtbüttel erschienen sind. Jetzt schwebt er in höchster Gefahr. Kathrin Engstler, das einzige Kind des Bürgermeisters, sinnt auf Rache, und sie wird alles daransetzen, Euren Mann an den Galgen zu bringen. Vernunftgründen ist sie nicht zugänglich. Ich habe es mir bereits mit ihr verscherzt, als ich zu äußern wagte, dass Euer Mann unschuldig sein könnte. Ich glaube eher, dass Euer Buckelapotheker Gögel von einem Fremden bestochen worden ist, die vergiftete Arznei zu überbringen.«

Bei diesen Worten stand Stößel auf und trat in die Küche. Dort füllte er einen kleinen Kessel mit Wasser und hängte ihn über die Glut.

»Ich hatte Euch einen Pfefferminzaufguss versprochen«, sagte er mit um Entschuldigung bittender Miene. »Ich bin noch Junggeselle, müsst Ihr wissen, und um der Moral willen habe ich mir auch keine Magd ins Haus geholt. Zweimal in der Woche kommt die Witwe Holte und macht hier sauber. Es ist ein armes Weib, und sie kann das Geld brauchen. Aber sonst lebe ich allein und koche auch für mich.«

Es klang ein wenig stolz, denn Kochen war eine Kunst, die nur wenige Männer beherrschten.

Bis das Wasser heiß war und er den Tee aufschütten konnte, sprach Stößel nur über Allgemeines. Erst als die dampfenden Becher vor Klara und Liese standen, kam der Apotheker wieder auf ihr Anliegen zurück.

»Ich halte Euren Mann für unschuldig und glaube, dass auch Richter Hüsing dies inzwischen tut. Es ist in dieser Stadt jedoch nicht leicht, sich gegen Kathrin Engstler zu stellen. Ihr Vater hat die Stadt stärker beherrscht als der Landgraf sein Reich. Herr Karl muss auf die Ständeversammlung Rücksicht nehmen, doch Emanuel Engstler konnte sich der Zustimmung des Rates in allen Dingen sicher sein. Er war der mit Abstand reichste Bürger der Stadt, und das verlieh ihm große Macht, denn fast jeder war auf irgendeine Weise von ihm abhängig. Jetzt führt seine Tochter das Regiment, wenn auch ohne Amt und Titel. Es wagt jedoch keiner, gegen ihren Willen zu handeln. Wer es versucht hat, wurde aus der Stadt vertrieben, und das dient allen zur Warnung.«

Stößel brach erneut ab, goss Hagebuttenwein in einen Becher und trank einen Schluck. »Ich werde Rübenheim wohl auch verlassen müssen, falls Kathrin Engstler einen Apotheker findet, der sich hier ansiedeln will.«

Klara spürte Stößels Angst. Daher rechnete sie es ihm hoch an, dass er überhaupt ein Wort zu Tobias' Gunsten gesprochen hatte. Gleichzeitig fragte sie sich, was Kathrin Engstler für eine Frau sein mochte, wenn sie sich auf solche Weise ihrer Rachsucht hingab. Sie bat Stößel, ihr von der Tochter des Bürgermeisters zu berichten.

Was sie erfuhr, war nicht ermutigend. Kathrin Engstler musste eine sehr von sich eingenommene junge Frau sein, die zudem mit Unterstützung aus einer anderen Stadt rechnen konnte.

»Ihr Vater und Christoph Schüttensee, Ratsherr und Notar von Steinstadt, waren Vettern und haben einander geholfen, die Macht in ihren jeweiligen Städten zu erlangen«, setzte Stößel seine Erläuterungen fort. »Seltsam, dass ich nicht gleich daran gedacht habe. Die beiden haben sich etliche Feinde gemacht, und einer davon könnte hinter diesem Mord stecken.«

»Ihr glaubt, einer dieser Leute könnte Armin Gögel bestochen haben, dieses Gift unterzuschieben? Das kann ich mir nicht vorstellen«, sagte Klara kopfschüttelnd und fand dann noch einen Punkt, der für den Buckelapotheker sprach.

»Gögel wäre doch in einem solchen Fall gewiss nicht in der Stadt geblieben, sondern hätte sich so schnell wie möglich aus dem Staub gemacht!«

»Das muss nicht unbedingt so sein«, entgegnete Stößel. »Er konnte nicht wissen, dass die Arznei so rasch gebraucht wurde.«

Im nächsten Augenblick zog er die Stirn in Falten und dachte nach. »Oder doch? Ich glaube sogar, dass ich zu ihm sagte, ich würde die Arzneiflasche gleich zu Engstler bringen!«

»Hätte Armin von dem Gift gewusst, wäre er zur Stadt hinausgelaufen und hätte erst angehalten, wenn er sich in Sicherheit glaubte.«

»Es muss aber so gewesen sein! Das Mittel war vergiftet, und das kann nur Gögel getan haben.« Für den Apotheker war es die einzige Möglichkeit. Außerdem, sagte er sich, konnte Tobias Just vielleicht gerettet werden, wenn alle Schuld auf den Buckelapotheker abgewälzt werden konnte.

»Unter der Folter wird er schon gestehen«, sagte er unwillkürlich.

»Wer? Mein Mann?«, fragte Klara.

Stößel schüttelte den Kopf. »Ich meine Gögel! Einer muss es getan haben. Wenn Euer Mann es nicht war, so bleibt nur er.«

Davon war Klara nicht überzeugt. Andererseits war Armin Gögel unzufrieden und neidisch gewesen. Im nächsten Moment schalt sie sich. Sie suchte wohl ebenso wie der Apotheker einen Sündenbock, um ihren Mann zu entlasten, und schämte sich dafür. Gögel hatte das gleiche Anrecht, als unschuldig zu gelten, bis seine Schuld unzweifelhaft feststand. Um das herauszufinden, musste sie unbedingt mit ihm reden.

»Wird der Richter mich anhören, wenn ich zu ihm gehe?«, fragte sie Stößel.

Der Apotheker wiegte unschlüssig den Kopf. »Das vermag ich nicht zu sagen. Hüsing macht sich zwar seine eigenen Gedanken, doch er weiß auch, dass er Jungfer Kathrin nicht erzürnen darf, will er nicht als Richter abgesetzt werden.«

»Ich werde es versuchen. Euch danke ich für den Pfefferminzaufguss. Er war sehr gut! Sollte ich von Euch eine Auskunft benötigen, werde ich wiederkommen. Vorerst habt Dank.«

Klara stand auf und reichte dem Mann die Hand. Auch wenn sein Einfluss in Rübenheim gering war, so hatte er ihr doch wichtige Anhaltspunkte geliefert. Mit diesem Gedanken verabschiedete sie sich und verließ die Apotheke. Im Gasthof bat sie um Feder, Papier und Tinte und schrieb einen Brief, den Liese gleich zum Haus des Richters bringen musste.

Schon bald kehrte das Mädchen mit der Nachricht zurück, dass Richard Hüsing auf Reisen sei und erst in den nächsten Tagen zurückerwartet werde.

6.

Tengenreuths Helfer Ludwig war glücklich zu seinem Herrn zurückgekehrt und berichtete diesem stolz, dass die von ihm in Dienst genommenen Schurken Rumold Justs Haus in Königsee in Brand gesetzt hatten.

»Was sagst du?«, rief Hyazinth von Tengenreuth erschrocken. »Ich habe dich ausgesandt, um mit Justinus von Mahlstett den Letzten der drei Verbrecher zu bestrafen, und du zündest Weibern und Kindern das Haus über dem Kopf an?«

»Es ging mir um Just! Er durfte meiner … äh … Eurer Rache nicht entgehen«, verteidigte Ludwig sich.

»Das hätte anders geschehen müssen!«

»Mein Weib und mein Sohn starben ebenfalls durch die giftige Arznei der Justs! Warum also sollen Tobias Justs Weib und sein Sohn verschont werden? Hätte Eure Gemahlin doch nur auf den Rat des ehrwürdigen Doktors Capracolonus gehört und dieses Teufelszeug in die Mistgrube schütten lassen, dann würden sie alle noch leben.«

Ludwig verzog hasserfüllt das Gesicht. Auch wenn Just mittlerweile bestraft worden war, sollte sein Herr nicht vergessen, dass dessen Ehefrau eine Mitschuld am Tod seines Weibes und seines Kindes trug, denn sie hatte beide gezwungen, das Teufelszeug zu nehmen.

Tengenreuth achtete nicht auf den Unterton in der Stimme seines Dieners, da seine Gedanken bereits anderen Dingen galten. »Engstler ist tot, doch er hat eine Tochter und Schüttensee einen Sohn.«

»Der soll, soweit ich herausgefunden habe, die Jungfer Engstler heiraten«, berichtete Ludwig.

Hyazinth von Tengenreuth überlegte, ob er auch diese beiden töten lassen sollte, zögerte aber, Ludwig den entsprechenden Befehl zu erteilen. »Ich werde sie auffordern, mir mein Vermögen zurückzugeben«, murmelte er und fand, dass es an der Zeit war, auch Ludwig aus dem Kreislauf der Rache herauszulösen.

»Du bist mir ein treuer Diener und sollst belohnt werden. Ich erlaube dir daher, erneut ein Weib zu nehmen. Auch ich werde mir eine Gemahlin suchen müssen, damit das Geschlecht derer von Tengenreuth nicht mit mir erlischt.«

An eine zweite Heirat hatte Ludwig nie gedacht, und er sträubte sich in Gedanken dagegen. Eine Frau wie die seine würde er niemals wieder finden, und sie durch ein geringeres Weib zu ersetzen, erschien ihm geradezu als Blasphemie. Gleichzeitig aber spürte er, dass ihn auch die vollendete Rache nicht zufriedenstellen konnte. Just und dessen Familie mochten im Feuer umgekommen sein, doch sein Schmerz blieb. Es gab nur ein Mittel dagegen, und dies war, wirklich alle zu bestrafen, die den Tod seiner Lieben verschuldet hatten.

»Es laufen noch zu viele Buckelapotheker herum, gnädiger Herr!«, sagte er, um Tengenreuths Gedanken in diese Richtung zu lenken.

Sein Herr winkte ärgerlich ab. »Was kümmert mich dieses Gesindel? Ich will nach Engstler und Schüttensee nur noch Mahlstett vernichten! Die tragen die wahre Schuld am Tod unserer Frauen und Kinder. Die Art, wie sie mich um meine Besitzungen gebracht haben, hat meiner Gemahlin den Lebensmut geraubt. Sonst hätte sie gewiss Doktor Capracolonus' Rat befolgt, anstatt den verderblichen Arzneien des Buckelapothekers zu vertrauen.«

»Die alle samt ihren Laboranten ausgemerzt werden müssen!«, sagte Ludwig beschwörend.

»Schweig!«, rief Tengenreuth.

Der ungezähmte Hass seines Vertrauten auf die Buckelapotheker störte ihn zunehmend, und er wollte nicht, dass weitere ums Leben kamen. Schon der alte Mann, den Ludwig bei Steinstadt umgebracht hatte, hätte nicht sterben dürfen. Nur die Schuldigen waren zu bestrafen, und er wollte nicht, dass Ludwig noch einmal dagegen verstieß.

»Bei den weiteren Anschlägen können wir keine Buckelapotheker mehr brauchen«, erklärte er daher kategorisch.

»Gnädiger Herr, ich habe dieses Gesindel aus Königsee, Großbreitenbach – und wie die Orte der Laboranten alle heißen – seit drei Jahren ausgeforscht und will dies nicht umsonst getan haben.«

»Das hast du auch nicht! Denn durch dieses Wissen konnten Emanuel Engstler und Christoph Schüttensee der himmlischen Gerechtigkeit zugeführt werden«, antwortete Tengenreuth beschwichtigend. »In Zukunft wirst du jedoch meine Befehle so befolgen, wie ich sie dir erteile, und sie nicht nach Gutdünken ausdehnen. Ich will jetzt den Mann bestrafen, der meinen Vater verraten und ihm zusammen mit Engstler und Schüttensee unsere Güter abgenommen hat.«

Der Graf klang so entschieden, dass Ludwig keine Widerworte mehr wagte. Sein Hass auf die Laboranten und Buckelapotheker in den Schwarzburger Fürstentümern war jedoch größer denn je.

7.

Richter Hüsing war nach Kassel gereist, um Landgraf Karl davon zu überzeugen, den Prozess gegen Tobias Just an sich zu ziehen. Seine Durchlaucht hatte ihm gnädigst Audienz gewährt, ihm aber auch erklärt, dass er nicht daran denke, an die gerichtliche Autonomie der Stadt zu rühren.

»Wir wären schlecht beraten, wenn Wir das täten! Der Rat der Stadt Rübenheim hat Uns eine hohe Summe für die Vorrechte gezahlt, die Wir ihm gewähren. Wenn Wir jetzt diese Rechte beschneiden, wird der Rat der Stadt vor dem Reichskammergericht in Wetzlar Klage erheben. Daher lassen Wir besser alles so, wie es ist.«

Nach diesem Bescheid war die Audienz für Hüsing beendet. Ein Hofbeamter führte ihn aus dem Saal, und ihm blieb nichts anderes übrig, als in seine Heimatstadt zurückzukehren. Als eine zur Gänze vom Kurfürstentum Hannover umgebene Enklave war es dem Rat von Rübenheim bereits in der Vergangenheit gelungen, etliche Vorrechte zu erwirken. Unter Emanuel Engstler war sie so gut wie autonom geworden, und daher konnte dessen Tochter nun schalten und walten, wie es ihr beliebte.

Als er zu Hause ankam, fragte Hüsing sich, wie es Emanuel Engstler gelungen sein mochte, diese nahezu absolute Macht zu erlangen. Landgraf Karl hatte ihn sogar zu seinem Stellvertreter in Rübenheim ernannt. In diesem Augenblick hätte der Richter keinen schimmligen Pfennig dagegen gewettet, dass der Herzog dem Mann, den Kathrin Engstler einmal heiraten würde, diese Vollmachten bestätigen würde – oder gar der Frau selbst.

Der Gedanke schreckte ihn. Engstler hatte noch gewusst, dass er sich gewisse Schranken auferlegen musste. Seine Tochter hingegen ließ sich von ihren Gefühlen treiben und setzte dort,

· 215 ·

wo ein Kompromiss Gewinn abgeworfen hätte, auf übertriebene Härte. Dies brachte jedoch die gesamte Stadt in Gefahr. Den Richter schauderte es bei dem Gedanken, der Landgraf könnte den Ort an den Kurfürsten von Hannover verkaufen oder gegen einen Landstrich an der gemeinsamen Grenze eintauschen. Ob Kathrin Engstler die Fähigkeit besaß, die alten Privilegien auch gegen Georg Ludwig von Hannover zu verteidigen, bezweifelte er.

»Sie muss heiraten – und zwar einen Mann unserer Wahl!«, stieß er aus, als er sein Haus betrat. Er würde noch an diesem Tag mit ein paar Ratsmitgliedern sprechen, damit sie gemeinsam auf Jungfer Kathrin einwirken konnten.

Da trat einer seiner Diener auf ihn zu und verneigte sich. »Verzeiht, gnädiger Herr! Vorgestern war eine Frau hier und bat, Euch sprechen zu dürfen. Es ist das Weib des Gefangenen Just!«

»Tobias Justs Ehefrau?« Hüsing seufzte, denn dies bedeutete noch mehr Verwicklungen in dieser nicht gerade einfachen Zeit.

»Ich wünschte, Engstler wäre noch am Leben, und wir könnten alle in Ruhe und Frieden miteinander umgehen«, murmelte er mehr für sich als für seinen Diener gedacht und fragte dann: »Wo befindet sich diese Frau?«

»Im *Lamm!*«

»Dann geh hin und teile ihr mit, dass ich sie in einer Stunde – nein, in zweien! – empfangen werde. Zuerst will ich speisen.«

»Sehr wohl, gnädiger Herr!« Der Diener zog ab, um dem Koch Bescheid zu geben. Allerdings machte er sich nicht selbst auf den Weg zu Klara, sondern rief einen der Gassenjungen zu sich, der sich mit diesem Botengang ein Stück Kuchen verdiente.

8.

ür Klara war die Rückkehr des Richters eine Erlösung. Zwei Tage lang hatte sie befürchtet, die Stadt unverrichteter Dinge verlassen zu müssen. Als die Wirtsmagd ihr mitteilte, ein Junge habe gesagt, sie solle in zwei Stunden im Haus des Richters erscheinen, wählte sie ein Kleid, das die Wölbung ihres Leibes betonte. Als Schwangere konnte sie auf Mitleid und vielleicht sogar auf Unterstützung hoffen.

Mit dem Attest des Königseer Arztes und der Probe des Mittels versehen, das angeblich vergiftet gewesen sein sollte, machte sie sich auf den Weg. Liese begleitete sie mit ängstlicher Miene, denn ein Richter war für sie jemand, der sie beide jederzeit in den Kerker stecken konnte. Gerne hätte Klara dem Mädchen mehr Mut gewünscht, doch da Liese in tiefer Armut aufgewachsen und kaum aus ihrem Wohnort herausgekommen war, machte ihr alles Fremde Angst.

»Wenn der Herr Richter Euch verhaften sollte, hoffe ich, dass ich bei Euch bleiben kann«, flüsterte sie, als Hüsings Haus vor ihnen auftauchte.

»Weshalb?«, fragte Klara erstaunt.

»Nun … denn … ich wüsste nicht, was ich allein tun sollte. Wir sind so weit weg von zu Hause. Ich würde niemals allein heimfinden, sondern unterwegs verschmachten oder bösen Menschen in die Hände fallen.« Liese klang so verzagt, dass Klara sie verärgert in den Arm kniff.

»Rede nicht so dummes Zeug! Selbst wenn ich eingekerkert würde, könnte ich dir den Weg nach Hause beschreiben und dir genug Geld mitgeben, damit du glücklich dort ankommst. Das wird jedoch nicht nötig sein. Ich habe nichts verbrochen, und würde ich hier schlecht behandelt, müsste unser Fürst eingreifen und meine Freilassung verlangen.«

»Ihr seid so klug und wisst alles, aber ich …«

»Du hältst jetzt den Mund!«, befahl Klara ihr. »Wir haben das Haus des Richters erreicht. Wollen wir hoffen, dass der Gassenjunge keinen Unsinn geschwätzt hat und ich tatsächlich zu dem hohen Herrn vorgelassen werde.«

Klaras Bedenken waren zum Glück unbegründet, denn als sie den Türklopfer anschlug, wurde die Tür umgehend geöffnet, und ein Diener forderte sie auf, ihm zu folgen. Aufatmend betrat Klara das Haus, während Liese sich am liebsten an ihrem Kleid festgehalten hätte, um nicht von ihr getrennt zu werden.

Im Vorraum mussten sie kurz warten, denn der Richter hatte sein Mahl noch nicht beendet. Doch kaum hatten seine Diener alles abgeräumt, befahl er, Klara zu ihm vorzulassen. Diese trat ein, knickste und musterte den Mann. Er war von mittlerem Alter, besaß eine stämmige Figur mit einem gewissen Bauchansatz und trug eine braune Perücke, deren Locken ihm bis auf die Schultern fielen.

»Du bist also das angetraute Weib des Gefangenen Just?«, sprach Hüsing sie anstatt eines Grußes an.

»Ich bin die Ehefrau des Laboranten Tobias Just aus Königsee und Untertanin Seiner fürstlichen Hoheit Friedrich Anton von Schwarzburg-Rudolstadt.«

Letzteres war Klara wichtig, weil es zeigte, dass sie ebenso wie Tobias mit der Unterstützung ihres Landesherrn rechnen konnten.

Der Richter musterte Klara und erwartete, von ihr nichts anderes zu hören als Klagen und flehentliche Bitten.

Klara steuerte jedoch ansatzlos auf ihr Ziel hin. »Ihr haltet meinen Ehemann und einen unserer Wanderapotheker unter einem fadenscheinigen Vorwand gefangen.«

»Fadenscheinig?«, fuhr der Richter auf. »Unser Ratsherr und Bürgermeister Emanuel Engstler starb durch das Medikament, das dein Ehemann laboriert und Gögel zu unserem Apotheker gebracht hat.«

»Das behauptet Ihr! Ich habe hier ein Schreiben unseres Stadtarztes in Königsee, der ebenso wie der Stadtsyndikus von Rudolstadt diese Arznei nach ihrer Erzeugung geprüft und für gut befunden hat. In dem Augenblick, in dem mein Mann die Arzneiflasche an Armin Gögel übergab, war kein Gift der Tollkirsche darin. Ich habe hier auch eine Probe der Originalarznei, die Euer Stadtsyndikus ruhig untersuchen kann. Der Apotheker Stößel hat es bereits getan und es als das Mittel erkannt, das Herrn Engstler etliche Jahre lang gegen seine Koliken geholfen hat.«

Der Richter hob die rechte Hand und bat Klara, innezuhalten. »Entsprechende Beweise können im Nachhinein leicht besorgt werden. Das wirst auch du zugeben müssen. Emanuel Engstler ist jedoch unzweifelhaft durch die Arznei zu Tode gekommen, die euer Buckelapotheker dem Apotheker Stößel übergeben hat. In dieser Arznei war das Gift der Atropa belladonna vorhanden!«

»Als Richter sollte es Eure Aufgabe sein, herauszufinden, wie das Gift in die Arzneiflasche gelangt ist. In Königsee geschah dies jedenfalls nicht«, antwortete Klara mit fester Stimme.

»Dann müsste der Buckelapotheker es eingefüllt haben!«

»Ich kenne Gögel seit einigen Jahren und traue ihm ein solches Verbrechen nicht zu. Er kannte Engstler nicht einmal. Hätte er das Verbrechen tatsächlich begangen, wäre er zudem niemals in der Stadt geblieben!«, setzte Klara ihre Verteidigungsrede fort. »Dieses Gift muss der Arznei von dem Augenblick an, in dem Armin Gögel die Flasche dem Apotheker übergab, bis zu dem, an dem der Ratsherr die Arznei zu sich nahm, zugefügt worden sein.«

»Du verteidigst deinen Ehemann sehr beredt«, sagte der Richter mit widerwilliger Anerkennung.

»Tobias wird hier eines Verbrechens angeklagt, das er nicht begangen hat«, erklärte Klara mit einer gewissen Schärfe. »Ich will herausfinden, wer der wahre Mörder ist.«

»Du willst das herausfinden?« Der Richter lachte leise auf, verstummte aber wieder, als er an Kathrin Engstler dachte. Die Frau würde niemals zulassen, dass Tobias Just freigesprochen würde, und wenn er noch so unschuldig sein sollte. Aber das wollte er der Ehefrau des Gefangenen nicht sagen.

Klara hatte unterdessen ihren Gedanken weitergesponnen. »Ist es möglich, dass ich mit meinem Mann spreche? Ebenso wichtig wäre es, Gögel anzuhören. Vielleicht weiß er etwas. Er ist gewiss kein Mann, der einen anderen für Geld umbringt.«

Hüsing selbst hätte Klara sofort erlaubt, ihren Mann und den gefangenen Buckelapotheker aufzusuchen. Aber mit einer solchen Anweisung würde er Kathrin Engstler verärgern und ihr womöglich den letzten Anlass liefern, ihn aus seinem Amt zu jagen und einen ihr genehmen Richter einzusetzen.

»Die Sache ist nicht so einfach, wie du denkst«, sagte er mit einer gewissen Selbstverachtung. »In dieser Stadt gibt eine einzige Person vor, was zu geschehen hat, und das ist nach dem Tod des Bürgermeisters seine Tochter. Kathrin Engstler ist von Gögels Schuld und der deines Mannes überzeugt. Wenn sie die beiden am Galgen sehen will, werden sie aufgehängt – und sollte selbst der Kaiser für sie um Gnade bitten.«

Klara schüttelte fassungslos den Kopf. »Was ist das nur für ein Weib, für das nur ihre kleinliche Rache zählt?«

»Sie ist so reich, dass sie jeden in der Stadt kaufen kann«, erklärte der Richter.

»Auch Euch?«

»Wahrscheinlich sogar mich«, gab Hüsing zu. »Sie kann mich aus meinem Amt vertreiben und besitzt genug Einfluss in Hessen-Kassel, so dass ich nirgends mehr eine Anstellung fände, nicht einmal als einfacher Amtsschreiber.«

Klara spürte die Angst des Mannes, alles zu verlieren, was er hier besaß, aber auch den Zwiespalt in ihm, seine Ehre und seinen Glauben an die Gerechtigkeit nicht vollends aufgeben zu wollen.

»Dann sprecht Ihr mit Gögel und meinem Mann. Vielleicht findet sich ein Anhaltspunkt, der uns weiterhilft«, sagte sie mit müder Stimme.

Der Richter überlegte kurz und verzog das Gesicht zu etwas, das einem Lächeln gleichkommen sollte. »Vielleicht gelingt es mir, von Kathrin Engstler die Erlaubnis zu erlangen, dass du mit dem Buckelapotheker und deinem Mann sprechen kannst. Sie ist ein Weib und damit weniger der Vernunft als den Leidenschaften unterworfen. Versprechen aber kann ich dir nichts.«

Klara begriff, dass der Mann ihr helfen wollte, solange es ihn nicht allzu viel kostete. Einen Augenblick lang empfand sie Verachtung für ihn, sagte sich dann aber, dass er der einzige Mensch in dieser Stadt war, der etwas für sie bewirken konnte, und nickte.

»Ich wünsche Euch und mir Glück! Tobias ist unschuldig, und ich glaube auch nicht daran, dass Gögel bei dem Mord geholfen hat. Vielleicht lässt die Jungfer Engstler sich von dem Schreiben unseres Arztes überzeugen. Auch kann Euer Arzt die Probe des Mittels untersuchen.«

»Das hast du schon angeboten, doch halte ich nichts davon«, antwortete der Richter schroff, hob dann aber begütigend die Hände. »Doktor Capracolonus hasst die wandernden Arzneihändler! Man munkelt, er habe ihretwegen die gutbezahlte Stellung als Leibarzt eines hohen Herrn verloren. Die Jungfer vertraut ihm, und wenn er sagt, dein Mittel wäre das gleiche, das ihren Vater getötet hat, kann nichts und niemand mehr deinen Mann vor dem Galgen oder gar dem Rad retten.«

Klara hörte ihm mit wachsendem Entsetzen zu. Wie es aussah, waren Ehre und Recht an diesem Ort ein rares Gut und jene Frau, die die Stadt beherrschte, eher bereit, einen Fremden zu opfern, als nachzuforschen, welche Feinde ihres Vaters wirklich für dessen Tod verantwortlich waren.

»Ich danke Euch!«, sagte sie mit mühsam erzwungener Selbstbeherrschung.

»Warte im *Lamm*, bis ich dir Nachricht sende!« Mit diesen Worten stand der Richter auf und nickte Klara zu. »Ich werde alles tun, was in meiner Macht steht.«

In diesem Augenblick schien er sogar bereit, Kathrin Engstler die Stirn zu bieten. Wie lange dieses Gefühl jedoch anhalten würde, darauf wagte Klara nicht zu wetten.

9.

Während Klara in einem Zustand, der zwischen Hoffnung und Verzweiflung schwankte, in den Gasthof zurückkehrte, machte Hüsing sich für den bislang schwersten Gang seines Lebens zurecht. Zwar kannte er Kathrin Engstler von Kind an und hatte sie bis zum Tod ihres Vaters für ein verständiges Mädchen gehalten. Doch seit sie die Macht in der Stadt in Händen hielt, hatte sie sich vollkommen verändert.

Einen Augenblick erwog Hüsing sogar, sie mit seiner Amtsrobe bekleidet aufzusuchen, um wenigstens einen Hauch von Autorität auszustrahlen. Er hatte jedoch Angst, sie könnte es ihm verübeln, und wählte daher einen schwarzen Rock. Nachdem sein Leibdiener ihm die Perücke aufgesetzt hatte, griff er nach seinem Gehstock und verließ das Haus. Als Richter bewohnte er ein schmuckes Gebäude in der Nähe des Marktes und hatte bis zu Kathrin Engstlers Heim weniger als zweihundert

Schritte zurückzulegen. Viel zu früh für sein Gefühl erreichte er sein Ziel und wurde von einem Diener eingelassen.

»Ich würde gerne mit Jungfer Kathrin sprechen«, sagte er und fand, dass er sich bettelnd anhörte.

»Ich werde es dem gnädigen Fräulein ausrichten. Wartet hier!« Mit diesen Worten drehte sich der Diener um und ließ den Richter im Hausflur stehen.

Jetzt lässt sie sich schon Fräulein nennen, als wenn sie von Adel wäre, schoss es Hüsing durch den Kopf. Er hielt es für durchaus möglich, dass sie bereits in Wien hatte anfragen lassen, ob Seine Majestät, der Kaiser, nicht gnädigst geruhte, aus einer Jungfer Kathrin Engstler ein Fräulein Kathrin von Engstler oder gar Kathrin von Rübenheim zu machen.

Da sie ihn verdächtigte, den Prozess gegen die Mörder ihres Vaters nicht mit allem Nachdruck zu betreiben, ließ Kathrin Engstler den Richter längere Zeit warten. Dann begab sie sich in den Raum, in dem früher ihr Vater seine Besucher empfangen hatte, setzte sich auf seinen mit kunstvollen Schnitzereien verzierten Stuhl und gab ihrem Diener einen Wink, den Besucher vorzulassen.

Als Hüsing den Raum mit seiner hölzernen Wand- und Deckenvertäfelung betrat, fühlte er sich fast selbst wie ein armer Sünder, der vor seinen Richter trat. Er verbeugte sich ehrerbietig vor der jungen Frau. Kathrin Engstler trug ein Kleid, das eher einer Dame von Stand angemessen war und das für eine Bürgerin, mochte es selbst die Tochter des Bürgermeisters sein, viel zu aufwendig erschien. Ihr Mieder war mit Spitze und Plissee verziert, dazu hatte es halblange Ärmel und darunter Scheinärmel aus Gaze sowie eine goldbestickte Zierschürze, mit der sie gewiss keine Hausarbeiten erledigte.

»Du warst auf Reisen?«, fragte sie, als wäre er nur ein Knecht. Es erinnerte den Richter fatal daran, dass er Klara ähnlich unhöflich empfangen hatte.

»Ich war am Hof Seiner Durchlaucht, Landgraf Karl, da ich hoffte, den Prozess gegen die Angeklagten Gögel und Just beschleunigen zu können.«

Seine Stimme klang rauher als sonst, und er senkte erneut den Kopf, diesmal aus Angst, die junge Frau könnte ihm die Lüge anmerken.

»Das war ein Fehler!«, hielt Kathrin ihm vor. »Unsere Stadt besitzt die volle Halsgerichtsbarkeit. Der Landgraf und seine Beamten haben uns nichts zu befehlen.«

»Es geht nicht um heimatloses Gesindel, sondern um Männer, die in ihrer Heimat das Bürgerrecht innehaben«, antwortete der Richter. »Wenn wir falsch handeln, kann dies weitreichende Folgen haben.«

»Die fürchte ich nicht!«, meinte Kathrin verächtlich. »Der Schwarzburg-Rudolstädter mag kläffen, aber beißen wird er uns nicht.«

»Trotzdem sollten wir alles tun, um den Anschein der Gerechtigkeit aufrechtzuerhalten.«

»Und das wäre?«, fragte Kathrin scharf.

»Wir müssen mit dem Prozess warten, bis Antwort aus Rudolstadt kommt. Ein zu forsches Vorgehen würde einen Präzedenzfall schaffen, der auf Bürger unserer Stadt zurückfallen könnte.«

Dieses Argument des Richters wog schwer, das begriff auch die junge Frau. Verweigerte man auch nur einem Rübenheimer Bürger in einem anderen Land das Recht, Unterstützung und Hilfe aus der Heimat zu erhalten, würde man es ihr ankreiden. Verärgert musterte sie den Richter. Seine Miene wirkte ernst, und er hielt den Kopf ehrfurchtsvoll gesenkt. Dennoch traute sie ihm als Erstem zu, sich gegen sie zu stellen. Es gab nicht wenige Bürger in der Stadt, die lieber auf einige Vorrechte verzichten und einen vom Landgrafen bestimmten Richter hier sehen würden, als weiterhin unter ihrer Herrschaft zu stehen. Was machte es schon, dachte sie, wenn sie mit der Hinrichtung von Just und seinem Buckelapotheker noch ein paar Wochen wartete? Ihrem Schicksal würden die beiden nicht entgehen.

»Also gut, machen wir es so! Sendet noch einmal Nachricht nach Rudolstadt und fordert energisch eine Antwort ein.«

»Sehr wohl, Jungfer Kathrin!« Der Richter überlegte, wie er der jungen Frau beibringen konnte, dass Tobias Justs Frau in der Stadt erschienen war.

Da deutete sie mit dem Zeigefinger auf ihn. »Was hat es mit diesem Weib auf sich, das im *Lamm* untergekommen ist? Ich hörte, es wäre die Ehefrau des einen Gefangenen.«

»So ist es«, erklärte der Richter. »Sie bittet untertänigst um die Gnade, mit ihrem Ehemann und dem anderen Gefangenen sprechen zu dürfen.«

Für sich sagte er, dass Kathrin Engstler wohl mehr Zuträger in der Stadt besaß, als er es sich hatte vorstellen können. Er war jedoch froh, dass sie ihn von selbst auf Klara Just angesprochen hatte.

»Lass sie aus der Stadt jagen!«, befahl Kathrin mit spöttischer Stimme.

Der Richter atmete tief durch und schüttelte den Kopf. »Davon würde ich abraten, Jungfer Kathrin. Das Weib ist schwanger, und es würfe ein schlechtes Licht auf uns, würden wir sie wie eine Landstreicherin behandeln.«

»Willst du sie etwa zu ihrem Mann lassen?« Kathrins Tonfall änderte sich, und sie funkelte Hüsing zornig an.

»Es wäre ein gottgefälliges Werk und würde unserer Stadt, und damit auch Euch das Wohlwollen vieler einbringen«, gab der Richter zur Antwort. Insgeheim sagte er sich, dass Kathrin Engstlers Alleinherrschaft in der Stadt nicht von langer Dauer sein durfte. Mit ihrer schroffen Art stieß sie einfach zu viele vor den Kopf.

Die Jungfer nickte widerwillig. »Du hast recht! Das Ansehen der Stadt darf nicht leiden.«

Erleichtert deutete der Richter eine Verbeugung an. »Ich werde dafür sorgen, dass hier in Rübenheim Recht und Gerechtigkeit geübt werden, Jungfer Kathrin!«

»Davon bin ich überzeugt«, antwortete die junge Frau und schwor sich, den Richter in dem Augenblick aus dem Amt zu jagen, in dem es ihr möglich war.

10.

Die Erlaubnis, Tobias besuchen zu dürfen, erreichte Klara am nächsten Vormittag. In ihrer Freude drückte sie dem jungen Burschen, der ihr die Nachricht überbrachte, einen ganzen Silbergroschen in die Hand und rief aufgeregt nach Liese.

»Mach schnell, ich muss mich umkleiden!«

»Dürft Ihr zu Herrn Tobias?«, fragte das Mädchen hoffnungsvoll.

Klara nickte. »Ja! Ich will es auch ungesäumt tun. Also hurtig ans Werk! Ich werde das hellblaue Kleid nehmen. Würde ich das dunkle tragen, könnte Tobias glauben, ich sähe mich bereits als seine Witwe.«

Das hellblaue Kleid war ihr bestes und drückte ihre Hoffnung aus, dass doch noch alles gut würde. Klara wusste jedoch selbst, dass ein steiniger Weg vor ihr lag, bis sie die Unschuld ihres Mannes beweisen konnte. Ihr stand nicht nur der wahre Mörder Engstlers entgegen, sondern auch die Rachsucht der Bürgermeisterstochter, die den Worten des Richters zufolge alles tun würde, um Tobias auf die Richtstätte zu bringen.

»Ich werde es nicht zulassen, und wenn ich bis zum Kaiser in Wien gehen muss!«, schwor Klara sich, als sie das *Lamm* verließ und zum Rathaus ging, in dessen Kellergewölben die Gefangenen untergebracht worden waren.

Kathrin Engstler hatte zwar erlaubt, dass Klara ihren Mann besuchen konnte, ihr aber einige Hürden in den Weg gelegt. Am Rathaus wurde Klara von einem unfreundlichen Büttel empfangen und musste anschließend über eine Stunde in einem stickigen Vorraum warten, bis endlich ein Magistratsbeamter erschien und sie nach ihrem Begehr fragte.

»Ich bin Klara Just aus Königsee, die Ehefrau von Tobias Just, der hier gefangen gehalten wird, und habe die Erlaubnis erhalten, mit meinem Ehemann zu sprechen.«

Nach der langen Wartezeit war Klaras Laune nicht die beste. Sie bemühte sich trotzdem, höflich zu bleiben, da Schimpfen und Lamentieren womöglich dazu führen konnten, dass ihr der Zutritt zu Tobias untersagt wurde.

»So, du bist das Weib dieses Mörders!«, antwortete der Mann in einem so verächtlichen Tonfall, als wäre Klara selbst die Ursache von Engstlers Tod.

Nun stellte Klara die Stacheln auf. »Ob mein Mann ein Mörder ist, muss sich erst noch erweisen!«

Der Beamte zuckte nur mit den Schultern und reichte ihr ein Blatt Papier. »Ausfüllen!«

»Dazu brauchte ich Feder und Tinte«, gab Klara gelassener zurück, als sie sich fühlte.

»Mitkommen!«

Der Mann führte sie und Liese, die sich ängstlich an ihrem Rock festhielt, in eine andere Kammer. Dort fand Klara ein Stehpult vor, auf dem ein offenes Tintenfass und eine schäbig aussehende Gänsefeder standen. Sie nahm die Feder und sah, dass sie neu geschnitten werden musste, um damit schreiben zu können.

»Habt ihr in Rübenheim kein besseres Schreibzeug?«, fragte sie.

Mit einem Schnauben nahm ihr der Mann die Feder aus der Hand und betrachtete sie selbst. Danach holte er ein Federmesser und spitzte den Gänsekiel an.

»So wird es wohl gehen«, meinte er und reichte ihr die Feder zurück.

Klara legte das Blatt aufs Pult, tauchte die Feder in die Tinte und begann zu schreiben. Es war eine weitere Schikane, denn man wollte nur ihren Namen wissen und eine Unterschrift, dass sie tatsächlich die Ehefrau des Gefangenen Tobias Just wäre.

Nachdem sie fertig war, reichte sie dem Beamten das Blatt. Dieser warf einen kurzen Blick darauf, wusste nichts daran auszusetzen und erklärte ihr unfreundlich, sie solle ihm in die Wachstube folgen.

Dort trafen sie ein halbes Dutzend Stadtbüttel an, die Klara und Liese ungeniert musterten und anzügliche Bemerkungen machten. Während die Magd sich hinter ihrer Herrin versteckte, begriff diese, dass sie der Empfang hier davon abhalten sollte, öfter ins Gefängnis zu kommen. Na wartet, dachte sie, ich bin hartnäckiger, als ihr euch das vorstellen könnt.

Der Magistratsbeamte wartete ein paar Minuten, dann winkte er einen Büttel heran. »Hole den Wärter! Er soll dieses Weib zu den Gefangenen führen.«

»Wird sie auch eingesperrt, Herr Jonathan?«, fragte der Büttel hoffnungsvoll.

»Nein, sie darf auf Anweisung von Richter Hüsing die Gefangenen Just und Gögel aufsuchen. Vielleicht gibt sie ihnen ein wenig Geld, dann könntet ihr euch mit Besorgungen eine Kleinigkeit hinzuverdienen!«

»Wäre nicht übel, Herr Jonathan. Bis jetzt haben die beiden Kerle uns keinen einzigen Pfennig zu verdienen gegeben.« Der

· 228 ·

Büttel grinste Klara frech ins Gesicht und verschwand anschließend, um den Gefängniswärter zu holen.

Klara kniff verärgert die Lippen zusammen, denn Tobias hatte eine nicht gerade geringe Summe Geldes bei sich gehabt. Wenn er sie nicht mehr besaß, musste sie in andere Taschen gewandert sein. Ein weiteres Zeichen dafür, dass es mit der Gerechtigkeit in dieser Stadt nicht weit her war. Richter Hüsing wollte sie vorerst noch ausnehmen, doch von den Männern hier schien ihr kein Einziger auch nur halbwegs vertrauenswürdig zu sein. Dies schloss, wie sie kurz darauf merkte, neben Jonathan und den Bütteln auch den Gefängniswärter mit ein. Der großgewachsene, stiernackige Kerl mit schlechten Zähnen und schielenden Augen starrte sie so unverschämt an, dass es ihr in den Fingern juckte, ihm ein paar kräftige Maulschellen zu verpassen. Sie beherrschte sich jedoch und vernahm, wie der Beamte ihn anwies, sie zu den Gefangenen zu bringen.

»Wohl, wohl, der Herr! Wird ihr wohl ein paar Groschen wert sein«, meinte der Wärter und streckte fordernd die Hand aus.

Mit dem Wissen, dass sie den Kerl vielleicht noch einmal brauchen würde, reichte Klara ihm mehrere Münzen und wurde nun endlich nach unten in das städtische Gefängnis geführt.

»Haben derzeit nur vier Leute hier«, meinte der Wärter, durch das gute Trinkgeld besänftigt. »Neben deinem Mann und dem Buckelapotheker sind es die alte Dora und ein wandernder Handwerksbursche.«

»Was haben die angestellt?«, fragte Klara, um ihn bei Laune zu halten.

»Dora hat am Brunnen gemeint, dass Jungfer Kathrin schleunigst einen erfahrenen und verständigen Mann heiraten und die Geschicke der Stadt in dessen Hände legen solle, weil die Herrschaft eines Weibes gegen die göttliche Ordnung verstoße.

Was den Tischlergesellen betrifft, so hat er im Wirtshaus im betrunkenen Zustand ein Spottlied auf die Jungfer gesungen.«

»Und deshalb wurden die beiden eingesperrt?«, fragte Klara verwundert.

Der Wärter nickte eifrig. »Die beiden werden morgen früh gestäubt. Dora kommt noch für zwei Tage in den Schandblock, und der Handwerksgeselle wird zum Tor hinausgetrieben.«

»Und das nur, weil sie ein paar Worte gesagt haben?«

»Der Jungfer waren es ein paar Worte zu viel. Die ist sehr streng, musst du wissen. Da ihr Vater keinen Sohn hat, wurde sie so aufgezogen, dass sie ihn ersetzen kann. Ist daher auch gar nicht so aufs Heiraten aus, die Jungfer, meine ich. Dabei hatte ihr Vater bereits einen Bräutigam für sie ausgesucht, nämlich Elias Schüttensee, den Sohn des Ratsherrn und Notars von Steinstadt, das ebenfalls zur Landgrafschaft Hessen-Kassel gehört. Waren ganz dicke Freunde, der Engstler und der Schüttensee, und gleichzeitig die bestimmenden Männer in ihren Städten.«

Klara hörte dem Wächter zu und versuchte, sich aus seinen Worten ein Bild von Kathrin Engstler zu machen. Zwar hatte sie bereits von Damen gehört, die Länder oder Besitz als Vormünder ihrer minderjährigen Söhne verwaltet hatten. Gelegentlich erbte ein Mädchen auch den Besitz des Vaters, wurde zumeist aber rasch verheiratet, damit ihr Mann das Regiment übernehmen konnte. Anscheinend hatte Emanuel Engstler dies auch für seine Tochter geplant. Sein überraschender Tod bot ihr jedoch die Gelegenheit, wenigstens für eine gewisse Zeit auf eigene Faust zu herrschen. Am liebsten hätte Klara den Wärter weiter nach Kathrin Engstler ausgefragt, doch da erreichten sie die erste Kerkertür, und der Mann zeigte grinsend darauf.

»Dahinter ist dein Mann eingesperrt. Für ein paar Taler sorge ich dafür, dass er besseres Essen bekommt als jetzt.«

»Ich will erst mit ihm sprechen«, erklärte Klara und sah angespannt zu, wie der Wärter einen Schlüssel vom Haken nahm und die Tür aufschloss. Sie merkte sich die Stelle, an der der Schlüssel hing, denn es konnte sein, dass sie ihn benötigte, um Tobias zu befreien. Nun aber wartete sie, bis der Wärter die Tür öffnete.

»Just, aufstehen! Du hast Besuch bekommen«, rief er und winkte Klara grinsend, dass sie eintreten könne.

Während Liese an der Tür zurückblieb, ging Klara auf Tobias zu und sah ihn entsetzt an. Er war schmal und bleich geworden und hatte sich seit seiner Verhaftung nicht mehr rasieren können. Dazu roch er ungewaschen, und seine Kleidung war schmierig. Sie eilte auf ihn zu und schloss ihn in die Arme.

»Bei Gott! Klara? Bist du es wirklich? Ich …« Tobias brach erschüttert ab und klammerte sich an sie, als hätte er Angst, sie könnte nur ein Trugbild sein und gleich wieder verschwinden. Einige Augenblicke standen sie engumschlungen, dann wurde Klara der Ernst ihrer Lage bewusst, und sie löste sich aus seinen Armen.

»Ich weiß nicht, wie lange ich bei dir bleiben kann. Daher sollten wir über das sprechen, was geschehen ist«, sagte sie drängend.

»Diese verrückte Jungfer will mich am Galgen sehen!«, stieß Tobias verzweifelt aus.

»Sag das nicht zu laut, sonst lässt sie dich wegen frevelhafter Rede stäupen«, mahnte Klara ihn und zog ihn zu seiner Pritsche. Dort setzten sie sich, und Tobias berichtete ihr, wie er in die Stadt gekommen und sofort verhaftet worden war.

»Du weißt sonst nichts?« Klara klang enttäuscht, denn sie hatte gehofft, von ihrem Mann die ersten Anhaltspunkte zu erhalten.

»Bedauerlicherweise nicht. Ich habe nur gehört, dass der Bürgermeister nach der Einnahme einer unserer Arzneien verstorben sein soll, weiß aber genau, dass das Medikament kein Tollkirschengift enthalten haben kann.«

»Zumindest nicht, als dein Vater und du es gemischt und Armin Gögel übergeben habt«, wandte Klara ein.

»Ich kann mir nicht vorstellen, dass Armin seine Hände im Spiel hat. In dem Fall hätte er die Stadt doch rasch verlassen.«

Klara schüttelte den Kopf. »Das muss nicht sein! Vielleicht hat er nicht begriffen, dass Engstler die Arznei noch am gleichen Nachmittag zu sich nehmen würde.«

»Du glaubst, dass er es war? Ich gebe zu, er hat ein paarmal auf die ungleiche Verteilung der irdischen Güter geschimpft, aber deswegen wird man doch nicht gleich zum Mörder.«

»Wir dürfen die Möglichkeit nicht ausschließen«, sagte Klara leise. »Vielleicht hat ihm jemand viel Geld dafür geboten.«

»Ich glaube es trotzdem nicht.«

»Wir müssen herausfinden, wie es war, und dem Gericht Beweise für deine und auch Gögels Unschuld vorlegen.«

Tobias strich seiner Frau sanft über die Wange. »Du bist so lieb und mutig, Klara! Deshalb habe ich dich auch so gern. Doch um die Jungfer von Rübenheim umzustimmen, müsste schon Jesus Christus selbst erscheinen.«

»Ich werde die Hände jedenfalls nicht in den Schoß legen. Deine Verhaftung ist nicht das einzige Verhängnis, das uns getroffen hat«, sagte Klara und berichtete ihrem Mann von dem Brandanschlag auf ihr Haus.

»Wer auch immer es getan hat, er wollte unseren Tod!«, setzte sie leise hinzu. »Dein Vater hat herumgerätselt, ob er einen Feind hat, dem er ein solches Verbrechen zutrauen würde. Er wusste aber niemanden.«

»Ich ebenso wenig!«, erwiderte Tobias entgeistert.

»Es muss jemanden geben. Versuche, dich zu erinnern!« Klara klang beschwörend, denn um die Freiheit ihres Mannes zu erkämpfen und sich gleichzeitig gegen den heimtückischen Feind zu behaupten, war sie auf jeden Anhaltspunkt angewiesen.

Tobias schüttelte mehrmals den Kopf. »Mir fällt niemand ein! Wir sind doch nur einfache Laboranten, die aus verschiedenen Pflanzen heilende Arzneien destillieren. Wer sollte uns da feindselig gesinnt sein?«

»Diese Frage gilt es zu beantworten, sonst verlieren wir alles! Du dein Leben, dein Vater, der kleine Martin und ich samt dem ungeborenen Kind unsere Heimat.« Klara spürte, dass der Mut sie zu verlassen drohte, und kämpfte dagegen an. »Mit Gottes Hilfe wirst du deine Freiheit erlangen und wir unseren Feind entlarven. Doch nun verzeih! Auch wenn ich am liebsten nie mehr von dir scheiden würde, muss ich jetzt gehen. Sonst lässt mich der Wärter womöglich nicht mehr mit Gögel reden. Er ist ein Freund kleiner Silbermünzen. Das erinnert mich an dein Geld. Hat man es dir abgenommen?«

»Laut dem, was der Richter mir gesagt hat, bestand die Jungfer darauf. Sie will nicht, dass ihre Stadt mich und Armin durchfüttern muss.«

Klara hörte einen gewissen Ärger über den Richter heraus und legte ihre Hand auf Tobias' Arm. »Gleichgültig, was geschehen ist! Richter Hüsing ist nicht unser Feind. Er glaubt sogar an deine Unschuld. Gegen die Macht der Jungfer kommt er jedoch nicht an.«

Sie sprach leise, damit der Wärter, der draußen vor der Tür wartete, es nicht mithören konnte.

»Ich hoffe, du irrst dich nicht!« Tobias umarmte sie noch einmal und ließ sie dann mit feuchten Augen los. »Wenn unser Kind ein Mädchen sein sollte, dann nenne es nach meiner Mutter Magdalena«, bat er sie noch.

Klara sah ihn beschwörend an. »Du wirst auf der Taufe unseres Kindes tanzen! Das verspreche ich dir, und wenn ich diese

Mauern sprengen muss, um dich freizubekommen.« Mit diesen
Worten wandte sie sich hastig um, damit Tobias ihre Tränen
nicht sah, und klopfte gegen die Tür.

Es dauerte einen Augenblick, bis der Wärter sie öffnete und
grinsend hereinschaute. »Na, habt ihr ausgeturtelt? Wird auch
eines der letzten Male gewesen sein. Wenn du noch einmal hier-
herwillst, brauchst du nicht Herrn Jonathan oder gar Richter Hüsing zu bemühen. Es reicht, wenn du hinter dem Rathaus die
Treppe hinabsteigst und an die Armesündertür klopfst. Ich mache dir dann auf. Es kostet dich nur einen Groschen oder zwei!«

Klara war es diese Münzen wert, wenn sie dafür mit Tobias
sprechen konnte. Sie wusste nur nicht, ob Habgier oder doch
Mitleid den Wärter dazu trieb, ihr das Angebot zu machen. Er
lachte, als freue er sich über die Einnahmen, und trat zur Seite,
so dass sie Tobias' Kerker verlassen konnte.

Draußen stellte sich ihr der Wärter mit vor der Brust verschränkten Armen in den Weg. »Du kannst jetzt gehen oder mir
einen Groschen geben, damit ich dich zu dem anderen Gefangenen bringe.«

»Bringe mich zu ihm!«, antwortete Klara und steckte ihm
zwei Groschen zu. Der Mann musterte das Geld, und sein Grinsen wurde noch breiter. »Schade, dass es hier nicht noch einen
Gefangenen gibt, zu dem du willst. Ich würde sonst noch ein
reicher Mann. Doch jetzt komm! Der Buckelapotheker steckt
ganz hinten im letzten Loch.«

11.

Armin Gögel war schon länger im Kerker, und das sah
man ihm an. Sein Bart reichte fast bis auf die Brust, und
sein Haar fiel ihm strähnig ins Gesicht. Auch die Hände hatte er

· 234 ·

lange nicht mehr gewaschen, so dass dicke Schmutzränder unter den Nägeln zu sehen waren. Er erkannte Klara nicht auf Anhieb, sondern drückte sich wimmernd in eine Ecke.

»Gögel, ich bin es«, sprach Klara ihn an.

»Geh weg! Ich habe den Ratsherrn nicht umgebracht! Ich habe ihn nicht umgebracht! Bei Gott, warum glaubt mir denn keiner!«, stöhnte der Gefangene.

»Ich glaube dir, dass du den Bürgermeister nicht umgebracht hast«, sagte Klara mit sanfter Stimme.

»Dann lasst mich frei!« Mit erwachender Hoffnung drehte Gögel sich um und sah sie an. Seine Miene wurde jedoch sofort wieder trüb. »Ihr seid es ja gar nicht!«

Klara begriff erst jetzt, dass er sie für Kathrin Engstler gehalten hatte und nun enttäuscht war, weil nicht diese, sondern sie seine Unschuld erklärt hatte.

»Gögel, du kennst mich doch! Ich bin Klara, Tobias Justs Ehefrau. Ich bin gekommen, um zu erfahren, weshalb man dich und meinen Mann eingesperrt hat, und ...«

»Tobias Just ist also auch gefangen!«

Klara glaubte, eine gewisse Zufriedenheit aus Gögels Stimme herauszuhören. Unwillkürlich ärgerte sie sich darüber, sagte sich aber dann, dass sie dem Mann einiges nachsehen musste. Immerhin wurde er schon länger gefangen gehalten und war, wie es aussah, nicht gerade mit Samthandschuhen angefasst worden.

»Ja, das ist er! Ich bin gekommen, um Beweise für seine und deine Unschuld zu finden. Die Arznei, die den Bürgermeister getötet hat, kann nicht in unserem Haus erzeugt worden sein. Kannst du mir sagen, ob sich unterwegs etwas Ungewöhnliches ereignet hat? Ist dir jemand aufgefallen?«

Klara trat näher auf Gögel zu und bat ihn, sich zu erinnern. Zuerst begriff er nicht, was sie meinte, dann heulte er wild auf.

»So ist das also! Ich soll schuld sein und der löbliche Herr Laborant frei ausgehen. Aber nicht mit mir, sage ich! Wenn ich an den Galgen komme, wird Tobias Just neben mir baumeln.«

»Es ist nicht so, wie du denkst«, versuchte Klara, den Mann zu beruhigen.

Doch Gögel sprang auf, packte sie bei der Kehle und drückte mit irrsinniger Kraft zu. »Du wirst mich nicht für deinen Mann opfern. Eher gehst du selbst drauf!«

Klara wollte sich zur Wehr setzen, war gegen den rasenden Mann jedoch hilflos. Sie bekam keine Luft mehr und spürte, wie ihr die Sinne schwanden. Plötzlich tauchte ein Schatten neben ihr auf, holte aus, und dann lösten sich die Finger von ihrem Hals. Als sie wieder zu Atem gekommen war, sah sie Gögel am Boden liegen. Der vierschrötige Wärter stand lachend neben ihr und stützte sich auf seinen Stock, mit dem er den Mann niedergeschlagen hatte.

»Sollte dir schon einen Silbergroschen wert sein, dass ich dem Kerl eins übergebraten habe. Hätte dich sonst glatt erwürgt! So ein Gefangener dreht immer wieder einmal durch. Ist nun mal der Lauf der Welt.«

Noch zitternd, reichte Klara dem Wärter ein paar Münzen. Sie war von Gögels Angriff so entsetzt, dass sie ihm selbst den Mord an Engstler zutraute. Dagegen sprachen seine Verzweiflung und die Anschuldigung, das Gift müsse bei der Herstellung des Mittels beigemischt worden sein. Daher war sie enttäuscht, weil es ihr nicht gelungen war, ernsthaft mit Armin Gögel zu reden. Irgendjemand musste das Gift in die Arznei getan haben, entweder in Engstlers Haushalt, was ihr wegen der Kürze der Zeit jedoch unwahrscheinlich erschien, oder aber während Gögels Wanderung. Er hatte mehrere Wochen bis Rübenheim gehen müssen, und da konnte es durchaus geschehen sein. Doch

um die Wahrheit herauszufinden, brauchte sie mehr Anhaltspunkte.

»Ich danke Euch!«, sagte sie übertrieben höflich zu dem Wärter. »Ich werde wiederkommen und hoffe, dass Gögel dann vernünftiger geworden ist.«

»Wird jetzt erst einmal Kopfschmerzen haben und danach
ein heulendes Elend sein. Vor morgen Nachmittag hat es daher
keinen Sinn. Werde ihm aber sagen, dass er sich beim nächsten
Mal besser benehmen soll. Kriegt sonst zur Warnung noch einmal meinen Stock zu spüren.« Damit reichte der Wärter Klara
die Hand und führte sie zur Zelle hinaus.

12.

Als Klara das Gefängnis verließ, erfasste sie eine unge-
heure Schwäche, und sie musste sich auf Liese stützen.
Sie begriff, dass sie, wenn ihr ungeborenes Kind keinen Schaden
nehmen sollte, besser auf sich achtgeben musste. Ihr Ziel, die
Unschuld ihres Mannes zu beweisen und den wahren Mörder
zu entlarven, durfte sie allerdings nicht aus den Augen verlieren. Irgendjemand hatte Gögel das Gift untergeschoben und ihn
als unfreiwilligen Helfer benutzt. Sie musste nun herausfinden,
wer es gewesen war.

Plötzlich blieb Liese stehen und kniff Klara leicht. Diese blickte auf und sah sich einer hochgewachsenen, recht hübschen jungen Frau gegenüber. Der Kleidung nach hätte es eine Edeldame
sein können, doch der steinerne Gesichtsausdruck und die hasserfüllt funkelnden Augen verrieten ihr, dass es sich nur um Kathrin Engstler handeln konnte.

»Sieh an, das Weib des Mordlaboranten!«, höhnte die Bürgermeisterstochter auch gleich. »Bist schon arg gebeugt, und es

wird noch schlimmer werden. Das Kind, das du trägst, wird seinen Vater niemals kennenlernen!«

Klara straffte die Schultern und sah Kathrin Engstler ins Gesicht. »Mein Mann ist unschuldig! Sucht die Mörder woanders, vielleicht in der Vergangenheit Eures Vaters. Was hätte mein Mann schon davon, den Bürgermeister einer weit entfernten Stadt zu vergiften und dafür sein Privileg als Laborant aufs Spiel zu setzen?«

Ein unwirscher Ausdruck huschte über Kathrins Gesicht, und sie kniff die Lippen zu einem Strich zusammen. Klara schloss daraus, dass es tatsächlich Dinge in Emanuel Engstlers Vergangenheit gab, die ihren Schatten bis in diese Zeit warfen. In dem Augenblick fasste sie Mut. Wenn es ihr gelang, darüber etwas in Erfahrung zu bringen, hatte sie endlich den Ansatzpunkt, nach dem sie so dringend gesucht hatte.

»Es war die Arznei deines Mannes, die meinen Vater getötet hat!« Kathrin Engstlers Worte klangen wie ein ständig wiederholtes Gebet. Sie schien sich daran zu klammern und an nichts anderes denken zu wollen, so kam es Klara vor.

»Die Arznei hat unser Haus ohne das Gift verlassen. Das hat unser Königseer Arzt bekräftigt«, antwortete Klara mit fester Stimme.

»Der Buckelapotheker brachte die Arznei. Selbst wenn er das Gift eingemischt hat, ist dein Mann schuldig, weil er einen solchen Mann auf die Reise geschickt hat.«

Kathrin Engstler wollte um kein Haarbreit nachgeben. Gleichzeitig ärgerte sie sich, weil sie einer Laune gefolgt war und der Frau des Laboranten den Weg verlegt hatte. Sie hatte sich an deren Verzweiflung weiden und sie verspotten wollen. Doch diese Frau schien einen ähnlich festen Willen wie sie selbst zu haben und würde alles tun, um die Unschuld ihres Mannes zu beweisen. Kathrin traute ihr sogar zu, bis zum Reichskammergericht in Wetzlar zu gehen und Klage gegen sie zu erheben. In diesem Augenblick beschloss sie, Richter Hüsings Bedenken zu missachten und den Gefangenen so rasch den Prozess zu machen, dass Just und Gögel bereits am Galgen baumelten, bevor Justs Frau ihr auch nur einen Stein in den Weg legen konnte.

Klara ihrerseits hatte längst begriffen, dass sie Kathrin Engstler nicht unterschätzen durfte. Gleichermaßen von Hass wie von Hochmut erfüllt, herrschte die Jungfer in dieser Stadt wie ein unabhängiger Fürst. Sie konnte sich nur dann gegen die Bürgermeisterstochter durchsetzen, wenn sie den wahren Mörder entlarvte.

»Mein Mann ist unschuldig! Sucht besser nach Leuten, die Eurem Vater Übles wollten. Sie könnten versucht sein, dieses Schicksal auch der Tochter angedeihen zu lassen«, sagte sie und ging weiter. Die Wut auf Kathrin Engstler verlieh ihr die Kraft, mit strammen Schritten und erhobenem Haupt zu gehen.

Kathrin Engstler sah ihr nach und zischte dabei wie eine Schlange. In der Erwartung, schon bald einen Adelstitel zu erlangen, hatte ihr Vater sie wie ein Edelfräulein erzogen. Nun hatte sie Angst, sein früher Tod könnte dies verhindern, und war auch aus diesem Grund voller Wut auf die Männer, denen sie die Schuld daran gab.

Trotzdem beschäftigte sie das, was die Laborantenfrau gesagt hatte, denn ihr Vater war mächtig gewesen und hatte sich gewiss Feinde gemacht. Kathrin war nicht so einfältig zu glauben, dass Tobias Just oder sein Buckelapotheker von sich aus gehandelt hatten. Irgendjemand musste ihnen das Gift gegeben haben. Daher wollte sie die beiden rasch aburteilen und hinrichten lassen, um weitere Helfershelfer jener unbekannten Feinde abzuschrecken. Zu ihrem Ärger wusste sie nicht viel über die Vergangenheit ihres Vaters und fühlte sich einer unheimlichen Gefahr hilflos ausgeliefert. Auch kannte sie die Gründe nicht, warum er nach dem Tod der Mutter auf eine weitere Heirat verzichtet und geplant hatte, sie mit dem Sohn seines Vetters Schüttensee zu verheiraten.

Auch das hatte sein Tod vorerst verhindert, und darüber war sie nicht einmal traurig. Es war weitaus erregender, die Geschicke der Stadt mit eigener Hand zu lenken, als sich damit zufriedenzugeben, das Eheweib von Elias Schüttensee zu spielen und zusehen zu müssen, wie dieser das Erbe ihres Vaters übernahm.

13.

Etwa zur gleichen Zeit saß Elias Schüttensee in Steinstadt mehreren älteren Herren gegenüber, die sowohl Reichtum wie auch Macht repräsentierten. Auch wenn sie den jungen Mann mit nachsichtigen Blicken musterten, bemerkte dieser auf ihren Mienen einen Anflug von Angst, und lächelte zufrieden.

»Es war der Wunsch meines Vaters, dass ich ihm in all seinen Ämtern in dieser Stadt nachfolgen soll. Es wäre daher pietätlos von mir, auch nur auf eines zu verzichten«, erklärte er mit höhnischer Stimme.

»Es ist ja nicht so, dass wir dir etwas wegnehmen wollen, Neffe«, wandte der Bürgermeister der Stadt ein. »Aber die schlichte Arbeit eines Notarius ist doch nicht würdig genug für dich!«

»Sie war meinem Vater genug, also ist sie es auch für mich«, erwiderte Elias und beharrte auf seiner Forderung. Er wusste genau, dass er mit diesem Amt auch alle Möglichkeiten aus der Hand geben würde, die Stadt zu kontrollieren. Vor allem aber saß er als Notar und Stadtschreiber an der Quelle und konnte noch reicher werden, als er es durch sein Erbe bereits war.

Sein Onkel wand sich wie ein getretener Wurm. Auch wenn er als Bürgermeister amtierte, so hatte er sich bislang nach den Anweisungen seines Schwagers richten müssen. Nach dessen überraschendem Tod hatte er gehofft, seinen Neffen beiseiteschieben und selbst die Macht ergreifen zu können. Doch trotz dessen Jugend und der Tatsache, dass er sich bislang mehr für seine Vergnügungen als für die Stadtpolitik interessiert hatte, erwies sich Elias als überraschend harter Brocken.

»Du vergisst, dass dein Vater dich mit Emanuel Engstlers Tochter Kathrin aus Rübenheim verlobt hat. Nach dessen Tod wirst du dorthin ziehen und als Bürgermeister amtieren müssen.« Es war ein letzter, verzweifelter Appell des Bürgermeisters an seinen Neffen, sich damit zufriedenzugeben und nicht nach der Macht in beiden Städten zu greifen.

Elias' Lächeln verlor jede Verbindlichkeit. »Sowohl Fräulein Kathrin wie auch ich sind in Trauer um unsere Väter. Daher wird die Heirat erst in einigen Monaten erfolgen können. Bis dorthin will ich hier alles zu meiner Zufriedenheit geregelt sehen.« In seinen Worten schwang eine kaum verhohlene Warnung mit, sich ihm nicht in den Weg zu stellen.

Sein Onkel versuchte es trotzdem. »Du kannst nicht Bürgermeister der einen Stadt und Ratsmitglied und Notar in der anderen sein!«

»Ich werde oft hierherkommen und die wichtigsten Dinge in die Wege leiten. Für die Zeiten meiner Abwesenheit werde ich einen Secretarius einsetzen, der mir Rechenschaft ablegen muss.«

Elias amüsierte sich über die Narren, die tatsächlich geglaubt hatten, er würde sich nicht im Geringsten um die Belange der Stadt kümmern. Nach außen hin hatte er zwar so getan, als interessiere er sich nur für Wein und hübsche Mädchen. Doch sie hätten seinen Vater kennen müssen. Er hatte ihm zwar die Freiheit gelassen, ein angenehmes Leben zu führen, im Gegenzug dafür aber verlangt, dass er über alles Bescheid wusste, was in der Stadt vorging und wichtig war. In der Hinsicht war er auf die Nachfolge seines Vaters besser vorbereitet als seine Braut auf die des ihren. Auch wenn Kathrin ein kluges und stolzes Mädchen war, so fehlte ihr doch der Verstand, der wie der seine weit über alle anderen hinausragte.

»Ihr habt einen Vertrag mit meinem Vater geschlossen, der einzuhalten ist«, fuhr Elias fort, als keine Antwort kam. »Du, Onkel, bist der Bürgermeister, ihr anderen seid dessen Stellvertreter. Bedenkt, die Situation könnte auch ganz anders sein, wenn mein Vater nicht dafür gesorgt hätte, dass ihr die Steuerschulden an den Landgrafen bezahlen konntet. Herr Karl hätte euch sonst einen Richter geschickt, der bei allen Belangen der Stadt zugunsten seines Herrn gehandelt hätte. Nur weil mein Vater euch half, konnte die Stadt frei bleiben und weitere Privilegien erringen. Das alles dankt ihr meinem Vater und mir nun dadurch, dass ihr uns unsere geschriebenen Rechte nehmen wollt.«

Der junge Mann hielt kurz inne und sah jedem der alten Herren kurz ins Gesicht. »Bei Gott! Eher sehe ich hier eine Kreatur des Landgrafen oder gar des Hannoveraner Kurfürsten als Stadtherrn, als auf meinen Anspruch zu verzichten.«

Der Bürgermeister hob verzweifelt die Hände. »Jetzt beruhige dich doch, Neffe! Keiner von uns will dir etwas nehmen. Wir wollen dir nur ein leichteres Leben gönnen. Oder willst du wirklich stundenlang im Schreibzimmer stehen und nebensächliche Begebenheiten in die Rechnungsbücher der Stadt eintragen?«

»Dafür habe ich meinen Secretarius«, antwortete der junge Mann. »Ich könnte auch das Bürgermeisteramt für mich fordern, doch ich will dich nicht verdrängen, Oheim.«

Trotz des freundlichen Tonfalls verstand der Bürgermeister seine Worte als Drohung. Entweder er gehorchte und tat, was sein Neffe von ihm verlangte, oder dieser würde ihn absetzen, um selbst seinen Platz einzunehmen.

»Bedenke es noch einmal, Neffe«, sagte er schwächlich und stand auf. »Wir werden nun gehen. Wirst du heute Nachmittag zur Sitzung des Rates kommen?«

»Gewiss werde ich das tun und aufschreiben, was beschlossen wurde.«

Elias nickte seinem Onkel und den anderen Ratsherren gönnerhaft zu, blieb aber sitzen, ohne ihnen das Geleit zur Tür zu geben. Dies, so sagte er sich, hatte er nicht nötig. Immerhin war er der Herr und die anderen von ihm abhängige Kreaturen.

Andererseits war er auf die Männer angewiesen. Wenn er sie zum Teufel jagte und damit die Machtlosigkeit des Rates bewies, konnte dies bei den Zünften Ärger und die Forderung nach Mitregierung hervorrufen.

Ein Diener brachte ihm einen Krug Wein. Elias ließ sich einschenken und trank genüsslich. Zu seiner Verwunderung blieb der Diener jedoch im Raum stehen.

»Gibt es etwas?«, fragte er.

»Ein Gast ist eingetroffen.«

Elias runzelte die Stirn. Die Position seines Vaters hatte dazu geführt, dass ihn immer wieder Abgesandte des Landgrafen aufgesucht hatten.

»Wer ist es?«, fragte er den Diener missgelaunt.

Dieser hob bedauernd die Hände. »Er nannte mir nicht seinen Namen, sondern sagte nur, er sei ein guter Freund Eures Vaters gewesen.«

»Das kann jeder behaupten!«, brummte Elias und nahm sich vor, dem unerwarteten Gast mit Vorsicht zu begegnen.

»Der Herr war in der Vergangenheit schon mehrfach hier. Euer Herr Vater hat ihn stets in Ehren empfangen und hinter verschlossenen Türen mit ihm gesprochen«, berichtete der Diener.

Elias fühlte sich verunsichert, daher wollte er den Besucher nicht in dem dunkel getäfelten Zimmer empfangen, in dem er mit seinem Onkel und den anderen Ratsmitgliedern diskutiert hatte. Der Diener öffnete ihm die Türen, und so stand er kurz darauf seinem Gast gegenüber.

Dieser betrachtete eben ein Bild, drehte sich aber um, als er Elias eintreten hörte, und deutete eine Verbeugung an. Bekleidet war er mit einem engsitzenden, dunkelblauen Rock, einer hellblau und golden gemusterten Brokatweste und einer Kniehose aus Samt. Auf seiner grau gepuderten Perücke saß ein schwarzer Dreispitz mit Federbesatz.

Elias konnte sich erinnern, den Mann bereits gesehen zu haben, wusste aber nicht, in welcher Verbindung er zu seinem Vater gestanden hatte.

»Ich grüße Euch!«, begann er und bequemte sich zu einer knappen Verbeugung. Dabei musterte er den Fremden genauer. Dieser war älter, als er im ersten Augenblick angenommen hatte. Elias schätzte ihn nun auf knapp unter fünfzig. Mit seiner schlanken, fast hageren Gestalt und dem schmalen Gesicht konnte man ihn gutaussehend nennen. Auch strahlte der Besucher eine Selbstsicherheit aus, um die er ihn unwillkürlich beneidete.

»Gott zum Gruße, Elias Schüttensee«, antwortete der Mann. »Erlaubt mir, dass ich Euch zu Eurem tragischen Verlust kondoliere. Euer Vater war ein lieber Freund, und ich bedaure seinen Tod gewiss nicht weniger als Ihr.«

»Mit wem habe ich die Ehre?«, fragte Elias kühl.

»Sagte Euch Euer Vater nicht, dass ich sein bester Freund gewesen bin? Mein Name ist Justinus von Mahlstett, und ich bin der Besitzer des Schlosses und des Gutes Rodenburg.«

»Ein adeliger Herr also!« Eine nicht gerade geringe Menge Neid schwang in Elias' Worten. Wäre sein Vater am Leben geblieben, hätte er sich irgendwann von Schüttensee nennen können. Doch nun musste er einen neuen Anlauf für einen Adelstitel nehmen.

»Wie ich bereits sagte, war ich ein guter Freund Eures Vaters und dessen Partner bei etlichen Geschäften!« Mahlstetts Stimme klang immer noch freundlich, dennoch glaubte Elias, eine gewisse Belustigung herauszuhören.

Bevor er jedoch etwas sagen konnte, trat der Edelmann auf ihn zu und fasste ihn bei der Schulter. »Das, was wir jetzt besprechen, ist nicht für dritte Ohren bestimmt!«

»Nun, ich gedenke nicht, es an die große Glocke zu hängen«, antwortete Elias gereizt.

Mahlstett kümmerte sich jedoch nicht darum, sondern schob ihn mit unwiderstehlicher Kraft zu einer bestimmten Tür, öffnete diese und trat ein.

»Kommt jetzt!«, fuhr er Elias an.

Dieser gehorchte unwillkürlich und sah zu, wie sein Gast die Tür hinter ihnen schloss und verriegelte. Danach ging er mehrere Schritte in das im Gegensatz zu den anderen Räumen des Hauses recht kahl wirkende Zimmer hinein, setzte sich in einen Sessel und winkte Elias zu sich.

»Hier kann uns niemand belauschen.«

»Was ist denn so wichtig, dass Ihr Euch in meinem Haus so aufführt, als wäret Ihr der Gastgeber?«, fragte Elias ärgerlich.

»Vor kurzem ist Euer Vater gestorben, nicht wahr?«

Elias nickte. »Das stimmt! Es kam ganz überraschend. Zwar fühlte er sich am Abend nicht wohl, nahm aber seine Arznei und legte sich zu Bett. Am nächsten Morgen war er tot.«

»Habt Ihr die Arznei untersuchen lassen?«

»Warum sollte ich?«, fragte Elias verwundert.

»Es ist Euch gewiss zu Ohren gekommen, dass Emanuel Engstler, ein guter Freund von Eurem Vater und mir, vor kurzem ebenfalls überraschend gestorben ist. Seine Tochter, Eure Braut, war klüger als Ihr und hat in Erfahrung gebracht, dass er durch eine vergiftete Medizin umgebracht wurde. Die Narren, die diese Arznei gebracht haben, sind in Rübenheim in Haft, doch glaube ich nicht, dass sie aus eigenem Antrieb gehandelt haben. Jemand muss sie mit Geld oder anderen Dingen verführt haben.«

Mahlstett klang ernst, und Elias ahnte, dass der Mann Angst hatte. Auch er hatte mit einem Mal das Gefühl, als streiche ihm eine eisige Hand übers Rückgrat.

»Ihr glaubt, mein Vater könnte ebenfalls vergiftet worden sein?«, fragte er.

Sein Gast nickte mit ernster Miene. »Euer Vater hat mir erzählt, dass er sich eine spezielle Arznei in einem der thüringischen Fürstentümer anfertigen ließe. Dies passt mit dem Tod Engstlers zusammen. Auch der erhielt die vergiftete Arznei von einem Buckelapotheker.«

»Wer meinen Vater vergiftet hat, könnte auch mich vergiften wollen!«, rief Elias entsetzt.

»Dies ist anzunehmen.«

»Aber was kann ich dagegen tun?«

Mahlstett musterte den jungen Mann und schlug dann mit der Rechten auf die Lehne des Sessels. »Auf jeden Fall solltet Ihr keine Arzneien zu Euch nehmen, die nicht von einem Apotheker Eures Vertrauens hergestellt worden sind, und Euch nichts von einem Fremden aufschwatzen lassen.«

»Diesen Rat befolge ich gerne. Doch wer kann der Feind sein, der meinen Vater tot sehen wollte?«, fragte Elias weiter.

»Ich habe einen Verdacht, nur passen die Buckelapotheker nicht ins Bild.« Mahlstett sah Elias durchdringend an. »Dein

Vater, Engstler und ich waren die besten Freunde und haben so manchen Teil unseres Weges gemeinsam beschritten. Du bist mir daher so wert wie ein Sohn und deine Braut wie eine Tochter. Also sollten wir dieser Bedrohung gemeinsam begegnen.«

»Dazu bin ich gerne bereit«, erwiderte Elias.

Mahlstett nickte. »Dann werde ich den Bund, den ich mit Euren Vätern geschlossen habe, auch mit Euch und Jungfer Kathrin schließen. Es geht um Reichtum und Macht – sehr viel Macht!«

»Dagegen habe ich nichts! Die elenden Krämer in dieser Stadt intrigieren gegen mich und wollen meinen Einfluss beschneiden.«

Elias hoffte, in Mahlstett einen Verbündeten zu finden, der ihm helfen konnte, sich in Steinstadt als Herr durchzusetzen.

»Wenn Euch die Männer nicht gehorchen, dann ruft ein paar Söldner hierher. Nach dem Ende des letzten Krieges gibt es genug edle Herren, die für ein paar Taler bereit sind, aufmüpfiges Gesindel zum Schweigen zu bringen. Ich kann Euch ein paar Namen nennen. Euer Vater, Engstler und ich haben viel Geld als Heereslieferanten verdient!«

Mahlstett grinste, als er an diese Zeiten dachte, während Elias sich verwirrt am Kopf kratzte.

»Ich dachte, Ihr seid von Adel! Wie könnt Ihr dann Geschäfte machen?«

»Schon der Herzog von Friedland hat, obwohl von Adel, am Krieg verdient. Er wollte jedoch zu hoch hinaus, und das war sein Verderben.«

Mahlstetts Gedanken glitten kurz zu Wallenstein, der am Neid des Kurfürsten von Baiern und dem Undank Kaiser Ferdinands gescheitert war. Dieses Schicksal wollte er nicht teilen, aber auch nicht durch einen Feind aus dem Dunkeln sterben.

»Ihr werdet Euch hier in Steinstadt gewiss durchsetzen! Ich reise inzwischen nach Rübenheim, um mit Jungfer Kathrin zu sprechen und von ihren Gefangenen mehr über unsere Feinde zu erfahren«, sagte er und erklärte anschließend Elias, was dieser seiner Meinung nach alles tun müsse, um die Stadt unter Kontrolle zu bringen.

Der junge Mann hörte ihm aufmerksam zu, konnte sich aber des Eindrucks nicht erwehren, dass Mahlstett sich weniger wie ein Verbündeter als vielmehr wie sein Anführer benahm. Dies ärgerte ihn, denn er wollte selbst die Zügel in der Hand halten. Aber wenn es jenen unheimlichen Feind wirklich gab, brauchte er Mahlstett. Daher beschloss er, vorerst gute Miene zu machen. Auf seine Fragen, wer dieser geheimnisvolle Feind sei, antwortete Mahlstett ausweichend. Es könne sich um mehrere Söldnerführer handeln, die es Elias' und Kathrins Vätern wie auch ihm verargten, durch den Krieg reich geworden zu sein, während sie selbst in einem heruntergekommenen Schloss mit löchrigem Dach hausen mussten.

14.

Am nächsten Tag suchte Klara alleine das Gefängnis auf. Sie klopfte diesmal, wie vom Gefängniswärter empfohlen, an die Armesünderpforte und wurde nach kurzer Zeit eingelassen.

»Hast wohl Sehnsucht nach deinem Liebsten?«, spottete der Wärter, während er die Münzen einsteckte, die sie ihm gereicht hatte.

»Ich will mit meinem Mann und auch noch einmal mit Armin Gögel sprechen.«

»Willst wohl wieder seine Krallenfinger am Hals spüren! Der ist verrückt, sage ich dir. Aber was soll's, ist dein Hals und nicht

· 248 ·

meiner.« Der schwergebaute Mann feixte, führte Klara aber zu Tobias' Zelle und ließ sie ein.

Tobias umarmte seine Frau stürmisch und klammerte sich an ihr fest. Klara strich ihm über die Stirn und küsste ihn, sah ihn dann aber forschend an. »Ist dir etwas eingefallen?«

»Ich habe mir die halbe Nacht den Kopf zerbrochen, aber nichts gefunden, das Gögel oder mir helfen könnte. Ich kann nur bei Gott, dem Herrn, schwören, dass ich meinen Pflichten als Laborant nach bestem Wissen und Gewissen nachgekommen bin und gewiss kein Gift in die für Engstler bestimmte Arznei getan habe.«

Einen Augenblick lang war Klara enttäuscht, denn sie hatte gehofft, ihr Mann könnte ihr einen Anhaltspunkt nennen. Dann aber straffte sie die Schultern. »Wir werden etwas finden, mein Lieber, und wenn nicht, werde ich dich und Gögel befreien!«

Das Letzte flüsterte sie, damit der Wärter es nicht hören konnte.

Tobias verzog sein Gesicht zu einem schmerzlichen Lächeln. »Ich will nicht, dass du dich in Gefahr begibst.«

»Ich bin längst in Gefahr! Oder hast du den Brandanschlag auf unser Haus vergessen?«, antwortete Klara immer noch leise. »Wir müssen alles tun, um unseren Feind zu entlarven und unschädlich zu machen.«

Ihr Mann nickte zwar, doch die Tage in der Zelle hatten ihn zermürbt, und so beschwor er Klara, alles zu vermeiden, was sie, den kleinen Martin und ihr ungeborenes Kind gefährden könnte.

Klara versprach es ihm, damit er nicht noch mehr verzweifelte, nahm sich aber vor, alles zu tun, was in ihren Augen nötig war. Eine Weile saßen sie engumschlungen auf Tobias' Pritsche und sprachen über all die Dinge, die sie gemeinsam erlebt und durchgestanden hatten. Schließlich löste Klara sich aus den Armen ihres Mannes.

»Ich will noch mit Gögel sprechen. Vielleicht ist er diesmal vernünftiger als gestern. Da hat er mir vorgeworfen, ihn dem Strick auszuliefern, nur um dich retten zu können.«

»So ein Narr!«, stieß Tobias hervor. »In den Augen der Jungfrau bin ich als der Erzeuger der vergifteten Arznei weitaus schuldiger als mein Buckelapotheker. Sie würde eher ihn begnadigen als mich.«

»Sie ist ein überstolzes Weib, das sich zu viel auf ihren Reichtum einbildet«, erwiderte Klara mit einem leisen Zischen.

Sie lächelte aber sofort wieder, küsste Tobias noch einmal und klopfte dann gegen die Tür, damit der Wärter sie wieder hinausließ.

Dieser öffnete ihr und brachte sie zu Gögels Zelle. Im Gegensatz zum Vortag blieb der junge Mann ruhig.

»Gott dem Herrn sei Dank, Ihr kommt doch noch einmal! So kann ich Euch Grüße an meine Mutter und meine Liebste ausrichten«, rief er erleichtert.

»Ich hoffe, dass du sie bald wieder in die Arme schließen kannst«, antwortete Klara. »Dafür müssen wir den wahren Mörder finden. Die Aussicht, dass die Arznei hier in Rübenheim vergiftet worden ist, scheint mir gering. Es muss während deiner Wanderschaft geschehen sein.«

»Aber wer hätte das tun können?«, fragte Gögel verzweifelt. »Ich habe doch achtgegeben!«

»Das glaube ich dir! Du konntest dein Reff aber nicht immer bewachen. Da kann sich leicht einer daran zu schaffen gemacht haben.«

Gögel schüttelte den Kopf. »Ich habe den Überzug meines Reffs jeden Abend mit einem besonderen Knoten gesichert. Ich hätte bemerkt, wenn jemand daran gewesen wäre.«

»Nicht, wenn derjenige sich den Knoten genau angesehen und ihn nachgemacht hat«, schränkte Klara ein.

»Es war ein besonderer Knoten. So leicht macht den keiner nach!«

Armin Gögel klang jedoch nicht so überzeugend, wie er es gerne gewesen wäre. Ein paarmal hatte er nicht auf den Knoten achtgegeben und ihn nur nachlässig gebunden.

Unterdessen stellte Klara ihm weitere Fragen und ließ ihn einzelne Begebenheiten mehrfach erzählen, um sein Erinnerungsvermögen anzustacheln. Der junge Mann bestand jedoch darauf, dass es unmöglich gewesen sei, ihm das Gift unterzuschieben.

Doch gerade die Heftigkeit, mit der er sich verteidigte, erregte Klaras Argwohn.

»Du sagst, du hättest mehrfach andere Wanderhändler getroffen und auch zusammen mit ihnen übernachtet«, bohrte sie nach.

»Ich habe jeden von ihnen gekannt und lege meine Hand für sie ins Feuer. Es waren brauchbare Burschen dabei. Den Rudi zum Beispiel, der mit Lederriemen, Gürteln und Ähnlichem handelt, habe ich sogar zwei Mal getroffen und in derselben Herberge übernachtet wie er.«

Klara begriff, dass Armin dieser Begegnung keine große Bedeutung zumaß, doch sie wurde misstrauisch. »Hast du diesen Rudi auch schon früher gesehen?«

»Ja, freilich! Er war auch im letzten Jahr unterwegs. Da habe ich aber nur an einem Abend mit ihm gesprochen. Er hat mir von seinem Gewerbe berichtet, ich von dem meinen, und am nächsten Tag ging jeder seiner Wege.«

»Der Mann heißt Rudi. Weißt du auch seinen zweiten Namen?«

Armin schüttelte den Kopf. »Auf der Landstraße stellt man sich nicht mit ›Ich bin Herr Sowieso‹ vor. Da heißt es, ich bin der Armin oder der Rudi.«

»Du sagst, dieser Rudi habe großes Interesse an deinem Gewerbe gezeigt?«, fragte Klara weiter.

»Was heißt Interesse? Er wollte halt wissen, für wen ich wandere und wie der Handel mit den Arzneien so geht.«

»Wo hast du diesen Rudi getroffen, und wie sieht er aus?«, fragte Klara, deren Misstrauen immer größer wurde.

Armin nannte ihr den Ort und beschrieb ihr den Mann als mittelgroß, untersetzt und mit kurzen, braunen Haaren. »Er hat ein rundliches Gesicht und ist ein fröhlicher Bursche, der ganz gerne einen Becher Wein trinkt«, setzte er hinzu.

Dabei erinnerte er sich, dass Rudi ihm Wein spendiert und ihn betrunken gemacht hatte. An jenem Abend hatte er sich gewiss nicht mehr um sein Reff kümmern können. Er überlegte, ob er es Klara beichten oder besser verschweigen sollte, und entschied sich für Letzteres.

Klara hatte jedoch Verdacht geschöpft und beschloss, diesem Rudi nachzuspüren. Als sie glaubte, von Armin nichts mehr zu erfahren, verabschiedete sie sich von ihm und rief nach dem Wärter, damit dieser sie aus der Zelle ließ.

Auf dem Gang überlegte sie, ob sie noch einmal mit Tobias reden und ihm sagen sollte, dass sie bald abreisen wolle. Sie glaubte jedoch nicht, so rasch einen Platz in einer Postkutsche zu erhalten. Daher beschloss sie, ihren Mann am nächsten Tag noch einmal aufzusuchen. Nun aber wollte sie zum *Lamm* zurückkehren, um dort in Ruhe nachdenken zu können.

15.

Nach dem Besuch im Gefängnis hatte Klara sich hingelegt und wurde wach, als jemand an ihrer Decke zupfte. Als sie hochschreckte, sah sie Liese mit schuldbewusster Miene vor sich stehen.

»Was ist denn?«, fragte sie.

»Der Richter will mit Euch sprechen, Herrin. Er hat einen Jungen geschickt, um es Euch auszurichten.«

Klara erhob sich und versuchte, die Schatten des Alptraums, der sie gequält hatte, zu vertreiben.

Was mag Hüsing von mir wollen?, fragte sie sich und wagte nicht zu hoffen, dass er ihr etwas mitteilen konnte, was Tobias' und Gögels Unschuld bewies.

Mit Lieses Hilfe richtete sie sich zum Ausgehen zurecht und verließ den Gasthof. Draußen zogen bereits die dunklen Finger der Abenddämmerung auf, und es blies ein kühler Wind. Klara raffte ihr Schultertuch enger um sich und beeilte sich, zum Haus des Richters zu gelangen.

Dessen Diener musste auf sie gewartet haben, denn er ließ sie sofort ein und führte sie in Hüsings Kammer. Der Richter saß auf seinem Stuhl, hielt ein Blatt Papier in der Hand und starrte ins Leere. Erst als Klara zuerst leise und dann etwas lauter hüstelte, nahm er sie wahr.

»Ich habe hier einen Befehl, der dir wenig gefallen wird. Auf Anweisung der Jungfer hast du die Stadt zu verlassen, und es ist dir verboten, zurückzukehren«, sagte er.

Klara verkrampfte erschrocken die Hände. »Das kann sie doch nicht tun!«

»Sie kann es und noch viel mehr! Es ist ihr Wille, dass der Prozess gegen deinen Mann und den Buckelapotheker umgehend durchgeführt wird, ungeachtet des Aufsehens, das es bei unseren Nachbarn erregen könnte!«

Hüsings Miene wirkte hart, denn er stand vor einem Scheideweg. Entweder unterwarf er sich Kathrin Engstlers Launen, oder aber er wagte es, sich der Frau zu widersetzen. Doch die Jungfer war zu mächtig, als dass er sich gegen sie behaupten konnte.

»Die Engstler ist verrückt vor Hass!«, stieß Klara hervor. »Dabei müsste sie längst begriffen haben, dass ihr Vater das Op-

· 253 ·

fer eines gemeinen Komplotts geworden ist, an dem mein Mann unschuldig und in den Gögel höchstens als unfreiwilliger Helfer verwickelt sein kann.«

»Ich bin davon überzeugt, dass du recht hast, doch in dieser Stadt entscheidet derzeit nur eine Person, und das sind bedauerlicherweise weder du noch ich!«

Hüsing überlegte kurz, ob er nicht doch versuchen sollte, die Macht in der Stadt an sich zu reißen. Mit den wenigen Freunden, die bereit waren, ihm zu folgen, hätte er jedoch selbst gegen die Stadtbüttel einen schweren Stand, geschweige denn gegen die Angehörigen der Bürgerwehr, die auf jeden Fall zu Kathrin Engstler halten würden.

»Ich werde tun, was ich kann, um den Prozess hinauszuzögern, doch wenn die Jungfer der Ansicht ist, ich wäre zu zaghaft, wird sie mich abberufen und eine ihrer Kreaturen zum neuen Richter ernennen«, erklärte er Klara.

Anschließend starrte er nachdenklich auf das Blatt Papier. Unvermittelt wandte er sich wieder Klara zu. »Du könntest mir einen Gefallen erweisen!«

»Welchen?«

Hüsing reckte ihr das Blatt entgegen, ohne es ihr jedoch zu geben. »Ich habe heute erfahren, dass Christoph Schüttensee in die Ewigkeit eingegangen ist. Er war ein enger Freund und Vertrauter von Emanuel Engstler. Ähnlich wie dieser unsere Stadt beherrscht hat, war Schüttensee der Herr von Steinstadt. Sein Tod mag Zufall sein, doch ich glaube nicht daran. Reise nach Steinstadt und höre dich dort um! Im Gegenzug versuche ich, deinen Mann zu retten.«

Da Klara glaubte, mit dem Wanderhändler Rudi den ersten Anhaltspunkt zu haben, passte ihr der Wunsch des Richters überhaupt nicht. Sie wollte schon ablehnen, als Hüsing weitersprach.

»Schüttensees Sohn ist der Verlobte der Jungfer. Nach dem Willen der Väter sollten ihre Familien beide Städte beherrschen. Deshalb waren auch beide Männer darauf aus, einen hohen Adelsrang zu erlangen, um erbliche Statthalter des Landgrafen in den beiden Enklaven zu werden.«

In die verzwickten Probleme von Hessen-Kassel mit hineingezogen zu werden, war das Letzte, was Klara sich wünschte. Hüsing war jedoch der einzige Verbündete, den sie besaß, und sie konnte nicht riskieren, ihn vor den Kopf zu stoßen.

»Ich werde nach Steinstadt fahren. Doch wie soll ich Euch mitteilen, was ich dort erfahre?«, sagte sie.

Hüsing wies durch das Fenster nach Westen. »Die Grenze unserer Stadt ist in dieser Richtung keine halbe Meile entfernt. Ein Stück dahinter liegt ein Dorf, und dort gibt es einen Gasthof, in dem du unterkommen kannst. Du brauchst zwei Tage nach Steinstadt, vielleicht einen oder zwei, um dich umzuhören, und zwei Tage, um zurückzukehren. In sechs Tagen werde ich einen meiner Diener in das Dorf schicken, damit er dort auf dich warten soll. Bis dahin werde ich deinen Mann wohl am Leben erhalten können.«

»Das will ich hoffen!« Klara fauchte verärgert, weil sie ihre Pläne ändern musste, und forderte dann den Richter auf, ihr mehr über Christoph Schüttensee und Steinstadt zu berichten.

16.

Richter Hüsing sorgte dafür, dass Klara am nächsten Morgen aufbrechen konnte. Sich von Tobias zu verabschieden, wurde ihr nicht mehr erlaubt. Sie durfte ihm nur noch einen Brief schreiben, den Hüsing ihrem Mann zu überbringen versprach.

Als die Postkutsche die Stadt hinter sich ließ, fragte Klara sich, ob sie jemals hierher zurückkehren konnte. Was war, wenn Tobias für schuldig befunden und hingerichtet wurde? Dann würde sie nicht einmal am Grab ihres Ehemanns beten dürfen, solange Jungfer Kathrin hier das Sagen hatte. Bei diesem Gedanken schwor sie sich, alles zu tun, um Tobias zu retten, und wenn sie Kathrin Engstler mit vorgehaltener Pistole dazu zwingen musste, ihn freizulassen. Dann aber richtete sie ihre Gedanken auf Steinstadt und das, was Hüsing ihr darüber berichtet hatte. Ebenso wie Rübenheim gehörte der Ort zur Landgrafschaft Hessen-Kassel, wurde aber von der Familie Schüttensee beherrscht. Elias Schüttensee war nach dem Tod seines Vaters nicht nur sein Erbe, sondern auch der Verlobte von Kathrin Engstler. Wie Klara den Richter verstanden hatte, fand diese Verbindung nicht gerade seine Zustimmung.

»Die beiden werden alles tun, um Rübenheim und Steinstadt auch weiterhin zu beherrschen, und wenn sie dem Landgrafen dafür eine gewaltige Summe bezahlen müssten«, hatte Hüsing ihr erklärt.

Ein Schlagloch beendete Klaras Gedankengang. Sie kippte nach vorne und konnte sich gerade noch an einem Fremden festhalten.

»Verzeiht!«, bat sie ihn.

Der Mann nickte freundlich. »Dem Schwager sollte man die eigene Peitsche um die Ohren ziehen. Dieses Loch hätte er sehen müssen!«

»Allerdings«, stimmte ihm ein anderer Reisender zu, und in kurzer Zeit war eine Unterhaltung über die schlechten Straßen im Reich im Gange. Einige der Passagiere waren schon in Wien oder Dresden gewesen und wussten wahre Schauermärchen über die Verhältnisse auf den Landstraßen zu berichten.

»Es sind ja nicht nur die Schlaglöcher und kaputten Brücken«, erklärte der, der Klara aufgefangen hatte. »Fast überall gibt es Räuber. Es heißt, dass Kutschen keine halbe Stunde vor den Toren Wiens angehalten und die Passagiere ausgeraubt worden sind, und das ist ja immerhin die Hauptstadt des Kaisers.«

»Ich habe auf jeden Fall immer eine geladene Pistole bei mir«, warf einer ein. »Wenn da ein Räuber den Kopf zum Schlag hereinsteckt, macht es paff, und weg ist er.«

»Dafür erschlagen Euch dann seine Spießgesellen«, meinte ein anderer und winkte ab. »Ich sage Euch, wenn Räuber die Kutsche überfallen, ziehe ich meinen Hut, begrüße sie mit ›meine Herren‹ und überreiche ihnen meine Börse. Auf die kann ich leichter verzichten als auf mein Leben.«

»Besonders mutig scheint Ihr mir nicht zu sein«, erwiderte der Mann mit der Pistole lachend.

Klara langweilte das Gespräch, außerdem bekam sie Kopfschmerzen. Daher lehnte sie sich zurück und schloss die Augen. Einschlafen aber konnte sie wegen des Gerappels auf der schlechten Straße nicht. Sie war daher froh, als die Kutsche am Abend die Poststation erreichte, in der sie übernachten würden, brauchte aber Lieses Hilfe, um aus dem Wagenkasten steigen zu können.

Zuerst streckte sie sich, um die steifen Glieder zu lockern, dann folgte sie den anderen Reisenden in die Gaststube. Diese war voll, und sie konnte froh sein, mit Liese einen Platz in der hintersten Ecke zu finden. Dort saß ein Mann in derber Reisekleidung und starrte trübsinnig in seinen Bierkrug. Er kam Klara bekannt vor, doch dauerte es eine Weile, bis sie in ihm jenen Laboranten aus Großbreitenbach erkannte, der ihren Schwiegervater vor ein paar Monaten aufgesucht hatte.

Der Wirtsknecht kam, um ihre Bestellung aufzunehmen. Als der Laborant Klaras Dialekt vernahm, hob er den Kopf. »Ihr kommt wohl auch aus dem Schwarzburgischen?«

»So ist es, Herr Liebmann«, antwortete Klara.

»Ihr kennt mich?« Der Mann sah sie genauer an. »Seid Ihr nicht die Schwiegertochter von Rumold Just aus Königsee?«

Klara nickte. »Die bin ich.«

»Dann seid Ihr hoffentlich aus angenehmeren Gründen unterwegs als ich«, meinte Liebmann.

»Ist etwas geschehen?«, fragte Klara.

»Das kann man wohl sagen! Einer meiner Wanderapotheker ist tot. Starb einfach im Wald! Nachdem man ihn gefunden hatte, wurde er in einem Armengrab beerdigt. Ich muss mich jetzt um sein Reff und die Arzneien kümmern. Dabei war der Heinz noch recht rüstig und hätte es gewiss noch ein paar Jahre gemacht.«

»Das tut mir leid«, sagte Klara betroffen.

»Es ist nur eine der Sachen, die uns Laboranten und unseren Wanderapothekern derzeit Probleme bereiten«, fuhr Liebmann fort. »Wir verlieren da und dort unsere Konzessionen und müssen zusehen, wie dieser Fabel sie an sich rafft.«

»Ist es so schlimm?«

»Noch schlimmer! Man rollt uns immer mehr Steine in den Weg und nimmt uns Privilegien, für die wir teuer bezahlt haben. Ich werde wohl Heinz' Strecke selbst zu Ende gehen müssen, sonst verliere ich auch deren Konzession. Dabei ist es meine beste Strecke. Es gibt dort mehrere Kunden, die sich ihre Arzneien bei uns bestellen und bringen lassen.«

Als Klara das hörte, spitzte sie die Ohren. »Gehört zu diesen Kunden vielleicht auch Christoph Schüttensee aus Steinstadt?«

»Woher wisst Ihr das?«, fragte Liebmann verwundert.

»Schüttensee hat also eine Arznei von Euch bekommen!« In Klaras Gedanken formte sich ein erschreckendes Bild. Sie fragte sich, ob Kasimir Fabel dahinterstecken konnte. Zwar hatte sie ihn bei ihrer Begegnung für einen großmäuligen Scharlatan gehalten, doch das schloss verbrecherisches Handeln nicht aus.

Unterdessen berichtete Liebmann, dass Schüttensee ein ganz spezielles Medikament von ihm erhielt, das der alte Buckelapotheker Heinz ihm seit Jahren brachte.

»Das ist genauso gelaufen wie bei Emanuel Engstler aus Rübenheim«, sagte Klara leise. »Dort hat der Apotheker der Stadt es für ihn bestellt. Beide Männer traf jetzt das gleiche Schicksal!«

»Wie meint Ihr das?«, fragte Liebmann.

»Sie sind tot! Bei Engstler heißt es, unsere Arznei sei daran schuld gewesen. Doch diese verließ unser Haus so, wie es sich gehört. Sie muss unterwegs vergiftet worden sein.«

Liebmann sah sie begriffsstutzig an. »Was hat das mit Schüttensee zu tun?«

»Schüttensee ist tot, und ich würde alles wetten, dass er durch ein Gift starb, das seiner Arznei heimlich beigefügt wurde.«

»Schüttensee tot, aber … gewiss nicht durch meine Arznei!«, wehrte Liebmann ab.

»Es ist bedauerlich, dass Euer Wanderapotheker gestorben ist. Er hätte uns gewiss einiges berichten können.« Klara seufzte, denn sie hätte so dringend einen Anhaltspunkt gebraucht, um zu erkennen, wo sie mit ihrer Suche beginnen sollte. »Euer Heinz muss den Mann gekannt haben, der ihm das Gift untergeschoben hat. Sonst hätte dieser nicht dafür gesorgt, dass auch er umkam.«

»Ihr glaubt, Heinz wäre vergiftet worden?« Liebmann stellten sich bei dieser Vorstellung die Nackenhaare auf.

»Es muss so gewesen sein! Ihr könnt noch von Glück sagen, dass Euer Wanderapotheker nicht in Steinstadt gestorben ist, sonst hätte man aus seinem und Schüttensees Tod auf einen Giftanschlag schließen können und Euch dafür verantwortlich gemacht – so wie man es in Rübenheim mit meinem Mann tut.«

Klara berichtete Liebmann von der Verhaftung von Tobias und Gögel und kam dann auf Fabel zu sprechen. »Wir sollten versuchen, mehr über diesen Mann zu erfahren.«

»An wen sollen wir uns wenden? Die Beamten unseres Fürsten werden uns etwas husten, wenn wir von ihnen verlangen, dass sie Nachforschungen anstellen sollen«, wandte Liebmann ein.

»Vielleicht nicht, wenn Ihr ihnen sagt, dass Fabel uns Laboranten aus dem Geschäft mit den Wanderarzneien drängen will. Sowohl Euer Fürst wie auch der unsrige fördern die Herstellung der Arzneien durch die Laboranten und ihren Verkauf durch wandernde Apotheker. Sollte dies nicht mehr möglich sein, wird in vielen Städten und Dörfern der Schwarzburger Fürstentümer Not und Elend einziehen.«

Klara klang beschwörend, denn sie brauchte in diesem Kampf dringend Verbündete. Schüttensees Tod und der des alten Heinz sowie der Brandanschlag auf das Haus ihres Schwiegervaters bewiesen ihr, dass ihr Feind keine Hemmungen kannte. Dies sagte sie auch Liebmann und bat ihn, sich vorzusehen. Der Laborant nickte mit verkrampfter Miene.

»Das werde ich tun! Ich werde aber auch mit den anderen Laboranten in meiner Heimatstadt sprechen. Vielleicht erfahre ich etwas. Wenn es Fabel gelingt, uns aus dem Geschäft zu drängen, werden wahrlich Hunger und Not an viele Türen klopfen.«

Unterdessen brachte der Wirtsknecht das bestellte Essen, und das Gespräch erlahmte. Erst ganz zuletzt nahmen Klara und Liebmann es wieder auf und vereinbarten, alles, was sie in Erfahrung bringen konnten, einander zukommen zu lassen.

17.

Am nächsten Morgen reisten sie weiter. Liebmann hatte ursprünglich über Steinstadt fahren wollen, entschied sich aber nun, die Stadt nicht zu betreten. Stattdessen wartete er auf eine Kutsche, die ihn nach Norden brachte. Er wollte unterwegs aussteigen, um das letzte Stück Weges in den Ort, in dem Heinz begraben worden war, zu Fuß zurückzulegen.

Klara nahm die Kutsche, die sie nach Steinstadt bringen würde, und war froh, als es weiterging. Das Reisen erschöpfte sie, und so blieb sie während des Pferdewechsels zu Mittag sitzen und schickte Liese hinaus, etwas Brot, Käse und Wein zu besorgen. Bislang war das Mädchen ihr wie ein Hündchen gefolgt, doch nun musste es lernen, auf ihre Anweisung hin selbständig zu handeln.

Diese Aufgabe meisterte Liese recht flott. In Armut aufgewachsen, hatte sie sich nicht von der Wirtsmagd übers Ohr hauen lassen und brachte ein paar Münzen wieder mit. Der mit Wasser vermischte Wein im Krug war genießbar, und das Brot und der Käse reichten aus, um den Hunger bis zum Abend zu stillen.

»Das hast du gut gemacht!«, lobte Klara ihre Magd und brach ein Stück von dem Käse ab. Als sie es in den Mund steckte und darauf herumkaute, fuhr eine andere Kutsche in den Hof der Posthalterei ein. Es war kein so großes und schwerfälliges Gefährt, wie die Postlinien sie verwendeten, sondern der Wagen eines Herrn von Stand.

Der Mann, der den Wagen verließ und sich herrisch umschaute, trug einen engsitzenden, dunkelblauen Rock, eine hellblau und golden gemusterte Brokatweste und eine samtene Kniehose. Da es ihm anscheinend zu heiß war, setzte er seinen schwarzen Dreispitz ab und fächelte sich damit Luft zu. Er mochte knapp unter fünfzig Jahre alt sein, doch er war schlank und hatte ein schmales, eigentlich sympathisch wirkendes Gesicht, zu dem der durchdringende Blick der hellen Augen nicht so recht passte.

Der Fremde hielt einen der Knechte auf. »Frische Pferde, rasch!«, befahl er.

»Wohl, wohl! Wenn wir die Postkutsche fertig haben, bekommt Ihr sie«, antwortete der Knecht.

»Ich will sie sofort!«

Der Mann ist gewohnt zu befehlen, dachte Klara und fragte sich, weshalb dieser Reisende ihr so auffiel. Es war etwas Ruheloses an ihm, das sie abstieß. Auf jeden Fall benahm er sich nicht wie ein Mensch, der mit sich im Reinen war.

Während Klara Justinus von Mahlstett beobachtete, streifte sein Blick sie ebenfalls. Ein hübsches Ding, dachte er, sah dann aber die Wölbung ihres Leibes und verdrängte sie aus seinen Gedanken. Nachdem er Elias Schüttensee mit den entsprechenden Belehrungen in Steinstadt zurückgelassen hatte, war er nach Rübenheim unterwegs, um so rasch wie möglich mit Kathrin Engstler zu sprechen. Daher trieb er die Knechte an, ihm das nächste Gespann zu geben, und schaffte es mit Hilfe eines gewissen Trinkgelds, es vor der Postkutsche zu erhalten.

»Wirst schon noch rechtzeitig nach Steinstadt kommen«, maulte einer der Posthalterknechte, als sich der Postillion beschwerte, und ging los, um die Pferde zu holen. Mahlstett nahm unterdessen wieder in seinem Wagen Platz und befahl seinem Kutscher, loszufahren.

Irgendwie fühlte Klara sich erleichtert, als der seltsame Fremde fort war. Sie spülte Brot und Käse mit dem vermischten Wein hinunter. Die Begebenheit hatte etwas Gutes. Als die Pferde endlich angespannt und die übrigen Passagiere wieder eingestiegen waren, hatten Liese und sie ihr einfaches Mittagsmahl beendet, und die Fahrt konnte weitergehen, ohne dass sie Käsekrümel oder Weinflecken auf die Kleider bekamen.

· 262 ·

18.

Steinstadt war etwas kleiner als Rübenheim, doch es gab auch hier prachtvolle Patrizierhäuser am Markt. Das größte gehörte laut den Informationen, die Klara von Richter Hüsing erhalten hatte, Elias Schüttensee. Natürlich konnte sie diesen nicht einfach aufsuchen und ihn fragen, wie sein Vater ums Leben gekommen war. Sie hoffte jedoch, auch so mehr über den Mann zu erfahren, der Steinstadt beherrscht hatte.

Nur einen Steinwurf von Schüttensees Haus lag eine saubere, behaglich wirkende Herberge. Auf die ging Klara zu, kaum dass sie die Postkutsche verlassen hatte. Als sie eintrat, verzog der Wirt das Gesicht.

»Allein reisende Frauen haben in meinem Haus nichts verloren!«

»Ich reise nicht allein! Ich habe meine Magd dabei und bin mit der Postkutsche gekommen«, antwortete Klara mit einer gewissen Schärfe.

»Wer bist du?«, fragte der Wirt um einen Hauch freundlicher.

»Klara Just, Ehefrau des Bürgers Tobias Just aus Königsee.« Den Laboranten unterschlug Klara, da sie nicht wusste, inwieweit der Tod Christoph Schüttensees mit der Arznei in Verbindung gebracht wurde, die der alte Heinz gebracht hatte.

Der Wirt schätzte Klara anhand ihrer Kleidung ein und fand, dass sie zweckmäßig, aber nicht vornehm angezogen war.

»Also gut, du kannst eine Kammer haben! Aber es ist die letzte hinten, und deine Magd muss auf einem Strohsack zu deinen Füßen schlafen.«

»Das macht mir nichts aus«, wisperte Liese Klara zu.

Diese überlegte, ob sie das Angebot annehmen oder sich einen anderen Gasthof suchen sollte. Andererseits lag dieser günstig, und wenn auch der Wirt sich nicht gerade durch

Freundlichkeit auszeichnete, konnte ein klug bemessenes Trinkgeld seinem Gesinde den Mund öffnen.

»Dann machen wir es so!«, sagte sie und wies auf ihre Reisetasche, die Liese bis hierher geschleppt hatte. »Einer deiner Knechte soll mein Gepäck in meine Kammer bringen. Ich wasche mir den Reisestaub aus dem Gesicht und möchte dann etwas essen. In Seiner Küche wird hoffentlich ordentlich gekocht!«

Den Wirt fuchste es, wie ein Knecht angesprochen zu werden, doch er erinnerte sich früh genug an seine eigene Unfreundlichkeit und kniff die Lippen zusammen. Mit polternder Stimme rief er einen mageren Burschen zu sich und wies auf die Reisetasche. »Bring die in die hintere Kammer und zeige der Frau, wo diese liegt.«

»Und besorge einen Nachttopf, falls keiner dort ist! Ich mag des Nachts nicht durch das ganze Gebäude bis zum Abtritt laufen«, setzte Klara hinzu.

»Auch noch Ansprüche stellen«, brummte der Wirt und füllte einem Gast, der gerade in die Stube kam, ein Glas Bier ab.

Klara folgte unterdessen dem Knecht und fand ihre Kammer nicht einmal so schlecht. Zwar war sie nicht besonders groß, doch durch das Fenster konnte sie Schüttensees Haus beobachten.

»Ein Nachttopf müsste da sein«, erklärte der Knecht und wollte wieder gehen.

»Sieh lieber noch mal nach, Liese. Du tust dich beim Bücken doch leichter als ich«, meinte Klara.

Sofort kniete das Mädchen nieder, schaute unters Bett und schüttelte den Kopf. »Also ich sehe nichts!«

»Dann hat ihn irgendeiner herausgeholt und in eine andere Kammer gestellt. Ich hole ihn zurück.«

»Heißt das, dass es in dieser Herberge nur einen einzigen Nachttopf gibt?«, fragte Liese verwundert, nachdem der Bursche gegangen war.

Klara begann, leise zu lachen. »Wundern würde es mich nicht! Doch das soll uns nicht kümmern, Hauptsache, wir erhalten ihn.«

Ein paar Minuten später kehrte der Knecht mit einem schon arg angeschlagenen Nachttopf zurück und schob ihn unter das Bett. Die Hoffnung auf ein Trinkgeld ließ ihn in der Kammer verharren. Klara griff nach ihrer Geldbörse, nestelte sie auf und nahm eine Münze heraus. Doch statt sie dem Burschen gleich zu geben, wies sie auf Schüttensees Anwesen.

»Das ist aber ein stattliches Haus. Dort wohnt gewiss der Bürgermeister!«

»Der Bürgermeister? Nein, der wohnt dort drüben in jenem Haus«, antwortete der Knecht und wies auf ein kleineres Gebäude.

»Tatsächlich?«, fragte Klara scheinbar verwundert. »Der Bürgermeister gehört doch zu den reichsten und mächtigsten Männern der Stadt.«

»Andernorts vielleicht, aber nicht hier. In Steinstadt hat nur einer das Sagen – ich sollte besser sagen, hatte!« Der Bursche trat neben Klara und wies auf Schüttensees Haus.

»Dort wohnt der Ratsherr, der zugleich die Stelle des Notars einnimmt. Auch in anderen Städten ist dies ein einflussreicher Mann, hier aber ist er das Maß aller Dinge. Keiner war so reich wie Christoph Schüttensee, und keiner besaß mehr Einfluss. Doch jetzt ist er tot, und nun kommt es darauf an, ob sein Sohn die Stiefel seines Vaters auszufüllen vermag oder ob sie ihm zu groß sind.«

»Das verstehe ich nicht.« Klara steckte dem Knecht die Münze zu.

Dieser schaute kurz darauf und steckte sie zufrieden weg. »Das ist auch nicht leicht zu verstehen. In früheren Jahren war der Bürgermeister der wichtigste Mann in der Stadt und hatte mit dem Rat zusammen das alleinige Sagen. Dann kam der Krieg, neue Steuern wurden erhoben, und schließlich stand der Feind vor der Stadt und drohte, sie zu zerstören, wenn nicht eine hohe Summe bezahlt würde. So viel Geld hatten nicht einmal der Bürgermeister und alle Ratsherren zusammen. Auch wollten sie nicht verarmen und gingen daher auf den Vorschlag des Notars ein, ihnen diese Summe zu besorgen. Dies gelang Schüttensee auch, doch seitdem steht die Stadt in seiner Schuld. Die Zinsen wuchsen den hohen Herren über den Kopf, und so ließen sie sich auf ein weiteres Geschäft mit Schüttensee ein. Dieser senkte die Zinsen und erhielt im Gegenzug dafür mehr Macht in der Stadt. Irgendwann war er dann so weit, dem Bürgermeister und dem Rat sagen zu können, wie sie zu entscheiden hätten.«

»Konnte niemand etwas dagegen tun?«

Der Knecht zuckte mit den Schultern. »Ginge es nur um die Stadt, hätte man Schüttensee vielleicht vertreiben können. Er hat jedoch auch unserem Landgrafen große Summen geliehen und von diesem ein Privileg nach dem anderen erhalten. Immer, wenn der Bürgermeister und die Räte hofften, etwas gegen ihn unternehmen zu können, legte er ihnen einen neuen Erlass des Landgrafen auf den Tisch, und sie waren wieder die Angeschmierten. Jetzt werden sie wohl versuchen, die Zügel wieder in die Hand zu bekommen. Ob es ihnen gelingt, wird man sehen.«

»Auf welcher Seite stehst du, auf der des jungen Schüttensee oder der des Bürgermeisters?«, fragte Klara.

»Auf keiner! Mir kann es gleich sein, wer hier regiert. Von denen hilft mir keiner, wenn mir der Wirt den Lohn kürzt und mir, wenn ich mich deswegen beschwere, ein paar mit dem Stock überzieht. Einem Knecht ist es egal, wer sein Herr ist, solange dieser einen nicht allzu schlecht behandelt.« Mit dieser Bemerkung war die Mitteilungsfreude des Burschen erloschen, und er verließ die Kammer.

Klara blieb am Fenster sitzen und sah durch die Schatten der aufziehenden Nacht zu Schüttensees Haus hinüber. Das, was Richter Hüsing von ihr wissen wollte, glaubte sie zum größten Teil bereits erfahren zu haben, und sie überlegte, ob sie nicht schon am nächsten Tag wieder aufbrechen sollte. Die Reise war jedoch anstrengend gewesen, und sie fühlte sich erschöpft. Daher beschloss sie, noch ein oder zwei Tage zu bleiben und ihre Ohren offen zu halten.

19.

Justinus von Mahlstett erreichte Rübenheim am späten Nachmittag des folgenden Tages. Ein wenig wunderte er sich, denn dieser Ort wirkte auf ihn wohlhabender als Steinstadt. Anscheinend hatte Emanuel Engstler die Stadt zwar beherrscht, den anderen Patriziern aber genug Luft gelassen, glänzende Geschäfte zu machen. Schüttensee hingegen hatte die Ratsmitglieder daran gehindert, so viel Geld zu verdienen, dass sie ihre Schulden bei ihm hätten begleichen können.

In gewisser Weise amüsierte Mahlstett sich über seine alten Freunde. Sie hatten Geld gerafft, wo es nur ging, sich aber nie Gedanken darüber gemacht, wie sie es am besten anlegen konnten. Er hingegen hatte sich einen Adelstitel gekauft und nahm nun eine hohe Stellung am Hofe des Landgrafen ein. Zudem gehörte ihm der stattliche Besitz Rodenburg.

Dennoch schwebte er in der gleichen Gefahr wie Engstler und Schüttensee, die einem heimtückischen Anschlag zum Opfer gefallen waren. Er aber wollte noch nicht sterben. Um herauszufinden, wer der Feind war, der auch ihn bedrohte, musste er sich mit den Kindern seiner alten Freunde verbünden. Er hatte zwar einen gewissen Verdacht, aber ohne einen handfesten Beweis konnte er keine Privatfehde beginnen.

»Nicht, bevor ich mir gewiss bin, auch den Richtigen zu treffen«, flüsterte er, als seine Kutsche im Hof des Engstlerschen Anwesens anhielt. Mahlstett stieg aus und sah sich einem Diener gegenüber, der ihn fragend ansah.

»Wen darf ich dem gnädigen Fräulein melden?«

»Justinus von Mahlstett! Die junge Dame dürfte mich kennen. Ich war ein enger Freund ihres Vaters.«

Mahlstett lächelte bei diesen Worten. Er hatte gelernt, dass eine freundliche Miene ihm mehr Vorteile brachte, als wenn er arrogant auftrat. Schon so mancher hatte sich dadurch täuschen lassen und gegen ihn den Kürzeren gezogen. Mit diesen Gedanken folgte er dem Lakaien ins Haus und wartete im Vorzimmer auf dessen Anweisung. Der Diener betrat unterdessen die Kammer, in der Kathrin sich aufhielt, und verneigte sich.

»Herr Justinus von Mahlstett bittet, von dem gnädigen Fräulein empfangen zu werden!«

»Mahlstett?« Es dauerte einen Augenblick, bis Kathrin sich an den Mann erinnerte. »Ach ja, Onkel Justinus! Der war schon lange nicht mehr hier. Bring ihn herein!«

Während der Diener die Kammer verließ, überlegte Kathrin sich, welcher Grund Mahlstett hierhergeführt haben mochte. Vor einem Dutzend Jahren war er öfter bei ihrem Vater gewesen, dann kamen seine Besuche spärlicher und zuletzt gar nicht mehr. Entsprechend gespannt blickte sie ihm entgegen. Sein Aussehen imponierte ihr, und sie fragte sich, ob er auch früher schon so attraktiv gewirkt hatte. Wahrscheinlich war es so gewesen, nur hatte sie sich damals weniger für ihn als für die kleinen Geschenke interessiert, die er ihr mitgebracht hatte. Die Tatsache, dass sie ihn in jenen Zeiten Onkel genannt hatte, brachte sie jedoch nicht dazu, ihn freundlicher zu empfangen als den Bürgermeister oder die Räte der Stadt. Obwohl Mahlstett eine Verbeugung andeutete, blieb sie auf ihrem Stuhl sitzen und tat so, als hätte er sie bei einer wichtigen Arbeit gestört.

»Herr von Mahlstett! Was führt Euch in unsere Stadt? Ihr habt Euch jahrelang nicht mehr blicken lassen.«

»In der Zeit sind Euch anscheinend Haare auf den Zähnen gewachsen«, gab Mahlstett spöttisch zurück. »Doch bevor Ihr auffahrt, gnädiges Fräulein, lasst Euch sagen, dass ich wegen des Todes Eures Vaters gekommen bin. Wenn meine Vermutung stimmt, schwebe ich, Ihr und Euer Bräutigam in höchster Gefahr.«

Kathrins bisher beherrschte Miene verzerrte sich vor Angst. »Wie meint Ihr das?«

»Euer Vater war ein einflussreicher Mann und starb durch Gift.«

»Die Mörder sind gefasst und werden ihrer Strafe nicht entgehen«, antwortete Kathrin etwas zu schnell und zu schrill.

»Wirklich? Um wen handelt es sich denn?«, fragte Mahlstett angespannt.

»Um einen Laboranten aus Thüringen und dessen Buckelapotheker!«

Mahlstett lachte schallend. »Das sind allerhöchstens die Handlanger des Mörders, aber niemals dieser selbst!«

Kathrin hatte dies zwar schon vermutet, es aber immer wieder verdrängt. Nun sah sie Mahlstett so durchdringend an, als wolle sie sein Innerstes erforschen. »Wer soll Eurer Meinung nach der wahre Mörder sein?«

»Da gibt es einige Kandidaten, mein Kind. Euer Vater und Christoph Schüttensee, der wahrscheinlich ebenfalls durch Gift den Tod gefunden hat, haben es sich mit etlichen Leuten verdorben. Jeder von denen hätte Grund, sie tot sehen zu wollen!«

»Und Euch wohl auch«, sagte Kathrin ihm auf den Kopf zu.

Mahlstett nickte lächelnd. »Ich war sehr eng mit Eurem Vater und Schüttensee verbunden. Man könnte fast sagen, wir waren wie Brüder. Auf jeden Fall sind wir unseren Weg lange Zeit gemeinsam gegangen. Wir wurden reich, doch dafür musste so mancher auf der Strecke bleiben.«

»Wollt Ihr etwa sagen, dass mein Vater sein Vermögen zu Unrecht erworben hat?«, fragte Kathrin scharf.

Mahlstett amüsierte sich über die Naivität der Jungfer. »Was heißt hier zu Unrecht? Es war eine wirre Zeit voller Kriege, und wer damals ehrlich bleiben wollte, den haben die Hunde gebissen. Nur wer rasch und entschlossen zugegriffen hat, konnte es zu etwas bringen. So war es auch bei Eurem Vater, bei Schüttensee und bei mir! Doch erzählt mir nun mehr über die Männer, die Ihr als angebliche Mörder Eures Vaters eingesperrt habt.«

Kathrin sah ihn verständnislos an. »Weshalb sollte ich Eure Feinde fürchten?«

»Weil sie auch die Euren sind«, antwortete Mahlstett ernst. »Sie wollen Vergeltung für angeblich erlittenes Unrecht üben und Euch um Euren Besitz bringen. Also berichtet, wen Ihr gefangen haltet!«

Dieses Argument erschreckte Kathrin, und so berichtete sie ihm von der Arznei, die Armin Gögel an den Apotheker geliefert und dieser ihr übergeben hatte. »Sie war vergiftet«, erklärte sie. »Dies haben hinterher sowohl Apotheker Stößel wie auch unser Stadtsyndikus Capracolonus herausgefunden! Der Buckelapotheker und sein Herr behaupten hingegen, ihre Arznei wäre ohne das Gift geliefert worden.«

»Wie sehr vertraut Ihr dem Apotheker?«, fragte Mahlstett.

»Stößel ist ein ehrengeachteter Mann und hätte sich niemals für eine Schurkerei hergegeben.«

· 270 ·

»Auch nicht für viel Geld? In dieser Sache, die einen das Leben kosten kann, sollte man niemandem vertrauen.«

»Ihr glaubt, der Apotheker hätte meinen Vater umgebracht?« Kathrin wehrte sich zunächst gegen diesen Verdacht, doch schließlich überlegte sie, dass Mahlstett recht haben könnte.

»Den Apotheker zu bestechen scheint in jedem Fall einfacher, als einen fernen Laboranten dazu zu bringen, eine vergiftete Medizin zu liefern«, setzte dieser hinzu.

»Ihr meint, dieser Just wäre unschuldig, und ich sollte ihn freilassen?«, fragte Kathrin empört.

Mahlstett wurde todernst. »Genau das meine ich nicht. Lasst ihn ruhig aufhängen! Der Apotheker sollte aber neben ihm baumeln, damit mögliche Helfer unserer Feinde sehen, was ihnen blüht.«

»Stößel ist ein angesehener Bürger. Wenn ich ihn verhaften lasse, wird es Ärger geben«, wandte Kathrin ein.

»Wir müssen alle vernichten, die uns gefährlich werden können, sonst werden wir selbst umkommen«, antwortete Mahlstett mit beschwörender Stimme.

Er musterte die junge Frau mit Wohlgefallen und fand, dass sie nicht zu dem Tölpel Elias Schüttensee passte. Es wäre Perlen vor die Säue geworfen. Kathrin hatte ihm bereits als Kind gefallen und stellte nun, obwohl sie mittlerweile höher gewachsen war, als er es bei Frauen liebte, eine verlockende Erscheinung dar. Sie bewegte sich elegant, hatte langes, hellblondes Haar und ein schönes, ovales Gesicht mit ausdrucksvollen Augen unter silbern schimmernden Brauen. Dazu war sie als Erbin ihres Vaters reich wie kaum ein anderes Mädchen in diesen Landen. Sie benötigte nur eine feste Hand, die sie zu lenken verstand.

»Ich werde einige Zeit Eure Gastfreundschaft in Anspruch nehmen müssen«, erklärte er wieder lächelnd und lenkte das

Gespräch auf ihren Vater, den er seinen liebsten Freund nannte und dessen Taten er über alles lobte.

Kathrin hörte ihm mit Interesse zu und fand, dass Onkel Justinus noch immer der faszinierende Mann war, zu dem sie einst aufgeschaut hatte. Kurzentschlossen strich sie das »Onkel«. So alt ist er wirklich nicht, dachte sie. Ihr Vater hatte ihm etliche Jahre vorausgehabt. Vor allem aber fühlte sie sich jetzt, da Mahlstett bei ihr war und ihr beistehen konnte, endlich wieder so geborgen wie in jenen Zeiten, in denen ihr Vater hier das Zepter geschwungen hatte.

Trotzdem vergaß sie die Warnungen nicht, die Mahlstett ausgesprochen hatte. Kaum hatte dieser sich zurückgezogen, um sich für das Abendessen umzuziehen, ließ sie Richter Hüsing rufen.

Dieser betrat ihr Haus mit düsterer Miene und verbeugte sich tief vor ihr. »Gnädiges Fräulein, ich habe Euch eine unangenehme Mitteilung zu machen.«

»Ach ja, was gibt es?«, fragte Kathrin verärgert.

»Ich habe Antwort aus Rudolstadt erhalten. Der dortige Kanzler Ulrich Georg von Beulwitz lässt uns mitteilen, dass es etwas dauern würde, bis Fürst Friedrich Anton sich mit unserer Anfrage bezüglich Tobias Just beschäftigen könne.«

»Was bedeutet das für uns?«, fragte Kathrin verständnislos.

»Wenn wir Tobias Just und Armin Gögel so, wie von Euch gefordert, den Prozess machen, wird dies nicht in Absprache mit dem Fürstentum Schwarzburg-Rudolstadt geschehen.«

»Was kümmert mich Schwarzburg-Rudolstadt?«, antwortete Kathrin mit einem verächtlichen Schnauben. »Ich will die Mörder meines Vaters auf dem Richtplatz sehen. Ah, und ehe ich es vergesse: Lasst den Apotheker Stößel als Mittäter verhaften und einsperren. Er steht ebenso wie Just und dessen Buckelapotheker unter dem Verdacht, an dem Mordkomplott gegen meinen

Vater beteiligt gewesen zu sein. Im geringsten Fall hat er das Mittel nicht auf Gift geprüft, sondern so an meinen Vater weitergeleitet, und im schlimmsten hat er das Gift selbst hinzugegeben.«

»Das ist unmöglich!«, rief Hüsing aus.

»Wie dem auch sei, er muss für das, was er getan hat, büßen.«

Am liebsten hätte Hüsing die junge Frau gefragt, ob sie verrückt geworden sei. Er traute ihr jedoch zu, dann auch ihn verhaften zu lassen.

»Wenn Just schuld ist, hat Stößel nicht einmal eine Unachtsamkeit begangen, da er die Arznei seit Jahren in bester Qualität von Just bezogen hat. War er aber am Mord an Eurem Vater beteiligt, wären Just und Gögel unschuldig und müssten freigelassen werden«, erklärte er und hoffte, dass Kathrin Engstler es sich noch einmal überlegen würde. Deren Entschluss stand jedoch fest, und so blieb ihm nichts anderes übrig, als draußen die Büttel zu rufen.

»Geht zur Apotheke und verhaftet den Apotheker«, befahl er und schämte sich, weil er nicht den Mut aufbrachte, sich offen gegen Kathrin Engstler zu stellen.

Teil 4

...

Die Flucht

1.

Obwohl Klara in Steinstadt nur jene Informationen bekam, die sie von dem schwatzhaften Gesinde erfuhr oder beiläufig aufschnappte, wurde ihr rasch klar, wie sehr es in der Stadt gärte.

Jahrelang hatten der Bürgermeister und der Rat auf Christoph Schüttensees Anweisungen hin handeln müssen. Und nun waren die Männer nicht bereit, nach dessen Tod seinem Sohn ebenso zu gehorchen. Klara begriff aber auch, dass es nicht einfach sein würde, Elias Schüttensees Macht zu brechen. Immerhin besaß dieser mehr Geld als alle anderen Ratsmitglieder zusammen, und es waren genug Männer bereit, für ihn zu kämpfen, wenn er sie gut dafür bezahlte.

Als Klara die Stadt verließ, stand diese am Rande eines Bürgerkriegs. Liese war froh, dass sie abreisten, denn sie hatte sich sehr geängstigt, als vor den Häusern des Bürgermeisters und mehrerer Ratsmitglieder Schreier randaliert hatten, um Elias Schüttensees Forderungen zu unterstützen.

»Was werden wir jetzt tun?«, fragte sie Klara, nachdem Steinstadt hinter ihnen lag.

»Wir steigen erst einmal bei dem Dorf aus, in dem Richter Hüsings Diener auf uns wartet, und erstatten ihm Bericht. Anschließend werden wir diesen Fabel aufstöbern. Da er uns Königseer in ein schlechtes Licht setzt, halte ich es für möglich, dass er auch an anderen Dingen die Schuld trägt.«

Mehr wollte Klara in der Postkutsche nicht sagen, da andere ihnen zuhören konnten. Eines aber war für sie klar: So verzweifelt ihre Situation auch scheinen mochte, niemals würde sie aufgeben, solange sie noch gehen und reden konnte. Sie legte sich eine Hand auf den Leib, in dem neues Leben heranwuchs, und schwor sich, dass ihre Kinder in Ruhe und Geborgenheit aufwachsen würden.

Diesmal gab es keine Zwischenfälle, und so konnten Klara und Liese die Kutsche am letzten Zwischenhalt vor Rübenheim verlassen. Der Gasthof, den Hüsing ihr genannt hatte, lag am anderen Ende des Ortes, und so musste Liese die schwere Reisetasche dorthin schleppen. Als Klara sie ihr unterwegs abnehmen wollte, traf sie ein empörter Blick des Mädchens.

»Ich bin die Magd und Ihr die Herrin! Wie sähe es aus, wenn ich Euch die Tasche tragen ließe?«

»Aber sie ist doch recht schwer.«

»Das schaffe ich schon!« Ihren Worten zum Trotz hätte Liese die Tasche unterwegs gern ein- oder zweimal abgestellt, um sich ein wenig auszuruhen. Sie biss jedoch die Zähne zusammen.

Der von Hüsing empfohlene Gasthof war kleiner als die Posthalterei, dafür aber nicht so laut, und es herrschte deutlich weniger Betrieb.

Die Wirtin begrüßte Klara freundlich, sagte sich aber, dass sie eine sparsame Bürgersfrau vor sich hatte, der die Preise beim *Gasthof zur Post* zu teuer waren. »Ihr wollt eine Kammer? Damit kann ich Euch dienen«, erklärte sie und führte Klara und Liese persönlich nach oben.

»Hier ist sie!« Mit den Worten öffnete sie die Tür und ließ Klara in das Zimmer schauen. Es war reinlich, das Bett breit genug, so dass auch Liese neben ihr schlafen konnte, und es gab sogar einen schmalen Schrank, in dem Klara ihr Ersatzkleid aufhängen konnte.

»Der Raum gefällt mir«, sagte Klara. »Ich weiß nicht, wie lange wir bleiben können, aber ein oder zwei Nächte werden es schon sein.«

»Mir ist es recht«, meinte die Wirtin und wandte sich zum Gehen.

»Wir würden gerne etwas essen! Der letzte Halt war nur kurz, und in der rappelnden Kutsche konnte ich nichts zu mir nehmen«, rief Klara ihr nach.

Die Wirtin lachte kurz auf. »Bei mir ist noch keiner verhungert! Wenn Ihr nach unten kommt, steht etwas für Euch bereit.«

»Seid bedankt!« Klara setzte sich erst einmal auf das Bett und sah zu, wie Liese die Reisetasche ausräumte und den Inhalt im Schrank verstaute.

»Lass das Kleid hier! Ich ziehe mich um.« Noch während sie es sagte, legte Klara ihr Reisekleid ab und ließ sich von Liese in das andere helfen. Danach wies Klara zur Tür.

»Den Rest kannst du nachher erledigen. Erst einmal habe ich Hunger!«

Wie versprochen hatte die Wirtin in der Gaststube Wurst, Käse und Brot aufgetischt, war aber im Zweifel, ob diese Gäste nun Wein oder Bier bevorzugen würden. Klara griff kurz an ihren Leib und bat dann um etwas Milch.

»Mir soll's recht sein«, sagte die Wirtin verwundert und wandte sich dann an Liese. »Und was willst du?«

»Bier, wenn es recht ist!« Unterwegs hatte Liese Kirschen gegessen und mit Wasser hinuntergespült. Das war ihr nicht gut

· 276 ·

bekommen, und daher war sie froh um das leichte Bier, das die Frau ihr vorsetzte. Sie nahm eine Brotscheibe und belegte sie dünn mit Wurst.

»Du solltest Butter dazu nehmen und ein wenig mehr Wurst. Immerhin musst du noch wachsen«, sagte Klara und schmierte, da Liese nicht sofort folgte, dieser selbst ein Brot.

»So gehört sich das! Wie willst du meine Tasche schleppen, wenn du keine Kraft hast?«

Damit überzeugte sie das Mädchen, das sich zu Hause bei zu vielen Mündern angewöhnt hatte, nur wenig zu essen. Kraft, um ihrer Herrin gut dienen zu können, wollte Liese durchaus haben.

Klara sah sich in der Wirtsstube um. Sie und Liese waren die einzigen Gäste. Am liebsten hätte sie die Wirtin geradeheraus gefragt, ob nicht Hüsings Diener erschienen wäre. Aber sie hielt dann doch den Mund. Entweder schickte ihr der Richter einen Mann, oder sie würde zwei Tage warten und dann weiterreisen.

2.

In dieser Nacht war es still, und Klara schlief länger als gewöhnlich. Nach den Aufregungen der letzten Zeit tat ihr die Ruhe gut, und sie fühlte sich, als sie sich zum Frühstück setzte, zuversichtlicher als die Tage zuvor. Bislang war sie durch ihre Schwangerschaft nicht schwerfällig geworden. Sollte es keinen anderen Weg geben, würde sie allen Widerständen zum Trotz einen Weg finden, Tobias aus seinem Gefängnis zu befreien.

Während sie auf Richter Hüsings Boten wartete, spann Klara einen Plan. Bedauerlich war, dass sie nicht auf männliche Unterstützung hoffen konnte. Ihr Schwiegervater wurde durch seinen verletzten Knöchel behindert, und Fremde wollte sie nicht

· 277 ·

mit in die Sache hineinzuziehen. Ich brauche Martha, schoss es ihr durch den Kopf. »Wir zwei haben schon einige Gefahren gemeinsam gemeistert und sind jedes Mal heil herausgekommen«, murmelte sie. »Das wird auch diesmal so sein.«

Zuerst aber musste sie in Erfahrung bringen, wie viel Zeit ihr noch blieb. Wenn die verrückte Jungfer in Rübenheim Tobias bald foltern und hinrichten lassen wollte, würde sie auf Martha verzichten und den Befreiungsversuch zusammen mit Liese unternehmen müssen. Da Kathrin Engstler sie aus der Stadt gewiesen hatte und sie nur mit Schwierigkeiten wieder hineinkommen würde, würde sie sich auch dafür etwas einfallen lassen müssen.

Mittag kam, und sie erhielten in diesem Gasthof besseres Essen als in manchen Posthaltereien.

Klara überlegte, ob sie einen Spaziergang unternehmen sollte. Die Angst, Hüsings Boten zu verfehlen, ließ sie jedoch davon absehen.

Als Klara schon nicht mehr glaubte, dass an diesem Tag noch jemand eintreffen würde, betrat ein Mann die Gaststube, hängte seinen Umhang an einen der Holzzapfen, die zu dem Zweck in die Wand geschlagen waren, und sah sich um. Als er sie entdeckte, setzte er sich an den Nebentisch, bestellte sich ein Bier und lehnte sich scheinbar gemütlich zurück.

»Wohl nicht viel los hier, was?«, fragte er die Wirtin.

»Es geht«, antwortete diese achselzuckend. »Vor einem Jahr, als die Posthalterei an den anderen Wirt vergeben worden ist, war es noch schlimmer. Da sind alle hingelaufen, um die Reisenden zu bestaunen. Mittlerweile kehren die Stammgäste wieder zu mir zurück. Sie wissen, dass mein Bier schmeckt und ich gut kochen kann.«

»Da du gerade vom Kochen redest: Ich hätte Hunger«, meinte der Mann.

»Dagegen kann ich was tun!« Mit diesen Worten stellte ihm die Wirtin den vollen Bierkrug hin und verschwand in der Küche.

Kaum war der Mann mit Klara und Liese allein, drehte er sich zu den beiden um. »Der Herr Richter lässt Euch grüßen, Frau Just. Er will noch heute mit Euch sprechen. Verlasst das Dorf in Richtung Rübenheim. Nach einer Viertelmeile trefft Ihr auf einen Torfschuppen. Wartet dort auf ihn!«

Klara nickte und stand auf. Da hob der Mann kurz die Hand. »Wartet noch, bis ich meinem Begleiter Bescheid gegeben habe. Er wird nach Rübenheim zurückkehren und dem Herrn sagen, dass Ihr gekommen seid. Wenn die Kirchturmuhr die sechste Stunde schlägt, wird mein Herr zum Schuppen kommen.«

Ein Blick aus dem Fenster verriet Klara, dass es bis dorthin noch fast zwei Stunden waren. Trotzdem wäre sie am liebsten sofort aufgebrochen. Im nächsten Moment kam die Wirtin mit einem Stück Braten und einer großen Scheibe Brot herein. Als Klara den Duft der Speisen roch, bekam sie ebenfalls Hunger und bat die Frau, auch ihr und Liese etwas zu bringen.

»Gerne!«, antwortete die Wirtin und verschwand in der Küche.

Hüsings Bote trank einen Schluck und ging dann nach draußen. Durch das Fenster sah Klara, dass er den Abtritt aufsuchte. Bevor er diesen jedoch betrat, machte er einem anderen Mann, der draußen herumlungerte, ein Zeichen. Dieser nickte, stieg auf ein Pferd und ritt in strammem Tempo Richtung Rübenheim davon.

Das ist also der Diener, der Hüsing rufen soll, dachte Klara. Bis er die Stadt erreicht hatte und der Richter zum genannten Treffpunkt kam, blieb ihr gewiss genug Zeit, ihren Hunger zu stillen.

Das Essen war auch diesmal gut und machte die Wartezeit erträglich. Als die Kirchturmuhr die halbe Stunde vor der sechsten Nachmittagsstunde schlug, hielt Klara nichts mehr in der Gaststätte. Sie verließ diese unter dem Vorwand, ein wenig Luft schnappen zu wollen, und wanderte in Richtung Rübenheim. Liese hielt sich eng an ihrer Seite.

Nach einer Weile führte der Weg an einem Moor vorbei. Klara stellte fest, dass es mehrere Torfschuppen gab, und wusste nicht so recht, welchen davon Hüsing meinte. Eine Hütte stand ein wenig abseits von den anderen und auch näher auf die Straße zu, daher lenkte sie ihre Schritte unwillkürlich dorthin. Wie die anderen Torfschuppen war auch diese Hütte mit der Rückwand gegen die Wetterseite errichtet worden, während die Vorderseite offen stand. Klara setzte sich auf einen Stapel ausgestochener Torfstücke, die bereits trocken waren, denn es fiel ihr bereits schwer, lange zu stehen.

»Hoffentlich habe ich mich nicht geirrt und Richter Hüsing wartet in einem anderen Schuppen auf mich«, sagte sie zu Liese.

Diese warf einen Blick nach draußen und drehte sich dann zu ihr um. »Wenn er das tut, sehen wir ihn auf jeden Fall, sobald er wieder nach Hause gehen will. Es liegt keine Torfhütte näher auf Rübenheim zu als die unsrige.«

Das beruhigte auch Klara. Dennoch kaute sie sich beinahe die Fingernägel ab, als die Uhr in der Stadt die volle Stunde schlug und immer noch nichts vom Richter zu sehen war.

Nicht lange danach vernahm sie Pferdegetrappel und schaute neugierig hinaus. Auch wenn der Reiter einen weiten Mantel um sich geschlungen hatte, erkannte sie Hüsing. Er ritt an der Hütte vorbei, bog gut hundert Schritt weiter vorne ab und verschwand kurz darauf hinter einem Gebüsch. Kurz darauf kam er eilig zu Fuß auf den Schuppen zu, in dem sie sich befand.

»Da seid Ihr ja! Gott sei Dank!«, sagte er anstelle eines Grußes und fasste nach ihrer Hand.

Verwundert, weil er sie mit einem Mal so höflich ansprach, sah Klara ihn an.

»Ist etwas geschehen?«, fragte sie.

Der Richter nickte mit verbissener Miene. »Das kann man wohl sagen! Die Jungfer hat den Apotheker verhaften lassen. Es könnte ja sein, dass dieser und nicht Euer Mann oder dessen Buckelapotheker das Gift in die Arznei gegeben hat.«

»Dies traue ich Stößel ebenso wenig zu wie meinem Mann!«, rief Klara entrüstet aus.

»Ich auch nicht! Aber nun sitzt er im Gefängnis und wird es, wenn kein Wunder geschieht, erst wieder verlassen, um gemeinsam mit Eurem Mann und Armin Gögel auf dem Richtplatz zu enden.«

Klara starrte den Richter erschrocken an. »Ist die Jungfer verrückt geworden?«

»Nicht verrückt! Sie will nur ihre Macht beweisen, dies aber auf eine Art, die ebenso unklug wie verderblich ist. Wenn sie nicht einlenkt, wird es in der Stadt zu Mord und Totschlag kommen.«

Hüsings Worte erinnerten Klara daran, was sie in Steinstadt erfahren hatte, und berichtete es ihm.

Hüsing ballte beim Zuhören mehrfach die Fäuste. »Wenn es so weitergeht, wie Ihr sagt, wird es auch dort zu Straßenkämpfen kommen. Das könnte den Landgrafen dazu bewegen, den Statthalter des englischen Königs in Hannover zu bitten, für Ordnung zu sorgen. Mit einem solchen Schritt wären alle Rechte und Privilegien, die Steinstadt im Laufe der Jahrhunderte erhalten hat, perdu!«

»Per… was?«, fragte Liese verdattert.

»Verloren!«, klärte Hüsing sie auf. »Das gleiche Schicksal wird auch meine Stadt ereilen, wenn es uns nicht gelingt, die Jungfer im Zaum zu halten.« Er seufzte und legte beide Hände

· 281 ·

auf Klaras Schultern. »Ihr müsst so schnell wie möglich nach Rudolstadt reisen und dort eine Audienz beim Fürsten erlangen – oder wenigstens bei einem seiner Berater, die an seine Unterschrift und sein Siegel gelangen können. Er muss unserem Landgrafen sein Missfallen über die Verhaftung Eures Mannes mitteilen und auf ein ordnungsgemäßes Verfahren dringen. Eine Kopie dieses Schreibens sollte an den neuen Bürgermeister von Rübenheim gehen. Vielleicht fasst der Mann Mut und stellt sich gegen die Jungfer. Wenn die Stadt ihre Rechte verliert, werden wir es alle zu spüren bekommen. Noch schlimmer wird es, wenn Landgraf Karl die beiden Städte an Hannover verkauft. Dann können wir nicht einmal mehr mäh sagen, ohne dass man uns eins übers Maul gibt.«

Hüsing wurde zuletzt recht derb, und das bewies Klara, wie angespannt die Lage sein musste.

»Ich soll also nach Hause fahren, ohne zu wissen, ob ich meinen Mann wiedersehen werde?«, fragte sie.

»Wenn Ihr nicht fahrt, werdet Ihr ihn niemals mehr wiedersehen!«, antwortete Hüsing grob. »Ich würde am liebsten selbst nach Rudolstadt fahren und mit den Verantwortlichen sprechen. Doch wenn ich das tue, ist niemand mehr hier, der mäßigend auf die Jungfer einwirken kann. Ihr müsst jedoch schnell reisen. Nehmt die Extrapost! Hier ist das Geld für die Fahrt.«

Bei diesen Worten drückte er Klara eine nicht gerade leichte Börse in die Hand. Anschließend erklärte er ihr, wie sie am schnellsten in ihre Heimat zurückkehren konnte. Zwar würde sie ein paar Umwege in Kauf nehmen müssen, doch die Expresspost, die auf diesen Postlinien verkehrte, machte dies wett.

»Fahrt mit Gott! Ich tue, was ich kann. Tut Ihr das Eure«, schloss Hüsing.

»Das werde ich«, versprach Klara und blickte zu dem Ort hinüber, in dem sie untergekommen war. Dort hielt keine Expresslinie, und nach Rübenheim durfte sie nicht gehen. Also musste sie zu einem Ort gelangen, der von einer Postlinie angefahren wurde.

»Es sind drei lange Meilen bis dorthin«, sagte sie leise. »Wenn wir sie vor dem Morgen erreichen, haben wir einen Tag gewonnen. Komm, Liese, lass uns aufbrechen. Die Wirtin soll uns eine Laterne verkaufen und genug Kerzen, damit wir noch in der Nacht dorthin gelangen können.«

»Ich würde Euch gerne zu einem Wagen verhelfen, doch vor morgen früh geht das nicht«, wandte Hüsing ein.

Mit einem sanften Lächeln wandte Klara sich zu ihm um. »Ich bin in meinem Leben schon längere Strecken zu Fuß gegangen. Da werde ich wohl auch diese bewältigen. Lebt wohl, oder, besser gesagt, auf Wiedersehen! Mögen unsere Hoffnungen sich bis dorthin erfüllt haben!« Mit diesen Worten verließ sie den Torfschuppen und kehrte mit raschen Schritten ins Dorf zurück.

3.

Die Wirtin zeigte sich zwar verwundert, weil Klara noch an diesem Abend aufbrechen wollte, ließ sich aber mit einem guten Trinkgeld versöhnen und wünschte ihr und Liese alles Gute für die Reise. Da Klara ihrer jungen Magd nicht zumuten wollte, die schwere Reisetasche bis zu ihrem Ziel zu tragen, bestimmte sie, dass sie bei jedem Viertelstundenschlag einer Turmuhr wechseln würden. Während die eine die Tasche trug, musste die andere mit der Laterne den Weg ausleuchten.

Die Straße, der sie folgten, gehörte nicht zu denen, über die eine Postlinie verlief, und war daher noch schlechter als jene. Klara vertraute jedoch auf ihre festen Schuhe und ihre guten

Augen, mit denen sie auch im trüben Schein der Laterne Schlaglöcher und aus dem Boden ragende Steine erkennen konnte.

»Komm, Liese, gib mir jetzt die Tasche«, sagte sie, als sie in der Ferne den Schlag einer Uhr vernahm.

Die Kleine schüttelte protestierend den Kopf. »Es ist gewiss noch keine Viertelstunde vergangen, seit wir losgegangen sind, Herrin!«

»Wir werden trotzdem wechseln, um im Takt der Turmuhren zu bleiben«, sagte Klara und hielt ihr die Laterne hin.

»Mach jetzt!« Es klang etwas scharf, weil Liese zögerte.

Schließlich reichte diese ihr die Tasche, zog aber ein unglückliches Gesicht. »Ihr müsst sie mir sofort wiedergeben, wenn sie Euch zu schwer wird!«

Klara nahm es mit einem Lächeln zur Kenntnis. Vor etlichen Jahren war sie als Wanderapothekerin durch die Lande gezogen und hatte mit ihrem Reff ein Mehrfaches des Gewichts der Reisetasche getragen. Zwar war seitdem ein wenig Zeit vergangen, doch sie spürte, dass sie trotz ihrer Schwangerschaft noch immer genug Kraft besaß, um diesen Marsch bewältigen zu können.

»Der Richter hätte schon vorher dafür sorgen können, dass wir einen Wagen bekommen«, maulte Liese, als es völlig dunkel geworden war und sie nur die zwei, drei Schritte weit sehen konnten, die der flackernde Schein der Laterne reichte. »Hoffentlich verlaufen wir uns nicht«, setzte sie angstvoll hinzu.

»Der Richter hat mir den Weg ganz genau beschrieben«, antwortete Klara nachsichtig. »Wir werden bald an einem Gehöft vorbeikommen und dann ein ausgedehntes Waldstück erreichen.«

»Nicht, dass es dort Räuber gibt!«

»Wenn dort welche hausen, lauern sie gewiss an einer wichtigeren Straße als auf diesem Feldweg.« Klara lachte ein wenig, war aber selbst froh, als sie zur Linken schattenhaft einen Bauernhof entdeckte und das Gebell des Hofhunds vernahm.

· 284 ·

»Wie du siehst, sind wir auf dem richtigen Weg«, sagte sie zu Liese, hörte im nächsten Augenblick den Schlag einer Kirchturmuhr und reichte dem Mädchen die Tasche.

»Oh Gott, ich habe sie Euch die ganze Zeit tragen lassen!«, rief Liese erschrocken.

»So schlimm war es nicht«, tröstete Klara sie. Für sie war es wichtig, dass Liese diesen Marsch durchhielt und nicht vor Erschöpfung zusammenbrach. Da trug sie die Tasche lieber ein Stückchen weiter als die Kleine.

Als sie den Wald erreichten, begann Liese zu beten und flehte zu Gott, sie vor Räubern und wilden Tieren zu beschützen. Klara ließ sie reden, denn auch sie empfand den tiefschwarz erscheinenden Forst als unheimlich und bedrückend. Unwillkürlich ging sie schneller. Drei lange Meilen ließen sich jedoch nicht in einem Stück bewältigen. Kaum lag die dichte Bewaldung ein Stück hinter ihnen, blieb Klara stehen und presste sich die Linke gegen die Seite.

»Wir müssen rasten«, sagte sie zu Liese. »So schnell wie durch den Wald kann ich nicht weitergehen.«

Das Mädchen nickte erleichtert und stellte die Reisetasche ins Gras. »Vielleicht sollten wir etwas essen? Die Wirtin hat uns ein wenig Mundvorrat mitgegeben.«

»Das ist ein guter Gedanke!«, lobte Klara ihre Magd und zog den Beutel aus der Reisetasche, den Liese im Gasthof erstanden hatte. Darin befanden sich zwei Blut- und zwei Leberwürste, ein großes Stück Brot und eine kleine Flasche mit Kirschsaft. Als Klara diese öffnete, schäumte der Saft hoch. Sie konnte gerade noch die Flasche von sich weghalten, sonst wäre sie über und über bespritzt worden.

»Die hat das Tragen und Schütteln nicht überstanden«, meinte sie zu Liese und sah sich um, ob sie nicht irgendwo eine Quelle sprudeln hörte. Sie entdeckte jedoch keine, und so mussten sie sich den Rest des Saftes teilen, der in der Flasche verblieben war.

Nach etwa einer Stunde brachen sie wieder auf und legten den Rest der Strecke in einem gemächlicheren Tempo zurück. Dennoch erreichten sie die Poststation genau zu dem Zeitpunkt, zu dem dort das Tor geöffnet wurde.

Klara ging hinein und sprach den ersten Knecht an, der ihr über den Weg lief. »Ich brauche eine Extrapost!«

Der Mann musterte sie mit schiefem Blick. Ihrem Kleid nach war sie eine schlichte Bürgersfrau und damit niemand, dem er seiner Meinung nach besondere Achtung schuldete. »Sei froh, wenn du mit deiner Magd einen Platz in der Postkutsche bekommst. Ein Extrawagen ist nichts für dich!«

Das war Klara dann doch zu unverschämt. »Wo ist der Posthalter?«, fragte sie scharf.

»Der wird wohl noch schlafen«, gab der Knecht pampig zurück.

Im nächsten Augenblick stieß er einen Schmerzensschrei aus, denn jemand war neben ihn getreten und hatte ihm eine schallende Ohrfeige verpasst.

»Dich werde ich Höflichkeit lehren!«, rief der Mann zornig und wandte sich dann an Klara. Er war sicher, dass sie nicht nur aus Spaß nach einer Extrapost gefragt hatte, und die zu vermieten, brachte ihm einiges ein.

Sein Auftreten und seine Kleidung verrieten Klara, dass er der Posthalter selbst war, und sie wiederholte ihre Forderung. »Ich muss, so rasch es geht, nach Rudolstadt«, sagte sie und ließ ihn einen Blick in die Börse werfen, die Richter Hüsing ihr gegeben hatte. So bewies sie ihm, dass sie sich die Fahrt leisten konnte.

Der Posthalter musterte ihre durch die Nachtwanderung staubig gewordene Kleidung und sagte sich, dass es einen gewichtigen Grund geben musste, wenn eine solche Frau mit einem Extrawagen reisen wollte. Auf jeden Fall besaß sie genug Geld, um sich die Ausgabe leisten zu können.

»Ich werde einen Wagen anspannen lassen«, erklärte er. »Wenn Ihr Euch derweil ein wenig frisch machen wollt, steht Euch eine Kammer zur Verfügung. Auch werdet Ihr gewiss Hunger haben.«

Liese nickte. »Den haben wir! Aber wir sind auch müde.«

»Wir werden in der Kutsche schlafen!«, erklärte Klara, obwohl sie wusste, dass es ihr schwerfallen würde. Sie war aber nicht die Nacht durchgewandert, um Zeit zu verlieren, indem sie ein paar Stunden schlief.

Der Wirt nickte und befahl dem Knecht, den Wagen vorzubereiten. Danach wies er auf das stattliche Gebäude der Posthalterei und bat Klara und Liese, ihm ins Haus zu folgen.

4.

Die Expresspost war zwar die schnellste Art zu reisen, aber auch die unbequemste, fand Klara. An den Poststationen wurde sie beim Pferdewechsel bevorzugt und erhielt die besten Gespanne. Aber die Pausen, die man den Passagieren gönnte, reichten gerade mal aus, rasch zum Abtritt zu eilen und sich ein Stück Brot, eine Wurst und etwas Braten zu besorgen. Dann rief das Horn des Kutschers sie und Liese schon wieder in den Wagen zurück.

Als sie nach fünf Tagen Rudolstadt erreichten, fühlte Klara sich wie zerschlagen, und sie wusste, dass es Liese nicht besserging. Nachdem sie dem letzten Kutscher noch ein gutes Trinkgeld gegeben hatte, nahm sie im Gasthof ein Zimmer, ließ sich eine Schüssel warmes Wasser bringen und wusch sich erst einmal von Kopf bis Fuß. Sie zwang auch Liese dazu, obwohl das Mädchen sich mit Händen und Füßen dagegen sträubte, jene Stelle zwischen den Beinen zu berühren, die nach Aussage des Pfarrers sündhaft sein sollte. Da die Kleider, die beide während der Fahrt getragen hatten, gewaschen werden mussten, zog Klara ihr Ersatzkleid an. Obwohl sie sich vor Müdigkeit am liebsten im Bett verkrochen hätte, verließ sie den Gasthof und eilte zu Wilhelm Frahm, dem sie vor ein paar Wochen von Kasimir Fabel und dessen Versuchen, die heimischen Buckelapotheker zu verdrängen, berichtet hatte.

Der Hausdiener des Beamten empfing sie und hieß sie im Vorraum warten. Schon nach kurzer Zeit kehrte er zurück und hob bedauernd die Hände. »Es tut mir leid, aber der Herr Rat ist leider beschäftigt und kann dich nicht empfangen.«

»Ich muss mit ihm sprechen. Es ist wichtig«, antwortete Klara gereizt.

»Das geht nicht. Ich darf dich nicht vorlassen! Mein Herr hat es mir explizit verboten.«

»Verboten? Warum?« Klara ärgerte sich weniger, weil der Mann sie wie eine schlichte Magd und nicht wie eine geachtete Bürgersfrau ansprach, als über dessen Herrn, der seinen Pflichten als Beamter des Fürsten nicht nachkommen wollte. Immerhin war er für die Laboranten und Buckelapotheker verantwortlich.

»Nun, es ist so …« Der Hausdiener druckste ein wenig herum. »Die Herren Rumold und Tobias Just haben das Fürstentum in ein schlechtes Licht gerückt, und mein Herr muss alles tun, um die erregten Gemüter fremder Herrschaften zu beruhigen, damit diese nicht alle unsere Buckelapotheker an den Grenzen abweisen. Ihr seid daher in Ungnade gefallen!«

»In die Ungnade eines nachgeordneten Beamten in der Hofkammer Seiner Durchlaucht! Mir scheint, dein Herr nimmt sich etwas zu viel heraus!« Mit diesen Worten drehte Klara sich um und verließ das Haus. Liese eilte hinter ihr her und fasste nach ihrem Ärmel. »Was wollt Ihr jetzt tun?«

»Ich bin nicht mit der Expresspost nach Rudolstadt gefahren, um mich von so einem Hanswurst abweisen zu lassen«, antwortete Klara erregt. »Ich werde mich an den Kanzler wenden!«

»Und wenn dieser Euch auch nicht vorlässt?«

»Gehe ich zum Fürsten!«

Klara war zum Äußersten entschlossen. Allerdings wusste sie selbst, dass sie nicht so ohne weiteres zu dem Herrn Kanzler oder gar zum Fürsten geführt werden würde. Daher kehrte sie in das Gasthaus zurück, ließ sich Papier, Tinte und Feder reichen und verfasste eine Bittschrift an den Kanzler wie auch eine an Fürst Friedrich Anton selbst. Einen Tag wollte sie warten, sagte sie sich, nachdem sie Liese den Auftrag erteilt hatte, die Briefe zum Schloss zu bringen. Sie selbst saß noch eine Weile am Fenster und sah dem Treiben auf dem Marktplatz zu. Dann aber überwältigte sie die Müdigkeit, und sie legte sich ins Bett. Als Liese kurze Zeit später zurückkehrte, lag Klara in tiefem Schlaf, und man hätte eine Kanone neben dem Bett abfeuern müssen, um sie zu wecken.

5.

Am nächsten Morgen erhielt Klara ein kurzes Schreiben von einem Sekretär des Kanzlers, dass sie sich in ihrer Angelegenheit an Wilhelm Frahm, den für ihre Belange zuständigen Beamten in Rudolstadt, wenden solle. Vom Fürsten selbst kam keine Reaktion.

Mit der Antwort des Kanzlers bewaffnet, machte sie sich erneut zum Haus des Beamten auf und wurde von demselben

Diener wie am Vortag empfangen. Bei ihrem Anblick schüttelte er den Kopf.

»Ich darf dich nicht vorlassen!«

»Ich habe hier ein Schreiben Seiner Exzellenz, des Kanzlers Seiner Durchlaucht, dass dein Herr sich mit meinen Angelegenheiten zu befassen hat«, antwortete Klara und streckte ihm den Brief hin.

Der Hausdiener nahm ihn, schien aber nicht recht zu wissen, was er damit tun sollte. Schließlich trollte er sich und blieb längere Zeit aus. Als er zurückkehrte, machte er eine einladende Handbewegung.

»Mein Herr ist bereit, dich zu empfangen!«

»Das hätte er auch schon gestern tun können!« Klara ärgerte sich über die Verzögerung, die sich bei Kathrin Engstlers Unberechenbarkeit verhängnisvoll auswirken konnte, und folgte dem Diener in die Schreibstube seines Herrn.

Frahm fixierte Klara mit einem vernichtenden Blick. »Ich habe dir gestern bereits ausrichten lassen, dass ich nichts für dich tun kann. Also gib endlich Ruhe! Heute habe ich dich nur vorgelassen, damit du Seiner Exzellenz, dem Kanzler, nicht schreiben kannst, ich hätte meine Pflicht versäumt.«

Das fängt ja nicht gut an, dachte Klara. Sie war jedoch nicht gekommen, um sich wie eine aufdringliche Hausiererin verscheuchen zu lassen. Daher trat sie noch einen Schritt auf Frahm zu und stützte sich mit einer Hand auf den Tisch, hinter dem er saß.

»Ich habe eine weite Reise unternommen und einiges in Erfahrung gebracht. Die Anklage gegen meinen Ehemann ist an den Haaren herbeigezogen und hätte die hiesigen Behörden längst dazu bringen müssen, sich dagegen zu verwahren!«

»Versuche nicht, mich zu lehren, was ich zu tun habe und was nicht«, fuhr der Mann sie an.

Klara sah ihn mit blitzenden Augen an. »Es geht nicht nur um meinen Ehemann! Hinter dieser Angelegenheit steckt jemand, der allen Laboranten und Wanderapothekern unseres Fürstentums schaden will. Nur zwei Tagesreisen von Rübenheim entfernt ist ebenfalls ein mächtiger Mann gestorben. Zwar wird dort kein Gift vermutet, doch der Laborant Liebmann aus Großbreitenbach berichtete mir, dass einer seiner Wanderapotheker diesem Herrn eine spezielle Arznei überbringen musste. Der Wanderapotheker starb am selben Tag wie dieser Mann.«

»Und was hat das mit uns zu tun?«, fragte der Beamte, der mittlerweile nervös auf seinem Stuhl herumruckte.

Seine Aufgabe war es, mit den Beamten anderer Fürstentümer Briefe auszutauschen und die Bitte um das Wanderprivileg für die einheimischen Buckelapotheker weiterzuleiten. Eine Situation wie diese hatte er noch nie erlebt.

»Es hat sehr viel mit uns zu tun! Irgendjemand tut alles, um die Laboranten hier im Rudolstädtischen und drüben im Sondershausischen in ein schlechtes Licht zu rücken, damit sie die Wanderprivilegien für ihre Buckelapotheker verlieren. Wenn dies geschieht, wird Seine Durchlaucht sich fragen, weshalb seine Beamten sich nicht rechtzeitig darum gekümmert haben.«

Trotz ihrer Wut versuchte Klara, sich zu beherrschen. Ihre Stimme klang jedoch schneidend und durchdrang sogar die dicke Haut ihres Gegenübers.

»Ich weiß, dass die Lage schwierig ist, und schreibe deshalb auch einen Brief nach dem anderen an alle möglichen Herrschaften. Ich kann bereits erste Erfolge vermelden, denn einige Fürstentümer und Städte haben es abgelehnt, uns das Wanderprivileg mit Arzneien zu entziehen und es dem Manufakturisten Kasimir Fabel zu überlassen.«

»Das mag wohl sein, doch wünschte ich mir, Ihr hättet Euch mit ähnlicher Kraft für meinen Ehemann verwandt. Seit Wochen wartet man in Rübenheim auf Antwort aus Rudolstadt, und die Verantwortlichen dort werden unruhig. Die Tochter des Toten fordert bereits, den Prozess gegen meinen Mann ohne Rücksicht auf seine Herkunft und Seine Durchlaucht Friedrich Anton durchzuführen.«

Der Beamte funkelte Klara verärgert an. »Für dich mag dein Mann wichtig sein. Doch wir, die Seiner Durchlaucht dienen, haben andere Sorgen. Durch das überraschende Ableben unseres durchlauchtigsten Fürsten Ludwig Friedrich muss die Herrschaft in diesen unruhigen Zeiten, in denen das Volk sich empört, an Seine Durchlaucht Friedrich Anton übergeleitet werden. Das ist wahrlich kein leichtes Ansinnen!«

Von einer direkten Empörung des Volkes hatte Klara bislang noch nichts gehört. Allerdings wusste sie, dass die letzten Steuererhöhungen von Fürst Ludwig Friedrich viele erbittert hatten. Sogar ihr Schwiegervater hatte sich zu ein paar deutlichen Worten über die Geldgier des Fürsten hinreißen lassen. Daher sah sie die Ausführungen des Beamten als Ausrede an und war nicht gewillt, sich ihnen zu beugen.

»Es wäre Euch gewiss nicht schwergefallen, einen Brief zu schreiben und Seiner Durchlaucht zur Unterschrift vorzulegen!«

»Ich habe ein Schreiben aufgesetzt«, antwortete Frahm, doch Klara war sich sicher, dass er log. Es sah so aus, als sei der Beamte bereit, Tobias zu opfern, wenn er im Gegenzug genug Wanderprivilegien für die Buckelapotheker sichern konnte. Ob es gerecht oder ungerecht war, kümmerte ihn nicht. Ihm ging es um seine eigene Stellung. Diese für einen angeblichen Mörder zu gefährden, war er nicht bereit. Selbst wenn er ihr jetzt versprach, sich für Tobias einzusetzen, musste sie damit rechnen, dass er nichts tun würde.

Ich muss zum Kanzler, dachte sie. Er würde ihr helfen müssen. Dann aber fragte sie sich, weshalb sie sich mit Beulwitz zufriedengeben sollte. Auch der musste ihre Angelegenheit erst seinem Herrn vorlegen. Da war es besser, wenn sie es gleich selbst tat.

»Ich bitte Euch, Euch für meinen Mann und den armen Armin Gögel zu verwenden«, sagte sie zu Frahm, um ihn glauben zu machen, sie würde es bei diesem einen Besuch belassen. Dann verließ sie nach einem scheinbar ehrerbietigen Knicks die Kammer.

Der Lakai führte sie zur Haustür. »Ich habe dir doch gesagt, dass es nichts bringt! Mein Herr hat genug damit zu tun, die Wanderprivilegien unserer Buckelapotheker zu verteidigen. Da bleibt für anderes keine Zeit.«

Klara verkniff sich eine Antwort, da diese nicht sehr freundlich ausgefallen wäre, und kehrte zum Gasthof zurück. Liese folgte ihr mit betretener Miene und brach, kaum hatten sie ihre Kammer betreten, in Tränen aus. »Jetzt haben wir uns ganz umsonst so beeilt und können doch nichts für Herrn Tobias tun.«

»Und ob wir etwas tun können!«, antwortete Klara. »Als Erstes müssen wir herausfinden, wann und wo Seine Durchlaucht auszureiten pflegt.«

»Ihr wollt den Fürsten ansprechen?« Liese starrte ihre Herrin aus weit aufgerissenen Augen an.

»Genau das tue ich! Wenn der Esel nicht so will wie ich, muss ich eben mit dessen Herrn sprechen.«

Als Liese das hörte, fing sie trotz ihrer Ängstlichkeit zu kichern an. »Der Herr Amtsrat ist wirklich ein Esel!«

»Wir dürfen es nur nicht zu laut sagen, sonst sperrt man uns ein und verurteilt uns zu einer Geldstrafe. Die Truhen der hohen Herren sind groß, und sie lassen sich viel einfallen, um sie zu füllen«, mahnte Klara das Mädchen, während sie in Gedanken schon weiter an ihrem Plan arbeitete.

6.

Auskunft über die Gepflogenheiten des Fürsten zu erhalten, war leichter, als Klara es sich vorgestellt hatte. Rudolstadt war so klein, dass die Bewohner fast alles erfuhren, was sich im Schloss ereignete. Vor allem die Wirtin erwies sich als wahrer Quell des Wissens. Von ihr erfuhr Klara sowohl die Zeiten, in denen der hohe Herr zumeist ausritt, wie auch die Strecken, die er wählte.

Noch am gleichen Tag suchte Klara sich mehrere Stellen aus, an denen sie den Fürsten abpassen konnte. Um seine Anteilnahme zu erreichen, änderte sie ihr Kleid so ab, dass ihre Schwangerschaft deutlicher zu erkennen war, und machte sich auf den Weg. Liese kam mit, um ihr notfalls beistehen zu können.

Beinahe hätte Klara sich verschätzt, denn Friedrich Anton von Schwarzburg-Rudolstadt brach an diesem Tag etwas früher auf als gewöhnlich und hatte die erste Stelle, an der sie ihn hatte abfangen wollen, bereits passiert. Ihr blieb daher nichts anderes übrig, als sich an den Weg zu stellen, den der Fürst wahrscheinlich bei seiner Rückkehr nehmen würde. Dabei konnte sie nur hoffen, dass er nicht über Nacht ausblieb und sie vergeblich wartete.

Durch das lange Stehen spürte Klara ihren Rücken und lehnte sich schließlich gegen eine Mauer, um ihr Rückgrat zu entlasten. Sie bekam Hunger und Durst und schickte Liese, etwas Brot und leichtes Bier zu holen. Als die junge Magd davoneilte, blieb Klara allein zurück und kämpfte gegen eine tiefe Verzweiflung an, denn alles schien sich gegen sie verschworen zu haben. Da vernahm sie Hufgetrappel und laute Stimmen. Als sie den Weg entlangspähte, entdeckte sie den Fürsten. Neben Friedrich Anton ritt der Kanzler Beulwitz und wurde dem Anschein nach gerade von seinem Herrn gescholten.

· 294 ·

Sechs livrierte Jäger begleiteten die Herren, hielten sich aber hinter ihnen, damit diese nicht den Staub einatmen mussten, den ihre Pferde aufwirbelten. Friedrich Anton war ein recht junger, stattlich aussehender Mann in dunkelblauem Rock und einem federgeschmückten Hut auf der hellen Perücke. In der Hand hielt er eine Reitpeitsche, und der Abstand, den sein Kanzler von ihm hielt, zeigte an, dass dieser Angst davor hatte, sein Herr könnte ihn damit schlagen.

Angesichts der Laune des Fürsten überlegte Klara, ob sie ihn wirklich ansprechen sollte. Doch es ging um Tobias' Leben. Daher trat sie vor und sank in einen tiefen Knicks.

»Euer Durchlaucht! Erlaubt mir zu sprechen!«, rief sie, bevor Friedrich Anton an ihr vorbeireiten konnte.

Der Fürst zügelte sein Pferd und blickte auf sie hinab. Während er noch überlegte, ob er Klara überhaupt ansprechen sollte, fuhr Beulwitz diese an.

»Weshalb belästigst du Seine Durchlaucht?«

Klara sah es als Erlaubnis an zu sprechen und richtete sich ein wenig auf. »Ich bitte um Hilfe für meinen Mann, der schuldlos in der Ferne gefangen sitzt und keinerlei Unterstützung durch die Beamten Eurer Durchlaucht erfährt.«

»Du weißt schon, dass du für eine solche Unterstellung streng bestraft werden kannst?«, fragte Beulwitz ätzend.

»Es handelt sich um eine Angelegenheit, die alle Laboranten des Fürstentums betrifft! Ein skrupelloser Konkurrent tut alles, um unsere Laboranten und Wanderapotheker in Verruf zu bringen, weil er deren Privilegien in fremden Ländern erhalten will. Wenn ihm dies gelingt, werden in Königsee, Oberweißbach und anderen Orten des Fürstentums Hunger und Not einkehren, und kein Bürger wird mehr in der Lage sein, seine Steuern zu bezahlen.«

Beim Geld, so hoffte Klara, würde sie den Fürsten am leichtesten fangen können. An der Miene Friedrich Antons erkannte sie, dass er nicht die geringste Ahnung von den Schwierigkeiten hatte, mit denen sich die Laboranten und Buckelapotheker herumschlagen mussten. Mit einer ärgerlichen Bewegung wandte er sich an Beulwitz. »Was wisst Ihr von der Sache?«

»Es gab wohl in letzter Zeit ein paar Schwierigkeiten, doch versicherte mir der damit befasste Beamte Frahm, dass alles getan würde, um diese zu beenden.«

»Frahm hielt es nicht einmal für nötig, die Anfrage aus Rübenheim zu beantworten, während mein Mann und einer unserer Buckelapotheker dort im Gefängnis schmachten und einem Prozess entgegensehen, in dem es nicht um Gerechtigkeit, sondern nur um Rache geht. Mein Ehemann ist unschuldig, und ich bin bereit, meine Hand auch für Armin Gögel ins Feuer zu legen.«

Klaras Stimme klang so eindringlich, dass der Fürst sich ihrer Wirkung nicht zu entziehen vermochte. Als Klara dies bemerkte, beschloss sie, ihren letzten Trumpf auszuspielen.

»Die Haltung des Gerichts in der Stadt Rübenheim stellt eine Beeinträchtigung Eurer fürstlichen Würde dar, Euer Durchlaucht, denn es will den Prozess führen, ohne auf eine Reaktion aus Schwarzburg-Rudolstadt zu warten.«

»Man will mich übergehen?«, fuhr Friedrich Anton auf. »Habt Ihr das gehört, Beulwitz? Soll es im ganzen Reich heißen, man könne meine Untertanen wie heimatloses Gesindel behandeln und verurteilen, ohne auch nur die geringste Rücksicht auf meine Herrschaft nehmen zu müssen?«

Beulwitz saß in der Falle, stellte Klara befriedigt fest. Anscheinend hatte er dem Ganzen zu wenig Bedeutung beigemessen und sah sich nun dem Zorn seines Herrschers ausgesetzt. Dieser tippte Klara mit der Spitze seiner Reitgerte an.

»Nenne mir deinen Namen und den deines Mannes!«

»Mein Ehemann ist Tobias Just, Laborant aus Königsee, und mein Name lautet Klara!«

»Einst Klara Schneidt, die Wanderapothekerin«, stieß Beulwitz leise hervor.

Der Fürst hörte es trotzdem, und für einen Augenblick huschte ein Lächeln über sein Gesicht. »Ich habe von dir gehört. Mein durchlauchtigster Vater nannte dich einst ein beherztes Mädchen. Ein Mädchen bist du, wie man sieht, jetzt nicht mehr, doch beherzt noch immer. Beulwitz, Ihr werdet Euch darum kümmern!«

»Sehr wohl, Euer Durchlaucht!« Der Kanzler neigte leicht den Kopf und sah dann Klara an. »Sei in einer Stunde im Schloss!«

»Sehr wohl, Euer Exzellenz«, antwortete Klara und knickste erneut.

7.

Die Audienz bei Ulrich Georg von Beulwitz verlief kurz und kühl, dennoch verließ Klara den Kanzler mit neuer Hoffnung. Mochte der hohe Herr sich ärgern, weil sie ihm Arbeit aufgehalst hatte, würde er sie dennoch zur Zufriedenheit des neuen Fürsten erledigen müssen. Immerhin ging es für ihn darum, sich dessen Wohlwollen zu sichern, damit er auch weiterhin eine der bestimmenden Personen am Hofe zu Rudolstadt bleiben konnte. Nachdem die Briefe an Kathrin Engstler und ihren Landesfürsten geschrieben und von Eilkurieren übernommen worden waren, blieb Klara nur die Frage, was sie als Nächstes unternehmen sollte. Ihre Erschöpfung stritt mit ihrer Angst um Tobias. Was war, wenn Kathrin Engstler sich nicht von Beulwitz' Briefen aufhalten ließ? Dann schwebte Tobias in höchster Gefahr. Wenn sie jetzt in der Heimat blieb und von seinem Tod erfuhr, würde sie sich bis zum Ende ihres Lebens Vorwürfe machen.

Entschlossen kehrte sie Rudolstadt den Rücken und machte sich auf den Weg nach Königsee. Ein Bauer, der Feldfrüchte zum

Markt gebracht hatte, nahm sie ein Stück mit. Den Rest legten Liese und sie zu Fuß zurück.

»Bald haben wir es geschafft«, sagte die junge Magd aufatmend.

Klara nickte, obwohl sie wusste, dass noch ein weiter Weg vor ihr lag.

»Ja, fürs Erste haben wir es geschafft«, antwortete sie und lenkte ihre Schritte zum Haus ihres Schwiegervaters.

Das Erste, was ihr beim Näherkommen auffiel, war frische Farbe. Das Fenster in der in Brand gesetzten Kammer war erneuert, die Tür sorgfältig gestrichen und die Wände zwischen den schwarzen Balken frisch gekalkt. Es war, als habe Rumold Just jede Erinnerung an jene schändliche Tat ausmerzen wollen. Die gleiche Entschlossenheit wünschte Klara für sich selbst, um Tobias freizubekommen. Mit diesem Gedanken trat sie auf die Tür zu.

Ehe sie klopfen konnte, wurde diese aufgerissen, und Martha flog Klara entgegen. »Ihr seid wieder da!«

Sie umarmte ihre Freundin und seufzte. »Wenigstens für den Augenblick! Ich muss jedoch umgehend wieder aufbrechen, und du solltest mich begleiten.«

Auf Marthas hübschem Gesicht erschien ein listiger Ausdruck. »Du hast also etwas vor!«

Sie sah kurz Liese an, die zwar nicht mehr ganz wie ein Schäfchen hinter der Mutter hinter Klara hertrottete, aber trotzdem nie die Mutigste werden würde, und zwinkerte Klara zu.

»Worum auch immer es gehen mag. Ich bin dabei!«

»Es kann sein, dass wir Tobias aus dem Gefängnis befreien müssen«, raunte Klara ihr ins Ohr.

»Da hast du dir ja was vorgenommen. Aber jetzt komm herein! Herr Just wird dich gewiss begrüßen wollen.« Martha trat einen Schritt zur Seite, damit Klara an ihr vorbeigehen konnte, und wandte sich Liese zu. »Du hast Frau Klara hoffentlich so gedient, wie es sich gehört?«

Liese nickte ängstlich. »Ich habe alles getan, was sie mir befohlen hat.«

Kuni war hinzugetreten und zauste ihrer Nichte kurz das Haar. »Das wird auch gut so gewesen sein! Aber eine gute Magd weiß auch, was sie ohne direkte Anweisung ihrer Herrin zu tun hat.« Dann scheuchte sie das Mädchen ins Haus. »Zieh dich um und wasch dich! Ich brauche dich in der Küche.«

Das stimmte nicht so ganz, aber Kuni hoffte, auf diese Weise einiges über Klaras Reise zu erfahren. Zu ihrem Leidwesen hatte sie in der Küche zu tun und konnte daher nicht zuhören, wenn Klara Rumold Just berichtete, was sie erlebt hatte.

Klara begrüßte unterdessen ihren Schwiegervater, der zu ihrer Erleichterung besser aussah als vor ihrer Abreise und sich mit seiner Krücke ganz gut bewegen konnte.

»Es wird zwar noch zwei, drei Wochen dauern, bis ich wieder richtig auftreten kann, sagt der Wundarzt. Aber es geht wieder halbwegs, und ich glaube, ich kann dich begleiten, wenn du auf Reisen gehst.«

Klara sah ihn erstaunt an. »Weshalb nimmst du an, dass ich wieder auf Reisen gehe?«

»Dein Blick verrät es mir! Den gleichen hattest du vor einigen Jahren, als du unbedingt als Wanderapothekerin losziehen wolltest. Man hätte dich festbinden müssen, um dich daran zu hindern.«

»Ich werde morgen, spätestens übermorgen wieder aufbrechen, denn ich traue der Jungfer Engstler nicht. Außerdem will ich zusehen, ob ich nicht Beweise für Kasimir Fabels Umtriebe finde.« Klara wollte noch mehr sagen, wurde aber von Martha unterbrochen.

»Weißt du, dass dieser Fabel ein Verwandter von dir ist? Er hat deine Base Reglind geheiratet. Ich habe es von deiner Mutter erfahren.«

»Reglind ist mit Fabel verheiratet?«, rief Klara verwundert. »Aber woher weiß Mama das?«

»Reglind und deren Mutter hatten sie besucht. Durch den Tod meines Mannes und den Versuch des alten Kircher, auch sie und Liebgard umzubringen, hat sie nicht mehr daran gedacht, es dir zu berichten. Letzte Woche erhielt sie einen Brief ihrer Schwägerin, in der diese sie aufforderte, all die Pflanzen, die sie sammelt, ihrem Schwiegersohn zu verkaufen. Der würde besser zahlen als die geizigen Rudolstädter Laboranten. Deswegen ist sie noch einmal hierhergekommen und hat es uns erzählt.«

Klara atmete tief durch und ballte die Faust. »Wenn das stimmt, traue ich Fabel jede Schandtat zu, auch die Morde an Engstler und Schüttensee!«

»Es ist noch jemand ermordet worden?«, fragte ihr Schwiegervater verwundert.

»Ich vermute es«, antwortete Klara und berichtete Just und Martha, was sie von Liebmann aus Großbreitenbach erfahren hatte.

»Aber warum musste der arme alte Buckelapotheker sterben?«, rief Martha.

»Wahrscheinlich hätte er sonst den wahren Mörder nennen können«, sagte Klara.

Nach kurzem Nachdenken stimmten Just und Martha ihr zu. »Für mich steckt wirklich dieser Fabel hinter allem«, meinte ihr Schwiegervater. »Ihm ist auch zuzutrauen, dass er uns das Haus über dem Kopf anstecken lassen wollte. Die Witwe deines Oheims ist eine Hexe, und ihre Tochter steht ihr nur wenig nach. Die mag mit Fabel einen Mann gefunden haben, der zu ihr und ihrer Mutter passt.«

»Wir müssen mehr über ihn herausfinden«, sagte Klara. »Im Augenblick ist es jedoch wichtiger, dass wir uns um Tobias kümmern. Ich will nicht, dass diese verrückte Jungfer ihn hinrichten lässt.«

»Du sagtest vorhin, du wolltest ihn befreien«, meinte Martha mit blitzenden Augen.

Klara nickte. »Wenn mir nichts anderes übrigbleibt, werde ich es tun. Das bedeutet aber auch«, sagte sie zu ihrem Schwiegervater, »dass du nicht mitkommen kannst. In dem Fall werden wir nämlich die Beine in die Hand nehmen müssen, und das ist in deinem Fall schwierig.«

»Verdammt noch mal, warum muss ich mir auch diesen elenden Knöchel verletzen?«, rief Just wütend.

»Du kannst trotzdem viel für uns bewirken«, erklärte Klara. »Höre dich bei den anderen Laboranten um, und zwar nicht nur hier in Königsee, sondern auch in den anderen Orten bis nach Großbreitenbach hinüber. Sprich auch mit Herrn Liebmann, sobald er von seiner Reise zurückkommt. Er hat sich gewiss nach Fabel erkundigt. Der Kerl muss einen Komplizen haben, einen Mann zwischen dreißig und vierzig, mittelgroß, untersetzt und mit einem flotten Mundwerk versehen. Der tritt meist als Wanderhändler auf.«

Dies hatte Klara aus Armin Gögels Worten geschlossen und hoffte, sich nicht zu irren. Auf jeden Fall schien es ihr wichtig, sowohl die Spur dieses Mannes wie auch die von Kasimir Fabel zu verfolgen.

Ihr fiel ein, dass es Fabel gelungen war, sich in Weimar Privilegien zu erschleichen. Da sie auf ihrem Weg nach Rübenheim durch diese Stadt kommen würde, beschloss sie, dort haltzumachen und den Apotheker nach Fabel zu fragen. Nun aber galt es erst einmal, den kleinen Martin, der seine Mutter in letzter Zeit nur selten zu Gesicht bekommen hatte, in die Arme zu nehmen und ihm das Backwerk, das sie unterwegs erstanden hatte, als kleinen Trost zuzustecken.

8.

Zwei Tage später saß Klara in der Postkutsche nach Weimar und ärgerte sich, weil sie erneut ihren Beutel füllen hatte müssen. Reisen war wahrlich teuer! Zu ihrer Erleichterung wurde sie diesmal von Martha begleitet. Da es Rumold Just besserging, konnte sie ihn unbesorgt Kunis und Lieses Pflege überlassen. Für Martha war es die zweite Reise nach Weimar. Bei der ersten war ihr Mann noch an ihrer Seite gewesen. Nun lag Fritz Kircher auf dem Friedhof von Katzhütte, und die beiden Frauen waren allein. Schon bei ihrer Fahrt nach Rübenheim hatte Klara festgestellt, dass so eine Fahrt kein Zuckerschlecken war. Viele Männer benahmen sich ungehörig, und mancher Wirt wollte keine Frauen beherbergen, die ohne männliche Begleitung reisten.

In Weimar kamen sie nur deshalb im *Elephanten* unter, weil der Wirt sie wiedererkannte. Sie erhielten trotzdem die elendeste Kammer im Gasthof und hörten dort bis tief in die Nacht das Lärmen aus der Wirtsstube.

»Dass Männer immer so saufen und schreien müssen!«, schimpfte Martha.

Klara nickte stöhnend. »Das ist das Schlimme an solchen Reisen. Man ist Fremden vollkommen ausgeliefert. Zu Hause nehmen die Nachbarn doch mehr Rücksicht aufeinander.«

»Was machen wir jetzt?«, fragte Martha, als von unten ein lautes Lachen heraufscholl.

»Beten, dass es bald aufhört«, antwortete Klara und wünschte sich, nach unten gehen und wie ein Donnerwetter dreinschlagen zu können.

Einige Zeit später wurde es endlich ruhiger. Klara spürte, wie ihr die Augen zufielen. Da zupfte Martha sie am Hemd.

»Schläfst du schon?«

»Nein«, antwortete Klara und fragte sich, was ihre Freundin ausgerechnet jetzt noch wollte.

»Du kennst doch deinen Schwiegervater gut. Er ist ein sehr imponierender Herr, findest du nicht auch?«

»Können wir nicht morgen darüber reden?«, stöhnte Klara.

Sie war rechtschaffen müde und sehnte sich nach Schlaf. Außerdem begriff sie nicht, weshalb ihr Schwiegervater Martha so wichtig war, dass sie mitten in der Nacht über ihn reden wollte.

»Können wir auch«, antwortete Martha mit enttäuscht klingender Stimme.

Klara setzte sich auf und kniff ihrer Freundin ins Ohrläppchen. »Also gut, du Quälgeist! Bringen wir es hinter uns. Rumold Just ist ein angesehener Herr und der beste Schwiegervater, den ich mir wünschen kann.«

»Im Gegensatz zu dem meinen, dem der Teufel kräftig einheizen soll!«, rief Martha unversöhnlich. »Weißt du, ich mag Herrn Just sehr gerne, und es macht mich traurig, dass er sich so sehr grämt, weil er seine Ehefrau verloren hat. Ein Mann wie er könnte doch noch einmal heiraten und viele Jahre in glücklicher Ehe leben.«

»Vielleicht mit dir?«, spottete Klara.

»Nein, das meine ich nicht!«

Trotz ihrer abwehrenden Worte war Martha froh, dass die Dunkelheit ihr Gesicht verbarg. Sie verstand sich selbst nicht. Rumold Just war doppelt so alt wie sie und ein angesehener Bürger, während sie sich immer noch als davongelaufene Leibeigene sah. Doch sie fühlte sich in seiner Nähe geborgen und wünschte sich, ihm die Sorgenfalten von der Stirn wischen und ihm jene Behaglichkeit schenken zu können, die er ihrer Ansicht nach verdiente. Dazu gehörte auch, mit ihm das Bett zu teilen. Für einen ehrbaren Bürger wie ihn ging das nur in einer Ehe, während sie auch ohne den Trausegen des Priesters dazu bereit gewesen wäre. Das aber wagte sie Klara nicht zu sagen, sondern berichtete nur, dass sie ihren Schwiegervater bewunderte und wie freundlich er zu ihr war.

»Wäre er es nicht, würde es mich kränken«, antwortete Klara. »Immerhin bist du meine beste Freundin.«

Wäre ich das auch noch, wenn Herr Just etwas an mir finden würde?, dachte Martha, wagte aber nicht, ihre Freundin danach zu fragen.

»Er ist auf jeden Fall ein Mann, wie man ihn nur selten findet«, erklärte sie zum Abschluss und wünschte Klara eine gute Nacht.

»Schlaf gut!«, antwortete diese und schüttelte insgeheim den Kopf über ihre Freundin. Dann aber sagte sie sich, dass es nach Marthas schlimmen Erfahrungen mit ihrem eigenen Schwiegervater wohl ganz natürlich war, wenn Rumold Just ihr als freundlicher und fürsorglicher Herr erschien.

9.

Am nächsten Tag kam Martha nicht mehr auf Rumold Just zu sprechen, und so wandten sich Klaras Gedanken den Dingen zu, die für sie wichtig waren. Als Erstes suchte sie den Apotheker Oschmann auf, dem sie vor einigen Wochen einige Arzneien angeboten hatte. Der Mann erkannte sie sofort und begrüßte sie mit trüber Miene.

»Willkommen, Frau Just! Ihr wisst gar nicht, wie ich mich ärgere, auf diesen Scharlatan hereingefallen zu sein. Die Arzneien dieses Lumpen sind nicht einmal in der Lage, einen gewöhnlichen Schnupfen zu lindern, geschweige denn eine schwere Erkältung. Dabei habe ich mir von dem Kerl so viel aufschwatzen lassen, dass ich nur wenige Eurer weitaus wirksameren Arzneien bestellt habe. Könnt Ihr mir nicht einen

· 304 ·

gewissen Teil weiterer Heilmittel auf Kommission überlassen? Ich bezahle sie, wenn ich sie verkauft habe. Auf meine Kosten bestellen kann ich sie leider nicht mehr, denn ich musste die Lieferung dieses Scharlatans bezahlen. Dazu kommt auch noch die Steuer. Herzog Wilhelm Ernst will wirklich jedes Jahr mehr Geld. Wo wir einfachen Bürger bleiben, das interessiert so einen hohen Herrn nicht. Wir …«

Der Mann jammerte weiter, doch aus seinen Worten schloss Klara, dass er mit dem Lumpen und dem Scharlatan Kasimir Fabel meinte, den Mann ihrer Cousine Reglind. Insgeheim freute es sie, dass Oschmann mit dessen Heilmitteln einen Reinfall erlebt hatte. In Zukunft würde er es sich zweimal überlegen, ob er gute Laborantenware kaufen oder sich von einem Kerl wie Fabel beschwatzen ließ, wirkungsloses Zeug zu erstehen.

Nach einer Weile hob sie die Hand, um Oschmann zu unterbrechen. »Ich verstehe Euch sehr gut! Doch erlaubt mir ein paar Fragen. Wisst Ihr, von wo aus Fabel Euch seine Arzneien zukommen hat lassen?«

»Wenn es wenigstens Arzneien gewesen wären«, antwortete der Apotheker brummig. »Selbst bei seiner Kamillenessenz kommt höchstens eine Kamillenblüte auf eine Flasche schlechten Branntweins. Doch zu Eurer Frage: Der Kerl, der mir die Kiste gebracht hat, nannte den Namen Grimmwald. Wo das liegt, vermag ich Euch nicht zu sagen.«

»Das wird sich gewiss herausfinden lassen«, antwortete Klara und überlegte. »Könnt Ihr mir Euer Urteil über Fabels angebliche Wundermittel aufschreiben, damit ich es auch andernorts vorlegen kann?«

Der Apotheker nickte eifrig. »Gerne! Wenn Ihr wollt, lasse ich es sogar von Herrn Geheimrat Albert von Janowitz bestätigen. Der beschäftigt sich ein wenig mit den Geheimnissen der Alchemie und konnte mir daher einige Substanzen dieser Mittel bestimmen. Übles Zeug, sage ich Euch! Dieser Fabel gehört an den Schandpfahl und sollte dort am besten für alle Zeit vergessen werden.«

Der Zorn des Apothekers war verständlich, denn er hatte gutes Geld für Mittel ausgegeben, die er keinem Kranken zumuten konnte. Klaras Gedanken gingen jedoch weiter. Wie es aussah, bekam Fabel nicht genug Heilpflanzen für sein Gebräu, sonst würden Reglind und Fiene nicht ihre Mutter bedrängen, für sie zu sammeln. Doch alle Kräutersammlerinnen von Katzhütte und darüber hinaus wären nicht in der Lage, Fabels Bedarf zu decken. Dafür hatte dieser seinen Handel zu groß aufgezogen. Vielleicht würde er da und dort Privilegien erhalten, doch Klara schätzte, dass er in wenigen Jahren froh sein durfte, wenn er seine angeblichen Wundermittel auf Jahrmärkten verkaufen konnte.

Ihr ging es nun darum, in Erfahrung zu bringen, woher er stammte. Dann konnte Beulwitz oder Wilhelm Frahm in dessen Auftrag dafür sorgen, dass ihm das Handwerk gelegt wurde. Ein Schreiben des Geheimrats Albert von Janowitz würde diesem Zweck dienlich sein, dachte sie und beschloss, diesen Herrn selbst aufzusuchen. Vorerst aber gab sie sich damit zufrieden, von dem Apotheker einen kurzen Bericht über die Arzneimittel von Kasimir Fabel zu erhalten.

»Ich werde mit meinem Schwiegervater sprechen, ob wir Euch die gewünschte Medizin auf Kommissionsbasis schicken können«, versprach sie ihm zum Abschied und kehrte erleichtert in den *Elephanten* zurück.

Dort hatte sich eine solche Menschenmenge versammelt, dass sie kaum bis zur Treppe durchkam. Als sie sich endlich nach oben durchgekämpft hatte, fand sie Martha in ihrer Kammer vor. Im Zimmer war es stickig, und so öffnete sie das Fenster. Von unten drang jedoch der Geruch nach Rauchtabak herauf, dass sie es sofort wieder schloss.

»Das habe ich auch schon versucht«, erklärte ihre Freundin mit schief gezogenem Mund.

»Was ist denn hier los?«, fragte Klara verwundert.

»Ein Treffen aller möglichen Herren aus dem Herzogtum Sachsen-Weimar«, berichtete Martha. »Wir können froh sein, dass wir unsere Kammer behalten durften. Dafür hat der Wirt die Ehefrauen mehrerer Herren bei uns einquartiert. Sie sind noch unten bei ihren Männern und zechen kräftig mit. Hoffentlich schnarchen sie in der Nacht nicht zu sehr!«

»Hier ist doch kaum Platz für uns zwei! Wie sollen da noch andere Frauen schlafen?«, fragte Klara verwundert.

»Der Wirt will Strohsäcke auslegen. Zum Glück bist du schwanger, sonst hätten wir unser Bett an die Frau eines Amtmanns abtreten müssen.« Martha zwinkerte Klara kurz zu und sagte dann, dass sie hungrig sei.

»Ich glaube nicht, dass wir hier etwas bekommen. Wir sollten das Gasthaus verlassen und in der Garküche essen, die wir bei unserem letzten Besuch auf dem Weg zu Herrn von Janowitz' Haus entdeckt haben«, schlug sie vor.

Klara schüttelte den Kopf. »Und sind danach unser Bett oder gar unsere Kammer los! Dieses Risiko gehe ich nicht ein. Daher wirst du hierbleiben, während ich zu Herrn von Janowitz gehe und auf dem Rückweg etwas zu essen kaufe.«

»Vergiss aber nicht, auch etwas zu trinken zu besorgen«, mahnte Martha sie.

»Keineswegs!«

»Glaubst du, dass du unten durchkommst?« Martha hatte ihre Zweifel und schlug vor, dass Klara die Sachen in einen Korb tun sollte, den sie an einem Seil hochziehen würde.

»Dieser Gedanke krankt an zwei Dingen!«, antwortete Klara lächelnd. »Zum Ersten habe ich keinen Korb, und zum Zweiten besitzt du kein Seil!«

»Schade, dass du diesmal kein Reff dabeihast. Die Leine, mit der die Plane festgezurrt wird, hätte vielleicht gereicht. Aber man kann ja nicht alles haben.« Martha seufzte und blickte erneut nach draußen. »Kannst du mir sagen, weshalb die Herren ihre Pfeifen ausgerechnet in dem engen Hof unter unserem Fenster rauchen müssen? Sie könnten doch auch ein paar Schritte weiter zum Marktplatz gehen. Dort würden sie niemanden stören!«

Klara hatte ebenfalls Hunger, wusste aber, dass sie bei dem Trubel, der in diesem wenig gastlichen Haus herrschte, stundenlang würde warten müssen, bis sie etwas bekam. Daher verließ sie die Kammer, zwängte sich unten durch die Gäste hindurch, die mit ihren Krügen und Bechern in der Hand dicht an dicht standen und nicht daran dachten, ihr Platz zu machen. Als ihr einer einen Stoß gegen den Bauch versetzte, war sie kurz davor, ihm eine Ohrfeige zu verpassen. Sie beherrschte sich jedoch und erreichte schließlich aufatmend den Ausgang.

Der Weg zu Janowitz' Haus war nicht weit, und sie kam bald an der Garküche vorbei. Der Hunger führte sie kurz in Versuchung, einzutreten und etwas zu essen. Der Gedanke aber, dass Martha dann noch länger auf sie würde warten müssen, brachte sie davon ab.

Janowitz' Haustür wurde von einer Magd geöffnet, die zunächst abweisend wirkte. Doch als sie Klara erkannt hatte, führte sie sie sofort zu ihrer Herrin. Erdmute von Janowitz saß in ihrem hellen Eckzimmerchen und nähte. Bei Klaras Anblick legte sie Nadel und Faden beiseite und erhob sich zur Begrüßung. Dabei musterte sie Klara verwundert.

»Seid mir willkommen! Ihr seht aber aus, als wenn Ihr Kummer hättet!«

Klara nickte seufzend. »Leider habt Ihr recht! Mich bedrückt wirklich etwas. Deshalb wollte ich auch mit Eurem Herrn Gemahl sprechen.«

»Mein lieber Mann ist derzeit außer Haus, wird aber bald zurückkommen. Wenn Ihr so lange mit mir vorliebnehmen wollt?«, antwortete die Frau.

»Gerne!«

»Dann setzt Euch! Dora, es wäre schön von dir, wenn du uns etwas Schokolade zubereiten könntest.«

Während die Magd auf die Worte ihrer Herrin hin das Zimmer verließ, fasste Erdmute von Janowitz Klaras Rechte und hielt sie fest. »Es scheint etwas Ernsthaftes zu sein!«

Nach einem erneuten Nicken berichtete Klara von Emanuel Engstlers Tod, Tobias' Verhaftung und von Kasimir Fabel, der mit billigen Preisen die Geschäfte der Buckelapotheker aus den Schwarzburger Fürstentümern zu untergraben versuchte. Auch den Brandanschlag auf das Haus ihres Schwiegervaters ließ sie nicht aus.

Ihre Gastgeberin hörte ihr mit wachsendem Entsetzen zu und schlug zuletzt die Hände über dem Kopf zusammen. »Bei Gott, das klingt ja direkt wie ein Schauerroman!«

»Leider ist es kein Roman, sondern hässliche Wirklichkeit«, antwortete Klara. »Daher möchte ich Euren Herrn Gemahl bitten, mir ein Gutachten über Kasimir Fabels schlechte Arzneien auszustellen. Der Apotheker sagte, er hätte sie untersucht.«

»Meine Liebe, Ihr habt von diesen Magentropfen gesprochen, durch die dieser Bürgermeister gestorben sein soll. Für meinen Ehemann habe ich mir die gleichen von Eurem Buckelapotheker geben lassen, und ich muss sagen, sie helfen ihm sehr gut. Er wird dies gerne bestätigen. Vielleicht hilft es, die Unschuld Eures Ehemanns zu beweisen.«

»Ich wäre Euch und Eurem Gemahl für ein solches Urteil sehr dankbar!« Klara glaubte zwar nicht, dass ein solches Attest Jungfer Kathrin in Rübenheim beeindrucken würde. Aber das Papier würde ihr helfen, andere von der Wahrheit zu überzeugen, und vielleicht den Verlust der Wanderprivilegien für ihre Buckelapotheker verhindern. Wenn nur Rübenheim ihnen den Handel verbot, aber nicht die gesamte Landgrafschaft Hessen-Kassel, war der Verlust zu verkraften.

Die beiden Frauen unterhielten sich eine Weile und kamen dabei auch auf andere Themen. Stimmen im Treppenhaus und feste Schritte zeigten schließlich an, dass der Hausherr zurückgekommen war. Janowitz wollte nur kurz den Kopf zur Tür hereinstecken, um seine Frau zu begrüßen, sah dann Klara und trat ein.

»Willkommen in Weimar! Ihr hattet wohl wieder Sehnsucht nach unserer prachtvollen Residenzstadt«, sagte er im Spott über das Ackerbauernstädtchen, in dem er lebte.

»Ich hatte weniger Sehnsucht nach Weimar als vielmehr danach, mit Euch zu sprechen«, erklärte Klara.

»Dann sollte ich mich wohl setzen. Oder wollt Ihr in mein Studierzimmer kommen?«, fragte Janowitz.

»Vielleicht später!«, warf seine Frau ein. »Jetzt aber solltest du eine Tasse Schokolade mit uns trinken. Frau Just wird dir berichten, was sie seit unserer letzten Zusammenkunft erlebt hat. Es ist ein wahrer Schauerroman, kann ich dir sagen.«

»Ach, wirklich?« Janowitz setzte sich und bat Klara zu berichten, während seine Frau die Magd aufforderte, ihre und Klaras Tassen neu zu füllen und dem Hausherrn ebenfalls einen Schokoladentrunk zu bringen.

10.

Als Klara ihren Bericht beendet hatte, schwieg Janowitz eine Weile. Dann nickte er, als wollte er das Gesagte bekräftigen. »Ein Attest über die Wirksamkeit dieses Medikaments kann ich Euch gerne ausstellen und auch eines über die Nutzlosigkeit der Fabelschen Wundermittel. Doch das berührt nicht den Kern der Sache! Fest steht, Emanuel Engstler starb durch ein Medikament, das durch eine uns jetzt noch unbekannte Hand mit Gift versetzt wurde. Euer Ehemann könnte durch so ein Attest vielleicht davonkommen, der Buckelapotheker aber nicht, und auch nicht der Apotheker. Es sei denn, einer der beiden nimmt die Schuld auf sich.«

»Ein solches Schuldbekenntnis wäre gleichbedeutend mit dem Tod«, rief Klara aus.

»Das stimmt! Es könnte aber Eurem Ehemann den Hals retten, und vielleicht auch einem der zwei anderen Gefangenen, der trotz Folter dabei bleibt, unschuldig zu sein«, erklärte Janowitz, hob aber gleichzeitig die Hand. »Eine solche Handlung wäre jedoch der Wahrheit nicht dienlich und würde diejenigen, die auf die Hinrichtung des Mannes dringen, auf die Stufe von Mördern stellen.«

»Aber was können wir tun?«, fragte Klara und stemmte sich gegen die Verzweiflung, die sie zu übermannen drohte.

»Ihr habt von einem weiteren Toten gesprochen, nämlich Christoph Schüttensee aus Steinstadt. Ich kannte diesen Mann, hielt ihn aber bis jetzt nicht für so bedeutend, wie Ihr ihn hinstellt«, setzte Janowitz seine Überlegungen fort.

»Ich kann nur weitergeben, was mir Richter Hüsing über Schüttensee gesagt hat.«

»Da Hüsing der Richter von Rübenheim ist, wird er die Verhältnisse dort und in Steinstadt besser kennen als wir«, gab Janowitz zu. »Also nehmen wir an, Schüttensee wäre in seiner Heimatstadt ebenso mächtig gewesen wie Engstler in der seinen. Es ist den beiden nicht nur gelungen, ihre Macht in ihren Städten auszubauen, sondern auch noch viele Privilegien ihres Landesherrn zu erlangen. Kein Fürst gibt etwas umsonst, und solche Rechte, wie Schüttensee und Engstler sie besaßen, sind nur mit sehr viel Geld zu bekommen.«

»Sowohl Engstler wie auch Schüttensee galten als ungewöhnlich reich«, erklärte Klara.

Janowitz' Gesicht nahm einen nachdenklichen Ausdruck an, und er öffnete und schloss mehrmals die rechte Hand, so als würde er versuchen, einen Gedanken festzuhalten.

»Irgendetwas war mit den beiden«, sagte er schließlich. »Es ist schon etliche Jahre her und hatte etwas mit einem Rechtsstreit zu tun, den sie und ein Dritter gegen einen Edelmann geführt haben. Vielleicht weiß Richter Hüsing mehr darüber. Ich hatte nur davon gehört und mich über den Ausgang gewundert. Damals könnten sowohl Engstler wie auch Schüttensee sich Feinde gemacht haben, die sich an ihnen rächen wollten.«

»Aber wie passt es damit zusammen, dass die Tat unschuldigen Laboranten und Buckelapothekern angelastet werden soll?«, fragte Klara verwirrt.

»Das ist ein Rätsel, das gelöst werden muss, wenn Ihr Euren Mann retten wollt.« Janowitz bedauerte, dass er Klara keine bessere Auskunft geben konnte, und entschuldigte sich, um rasch die gewünschten Atteste anzufertigen.

Klara blieb bei Erdmute von Janowitz zurück. Ihr Gespräch drehte sich jedoch nicht mehr um die schwierige Situation, die Klara zu bewältigen hatte, sondern um das Leben, das in ihr wuchs. Auch Erdmute hoffte, bald schwanger zu werden. Zwar war sie gut zwanzig Jahre jünger als ihr Mann, doch Klara hatte längst gesehen, wie sehr sie ihn liebte. Einen Augenblick dachte sie an Martha, die so bewundernd von ihrem Schwiegervater gesprochen hatte, und fragte sich, ob zwischen den beiden auch so ein inniges Verhältnis entstehen konnte, wie es zwischen Janowitz und dessen Gattin herrschte.

Da Erdmute von Janowitz nach dem kleinen Martin fragte, vergaß Klara diesen Gedanken wieder und berichtete von den Fortschritten, die ihr Sohn seit ihrem letzten Aufenthalt in Weimar gemacht hatte.

Es dauerte geraume Zeit, bis Janowitz zurückkehrte. Er hielt mehrere Blätter in der Hand, die er Klara einzeln vorlegte und erklärte.

»Das hier ist mein Urteil über Fabels Arzneien, und das über die Magentropfen, die ich von Euch beziehe. Ich habe aber auch alles aufgeschrieben, was ich über jenen alten Rechtsstreit noch in Erinnerung habe, in den Engstler und Schüttensee involviert waren. Vielleicht kann Richter Hüsing mehr darüber erfahren und die wahren Mörder der beiden Herren ausfindig machen. Außerdem habe ich den Ort Grimmwald, den Ihr mir genannt habt, einer Herrschaft der Grafen Thannegg in der Oberen Pfalz zuordnen können.«

Erleichtert nahm Klara die Blätter an sich und verstaute sie in ihrer Tasche. »Ich danke Euch, Herr von Janowitz, und auch Euch, Frau Erdmute«, sagte sie und fand, dass sie die beiden lange genug aufgehalten hatte.

»Die Schokolade war ausgezeichnet«, lobte sie noch, bevor sie sich verabschiedete.

Janowitz reichte ihr die Hand mit festem Griff. »Ich wünsche Euch Glück! Sollte ich noch etwas herausfinden, lasse ich es Euch wissen.«

»Habt Dank für Eure Hilfe!« Klara lächelte den Mann erleichtert an, fühlte dann die Arme der Frau um sich und blickte in tränenfeuchte Augen.

»Gottes Segen sei mit Euch, meine Liebe!«

»Gott möge auch Euch segnen!«

Klara schloss ebenfalls die Arme um die Frau und spürte, dass sie in ihr eine Freundin gefunden hatte. Allein das war es wert

gewesen, nach Weimar zu kommen, dachte sie, als sie Janowitz'
Haus verließ und in Richtung Markt ging.

Unterwegs meldete sich ihr Hunger wieder. Am liebsten
wäre sie im nächsten Gasthof eingekehrt, wollte aber Martha
nicht noch länger warten lassen. Daher wandte sie sich der Garküche zu, kaufte dort etliche Bratwürste und bei dem Bäcker
nebenan mehrere Brötchen und kehrte zu ihrer Unterkunft zurück.

Dort schien noch immer halb Thüringen versammelt, und sie
musste sich zwischen den Menschen hindurchquetschen. Als sie
schließlich ihre Kammer erreichte, erinnerte sie sich daran, dass
sie vergessen hatte, etwas zum Trinken zu besorgen, und sah
Martha kläglich an.

»Ich muss noch einmal los, denn trocken wollen wir die
Würste und die Brötchen gewiss nicht essen.«

»Das denke ich auch«, antwortete ihre Freundin mit einem
hungrigen Blick. »Aber bleib ruhig hier. Das übernehme ich!«

Mit diesen Worten verließ Martha die Kammer und kehrte
schon bald mit einem großen Krug zurück. »Becher gibt es keine, aber es wird auch so gehen!«

»Wie bist du so schnell an etwas zu trinken gekommen?«,
fragte Klara verwundert.

Martha grinste übers ganze Gesicht. »Weißt du, die Knechte
des Wirts haben viel zu tun und versuchen, sich die Arbeit so
leicht wie möglich zu machen. Daher füllt einer die Krüge im
Keller und stellt sie oben auf die Treppe. Ich brauchte mich nur
zu bücken.«

Das war Martha, so wie Klara sie kennengelernt hatte, mutig,
listig und mit Dein und Mein nicht so ganz vertraut.

11.

Am nächsten Tag brach Klara hoffnungsvoller von Weimar auf, als sie dort eingetroffen war. Auch wenn Janowitz ihr nicht viele Informationen hatte geben können, so glaubte sie doch daran, Engstlers Mörder finden zu können. Untertags in der Kutsche sprachen Martha und sie nicht darüber, weil sonst andere Leute mitgehört hätten. Wenn sie aber in der Nacht im Bett lagen, spannen sie Pläne aus.

Da Klara aus Rübenheim verwiesen worden war, konnte sie die Stadt nicht einfach wieder betreten. Doch um etwas für Tobias bewirken zu können, musste sie hinein. Als sie nachts wieder einmal darüber nachsann, zwickte Martha sie auf einmal heftig in den Arm.

»Aua, was soll das?«, rief Klara empört.

»Verzeih, das wollte ich nicht. Aber mir ist eben eine Lösung eingefallen. Mich wundert's, dass wir darauf nicht schon früher gekommen sind. Es ist ganz einfach! Du reist nicht als Tobias Justs Frau nach Rübenheim, sondern schlicht und einfach als meine Dienerin Klara.«

»Deine Dienerin?« Im ersten Moment wollte Klara darüber lachen, dann aber zwickte sie Martha um einiges sanfter zurück.

»Du hast recht! So wird es gehen. Wenn du dich am Tor als Frau Kircher aus Katzhütte vorstellst, kannst du mich als deine Magd mitnehmen. Du hast doch einen Pass, oder nicht?« Klara atmete auf, als Martha so heftig nickte, dass sie es auch in der Dunkelheit der Kammer erahnen konnte.

»Dein Schwiegervater hat dafür gesorgt, dass mir ein Pass ausgestellt worden ist. Es ist wegen der Erbschaftsfrage in Katzhütte! Da muss ich beweisen können, dass ich ich bin und mit Fritz nach Recht und Sitte verheiratet war. Seine Verwandten würden sonst das Geld unterschlagen, das ich auf den Hof mitgebracht habe, meint Herr Just. Der ist nämlich sehr klug, musst du wissen, und weiß, was zu tun ist. Ich wollte, er wäre bei uns.«

»Aber nicht mit einem Hinkefuß«, antwortete Klara. »Damit wäre er nur eine Belastung und brächte nicht nur sich, sondern auch uns in Gefahr.«

»Er könnte uns gewiss raten.«

»Das schon, aber auch wir beide sind nicht in Dummhausen daheim. Daher werden wir Tobias retten!« Klara war müde und hätte gerne geschlafen, doch nun zupfte Martha sie am Hemdärmel.

»Wie willst du Tobias befreien?«

»Ich will zuerst mit dem Richter sprechen. Besteht die Gefahr, dass Tobias gefoltert oder gar hingerichtet wird, werden wir rasch handeln und ihn, Armin Gögel und den armen Stößel aus dem Gefängnis herausholen. Aber jetzt schlaf! Wir müssen morgen früh raus.«

»Vor allem brauchen wir die richtige Kleidung für dich. Wir sollten daher einen Tag Pause einlegen und uns das entsprechende Tuch besorgen. Nähen können wir ja beide«, schlug Martha vor.

»Wir würden damit einen ganzen Tag verlieren«, seufzte Klara und wusste dabei selbst, dass es wohl nicht anders ging.

Wenigstens gab Martha nun Ruhe und schlief bald ein, wie ihre ruhigen Atemzüge verrieten. Klara hingegen lag noch lange wach, und als sie endlich eingeschlafen war, träumte sie davon, dass Martha und sie alles versuchten, die Kleidung einer Dienerin für sie zu besorgen. Doch immer wenn sie glaubten, es geschafft zu haben, erwies sich das Kleid als Lumpen, wie ihn vielleicht eine Bettlerin tragen konnte, aber niemals die Dienerin einer wohlhabenden Bürgerin. Daher wurden alle Versuche, in die Stadt zu gelangen, bereits am Tor vereitelt. Zuletzt saßen sie beide draußen auf dem Anger und weinten vor Verzweiflung.

Plötzlich rüttelte jemand sie an der Schulter. Sie schreckte hoch und sah in der aufziehenden Morgendämmerung Marthas Gesicht über sich. »Was ist?«

»Ich bin durch dein Weinen wach geworden und wollte wissen, ob dir etwas fehlt?«, fragte ihre Freundin besorgt.

Klara schüttelte den Kopf. »Mir geht es gut und meinem Kleinen ebenfalls.«

»Deiner Kleinen! Du weißt doch, Tobias wünscht sich eine Tochter«, antwortete Martha lächelnd. »Aber es ist ganz gut, dass ich wach geworden bin. Ich höre unten die Magd rumoren und will mit ihr sprechen.«

So schnell sie konnte, stieg sie aus dem Bett, wusch sich kurz und schlüpfte in ihr Kleid. Dann zwinkerte sie listig und huschte davon.

Klara fühlte sich zu müde, um gleich aufstehen zu können. Einschlafen aber wollte sie nicht mehr, denn sie fragte sich, was Martha nun wieder vorhatte. Schließlich verließ sie das Bett, wusch sich ausgiebiger, als Martha es getan hatte, und wollte gerade ihr Kleid überstreifen. Da kehrte ihre Freundin zurück und trug die schlichte Tracht einer Magd über dem Arm.

»Ich dachte mir doch, dass es so geht«, meinte sie fröhlich. »Eigentlich ist es das gute Kleid der Wirtsmagd, mit dem sie zur Kirche geht. Aber für ein paar Taler war sie bereit, es mir zu überlassen. Sie meint, sie könne sich ein neues nähen.«

»Ich wünschte, ich wäre so findig wie du«, rief Klara, sah dann aber auf ihren vorgewölbten Bauch herab. »Eine schwangere Magd wird wohl auffallen. Das könnte unangenehm werden, da die Jungfer weiß, dass ich guter Hoffnung bin.«

»Das Kleid ist weit genug, um es zu verbergen«, versuchte Martha, sie zu beruhigen. »Wie müssen nur überlegen, wie wir dich in eine Magd verwandeln. Unsere Mitreisenden kennen dich als Bürgersfrau.«

»Soweit ich weiß, will keiner von ihnen in Rübenheim bleiben, sondern am nächsten Tag weiterreisen. Daher werden wir in dem Ort aussteigen, in dem ich mit Liese zusammen auf Hüsings Boten gewartet habe. Es könnte sein, dass der Richter nachsehen lässt, ob ich zurückgekommen bin. Falls nicht, nehmen wir am nächsten Morgen ein Fuhrwerk oder eine Kutsche. Wenn wir Rübenheim erreichen, sind die anderen bereits fort, und uns wird niemand mehr wiedererkennen.« Ganz wohl war Klara nicht dabei, wusste sie doch, dass ihr Plan etliche Schwachstellen aufwies. So durften sie unter keinen Umständen wieder im *Lamm* übernachten, sondern mussten sich einen anderen Gasthof suchen. Auch auf der Straße bestand die Gefahr, dass jemand sie erkannte und verhaften ließ.

»Ich werde meine Haare anders aufbinden und vielleicht …«

»Walnusssaft!«, rief Martha aus. »Ich habe gestern im Garten einen Baum gesehen. Die Nüsse sind zwar noch lange nicht reif, aber wenn du dich vorsichtig mit dem Saft der Schalen einreibst, wird deine Haut dunkler. Vor allem für die Hände wäre es gut. Geh du schon nach unten und lass das Frühstück auftischen. Ich pflücke rasch ein paar Nüsse.«

Bevor Klara etwas sagen konnte, war ihre Freundin schon wieder verschwunden. Sie konnte nur hoffen, dass niemand Martha am Walnussbaum sah oder dem Ganzen keine Bedeutung beimaß. Allerdings würde sie den Walnusssaft nur vorsichtig auftragen, denn sie wollte als Bedienstete einer Bürgerin nach Rübenheim kommen und nicht als eine von der Sonne verbrannte Bauernmagd.

12.

Martha erschien rechtzeitig in der Wirtsstube, um noch etwas essen zu können. Zwar sagte sie nichts, doch ihre blitzenden Augen verrieten Klara, dass ihre Freundin Erfolg gehabt hatte. Es war ein Abenteuer nach Marthas Geschmack. So hatte die Sache zumindest etwas Gutes, denn auf diese Weise konnte Martha den Tod ihres Mannes am besten überwinden. Der Gedanke erinnerte Klara daran, dass nicht nur sie Leid zu ertragen hatte. Gleichzeitig erfüllte Marthas Zuversicht sie mit neuem Mut. Mit ihrer Freundin zusammen würde es ihnen gelingen, ihren Mann freizubekommen. In dem Gedanken lächelte sie ihr verschwörerisch zu und aß ihre Morgensuppe.

Als sie wenig später in der wackeligen Kutsche saß, fasste sie Marthas Rechte und hielt sie fest. Am Nachmittag würden sie weniger als eine Meile vor Rübenheim aussteigen und am nächsten Tag die Stadt betreten. Klara kicherte, als sie daran dachte, dass Martha als wohlhabende Bürgersfrau auftreten würde und sie als Magd.

Die Fahrt verlief ohne Zwischenfälle. Allerdings trafen sie unterwegs auf eine Kutsche, die in die Gegenrichtung unterwegs war. Bei der war ein Rad gebrochen, und die Passagiere standen hilflos auf der Straße herum, als könnten sie ihr Pech nicht fassen. Währenddessen kümmerten sich der Kutscher und sein Gehilfe um die Pferde. Als die beiden die Kutsche sahen, in der Klara und Martha saßen, winkten sie, und der Gehilfe eilte auf sie zu.

»Ihr müsst mich bis in den nächsten Ort mitnehmen, damit ich den Stellmacher holen kann«, rief er dem Postillion von Klaras Kutsche zu.

»Dann steig auf!«, antwortete dieser und wies mit seiner Peitsche auf die Passagiere, die nicht daran dachten, den Weg freizugeben.

· 319 ·

»He, ihr da! Wenn ihr mich nicht durchlasst, steht ihr heute Abend noch da. Oder wollt ihr nicht, dass der Stellmacher kommt und das Rad repariert?«

Selbst nach diesen Worten dauerte es noch eine gewisse Zeit, bis der letzte Passagier begriffen hatte, was der Kutscher wollte. Dieser lenkte seine Kutsche vorsichtig an dem anderen Wagen vorbei, musste sich aber etliche bissige Kommentare der anderen Passagiere anhören.

»Ihr solltet bessere Kutschen nehmen, die nicht bei jedem Schlagloch zusammenbrechen«, rief einer.

»Warum schnallt ihr kein Ersatzrad hinten an den Wagenkasten?«, ärgerte sich ein anderer.

»Die sind aber aufgebracht«, meinte Martha zu Klara.

»Das wären wir an ihrer Stelle wohl auch. Wer weiß, wo sie erwartet werden«, antwortete Klara.

»Als wenn es auf ein paar Stunden ankäme!« Martha lachte, zog aber dann den Kopf ein. »Verzeih, ich weiß, wie sehr es dir unter den Nägeln brennt, Tobias wiederzusehen.«

Vor allem gesund und unversehrt wiederzusehen, dachte Klara und war froh, als der Postillion die Peitsche schwang und das Gefährt schneller wurde.

Im nächsten Ort setzten sie den Gehilfen des anderen Kutschers ab und fuhren nach einem Pferdewechsel weiter. Es blieb ihnen gerade genug Zeit, um zum Abtritt zu gehen und eine Kleinigkeit zu essen. Klara musste sich dazu zwingen, ein paar Bissen hinunterzuwürgen, während ihre Freundin mit Genuss eine Butterstulle verzehrte. In der Zeit, in der Martha bei Rumold Just und seiner Familie wohnte, und nun auf dieser Fahrt waren der Ärger über ihren Schwiegervater und die Trauer um ihren Mann geringer geworden, und sie blickte wieder hoffnungsvoll in die Zukunft. Ihre Zuversicht hielt an, als sie und Klara die Kutsche im letzten Ort vor Rübenheim verließen und die paar hundert Schritte zu dem Gasthof zurücklegten, den Klara erst vor kurzer Zeit so überraschend verlassen hatte.

Wenn die Wirtin sich wunderte, sie wiederzusehen, zeigte sie es nicht. Sie wies ihr und Martha dieselbe Kammer zu, die Klara mit Liese geteilt hatte. Erst als die beiden Frauen zum Abendessen herabkamen, wurde die Wirtin gesprächiger.

»Ihr seid wohl viel auf Reisen, und diesmal in anderer Begleitung?«

»So kann man es sagen«, antwortete Martha an Klaras statt. »Es steht schon in der Bibel: Wer rastet, der rostet! Darum erlaubt mir eine Frage, gute Frau. Kannst du uns für morgen eine Fahrmöglichkeit nach Rübenheim beschaffen? Es soll auch nicht umsonst sein.«

»Nach Rübenheim wollt ihr?«, sagte die Wirtin. »Warum nehmt ihr nicht die Postkutsche? Die heutige ist schon durch, aber morgen Nachmittag kommt wieder eine.«

»Wir möchten nicht warten, sondern würden gerne schon in der Frühe dort eintreffen!« Martha lächelte, und ihre Augen blitzten.

Klara machte sich bereit, einzugreifen, wenn ihre Freundin dem Hang zum Fabulieren zu sehr nachgeben sollte.

»Es gibt ein paar Bauern, die die Erlaubnis haben, auf dem Rübenheimer Markt Gemüse und Feldfrüchte anzubieten. Ich könnte einen von denen fragen, ob er euch mitnimmt.« Die Wirtin sah Martha fragend an und verließ, als diese nickte, die Wirtsstube.

Klara blickte ihr nach und zupfte dann an Marthas Ärmel.

»Vielleicht sollten wir doch die Postkutsche nehmen. Das ist gewiss unauffälliger, als wenn wir mit einem Bauern kommen.«

»Das sehe ich nicht so«, antwortete Martha mit einem übermütigen Grinsen. »Jungfer Engstler und ihre Kreaturen wissen, dass du aus größerer Entfernung anreist, und werden daher

· 321 ·

mehr auf die Postkutschen achten als auf zwei Frauen, die mit einem Bauernwägelchen in die Stadt gelangen. Verlass dich nur auf mich! Ich werde die Torwachen schon davon überzeugen, uns ungesäumt durchzulassen.«

»Wollen wir's hoffen«, murmelte Klara. Sie wusste, dass ihre Freundin eine begnadete Schwindlerin war und den Torwächtern eine gute Geschichte auftischen würde.

Kurz darauf kehrte die Wirtin zurück. »Der Heiner würde euch mitnehmen. Er hat morgen nicht so viel bei sich und wäre um einen oder zwei Groschen froh, den er zusätzlich verdienen kann.«

»Daran soll's nicht scheitern«, meinte Martha und schob der Wirtin eine Münze zu. »Die ist für dich!«

»Vergelte es Euch Gott!« Die Wirtin sah kurz auf die Münze, nickte zufrieden und steckte sie ein.

Martha wandte sich unterdessen Klara zu. »Na, wie war ich?«, besagte ihr Blick.

»Ich bin froh, dass du bei mir bist«, raunte Klara ihrer Freundin zu und bat dann die Wirtin um etwas zu essen. Im Gegensatz zum Mittag schmeckte es ihr, und das stellte die Wirtin fast noch mehr zufrieden als die Münze, die sie von Martha erhalten hatte.

13.

Am nächsten Morgen hieß es für Klara und Martha früh aufstehen, denn der Bauer wollte zeitig den Markt erreichen. Zum Glück hatten sie die Kleider, die sie tragen wollten, bereits am Abend bereitgelegt. Da keine Zeit blieb, um zu frühstücken, bat Martha die Wirtin um ein wenig Brot und Wurst, die sie unterwegs verzehren konnten. Klara wollte sich der Frau nicht in der Tracht der Dienerin zeigen und hüllte sich daher in ihren Staubmantel. Auf den fragenden Blick der Wirtin erklärte Martha, dass ihre Begleiterin wegen der Morgenkühle frieren würde.

»Das haben Frauen in gesegneten Umständen nun einmal an sich«, meinte sie und folgte Klara nach draußen.

»Wie du siehst, ist alles gutgegangen«, sagte sie zufrieden.

»Das Schwerste liegt noch vor uns«, gab Klara zu bedenken.

»In einer Stunde sind wir in Rübenheim, und wenig später kannst du mit diesem Richter sprechen. Viel scheint sich inzwischen nicht getan zu haben, sonst hätte die Wirtin gewiss etwas erzählt.«

Klara hoffte, dass Martha recht hatte. Andererseits wurde es bestimmt nicht an die große Glocke gehängt, wenn man einen Gefangenen folterte. Auf jeden Fall aber schien Tobias noch am Leben zu sein, denn von einer Hinrichtung hätte die Wirtin ihnen mit Sicherheit berichtet.

Der Bauer wartete auf der Straße auf sie und grunzte zufrieden, als er sie sah. »Zum Glück seid ihr pünktlich!«

»Guten Morgen! Als wenn es auf einen Augenblick oder zwei ankäme«, antwortete Martha lachend.

»Tut's manchmal schon. Es geht um den Platz, den einem der Marktaufseher anweist. Ist er gut, kaufen die Leute gerne ein, ist er's nicht, zahlen sie weniger.« Der Bauer sah zu, wie Martha flink auf den Wagen stieg und anschließend Klara hinaufhalf, rührte aber selbst keine Hand. Kaum saßen die beiden, schnalzte er mit der Zunge und trieb die beiden Kühe an, die er vor den Wagen gespannt hatte.

Der Bauer war nicht gerade gesprächig, und so legten sie die Strecke nach Rübenheim schweigend zurück. Auf der letzten Strecke stachelte er seine Kühe an, damit diese das Tor noch vor einem Ochsenkarren erreichten, der von der anderen Seite kam.

»Brav, meine Guten! Habt es dem Eike mal wieder gezeigt«, lobte er die Tiere und warf dem Bauern hinter ihnen einen höhnischen Blick zu.

Unterdessen öffneten die Wächter das Tor und ließen die ersten Marktbesucher ein. Klaras Bauer lenkte sein Gespann darauf zu und wechselte einen kurzen Gruß mit den Torwachen. Sei es, weil er öfter Frauen aus seinem Dorf mit zum Markt nahm, sei es, dass die Wachen es nicht genau nahmen, auf jeden Fall ließen sie ihn ein, ohne sich um Klara und Martha zu kümmern.

Die beiden sahen einander ebenso erstaunt wie erleichtert an, und Martha kicherte amüsiert. »Und deswegen hast du gestern beinahe dein Hemd nass gemacht.«

Ehe Klara antworten konnte, hatten sie den Markt erreicht, und sie sah den Marktaufseher auf den Karren zukommen. Sofort stieg sie vom Wagen und nahm die Reisetasche an sich. Martha folgte ihr, reichte dem Bauern noch ein Trinkgeld und schlenderte anschließend zwischen den bereits aufgebauten Marktständen umher, als suche sie etwas. Mit der Reisetasche in der Hand folgte Klara ihr. Da ihr langsam warm wurde, zog sie ihren Staubmantel aus und hängte ihn über die Tasche. Ihre Hände waren durch den Walnusssaft leicht gebräunt, und so sahen Martha und sie wirklich wie eine Bürgerin und deren Magd aus.

An einem Stand, an dem es Bratwürste gab, blieb Martha stehen. »Guter Mann, wann sind deine Würste fertig?«, fragte sie.

Der Mann legte weitere Würste mit einer hölzernen Zange auf den Rost und ließ sich dabei nicht stören. Erst als er damit fertig war, wandte er sich Martha zu.

»Wird noch 'nen Augenblick dauern. Die ersten kannst du eh nicht haben, denn die sind schon bestellt.«

»Schade! Na ja, vielleicht komme ich später noch einmal vorbei«, antwortete Martha und ging weiter.

Klara folgte ihr, spürte aber nun mehr und mehr das Gewicht der Reisetasche und fragte sich, ob Martha ihr aus Spaß ein paar Ziegelsteine hineingeschmuggelt hatte. »Wir sollten uns eine Herberge suchen«, sagte sie stöhnend zu ihrer Freundin.

»Die Tasche ist schwer, nicht wahr?« Martha grinste, begriff aber, dass Klara als Schwangere mit anderen Maßstäben zu messen war als Liese oder sie selbst.

Da entdeckte Klara den Diener des Richters, der sie in dem anderen Ort erwartet hatte, und trat auf ihn zu. »Guter Mann, kannst du uns eine Herberge nennen, in der zwei allein reisende Frauen in Ruhe unterkommen können?«

»Nehmt das *Lamm*«, antwortete der Mann, ohne sie zu erkennen.

»Genau dorthin wollen wir nicht!« Klara stellte sich so, dass er ihr ins Gesicht schauen musste. Mit einem Mal zuckte es in dem seinen, doch er hatte sich sofort wieder in der Gewalt.

»Vorsicht! Die Jungfer spaziert über den Markt«, raunte er ihr zu und wies dann auf eine Gasse. »Wenn Ihr nicht ins *Lamm* wollt, könnt Ihr es im *Hirsch* versuchen. Sagt dem Wirt, ich hätte Euch geschickt. Mein Vetter ist einer seiner Knechte. Ich heiße Neel!« Er hatte es kaum gesagt, da wandte er sich ab und schritt durch eine der Marktgassen davon.

»Was meinst du? Sollen wir in diesen *Hirsch* gehen?«, fragte Martha.

Klara nickte. »Wenn es der Wunsch der gnädigen Frau ist, sollten wir es tun.«

Zuerst wunderte Martha sich über die gestelzte Redeweise, sah dann aber eine junge und recht hübsche Frau in prachtvollen Kleidern herankommen und erkannte sie aufgrund von Klaras Beschreibung als Kathrin Engstler. Ein Mann mittleren Alters begleitete sie. Zwar sah er ebenfalls gut aus, aber für Marthas Geschmack war sein Blick arg unruhig. Weder er noch

die Jungfer kauften etwas, sondern schlenderten an den Marktständen vorbei und winkten den Leuten zu.

»Die benimmt sich wie eine Fürstin«, sagte Martha leise.

»In dieser Stadt ist sie die unangefochtene Herrin!«, gab Klara ebenso leise zurück und trat dann beiseite, damit Kathrin
Engstler und ihr Begleiter passieren konnten. Als der Blick der
Jungfer sie streifte, senkte sie den Kopf. Zu ihrer Erleichterung
ging Kathrin an ihr vorbei, ohne sie zu beachten.

Martha sah ihr kurz nach und folgte dann Klara in die Gasse.
»Mein Gott, was für ein aufgeblasenes Ding! Die soll hier die
Stadt beherrschen? Die armen Bürger!«, rief sie für Klara fast
zu laut.

»Sei still! Wir wissen nicht, wer ihr von abschätzigen Reden
berichtet. Ich will nicht durch einen eigenen Fehler scheitern«,
wies Klara ihre Freundin zurecht.

»Es wäre in dem Fall nicht dein, sondern mein Fehler. Aber
von meiner Meinung über die Jungfer gehe ich um keinen Deut
ab.« Martha wirkte nicht besonders schuldbewusst und wies
dann in eine Seitengasse. »Das da müsste der *Hirsch* sein. Wenigstens hängt eine Geweihstange über der Tür.«

Jetzt sah Klara es auch und schritt darauf zu. Als sie die Tür
öffnete und eintrat, fand sie sich in der Wirtsstube wieder. Um
die Zeit war hier noch nichts los. Ein Knecht scheuerte den Boden, und weiter hinten wischte ein Mann in Kniehosen und
grüner Weste Zinnkrüge aus.

In der Annahme, den Wirt vor sich zu sehen, trat Klara auf
ihn zu und erinnerte sich im letzten Augenblick daran, dass sie
als Magd ja Martha das Reden überlassen sollte.

»Neel schickt uns. Er meinte, wir könnten bei dir unterkommen!«, erklärte diese.

»Nehme keine allein reisenden Weiber auf! Machen zu viel
Ärger«, brummte der Mann.

»Ich reise nicht allein, sondern in Begleitung meiner Magd«, antwortete Martha lächelnd. »Ich bin übrigens die ehrengeachtete Witwe Martha Kircher, und das ist meine Magd, das Klärchen!«

»Könnt trotzdem nicht hier übernachten!«

Da hielt der Knecht im Schrubben inne. »Aber wenn Neel sie schickt, müssen die Frauen doch ehrbar sein.«

»Neel ist der Knecht des Richters, und über den hat die Jungfer sich letztens bitter beklagt. Der betreibt den Prozess gegen die Mörder ihres Vaters nicht energisch genug. Man sollte die Kerle ohne Urteil aus dem Gefängnis holen und aufhängen.«

»Bekommen wir hier jetzt eine Kammer oder nicht?«, fragte Klara scharf.

Der Wirt zeigte ihr die Zähne. »Nein!«

»Dann gehen wir wieder!« Ärgerlich wandte Klara sich der Tür zu, da sah sie, wie ihr der Knecht ein Handzeichen gab, und blieb stehen.

»Ihr könnt bei meiner Base Lene unterkommen. Ist zwar nur ein kleines Gasthaus …«

»Eine Kaschemme!«, unterbrach der Wirt den Mann, doch der setzte seinen Satz fort, ohne sich darum zu kümmern.

»… aber sie hat die Erlaubnis vom Rat, Gäste zu beherbergen. Ist nur die nächste Gasse. Ein Hufeisen hängt über der Tür. Sagt ihr, Bert schickt euch!«

»Hab Dank!«, antwortete Martha und schnellte ihm ein Geldstück zu. Er fing es geschickt auf und grinste, während der Wirt eine saure Miene zog. Der Frau schien das Geld recht locker zu sitzen, und da hätte er doch gerne an ihr verdient. Sein Sinneswandel kam jedoch zu spät. Klara und Martha verließen den *Hirsch* und suchten das kleine Gasthaus mit dem Hufeisen über der Tür.

· 327 ·

Als sie dort eintraten, war eine stämmige Frau gerade dabei, den Boden zu wischen. »Mein Krug hat noch nicht geöffnet. Erst wenn der Markt vorbei ist, darf ich Bier ausschenken«, rief sie Klara und Martha zu, ohne sie anzusehen.

»Wir wollen eigentlich weniger hier Bier trinken als übernachten!«

Erst auf Marthas Worte hin sah die Frau auf. »Das ist etwas anderes.«

»Bert schickt uns, weil der Wirt vom *Hirsch* uns nicht aufnehmen wollte«, berichtete Martha und zeigte Lene einige Münzen. »Wie du siehst, können wir bezahlen!«

»Glaube nicht, dass Bert euch sonst geschickt hätte«, meinte die Wirtin mit einem Achselzucken und nahm einen leeren Krug zur Hand. »Ihr habt gewiss Durst!«

»Den haben wir, und Hunger auch!« Martha zwinkerte Klara zu, die arg erschöpft aussah.

»Ich möchte lieber kein Bier. Hast du vielleicht Milch?«, meinte diese.

Die Wirtin schüttelte lachend den Kopf. »Dies hier ist ein Krug und keine Meierei. Du wirst dich daher mit dem bescheiden müssen, was ich dir vorsetzen kann.«

Klara nickte unglücklich, merkte dann aber rasch, dass Lenes Bier recht leicht war und gut schmeckte. Da sie Hunger hatte, verzehrte sie eine fast armlange Wurst und ein dickes Stück Brot.

»Man merkt, dass du für zwei essen musst«, flüsterte Martha grinsend, fasste dann aber nach Klaras Hand. »Und was tun wir jetzt?«

»Der Diener des Richters weiß, dass wir in der Stadt sind, und wird von seinem Vetter Bert gewiss erfahren, wo wir Unterkunft gefunden haben. Sollte er sich bis zum Nachmittag nicht sehen lassen, werde ich Hüsing aufsuchen.«

· 328 ·

»Man wird dich in deinem Magdgewand vielleicht nicht einlassen!«

»Wir werden sehen«, antwortete Klara und fand, dass dies das geringste ihrer Probleme in dieser Stadt war.

14.

Richter Hüsing starrte auf den Brief, der ihn gerade erreicht hatte, und fluchte. Dabei hatte er vor ein paar Wochen noch gewünscht, dass dieses Schreiben endlich einträfe. Allerdings war das vor dem Erscheinen des Herrn von Mahlstett gewesen, der immer mehr zur grauen Eminenz hinter Kathrin Engstler wurde. Der Jungfer hätte der Brief der fürstlichen Hofkammer von Schwarzburg-Rudolstadt noch eine gewisse Achtung einflößen können, doch bei Mahlstett bezweifelte Hüsing es. Er las den Brief noch einmal, in dem in scharfen Worten gegen die Verhaftung der Schwarzburg-Rudolstädter Untertanen Armin Gögel und Tobias Just protestiert und gefordert wurde, alle Akten in dieser Sache als Kopien nach Rudolstadt zu schicken, damit Seine Durchlaucht, Fürst Anton Friedrich, in dieser Sache entscheiden könne.

Der Brief enthielt auch die Drohung, dass der Fürst sich bei Missachtung seiner Rechte an den Landgrafen Karl von Hessen-Kassel wenden würde, um seine Untertanen zu schützen. Er droht mit einem stumpfen Schwert, dachte Hüsing. Weder der Rudolstädter selbst noch der Landgraf war in der Lage, militärisch gegen Rübenheim vorzugehen. Der Kurfürst von Hannover war gleichzeitig der König von England und würde es nicht zulassen, dass fremde Truppen sein Gebiet durchquerten. Eher stand zu befürchten, dass er die Stadt selbst besetzen ließ, um Recht und Ordnung auf eine Weise wiederherzustellen, wie es

· 329 ·

ihn richtig dünkte. Dabei würden seine Männer eine erkleckliche Menge Geld aus Rübenheim herauspressen oder die Stadt nach Absprache mit Landgraf Karl gleich in das Kurfürstentum eingliedern. Beides würde den Verlust aller Privilegien bedeuten, die Emanuel Engstler erhalten hatte, und auch die überlieferten Rechte der Stadt schmälern.

»Ich muss der Jungfer den Brief zeigen und ihr erklären, welche Konsequenzen es haben kann, wenn man ihn missachtet«, murmelte Hüsing und stand auf. Als er nach seinem Diener klingelte, kam dieser ganz aufgeregt ins Zimmer.

»Herr, ich habe eben die Frau des gefangenen Laboranten in der Stadt getroffen!«

»Klara Just ist wieder hier?« Hüsing wunderte sich, so viel Mut hätte er einer Frau nicht zugetraut. Dann aber winkte er ärgerlich ab. »Ich werde mich später um sie kümmern. Jetzt muss ich zur Jungfer Engstler. Bring mir meinen Rock!«

Während der Diener davoneilte, überlegte Hüsing, wie er Kathrin Engstler die Neuigkeit beibringen sollte. Um den Brei herumzureden, brachte nichts. Daher nahm er den Brief aus Rudolstadt samt den beiliegenden Expertisen des dortigen Stadtsyndikus und verließ, nachdem er seinen Mantel umgelegt hatte, sein Heim.

Bis zu Kathrin Engstlers Haus waren es nur wenige Schritte, doch sie kamen Hüsing erneut wie eine Strafe des Himmels vor. Als er den Türklopfer anschlug, dauerte es eine Weile, bis jemand erschien. Der Diener, der ihm öffnete, hatte sich früher tief vor ihm verbeugt. Jetzt sah er ihm frech ins Gesicht und bewies Hüsing damit, wie tief sein Ansehen im Haushalt der Jungfer bereits gesunken war.

Kathrin Engstler empfing ihn in der guten Stube des Hauses. Diese war groß genug, um an die dreißig Gäste zu bewirten. So viele waren an diesem Tag nicht anwesend. Hüsing erkannte neben Mahlstett auch den Bruder von Kathrin Engstlers Mutter, der vom Rat als neuer Bürgermeister eingesetzt worden war, sowie den Kommandanten der Stadtwache und den Stadtarzt Capracolonus. Alle sahen ihn so missbilligend an, als fühlten sie sich durch sein Eintreten gestört.

»Was führt Euch hierher, Hüsing?«, fragte Kathrin Engstler.

»Ich habe Nachricht aus Rudolstadt erhalten. Seine Durchlaucht, Fürst Friedrich Anton, protestiert gegen die Verhaftung seiner Untertanen und droht, sich an Seine Durchlaucht Landgraf Karl zu wenden.«

Kathrin Engstler antwortete mit einem Lachen. »Meinetwegen kann Friedrich Anton sich auch an den Kaiser wenden. Dies wird am Schicksal der Gefangenen nichts ändern. Die Privilegien unserer Stadt sind in Stein gemeißelt. Solange wir den vereinbarten Anteil der Steuereinnahmen nach Kassel schicken, haben wir das Recht, jeden Verbrecher so abzuurteilen, wie es uns beliebt.«

»In der Theorie mag das stimmen«, gab Hüsing zu. »Doch könnte ein einseitiges Handeln unsererseits Seine Durchlaucht Landgraf Karl dazu bringen, die unserer Stadt gewährten Rechte zu hinterfragen und einzuschränken.«

Hüsings Hoffnung, wenigstens den Bürgermeister auf seine Seite ziehen zu können, zerstob, als dieser den Kopf schüttelte.

»Der Landgraf hat uns diese Rechte gewährt und muss sie einhalten.«

»Diese Angelegenheit zieht sich bereits seit Wochen hin«, erklärte Kathrin Engstler höhnisch. »Jetzt endlich beliebt es Fürst Friedrich Anton, auf unsere Anklage zu antworten. Ich empfinde dies als eine Missachtung unserer Stadt und sehe mich hier mit Herrn von Mahlstett und den Herren vom Rat einig. Da Friedrich Anton sich bislang nicht um die Gefangenen gekümmert hat, sprechen wir ihm das Recht ab, es fürderhin zu tun.

Tobias Just, sein Buckelapotheker und Stößel haben noch diese Woche abgeurteilt und hingerichtet zu werden!«

»Ohne die Frage nach Schuld oder Unschuld?«, fragte Hüsing erbittert.

Nun mischte Mahlstett sich ein. »Das Gift, das meinen Freund Emanuel Engstler, den führenden Bürger dieser Stadt, dahingerafft hat, ging durch die Hände dieser drei Männer. Keiner hat das Gift erkannt. Damit sind sie schuldig!«

»Bei Gott, das ist Willkür und keine Gerechtigkeit!«, entfuhr es dem Richter.

»Es geschieht zum Schutz der Bevölkerung vor diesen üblen Wanderhändlern mit ihren dreckigen, giftigen Wunderarzneien«, erklärte der Arzt salbungsvoll. »Hätte der hochverehrte Herr Emanuel Engstler mich zu Rate gezogen, ich hätte ihm von diesem Mittel abgeraten. Ich habe erlebt, welchen Schaden die Kräutertränke aus Königsee anrichten können. Bevor ich in diese Stadt kam, war ich Leibarzt beim Grafen Tengenreuth und Zeuge, als dieser seine Gemahlin und seine beiden Kinder durch die elenden Elixiere verloren hat. Dabei habe ich ihn eindringlich vor den angeblichen Arzneien der Buckelapotheker gewarnt.«

»Sagtet Ihr Tengenreuth?« Mahlstett war bei der Erwähnung des Namens blass geworden.

Der Arzt nickte eifrig. »Hyazinth von Tengenreuth! Ein hochedler Herr, wie ich sagen muss. Es ist bedauerlich, dass Gott, unser Herr im Himmel, ihn so sehr schlug und ihm sein Weib, seinen Sohn und seine Tochter nahm.«

»Tengenreuth hat also seine Frau und seine Kinder durch giftige Arzneien verloren?«, fragte Mahlstett scharf nach.

»So ist es«, erklärte Capracolonus, der froh war, endlich einmal im Mittelpunkt zu stehen. Er begann einen längeren Bericht über seine Zeit auf Tengenreuths Schloss. Da die Jungfer sich nicht dafür interessierte, wollte sie ihm ins Wort fallen. Doch da schloss sich Mahlstetts Rechte wie eine Schraubzwinge um ihren linken Arm.

»Lasst ihn reden! Es könnte wichtig für uns sein«, wies er sie leise, aber bestimmt zurecht.

Kathrin Engstler sah ihn erstaunt an, gehorchte aber und lauschte mit wachsender Verblüffung Capracolonus' Hassrede auf die Buckelapotheker aus Königsee.

»Es ist Gesindel, das an den Galgen gehört!«, brach es schließlich aus ihr heraus.

Der Arzt hob die Hand, als wolle er Gott zum Zeugen anrufen. »Nicht aus Misstrauen entließ Graf Tengenreuth mich aus seinen Diensten, sondern weil er sich von der Welt zurückgezogen und nur einen kleinen Teil seiner Bediensteten behalten hat. Da die Stadt, in der ich wohnte, zu klein war, um dort als Arzt praktizieren zu können, verließ ich den Ort und kam hierher.«

Capracolonus verschwieg, dass Tengenreuth ihm große Vorwürfe gemacht hatte, die Gefahr der Arzneien nicht erkannt zu haben. Nach dem Tod der Gräfin und ihrer Kinder war sein Ruf zudem so zerstört gewesen, dass Dorfbewohner eher zu Hebammen und Kräuterfrauen gegangen waren, als sich von ihm behandeln zu lassen.

In Mahlstetts Kopf hallte der Name Tengenreuth wie ein Trommelwirbel wider. Konnte er der Feind sein, der Engstler und wohl auch Schüttensee hatte ermorden lassen? Allerdings passte die Verbindung zu den Buckelapothekern aus den Schwarzburger Fürstentümern nicht dazu. Wenn diese in Tengenreuths Augen die Schuld am Tod seiner Frau und seiner Kinder trugen, würde er sich wohl kaum ihrer bedienen, um sich an seinen Feinden zu rächen. Mahlstetts Blick streifte den Arzt. Capracolonus hatte in Tengenreuths Diensten gestanden. Hatte

· 333 ·

dieser ihn geschickt, um Engstler zu ermorden? Doch wie hätte es ihm gelingen können, auch Schüttensee umzubringen? War der Hass gegen die Schwarzburger Buckelapotheker etwa nur vorgetäuscht, und waren diese seine Helfershelfer?

»Solange der Arzt auf freiem Fuß weilt, bin ich meines Lebens nicht mehr sicher«, murmelte Mahlstett.

»Ihr tut mir weh!«

Erst jetzt bemerkte er, dass er noch immer Kathrins Arm umklammert hielt. Er lockerte seinen Griff, ohne ihn jedoch ganz zu lösen, und wies mit der Linken auf Capracolonus.

»Wir sollten alle Zweifel ausräumen und jeden bestrafen, der am Tod Eures Vaters eine Mitschuld trägt. Lasst daher auch den Arzt verhaften. Er hätte Euch und Euren Vater vor dieser giftigen Medizin warnen müssen!«

»Das habe ich doch getan!«, rief Capracolonus empört.

»Aber nicht eindringlich genug!«, beschied ihn Mahlstett und sah Jungfer Kathrin auffordernd an.

Diese kaute eine Weile auf ihren Lippen herum, nickte dann aber. »Ihr habt recht, Herr von Mahlstett! Jeder muss büßen, der es versäumt hat, meinem Vater das Leben zu retten. Hüsing, lasst den Mann einsperren!«

»Bei Gott, begreift Ihr noch, was Ihr tut?«, rief der Richter empört. »Womöglich lasst Ihr auch noch die Torwächter einsperren und hinrichten, weil sie den Buckelapotheker Armin Gögel nicht am Stadttor abgewiesen haben.«

»Gehorcht mir, oder Ihr kommt ebenfalls in den Kerker! Verdient hättet Ihr es, denn Ihr habt mich schon zu lange hingehalten.«

Kathrin Engstler funkelte Hüsing feindselig an. Ihrer Meinung nach hätten Gögel und Just längst hingerichtet werden müssen. Auch der Apotheker hatte den Tod verdient, ebenso der Arzt. Doch all das hatte der Richter hintertrieben. Nun war er auch noch mit diesen lächerlichen Drohungen aus Rudolstadt erschienen, um sie daran zu hindern, ihr Recht durchzusetzen. Damit war er ihr Feind und musste ebenfalls bestraft werden.

»Hüsing, du bist deines Amtes enthoben und verhaftet. Ruf die Büttel, damit sie ihn und den Arzt in den Kerker bringen!«

Das Letzte galt dem Anführer der Stadtwache. Gewohnt, den Mächtigen zu gehorchen, verließ er den Raum und kehrte kurz darauf mit zehn seiner Männer zurück. Sie hielten Stricke in der Hand und forderten den Arzt und den Richter auf, die Arme nach vorne zu strecken.

»Da seht Ihr, wohin es führt, dass Ihr der Jungfer keine Zügel angelegt habt!«, rief Hüsing dem Bürgermeister zu.

Dieser zuckte zwar zusammen, äußerte sich aber nicht.

15.

Klara wartete auf den Ruf des Richters, doch stundenlang geschah nichts. Mit wachsendem Ärger überlegte sie, ob sie Hüsing nicht von sich aus aufsuchen sollte. Als sie dies Martha sagte, wiegte diese unschlüssig den Kopf.

»Ich weiß nicht, ob das richtig ist. Was ist, wenn dich jemand erkennt?«

»Wer sollte mich schon erkennen? Ich bin doch nur eine schlichte Magd«, antwortete Klara.

»Vielleicht sollte besser ich gehen. Bei dir besteht die Gefahr, dass dich ein anderer Diener als dieser Neel an der Tür abweist.« Es erschien Martha die bessere Lösung, doch Klara meldete Bedenken an.

»Es ist besser, wenn du nicht von Anfang an mit dem Richter in Verbindung gebracht wirst.«

· 335 ·

»Das werde ich auch dann, wenn du als meine Magd zu ihm gehst. Wie wir es drehen und wenden, wir müssen etwas riskieren. Sonst hätten wir in Königsee bleiben und es beim Beten belassen können.«

Damit hatte Martha zwar recht, doch Klara wollte nicht unvorsichtig handeln. Sie setzte sich ans Fenster und hoffte, der Richter würde endlich seinen Diener schicken. Da Neel mit der Wirtin verwandt war, würde dies weniger auffallen, als wenn sie selbst zu Hüsing gehen würde.

»Ich habe Hunger!«, meldete sich Martha schließlich und erinnerte Klara daran, dass diese in ihrer Anspannung die Mittagszeit übersehen hatte.

»Dann gehen wir eben nach unten.«

»Wenn wir noch was bekommen! Die Turmuhr hat eben die dritte Nachmittagsstunde geschlagen.« Nach der Eile, die Klara und sie bis jetzt getrieben hatte, zerrte das Warten auch an Marthas Nerven. Sie grinste aber sofort wieder und erklärte, dass sie sich auch mit einem Brocken Käse und einem Stück Brot zufriedengeben würde.

»Ich hoffe schon, dass es mehr gibt!« Auch wenn der Käse, den sie nach ihrer Ankunft hier erhalten hatten, nicht schlecht geschmeckt hatte, so hoffte Klara wenigstens auf einen Teller Suppe und vielleicht doch etwas Milch zum Trinken.

Klara erhielt zwar keine Milch, doch Lene presste Pflaumen aus, um Saft zu gewinnen, und dieser stillte ihren Durst ebenso gut. Da die Wirtin ein Stück Braten warm gehalten hatte, wurde auch Martha zufriedengestellt. Sie und Klara aßen mit gutem Appetit und stellten dabei einige scheinbar unverfängliche Fragen, um herauszufinden, wie es in Rübenheim stand.

Auch wenn Lene ausweichend antwortete, erkannte Klara, dass Kathrin Engstler die Stadt mittlerweile noch fester im Griff hielt als bei ihrem ersten Aufenthalt. Sie überlegte schon, genauer nachzufragen, als plötzlich die Tür aufsprang und Neel, der Leibdiener des Richters, in den Raum stürmte.

Er schloss sofort die Tür hinter sich und blickte sich misstrauisch um. Als er nur seine Verwandte Lene, Klara und Martha entdeckte, atmete er auf.

»Was ist denn mit dir los?«, fragte Lene verwundert.

Neel musste erst einmal verschnaufen, bevor er antworten konnte. Dann jedoch klang seine Stimme ebenso empört wie entsetzt. »Jetzt ist die Jungfer völlig verrückt geworden! Sie hat meinen Herrn und den Arzt einsperren lassen. Sie sollen morgen zusammen mit den anderen Gefangenen ohne Gerichtsurteil hingerichtet werden!«

»Das darf doch nicht wahr sein!«, rief die Wirtin empört aus, während Klara gegen den Schwindel und die Übelkeit ankämpfte, die sie bei dieser Nachricht überfielen.

Einen Augenblick lang hätte sie sich am liebsten wie ein verwundetes Tier in einer dunklen Ecke verkrochen. Doch dann übermannte sie der Zorn auf Kathrin Engstler, und sie schlug mit der flachen Hand auf den Tisch. »Das dürfen wir nicht zulassen!«

Die Wirtin drehte sich um und schüttelte verständnislos den Kopf. »Was heißt hier zulassen? Was können wir schon tun? Außerdem, was hast du damit zu tun?«

»Das ist die Ehefrau des gefangenen Laboranten aus Königsee«, erklärte Neel.

Als die Wirtin dies hörte, wunderte sie sich noch mehr. »Die! Aber die darf die Stadt doch nicht mehr betreten!«

»Wage nicht, mich zu verraten!«, warnte Klara sie.

Neel hob begütigend die Hand. »Das tut Lene gewiss nicht! Die ist der Jungfer nicht mehr grün, seit deren Vater die Steuern erhöht hat, um den Landgrafen zu bestechen und einen Adelstitel zu erlangen.«

Dann sah er Klara forschend an. »Erlaubt, dass ich Euch frage, was Ihr tun wollt? Die Stadtwache gehorcht ihrem Kommandanten, und der nimmt seine Befehle nur von der Jungfer entgegen. Außerdem sind es zu viele, als dass wir ein paar Freunde holen und gegen sie kämpfen könnten.«

»Kampf wäre der schlechteste Weg«, antwortete Klara. »Wir müssen auf unsere List und auf Gott vertrauen.«

Neel verzog das Gesicht. »Gottvertrauen ist gut und schön, aber gegen ein paar Dutzend ruppige Stadtknechte erscheint es mir doch zu wenig.«

»Du hast die List vergessen!«, warf Martha ein. »Darin sind Klara und ich nämlich ganz groß.«

»Ich glaube nicht, dass List uns viel helfen kann«, wandte Neel ein.

»Dann versteck dich, lege die Hände in den Schoß und sieh zu, wie dein Herr morgen gehängt oder auf eine noch unangenehmere Weise zu Tode gebracht wird«, fauchte Martha ihn aufgebracht an.

»Martha und ich werden auf jeden Fall alles unternehmen, um meinen Mann und den Buckelapotheker zu retten«, setzte Klara in ernstem Tonfall hinzu.

Neel kratzte sich am Kopf und stöhnte. »So habe ich es nicht gemeint! Ich halte es nur für unmöglich.«

»Das lass nur ruhig unsere Sorge sein!«, erklärte Martha.

Da hob Klara die Hand. »Wir werden Hilfe brauchen, denn wir müssen nicht nur die Gefangenen befreien, sondern sie auch aus der Stadt schaffen. Bereits eine Meile von hier gilt das Wort der Jungfer nichts mehr.«

»Zur Stadt hinauszukommen, erscheint mir weniger schwierig, als meinen Herrn aus dem Kerker zu befreien«, wandte Neel ein. »Der Auslass des Abwassergrabens hätte längst gerichtet werden müssen, denn das Gitter ist fast durchge-

rostet. Ein paar kräftige Männer müssten es losreißen können.«

»Das wäre schon eine Schwierigkeit weniger! Als Erstes müssen wir in Erfahrung bringen, ob der Mann namens Klaas immer noch nachts im Gefängnis Dienst hat. Mit dem habe ich es
bei meinem ersten Besuch zu tun bekommen«, setzte Klara ihre
Überlegungen fort.

»Der ist immer nachmittags und nachts dort«, versicherte ihr
Neel. »Klaas gilt jedoch als treuer Anhänger der Jungfer.«

»Er hat aber eine große Schwäche«, erklärte Klara und klim-
perte mit ein paar Münzen.

»Er wird sich nicht bestechen lassen«, wandte Neel ein.

»Aber er ist bereit, für ein paar Groschen die Armesündertür
zu öffnen!«

Lene hob warnend die Hand. »So einfach ist das nicht! Als
mein Mann mit den Steuern in Verzug geriet, ließ Emanuel
Engstler ihn einsperren. Der Wärter machte mir das Angebot,
mich für ein paar Münzen einzulassen, damit ich meinen Mann
mit Essen versorgen konnte. Auf Engstlers Befehl erhielt er nur
Wasser und Brot, denn der Bürgermeister glaubte, wir hätten
unser Geld versteckt. Aber mein Mann hatte seinen Bruder auszahlen müssen, und so besaßen wir nichts. Ich konnte nur ein
paarmal ins Gefängnis, dann waren auch die wenigen Groschen,
die ich noch hatte, ausgegeben.«

Die Wirtin schwieg kurz, als müsse sie überlegen, ob sie wei-
terreden sollte. »Als ich nichts mehr hatte, bot Klaas an, ich
könne weiterhin zu meinem Mann, wenn ich den Rock für ihn
hebe. Mein Mann war sehr krank, und ich wollte ihn nicht im
Stich lassen. Also legte ich mich auf die Pritsche des Wärters
und biss die Zähne zusammen.«

»So ein Schurke!«, rief Neel empört.

»Ich wusste mir keinen anderen Rat mehr«, erklärte Lene

unter Tränen. »Ich habe nie wieder einen Menschen so gehasst wie Emanuel Engstler und seinen Knecht Klaas. Meinem Mann hat es trotzdem nicht geholfen. Als ich am nächsten Tag zu ihm wollte, lachte Klaas mich aus und meinte, er hätte sein Ziel erreicht, und ich solle mich zum Gottseibeiuns scheren.«

»Der Kerl ist ein abgefeimter Schurke!«, fand nun auch Martha, die auf Klaras Bericht hin gehofft hatte, der Gefängniswärter könnte umgänglicher sein.

»Als abzusehen war, dass mein Mann sterben würde, ließ Engstler ihn frei, damit es nicht hieß, er wäre wegen der schlechten Behandlung im Kerker umgekommen«, setzte Lene ihren Bericht fort. »Er lebte noch drei Wochen. An dem Tag, an dem mein Mann begraben wurde, erschien Engstler in unserem Gasthof und erklärte, er hätte ihn von der Stadt erworben, die ihn wegen der Steuer beschlagnahmt habe. Der Gasthof war weitaus mehr wert als die Summe, die wir schuldeten. Ich erhielt ein paar Taler und musste das Haus verlassen. Mit dem Geld konnte ich mir diese Schenke hier kaufen. Um zu zeigen, wie großzügig er sei, gewährte Engstler mir sogar das Recht, Gäste zu beherbergen. Damit reicht das, was ich einnehme, gerade zum Leben.«

»Aber warum bist du nicht zu meinem Herrn gegangen? Er hätte dir gewiss zu deinem Recht verholfen«, schalt Neel seine Verwandte.

Diese lachte ihm ins Gesicht. »Hätte Hüsing sich gegen Engstler gestellt, wäre er entlassen und aus der Stadt getrieben worden. Damals galt hier nur Engstlers Wort, so wie jetzt das seiner Tochter gilt.«

Lene hörte sich bitter an, doch Klara war nicht bereit, sich davon abschrecken zu lassen. »Irgendwie muss es uns gelingen, diesen Klaas zu überlisten.«

»Er lässt keine Männer ein, und Frauen auch nur einzeln«, gab Lene zu bedenken.

»Vor allem keine Fremde«, setzte Neel mit einem Seitenblick auf Martha hinzu.

»Vielleicht kann Klara dafür sorgen, dass die Tür offen bleibt«, sagte Martha.

Lene schüttelte den Kopf. »Klaas schließt jedes Mal ab und behält den Schlüssel dann bei sich.«

Da kam Martha eine neue Idee. »Wie wäre es, wenn Klara ihm etwas zu trinken mitbringt, das mit einem Schlafmittel versetzt ist?«

»Er würde mich gewiss zwingen, als Erste zu trinken. Wenn ich dort einschlafe, wäre alles vergebens. Es muss anders gehen«, wandte Klara ein.

»Auch wenn du nicht gerade eine Riesin bist, scheinst du kräftig zu sein. Glaubst du, du könntest damit umgehen?« Die Wirtin brachte einen unterarmlangen Eisenstab zum Vorschein, der etwas dicker als ihr Daumen war. »Ich habe mir dieses Ding zugelegt, falls ein paar Kerle hier frech werden sollten. Es wirkt, das kann ich euch versichern!«

Klara musterte zweifelnd den Stab, nahm ihn dann aber in die Hand. »Er ist ganz schön schwer«, sagte sie beeindruckt.

»Du kannst ruhig kräftig damit zuhauen. Glaub mir, ein Schädel hält einiges aus. Das habe ich mehrfach erlebt.«

»Du solltest es tun!«, erklärte nun auch Martha.

Schließlich nickte Klara. »Ich mache es ungern! Aber bevor ich meinen Mann morgen sterben sehe, schlage ich lieber den Wärter nieder.«

16.

Klaras Herz klopfte ihr bis zum Hals, als sie sich kurz vor Mitternacht der Armesünderpforte näherte. Würde Klaas sie auch des Nachts einlassen?, fragte sie sich. Zwar hatte Lene es behauptet, doch das konnte ihre Zweifel nicht vertreiben. Ein kurzer Blick nach hinten zeigte ihr, dass Martha und Neel gerade in der schmalen Lücke zwischen zwei Häusern verschwanden, um nicht vom Nachtwächter entdeckt zu werden. Auch sie musste darauf achten, dass der Mann sie nicht bemerkte.

Kurzentschlossen trat sie auf die Tür zu und klopfte zuerst leise, dann lauter dagegen. Aus einer Nebengasse erklang bereits der monotone Singsang des Nachtwächters, als sie endlich Schritte hörte. Eine Klappe etwa in Augenhöhe wurde geöffnet und eine Laterne so hoch gehalten, dass deren Schein ihr ins Gesicht fiel. Zwar trug Klara noch die Tracht einer Magd, dennoch erkannte der Wärter sie sofort.

»Du bist es! Du wagst aber viel! Wenn die Jungfer davon erfährt, lässt sie dich morgen ebenfalls hinrichten«, meinte er spöttisch.

»Hab Mitleid, bitte! Ich will wenigstens noch ein Mal mit meinem Mann sprechen«, flehte Klara.

Der Wärter überlegte und hielt dann die Laterne so, dass er sehen konnte, ob Klara allein war oder nicht. Schließlich senkte er die Laterne wieder und schloss auf.

»Komm herein, aber rasch! Ich höre schon den alten Magnus kommen, und der darf dich nicht hier vorfinden.«

Klara huschte in den Gang und sah zu, wie Klaas die Tür wieder verschloss. Die Eisenstange hatte sie im linken Ärmel verborgen, doch als sie den vierschrötigen Wärter ansah, bezweifelte sie, dass sie ihn niederschlagen konnte. Aber es muss sein,

· 342 ·

dachte sie und kramte nach ein paar Münzen, um sie ihm zu geben.

Als Klaas das Geld sah, begann er zu lachen. »Mit den paar Groschen erreichst du nichts mehr bei mir!«

»Du kannst auch einen ganzen Taler haben oder zwei!«, bot Klara an.

Klaas schüttelte den Kopf. »Heute ist mir nicht nach Geld, sondern nach etwas anderem.«

Bei diesen Worten bewegte er das Becken ein paarmal vor und zurück.

»Das verstehe ich nicht«, sagte Klara scheinbar ratlos.

»Ich will mit meinem besten Stück ein wenig in dich hineinfahren. Hast mir schon beim ersten Mal gefallen, aber da hat die Jungfer dich aus der Stadt vertrieben, bevor ich an mein Ziel gekommen bin. Jetzt ist es so weit! Entweder du machst freiwillig mit, oder ich zwinge dich dazu. Also hab dich nicht so! Schwangerer, als du bereits bist, kannst du nicht werden.«

Klara begriff, dass der Mann bereit war, ihr Gewalt anzutun, wenn sie sich ihm nicht hingab, und schob alle ihre Bedenken beiseite. Unauffällig fasste sie mit der Rechten nach dem Ärmelsaum der Linken und tat so, als würde sie daran zupfen. In Wirklichkeit lockerte sie den Eisenstab, um ihn aus dem Ärmel ziehen zu können. Klaas gegenüber tat sie jedoch so, als hätte sie aufgegeben.

»Also gut! Aber glaube ja nicht, dass ich Gott dafür danke, dass du mich rammeln willst«, antwortete sie leise.

Das Grinsen auf Klaas' Gesicht wurde womöglich noch breiter. »Dem musst du auch nicht danken, sondern mir, weil ich dich noch einmal zu deinem Mann lasse. Also komm mit in meine Kammer!«

Bei diesen Worten drehte Klaas Klara den Rücken zu. Jetzt oder nie!, durchfuhr es sie. Sie zog die Eisenstange aus dem Är-

· 343 ·

mel, holte aus und schlug zu. Dabei geriet sie in den Lichtkegel einer Laterne.

Klaas sah noch, wie sie die Eisenstange schwang, und wollte ausweichen. Da traf die Stange ihn am Kopf, und er sank mit einem Seufzer zu Boden.

»Bei Gott! Hoffentlich habe ich ihn nicht erschlagen«, rief Klara und beugte sich über ihn. Als sie seinen Puls fühlte, schlug dieser zwar langsam, aber stetig.

»Dem Himmel sei Dank!«, sagte sie aufatmend und wollte zu den Zellen gehen. Da fiel ihr ein, dass Klaas aufwachen und Alarm schlagen konnte, bevor sie Tobias und die anderen befreit hatte. Sie sah sich suchend um und entdeckte in einer Kammer ein paar Stricke. Damit fesselte sie Klaas und steckte ihm zuletzt noch einen Lumpen als Knebel in den Mund.

»Jetzt aber hurtig ans Werk!«, mahnte sie sich und eilte weiter ins Gefängnis. Die Tür war verschlossen, und sie musste noch einmal zu Klaas zurück, um dessen Schlüssel zu holen. Als sie die Tür öffnete, die zu den Zellen führte, war es dort stockdunkel. Klara nahm Klaas' Laterne mit und leuchtete in die erste Zelle. Darin lagen zwei Männer auf einer Schütte Stroh und schliefen. Einer davon war der Richter. Zwar wollte Klara auch ihn befreien, doch zuerst ging es ihr um Tobias. Sie versuchte, sich zu erinnern, wo dessen Zelle lag, nahm den Ring mit den Zellenschlüsseln vom Haken und ging darauf zu.

Auch Tobias schlief, wachte aber auf, als er das Quietschen hörte, das beim Öffnen der Tür entstand. »Ist es schon so weit?«, murmelte er noch halb benommen, sah dann seine Frau vor sich und schlug das Kreuz. »Narrt mich ein Geist?«

Klara zwickte ihn ins Ohrläppchen und lächelte, als er einen leisen Wehlaut ausstieß.

»Kann das ein Geist?«, fragte sie.

»Nein, wohl eher nicht! Aber wie kommst du hierher und …«

»Wir haben keine Zeit zu reden! Ich habe den Wärter niedergeschlagen, um dich befreien zu können. Also komm mit!«

»Du hast … was?«, rief Tobias, verstummte dann aber. Er
kannte seine Frau und wusste, dass sie ebenso mutig wie hart-
näckig sein konnte.

»Wir müssen auch den armen Armin befreien«, erklärte er.

»Das habe ich vor!« Klara leuchtete in eine weitere Zelle mit
zwei Pritschen – sie war leer. Der Wärter hätte den Richter und
den anderen Gefangenen dort unterbringen können, so dass sie
nicht auf dem Boden hätten schlafen müssen. Doch anscheinend
wollte die Jungfer die Männer zusätzlich demütigen.

Wenig später öffnete sie die Zelle, in der Stößel gefangen saß.
Der Apotheker hatte bereits mitbekommen, dass sich etwas tat,
und sah ihr halb hoffnungsvoll, halb ängstlich entgegen.

Klara winkte ihm, herauszukommen. »Macht schnell! Wir
haben nicht viel Zeit.«

»Ich danke Euch!« Der Apotheker atmete auf und sah dann,
dass Klara in eine weitere Zelle hineinleuchtete.

»Wen sucht Ihr, Euren Mann oder dessen Buckelapotheker?«

»Wir wollen zu Armin Gögel«, antwortete Tobias, der zu beiden aufgeschlossen hatte, an Klaras Stelle.

»Der ist noch ein Stück weiter vorne«, berichtete Stößel und
übernahm die Führung.

Wenig später hatten sie die Zelle, in der Armin einsaß, erreicht, und Klara öffnete die Tür. Bei dem quietschenden Geräusch schoss Gögel hoch und stieß einen gellenden Schrei aus.

»Nein, nicht, ich will nicht sterben! Ich …«

Mit zwei langen Schritten war Tobias bei ihm und versetzte
ihm ein paar kräftige Ohrfeigen. »Sei still, du Narr! Oder willst
du, dass man uns hört?«

Armin starrte ihn erschrocken an. »Herr Just, Ihr? Aber Ihr
seid ja frei!«

»Das bist du auch gleich. Komm heraus! Wir müssen uns be-eilen, um vor dem Morgengrauen die Grenzen dieser Stadt hin-ter uns zu lassen. Oder willst du, dass die Kreaturen der Jungfer uns alle einfangen und wir morgen gemeinsam sterben?« Kla-ras Stimme klang so scharf, dass Gögel sich krümmte.

»Das will ich gewiss nicht«, antwortete er kleinlaut.

»Dann folge mir!« Klara ging nun den Weg zurück, bis sie zu der Zelle kam, in der Hüsing und der Arzt eingesperrt waren. Beide waren durch Armins Schrei wach geworden, hatten sich aber keinen Reim darauf machen können. Als der Richter Klara erkannte, die in der einen Hand die Laterne und in der anderen die Zellenschlüssel trug, musste er lachen.

»Bei unserem Herrn Jesus Christus im Himmel, ich glaube, ich habe Euch unterschätzt! Ihr seid mehr als eine gleichwertige Gegnerin für unsere Jungfer Engstler. Ihr lasst Euch nämlich von Eurem Verstand leiten und nicht von wirren Launen.«

»Redet nicht, sondern kommt heraus!«, wies Klara ihn an, nachdem sie die Zellentür geöffnet hatte.

»Wohin sollen wir fliehen? In der Stadt können wir nicht bleiben, denn die lässt die Jungfer morgen auf den Kopf stellen, um uns zu suchen«, fragte Hüsing.

»Darüber reden wir, wenn wir draußen sind«, antwortete Klara, da sie nicht wusste, ob Klaas noch bewusstlos war oder schon wieder wach und es hören konnte.

»Wer ist die Frau?«, fragte der Arzt misstrauisch.

»Das ist die Ehefrau des Laboranten Just, die den Mut aufge-bracht hat, den ich mir von ein paar Männern, die sich unsere Freunde genannt haben, gewünscht hätte!« Hüsing deutete vor Klara eine Verbeugung an und folgte ihr. Unterwegs sah er Klaas gefesselt am Boden liegen.

»Habt Ihr den selbst niedergerungen?«, fragte er Klara ver-blüfft.

· 346 ·

»Das habe ich getan und danke Gott, dem Herrn, dass ich ihn nicht umgebracht habe.«

Hüsing beugte sich kurz zu Klaas nieder. »Es ist noch Leben in ihm«, sagte er und zögerte dann. »Er ist kein angenehmer Mensch, aber es widerstrebt mir, ihn so zurückzulassen. Ich traue der Jungfer zu, ihn morgen an unserer Stelle hinzurichten.«

Klara dachte an Lene, die von Klaas gezwungen worden war, sich ihm hinzugeben. Auch von ihr hatte er dies gefordert. Sie verspürte wenig Mitleid mit ihm, verstand aber den Richter. Kathrin Engstler würde dem Wärter die Schuld an der Flucht der Gefangenen geben und es ihm in ihrer Wut heimzahlen.

»Wenn Ihr wollt, könnt Ihr ihn ja mitnehmen! Glaubt aber nicht, dass ich Rücksicht darauf nehme, ob Ihr mir folgen könnt oder nicht.«

Der Richter sah sie erstaunt an, denn bisher waren ihm keine Klagen über Klaas zu Ohren gekommen. Ebenso wie Lene hatten auch die übrigen Frauen, die ihm zu Willen hatten sein müssen, wohlweislich den Mund gehalten. Er begriff aber, dass etwas Unrechtes geschehen sein musste, weil Klara so abweisend reagierte, und war kurz davor, den Mann doch zurückzulassen. Dann aber schüttelte er den Kopf.

»Wenn die Jungfer ihn hinrichten lassen kann, schüchtert sie damit die Leute so ein, dass sich keiner mehr gegen sie aufzulehnen wagt. Stößel, Capracolonus, hebt ihn auf und tragt ihn!« Tobias oder Gögel wollte er nicht darum bitten, da beide Männer schon länger im Gefängnis gesessen hatten und kraftlos wirkten.

Während Stößel sofort zugriff, streckte der Arzt abwehrend beide Hände aus. »Wie käme ich dazu? Ich bin ein studierter Mann! Soll doch dieser Salbenpanscher den Kerl tragen.«

Tobias sah kurz Klara an. Diese kämpfte kurz mit sich und nickte schließlich. »Tu es! Der Mann ist es zwar nicht wert, denn er wollte als Preis dafür, dass er mich noch einmal mit dir sprechen lassen sollte, meinen Körper haben. Mein Eisenstab hat ihm diesen Gedanken jedoch rasch ausgetrieben.«

»So ein elendes Schwein!«, stieß Tobias hervor. Dann dachte er an die Rachsucht der Jungfer und griff trotzdem zu.

17.

An der Armesünderpforte mussten sie warten, bis sich der Singsang des Nachtwächters in der Ferne verloren hatte. Dann huschte Klara die Treppe hinauf. Sie und der Richter hatten Laternen bei sich, auch wenn Gefahr bestand, gesehen zu werden. Doch wenn sie den richtigen Weg finden wollten, brauchten sie Licht.

Von der anderen Seite kamen Martha und Neel heran. »Du hast es wirklich geschafft!«, flüsterte Martha, während der Diener erleichtert die Hand seines Herrn fasste.

»Dem Himmel sei gedankt! Ich sah Euch schon tot.«

»Ich mich auch«, antwortete Hüsing mit verkniffener Miene und fragte dann, wie es weitergehen sollte.

»Wir müssen zur Stinkergasse und dann durch den Abwassergraben hinaus«, erklärte Neel. »Einen anderen Weg gibt es nicht. Zwar gibt es zu der Gasse keine Fenster, aber wir müssen trotzdem leise sein, sonst hört uns jemand und verrät uns an die Wachen.«

Capracolonus schüttelte empört den Kopf. »In den Abwassergraben steige ich nicht hinein!«

»Dann bleibt hier und lasst Euch morgen von der Jungfer zu Tode schinden«, antwortete Hüsing, der die Geduld mit dem Arzt verlor.

Das wollte Capracolonus dann doch nicht und ging grummelnd hinter den anderen her. Hüsing forderte Neel auf, Tobias

· 348 ·

beim Tragen abzulösen, und übernahm die Spitze. Sie waren gerade um die nächste Ecke gebogen, als an einem der Häuser ein Fensterladen geöffnet wurde und ein Mann im Nachthemd und mit Schlafmütze herausschaute.

»Da ist nichts zu sehen! Du hast wohl schlecht geträumt«, sagte er knurrig zu seiner Ehefrau und schloss das Fenster wieder.

Wenig später erreichte Klara mit ihren Begleitern eine schmale Gasse, die ihrem Namen Stinkergasse alle Ehre machte. Klara hielt einen Ärmel vor die Nase und kämpfte mit Brechreiz, während Martha angeekelt aufstöhnte.

Am Anfang der Gasse wurden sie von Lene und Bert erwartet. Erstere sah, wie Neel und Stößel den gefesselten Klaas trugen, und spie aus. »Warum schleppt ihr dieses Schwein mit euch?«

»Wir wollten nicht, dass die Jungfer morgen ihren Zorn an ihm auslässt«, erklärte Hüsing.

Lene sah ganz so aus, als würde sie dem Wärter dieses Schicksal gönnen.

Auch der Apotheker schüttelte nun den Kopf. »Mag sich mit dem Kerl abschleppen, wer will. Mir reicht es.«

»Bert, nimm du ihn!«, befahl der Richter.

Der Wirtsknecht gehorchte und stieg mit Neel zusammen in die stinkende Brühe, die sich am Grund des Grabens angesammelt hatte.

»Müssen wir wirklich hier durch?«, fragte Martha, der allein bei dem Gedanken übel wurde.

»Es ist der einzige Weg hinaus aus der Stadt«, antwortete Neel und berichtete, dass Kathrin Engstler befohlen hatte, die Wachen an den Toren zu verstärken.

»Wir müssen uns beeilen!«, drängte Klara und wollte in den Graben steigen. Sie verlor jedoch das Gleichgewicht und geriet in Gefahr, hineinzustürzen. Zum Glück griff Tobias rasch genug zu und konnte sie festhalten.

»Vorsicht!«, mahnte er. »Es reicht, wenn wir bis zu den Waden im Dreck stecken.«

»Danke«, flüsterte Klara ihm zu, hob ihr Kleid bis fast zu den Hüften hoch und stapfte hinter Neel und Bert her. Lene, Tobias und der Apotheker folgten, während Capracolonus zögerte.

»Kommt jetzt!«, fuhr ihn der Richter an. »Sonst könnt Ihr morgen die Jungfrau durch Euren Tod erfreuen!« Ohne sich weiter um den Arzt zu kümmern, stieg auch er in den Graben und stapfte hinter den anderen her.

Capracolonus blieb noch einen Augenblick stehen, hörte dann den Gesang des Nachtwächters näher kommen und stieg so rasch in den Graben, dass es laut platschte.

Verärgert drehte Hüsing sich um. »Seid leiser! Ihr hetzt uns noch die Verfolger auf den Hals.« Anschließend zupfte er Klara am Ärmel. »Wir müssen die Lampen abdecken, damit der Nachtwächter den Schein nicht sieht!«

»Aber dann sehen wir auch nichts«, wandte der Apotheker ein.

»Geht einfach nur den Graben entlang«, riet ihm Hüsing und bat Lene, ihm ihren Umhang zu reichen. Sie tat es, und er wickelte die Laterne darin ein. Klara erhielt von Martha deren Mantel und tat es dem Richter gleich.

Auf einmal war es um sie herum stockfinster. Capracolonus maulte deswegen und erhielt durch den Richter einen heftigen Stoß.

»Still jetzt!«

Eine kleine Ewigkeit lang war nur noch das schmatzende Geräusch zu hören, mit dem sie die Füße aus dem Dreck zogen, um den nächsten Schritt zu machen. Als der Richter annahm, dass der Nachtwächter weitergegangen war, holte er die Laterne hervor und leuchtete den Weg aus. Sie hatten die Stadtmauer erreicht und mussten sich bücken, um durch den Schacht nach draußen zu gelangen.

»Stößel, wir beide übernehmen jetzt die Spitze«, erklärte der Richter. »Unsere Aufgabe ist es, das Gitter loszureißen, damit wir ins Freie gelangen.«

»Was ist mit dem Stadtgraben?«, fragte Klara.

»Bei der Trockenheit, die augenblicklich herrscht, ist der halbleer«, beruhigte Lene sie.

Inzwischen hatten Hüsing und Stößel das Gitter erreicht, mit dem verhindert werden sollte, dass Menschen unbemerkt in die Stadt eindrangen. Wäre es neu gewesen, hätten sie an dieser Stelle aufgeben müssen. Aber das Eisen war stark verrostet und gab nach, als die beiden Männer ein paarmal kräftig daran rüttelten.

»Der Weg ist frei!«, sagte Hüsing zufrieden und schob sich als Erster hindurch.

Als Nächster folgten ihm Stößel und diesem Neel und Bert mit dem noch immer gefesselten Klaas. Als sie weitergingen, erinnerte Neel sich daran, dass der Wärter Lene gezwungen hatte, sich ihm hinzugeben. Er tat so, als würde er stolpern, und tauchte dabei Klaas tief in den Dreck hinein. Dieser strampelte, als die stinkende Brühe in seinen Mund geriet, und gab Neel damit die Gelegenheit, ihn ganz loszulassen. Auch Bert konnte den Gefangenenwärter nicht mehr festhalten, und so klatschte dieser noch einmal in den Dreck.

»Was soll das? Gebt doch acht!«, herrschte Hüsing seinen Diener und dessen Vetter an. Da er die Laterne nach vorne hielt, entging ihm Neels zufriedene Miene. Neel stank nun selbst zum Erbrechen, doch ihn stellte der kleine Racheakt zufrieden. Sein Grinsen steigerte sich noch, als Klaas zu würgen begann und wegen des Knebels am eigenen Erbrochenen zu ersticken drohte.

Neel zog ihm den Knebel aus dem Mund und hielt den Wärter so, dass dieser seinen Mageninhalt entleeren konnte. Dann fasste er ihn mit einem harten Griff am Genick. »Wenn du jetzt glaubst, du müsstest schreien, damit man auf uns aufmerksam wird, werfe ich dich in den Stadtgraben und lasse dich darin elend ersaufen. Hast du mich verstanden?«

»J…a!«, stöhnte Klaas, um dann erneut zu würgen.

»Kommt weiter!« Hüsing führte die Gruppe zu einer Stelle, an der sie aus dem Stadtgraben steigen konnten. Anschließend befahl er, Klaas die Fesseln zu lösen.

»Ab hier soll er selber laufen! Sorgt aber dafür, dass er nicht verschwinden kann«, setzte er hinzu und rieb die linke Hand, mit der er mehrmals den Rand des Grabens berührt hatte, an einem Grasbüschel sauber.

»Wenn wir ein Stück weitergehen, kommen wir zu einem Bach mit sauberem Wasser. Dort können wir unsere Schuhe und Hosen waschen. Wie ist es mit euch Frauen?«

Klara, Martha und Lene hatten sowohl im Abwasser wie auch im Stadtgraben ihre Röcke und Hemden geschürzt, und so waren nur ihre Beine bis über die Knie mit einer stinkenden Dreckkruste überzogen. Ihre Kleidung aber war im Gegensatz zu der der Männer halbwegs sauber geblieben. Dies sagten sie nun auch und spotteten, als es weiterging, über die Männer, deren Wadenstrümpfe und Hosen den Gestank des Grabens angenommen hatten. Am schlimmsten sah Klaas aus, denn bei ihm strotzten selbst der Rock und die Weste vor Schmutz. Ihm war deutlich anzusehen, wie sehr er sich darüber ärgerte. Noch mehr aber wurmte es ihn, auf eine solche Weise von Klara überlistet worden zu sein. Auf dem weiteren Weg schimpfte er leise vor sich hin, wagte es aber nicht, davonzulaufen. Er kannte die Jungfer, und ihm war klar, dass sie ihn für die Flucht der Gefangenen verantwortlich machen und hinrichten lassen würde.

18.

Endlich hatten sie den Bach erreicht, von dem Hüsing gesprochen hatte. Während die Männer trotz der nächtlichen Kühle ganz hineinstiegen, begnügten die Frauen sich damit, die Beine zu waschen. Sie stanken auch nicht so sehr wie Hüsing und die anderen Männer. Bei dem Wärter half selbst das Wasser des Baches kaum, denn Neel hatte ihn bis über den Scheitel in die stinkende Brühe getaucht. Klaas' Laune war abgrundtief schlecht, doch ihm blieb nichts anderes übrig, als weiterhin mit der Gruppe zu gehen, wollte er nicht in die Hände der Jungfer fallen.

Der Arzt war ebenfalls missgestimmt und schimpfte ununterbrochen vor sich hin. Als ein Mann, dem nichts wichtiger war, als ein hochangesehener Bürger einer Stadt zu sein, ärgerte er sich, weil er Rübenheim auf so schmachvolle Weise hatte verlassen müssen, und beschwerte sich bei Hüsing wortreich darüber.

Als er davon sprach, dass er sein ganzes Geld und seine Instrumente habe zurücklassen müssen, blieb der Richter stehen und wies nach hinten.

»Es bleibt Euch unbenommen, in Euer Haus zurückzukehren und die Sachen zu holen.«

»Aber die Tore sind in der Nacht zu, und man wird mich gewiss verhaften, wenn ich dort erscheine!«, antwortete Capracolonus erschrocken.

»Der Herr Richter meinte auch nicht, dass Ihr auf diese Weise in die Stadt zurückkehren, sondern den Graben nehmen sollt. Dort steht gewiss kein Wächter«, spottete Neel.

Der Gedanke, noch einmal in die stinkende Brühe steigen zu müssen, ließ den Arzt schaudern. Vor sich hin brummelnd folgte er Hüsing und verfluchte das Schicksal, das es wieder einmal so schlecht mit ihm meinte.

Klara, Tobias und Martha waren weit besserer Stimmung. »Na, wie haben wir das gemacht?«, fragte Martha Klaras Ehemann.

»Ich danke euch!«, antwortete Tobias mit feuchten Augen. »Ich hatte schon keine Hoffnung mehr. Doch Klara ist wie ein Engel in höchster Not erschienen.«

»Ein schwangerer Engel!«, spottete Martha und schritt etwas schneller aus, um den beiden die Möglichkeit zu geben, Arm in Arm zu gehen.

Obwohl Tobias noch immer der Geruch des Kerkers und des Abwassergrabens anhaftete, schmiegte Klara sich an ihn und freute sich, dass sie der Jungfer eine lange Nase hatten drehen können.

»Ich habe nicht damit gerechnet, dass du noch einmal auftauchen würdest«, sagte Tobias ehrlich.

»Hältst du meine Liebe für so schwach, dich im Stich zu lassen?«, fragte Klara.

Tobias schüttelte den Kopf und zeichnete damit im Licht der Laterne, die Klara trug, einen seltsamen Schatten in die Nacht. »Ich weiß, wie sehr du mich liebst. Aber du bist eine Frau – und noch dazu in gesegneten Umständen. Wie hätte ich da von dir erwarten können, dass du das Äußerste wagst?«

»Wer liebt, wird immer das Äußerste wagen«, antwortete Klara lächelnd.

»Das schon, aber …« Tobias begriff, dass er Klara kränken würde, wenn er dieses Thema weiterverfolgte, und zog sie daher an sich. »Ich bin überglücklich, dass du meine Frau bist! Eine andere hätte das nicht für mich gewagt.«

»Ich hätte noch viel mehr gewagt!«, rief Klara mit blitzenden Augen.

Dann sah sie ihren Mann seufzend an. »Wir dürfen uns nicht einbilden, es wäre alles überstanden. Ich traue der Jungfer

Engstler zu, uns verfolgen zu lassen. Wir sollten daher zusehen, dass wir von hier fortkommen. Außerdem dürfen wir jenen Feind nicht vergessen, der Armin Gögel das Gift untergeschoben und versucht hat, das Haus deines Vaters anzuzünden.«

»Hast du einen Verdacht?«, fragte Tobias.

Klara zuckte mit den Achseln. »Leider nicht! Zwar ist Kasimir Fabel der Mann, der am meisten zu gewinnen hat, wenn wir unsere Wanderprivilegien verlieren und er sie erhält. Zudem ist er der Ehemann meiner Base Reglind. Doch ich traue weder den beiden noch Reglinds Mutter den Verstand für eine solche Tat zu.«

»Wir sollten sie trotzdem nicht aus den Augen lassen. Immerhin schaden sie uns.« Tobias' Gedanken waren geradliniger als die seiner Frau, und daher hielt er den Arzneihersteller für den wahrscheinlichsten Täter. Im Gegensatz zu ihm hatte Klara den Mann kennengelernt. Fabel war gewiss kein lauterer Charakter, doch in ihren Augen war er nicht verschlagen genug, um ein solches Verbrechen planen und durchführen zu können.

Als sie dies Tobias sagte, zuckte dieser mit den Achseln. »Gewissheit werden wir erst bekommen, wenn wir Fabel am Wickel haben und ihn befragen können! Dafür aber müssen wir herausfinden, woher er stammt.«

»Der Apotheker aus Weimar nannte den Ort Grimmwald. Dieser soll zu einer Herrschaft der Grafen Thannegg in der Oberen Pfalz gehören.«

»Einem der Fürstentümer am Rhein?«

Klara schüttelte den Kopf. »Nein! Die Obere Pfalz gehört zu Baiern. Sie liegt östlich von Nürnberg, wenn dir das etwas sagt.«

»Das tut es«, erwiderte Tobias und wusste jetzt, wo sein nächstes Ziel lag.

· 355 ·

Teil 5

...

Eine erste Spur

1.

Graf Tengenreuths Vertrauter Ludwig blickte mit brennenden Augen zu Schloss Rodenburg hinüber. Dort war er aufgewachsen, hatte seine Ulla kennengelernt und sie geheiratet. Auch sein Sohn war hier geboren worden. Er verband viele gute Erinnerungen mit dem stattlichen Gemäuer – und nun sollte er hier Justinus von Mahlstett töten.

Zwar verstand er, dass Graf Hyazinth die Männer hasste, die ihn um Besitz und Vermögen gebracht hatten. Seiner Ansicht nach wäre die Rache an dem Buckelapotheker- und Laborantengesindel aus Königsee und anderen Orten Thüringens jedoch vorrangig gewesen. Bei Rodenburg ging es nur um Geld, bei den Königseer Giftmischern aber um verlorene Leben.

Mit zusammengebissenen Zähnen ging er weiter auf das Schloss zu. Auch diesmal trug er die Tracht eines Wanderhändlers und hatte verschiedene Gläser einfacher Machart in seiner Kiepe verstaut. Sein Ziel war der kleine Pavillon im hinteren Teil des Parks, der vom Schloss aus nicht eingesehen werden konnte. Dort würde er die Nacht abwarten und dann mit Hilfe eines Schlüssels, der sich noch in Tengenreuths Besitz befun-

· 356 ·

den hatte, in das Gebäude eindringen und sein Werk vollbringen.

Am Teich, an dessen Ufer der Pavillon stand, streckten Trauerweiden ihre Äste ins Wasser. Für Ludwig war es das Symbol seines verlorenen Glücks. Eigentlich hätte er sich sofort in dem kleinen, etwas vernachlässigten Holzgebäude verstecken müssen. Die Erinnerung hielt ihn jedoch am Ufer fest. Er stellte seine Kiepe ab und setzte sich auf die Bank, die neben einer besonders schönen Trauerweide stand. In ihm stiegen die Bilder seiner Frau und seines Sohnes auf, und er spürte, wie ihm die Tränen über die Wangen rannen.

»He, du da! Was hast du hier zu suchen? Mach, dass du verschwindest!«

Eine barsche Männerstimme riss Ludwig aus seinen Erinnerungen. Ärgerlich drehte er sich um und sah einen Diener auf sich zukommen. Die Farben seiner Livree waren dunkelblau und golden und damit ungewohnt, dennoch erkannte Ludwig ihn sofort.

»Till, du?«

Der Mann war mit eiligen Schritten herangestürmt, hielt nun aber inne und starrte den Eindringling an.

»Ludwig? Bist du es wirklich? Bei Gott, ich glaube es kaum! Wie geht es dir?« Dabei musterte er mitleidig den abgetragenen Rock des Wanderhändlers und schüttelte den Kopf.

»Bist also Hausierer geworden! Hättest halt doch besser im Dienst des neuen Herrn bleiben sollen. Uns geht es nämlich gut. Herr von Mahlstett hält sich zumeist in Kassel auf, so dass wir hier auf Rodenburg ein leichtes Leben haben.«

»Mein Großvater hat einem Tengenreuth gedient, ebenso mein Vater. Ich durfte ihm die Treue nicht brechen«, antwortete Ludwig mit kratzender Stimme.

»Es hat dir aber nicht viel gebracht, wenn du als Wanderhändler dein Leben fristen musst. Was machen Ulla und euer Junge?«

Mit einer fahrigen Bewegung wischte sich Ludwig über die feuchten Augen. »Sie sind tot! Ebenso die Gräfin und ihre Kinder.«

»Du Ärmster! Hat Graf Hyazinth dich nicht in seinen Diensten behalten, weil du durch die Lande ziehen musst?«

Ludwig begriff, dass er sich auf dünnem Eis bewegte. Wie es aussah, war Mahlstett nicht in seinem geraubten Schloss. Also konnte er seinen Auftrag hier nicht erfüllen. Er würde den Ort verlassen und auf eine andere Gelegenheit warten müssen. Andererseits war es wichtig, mehr über sein erkorenes Opfer zu erfahren.

»Ich trage mein Schicksal, so wie du das deine trägst«, antwortete er ausweichend und stand auf.

»Willst du nicht mit ins Schloss kommen? Es würden sich einige freuen, dich wiederzusehen«, fragte Till.

»Mir wäre es lieber, sie würden mich nicht sehen.«

Nach einem Blick auf die schäbige Kleidung Ludwigs nickte Till. »Das verstehe ich! Aber sag, wolltest du heute Nacht im Pavillon schlafen?«

Ludwig nickte, da ihm keine andere Ausrede einfiel.

»Hier am Teich ist es immer feucht und kühl. Es würde dir gewiss nicht behagen. Komm mit ins Schloss!«, schlug Till vor.

»Ich sagte doch, dass mich niemand sehen soll!«, rief Ludwig ungehalten.

»Das wird auch keiner«, versprach Till. »Weißt du was? Du lässt deine Kiepe im Pavillon. Keine Sorge, die stiehlt dir schon niemand. Ich bringe dich durch die Hinterpforte ins Schloss und zu meiner Kammer. Die liegt gleich in der Nähe. In der bleibst du, bis ich mit meiner Arbeit fertig bin. Ich bringe dir was zu essen sowie einen guten Krug Wein, dann reden wir von alten Zeiten. Was weißt du eigentlich von Graf Hyazinth? Wie geht es ihm?«

Ludwig spürte, dass nicht Anteilnahme, sondern Neugier den Lakaien dazu brachte, nach seinem früheren Herrn zu fragen. Damit war Till ein Verräter, ebenso alle anderen, die hiergeblieben waren und nun für Mahlstett arbeiteten. Sie gehören bestraft, durchfuhr es ihn. Sie gehören genauso bestraft wie die Laboranten und Buckelapotheker und alle anderen, die sich gegen seinen Herrn und ihn verschworen hatten.

Mit der linken Hand strich er sanft über seine Kiepe. Wie immer hatte er auch diesmal ein wenig von dem Gift dabei, weil er, wenn er tatsächlich verhaftet würde, damit der Folter und einer grausamen Hinrichtung entgehen wollte. Nun würde er es für etwas anderes benutzen.

»Nun, was ist?«, fragte Till, da Ludwig so lange zögerte.

»Es wäre schön, wenn du mich heimlich ins Schloss bringen könntest. Hier wäre es doch arg kalt in der Nacht.«

»Dann stell deinen Tragkorb im Pavillon ab. Aber willst du wirklich keinen der alten Freunde treffen?«, fragte Till.

Ludwig schüttelte den Kopf. »Es wäre zu schmerzhaft, wenn sie sähen, wie herabgekommen ich bin. Sie sollen mich so in Erinnerung behalten, wie ich damals im Gefolge unseres Grafen das Schloss verlassen habe.«

»Das verstehe ich!« Tills Miene verriet jedoch deutlich, dass er von dieser Begegnung berichten und sie ausschmücken würde.

Als Ludwig das begriff, erlosch auch das letzte Fünkchen Mitleid. Er brachte die Kiepe in den Pavillon, zog dort die Giftflasche heraus und steckte sie in seine Rocktasche. Dann trat er wieder heraus und nickte Till zu. »Ich bin so weit. Wir können gehen!«

2.

Im Schloss hatte sich, soweit er das feststellen konnte, kaum etwas verändert, und diese Erkenntnis bereitete Ludwig beinahe körperliche Schmerzen. Während er in Tills Kammer saß und dem Brot und den Würsten zusprach, die dieser ihm gebracht hatte, spürte er, dass die alten Wunden erneut bluteten. Hier waren Ulla und er glücklich gewesen, doch dieses Glück war später wie Glas zersprungen.

Mit einem Mal kam ihm der Gedanke, dass seine Frau und sein Sohn noch leben könnten, wenn er damals nicht mit Tengenreuth gegangen wäre und sie mitgenommen hätte. Andere wie Till waren geblieben und lebten nun in Freuden, weil ihr neuer Herr sich nur selten auf seinem Besitz aufhielt. Zuerst packten ihn Verzweiflung und Wut auf die Schlingen des Schicksals, dann aber der Neid auf jene, die es besser getroffen hatten als er.

Till hatte neben dem Essen auch für Wein gesorgt. Ein wenig davon trank Ludwig, ließ aber den größten Teil stehen und wartete auf den einstigen Freund. Draußen sanken die Schatten der Nacht hernieder, und am Himmel leuchteten die ersten Sterne auf. Ludwig ging zum Fenster und blickte zu ihnen empor. Irgendwo weit über den Sternen befand sich jener Gott, der ihn wie einen zweiten Hiob prüfte.

Wie lange er so gestanden hatte, hätte er hinterher nicht zu sagen vermocht. Erst das Geräusch der sich öffnenden Tür riss ihn aus seinen trüben Gedanken.

»Bei Gott, hier ist es ja so finster wie in der Hölle. Weshalb hast du die Lampe nicht angezündet? Im Flur brennt doch eine Öllampe«, hörte er Till sagen.

»Ich wollte nicht, dass jemand hier Licht sieht, während du noch im Schloss arbeitest«, antwortete Ludwig.

»Wenn du meinst!« Till tastete im Schein des trüben Lichts, das durch die Tür hereinfiel, nach der Specksteinlampe und ging noch einmal hinaus, um den Docht an der Laterne im Flur anzuzünden. Dann kehrte er in die Kammer zurück, stellte die Lampe auf den kleinen Tisch und griff nach einem Becher.

»Jetzt habe ich Durst! Auf dein Wohl, Ludwig, und darauf, dass dein Los sich wieder zum Besseren wendet«, sagte er, als er sich eingeschenkt hatte.

»Darauf trinke ich gerne«, antwortete Ludwig mit einem gezwungenen Lachen. »Der Wein ist übrigens gut. Bei unserem alten Herrn haben wir schlechteren bekommen.«

»War auch arg klamm, der Tengenreuth. Kein Wunder, nachdem sein Großvater so viel Geld ausgegeben hat, um seine Kriegszüge zu finanzieren. War eben mehr Soldat gewesen als Gutsherr. Hat ja auch etliche seiner Knechte zu den Soldaten geholt. Mein Vater kam in Flandern um. Auf seine ewige Seligkeit!«

Till goss seinen Becher erneut voll und überließ es Ludwig, sich selbst einzuschenken. Erneut stießen sie an und erzählten einander von Zeiten, in denen ihre Väter erwachsene Männer gewesen waren und sie erst Knaben.

Ludwig ließ Till reden. Nach einer Weile übernahm er das Einschenken und schüttete jedes Mal, wenn sein ehemaliger Freund nicht hinsah, etwas von dem Gift in dessen Becher. Es dauerte nicht lange, dann kniff Till die Augen zusammen und rieb sich über die Stirn.

»Wie es aussieht, habe ich schon zu viel getrunken«, stöhnte er und presste sich die rechte Hand gegen den Bauch. »Es brennt auf einmal so, ich …« Ein Röcheln erstickte die Worte, die er noch sagen wollte, und er sank auf sein Bett zurück.

Eine gewisse Zeit blieb Ludwig noch sitzen und hielt seinen eigenen Becher so fest umklammert, als wolle er ihn erwürgen.

Schließlich stand er auf, stellte das Trinkgefäß beiseite und beugte sich über Till. Dessen kurze, stoßweise Atemzüge verrieten, dass er noch lebte. Einen Augenblick lang überlegte Ludwig, ihm noch eine Portion Gift in den Schlund zu träufeln, um sicher zu sein, dass er ihn nicht mehr verraten konnte. Dann aber fiel ihm etwas Besseres ein. Wenn er das Schloss in Brand steckte und damit all die vernichtete, die seinen Herrn und ihn verraten hatten, würde Till als einer der Ersten sterben.

»Sie haben es verdient!«, sagte er. »Alle haben es verdient! Während ich treu war und meinem Herrn gefolgt bin, sind sie hiergeblieben und haben sich mit seinem Feind gemeingemacht. Sie mussten nicht Leid und Qual ertragen so wie ich.«

Noch während er vor sich hin murmelte, stapelte er alles brennbare Material in der Mitte der Kammer und zündete es an. Nach einem letzten Blick auf Till, der nur noch schattenhaft hinter den lodernden Flammen zu erkennen war, verließ er den Raum. Draußen nahm er die Laterne an sich und suchte die Gemächer des Herrn auf. Da dieser in der Ferne weilte, fiel es ihm nicht schwer, auch hier Feuer zu legen. Die Räumlichkeiten seiner ehemaligen Herrin kamen als Nächstes dran. Als er damit fertig war, brannte bereits der Flur, und von weiter hinten erklang eine entsetzte Frauenstimme.

Ludwig ließ sich dadurch nicht beirren. Wie ein Racheengel schritt er durch die Korridore des Schlosses und setzte alles in Brand, was er erreichen konnte. Als schließlich auch die Holzverkleidung des großen Saals die Flammen nährte, öffnete er ein Fenster, stieg auf den Fenstersims und kletterte nach unten. Während die wenigen Diener und Mägde, die rechtzeitig wach geworden waren, vergebens gegen das an vielen Stellen lodernde Feuer ankämpften, erreichte Ludwig den Pavillon, holte seine Kiepe heraus und eilte mit langen Schritten davon. Der Mond erhellte seinen Weg, und so kam er gut voran. Als er sich auf der Kuppe eines Hügels umschaute, stand hinter ihm das gesamte Schloss in Flammen.

»Mein ist die Rache, spricht der Herr!«, murmelte er und dachte an jenes Haus in Königsee, das seine Handlanger August und Karl in Brand gesteckt hatten. Nun wünschte er sich, er hätte es selbst getan und die verzweifelten Schreie der verbrennenden Menschen mit eigenen Ohren vernommen.

3.

Nach Hüsings Verhaftung hatte Kathrin Engstler einen neuen Richter bestimmen müssen. Ihre Wahl war auf den Magistratsbeamten Jonathan gefallen, der bisher mit der Aufsicht über die Stadtbüttel betraut gewesen war. Der junge Mann wollte es der Jungfer besonders recht machen und rief seine Untergebenen bereits in aller Herrgottsfrühe zusammen.

»Da der abgesetzte Richter säumig war, müssen wir alles für die Hinrichtung der Delinquenten vorbereiten«, erklärte er den Männern.

»Weiß man schon, wie die Gefangenen hingerichtet werden?«, fragte einer der Männer. »Werden sie nur gehängt, steht der Stadtgalgen dafür bereit, und Stricke liegen auch schon dort.«

Genau das wusste Jonathan nicht. Da Kathrin Engstler jedoch erklärt hatte, die Mörder ihres Vaters müssten leiden, nahm er an, dass wenigstens einer oder zwei der Gefangenen geviertelt oder gerädert werden würden.

»Bereitet alles vor, samt dem Rad, und schafft auch Pferde zum Galgenhügel, falls das gnädige Fräulein einen der Kerle auseinanderreißen lassen will«, sagte er.

· 363 ·

Die anderen nickten, doch als die Männer das Rathaus verließen, spie einer draußen aus. »Die beiden Ausländer kümmern mich nicht, doch der Richter und der Apotheker waren stets aufrechte Männer. Es wird Gott nicht gefallen, wenn sie hingerichtet werden.«

»Aber der Jungfer gefällt's – und die hat hier das Sagen«, antwortete ein Kamerad und klopfte ihm auf die Schulter.

»Ja, schon!«, meinte der, um dann etwas anderes anzusprechen. »Was mich wundert: Klaas war heute Morgen nicht anwesend, als der neue Richter seinen Vortrag gehalten hat. Oder hast du ihn gesehen?«

»Nein! Der ist wohl noch bei den Gefangenen. Seinen Posten möchte ich haben! Immer unter Dach und keine schwere Arbeit, während wir bei Wind und Wetter hinausmüssen und im Winter beinahe am Stadttor festfrieren.«

»Komm jetzt! Wir müssen die Richtstätte herrichten, sonst pfeift uns Herr Jonathan was, und die Jungfer ganz besonders«, wies ein Dritter die beiden Stadtknechte zurecht.

Nicht nur diese Männer wunderten sich, weil der Gefängniswärter nicht erschienen war, sondern auch Jonathan selbst. Gleichzeitig schlug er sich mit einem anderen Problem herum. Um Geld zu sparen, hatten Emanuel Engstler und Christoph Schüttensee nur einen Henker für beide Städte eingestellt. Der Mann aber befand sich derzeit in Steinstadt, und niemand hatte daran gedacht, ihn zu holen.

»Das wird der Jungfer gar nicht gefallen«, murmelte Jonathan und überlegte, welcher seiner Stadtknechte den Henker würde ersetzen können. Darüber vergaß er den Gefängniswärter und erinnerte sich erst wieder an Klaas, als es auf neun Uhr zuging und sich draußen die Ersten auf den Weg zum Galgenhügel machten.

»Wo ist der verdammte Kerl?«, fluchte er und packte die Glocke, um nach einem seiner Männer zu läuten.

Ein Stadtknecht schoss herein. »Was gibt es, Herr Jonathan?«

»Schau nach, wo der Wärter bleibt, und hilf ihm, die Gefangenen für die Hinrichtung vorzubereiten.«

»Schätze, dass Klaas das bereits tut, sonst hätte er gewiss gefordert, dass ihm jemand helfen soll«, antwortete der Stadtknecht.

»Ich will wissen, wie weit er ist! In einer Stunde soll die Hinrichtung beginnen. Die Jungfer wird wollen, dass wir pünktlich sind.«

»Als wenn es dabei auf ein Viertelstündchen ankäme!« Der Stadtknecht lachte und verließ die Kammer.

Draußen winkte er einem seiner Kameraden, mit ihm zu kommen. Als die beiden die Kellertreppe hinabstiegen und den Teil betreten wollten, der das Gefängnis enthielt, stellten sie fest, dass die Tür abgeschlossen war.

»Klaas erlaubt sich wohl einen Scherz!« Mit diesen Worten hieb der Stadtknecht mit der Faust gegen das Tor.

Es tat sich nichts.

»Verdammt noch mal, Klaas, mach auf!«, schrie er und pochte weitaus stärker an die Tür.

Als niemand kam, sahen die beiden Stadtknechte einander verwundert an. »Das ist so gar nicht Klaas' Art«, meinte der Ältere.

Der andere zog seinen Dolch und hieb mit dem Griff gegen die Tür. »Klaas, du alter Ochse, komm jetzt endlich! Oder willst du, dass der Richter ...«

»Herr Jonathan!«, korrigierte ihn sein Kamerad.

»... oder die Jungfer dir das Fell über die Ohren zieht?«, setzte der Stadtknecht seinen Satz fort.

Obwohl sie noch ein paarmal riefen und gegen die Tür schlugen, blieb ihnen zuletzt nichts anderes übrig, als unverrichteter Dinge zu Jonathan zurückzukehren.

Dieser sah sie fragend an. »Wo ist der Wärter?«

»Die Gefängnistür ist verschlossen, und Klaas lässt sich nicht blicken«, meldete der Stadtknecht.

»Das kann nicht sein!« Jonathan sprang auf und rannte nun selbst zum Gefängnis hinüber. Die beiden Stadtknechte folgten ihm verärgert.

»Er glaubt wohl, Klaas würde kommen, wenn ihn Seine Wichtigkeit herbeizitiert«, raunte der Jüngere seinem Kameraden zu.

Jonathan rief mehrmals nach dem Wärter, befahl dann aber den Stadtknechten, ihre Hellebarden zu holen und damit gegen die Tür zu klopfen. Doch auch das half nichts. Zuletzt starrte der Beamte die beiden Männer verzweifelt an.

»Aber wie kann das sein?«

»Vielleicht ist Klaas nach Hause gegangen. Entkommen kann ja keiner, weil sowohl die Zellen wie auch das Gefängnis verschlossen sind.« Dem Stadtknecht erschien dies die beste Erklärung.

»Was stehst du dann noch herum? Sieh zu, dass du zu Klaas' Hütte läufst und den Kerl herbringst. Sage ihm aber, dass ich mit ihm noch nicht fertig bin«, fuhr Jonathan den Büttel an.

Der Mann verschwand eilig. Auch Jonathan verließ das Gefängnis und kehrte in seine Stube zurück. Kurz darauf erschien der Hauptmann seiner Stadtknechte und meldete, dass die Richtstätte bereit sei.

»Ich habe sogar Feuerholz hinschaffen lassen, für den Fall, dass die Jungfer einen der Kerle verbrennen lassen will«, setzte er diensteifrig hinzu.

Zu anderen Zeiten hätte Jonathan ihn gelobt, doch nun ärgerte er sich zu sehr, weil Klaas sich nicht sehen ließ, und brummte daher nur.

Nur wenig später kehrte der Mann zurück, den er zu Klaas' Behausung geschickt hatte. »In seiner Hütte ist er nicht«, rief der Büttel bereits von der Tür aus. »Ich habe ein paar seiner Nachbarn befragt. Er ist am Morgen nicht heimgekommen.«

»Damit müsste er in den Kellergewölben stecken. Warum hat er dann nicht geöffnet?«

»Vielleicht sollten wir die Tür aufbrechen«, schlug der Stadtknecht vor.

»Sonst noch was?«, fuhr ihn Jonathan an, ohne jedoch selbst zu wissen, was er tun sollte.

»Was ist mit der Armesünderpforte? Vielleicht hört Klaas uns dort!«

Da die Stadtknechte laut genug gegen die Tür geschlagen hatten, dass man es im ganzen Gefängnis hatte hören müssen, war dies unwahrscheinlich. Dennoch sandte Jonathan zwei Stadtknechte los, um dort nachzusehen.

Die Männer verließen das Rathaus, umkreisten es und stiegen die Treppe an der Rückfront hinab. »Schon eigenartig, dass Klaas sich heute verkriecht. Hätte nicht gedacht, dass er mit dem Richter, dem Arzt oder Apotheker Stößel so befreundet ist, dass ihm deren bevorstehendes Ableben so auf die Leber schlägt«, meinte der eine und klopfte mit dem Schaft seiner Hellebarde gegen die Pforte.

Noch während sie auf Antwort warteten, rüttelte der andere Stadtknecht an der Klinke. »Die Pforte lässt sich öffnen!«, rief er verblüfft, als die Tür aufschwang.

»Wenigstens etwas.« Sein Kamerad trat erleichtert ein und fand sich in fast völliger Dunkelheit wieder.

»Die Kerzen in den Laternen sind abgebrannt. Ich muss eine andere holen.« Mit diesen Worten eilte er los und kam kurz darauf mit einer Lampe sowie mit Jonathan und zwei weiteren Stadtknechten zurück.

»Habt ihr ihn?«, fragte Jonathan.

Der Büttel, der an der Pforte gewartet hatte, schüttelte den

Kopf. »Nein, drinnen ist alles dunkel. Daher hat Wim eine Laterne geholt. Jetzt können wir rein!«

Wim sah es als Aufforderung an und schritt als Erster durch die Pforte. Jonathan folgte ihm so knapp, dass er ihm auf die Hacken stieg. Dem Mann lag schon ein Fluch auf der Zunge, doch er erinnerte sich schnell genug daran, dass der andere in der Gunst der Jungfer stand und ihm schaden konnte. Daher trat er beiseite und ließ Jonathan vorausgehen.

Dieser rief jetzt mit strenger Stimme nach Klaas. Doch um sie herum blieb alles still.

»Wo ist dieser verfluchte Hund?«, stieß Jonathan hervor, als sie die erste Zelle erreichten. Da zeigte Wim mit einem leisen Ausruf auf deren Tür.

»Seht her! Die Tür steht offen, und es ist keiner mehr drin.«

»Das kann nicht sein! In die haben wir doch gestern den Richter und den Arzt gesperrt«, wandte sein Anführer ein.

Beunruhigt trat Jonathan zur Tür und warf einen Blick in die Zelle. Sie war tatsächlich leer.

»Seht nach, was mit den anderen Gefangenen ist!«, befahl er.

Die Stadtknechte eilten los, doch die Nachricht, die sie brachten, war für Jonathan eine Katastrophe.

»Sie sind alle weg! Auch Klaas ist verschwunden.«

»Wie kann das sein?«

»Geld! Sie werden Klaas genug geboten haben, damit er sie freilässt«, meinte einer der Männer, der den Wärter gut kannte.

»Aber wie sollen wir sie heute hinrichten, wenn sie verschwunden sind?«, schrie Jonathan entsetzt. »Die Jungfer wird toben, wenn sie davon erfährt!«

Als die Stadtknechte das hörten, waren sie froh, dass Jonathan Kathrin Engstler von der Flucht der Gefangenen berichten musste.

4.

athrin Engstler hatte ihr schönstes Kleid angezogen und stellte sich vor das Bild ihres Vaters, welches dieser vor einigen Jahren hatte malen lassen. »Heute werden die, die an deinem Tod Schuld tragen, sterben, Vater«, sagte sie leise und schlug das Kreuz.

Ein Stück hinter ihr zog Mahlstett eine zweifelnde Miene. »Ich wäre froh, wenn es so einfach wäre, meine Liebe. Doch die, die heute hingerichtet werden, sind nur ein paar Narren, die von einem unserer wahren Feinde benutzt worden sind, um deinen Vater zu töten. Wir müssen den Mann im Hintergrund ausfindig machen, um ihn bekämpfen zu können. Solange das nicht geschehen ist, kann uns jederzeit ein neuer Angriff schier aus dem Nichts treffen.«

»Wenn man Euch so hört, könnte man direkt Angst bekommen«, antwortete Kathrin mit belegter Stimme.

»Ich habe Angst, und Ihr solltet sie auch haben. Immerhin geht es um unser Leben. Der einzige Vorteil, den wir haben, ist, dass wir gewarnt sind. Euer Vater und Christoph Schüttensee waren es nicht und erlagen daher ihren Mördern!«

Mahlstett schüttelte sich kurz und fragte sich erneut, wer diese Feinde sein mochten, denn neben Hyazinth von Tengenreuth gab es noch einige andere, durchaus nicht machtlose Männer, die gute Gründe hatten, ihn zu hassen.

»Wir sollten die Gefangenen foltern, damit sie gestehen, wer sie zu diesen Morden angestiftet hat«, erwiderte Kathrin erregt.

»Hüsing hat den Buckelapotheker und den Laboranten mehrfach verhört. Ich glaube ihnen, dass beide nichts wussten. Der wahre Mörder wollte unerkannt bleiben, und das ist ihm gelungen. Für mich hat derjenige ihnen das Gift unauffällig untergeschoben, sei es noch bei der Zubereitung in Königsee oder während Gögel mit den Waren unterwegs war. Es kann selbst noch in Stößels Apotheke geschehen sein.«

»Aber dann wären diese Männer tatsächlich unschuldig!« Zum ersten Mal dachte Kathrin Engstler an diese Möglichkeit. Bislang hatte sie gehofft, mit der Hinrichtung der Gefangenen könnte auch die Gefahr für sie ausgestanden sein. Hatte Mahlstett recht, nützte ihr der Tod dieser Männer gar nichts. Oder doch?, fragte sie sich und wandte sich Mahlstett zu.

»Ob unschuldig oder nicht: Jeder, der daran denkt, uns zu schaden, weiß dann, welches Schicksal ihm droht.«

»Das ist auch meine Meinung. Wir dürfen keine Schwäche zeigen«, stimmte Mahlstett ihr zu.

Kathrin warf einen Blick auf die Standuhr an der Wand, einem Wunderwerk der Handwerkskunst, das ihr Vater von einer Reise mitgebracht hatte. »Es ist gleich so weit. Wir sollten aufbrechen.«

»Die halbe Stadt ist schon zur Richtstätte unterwegs. Es wäre unhöflich, die Leute warten zu lassen«, erklärte Mahlstett nach einem Blick aus dem Fenster und bot Kathrin den Arm. Während sie das Zimmer verließen, musterte er sie von der Seite. Sie war schön, wenn auch von einer strengen, kühlen Art. Vor allem aber war sie die Herrin dieser Stadt und der Landgraf durchaus bereit, sie in einen noch höheren Rang zu erheben. Mahlstett fragte sich nicht zum ersten Mal, weshalb er sie und ihren gesamten Besitz dem jungen Schüttensee überlassen sollte. Dieser beherrschte bereits eine Stadt und brauchte keine zweite. Außerdem hielt er Elias Schüttensee nicht für den Mann, der Kathrin Engstler im Zaum zu halten vermochte.

»Unsere Schicksale sind miteinander verbunden, meine Liebe. Mehr, als Ihr vielleicht denkt«, sagte er lächelnd, als er sie die Treppe hinabführte.

Bevor Kathrin etwas darauf antworten konnte, klopfte es heftig an der Tür. Ein Diener eilte herbei und öffnete. Im nächsten Augenblick stürzte Jonathan blass und mit zitternden Händen ins Haus.

»Die Gefangenen sind verschwunden und mit ihnen Klaas, der Wärter!«

»Nein!«, kreischte Kathrin, während Mahlstett an seinen Kragen griff, als wäre er ihm zu eng geworden.

»Durchsucht die ganze Stadt und schließt die Tore. Keiner darf hinaus oder herein, bis ich diesen Befehl widerrufe«, herrschte er Jonathan an.

Der neue Richter war froh, vorerst so glimpflich davongekommen zu sein, und machte sich eilig auf den Weg. Einen Augenblick lang sah Mahlstett ihm nach, dann forderte er den Diener auf, die Tür wieder zu schließen, und zog die junge Frau herum.

»Es ist unsinnig, jetzt noch zur Richtstätte zu gehen.«

»Was werden die Leute sagen? Nicht wenige werden über mich lachen!« Kathrin weinte vor Wut, doch Mahlstetts Gedanken schlugen andere Wege ein.

»Vielleicht hätten wir die Gefangenen doch foltern lassen sollen. Wie es aussieht, wissen sie mehr, als ich dachte.«

Dann aber schüttelte er den Kopf. »Aber nein, wahrscheinlich wussten sie gar nichts. Der wahre Mörder wollte nicht, dass sie für ihn sterben, und hat sie daher befreit.«

»Ich vermute, dass es eher ein Freund des Richters oder des Apothekers war«, wandte Kathrin ein. »Dieser muss den Gefängniswärter mit genug Geld bestochen haben.«

Mahlstett nickte mit verkniffener Miene. »Das ist möglich! Auf jeden Fall ist es fatal, dass uns diese Männer entkommen sind. Wenn bekannt wird, dass Ihr sie ohne Gericht und Urteil hinrichten lassen wolltet, kann uns dies schaden.«

»Hätte es uns nicht geschadet, wenn ich sie hätte hinrichten lassen?«, fragte Kathrin ätzend.

»In diesem Fall hätten wir behaupten können, dass ein Schuldspruch gefällt wurde. So aber können die Entflohenen bezeugen, dass dem nicht so war.« Mahlstett seufzte und zog Kathrin näher an sich heran. »Wir werden jetzt Nägel mit Köpfen machen!«

»Was heißt das?«, fragte sie verwundert.

»Von nun an lassen wir unsere Speisen vorkosten, um vor Gift sicher zu sein. Außerdem werden wir einen Trupp Söldner als Leibwache in unsere Dienste nehmen. Ich muss nur zusehen, dass niemand dabei ist, der einen Zorn auf Euren Vater oder auf mich haben kann.«

»Vater hat mir nie erzählt, was er früher gemacht hat.«

Mahlstett lachte bellend auf. »Er hatte seine Gründe, es zu verschweigen. Doch lasst Euch gesagt sein, reich ist er nicht dadurch geworden, indem er zu unserem Herrgott gebetet hat, Taler auf ihn herabregnen zu lassen. Wir haben Soldgelder unterschlagen, schlechte Ausrüstung überteuert verkauft und den einen oder anderen Offizier um sein Vermögen gebracht.«

»Ihr seid Räuber gewesen?«, rief Kathrin entsetzt.

»Natürlich nicht! Wir haben nur Recht und Gesetz ein wenig zu unseren Gunsten gebeugt.« Mahlstett lachte erneut und legte den rechten Arm um Kathrins Schulter.

Auch wenn er nicht wusste, wer sein Feind war, so würde er dafür sorgen, dass dieser weder ihm noch Engstlers Tochter schaden konnte. Was Elias Schüttensee betraf, konnte er ihn leicht als Speck in der Falle benutzen, in der ihr Feind sich fangen sollte. Wenn der junge Bursche dabei draufging, war es umso besser, denn damit wäre auch das Verlöbnis zwischen ihm und Kathrin nichtig. Da die junge Frau ihren Vater bislang abgöttisch verehrt hatte, traute er ihr zu, dessen Willen zu erfüllen und den jungen Schüttensee zu heiraten. Aber das war nicht in seinem Sinn.

5.

ie Flucht war gelungen. Doch sie waren noch lange nicht in Sicherheit, denn Richter Hüsing traute es Jungfer Kathrin zu, sie selbst auf fremdem Territorium verfolgen zu lassen. Daher forderte er alle auf, mit ihm zusammen nach Kassel zu reisen und bei den dortigen Behörden Beschwerde einzulegen.

»Das werde ich!«, rief der Arzt, der noch immer seinem Haus und dem weichen Bett nachtrauerte, das er in Rübenheim hatte zurücklassen müssen. Auch der Apotheker Stößel nickte, während Tobias Klara fragend ansah.

»Was meinst du?«

»Ich weiß nicht, ob es klug ist, gleich nach unserer Flucht Kassel aufzusuchen. Wenn Kathrin Engstler dort Einfluss hat, ist es möglich, dass du erneut gefangen genommen wirst – und ich mit dir.«

»Mich hast du vergessen!«, meldete sich Martha.

»Bei dir hoffe ich, dass du allen Verfolgern entgehst und uns befreist!« Klara zwinkerte ihrer Freundin übermütig zu, wurde aber gleich wieder ernst.

»Wir sollten nach Fabel suchen! Vielleicht kann er uns zu den Mördern von Engstler und Schüttensee führen.«

»Ihr glaubt also immer noch, dass Christoph Schüttensee ermordet worden ist? Aus Steinstadt selbst habe ich nichts dergleichen gehört«, fragte der Richter skeptisch.

»Engstler und Schüttensee waren enge Freunde und haben ihr Vermögen gemeinsam erworben. In Weimar meinte Herr von Janowitz, es habe in der Vergangenheit einen Vorfall gegeben, der starke Feindschaft gegen die beiden und einen Dritten gesät haben muss.«

»Das kann sein«, stimmte Hüsing Klaras Worten zu. »Aber das werden wir am ehesten in der Residenzstadt erfahren. Darum schlage ich noch einmal vor, dorthin zu reisen.«

Armin Gögel schüttelte den Kopf. »Ich gehe nicht dorthin, wo ich wieder verhaftet werden kann.«

»Bei Gott, ich bin dort wohl bekannt und kann mich eines gewissen Einflusses rühmen!« Der Richter ärgerte sich über diese Zaghaftigkeit.

Nun aber lehnte auch Tobias seine Aufforderung energisch ab. »Armin und ich haben gute Gründe, das Land Eures Landgrafen zu meiden. Fahrt Ihr ruhig hin und redet mit den Leuten. Vielleicht bewirkt Ihr etwas. Ich werde Klaras Vorschlag folgen und Fabel suchen. Es ist immer gut, wenn man eine solche Sache von zwei Seiten angehen kann.«

Der Richter nickte. »Wahrscheinlich habt Ihr doch recht! Es mag in Kassel übereifrige Beamte geben, die Euch und Euren Knecht wieder einsperren wollen.«

Bei dem Wort Knecht schnaubte Armin Gögel, denn ein Wanderapotheker galt als freier Mann. Trotzdem war er wegen seines Broterwerbs von Tobias Just abhängig und hielt daher den Mund.

Unterdessen dachte Hüsing über seine nächsten Schritte nach. »Wir werden wohl zu Fuß nach Kassel aufbrechen müssen. Ich habe nur wenig Geld bei mir und glaube nicht, dass es Euch besser ergeht.«

Tobias schüttelte den Kopf, denn bei seiner Verhaftung hatte man ihm sein gesamtes Geld abgenommen. Auch Stößel und der Arzt machten betretene Gesichter, während Lene und Bert ein Fußmarsch von etlichen Tagen nicht schrecken konnte.

»Ich habe noch ein wenig von dem Geld übrig, das Ihr mir letztens für die Expresspost gegeben habt«, warf Klara ein und zog den Geldbeutel heraus. »Hier, nehmt! Vielleicht reicht es für die Kutschfahrt nach Kassel.«

»Und Ihr?«, fragte Hüsing.

»Ich bin nicht ganz ohne Mittel von Königsee aufgebrochen«,

antwortete Klara, obwohl sie wusste, dass sie zu viert sehr sparsam würden leben müssen.

Unterdessen zählte der Richter das Geld, das sie ihm gegeben hatte, und überlegte. »Für alle reicht es nicht, um bis in die Residenzstadt zu kommen. Ich werde daher mit Neel vorausreisen, während ihr anderen hier in der Gegend in einem billigen Gasthof bleibt, bis ich euch holen lasse.«

»Ich bleibe nicht hier!«, protestierte Capracolonus. »Ich bin schwer gekränkt worden und will mich bei Seiner Durchlaucht, dem Landgrafen, darüber beschweren.«

»Es hindert Euch keiner, zu Fuß zu ihm zu gehen«, erklärte Hüsing kühl. »Ich jedenfalls kann Euch keinen Platz in der Kutsche bezahlen!«

»Dann muss sie mir das Geld geben!« Der rechte Zeigefinger des Arztes stach auf Klara zu.

»Wie käme ich dazu?«, fragte sie empört.

Der Mann war ihr beinahe ebenso zuwider wie Klaas, der mit hängendem Kopf bei der Gruppe stand und so aussah, als wisse er nicht, ob er losrennen und nach Rübenheim zurücklaufen oder doch besser bleiben sollte.

Vor die Wahl gestellt, mit nicht mehr als ein paar Silbergroschen in der Tasche durchs Land ziehen und womöglich sogar sein Essen erbetteln zu müssen oder von dem Geld des Richters hier ausreichend ernährt zu werden, entschloss sich Capracolonus, Hüsings Vorschlag anzunehmen.

»Wir sollten jetzt zu der netten Wirtin vom *Krug* gehen, bei der ich letztens mit Liese übernachtet habe, und dort frühstücken. Dabei können wir beraten, wie es weitergehen soll«, schlug Klara vor.

»Ein guter Vorschlag!« Hüsing atmete kurz durch und streckte ihr die Hand hin. »Seid bedankt für die Rettung! Wenn es der Jungfer nach gegangen wäre, wüsste ich jetzt bereits, ob ich ins Paradies komme oder zur Hölle fahren muss.«

»Auch ich danke Euch!« Stößel verneigte sich vor Klara und sah dann Tobias lächelnd an. »Ihr habt eine mutige Ehehälfte. Bei Gott, gäbe es eine wie sie in meiner Stadt, ich wäre längst kein Junggeselle mehr!«

»Klara ist wahrlich etwas Besonderes«, antwortete Tobias und legte den Arm um sie.

»Ich aber auch!«, warf Martha ein und wies auf den Gasthof, der vor ihnen auftauchte. »Seht, da ist der *Krug!* Die Küche dort wird euch munden.«

»Wenigstens etwas«, brummte der Arzt und drängte nach vorne, um als Erster in die Gaststube zu gelangen.

»Was für ein seltsamer Kerl«, fand Martha.

Klara nickte. »Ich habe ein schlechtes Gefühl in seiner Gegenwart, und das nicht nur, weil ich von Stößel und von Hüsing erfahren habe, dass der Arzt Laboranten und Buckelapotheker verabscheut. Deshalb hatte ich ihn zunächst auch in Verdacht, den Mord an Engstler begangen zu haben.«

»Dafür scheint er mir nicht gewitzt genug«, meinte ihre Freundin. »Aber auf jeden Fall ist er ein aufgeblasener, unangenehmer Mensch. Und jetzt will ich etwas essen und danach ein wenig schlafen.«

»Das wirst du in der Postkutsche tun müssen, sofern wir noch einen Platz darin finden«, antwortete Klara.

»Ich hoffe sehr, dass uns das gelingt«, mischte Tobias sich ein. »Je eher wir aus dieser Gegend wegkommen, umso lieber ist es mir.«

Klara sah ihn erstaunt an. »Glaubst du etwa, die Jungfer würde uns verfolgen lassen?«

»Der traue ich alles zu«, erwiderte Tobias, schob diesen Gedanken aber beiseite und freute sich auf ein Frühstück, das aus mehr als einem kleinen Krug Wasser und einem altbackenen Stück Haferbrot bestand.

· 376 ·

6.

Trotz allen Aufwands waren die geflohenen Gefangenen nicht in der Stadt aufzufinden. Kathrin Engstler hätte am liebsten ihre Stadtknechte losgeschickt, um jenseits der Grenze nach den Flüchtlingen zu suchen, doch Mahlstett hielt sie auf.

»Wenn Ihr das tut, gebt Ihr dem Kurfürsten von Hannover jeden Grund, Rübenheim zu besetzen. Selbst wenn er die Stadt hinterher an den Landgrafen zurückgeben muss, wäre es mit Eurer Herrschaft und all den schönen Privilegien, die Euer Vater erreicht hat, vorbei!«

»Sollen diese Hunde etwa entkommen?«, schrie Kathrin ihn an.

Mahlstett sagte sich, dass er ihr solche Ausbrüche nach der Heirat gegebenenfalls mit ein paar Stockhieben austreiben würde. Vorerst aber musste er gute Miene zu ihrem aufreizenden Benehmen machen.

»Schreibt an den Landgrafen, dass diese Männer des Verrats für schuldig befunden worden sind und sich der ihnen zustehenden Strafe durch Flucht entzogen haben. Damit nehmt Ihr Hüsing die Möglichkeit, die Herren der Hofkammer des Herzogs gegen Euch einzunehmen. Vielleicht lassen sie ihn sogar verhaften. Ihr aber müsst dafür sorgen, dass Eure Herrschaft in dieser Stadt unangreifbar wird. Ich werde Euch dabei helfen.«

… und dich dabei Schritt um Schritt von der Macht verdrängen, setzte Mahlstett seinen Satz in Gedanken fort.

Tief durchatmend gab Kathrin nach. »Also gut, dann sind diese Leute eben vorerst entkommen. Ich werde jedoch ihren Besitz einziehen!«

»Das ist ein guter Gedanke!«, lobte Mahlstett sie und beschloss, dies selbst in die Wege zu leiten, so dass das meiste, was im Haus des Richters und des Arztes zu finden war, in seine Taschen wanderte.

· 377 ·

7.

Klaras Geldbeutel war mittlerweile recht dünn geworden. Daher konnten sie und ihre Begleiter sich nur die billigsten Plätze in der Kutsche leisten. Für Tobias und Armin Gögel hieß dies, oben auf dem Dach Platz zu nehmen. Bei beiden machten sich nun die lange Haft und die unzureichende Nahrung bemerkbar, denn sie waren kaum in der Lage, sich auf dem schwankenden Wagenkasten zu halten.

Beim ersten Halt war Tobias so erschöpft, dass er fast nicht hinabsteigen konnte. Armin Gögel ging es sogar noch schlechter als ihm. »Ich kann nicht mehr!«, stöhnte der Buckelapotheker. »Lasst mich hier zurück.«

»Unsinn!«, antwortete Tobias, obwohl auch er sich nach einigen Tagen Ruhe sehnte. Über Geld, um irgendwo zu übernachten und sich halbwegs gut zu ernähren, verfügten sie jedoch nicht. Außerdem wollte er so schnell wie möglich nach Hause.

»Wir essen jetzt etwas und trinken einen Schluck Wein. Danach geht es uns gewiss besser«, sagte er, um Armin Mut zu machen.

Gögel stieg ab, musste sich aber an der Kutsche festhalten, weil seine Beine unter ihm nachzugeben drohten. Erst als Tobias ihn leise mahnte, seine Schwäche nicht vor den Frauen zu zeigen, ließ er los und ging mit staksigen Schritten in die Wirtsstube.

Viel Zeit zum Essen und Trinken blieb nicht, und sie fühlten sich danach kaum gestärkt. Beide wollten sich jedoch vor Klara und Martha nicht als Schwächlinge zeigen und bissen daher die Zähne zusammen.

Gelegentlich musste Martha ihnen oben auf der Kutsche Gesellschaft leisten, wenn zu viele Passagiere mitfahren wollten. Nur Klara durfte wegen ihrer Schwangerschaft im Kutschkasten bleiben. Als es einmal zu eng wurde, überließ ihr ein Passagier seinen Sitz und stieg zu Martha, Tobias und Armin auf das Dach der Kutsche.

Zweimal mussten sie warten, weil die Kutsche zu voll war, kamen aber trotzdem gut voran und erreichten Königsee am Nachmittag des zehnten Tages. Kuni, die ihnen die Tür öffnete, stieß einen Freudenruf aus und umarmte Tobias stürmisch und danach auch Klara.

»Hat man Euch endlich freigelassen?«, fragte sie.

Tobias schüttelte mit verkniffener Miene den Kopf. »Das nicht gerade! Klara hat den Wärter niedergeschlagen und Armin und mich befreit.«

»Oh Gottchen, wie aufregend!« Kuni schlug die Hände zusammen und wies Liese an, rasch den Tisch zu decken.

»Ihr habt gewiss Hunger!«, meinte sie zu Klara.

»Wir haben unterwegs nicht gerade geschlemmt. Daher passt schon einiges in den Magen.«

Unterdessen hinkte auch Rumold Just herbei. »Da seid ihr ja und habt den Lümmel bei euch«, sagte er bärbeißig und zwinkerte Klara und Martha zu. Letztere wurde unter seinem Blick rot und senkte den Kopf.

Just bemerkte es und spürte, wie ihm das Blut schneller durch die Adern strömte. Schließlich war er noch nicht zu alt, um Gefallen an einer hübschen Frau zu finden. Während der letzten Tage und Wochen hatte er nachts immer wieder von Martha geträumt und dabei Dinge mit ihr getrieben, die sich für einen Witwer und eine Witwe erst nach erfolgter Hochzeit geziemten. Dies durfte sie niemals erfahren, sonst würde sie glauben, er wäre ein ebensolcher Schuft wie ihr Schwiegervater. Wenn sie wirklich miteinander ins Bett stiegen, musste alles seine Ordnung haben, und dies bedeutete den Segen des Pastors.

Bei dem Gedanken lachte er über sich selbst. Was würden die Leute sagen, wenn er ein Weib heiratete, das jünger war als sein Sohn? Just seufzte und wollte in die Küche humpeln, um sich dort an den Tisch zu setzen. Da spürte er, wie sich ein Arm um ihn legte und ihn stützte. Er musste nicht aufschauen, um zu wissen, dass es Martha war.

»Wenn Ihr erlaubt, werde ich Euch helfen, Herr Just«, sagte sie mit einem verlegenen Lächeln.

»Ein wenig kann ich schon auftreten, aber so geht es natürlich besser«, antwortete er und genoss die Nähe der jungen, gesunden Frau wie ein Geschenk.

Auch wenn sie unterwegs nicht direkt gedarbt hatten, so hatten die Rückkehrer doch großen Hunger und griffen herzhaft zu. Während des Essens wurde wenig geredet, aber nachdem Kuni und Liese den Tisch abgeräumt hatten, kam Just auf das zu sprechen, was sie erlebt hatten.

»Wenn ich es richtig verstanden habe, mussten Klara und Martha dich und Gögel befreien?«, sagte er zu Tobias.

Dieser nickte seufzend. »So ist es! Jungfer Kathrin Engstler, die Tochter des toten Bürgermeisters, wollte uns unbedingt tot sehen, und sie besitzt genug Macht in der Stadt, um ihren Willen durchzusetzen.«

»Für Tote sehen du und Gögel aber noch recht lebendig aus«, witzelte Just.

»Klara hätte keinen Tag später kommen dürfen. Es war schon alles für die Hinrichtung vorbereitet«, gab Tobias zu. »Sie ist in der Nacht vor der geplanten Hinrichtung ins Gefängnis eingedrungen, hat den Wärter mit einer Eisenstange niedergeschlagen und uns und noch drei andere Gefangene befreit. Dann sind wir durch den Abwassergraben aus der Stadt geflohen. Das Gitter, das diesen abschloss, war zum Glück verrostet, und wir konnten es losreißen.«

»Das hat gestunken, sage ich euch!«, warf Martha ein und schüttelte sich.

»Lieber durch Gestank gegangen als am Halse aufgehangen!« Just lachte über seine eigenen Worte, denn er war unendlich erleichtert, seinen Sohn und den Buckelapotheker gesund wiederzusehen. Er legte Tobias den Arm um die Schulter.

»Was willst du jetzt unternehmen? Zum Fürsten gehen oder wenigstens mit dessen Beamten sprechen?«

Tobias schüttelte den Kopf. »Weder noch! Ich werde diesen Fabel suchen. Klara hat von Herrn von Janowitz aus Weimar erfahren, wo der Ort liegt, aus dem der Kerl stammt. Da ich nicht glaube, dass eine Kutschenlinie in diese abgelegene Gegend führt, werde ich mir ein Pferd leihen und reiten.«

»Sollten wir nicht besser einen Wagen nehmen?«, fragte Klara, die unbedingt mitkommen wollte.

Als Tobias eine ablehnende Miene zog, zupfte sie ihn am Ärmel. »Es sind meine Verwandten, und ich will nicht, dass du dich allein mit ihnen herumschlagen musst.«

Tobias wusste nicht so recht, was er darauf antworten sollte, und sah sich daher suchend um. »Wo ist eigentlich mein Martin? Immerhin habe ich das Bürschchen einige Zeit nicht mehr gesehen.«

»Der ist bei der Nachbarin. Die kocht gerade Mus und hat unser Schleckermäulchen eingeladen, dabei mitzutun«, berichtete Kuni.

»Oh Gott, wie wird er dann wieder aussehen!«, rief Klara mit gespieltem Entsetzen.

»Wenn er recht beschmiert sein sollte, setzen wir ihn einfach in die Wanne und stecken seine Kleidung in die Wäsche!« Martha musste sich das Lachen verbeißen, denn gebadet zu werden, war nicht gerade die Freude des Jungen.

»Das machst du!«, sagte Klara und zeigte auf Martha. »Ich muss meine Kleider durchsehen, ob noch eines dabei ist, mit dem ich mich bei Tante Fiene und Base Reglind sehen lassen kann.«

»Du willst also unbedingt mitfahren?«, fragte Tobias abwehrend.

»Das sagte ich doch!« Klara lächelte sanft, doch der Blick, mit dem sie ihren Mann bedachte, riet diesem, besser nachzugeben.

»Also gut«, antwortete er. »Dann leihe ich mir ein Pferd und einen Wagen aus. Doch als Reiter würde ich schneller zu deiner Verwandtschaft kommen.«

»Da dir derzeit kein Strick etwas anhaben kann, kommt es wohl auf einen Tag oder zwei nicht an«, antwortete Klara und stand auf, um ihren Sohn zu holen. Sie hatte Sehnsucht nach ihm, und Martin sollte endlich erfahren, dass sein Vater nach Hause gekommen war.

8.

So rasch, wie sie gehofft hatten, konnten Klara und Tobias nicht aufbrechen. Kaum hatte der Amtmann von Königsee erfahren, dass Tobias wieder in der Stadt war, schickte er einen seiner Untergebenen und forderte Tobias auf, vor ihm zu erscheinen.

»Er wird Euch doch wohl nicht in Haft nehmen und nach Rübenheim schicken wollen?«, rief Liese erschrocken.

»Das soll er versuchen! Dann bin ich am nächsten Tag in Rudolstadt und dringe auf eine Audienz beim Fürsten.« Klara klang so kämpferisch, dass Tobias trotz seiner Anspannung lachte.

»Wenn man mich wirklich einsperrt, werde ich nicht lange im Gefängnis bleiben, weil mein liebendes Weib mich befreit.«

»Mit so etwas macht man keine Witze!«, fuhr Klara ihn an.

»Verzeih!« Tobias sah sie so zärtlich an, dass ihr Unmut schmolz.

»Schon gut. Ich würde auf jeden Fall alles tun, um dich freizubekommen.«

»Ich muss ja nicht mit zum Amtmann. Daher würde ich gerne nach Hause gehen«, meldete sich da Armin Gögel.

Sie hatten am Abend noch einmal lange über seine Strecke gesprochen und dabei überlegt, wer ihm das Gift untergeschoben haben konnte. In Klaras Augen war der freundliche Wanderhändler Rudi am verdächtigsten, da ein Mann, der ähnlich beschrieben worden war, mit dem Großbreitenbacher Buckelapotheker Heinz nach Steinstadt gekommen war und sich dort von diesem getrennt hatte. Dies hatte sie durch kluges Fragen vom dortigen Wirt erfahren. Sie fragte sich daher, ob dieser Rudi ein wandernder Arzneiverkäufer in Kasimir Fabels Diensten sein konnte. Sein Auftreten und die Waren, die er angeblich verkaufte, sprachen jedoch dagegen. Mittlerweile zweifelte sie sogar daran, dass er wirklich ein Wanderhändler war, denn bei seiner Begegnung mit Armin hatte er andere Waren mit sich geführt als bei dem armen Heinz.

Klara verscheuchte diesen Gedanken und nickte Armin zu. »Du solltest wirklich nach Hause zurückkehren. Deine Mutter wird überglücklich sein, dich wieder in die Arme schließen zu können.«

»Ich freue mich auch«, antwortete er und sah Klara mit feuchten Augen an. »Vergelt's Euch Gott, was Ihr für mich getan habt, Frau Just! Eurem Mann danke ich, weil er mir helfen wollte und dabei selbst in Gefahr geriet. Andere hätten das nicht für mich getan.«

»Bist ein guter Kerl, Armin, und ein fleißiger Buckelapotheker«, erklärte Rumold Just. »Da du heuer deine Strecke nicht beenden konntest und zudem in Rübenheim beraubt worden bist, wirst du Geld brauchen. Komm ruhig zu mir, und sollte mir das Laborantenprivileg erhalten bleiben, kannst du im nächsten Jahr erneut mit meinen Arzneien auf Wanderschaft gehen.«

»Wirklich? Das würde meine Mutter freuen. Sie macht sich gewiss Sorgen, wie es weitergehen soll. Wir besitzen nur zwei Ziegen, und ohne das Geld, das ich als Wanderapotheker verdiene, würde bei uns Schmalhans Küchenmeister werden.«

Erleichtert reichte Armin Gögel Just die Hand und verabschiedete sich anschließend von Martha, Kuni, Liese und dem kleinen Martin, der am Vortag zwar musverschmiert, aber quietschfidel nach Hause gekommen war.

Unterdessen zog Tobias seinen Rock an und setzte den Hut auf. »Ich will den Amtmann nicht warten lassen«, erklärte er und verließ nach einem kurzen Gruß das Haus. Ganz wohl war ihm nicht dabei, womöglich würde man ihn doch für den Tod Emanuel Engstlers verantwortlich machen, und er fragte sich besorgt, was dann aus Klara, seinem Vater und dem kleinen Martin werden würde.

Im Amtsgebäude angekommen, hieß es für ihn erst einmal zu warten, da Gäste anwesend waren. Tobias ging im Vorzimmer nervös hin und her und überlegte, wie er sich am besten verteidigen könnte.

Nach einiger Zeit bekam er mit, dass Türen geöffnet und wieder geschlossen wurden. Wenig später erschien einer der Beamten und forderte ihn auf, mitzukommen. Bereit, sich einem schier übermächtigen Feind zu stellen, folgte Tobias ihm und stand kurz darauf vor dem Amtmann. Dieser saß auf einem Stuhl, hatte die Perücke auf dem Kopf, die er bei offiziellen Anlässen trug, und sah ihm kopfschüttelnd entgegen.

»Ihr macht Sachen, Just! Das muss ich schon sagen«, begann er anstelle eines Grußes.

»Einen schönen guten Tag, ehrwürdiger Herr«, antwortete Tobias, ohne auf die Bemerkung einzugehen.

· 384 ·

»Was sind das für Sitten, unsere Laboranten und Buckelapotheker aller möglichen Verbrechen zu beschuldigen und einzusperren? Sagt, was habt Ihr ausgefressen, Just?«

Tobias hob abwehrend die Hände. »Gar nichts, ehrwürdiger Herr!«

»Auf jeden Fall hat Euer Weib sich sehr für Euch eingesetzt. Sie ist sogar bis zu Seiner Durchlaucht, unserem Fürsten, gegangen, um Hilfe für Euch zu erlangen. Beinahe hätte ich nach Rübenheim reisen müssen, um Euch beizustehen. Doch das ist, da Ihr hier vor mir steht, wohl nicht mehr nötig.«

Der Amtmann klang zufrieden, da ihm eine tagelange Reise in jene abgelegene Stadt erspart geblieben war.

Tobias hielt seinen Hut mit beiden Händen und drehte ihn nervös. »Es ist so: Ich war eingesperrt, doch meinem Weib, das Ihr eben gelobt habt, gelang es, mich und unseren Buckelapotheker zu befreien.«

»So war das also! Davon will ich mehr hören. Sprecht, Just! Wir müssen wissen, warum unseren Buckelapothekern auf einmal so viele Steine in den Weg gerollt werden. Andere Laboranten klagen ebenfalls, auch einige aus der Sondershausener Oberherrschaft. Es hat fast den Anschein, als wollte jemand Euer Gewerbe verderben.«

»Diesen Verdacht haben wir ebenfalls«, erklärte Tobias und begann zu berichten. Von Armin Gögel wusste er, wie dieser in Rübenheim gefangen gesetzt worden war, erzählte dann von seinen eigenen Erlebnissen und schloss damit, dass Kathrin Engstler den Befehl erteilt habe, sie beide, aber auch mehrere Bürger der Stadt, darunter den Richter, ohne Urteil hinzurichten.

»Meine Klara kam gerade noch rechtzeitig, um uns alle zu retten. Am nächsten Tag wäre es bereits zu spät gewesen«, setzte er hinzu.

»Wenn dies der Wahrheit entspricht, ist dies eine eklatante Verletzung unserer Rechte durch den Magistrat der Stadt Rübenheim und damit durch die Landgrafschaft Hessen-Kassel«, rief der Amtmann streng.

»Der Vater der Jungfer, der ermordete Emanuel Engstler, hat vom hessischen Landgrafen Karl viele Rechte und Privilegien erkauft«, wandte Tobias ein.

Der Amtmann schüttelte verärgert den Kopf. »Dies entbindet den Landgrafen nicht von seiner Pflicht, in seinem Reich dafür zu sorgen, dass Recht und Gesetz eingehalten werden. Ich werde einen Bericht nach Rudolstadt schreiben und mich bitter darüber beklagen. Doch sagt, habt Ihr einen Verdacht, wer Euch und die anderen Laboranten aus Euren Privilegien vertreiben will?«

»Es gibt einen Manufakturbesitzer aus Grimmwald im Bairischen, der nach Handelsprivilegien trachtet und uns dabei schadet. Meine Ehefrau hat ihn in Weimar erlebt. Seine Säfte und Elixiere sind jedoch dem Urteil des dortigen Apothekers Oschmann und des Geheimen Rates von Janowitz nach nicht das Geld wert, das man dafür bezahlt.«

»Das mag sein! Ich habe auch schon von Fabel gehört. Dennoch ist es ihm gelungen, in mehreren Gegenden Fuß zu fassen, in denen unsere Buckelapotheker bislang ihre Arzneien verkaufen konnten.« Dem Amtmann war anzusehen, dass ihn dies wurmte, er aber keine Möglichkeit fand, dagegen vorzugehen. »Es ist doppelt schlimm, weil die Hofkammer des Fürsten die Steuern eklatant heraufgesetzt hat, unsere Laboranten und Wanderapotheker aber weniger verdienen. Es gab bereits Aufruhr in einigen Orten. Seine Durchlaucht wurde beim Ritt durch Rudolstadt sogar von aufgebrachten Bewohnern beschimpft«, setzte er hinzu.

Tobias hatte von den Unruhen gehört und wusste auch, dass einige Bürger des Fürstentums beim Reichskammergericht in

Wetzlar Klage gegen die in ihren Augen ungerechte Steuerer-höhung erheben wollten. Für ihn aber war es wichtiger, Fabel als Scharlatan und womöglich auch als Mörder von Emanuel Engstler zu entlarven.

»Wir sollten etwas gegen den Manufakturbesitzer unterneh-men«, erklärte er mit Nachdruck.

»Herr Frahm von der Hofkammer in Rudolstadt kann Briefe schreiben und Beschwerden einlegen, doch wirklich Erfolg haben höchstens Expertisen wie die, die Ihr in Weimar erhalten habt.«

»Eigentlich war es meine Ehefrau«, gab Tobias zu.

»Könnt Ihr mir diese Gutachten überlassen, damit ich sie drucken lassen und an die entsprechenden Herren weitergeben kann? So mancher Fürst oder Graf wird es sich überlegen, wenn unabhängige Gutachter wie die Herren aus Weimar über Fabels Arzneien urteilen!«

»Mit dem größten Vergnügen! Ich bitte Euch nur, mir die Ori-ginale zurückzugeben oder mir so bald wie möglich gedruckte Kopien zukommen zu lassen.« Tobias sah den Amtmann nicken, suchte die beiden Blätter heraus und reichte sie ihm.

»Wie man sieht, sind die Arzneien des Herrn Fabel alles an-dere als fabelhaft«, setzte er erleichtert hinzu. Er war mit der Angst gekommen, eingesperrt zu werden, und wurde nun als Verbündeter gegen den Verlust der schwarzburg-rudolstädti-schen Privilegien in anderen Ländern benötigt.

»Ich will diesen Fabel suchen, denn ich habe ihn im Verdacht, dass er hinter dem Mord stecken könnte, für den ich hingerich-tet werden sollte«, setzte er hinzu.

»Das würde zu dem gesamten Ablauf passen«, gab der Amt-mann zu. »Er macht die Erzeugnisse unserer Buckelapotheker schlecht, und dabei kommt ihm ein hochgestellter Mann, der angeblich durch eine Arznei eines unserer Laboranten den Tod fand, gerade recht. Leider bin weder ich in der Lage, noch ist es die Hofkammer in Rudolstadt, bei Fabels Landesherrn gegen diesen Scharlatan vorzugehen. Doch vielleicht gelingt es Euch, einen Beweis für seine Schuld zu finden. Dann müsste auch der schlafmützigste Beamte des bairischen Kurfürsten Maximilian II. Emanuel … Was zieht Ihr für ein Gesicht, Just?«

»Es ist nur so, dass der bairische Kurfürst mit zweitem Namen ebenso heißt wie der tote Bürgermeister von Rübenheim«, antwortete Tobias.

»Ihr meint Emanuel? Ich halte das für einen Zufall, denn ich glaube nicht, dass Fabel diesen Mann wegen seines Namens ausgewählt hat. Er hoffte wahrscheinlich, das Arzneiprivileg für die gesamte Landgrafschaft Hessen-Kassel zu erhalten. Gelänge es ihm, wäre es für uns ein großer Schaden!« Der Amtmann verzog kurz das Gesicht, atmete dann aber tief durch und reichte Tobias die Hand.

»Ihr habt mir mit den Gutachten aus Weimar sehr geholfen. Jetzt können wir diese zweifelnden Herren vorlegen. Euch aber wünsche ich Glück auf der Suche nach Kasimir Fabel.«

»Ich danke Euch!« Tobias begriff, dass das Gespräch damit beendet war, und stand auf. »Ich wünsche Euch einen guten Tag, mein Herr.«

»Ich Euch auch, Just, ich Euch auch!«

Der Amtmann nickte Tobias noch kurz zu, während dieser zur Tür ging und die Kammer verließ.

Als Tobias auf die Straße trat, sah er Klara vor sich. Sie hatte es zu Hause nicht mehr ausgehalten und war ihm gefolgt. Bei seinem Anblick leuchteten ihre Augen auf, und sie fasste nach seinen Händen.

»Es ist also alles gutgegangen?«

»Das ist es«, antwortete Tobias und widerstand nur mit Mühe dem Wunsch, sie mitten auf der Straße in die Arme zu schließen und zu küssen. Aber das würde er kommende Nacht ausgiebig nachholen. Nun berichtete er in kurzen Worten von seinem Gespräch mit dem Amtmann und lobte Klara dafür, dass sie die Gutachten des Apothekers und des Hofbeamten von Janowitz in Weimar besorgt hatte.

»Damit können wir widerlegen, dass Fabels Erzeugnisse besser sein sollen als die unsrigen«, setzte er hinzu und bot ihr den Arm. »Morgen brechen wir nach Grimmwald auf. Sollte Fabel den Mord an Emanuel Engstler begangen haben, wirst du mich davon abhalten müssen, den Kerl ungesäumt seinem Opfer hinterherzuschicken!«

»So mordlustig kenne ich dich gar nicht«, antwortete Klara verwundert.

Tobias stieß ein leises Lachen aus. »Du bist auch nicht so lange wie ich im Gefängnis gesessen und hattest nur noch eine Nacht bis zu deiner Hinrichtung vor dir. Die Gefühle, die ich dabei hatte, werde ich niemals vergessen, und ich bete zu Gott, sie niemals wieder erleben zu müssen.«

9.

An diesem Abend gähnte Tobias früh und behauptete, müde zu sein. »Wir sollten zu Bett gehen«, meinte er zu Klara.

Sein Vater und Martha begriffen sofort, was er wollte, und mussten sich einige anzügliche Bemerkungen verkneifen. Da sagte Kuni gähnend, dass es auch für sie und Liese Zeit wäre, sich hinzulegen.

»Wir müssen morgen früh aufstehen«, erklärte die Köchin und wünschte den anderen eine gute Nacht. Liese folgte ihr, und da Klara und Tobias ebenfalls gingen, blieben Martha und Rumold Just allein zurück.

Einige Augenblicke schwiegen sie, dann aber deutete Just auf den Krug mit Schlehenwein, der noch auf dem Tisch stand. »Ich würde gerne noch einen Becher davon trinken.«

»Ich schenke Euch ein!«, antwortete Martha lächelnd und griff nach dem Krug.

Just sah ihr zu und lächelte ebenfalls. »Du bist eine fürsorgliche Frau, weißt du das?«

»Aber das ist doch eine Selbstverständlichkeit, da Ihr Euch mit Eurem kranken Bein nicht so bewegen könnt!«

Als kranker, alter Mann wollte Just von ihr nicht gesehen werden. Er brummte ein bisschen, nahm den Becher entgegen und deutete auf den, aus dem Martha vorhin getrunken hatte.

»Möchtest du keinen Schlehenwein mehr?«

»Er schmeckt sehr gut«, sagte Martha und schenkte sich ebenfalls einen Becher voll. »Auf Euer Wohlsein, Herr Just!«

»Auf das deine!« Just stieß mit ihr an und sah lächelnd zu, wie sie mit kleinen Schlucken trank.

»Der schmeckt wirklich gut«, wiederholte sie.

»Es freut mich, dass er dir mundet. Aber weißt du, eigentlich wollte ich schon lange etwas sagen. Du bist doch Klaras beste Freundin und stehst auch mit Tobias auf freundschaftlichem Fuß. Ist es daher nötig, dass du zu mir Herr Just, Ihr und Euch sagst? Das hört sich fürchterlich steif an, ganz so, als wäre ich für dich ein Fremder.«

Martha blickte Just nachdenklich an. Als sie mit Klara zusammen nach Rübenheim aufgebrochen war, hatte er leidend gewirkt. Nun schien er wieder im Vollbesitz seiner Kräfte zu sein. Sein Knöchel war schon fast verheilt, und er würde bald niemanden mehr brauchen, der ihn stützte. Das tat ihr leid, denn sie hatte es gern getan. Andererseits freute sie sich für ihn. Doch sollte sie ihn wirklich duzen? Es würde den Abstand zwischen ihnen verringern und womöglich Hoffnungen in ihr wecken, die sich niemals erfüllen konnten.

»Ein Fremder seid Ihr für mich gewiss nicht, aber Ihr seid ein reicher Laborant, und ich bin nur ein armes Ding, das nicht einmal mehr eine Heimat hat.«

Für einen Augenblick gab sie Just einen Einblick in ihr Innerstes und hätte sich am liebsten selbst dafür geohrfeigt. Just hingegen stand auf und legte ihr den Arm um die Schulter.

»Ich bin ein Untertan des Fürsten Friedrich Anton, und du bist seine Untertanin. Somit sind wir gleich. Außerdem darfst du das Geld nicht vergessen, das dir die Erben deines Mannes auszahlen müssen. Es reicht aus, dir hier in Königsee ein Haus zu kaufen. Du bist also nicht arm.«

»Was soll ich allein mit einem Haus?«, flüsterte Martha mit zuckenden Lippen.

»Du sollst es auch nicht allein bewohnen«, sagte Just lächelnd. »Weißt du, mein Sohn ist ein guter Laborant und sollte eigentlich auf eigenen Füßen stehen. Ich könnte ihm ein wenig zuarbeiten, aber nur, wenn ich meine eigenen Räume habe und jemanden, der für mich sorgt.«

»Ihr meint, ich soll Eure Haushälterin werden?«, fragte Martha. Ein Teil von ihr hätte es liebend gerne getan, doch gleichzeitig wusste sie, dass sie es nicht würde ertragen können, auf Dauer neben ihm herzuleben.

»Ich hatte eigentlich an ein wenig mehr gedacht. Weißt du, Martha, du bist ein äußerst ansehnliches Frauenzimmer. Und so alt, dass ich nichts mehr mit einem jungen Weib anfangen kann, bin ich nun doch noch nicht.«

»Ihr meint, wir sollen …« Martha wagte nicht, daran zu denken, dass Just sie heiraten wollte, sondern glaubte, ihn würde der Hafer stechen.

Doch er nickte mit ernster Miene. »Wäre es für dich so

schlimm, meine Angetraute zu werden? Zwar habe ich dir ein paar Jahre voraus, fühle mich aber noch rüstig genug für etliche Jahre Eheglück!«

»So wie Klara und Tobias es wohl im Augenblick genießen?«

»Das gehört dazu! Aber ich will dich nicht drängen, es vor der Hochzeit zu tun. Obwohl – so schlimm ist mein Fuß nicht mehr, dass ich nicht meinen Mann stehen könnte.«

»Vielleicht sollte ich vor einer Zusage erproben, ob Ihr wirklich der Mann seid, der Ihr zu sein behauptet.« Martha sah Just auffordernd an und stand nun ebenfalls auf. »Ich werde Euch stützen! Gehen wir in Eure oder in meine Kammer?«

»In meine«, antwortete er. »Dort ist das Bett breiter. Und noch etwas! Wenn es dir zusagt, was wir beide machen, wirst du mich morgen nicht mehr mit Herr Just und so weiter ansprechen.«

»Das verspreche ich!« Martha lächelte und schob ihren Arm unter Justs Achsel. Er ließ es geschehen, obwohl er nicht mehr unbedingt darauf angewiesen war, und spürte ihren festen, gesunden Leib an dem seinen. Vor wenigen Wochen hatte er geglaubt, alt und verbraucht zu sein, doch diese junge Frau hatte ihm die Freude am Leben zurückgegeben. Jetzt lag es an ihm, ihr dafür zu danken. Diese Nacht soll nur der Anfang sein, dachte er und spürte, wie ihm das Blut in die Lenden schoss. Er hatte schon viel zu lange wie ein Mönch gelebt und war direkt froh um seinen verletzten Knöchel, denn sonst hätte er sich wie ein hungriger Wolf auf Martha gestürzt. Doch nach den Erfahrungen, die sie mit ihrem Schwiegervater gemacht hatte, war es besser, wenn er sich beherrschte.

Deshalb setzte er sich erst einmal aufs Bett und fasste nach Marthas Hand. Die junge Frau fühlte sich mit einem Mal unsicher und wusste nicht so recht, was sie tun sollte.

»Vielleicht sollten wir es doch auf später verschieben?«, sagte sie unschlüssig.

»Jetzt sind wir nun einmal hier. Aber wenn du meinst …«

»Ich meine, ich …« Martha verstummte und begann, sich auszuziehen.

Just sah ihr lächelnd zu und nickte, als sie das Hemd abstreifte. Sie war ein wenig stämmig, aber eine Frau, wie man sie sich im Bett nur wünschen konnte. Und nicht nur dort, setzte er in Gedanken hinzu und entledigte sich seiner Kleidung.

Martha legte sich aufs Bett und spreizte die Beine. Doch so einfach wollte er es sich nicht machen. Er legte sich neben sie und begann sanft ihren Körper zu streicheln. Sie nahm es mit einem leisen Aufkeuchen hin und drängte sich näher an ihn.

»Du bist wunderschön!«, flüsterte er ihr ins Ohr und tippte mit seinem rechten Zeigefinger abwechselnd auf ihre Brustwarzen.

»Ihr seid so gut zu mir!«, antwortete Martha leise.

»Ich hoffe nicht, dass du mich nur aus Dankbarkeit gewähren lässt!«

Da er spürte, dass sie für ihn bereit war, glitt er zwischen ihre Beine. Er ließ sich jedoch Zeit und rieb erst ein wenig an den Innenflächen ihrer Oberschenkel. Als sie rascher atmete, drang er vorsichtig in sie ein. Er war kein junger Mann mehr, der seine Kraft für schier unerschöpflich hielt, sondern hatte in seiner Ehe gelernt, dass er seiner Frau auch mit einer gewissen Zurückhaltung Freude bereiten konnte.

Bisher kannte Martha es nicht anders, als dass Männer bei ihr rasch zum Ziel kommen wollten. Nun erlebte sie die körperliche Liebe anders als je zuvor und musste die Zähne zusammenbeißen, um ihre Lust nicht hinauszuschreien. Ihr ganzer Leib brannte, und als Just für einen Augenblick heftiger wurde und dann erschlaffte, schlug es wie eine Welle über ihr zusammen.

»Ich glaube, es wird mir gefallen, mit Euch … mit dir verheiratet zu sein«, meinte sie, als sie wieder zu Atem gekommen war.

· 393 ·

»Das will ich hoffen!« Just küsste sie und zog die Decke über sie beide. Er wusste, dass sie nicht bis zum Morgen bei ihm bleiben konnte, wenn er nicht wollte, dass Kuni und Liese es bemerkten und darüber redeten.

10.

Zur gleichen Zeit lagen auch Klara und Tobias Haut an Haut. Klaras Leib rundete sich stärker als bei Tobias' Abreise nach Rübenheim, und er dachte wehmütig an die Zeit, die sie beide durch den Hass der Jungfer verloren hatten.

»Ich liebe dich und bin so glücklich, dich wiederzuhaben«, flüsterte er und knabberte an ihrem Ohrläppchen.

»Aua!«, beschwerte sie sich.

»Ich wollte dir nicht weh tun«, antwortete er und begnügte sich vorerst damit, ihre Wangen zu küssen.

»Ich habe dich vermisst.« Klara lächelte und dachte, dass sie beide doch arg verrucht sein mussten, weil keiner von ihnen die Lampe löschen wollte, um nicht auf sündige Gedanken zu kommen. Es ist wegen meiner Schwangerschaft, redete sie sich heraus. Tobias muss mich sehen können, damit er sich daran erinnert. Immerhin hat er viele Tage darben müssen. Ihr war es nicht anders gegangen, und so freute sie sich auf ihr erstes intimes Wiedersehen nach so langer Zeit.

Nachdem sie zunächst nur aneinandergeschmiegt gelegen hatten, stupste sie ihn mit einem Fuß an und spreizte auffordernd die Beine. »Wie wäre es, wenn du jetzt dein Recht als Ehemann einfordern würdest?«, stachelte sie ihn an.

Tobias glitt geschmeidig auf sie, spürte aber, dass die Gefangenschaft bei schmaler Kost ihn viel Kraft gekostet hatte. Sein Glied war alles andere als hart, und er befürchtete bereits, sich

· 394 ·

vor Klara zu blamieren. Da rieb sie mit ihrem Oberschenkel an seinem empfindlichsten Körperteil, und er spürte, wie es straffer wurde. Rasch, um den Augenblick zu nutzen, drang er in sie ein, musste sich aber aus Mangel an Kraft auf einen langsamen Rhythmus beschränken.

Nach einer Weile spürte er ein heißes Ziehen in seinem Glied und keuchte auf. »Ich hoffe, es war dir so recht?«, fragte er, als er von ihr herabglitt und sich neben sie legte.

»Es war mir sehr recht!«, antwortete Klara. »Ich hätte nicht gedacht, dass es gleich wieder so viel Freude bereiten würde.«

»Wirklich?« Tobias atmete auf. Da er sich allzu schwach fühlte, hatte er angenommen, sie doch nicht so zufriedenstellen zu können wie früher.

Klara spürte seine Zweifel und kuschelte sich an ihn. »Ich liebe dich und genieße jeden Augenblick mit dir.«

»Willst du deshalb zu Fabel mitkommen?«, fragte Tobias und erntete einen leichten Tritt.

»Diesen Namen will ich hier und jetzt nicht hören! Es reicht, wenn er uns ab morgen das Leben verbittert. Doch nun sollten wir schlafen. Du wolltest doch früh aufbrechen.«

»Das ist richtig!« Tobias atmete tief durch und schloss die Augen.

Von Erschöpfung überwältigt, schlief er in Klaras Armen ein. Diese lag noch eine ganze Weile wach und dachte darüber nach, auf welche Weise Fabel und ihre Verwandten Fiene und Reglind gegen die Buckelapotheker aus den Schwarzburger Fürstentümern kämpften, um an deren Wanderprivilegien zu gelangen.

11.

Am nächsten Morgen spürte Tobias, dass es klüger wäre, noch einige Tage in Königsee zu bleiben und sich zu erholen. Da er sich seine Schwäche jedoch nicht anmerken lassen wollte, lieh er sich einen leichten, bequemen Wagen, der von einem Pferd gezogen wurde. Als er Klara auf den Bock hob, schwitzte er so, als hätte er stundenlang Holz gehackt.

»Was ist mit dir?«, fragte Klara besorgt.

»Mit mir? Gar nichts!« Mit diesen Worten stieg er auf den Bock und tätschelte ihre Wange. »Du bist durch das Kind halt ein wenig schwerer geworden als früher!«

Es war eine Ausrede, das spürte Klara, doch sie wusste nicht, wie sie Tobias die Fahrt ausreden konnte. Am liebsten hätte sie Rumold Just gebeten, an seiner Stelle mitzukommen, doch sie hatte Angst, dass eine tagelange Fahrt seinem Knöchel schaden würde. Aus diesem Grund würde Tobias es auch niemals zulassen.

Just trat, noch leicht von Martha gestützt, an den Wagen. »Gebt auf euch acht! Wenn Fabel der Mörder ist, wird er vor nichts zurückschrecken.«

»Keine Sorge, Vater! Ich werde mich vorsehen. Außerdem habe ich das hier dabei.« Tobias griff in den kleinen Kasten hinter dem Bock und zog eine Pistole hervor. »Sie ist zwar alt, aber noch gut in Schuss«, setzte er hinzu und lachte dann selbst über den Wortwitz, den er unabsichtlich gemacht hatte.

»Hoffentlich brauchst du dieses Ding nicht! Aber sollte es notwendig sein, bete ich, dass es euch hilft.« Just klopfte seinem Sohn auf den Oberschenkel und grinste etwas verlegen.

»Wenn ihr zurückkommt, muss ich euch etwas sagen, was die Zukunft betrifft!« Sein Blick streifte Martha liebevoll.

Klara begriff, was er meinte, und sie wusste, dass Martha Rumold Just verehrte. Besorgt fragte sie sich, ob dies für eine Ehe mit einem über zwanzig Jahre älteren Mann ausreichte. Da sie aber keinen Grund sah, der dagegen sprach, hielt sie den Mund.

»Auf geht's, Tobias! Lass die Peitsche knallen«, forderte sie ihren Mann auf und zwinkerte Just zu. »Da meine Tante und Reglind meine Mutter besucht haben, ist es nur anständig, ihnen einen Gegenbesuch zu machen.«

»Immerhin sind sie mit uns verwandt«, warf Tobias grinsend ein und trieb den Gaul, der ihr Wägelchen zog, mit einem Zungenschnalzen an.

Die ersten Stunden ihrer Fahrt legten sie schweigend zurück, ein jeder mit den eigenen Gedanken beschäftigt. Klara dachte noch einmal über alles nach, was sie bislang erfahren hatte, und kämpfte mit dem Gefühl, dass ihr eine wichtige Information zu fehlen schien. Um solch ein Täuschungsspiel in die Wege leiten zu können, wie es der Mörder der beiden Männer aus Rübenheim und Steinstadt an den Tag gelegt hatte, musste der Kerl viele Dinge wissen, die über den Horizont eines Salben- und Elixierherstellers aus dem Norden Baierns weit hinausgingen.

War Kasimir Fabel wirklich jener erbarmungslose Feind?, fragte sie sich, oder war er auch nur ein unfreiwilliger Handlanger eines anderen, so wie Armin Gögel und wahrscheinlich auch der Großbreitenbacher Buckelapotheker Heinz es gewesen waren?

»Die Antwort auf diese Frage müssen wir finden«, sagte sie laut.

»Was meinst du?«, fragte ihr Mann.

Klara erklärte es ihm und sah Tobias nicken.

»Das ist wirklich wichtig«, erwiderte er. »Ich hoffe, von Fabel oder deinem Verwandten einen Hinweis auf jenen Kerl zu erhalten, der daran schuld ist, dass ich beinahe hingerichtet worden wäre. Außerdem hat wohl derselbe Lump unser Heim angezündet!«

Klara wusste nicht, was sie von dem Ganzen halten sollte. Ihre Mutter und sie waren nicht in Frieden von ihrer Tante und deren Tochter geschieden. Auch waren Fiene und Reglind keine lauteren Charaktere. Da konnte es schon sein, dass Fabel und einer seiner Männer diesen Brandanschlag ausgeführt hatten.

»Ich wollte, wir würden unser Ziel schon heute Abend erreichen, so gespannt bin ich auf das, was wir vorfinden«, seufzte sie und brachte ihren Ehemann zum Lachen.

»Aber es wird einige Tage dauern!«

»Tage, in denen wir uns mit so vielen offenen Fragen herumschlagen müssen.« Klara lächelte kläglich und legte ihre rechte Hand an ihren Leib.

»Du solltest dich besser festhalten«, riet Tobias ihr. Wie gut sein Rat war, begriff Klara, als eines der Wagenräder in das nächste Schlagloch sackte und sie beinahe vom Sitz geschleudert worden wäre.

12.

Tobias erholte sich nur langsam und tat sich schwer, die Zügel länger als ein paar Stunden zu halten. Als Klara seinen Zustand erkannte, drang sie darauf, dass sie das Pferd abwechselnd lenkten. Sie hatte es zwar noch nie getan, doch unter der Anleitung ihres Mannes ging es recht gut. Nur wenn sie an eine schwierigere Passage gelangten, übernahm Tobias die Zügel und reichte sie ihr danach wieder.

Die einsamen Stunden auf dem Bock nützten sie, um das, was in den letzten Wochen geschehen war, wieder und wieder durchzusprechen. Zunächst tat Tobias es nur, um Klara zu beruhigen. Doch allmählich bemerkte er, wie sich jedes Mal, wenn sie die einzelnen Geschehnisse durchgingen, neue Steinchen in das Mosaik einfügten.

»Es kann kein Zufall gewesen sein«, meinte Tobias am vierten Tag der Reise. »Dieser Rudi hat Armin und den anderen Buckelapotheker gezielt ausgesucht, um Engstler und Schüttensee zu ermorden.«

»Das denke ich auch«, stimmte Klara ihm zu. »Doch dazu musste er wissen, dass die beiden Arzneien für jene Männer bei sich hatten.«

»Sagtest du nicht, er wäre als Wanderhändler durch die Lande gezogen und hat sich dabei den Buckelapothekern als Reisegefährte angedient? Da kann er sie leicht ausgehorcht haben!«

»Das dürfte ihm aber nicht leichtgefallen sein«, wandte Klara ein. »Buckelapotheker sprechen selten mit Fremden über ihre Strecken, um zu verhindern, dass ihnen wilde Händler Konkurrenz machen.«

Tobias überlegte kurz. »Dieser Rudi soll sehr großzügig mit Wein und Braten gewesen sein. Zumindest behauptete Armin Gögel das!«

»Vorsicht!«, rief Klara. »Da kommt uns eine Kutsche entgegen.«

Im letzten Augenblick zog Tobias das Pferd herum. Mit dem Wagen schaffte er es nicht mehr ganz. Zwar trabte das Vierergespann an ihnen vorbei, aber das Hinterrad der Kutsche versetzte ihnen einen heftigen Stoß. Klara und Tobias mussten sich festklammern und sahen erschrocken, wie ihr Gefährt in den schlammigen Straßengraben rutschte und ein Stück einsank. Hinter ihnen ertönte das höhnische Lachen des Kutschers, der seine Fahrt, ohne anzuhalten, fortsetzte. Dann wurde es um sie herum beängstigend still.

»Der Teufel soll den Kerl holen! Hoffentlich bricht ihm das Rad«, fluchte Tobias.

· 399 ·

»Ich konnte es nur einen Augenblick sehen, doch es sah sehr stabil aus«, antwortete Klara und stieg von dem schief stehenden Wagen.

»Was machen wir jetzt?«, fragte sie dann.

Tobias wiegte den Kopf. »Es ist wohl das Beste, wenn du den Gaul am Halfter nimmst und ich von hinten schiebe. Vielleicht bekommen wir den Wagen auf diese Weise aus dem Graben.«

»Ich hoffe, er ist nicht beschädigt. Nicht, dass wir hier liegenbleiben! Ich habe weit und breit kein Dorf gesehen, und der letzte Bauernhof, an dem wir vorbeikamen, liegt auch schon ein ganzes Stück hinter uns.«

»Mal den Teufel nicht an die Wand. So ein Lump! Er hätte sein Gespann zügeln können. Aber nein, er fährt einfach mit voller Geschwindigkeit weiter«, rief Tobias zornig aus.

Klara nickte mit verkniffener Miene. »Der Kerl wollte uns in den Graben stoßen. Ihm soll wirklich das Rad brechen!«

Auf Anweisung ihres Mannes ging sie nach vorne und fasste das Pferd am Zügel. Tobias stemmte sich unterdessen gegen den Wagen.

»Los, zieh!«, schrie er dem Gaul zu.

»Vorwärts! Willst du wohl!« Klara ließ die Zügelenden leicht auf die Kruppe des Tieres klatschen. Obwohl es sich sofort gegen die Stränge stemmte, tat sich zunächst nichts. Klara wollte schon aufgeben, als Tobias' triumphierender Ruf erklang.

»Er bewegt sich! Noch einmal richtig ziehen.«

»Noch ein Stückchen! Gleich ist es geschafft!«, feuerte Klara das Pferd an. Das Tier legte sich noch einmal kräftig ins Geschirr, dann kam der Wagen aus dem Graben frei und stand wieder auf der Straße.

»Bist ein ganz Braver!«, lobte Klara das Tier und tätschelte ihm anerkennend den Hals. »Dafür hast du dir heute Abend eine kräftige Portion Hafer verdient.«

»Und ich einen kräftigen Krug Bier.« Tobias lief der Schweiß in Strömen über die Stirn, doch er grinste.

»Gut gemacht, Klara!«

»Ich habe doch gar nichts getan. Das waren du und unser braver Brauner«, antwortete seine Frau.

»Immerhin hast du den Gaul dazu gebracht, den Wagen aus dem Graben zu ziehen – und das, ohne die Peitsche einzusetzen! Ich kenne etliche Männer, die auf den Gaul eingeschlagen hätten, ohne so viel zu erreichen wie du.« Tobias zog Klara an sich und küsste sie. Dabei streichelte er ihr über den Bauch.

»Es hat hoffentlich unserem Kind nicht geschadet. Ich frage sonst bei der nächsten Poststation nach, wem das Gespann gehört, und werde ihn zur Rechenschaft ziehen.«

»Was kann jemand wie wir schon gegen einen hohen Herrn ausrichten? Und das war gewiss ein hoher Herr! Er mag sogar mit dem bairischen Kurfürsten verwandt sein, denn ich glaube, ich habe blaue und weiße Rauten auf dem Wappen am Schlag gesehen.« Klara klang empört, denn ihrer Meinung nach sollten Edelleute sich nicht durch Rücksichtslosigkeit, sondern durch edles Benehmen auszeichnen.

Um Tobias zu beruhigen, schüttelte sie jedoch den Kopf. »Ich glaube nicht, dass unser Kleines Schaden genommen hat. So hart war der Stoß dann doch nicht.«

»Wollen wir's hoffen!« Tobias ging nun um den Wagen herum. »Wir können weiterfahren, sollten aber im nächsten Dorf zum Schmied, um die hintere Achse richten zu lassen. Es kann sein, dass sie durch den Stoß verbogen wurde.«

»Diesem bairischen Rüpel soll die ganze Kutsche zusammenbrechen!«, fauchte Klara und stieg wieder auf.

13.

egen Abend erreichten Klara und Tobias einen kleinen Marktort und fanden Unterkunft in einem Gasthof. Tobias fragte den Wirt als Erstes nach einem Schmied, da die Achse tatsächlich verbogen war und das linke Hinterrad eierte. Zufällig trank der Schmied im Gasthof sein Abendbier und sah sich den Wagen mit dem Krug in der Hand an.

»Bringt ihn morgen früh zu mir! Es wird aber bis zum Abend dauern, da ich die Achse ins Feuer legen muss, um sie wieder gerade zu biegen«, erklärte er dabei.

»Einen Tag können wir opfern«, antwortete Tobias, obwohl es ihn ebenso wie Klara drängte, nach Grimmwald weiterzufahren. Er spürte jedoch, dass er einen Ruhetag gut brauchen konnte, und für Klara war es gewiss ebenfalls besser, wenn sie sich ein wenig erholen konnte.

»Wie weit ist es noch nach Grimmwald?«, fragte er den Wirt.

»Zwei Tagesreisen mit einem Wagen und einem Pferd wie dem Euren. Aber was wollt Ihr dort? Außer Fuchs und Hase findet Ihr dort nichts, und die kommen auch nur dorthin, um sich gute Nacht zu sagen.«

»Das wundert mich«, sagte Klara. »Meine Base hat einen Mann aus Grimmwald geheiratet. Wir sind unterwegs, um sie zu besuchen.«

»In Grimmwald ist eigentlich nur das Jagdrevier des Herrn von Thannegg«, berichtete der Wirt. »Der kommt aber nur selten dorthin, weil sein Jagdschloss im Großen Krieg von den Schweden niedergebrannt worden ist. Das war zur Zeit seines Großvaters. Seitdem haben die Thannegger es nicht mehr aufbauen lassen.«

»Ganz stimmt das nicht«, widersprach der Schmied. »Der Herr von Thannegg hat einen Teil des Schlosses, der noch bewohnbar ist, einem Kräuterhändler überlassen.«

»Du meinst den Sohn des Anton Fabel? Stimmt, den hätte ich fast vergessen! Dabei kommt er jedes Mal hier vorbei, wenn er seine Wildnis verlässt. Aber glaubt nicht, dass er auch nur einen einzigen Krug Bier in meinem Gasthof trinkt. Dabei lobt der Herr von Thannegg es über den grünen Klee.«

»Der feine Herr trinkt doch kein Bier, sondern Wein aus Bordo oder wie das heißt«, erwiderte der Schmied spöttisch.

»Willst du etwa sagen, dass mein Bier nicht schmeckt?« Jetzt ärgerte sich der Wirt.

Der Schmied hob begütigend die rechte Hand. »Ganz im Gegenteil! Saugut schmeckt es! Der Kutscher des Herrn von Thannegg säuft, wenn er hier vorbeikommt, fast mehr davon als seine Pferde Wasser.«

Damit war der Friede wiederhergestellt. Die beiden Männer kehrten in die Gaststube zurück, und Klara und Tobias folgten ihnen. Während der Wirt ihnen eine große Schüssel Eintopf hinstellen ließ, aus der sie beide löffeln mussten, probierte Tobias das hier gebraute Bier und fand es, nachdem er sich daran gewöhnt hatte, sehr erfrischend.

Da sie einen Tag an diesem Ort bleiben mussten, trank er einen Krug mehr als sonst und unterhielt sich mit den Einheimischen. Gelegentlich machte auch Klara eine Bemerkung. Auch wenn Grimmwald noch zwei Tagesreisen für ihren Wagen und keine ganze Tagesreise für die Kutsche des Herrn von Thannegg entfernt lag, erfuhren sie so einiges.

»Kasimir Fabels Vater Anton war ein einfacher Kräutersammler, dem der damalige Graf Thannegg das Privileg erteilt hatte, auf seinen Grimmwalder Besitzungen Heilpflanzen zu sammeln und diese an die Apotheker im Umland zu verkaufen«, berichtete der Wirt.

Der Apotheker der Stadt saß ebenfalls am Tisch und meldete sich nun zu Wort. »Der Vater war ein ehrenhafter Mann, und ich habe die Kräuter gerne von ihm gekauft. Doch der Sohn ist ein Narr! Ihm hat es nicht mehr genügt, Kräuter zu sammeln, sondern er wollte Laborant werden wie die Leute in Schwarzburger Fürstentümern. Aber die wissen genau, wie sie ihre Elixiere und Salben anmischen müssen. Fabel hingegen hat nicht die geringste Ahnung, wie er die einzelnen Bestandteile bemessen soll. Meist nimmt er zu wenig Kräuteressenz, um ja eine Menge von dem Zeug herstellen zu können. Wo von meiner Medizin ein Löffelchen reicht, müsste man bei ihm schon eine ganze Flasche trinken, um dieselbe Wirkung zu erzielen. Zu Beginn habe ich ihm noch etwas abgekauft, aber jetzt nicht mehr. Er treibt sich nun in den Gegenden herum, in denen die Königseer und Großbreitenbacher Buckelapotheker ihre Mittel verkaufen, und will denen Konkurrenz machen. Doch das Gelumpe, das er zusammenmischt, wird er bald nur in den letzten Dörfern anbringen – und auch da nur ein Mal.«

»Zu Beginn muss es ganz gut gelaufen sein. Da hatte er etliche Knechte, die für ihn arbeiteten«, wandte der Wirt ein.

»Du kannst aus einem Holzknecht keinen Glasbläser machen und noch weniger einen Laboranten, der Salben und Elixiere herstellen kann«, erklärte der Apotheker.

Klara lauschte interessiert dem Gespräch und fragte sich, was den Mann ihrer Base dazu gebracht hatte, den Handel mit Kräutern aufzugeben und stattdessen Arzneien herzustellen. Eines aber glaubte sie bereits jetzt ausschließen zu können: So, wie die Leute hier Kasimir Fabel beschrieben, konnte er nicht der Mann sein, der Emanuel Engstler und Christoph Schüttensee umgebracht hatte.

14.

Der Tag der Erholung tat Klara und Tobias gut. Als sie schließlich aufbrachen, reichte ihnen der Wirt noch einen Packen mit Brot und Wurst sowie eine Flasche, die er mit Bier gefüllt hatte.

»Ihr werdet bis Grimmwald nirgendwo auf ein Gasthaus oder eine Schenke treffen«, sagte er lachend. »Daher solltet Ihr Proviant mitnehmen. Ihr werdet einmal im Wald übernachten müssen. Gebt dort auf Wölfe acht! Am besten vertreibt Ihr sie mit Fackeln. Ich könnte Euch welche verkaufen.«

Tobias wechselte einen Blick mit Klara und nickte. »Die nehmen wir! Ich habe zwar eine Pistole, doch hat die nur einen Schuss.«

»Wenn die Wölfe zu nahe kommen, dann schlagt ihnen die Peitsche um die Ohren. Das mögen sie nicht«, riet ihnen der Wirt, während dessen Knecht die Fackeln brachte.

Tobias bezahlte sie und schwang sich auf den Bock. »Habt Dank! Wir hoffen, dass wir bald wiederkommen. Oder gibt es einen anderen Weg aus Grimmwald heraus?«

»Nein«, antwortete der Wirt. »Das ist auch einer der Gründe, warum die Herren von Thannegg nur noch selten in diese Gegend kommen. Sie leben zumeist in München, und da ist es doch ein weiter Weg in dieses abgelegene Gebiet.«

»Ich frage mich, wie Reglind und ihre Mutter dorthin geraten sind«, murmelte Klara, während Tobias sich von dem Wirt verabschiedete und das Pferd antrieb.

»Noch zwei Tage!«, meinte er, als sie den kleinen Ort hinter sich gelassen hatten.

Klara sah ihn besorgt an. »Glaubst du, dass die Wölfe wirklich so schlimm sind, wie der Wirt es uns weismachen wollte?«

»Wir werden es erfahren, mein Schatz. Sei versichert, ich bin lieber vorsichtig als übermütig.«

»Deshalb liebe ich dich auch«, antwortete Klara lächelnd. »Du bist zwar mutig, tust aber nichts Unvernünftiges.«

Tobias erwiderte ihr Lächeln, blieb aber während der Fahrt aufmerksam. Doch sosehr sie auch lauschten, sie konnten nur das Rauschen des Windes in den Baumkronen vernehmen und von ferne das Klopfen eines Spechts. Wolfsgeheul klang nirgends auf.

Am Mittag gönnten sie ihrem Pferd ein wenig Rast und aßen, auf dem Bock sitzend, von ihren Vorräten. Klara trank einen Schluck von dem Bier, zog dann aber das klare Wasser einer nahen Quelle vor.

»Hoffentlich finden wir heute Abend ebenfalls einen Bach oder eine Quelle«, meinte sie, als sie weiterfuhren.

»Vielleicht hätte ich das Bier ganz austrinken sollen, damit du Wasser in die Flasche füllen kannst!«

»Die Flasche ist groß und das Bier stark. Ich hätte dir aus Angst, du würdest uns in einen Graben fahren, die Zügel weggenommen«, antwortete Klara gutgelaunt.

Diese Stimmung hielt auch am Abend an. Obwohl ihnen an diesem Tag kein einziges Fahrzeug entgegengekommen war, lenkte Tobias ihr Gefährt ein wenig zur Seite und ließ das Pferd auf einer kleinen Lichtung grasen. Anschließend bekam es noch eine Handvoll von dem Hafer, den sie mitgenommen hatten. Erst dann aßen Klara und Tobias. Als die Nacht niedersank, zündete Tobias die erste Fackel an.

»Wir werden auf dem Wagen schlafen«, schlug er vor.

»Das ist aber unbequem«, wandte Klara ein.

»Am Boden könnten uns Wölfe zu leicht erreichen. Aber von oben kann ich sie abwehren.« Tobias legte bei den Worten die Pistole neben sich. Dann streckte er die rechte Hand aus und wickelte eine Strähne von Klaras Haar um den Zeigefinger.

»Es wird schon irgendwie gehen. Außerdem wärmen wir uns gegenseitig.«

Klara warf einen Blick auf die Bäume, die so nahe standen, dass sie den ersten beinahe mit der Hand berühren konnte, und nickte. »Machen wir es so. Möge der Herr im Himmel uns beschützen!«

»Amen!« Tobias sah noch einmal nach dem Pferd, das er neben dem Wagen an einen Baum gebunden hatte, und legte anschließend die Decke um Klara und sich.

»Sprich jetzt dein Abendgebet, meine Liebe, und bitte den Herrgott, er möge die Wölfe in eine andere Gegend schicken.«

»Damit sie dort die Leute fressen?«, fragte Klara.

»Was du schon wieder denkst! Die sollen niemanden fressen, sondern uns gefälligst in Ruhe lassen. Und nun gute Nacht.«

»Ich wünsche auch dir eine gute Nacht!«, sagte Klara. »Mögen wir morgen früh so heil erwachen, wie wir jetzt zu Bett gehen.«

»Gegen ein Bett hätte ich nichts einzuwenden.« Tobias seufzte und blickte zu den Sternen empor, die zwischen den Kronen der Bäume wie kleine Lichter aufglühten. Auch Klara tat es und kuschelte sich enger an ihren Mann.

15.

Als Tobias am nächsten Morgen erwachte, war die Fackel, die er vor dem Einschlafen angezündet hatte, längst erloschen. Schuldbewusst dachte er daran, dass er in der Nacht hätte aufstehen müssen, um eine neue anzuzünden. Allerdings hatte kein Wolfsgeheul seine Nachtruhe gestört, und als er sich umschaute, deutete nichts darauf hin, dass Wölfe in der Nähe gewesen sein könnten.

Seine Bewegung weckte Klara. Diese öffnete verschlafen die Augen und sah ihn erstaunt an. »Du bist nicht von Wölfen gefressen worden? Dem Himmel sei Dank! Es war nur ein schrecklicher Traum.«

»Du solltest Schöneres von mir träumen«, antwortete Tobias und schlug die Decke zurück.

Sofort wurde es Klara kalt, und sie hüllte sich wieder ein. »Ist unser Pferdchen noch da?«

»Haben das in deinem Traum auch die Wölfe gefressen?«

Klara schüttelte den Kopf. »Nein, gefressen haben sie nur dich. Das Pferd konnte sich losreißen und davonlaufen.«

»Das ist es zum Glück nicht! Sonst müsste ich dich vor den Wagen spannen«, meinte Tobias lachend.

»Du weißt doch, schwangere Stuten darf man nicht schinden«, gab Klara spitzbübisch zurück.

»Stuten sind nicht schwanger, sondern trächtig!« Mit diesen Worten trat Tobias zu ihrem Pferd und ließ ihm etwas Leine, damit es auf der Lichtung grasen konnte. Er wusch sich Gesicht und Hände im nahen Bach und kehrte zum Wagen zurück.

»Schauen wir mal, ob etwas von unseren Vorräten übrig geblieben ist. Sonst müssen wir hungern, bis wir deine Verwandten erreichen.«

Klara zog den Kopf ein. Ihr hatte es am Abend zu gut geschmeckt, und so hatte sie mehr gegessen, als sie eigentlich wollte. Als sie den Brotsack öffnete, reichte der Inhalt gerade noch für ein Frühstück.

»Wir sollten ein wenig davon für Mittag übrig lassen«, sagte Klara bedauernd. »Ich hoffe nur, dass Tante Fiene und Reglind uns nicht gleich vor die Tür setzen. Wenn wir bis zur Gastwirtschaft zurückfahren müssen, kommen wir dort übermorgen sehr hungrig an.«

»Ich lasse mich weder von den beiden Frauen noch von Fabel abwimmeln«, erklärte Tobias mit entschlossener Miene. »Wenn ich erfahre, dass Reglinds Mann daran schuld ist, dass ich in Rübenheim eingesperrt wurde, wird er es bereuen.«

»Ich glaube eigentlich nicht mehr daran. Dafür ist der Mann weder mutig noch klug genug. Auch hat er wohl kaum einen Anlass, den Tod von Menschen zu wünschen, die so viele Meilen von ihm entfernt gelebt haben.«

Tobias schüttelte verwundert den Kopf. »Die ganze Zeit warst du der Ansicht, dass Fabel hinter der Sache stecken müsste.«

»Das stimmt so nicht«, widersprach Klara. »Ich habe ihm nur eine etwas größere Rolle zugebilligt. In welchem Zusammenhang er mit Engstlers und Schüttensees Mördern steht, werden wir erst erfahren, wenn wir mit ihm gesprochen haben. Deshalb sollten wir bald aufbrechen.«

»Das werden wir! Doch zuerst will ich frühstücken, bevor du auch noch das letzte Stückchen Wurst verzehrst und mir nur noch das trockene Brot bleibt«, neckte Tobias sie und zog sein Messer, um Brot und Wurst zu teilen.

Die Vorräte reichten aus, um beide satt zu machen, und es blieb sogar ein wenig für ein kleines Mittagessen übrig. Während Klara alles verpackte und die leere Flasche am Bach ausspülte und mit Wasser füllte, spannte Tobias das Pferd vor den Wagen und lenkte es auf die Straße.

Klara reichte Tobias die Flasche und stieg auf. »Jetzt gilt es!«, rief sie mit blitzenden Augen. »Bald werden wir erfahren, inwieweit Kasimir Fabel in das Ganze verstrickt ist.«

»Deinen Worten zufolge nicht besonders stark«, antwortete Tobias.

»Damit meinte ich nicht die beiden Morde! Vielmehr geht es mir um die Verleumdungen unserer Arzneien und unserer Buckelapotheker, und das traue ich Fabel zu.«

»Der Teufel soll ihn dafür holen! Der Fürst presst uns den letzten Taler als Steuern aus den Rippen, und um die bezahlen zu können, müssen wir Geld verdienen. Das geht aber nicht, wenn so ein Tunichtgut unsere Geschäfte stört.«

Diese Worte erinnerten beide daran, dass sie nicht zu einem schlichten Verwandtenbesuch unterwegs waren. Auch wenn Fabel an den Morden an Engstler und Schüttensee unschuldig sein mochte, war er trotzdem kein Freund. Mit diesem Gedanken klatschte Tobias dem Gaul die Zügelenden auf die Hinterbacken und fuhr los.

16.

Zu Mittag hielten sie nur eine kurze Rast und erreichten daher Grimmwald am frühen Nachmittag. Das von den Schweden niedergebrannte Schloss lag auf einer Lichtung mitten im Wald und reckte seine nackten Mauern gen Himmel.

Klara schüttelte es bei dem Anblick. »Sieht das schaurig aus!«

Tobias nickte und wies auf ein unversehrtes Nebengebäude. Der Rauch, der aus dem Kamin quoll, verriet ihnen, dass dort jemand lebte.

Ein Stück näher am Wald entdeckten sie die aus Holz errichtete Jagdhütte, die von den Herren von Thannegg für ihre seltenen Jagden benutzt wurde. Das dunkle Holz und die geschlossenen Läden ließen die Hütte abweisend erscheinen.

»Sieht nicht so aus, als würde Fabel sich um das Gebäude kümmern«, meinte Tobias.

»Eher nicht kümmern dürfen«, erwiderte Klara.

»Das kann auch sein! Doch wenn das dort die Manufaktur des Herrn Fabel ist, so ist mein Vater längst ein großer Fabrikant.«

Tobias verzog verächtlich die Lippen, denn das Haus beim Schloss war nicht viel größer als eine Bauernkate. Wenn Fabel wirklich mehrere Arbeiter hatte, so mussten diese mit in dem Haus leben. Im Schloss war dies nicht mehr möglich, und die Jagdhütte schien verschlossen zu sein. Er lenkte den Wagen zu dem Haus und hielt davor an. Dann sah er Klara fragend an.

»Was sollen wir tun?«

»Ich steige ab und klopfe«, sagte seine Frau und setzte ihren Vorsatz gleich in die Tat um. Eine gewisse Zeit tat sich nichts, dann sah sie einen Frauenkopf hinter einer der fast blinden Scheiben des Hauses. Schließlich klangen hinter der Tür Schritte auf.

»Wer ist da?«, hörte sie ihre Tante fragen.

»Ich bin es, Klara, zusammen mit meinem Mann. Wir wollten euren Besuch bei meiner Mutter beantworten.«

»Klara?«, klang es verwundert zurück. Im nächsten Moment wurde die Tür geöffnet, und Fiene Schneidt schaute heraus.

»Woher wisst ihr, wo wir hausen?«, fragte sie verwundert.

»Wir mussten nur einen der Apotheker fragen, an die Reglinds Ehemann seine Salben und Tränke verkauft hat«, antwortete Klara in dem sicheren Gefühl, auf der richtigen Spur zu sein. Fiene Schneidt trug einen schmierigen Kittel und roch nach Kräuterextrakten. Ihre Hände waren fettig, und selbst in den Haaren klebten Salbenreste.

»Ist Reglinds Ehemann zu Hause?«, fragte Tobias mit einer gewissen Schärfe.

Fiene Schneidt schüttelte den Kopf. »Nein, der ist in Geschäften unterwegs!«

Besonders erfreut klang das nicht, dachte Klara und deutete auf das Haus. »Willst du uns nicht einlassen, Tante? Schließlich sind wir weit gereist, um euch zu besuchen.«

Widerwillig trat Fiene Schneidt zurück. »Da ihr schon einmal da seid! Aber etwas Besonderes können wir euch nicht auftischen.«

»Das ist auch nicht nötig!« Klara lächelte freundlich. Wie es aussah, war Fiene Schneidt mit ihrem jetzigen Leben alles andere als zufrieden. Dieser Eindruck verstärkte sich noch, als sie eintraten und auf Reglind trafen. Die junge Frau rührte in einem großen Bottich herum und stöhnte dabei wie eine kranke Kuh.

»Reglind! Klara und ihr Mann sind da«, rief ihre Mutter.

Reglind hörte zu rühren auf, starrte Klara an und schleuderte den großen Kochlöffel in die Ecke.

»Wo kommt ihr denn her?«, fragte sie giftig.

»Aus Königsee! Wir wollen mit deinem Mann sprechen«, übernahm Tobias die Antwort.

»Der treibt sich in der Weltgeschichte herum und lässt uns zwei hier schuften«, schimpfte Reglind und versetzte dem Schemel, auf dem der Bottich stand, einen wütenden Tritt.

Tobias griff gerade noch rechtzeitig zu, bevor das Gefäß abrutschen und zu Boden fallen konnte. »Soll das etwa eine der Salben sein, die Kasimir Fabel verkauft?«, fragte er fassungslos angesichts der alten, verkrusteten Ränder, die den Rand des Bottichs bedeckten.

»Ja!«, schnaubte Reglind. »Meine Mutter und ich müssen das Zeug herstellen, sonst setzt es Schläge. Früher hatten wir wenigstens noch Knechte, die für uns gearbeitet haben. Doch nachdem mein Mann mit dem Lohn geknausert hat, ist einer nach dem anderen abgehauen. Jetzt müssen Mutter und ich alles allein machen, während mein Herr Ehemann nur noch unterwegs ist, um neue Kunden zu finden.«

Reglind musterte Klara, der man die Schwangerschaft ansah, und fand, dass diese noch hübscher war als früher. Dabei hatte sie einmal als die Schönere von beiden gegolten. Voller Neid begriff Reglind, dass sie gegen ihre Cousine verblasst war. Durch die Arbeit mit den scharfen Kräuteressenzen waren ihre Hände rauh und rissig geworden, ihr Gesicht wirkte hager, und ihr Rücken tat ihr noch in der Erinnerung an die Schläge weh, die ihr ihr Mann bei seinem letzten Aufenthalt in Grimmwald versetzt hatte.

»Dir scheint es ja gutzugehen«, stellte sie bitter fest.

Klara nickte. »Ich bin zufrieden! Allerdings sind wir nicht nur auf Besuch hier. Wir müssen mit deinem Mann sprechen, denn er versucht, uns Schwarzburger Laboranten Knüppel zwischen die Füße zu werfen. Damit wird er jedoch kein Glück haben. Wir verfügen über die schriftlichen Aussagen mehrerer Apotheker, dass seine Arzneien unwirksam und teilweise sogar schädlich sind.«

Da sie sich nun selbst überzeugen konnte, wie Fabels Wundermittel hergestellt wurden, nahm Klara kein Blatt mehr vor den Mund.

Tobias sah sich unterdessen im Haus um und trat dann kopfschüttelnd auf Fiene Schneidt zu. »Habt ihr denn nicht wenigstens eine Magd?«

»Wir hatten eine, doch die ist mit den Knechten weggelaufen, als sie von meinem Mann statt Lohn nur noch Schläge erhielt«, antwortete Reglind anstelle ihrer Mutter.

»Er will zuerst gut verdienen, bevor er neue Leute einstellt«, sagte Fiene Schneidt, die vor den Verwandten doch ein wenig angeben wollte.

Aber ihre Tochter hatte weniger Hemmungen. »Bis jetzt bringt mein Mann kaum Geld ins Haus, und wenn doch, geht es für seine Reisen drauf. Auch muss er den größten Teil der Arzneien erst einmal an die Apotheker verschenken und anderen Kunden einen guten Preis machen. Wenn ich daran denke, dass er davon sprach, die Königseer und Großbreitenbacher aus dem Geschäft zu verdrängen, hat er bislang wenig erreicht.«

Klara spürte die Verachtung, die ihre Cousine für ihren Mann empfand, aber auch die Angst vor ihm. Nur der Gedanke daran,

· 413 ·

wie Reglind sich früher ihr gegenüber benommen hatte, hielt das Mitleid mit ihren Verwandten in Grenzen.

»Kasimir Fabel wird, wenn er so weitermacht, schon bald irgendwo verhaftet und gefangen gesetzt werden«, erklärte sie kühl. »Die Hofkammer von Rudolstadt hat bereits bei etlichen Landesherren Beschwerde wegen der Verletzung unserer Privilegien eingelegt. Zusammen mit den Aussagen der genannten Apotheker reicht es aus, um Kasimir Fabel ins Gefängnis zu bringen.«

»Ich hätte nichts dagegen!«, brach es aus Reglind heraus.

Ihre Mutter zerrte an ihrer nicht gerade sauberen Schürze. »So etwas sagt man nicht, Kind!«

»Ist doch wahr!«, rief Reglind wütend. »Würde Kasimir so wie sein Vater Kräuter sammeln und sie an die Apotheker in den umliegenden Städten verkaufen, wären wir zwar nicht reich, hätten aber ein angenehmes Leben. Stattdessen lässt mein Herr Gemahl sich nur ein paarmal im Jahr hier blicken und wird zornig, wenn wir bis dorthin nicht das geschafft haben, was er von uns verlangt. Weißt du, Klara, Mutter und ich müssen auch die Kräuter für die Arzneien sammeln, und das trotz der Wölfe und Bären in den Wäldern. Ich vergehe jedes Mal vor Angst, wenn wir das Haus verlassen. In diesem Frühjahr haben wir uns einmal verlaufen und mussten die Nacht im Freien verbringen. Zum Glück ist uns nichts zugestoßen. Den Weg hierher haben wir nur durch Zufall gefunden, sonst wären wir elend im Wald umgekommen.«

»Fabel lastet uns schon viel Arbeit auf«, gab nun auch Fiene zu und besann sich endlich auf ihre Pflichten als Gastgeberin. »Kommt mit in die Küche! Aber mehr als Brot und ein wenig Käse kann ich euch nicht anbieten. Auch werdet ihr beim Trinken mit Wasser vorliebnehmen müssen. Reglinds Mann wollte uns Vorräte schicken, hat es aber bis jetzt nicht getan.«

Klara und Tobias folgten ihr in einen völlig verrußten Teil des Hauses. Es gab keinen Abzug, so dass sich der Rauch des Herdfeuers im ganzen Raum verteilte, ehe er durch ein großes Loch in der Decke bis zum Strohdach hochzog. Die Möbel waren alt und abgestoßen, in den Ecken hingen schwarzgefärbte Spinnennetze, und einer der Balken, die die Decke trugen, war geborsten und hing gefährlich herab.

»Eine Räuberhöhle ist gemütlicher als dieses Heim«, raunte Tobias Klara ins Ohr.

»Da hast du recht!« Klara grauste es, und sie war kaum in der Lage, von dem Brot zu essen, das mehr aus Spelzen und Kleie denn aus Mehl bestand. Der Käse schmeckte nach Rauch, und das Wasser hätte sie gerne aus einem besser gereinigten Becher getrunken. Nun empfand sie doch Mitleid mit den beiden Frauen, denn ein solches Leben hatte niemand verdient. Klara erinnerte sich jedoch daran, dass sie hier Antworten hatte einfordern wollen, und sprach Fiene und Reglind darauf an.

»Mir erscheint der Versuch Fabels, Laborant zu werden, wenig durchdacht«, erklärte sie.

Reglind nickte mit verkniffener Miene. »Daran ist nur der Reitknecht eines Jagdgastes schuld, der vor drei Jahren an einer großen Jagd der Herren von Thannegg teilgenommen hat. Da im Jagdhaus nicht genug Platz war, mussten wir ihm Obdach geben und kamen dabei mit ihm ins Reden. Als er erfuhr, dass mein Mann Buckelapotheker gewesen ist, wurde er zornig und verfluchte diese und alle Laboranten als Scharlatane und übles Gesindel. Wir konnten ihn nur beruhigen, indem wir sagten, dass uns der Laborant nach dem Tod meines Mannes aus unserer Heimat vertrieben hätte. Ab da hatte er Mitleid mit uns. Als Kasimir behauptete, die Kräuter, die er sammeln würde, wären weitaus wirksamer als jene aus Thüringen, fragte der Kerl, weshalb er dann nicht selbst Salben mischen und Elixiere ansetzen würde, um die Schwarzburger Schurken aus dem Geschäft zu verdrängen. Mein Mann, dieser Narr, hat es dann auch versucht. Doch er besitzt weder das Geld, eine richtige Manufaktur zu errichten, noch das Wissen, wirksame Mittel herzustellen.«

Tobias und seine Frau sahen einander kurz an. Es war tatsächlich so, wie Klara es vermutet hatte. Sie beendete jetzt ihre Mahlzeit und sah Reglind durchdringend an.

»Was war das für ein Mann, der den deinen dazu gebracht hat, das Gewerbe des Vaters aufzugeben und zu versuchen, Laborant zu werden?«

»Der Reitknecht eines Jagdgastes! Das sagte ich doch.«

»Kennst du seinen Namen oder den seines Herrn?«

Reglind schüttelte den Kopf. »Den seines Herrn nicht. Er selbst nannte sich Ludwig.«

»Sein Herr hieß Tengenreuth«, rief Fiene dazwischen. »Ich habe es mitbekommen, als einer der Thannegger Diener ihn so nannte.«

Der Name Tengenreuth sagte Klara nichts. Auf jeden Fall war es eine Spur. Jetzt interessierte sie noch eines.

»Wie sah dieser Diener aus?«

»Er war etwas mittelgroß, untersetzt und hatte ein breitflächiges Gesicht«, erklärte Fiene.

Eine solche Beschreibung traf auf viele Männer zu, aber ganz sicher auch auf jenen Wanderhändler Rudi, der Armin Gögel beinahe ins Verderben gestürzt hätte. Genau dieser Mann war gewiss auch für den Tod des alten Buckelapothekers Heinz aus Großbreitenbach verantwortlich sowie für Emanuel Engstlers und Christoph Schüttensees Ende.

»Ich werde mich um das Pferd kümmern. Es steht noch immer draußen vor den Wagen geschirrt. Es soll ein wenig grasen können«, sagte da Tobias und verließ das Haus.

· 416 ·

Klara unterhielt sich noch eine Weile mit ihren Verwandten. Diese wussten zwar nicht mehr viel zu erzählen, doch sie erhielt von ihnen genug Anhaltspunkte, dass sie glaubte, Tengenreuths Reitknecht und auch den Edelmann selbst erkennen zu können.

17.

Klara und Tobias blieben eine Nacht und reisten am nächsten Morgen ab. Eines schien ihnen gewiss: Kasimir Fabel würde es nicht gelingen, ihnen und den anderen Laboranten in den Schwarzburger Fürstentümern auf Dauer zu schaden. Dafür besaß er weder das Wissen noch die Bereitschaft, hart zu arbeiten. Er versuchte stattdessen, sein Ziel mit Schlitzohrigkeit und einem gut geölten Mundwerk zu erreichen.

So wie Reglind und Fiene darüber redeten, hatte er die beiden Frauen zu Klaras Mutter geschickt, um mehr über die Pläne von Rumold Just und anderen Laboranten zu erfahren. Nebenbei sollten die beiden eine größere Menge Kräuter billig erwerben, da die eigenen Wälder nicht ergiebig genug waren.

»Bei den Apothekern wird Fabel nichts mehr anbringen, und auch die Leute auf dem Land werden bald wieder unsere Mittel erstehen«, meinte Tobias nach einer Weile.

Klara nickte nachdenklich. »Reglind sagte, dieser Reitknecht hätte ihrem Mann einige Gulden gegeben, damit dieser sich als Laborant einrichten konnte. Wie kommt jedoch ein einfacher Diener zu so viel Geld? Und vor allem: Weshalb gibt er es einem ihm völlig unbekannten Menschen?«

»Ich dachte, wir würden bei deinen Verwandten Antworten erhalten! Stattdessen sind neue Fragen aufgetaucht«, antwortete Tobias und zog eine besorgte Miene.

»Fiene und Reglind haben uns nichts zu essen mitgegeben, also werden wir heute Abend und morgen über Tag hungern müssen.«

»Ich hätte von dort auch nichts mitnehmen wollen. Bei Gott, wie kann man nur so hausen?« Klara schüttelte es bei dem Gedanken. Dann sah sie Tobias mit feuchten Augen an. »Auch wenn ein Teil von mir sagt, dass Fiene und Reglind ihr Schicksal verdient haben, so tun sie mir doch leid.«

»Sie haben ihren Weg gewählt! Damals haben wir ihnen angeboten, ihnen zu helfen, und das trotz allem, was geschehen war. Aber sie wollten unsere Unterstützung nicht und müssen nun mit dem zurechtkommen, was sie erreicht haben.«

Im Gegensatz zu Klara empfand Tobias kein Mitleid mit den beiden Frauen. Fienes Ehemann hatte den eigenen Bruder, Klaras Vater, ermordet, und beinahe wäre ihm auch Klara zum Opfer gefallen. Auch wenn Fiene und Reglind keinen Anteil an den Verbrechen ihres Mannes und Vaters hatten, so waren sie doch unangenehme und intrigante Weiber. Tobias war immer noch froh, dass er sich beherrscht hatte, als Reglind ihn hatte verführen wollen. Damals war sie bereits von einem anderen Mann schwanger gewesen und hatte einen Gimpel gesucht, der sich mit ihr trauen ließ.

»Was ist mit dir, Liebster?«, fragte Klara, als sie sah, wie es in seinem Gesicht arbeitete.

»Ich habe nur an Reglind gedacht und daran, dass ich es ihr vergönne, in diesem von Gott verlassenen Haus zu leben. Möge ihr Ehemann die Rute nicht schonen. Sie hat es verdient!«

»Ich wusste gar nicht, dass du so rachsüchtig bist«, wunderte sich Klara.

»Bei den beiden bin ich es. Ich habe nicht vergessen, dass mich die Jungfer Engstler am Galgen sehen wollte.«

»Dafür können Fiene und Reglind aber nichts«, wandte Klara ein.

Ihr Mann stieß ein kurzes Lachen aus. »Die beiden werden Fabel einiges von dem berichtet haben, was sie über unser Gewerbe wussten. Immerhin war dein Onkel einer unserer Buckelapotheker und hat zu Hause genug erzählt. Außerdem haben sie mitgeholfen, unserem Ruf als Laboranten zu schaden, und das kreide ich ihnen an.«

»Bedauerlicherweise hast du recht. Reglind und Fiene wollten uns schaden, nur ist es ihnen zum Schlechten ausgeschlagen.« Klara atmete tief durch und schaute nach dem Sonnenstand. »Es ist gleich Mittag!«

»Wir sollten anhalten, damit wenigstens unser Pferd fressen kann, auch wenn wir selbst hungern müssen«, antwortete Tobias und suchte eine Stelle, an der ein wenig Gras wuchs.

Als sie wenig später im Schatten saßen und die letzten Brotkrümel miteinander teilten, die sie im Beutel gefunden hatten, sah Tobias seine Frau fragend an. »Wir kennen jetzt zwar den Namen Tengenreuth, doch wir wissen weder, wo dieser herstammt, noch, wo er zu finden ist. Es gibt Tausende von Edelleuten in diesen Landen. Wie sollen wir da diesen einen aufspüren?«

Klara klang ihr Mann etwas zu mutlos. Auch wenn sie gehofft hatte, bei Fiene Schneidt und deren Tochter mehr zu erfahren, so war sie doch zufrieden.

»Es gibt einen Mann, der uns helfen kann, nämlich Herr von Janowitz in Weimar. Sollte der Geheimrat es wider Erwarten nicht wissen, reisen wir weiter nach Kassel. Richter Hüsing dürfte bereits dort sein. Er kannte Engstler und Schüttensee sehr gut und weiß vielleicht, wer mit ihnen verfeindet ist.«

»Wir hätten ihn fragen sollen, als du uns aus dem Gefängnis befreit hast«, sagte Tobias bedauernd.

»Damals waren wir froh, entkommen zu sein, und kannten auch den Namen Tengenreuth noch nicht.« Klara lächelte sanft und steckte Tobias einen weiteren Brotkrumen in den Mund.

»Wie willst du nach Weimar reisen? Mit diesem Wagen hier?«, fragte ihr Mann, nachdem er das Bröckchen geschluckt hatte.

»Es ist doch ein angenehmes Reisen«, meinte Klara. »Es gibt keine Mitreisenden, über die man sich ärgern muss, und wir können selbst entscheiden, wann wir Rast einlegen.«

»Dafür brauchen wir aber auch drei- bis viermal so lange wie mit der Postkutsche.«

»Aber die kommt uns teurer als dieser Wagen und das Pferd«, gab Klara zu bedenken.

»Es geht darum, einen üblen Schurken zu entlarven, der vor Mord und Brandstiftung nicht zurückscheut.«

Tobias' Bemerkung brachte Klara zu einem zornerfüllten Zischen. Sie hatte sich jedoch sofort wieder in der Gewalt und funkelte ihren Mann entschlossen an.

»Wir werden dem ein Ende setzen! Sobald wir eine Postlinie erreichen, verkaufen wir Pferd und Wagen und fahren mit der Überlandkutsche.«

Das war Tobias dann doch zu viel. »Wir haben das Pferd und den Wagen geliehen, und ich möchte ungern nach Hause kommen und sagen, ich hätte sie unterwegs verkauft.«

»Dann auf nach Königsee! Von dort werden wir wieder die Postkutsche nehmen. Zuerst geht es nach Weimar!«

»Und dann?«, fragte Tobias.

»Das werden wir sehen«, antwortete Klara und stand auf, um ihrem Mann zu zeigen, dass die Rast vorbei wäre.

18.

Die Nacht verbrachten sie erneut im Wald. Hungern mussten sie jedoch nicht, denn Tobias hatte einen Hasen entdeckt und diesen mit einem geschickten Steinwurf zur Strecke gebracht. Als das Fleisch des Tieres über einem kleinen Feuer briet, musste Klara auf einmal lachen.

»Was ist denn los?«, fragte Tobias verwundert.

»Ich dachte nur daran, dass wir, wenn die Thannegger uns jetzt sähen, als Wilddiebe bestraft würden!«

Tobias fiel in ihr Lachen ein. »Ich sehe den Hasen als eine kleine Entschädigung für den Schaden an, den die Kutsche dieses Herrn an unserem Wagen verursacht hat. Außerdem sind wir hier meilenweit von jeder Ansiedlung entfernt, und die Thannegger kommen höchstens ein- oder zweimal im Jahr in diese abgelegene Gegend.«

Damit hatte Tobias zwar recht, trotzdem war Klara erleichtert, als sie ihre Mahlzeit beendet hatten und Tobias das Fell und die Knochen des Hasen ein Stück tiefer im Wald vergrub.

Die Nacht selbst verlief ohne Zwischenfälle. Dennoch wachte Tobias mehrmals auf und zündete jedes Mal eine neue Fackel an. Zum Frühstück gab es das restliche Fleisch des Hasen. Allerdings war es so wenig, dass es kaum einen hohlen Zahn füllte, geschweige denn satt machte. Das Pferd durfte Gras fressen und erhielt den letzten Hafer, dann spannte Tobias es ein.

Am Nachmittag erreichten sie den kleinen Marktort und kehrten bei demselben Wirt ein, bei dem sie auf der Hinreise übernachtet hatten.

»Ihr seid aber rasch wieder da«, meinte dieser fröhlich.

»Eine Nacht in Grimmwald ist genug«, gab Klara munter zurück. »Aber jetzt haben wir Hunger und hoffen, Ihr könnt ihn stillen.«

»Wenn's weiter nichts ist!« Der Wirt lachte, füllte Tobias einen Krug Bier und ging dann in die Küche, um Brot, Wurst, Käse und Butter zu holen.

»Wohl bekomm's!«, sagte er, als er das Essen vor Klara und Tobias auf den Tisch stellte.

»Besten Dank!« Klara war so hungrig, dass sie sofort zugriff. Auch Tobias aß, überlegte dabei aber, ob sie nicht doch ihr Gespann verkaufen und mit der Postkutsche weiterfahren sollten. Als er den Wirt nach der nächsten Kutsche fragte, winkte dieser ab.

»Die letzte ging gestern ab, und die nächste kommt erst in einer Woche.«

»Dann fahren wir morgen weiter«, sagte Tobias zu Klara.

Diese sah von ihrem Essen auf und nickte. »Es wird das Beste sein! Du wolltest dem Nachbarn doch Pferd und Wagen zurückbringen.«

»Wir brechen morgen so früh auf, wie es möglich ist«, erklärte ihr Mann.

Klara lächelte. »Du tust so, als würden wir bereits abends nach Hause kommen.«

»Ich will den Rückweg einen Tag schneller schaffen als den Hinweg«, gab Tobias zu. »Das Pferd ist kräftig und die Radnaben des Wagens gut geschmiert. Auch geht es mir besser als bei unserem Aufbruch. Die frische Luft, die Sonne und das gute Essen unterwegs haben mir meine Kraft wiedergegeben.«

Das freute Klara, auch wenn ihr davor graute, untertags noch länger auf dem rüttelnden Bock zu sitzen. Doch auch sie wusste, dass sie sich beeilen mussten, denn der unbekannte Feind konnte jederzeit erneut zuschlagen.

»Es ist wichtig, ihn zu finden und unschädlich zu machen«, flüsterte sie Tobias zu. Auch wenn sie keinen Namen genannt hatte, begriff er, wen sie meinte.

»Das ist es! Doch was können so einfache Leute wie wir gegen einen Edelmann ausrichten?«

»Allein wohl nichts, doch wir haben Richter Hüsing auf unserer Seite. Er wird es wissen!«

»Hoffentlich!« Tobias hatte seine Zweifel, ob der Richter wirklich etwas bewegen konnte. Aber vielleicht gelang es ihnen mit Glück und Gottes Hilfe, sich gegen die Bedrohung aus dem Dunkeln zu behaupten.

19.

Tobias hielt Wort. Obwohl er darauf achtete, das Pferd nicht zu sehr anzustrengen, legten sie auf ihrem Weg nach Königsee Tagesstrecken zurück, die Klara vorher nicht für möglich gehalten hätte.

Als sie schließlich vor ihrem Haus anhielten, fühlte sie sich so erschöpft, dass sie eigentlich nur noch ins Bett kriechen wollte. Doch da stürmten ihr Martha, der kleine Martin und Liese entgegen. Rumold Just und Kuni folgten etwas langsamer.

»Da seid ihr ja wieder!«, begrüßte Tobias' Vater sie, als wären sie ewig lang weggeblieben.

»Aber wir bleiben nicht lange. Wir müssen dringend nach Weimar und dann vielleicht weiter nach Kassel«, erklärte Tobias.

»Also habt ihr von Fabel mehr erfahren«, schloss sein Vater aus seinen Worten.

»Fabel war nicht zu Hause, sondern nur Tante Fiene und Reglind. Die beiden haben kein gutes Leben dort«, berichtete Klara.

»Wir sollten sie aber nicht bedauern, denn sie haben ihren Teil dazu beigetragen, uns zu schaden«, setzte Tobias hinzu.

»Sie haben es versucht, doch sie werden eher über kurz als über lang scheitern.« Klaras Gedanken galten jedoch weniger den Verwandten, die sie ihrer Meinung nach ihrem Schicksal überlassen konnte, als vielmehr der Zukunft.

»Wir haben einen Hinweis erhalten, brauchen aber Hilfe, um ihm folgen zu können«, sagte sie und hob Martin auf, dem es gar nicht gefiel, dass die Mutter in letzter Zeit so oft weg von zu Hause war.

»Will mitkommen!«, maulte er, da seine Eltern schon wieder erklärt hatten, reisen zu wollen.

»Du bleibst brav hier!« Tobias klang streng, denn trotz des Brandanschlags hielt er das Haus seines Vaters für den sichersten Ort für das Kind. Am liebsten hätte er auch Klara hier zurückgelassen. Er wusste jedoch, dass ihm dies nicht gelingen würde. »Ich bringe das Pferd und den Wagen zurück«, erklärte er. »Wenn ich wiederkomme, hätte ich gerne einen großen Krug Bier und etwas zu essen.«

»Du wirst nicht verhungern!«, antwortete sein Vater und klopfte ihm auf die Schulter. »Ihr seid schnell zurückgekommen. Das ist auch gut so, denn ich habe das Gefühl, als würde sich irgendwo neues Unheil zusammenbrauen.«

Da zupfte Martha ihn am Ärmel. »Du hast etwas vergessen!«

»Was? Ach so, ja! Bevor ihr weiterreisen könnt, müsst ihr in die Hauptstadt. Der fürstliche Rat Frahm will euch sprechen.«

Klara verzog das Gesicht. Als sie diesen Mann aufgesucht hatte, um ihn zu bitten, sich für Tobias zu verwenden, wollte der Beamte ihr nicht helfen. Sie hatte erst Fürst Friedrich Anton abpassen und diesen um Hilfe anflehen müssen. Ob Frahm ihr das verziehen hatte, wusste sie nicht.

Trotzdem nickte sie. »Dann fahren wir morgen als Erstes nach Rudolstadt.«

»Will mit!«, meldete Martin sich lautstark.

Klara und Tobias sahen sich kurz an. »Wenn wir Liese mitnehmen, könnte sie auf den Kleinen achtgeben«, meinte Tobias, schon halb bereit, seinen Sohn mitzunehmen.

Auch Klara hatte Martin vermisst und drückte ihn nun an sich. »Wenn du brav bist, darfst du mit nach Rudolstadt.«

»Auch Weimar?«, fragte der Junge bettelnd.

»Das ist zu weit für dich. Also bescheide dich!« Klara küsste Martin, um ihm die Ablehnung zu versüßen, und meinte dann, dass sie Hunger hätte.

»Dagegen kann was getan werden«, sagte Kuni selbstzufrieden, denn in ihrer Küche fehlte es an nichts.

Das Essen war wie gewohnt gut und Kuni zufrieden, weil Klara und Tobias kräftig zulangten. Danach berichteten die beiden, was sie auf dieser Reise erlebt und erfahren hatten.

»Tante Fiene und Reglind hausen elend«, sagte Klara. »Doch auch Fabel kann einem leidtun. Er hat sich von diesem Reitknecht dazu aufstacheln lassen, uns Laboranten Konkurrenz zu machen, besitzt aber weder das Wissen noch die Mittel dazu. Das werden wir Herrn Frahm berichten. Haben wir das Attest des Weimarer Apothekers Oschmann zurück? Ja? Das ist gut, denn dann können wir es auch ihm vorlegen. Wenn es ihm damit nicht gelingt, unsere Wanderprivilegien zu verteidigen, soll der Fürst ihn zum Teufel jagen.«

»Vorerst hoffe ich, dass er nicht uns zum Teufel jagt!« Rumold Just klang besorgt.

Schon Fürst Ludwig Friedrich hatte die Steuern erhöht, und es sah nicht so aus, als würde sein Sohn und Nachfolger Friedrich Anton von seinen Untertanen weniger verlangen. Wenn sie nicht genug verdienten, konnte dies das Ende ihrer Privilegien und vielleicht sogar der Verlust ihres Besitzes bedeuten.

»Unser durchlauchtigster Herr sollte sich bescheiden und nicht groß Schlösser bauen wollen«, warf Kuni empört ein.

»Das ist nun einmal eine Krankheit bei den hohen Herrschaften. Jeder will ein noch größeres Schloss als sein Nachbar. Wollen wir hoffen, dass der Klage, die einige Bürger beim Reichskammergericht in Wetzlar erhoben haben, Erfolg beschieden ist. Wenn das Volk gut verdient, kann es Steuern zahlen. Wird es jedoch ausgepresst bis zum Äußersten, kehren Hunger und

Not ein, und die Steuereintreiber können so viel drängen, wie sie wollen. Wer kein Geld hat, kann ihnen keines geben.«

Tobias warf mit einem schmallippigen Lächeln ein, dass er lieber von etwas anderem reden würde. Dabei sah er seinen Vater an. In den letzten Monaten hatte Rumold Just viel von seinem Lebensmut verloren. Nun aber hielt er den Rücken gerade, seine Augen funkelten unternehmungslustig, und er sah um mindestens ein Jahrzehnt jünger aus. Martha tut ihm gut, dachte er. Aber auch für Klaras Freundin war es das Beste. So war sie nicht auf die raffgierigen Verwandten ihres toten Ehemanns angewiesen und blieb in der Nähe. Dies freute ihn für Klara, die zwar mit den Nachbarinnen gut zurechtkam, aber hier in Königsee keine richtige Freundin hatte.

20.

Nach einer einzigen Nacht im eigenen Bett brachen Klara und Tobias auf. Martin kam mit, aber ihn sollte nicht Liese, sondern Martha hüten. Rumold Just begleitete sie ebenfalls. Seinem Fuß ging es mittlerweile besser, so dass ein Gehstock für ihn ausreichte.

»Will euch nicht im Stich lassen! Auch habe ich ein paar Freunde in Rudolstadt, wenn es darauf ankommen sollte«, meinte er bärbeißig.

»Wir freuen uns, dass du mitkommst«, antwortete Klara lächelnd.

»Du freust dich mehr, weil Martha mitkommt. Weiber, sage ich nur!« Rumold Just grinste wie ein Junge, dem ein besonders guter Streich gelungen war.

Auch Klara stellte fest, dass ihr Schwiegervater wieder Freude am Leben gefunden hatte, und war Martha dafür dankbar.

Nun aber richtete sie ihre Gedanken auf das, was sie in Rudolstadt erwarten mochte.

Tobias hatte erneut Pferd und Wagen gemietet, und mit diesen sollten sein Vater und Martha mit Martin von Rudolstadt aus nach Hause zurückkehren. Er und Klara würden die nächste Postkutschenstation aufsuchen und nach Weimar weiterfahren. Wenn sie mich nicht einsperren, dachte er besorgt. Immerhin war er aus dem Gefängnis von Rübenheim entwichen, und da mochte es sein, dass die fürstlichen Behörden ihn dorthin ausliefern wollten, um die Wanderprivilegien für diese Stadt zu behalten. Um Klara nicht zu beunruhigen, verbarg er seine Bedenken und gab sich, als sie Rudolstadt erreichten, betont zuversichtlich.

Pferd und Wagen stellten sie im Gasthof *Zur goldenen Gabel* unter, in dem sie übernachten wollten. Während Martha mit dem Jungen an der Hand durch die Stadt schlenderte, suchten Klara, Rumold Just und Tobias den fürstlichen Rat Wilhelm Frahm auf.

Ein Diener ließ sie ein, dann hieß es warten. Wortfetzen nach, die zu ihnen drangen, hatte Frahm Besuch, und der war nicht gerade mit freundlichen Absichten gekommen. Besorgt wandte Klara sich an ihre Begleiter. »Hoffentlich ist Herr Frahm nicht noch viel zu erzürnt über seinen jetzigen Besucher, wenn wir vorgelassen werden. Der Mann da drinnen nimmt wahrlich kein Blatt vor den Mund!«

»Das werden wir auch nicht«, erklärte Tobias rebellisch. »Wir sind hier, um unser Recht zu fordern. Wir haben teuer für unsere Wanderprivilegien bezahlt und erwarten, dass die fürstlichen Behörden sie verteidigen. Sonst kommt morgen ein anderer als Fabel und macht uns Konkurrenz.«

»Das soll Gott verhüten! Mir reicht der Mann meiner Base vollkommen.« Klara betete seufzend, dass sie nicht zu lange warten mussten. Wir hätten nach der Fahrt zuerst im Gasthof einkehren und etwas trinken und essen sollen, dachte sie, da sie sich durstig und hungrig fühlte.

Im Amtszimmer des fürstlichen Rates wurde es nun ruhiger, und draußen auf dem Flur erklangen Schritte. Kurz darauf wurde die Haustür heftig ins Schloss geschlagen.

»Der Mensch hat wohl nicht das erreicht, was er wollte«, schloss Rumold Just daraus.

»Dann wollen wir hoffen, dass es uns nicht genauso ergeht.« Klara seufzte erneut und versuchte, ihren trockenen Gaumen mit Speichel zu benetzen.

Kurz darauf erschien Frahms Diener und forderte sie auf, mitzukommen. Tobias atmete tief durch und folgte ihm als Erster, bereit, sich so gut wie möglich zu schlagen. Auch Klara war besorgt, während Rumold Just durch seine Gespräche mit dem Amtmann von Königsee wusste, dass sich die Lage der Laboranten und Buckelapotheker wieder zu bessern schien.

»Freut mich, Euch zu sehen!«, begrüßte Frahm Tobias. »So ist die Sache wohl am besten ausgestanden, zumal die landgräflichen Behörden in Kassel mitgeteilt haben, dass sie keinerlei Anklagen gegen Euch erheben wollen. Ihr müsst nur das Gebiet der Stadt Rübenheim meiden, doch glaube ich nicht, dass es Euch so schnell wieder dorthin zieht.«

»Gewiss nicht, Herr Frahm!«, antwortete Tobias erleichtert.

»Das war gewiss Richter Hüsings Werk«, flüsterte Klara ihm zu.

Wilhelm Frahm lächelte zufrieden. Auch wenn er sich zunächst über Klaras Eigenmächtigkeit geärgert hatte, war es ihm doch zum Guten ausgeschlagen. Er hatte sich durch rasches Handeln dem Kanzler Beulwitz empfohlen und konnte damit rechnen, bald befördert zu werden.

»Aus Königsee habe ich erfahren, dass Ihr ein Gutachten des Weimarer Apothekers Oschmann bezüglich der Arzneien dieses Kasimir Fabel habt«, fuhr er fort.

Tobias nickte und reichte ihm das Blatt. Nachdem der Rat es aufmerksam durchgelesen hatte, nickte er anerkennend.

»Gut gemacht! Damit habt Ihr mir ein scharfes Schwert in die Hand gegeben. Doch glaube ich nicht, dass wir es einsetzen müssen. Wir sind bei vielen Herrschaften auf andere Weise zum Erfolg gekommen.«

»Und wie?«, fragte Klara verblüfft.

Mit einer überheblichen Geste reichte Frahm ihr ein Blatt Papier.

Als Klara zu lesen begann, schwirrte ihr der Kopf bei der ellenlangen Aufzählung aller Titel und Würden, auf die Fürst Friedrich Anton Wert legte. Auch der eigentliche Text klang äußerst geschwurbelt. Soweit Klara ihm folgen konnte, besagte er, dass eine Rücknahme der Privilegien, die der Vater Seiner Durchlaucht für seine Laboranten und Buckelapotheker erhalten hatte, einer fürchterlichen Beleidigung und Missachtung seines Sohnes und Nachfolgers gleichkäme.

»Und das hat ausgereicht?«, fragte sie fassungslos, denn sie hatte angenommen, dass eher ein Hinweis auf die Wirkungslosigkeit von Fabels Wundermedizinen und der Beweis durch entsprechende Gutachten die fremden Behörden umstimmen könnten.

»So ist es! Jeder Fürst im Reich achtet auf seine Reputation und sein Ansehen, und keiner ist bereit, deren Schmälerung durch einen anderen hinzunehmen«, erklärte Frahm selbstzufrieden. »Schwarzburg-Rudolstadt mag nur ein kleines Fürstentum im Heiligen Römischen Reich sein, doch seinen Herrscher vorsätzlich zu kränken, kann sich kein anderer Souverän leisten. Daher wurden in den meisten Staaten die übereifrigen Räte und Hofbeamten von höchster Stelle zurechtgewiesen, die Übereinkunft bezüglich der Buckelapotheker aus unserem Land nicht anzutasten. Nur ein, zwei kleine Herrschaften haben sich bis jetzt nicht geäußert. Doch selbst Kurfürst Friedrich August von Sachsen, der immerhin König von Polen ist, ließ erklären, auch wenn er wegen seiner eigenen Arzneihändler keine Privilegien für die Laboranten und Wanderapotheker aus Schwarzburg-Rudolstadt erteilen könne, wolle er nicht dulden, dass deren Privilegien in anderen Ländern missachtet würden.«

»Das ist einfach unglaublich!«, rief Tobias aus. »Und das alles habt Ihr erreicht, Herr Frahm!«

»So ist es!« Der fürstliche Rat schob dabei den Gedanken an jene, die ihm geholfen hatten, beiseite. Was Klara und die beiden Justs betraf, so waren sie dadurch, dass sie weiterhin ihre Buckelapotheker aussenden konnten, hinreichend belohnt.

Klara war weit entfernt davon, sich eine Belohnung zu erhoffen. Dafür war sie viel zu erleichtert, denn so hatte sich wenigstens eine ihrer Sorgen in Wohlgefallen aufgelöst. Nun ging es nur noch darum, ihren Feind ausfindig zu machen und sich gegen ihn zu behaupten.

»Verzeiht, Herr Rat! Kennt Ihr einen Edelmann namens Tengenreuth?«, fragte sie.

Frahm dachte kurz nach und schüttelte den Kopf. »Ich bedauere, doch dieser Herr wurde mir noch nicht vorgestellt.«

»Habt Dank!« Klara knickste und sah dann Tobias an. Also werden wir nach Weimar fahren müssen, besagte ihr Blick.

Es klopfte an der Tür, und der Diener trat ein. »Verzeiht, gnädiger Herr, doch ein Bote Seiner Exzellenz, des Kanzlers, ist eben eingetroffen.«

Für Klara und ihre Begleiter war dies das Zeichen, dass die Unterredung beendet war. Alle drei verabschiedeten sich erleichtert von Frahm und verließen dessen Haus.

»Also sind wir doch noch nicht besiegt«, sagte Tobias, als sie wieder auf der Straße standen.

»Wenigstens hier hatten wir Glück«, antwortete Klara und schüttelte dann den Kopf. »Was für ein Gedanke, dass nicht Beweise uns geholfen haben, unsere Wanderprivilegien zu behalten, sondern der Hinweis darauf, dass Seine fürstliche Durchlaucht sich beleidigt fühlen könnte.«

»Irgendwie werden wir die Art der gekrönten Häupter wohl niemals verstehen«, meinte Tobias' Vater und wurde von seinem Sohn unterbrochen.

»Und die ihrer Beamten wohl auch nicht! Bei Gott, ich habe dieses Papier über Klaras Schultern hinweg gelesen. Mir schwirrt jetzt noch der Kopf, so seltsam war es formuliert. Würden wir einem unserer Kunden so schreiben, er würde denken, wir hätten nicht mehr alle fünf Sinne zusammen.«

»Das solltest du aber nicht laut sagen, sonst sind sowohl unser fürstlichster Herr wie auch alle seine Räte und Hofschranzen beleidigt. Zu was das führt, hast du eben erlebt.«

Klaras Bemerkung brachte die beiden Männer zum Lachen. Gleichzeitig löste sie die Spannung, unter der alle drei gestanden hatten, und das sorgte dafür, dass sie bester Laune zum Gasthof zurückkehrten.

21.

Da sie während der letzten Wochen auf ihren Sohn hatte verzichten müssen, freute Klara sich, Martin wenigstens für einen Tag um sich zu haben. Doch bereits am nächsten Morgen hieß es, wieder Abschied zu nehmen. Während Rumold Just mit Martha und Martin nach Königsee zurückkehrte, machten Klara und Tobias sich auf den Weg nach Weimar. Zwar hatte Klara darüber nachgedacht, ob sie wirklich dorthin fahren und mit von Janowitz sprechen sollten, da auch Richter Hüsing über

· 431 ·

Engstlers und Schüttensees Feinde Bescheid wissen dürfte. Doch Weimar lag an ihrem Reiseweg, und so wollte sie die Gelegenheit nutzen, so viel wie möglich über die Vorgänge damals zu erfahren.

Auf der Fahrt dorthin gab es keine Schwierigkeiten. Da Tobias bei ihr war, wurde sie auch nicht mehr mit abschätzigen Blicken taxiert, denen sich allein reisende Frauen ausgesetzt sahen. In Weimar suchten sie sich eine Unterkunft in einem einfachen Gasthof und machten sich am nächsten Vormittag auf den Weg zu Herrn von Janowitz' Haus.

Dessen Ehefrau Erdmute begrüßte sie freudig und ergriff Klaras Hände. »Seid mir willkommen! Wie ich sehe, ist es Euch gelungen, Eurem Mann zur Freiheit zu verhelfen.«

»So ist es!«, antwortete Klara munter. »Doch komme ich nicht nur, um Euch und Eurem Herrn Gemahl zu berichten, wie es in Rübenheim weitergegangen ist. Ich würde den Herrn Hofrat gerne um eine Auskunft bitten.«

»Ihr habt Glück«, sagte die Frau. »Wir bleiben nur noch wenige Tage in Weimar, denn mein Ehemann wurde nach Jena an die Universität berufen. Der Tag, an dem wir dorthin reisen werden, ist bereits bestimmt.«

»Umso froher sind wir, Euch und Euren Gatten noch anzutreffen!« Klara wusste nicht, ob sie den Abstecher nach Jena gemacht hätte, denn es drängte sie, so bald wie möglich mit Richter Hüsing zu sprechen. Wenn ihnen aber von Janowitz über Tengenreuth Auskunft geben konnte, würde sie mehr berichten können.

»Ihr werdet gewiss Hunger haben. Ich lasse Euch einen Imbiss bereiten!« Erdmute von Janowitz zwinkerte Klara zu und umarmte sie.

»Ich bin ebenfalls schwanger! Mein Mann weiß es jedoch noch nicht. Allerdings frage ich mich, wie er es aufnehmen wird, in seinem Alter noch Vater zu werden.«

»So alt ist Herr von Janowitz noch nicht«, sagte Klara. »Er wird sich gewiss sehr freuen!«

»Wollen wir es hoffen! Herren im gesetzten Alter sind recht eigen, wenn etwas ihren gewohnten Tagesablauf stört.«

Ihren Worten zum Trotz schien Klaras Gastgeberin glücklich zu sein, ihrem Ehemann ein Präsent ihrer Liebe schenken zu können. Sie setzte sich zu Klara und Tobias an den Tisch und aß ebenfalls eine Kleinigkeit. Ihren Mann, so meinte sie, wolle sie im Augenblick nicht stören.

»Er ist sehr beschäftigt, alles für die Abreise vorzubereiten, müsst Ihr wissen«, erklärte sie.

»So beschäftigt aber auch nicht, um nicht einem lieben Gast guten Tag sagen zu können!«, klang da die amüsierte Stimme ihres Gatten auf. Janowitz war auf den Besuch aufmerksam geworden und wollte sich zu seinen Gästen gesellen. Daher zog er einen Stuhl herbei, ließ sich von einer Magd ein Glas Wein einschenken und stieß mit Tobias an.

»Auf Eure Freiheit, Herr Just!«

»Auf Euer Wohl und auf das Eurer Gattin!«

Die beiden Frauen sahen einander kurz an. »Männer sind sehr geschickt darin, einen Grund zum Trinken zu finden«, meinte die Gastgeberin.

Klara nickte lachend. »Das sind sie ganz bestimmt! Doch ich muss sagen, dass ich Tobias schon viele Monate nicht mehr berauscht gesehen habe.«

»Ich meinen Mann auch nicht«, entgegnete Erdmute.

Ihr Ehemann musterte sie mit einem strafenden Blick. »Ich trinke um des Genusses willen, mein Weib, und nicht so wie das niedere Volk, um mich zu besaufen.«

»Das tue ich auch nicht«, stimmte Tobias ihm zu.

»Da seht ihr es«, trumpfte Janowitz auf und fragte dann Tobias, was sich in Rübenheim alles zugetragen hatte.

Tobias berichtete ihm von Armin Gögels Verhaftung und seiner eigenen und dann von Klaras kühner Befreiungsaktion.

»Ein mutiges, kluges Weib ist mehr wert als eine Kiste voll Gold!«, zitierte Janowitz, schüttelte dann aber den Kopf.

»Es ist gar nicht gut, dass die Jungfer Engstler Gesetz und Recht so missachtet. Sie kann damit den Landgrafen so weit bringen, ihre Stadt doch den Hannoveranern zu überlassen. Bis jetzt haben er und seine Vorgänger es abgelehnt, da sie nicht auf die Einnahmen aus diesem Teil ihrer Herrschaft verzichten wollten. Doch sobald es an ihrem Ansehen kratzt, könnten sie es tun, vorausgesetzt, Kurfürst Georg Ludwig öffnet seine Truhen weit genug. Als König von England kann er das jedoch.«

»Mir geht es weniger um Kathrin Engstler, sondern um den Feind ihres Vaters. Habt Ihr je den Namen Tengenreuth gehört?« Klara hatte bis jetzt geschwiegen, wollte aber nun das Gespräch auf das Thema lenken, das ihr wichtig erschien.

»Tengenreuth?«, überlegte Janowitz. »Der Name kommt mir bekannt vor. Es gab einen Eustachius von Tengenreuth, seines Zeichens kaiserlicher Heerführer. Er fiel vor etlichen Jahren in der Schlacht.«

»Der Tengenreuth, den ich meine, weilte vor drei Jahren als Jagdgast bei den Grafen Thannegg«, berichtete Klara, um dem Gedächtnis ihres Gastgebers auf die Sprünge zu helfen.

Plötzlich schlug Janowitz sich mit der flachen Hand gegen die Stirn. »Bei Gott, bin ich ein Narr! Darauf hätte ich schon bei Eurem letzten Besuch kommen sollen. Nach dem Tod des alten Tengenreuth strengten mehrere Herren einen Prozess gegen dessen Erben an, um Geld, das sie dessen Vater für seine Kriegszüge geliehen hatten, von ihm zu erhalten. Obwohl damals nicht alles mit rechten Dingen zugegangen sein soll, bekamen die Kläger recht, und Tengenreuth verlor seine besten Besitztümer an sie. Seine Gläubiger damals waren – bei Gott! – Schüttensee, Engstler und Mahlstett!«

»Schüttensee und Engstler sind tot, doch Mahlstett kam, kurz bevor ich Tobias befreien konnte, nach Rübenheim und soll sehr vertraut mit der Jungfer Engstler sein«, berichtete Klara atemlos.

»Ich hätte es wissen müssen! Die Morde an Emanuel Engstler und Christoph Schüttensee stellen Tengenreuths Rache an den Männern dar, die ihm seinen Besitz abgenommen haben.«

Janowitz' Augen leuchteten, denn er liebte es, sich Gedanken über Dinge zu machen und schließlich recht zu behalten.

Klara dachte unterdessen weiter. »Wenn es stimmt, schwebt jener Mahlstett, von dem Ihr gesprochen habt, in höchster Gefahr.«

»Der Kerl hat darauf gedrungen, dass ich hingerichtet werde! Also werde ich ihn gewiss nicht vor Tengenreuth warnen«, stieß Tobias mit einem leisen Knurren hervor.

»Ich will auch nicht nach Rübenheim, sondern nach Kassel, um mit Hüsing zu sprechen. Vielleicht weiß er den Grund, aus dem Tengenreuths Reitknecht die Arzneien der Wanderapotheker vergiftet und diese zu Sündenböcken gemacht hat«, antwortete Klara.

Janowitz dachte kurz nach und schüttelte den Kopf. »Das kann ich Euch leider auch nicht sagen. Ich weiß nur, dass da etwas vorgefallen sein muss. Sein ehemaliger Leibarzt hat sich vor ein paar Jahren hier in Weimar als Stadtarzt beworben, wurde aber nicht zugelassen. Vielleicht erfahrt Ihr in Kassel mehr.«

»Das hoffe ich! Auf jeden Fall danke ich Euch für die Auskunft über Tengenreuth. Wenn Ihr mir noch sagen könntet, wo dieser Mann zu finden ist?« Klara glaubte es zwar nicht, stellte aber trotzdem die Frage. Doch stand Janowitz auf und verließ eilig den Raum.

Seine Frau sah ihm lächelnd nach. »Nun können wir wetten, ob er rasch wiederkehrt oder irgendetwas findet, an dem er sich festliest.«

»Ich hoffe, Euer Mann bleibt nicht zu lange aus. Wir würden uns gerne von ihm verabschieden, bevor wir weiterreisen«, meinte Klara.

Ihre Geduld wurde auf keine lange Probe gestellt. Schon nach kurzer Zeit trat Janowitz wieder in den Raum und schwenkte triumphierend ein Stück Papier.

»Hier ist es! Herrn von Tengenreuths einzig verbliebener Besitz liegt in einem ausgedehnten Waldgebiet südlich von Kassel. Obwohl es der einstige Hauptsitz der Familie ist, gilt das Gut als kaum ertragreich. Aber Märzweil und Rodenburg, welches nun Justinus von Mahlstett gehört, zählen zu den reichsten Herrschaften in der Landgrafschaft.«

»Habt Dank! Ihr konntet uns mehr berichten, als ich zu hoffen gewagt hatte«, rief Klara erleichtert.

Da sie nun den Namen des Feindes von Engstler und Schüttensee kannte, war sie zuversichtlich, die Bedrohung für ihre Familie in Kürze abwenden zu können.

»Wir sehen zu, dass wir so rasch wie möglich nach Kassel kommen. Wenn Tengenreuth dort in der Nähe lebt, wird es Richter Hüsing gewiss gelingen, mehr über ihn zu erfahren.«

Tobias nickte zu Klaras Worten, wagte aber einen Einwand. »Tengenreuth ist ein Mann von Adel, wir sind nur einfache Leute. Wie sollen wir ihm beikommen?«

»Noch ist nicht erwiesen, dass er auch unser Feind ist. Vielleicht hat er sich Armins und des armen Heinz' nur bedient, weil es für ihn die leichteste Art war, zwei seiner Feinde zu töten. Ich hoffe, wir erreichen wenigstens, dass er uns und unsere Buckelapotheker in Zukunft in Ruhe lässt.«

»Das ist schön und gut, Klara. Aber du darfst den Brandanschlag auf unser Haus nicht vergessen. Wer das getan hat, wollte dich, meinen Vater und unseren Sohn ebenso tot sehen wie
Engstler und Schüttensee«, erklärte Tobias.

Klara nickte bedrückt. »Das hätte ich beinahe vergessen. Doch
ich hoffe, dass uns Hüsing weiterhelfen kann. Er hat Freunde in
Kassel, die in der Lage sein sollten, auch einen Herrn von Tengenreuth in die Schranken zu weisen.«

»Dann wollen wir hoffen, dass dem so ist«, mischte sich von
Janowitz ein. »Ihr gebt uns hoffentlich die Ehre, beim Abendessen unsere Gäste zu sein.«

22.

Als Klara sich am späten Abend für die Nacht zurecht-
machte, sah sie, dass ihr Mann seine Pistole sorgfältig
reinigte und die beweglichen Teile ölte.

»Warum tust du das?«, fragte sie.

Tobias drehte sich mit ernster Miene zu ihr um. »Wenn es
keine andere Möglichkeit gibt, werde ich diese Sache damit zu
Ende bringen.«

»Du willst Tengenreuth, falls er wirklich unser Feind sein
sollte, erschießen? Aber …« Klara brach ab und sah Tobias erschrocken an. »Man würde dich dafür hinrichten!«

»Das wollte die Jungfer in Rübenheim auch. Doch wenn ich
sterbe, soll es auch einen Sinn haben. Ich will, dass du, unser
Martin und das Kleine, das du unter dem Herzen trägst, in Frieden und Sicherheit leben könnt. Mein Vater wird für euch sorgen. Er ist rüstig genug, um unser Geschäft zu führen, bis Martin in seine Fußstapfen tritt.«

»Ich will nicht, dass du stirbst«, fauchte Klara ihn an. »Der

Mörder muss bestraft werden, aber nicht durch dich, sondern durch das Gesetz.«

»Dann müsste dieses Gesetz auch durchgesetzt werden. Bei adeligen Herren sind mir die Gerichte viel zu zögerlich. Wenn Tengenreuth davonkäme, müssten wir mit seiner Rache rechnen. Das will ich verhindern.«

»Ich hoffe, dass Richter Hüsing einen Weg kennt«, antwortete Klara bedrückt.

Sie verstand Tobias' Beweggründe, doch alles in ihr sträubte sich dagegen, dass er sein Vorhaben in die Tat umsetzte.

»Mir ist noch etwas eingefallen«, fuhr Tobias fort. »Herr von Janowitz nannte doch die Herrschaft Rodenburg. Soweit ich mich erinnere, gehörte diese vor einigen Jahren zu einer Strecke, die wir später aufgegeben haben, weil sie sich nicht mehr lohnte. Es kann daher eine Verbindung zwischen Hyazinth von Tengenreuth und uns geben, so unwahrscheinlich es uns auch erscheinen mag.«

Klara seufzte leise. »Es ist bedauerlich, dass Herr von Janowitz uns nicht mehr über diesen Mann mitteilen konnte.«

»Er hat uns sehr viel erklärt! So wissen wir jetzt, dass Tengenreuth im Zwist mit Engstler und Schüttensee lag und Grund besaß, sich an ihnen zu rächen. Wir müssen als Nächstes herausfinden, warum er sich dafür unserer Wanderapotheker bedient hat.«

»Und warum er unser Haus anzünden wollte!« Für Klara passten die Teile, die sie bis jetzt in Erfahrung gebracht hatten, nicht richtig zusammen. Ein wichtiger Punkt fehlte noch, und sie hoffte, dass Richter Hüsing ihn ihr nennen konnte. Dazu mussten Tobias und sie unbedingt nach Kassel fahren. Vielleicht, dachte sie, war Hüsing mittlerweile selbst darauf gestoßen, wer hinter den Morden steckte, und bereits dabei, den Täter unschädlich zu machen. Sollte dies nicht der Fall sein, würde sie alles tun, damit es dazu kam.

Teil 6

...

Tengenreuth

1.

Byazinth von Tengenreuth blickte über den Wald, dessen mächtige Stämme an einem anderen Ort bares Geld bedeutet hätten. In dieser Einsamkeit aber war es unmöglich, die Bäume zu schlagen und dorthin zu schaffen, wo sie gebraucht wurden. Der Gedanke, dass ihm von den Besitzungen seiner Familie nur dieses alte Schloss und der nutzlose Wald geblieben waren, brannte wie Feuer in ihm und übertraf mittlerweile sogar die Trauer um seine Gemahlin und seine Kinder. Die sind bei Gott, hatte ihm sein früherer Schwager Thannegg erklärt, als er diesen auf stetes Drängen hin in seinem Jagdgebiet Grimmwald aufgesucht hatte. Damals war er für dessen Ratschläge noch nicht offen gewesen. Nun fand er jedoch selbst, dass er bald eine zweite Ehe eingehen musste, wenn das Geschlecht derer von Tengenreuth nicht mit ihm enden sollte. Vorher aber wollte er diejenigen vernichten, die ihm seine Güter genommen hatten und seitdem von ihrem Raub profitierten.

»Zwei der Hauptschurken sind tot. Bei Mahlstett aber hast du bisher versagt«, schalt er seinen Vertrauten Ludwig.

Dieser nickte mit verkniffener Miene. »Es wird schwer werden, Mahlstett zu töten. Ich würde gerne wieder einen Buckelapotheker nehmen, denn dann würden sie im ganzen Reich als mörderische Scharlatane gelten.«

»Es reicht, dass wir Just für Engstlers Tod verantwortlich machen konnten. Mehr Strafe braucht es nicht!«

Tengenreuths Tonfall verriet deutlich, dass er mit den Laboranten und Buckelapothekern aus den Schwarzburger Fürstentümern abgeschlossen hatte. Da Ludwig den Arzneien, die Rumold und Tobias Just herstellten, Schuld am Tod seiner Frau und seines Sohnes gab, gefiel ihm die Haltung seines Herrn ganz und gar nicht. Tengenreuth mochte seine Familie vergessen haben, aber ihn schmerzte der Verlust noch immer tief, und sein Rachedurst war noch lange nicht gestillt. Gegen Mahlstett empfand er jedoch keinen Hass.

»Du hast Engstler und Schüttensee der Gerechtigkeit zuführen können. Es wird dir auch bei Mahlstett gelingen«, erklärte Tengenreuth seinem Vertrauten.

Ludwig zog eine Grimasse, denn er konnte sich nicht so recht über das Lob freuen. Im Grunde war der Anschlag kinderleicht gewesen. Er hatte durch Zufall vor ein paar Jahren ein Gespräch zwischen Armin Gögel und dem alten Heinz belauschen können, bei dem jeder der beiden damit angegeben hatte, welch hohe Herrschaften ihre Arzneien kaufen würden. Dabei waren auch die Namen Engstler und Schüttensee gefallen. Nicht lange danach hatte er sich als Wanderhändler verkleidet, das Vertrauen der beiden erschlichen und genug erfahren, um seinen Plan in die Tat umsetzen zu können.

Doch was hatte es ihm gebracht?, fragte er sich. Sein Herr besaß nicht einmal genug Geld, um standesgemäß aufzutreten, geschweige denn, ihm eine Belohnung zahlen zu können. Zwar galt er bei den wenigen Bediensteten im Schloss als Tengenreuths rechte Hand, doch Geld erhielt er nur, wenn es galt, dessen Feinden zu schaden.

»Du überlegst dir wohl bereits, wie du Mahlstett töten kannst?«, fragte Tengenreuth, da ihm sein Diener zu lange schwieg.

»Jawohl, Herr, das tue ich«, log Ludwig.

Da es niemanden mehr gab, den er für den Mord an Mahlstett benutzen konnte, würde er diese Tat selbst durchführen müssen. Bei dem Gedanken, daraufhin gefangen und verurteilt zu werden, schauderte es ihn. Ein Blick auf seinen Herrn verriet ihm jedoch, dass dieser bereit war, ihn für seine Rache zu opfern.

Aber es ist nicht meine Rache!, durchfuhr es Ludwig. Was nützt es mir, wenn Mahlstett tot ist und ich an einem Galgen baumle? Er gab sich selbst die Antwort: Gar nichts!

Selbst die Vorstellung, im Himmel mit seiner Frau und seinem Sohn vereint zu sein, hatte nichts Tröstliches an sich. Diese Gedanken musste er jedoch vor Tengenreuth verbergen. Er verneigte sich daher und tat so, als wolle er dessen Befehle wortgetreu ausführen. »Ich werde ein wenig Geld brauchen, gnädiger Herr.«

Tengenreuth nickte und öffnete seine Schatulle. Als er eine Handvoll Taler herausnahm, sah er bereits einen guten Teil des Bildes, das auf den Boden im Innern des Kastens gemalt worden war. Da sein Besitz keinerlei Einnahmen abwarf, würde ihm nichts anderes übrigbleiben, als nach Kassel zu reisen und dort um eine reiche Witwe oder Erbin zu freien. Mit dem Vermögen dieser Frau, so schwor er sich, würde er Rodenburg nach Mahlstetts Tod erwerben. Die Vorstellung, Geld für etwas zahlen zu müssen, das nach Sitte und Brauch eigentlich ihm gehörte, tat ihm in der Seele weh. Aber er kannte Landgraf Karl gut genug, um zu wissen, dass dieser ihm Rodenburg nicht ohne den Erhalt

· 441 ·

einer gewissen Summe überlassen würde. Also brauchte er Geld, und das bekam er nur, wenn er reich heiratete.

»Mahlstett muss sterben!«, sagte er zu seinem Vertrauten. »Das ist noch wichtiger als der Tod der beiden anderen Schurken. Diese haben Märzweil verkauft, Mahlstett hingegen hat Rodenburg behalten. Nur sein Tod gibt mir die Möglichkeit, diese Herrschaft zurückzugewinnen.«

»Jawohl, gnädiger Herr!« Ludwig verbeugte sich erneut, um zu verhindern, dass Tengenreuth sein Gesicht sehen konnte. Noch wusste sein Herr nicht, dass das Schloss abgebrannt war, und von ihm würde er es auch nicht erfahren.

»Wie du Mahlstett tötest, bleibt dir überlassen, sei es durch eine Kugel oder einen Stich. Mit Gift wirst du ihm wohl kaum schaden können, denn er dürfte mittlerweile seine Speisen vorkosten lassen«, fuhr Tengenreuth fort.

»Ich werde schon einen Weg finden«, antwortete Ludwig zögernd.

Noch fühlte er eine gewisse Treue zu seinem Herrn, die ihn zwingen wollte, dessen Anweisung zu befolgen. Bevor er sich jedoch Mahlstett zuwandte, wollte er Gewissheit haben, dass Tobias Just in Rübenheim hingerichtet worden war und dessen Familie den Brandanschlag nicht überlebt hatte.

2.

Tengenreuth schickte Ludwig noch am selben Tag fort und befahl seinen restlichen Dienern, alles für seine Abreise nach Kassel vorzubereiten. Auch wenn seine Mittel erschöpft waren, so reichte sein Name aus, um am Hofe des Landgrafen in Kassel Aufnahme zu finden. Während er sich seine nächsten Schritte überlegte und dabei fand, dass er sich zu lange seiner

Trauer hingegeben hatte, wanderte Ludwig auf Schusters Rappen durch den schier endlosen Wald, der Schloss Tengenreuth umgab.

»Soll ich wirklich nach Mahlstett suchen?«, fragte er sich unterwegs. »Wer weiß, wo der sich verkrochen hat!«

Einige Schritte weiter blieb er stehen und drehte sich in die Richtung, in der er das Schloss wusste. »Ist Tengenreuth überhaupt noch meiner Treue wert? Ihn kümmert der Tod von Weib und Kindern nicht mehr. Er will nach Kassel an den Hof, um dort sein altes Leben wieder aufzunehmen. Vielleicht geht er noch einmal auf Freiersfüßen. Ein adeliger Herr wie er findet leicht eine Braut. Doch für mich gibt es keine Frau mehr, die meiner Ulla auch nur im Geringsten gleicht. Sie war so lieb, so sanft und …«

Die Stimme versagte ihm, und er brach in Tränen aus. Wenige Augenblicke später veränderte sich seine Miene und machte einem Ausdruck grenzenlosen Hasses Platz. Der Auftrag seines Herrn konnte warten. Ob Mahlstett in einigen Tagen oder mehreren Wochen starb, blieb sich gleich. Vielleicht fand er in dieser Zeit sogar eine Möglichkeit, seine Tat so zu vollbringen, dass er mit heiler Haut davonkommen konnte.

Wollte er Mahlstett überhaupt töten?, fragte Ludwig sich. Immerhin war dieser ein Feind seines Herrn und nicht der seine. Andererseits spürte er die Verlockung, den anderen auf eine Weise zu Tode zu bringen, bei der er ungeschoren davonkam. Drei Menschen hatte er bereits mit eigener Hand getötet, den Buckelapotheker Heinz und die sächsischen Schurken August und Karl. Ihnen hatte er Gift beigebracht. Also würde er auch Mahlstett töten können.

»Ich tue es, Tengenreuth, aber nicht für dich!«, rief er höhnisch.

Im nächsten Augenblick erstarb Ludwigs Lachen. War nicht sein Herr der eigentliche Schuldige am Tod seiner Frau und seines Sohnes?, fragte er sich. Hätte dieser seiner Gemahlin nicht erlaubt, die verderbliche Arznei des Buckelapothekers zu verwenden, wären alle am Leben geblieben. Das hatte ihm Tengenreuths damaliger Leibarzt erklärt. Ludwig erinnerte sich gut an Doktor Capracolonus. Der Mann hatte genau gewusst, welche Arznei den Kranken hätte helfen können. Doch die Gräfin hatte sich geweigert, dieses Mittel zu sich zu nehmen, und auch seine Ulla dazu gezwungen, darauf zu verzichten.

»Auf nach Königsee! Ich will die niedergebrannten Mauern von Justs Haus sehen und hören, dass alle, die darin lebten, ein Opfer der Flammen geworden sind.«

Mit diesen Worten wandte Ludwig sich am nächsten Wegkreuz nach Südosten. Da ihn sein Hass antrieb, legte er weite Wegstrecken zurück. Gelegentlich fand er einen Fuhrmann, der ihn mitnahm, und erreichte auf diese Weise bald Erfurt. Als er den Gasthof betrat, in dem er übernachten wollte, sah er an einem der Tische einen Mann in der Tracht der schwarzburgischen Wanderapotheker sitzen.

Mit einem lange eingeübten Lächeln trat Ludwig an den Tisch. »Ist es erlaubt, Platz zu nehmen?«, fragte er.

Der Buckelapotheker, ein Mann mittleren Alters, blickte mit fröhlicher Miene auf. »Der Tisch und die Stühle gehören immer noch dem Wirt, und seine Gäste können sich hinsetzen, wo sie wollen.«

»Hab Dank!« Ludwig klang etwas schnappig und schalt sich deswegen. »Kommst du von Königsee; oder kehrst du dorthin zurück?«, fragte er.

»Weder noch«, antwortete sein Gegenüber. »Ich bin Matthias Brombach aus Oberweißbach, wenn dir das was sagt.«

»Das liegt nicht weit von Königsee entfernt«, sagte Ludwig.

»Da hast du recht. Man braucht keinen Tagesmarsch, um es

· 444 ·

zu erreichen. Aber du kennst dich in meiner Gegend gut aus. Das tut nicht jeder.«

»Bin halt mal vor einiger Zeit dort durchgewandert«, erklärte Ludwig.

»Hast es dir gut gemerkt.«

Ludwig rettete sich in ein Lachen. »Das mag sein. Aber sag, was gibt es Neues in deiner Gegend? Ich will nämlich wieder hin.«

»Nach Oberweißbach?«

»Nein«, sagte Ludwig kopfschüttelnd, »nach Königsee. Leben die Laboranten dort alle immer noch herrlich und in Freuden?«

»Da unser Fürst eine sehr offene Hand hat, was die Steuern betrifft, ist es mit der Herrlichkeit und der Freude nicht weit her«, antwortete Brombach.

»Und sonst?«, fragte Ludwig angespannt. Ein Brand wie der in Justs Haus musste in der ganzen Umgebung bekannt geworden sein.

»Sonst hat sich nicht viel getan. Im Frühjahr und auch in den ersten Sommertagen hatten einige Buckelapotheker aus meiner Heimat und den anderen Orten Schwierigkeiten, da man sie nicht mehr in Gegenden ließ, die sie vorher jahrelang ohne Klagen bereisen konnten. Ich musste meine Strecke sogar abbrechen und nach Hause zurückkehren. Mittlerweile aber hat sich die Lage beruhigt, und wir können unserer gewohnten Wege gehen. Ich bin daher aufgebrochen, um bis in den Herbst hinein so viel von meiner Strecke zu schaffen, wie es mir möglich ist.«

»Ihr Buckelapotheker könnt also wieder wandern und euer Zeug verkaufen?« Ludwig ärgerte sich darüber, denn dies hieß, dass Kasimir Fabel, den er angestachelt hatte, den Laboranten aus den Schwarzburger Fürstentümern und ihren Buckelapothekern Konkurrenz zu machen, versagt hatte.

»Ja, das dürfen wir«, sagte Brombach verwundert über Ludwigs barschen Tonfall.

»Dann hat wohl auch Rumold Just seine Buckelapotheker wieder losgeschickt?«, fragte Ludwig lauernd und hoffte, die Nachricht von dessen Tod zu hören.

Stattdessen nickte Matthias Brombach eifrig. »Ja, das hat er! Es heißt, er habe unseren neuen Fürsten dazu bewogen, sich für uns Arzneihändler zu verwenden. Bin ihm auch dankbar dafür, denn wenn ich alles, was ich bei mir habe, verkaufen kann, müssen mein Weib, die Kinder und ich im Winter nicht hungern.«

Für Ludwig war es ein Schlag ins Gesicht. Er konnte gerade noch verhindern, den anderen zu fragen, wie Just den Brand seines Hauses hatte überleben können.

»Just geht es also gut?«, fragte er stattdessen.

»Warum soll es ihm nicht gutgehen?«, antwortete Matthias Brombach ungehalten. »Immerhin ist sein Sohn, der irgendwo im Hannoverschen gefangen gehalten wurde, wieder freigekommen, und er kann mehr Buckelapotheker auf Wanderschaft schicken als je zuvor.«

»Tobias Just ist frei?« Für Ludwig war dies die nächste schlechte Nachricht. Er war sich sicher gewesen, dass Emanuel Engstlers hochnäsige Tochter den angeblichen Mörder ihres Vaters hinrichten lassen würde. Ich hätte den Kerl selbst umbringen sollen, fuhr es ihm durch den Kopf.

»Weißt du was? Ich setze mich an einen anderen Tisch. Mir gefällt nicht, was du sagst, und vor allem, wie du es sagst!« Mit diesen Worten nahm Matthias Brombach seinen Bierkrug und stand auf.

Ludwig war nicht in der Lage, darauf zu antworten. In seinem Kopf hallte der Gedanke wider, dass es ihm nicht gelungen war, seine Frau und seinen Sohn zu rächen.

»Daran ist nur Tengenreuth schuld!«, murmelte er vor sich hin. »Hätte ich, wie ich es wollte, Just und dessen Familie ins Visier nehmen können, wären sie längst tot. Doch ich musste unbedingt Engstler und Schüttensee umbringen. Mein Herr hat sich dadurch an den beiden gerächt, doch mir ist die Rache versagt geblieben. Das wird sich nun ändern!«

Ludwig beschloss, nach Königsee weiterzureisen und dort auf eine günstige Gelegenheit zu lauern, um Just und dessen Familie so viel Schaden zufügen zu können, dass es ihn zufriedenstellte.

3.

Es war für Klara und Tobias leichter, nach Kassel zu gelangen, als dort Richard Hüsing zu finden. Einfache Bürger wie sie wurden zu hohen Herrschaften nicht vorgelassen, und als sie sich an einen niederen Beamten wandten, versprach dieser ihnen zwar Auskunft, vergaß es aber sofort wieder, nachdem die Tür sich hinter den beiden geschlossen hatte.

Als sie auch am dritten Tag ohne Erfolg in den Gasthof zurückkamen, in dem sie untergekommen waren, spie Tobias vor Wut förmlich Feuer. »Was denken sich diese kleinen Schranzen eigentlich? Sie sind nichts Besseres als wir und müssten uns helfen. Stattdessen führen sie sich auf, als wären sie Serenissimus' engste Busenfreunde oder gar dieser selbst.«

Klara verstand den Zorn ihres Mannes, wusste aber auch, dass sie diesem Gefühl nicht nachgeben durften. Nur wenn sie ruhig und aufmerksam blieben, konnten sie etwas erreichen. »Ich werde morgen zum Schloss gehen und einem der Diener einen oder zwei Taler zustecken. Vielleicht kann er mir helfen«, sagte sie daher.

»Und wenn nicht, hast du zwei Taler umsonst ausgegeben!«
Tobias klang besorgt, denn die vielen Reisen hatten ein tiefes
Loch in seine Börse gerissen. Schon jetzt war es für ihn zweifel-
haft, ob sie überhaupt noch die Steuern zahlen konnten, die der
Amtmann ihnen im Auftrag von Fürst Friedrich Anton abver-
langen würde.

»Wir können natürlich auch von einem kleinen Beamten
zum anderen laufen, aber ich glaube nicht, dass sie etwas für
uns tun werden, es sei denn, wir öffnen unseren Geldbeutel für
sie. Das kommt uns allerdings teurer als die zwei Taler, die ich
aufwenden will!« Klara lächelte, obwohl auch sie angespannt
war.

Widerwillig nickte Tobias. »Ich glaube, du hast recht. Ohne
dass wir eine gewisse Summe über den Tisch schieben, tun die
Beamten des Landgrafen nicht das Geringste für uns. Bei Gott,
die sind ja noch schlimmer als dieser Frahm in Rudolstadt!«

Bei den Worten musste Klara lachen. »Du solltest Verständnis für sie haben. Ihr Herr bezahlt sie schlecht, weil er das meiste Geld für sich selbst und seine Schlösser braucht. Auch wollen
die ganz hohen Herren von ihren Fürsten belohnt werden. Da
bleibt für kleine Beamte wenig übrig.«

»Müssen sie sich deswegen an uns einfachen Bürgern ver-
greifen?«, brummte Tobias, hatte sich aber halbwegs wieder beruhigt. »Also gut! Geh du morgen zum Palast. Einem schwangeren Weib wird eher geholfen. Ich werde ein paar Beamte aufsuchen und sie bitten, mir Herrn Hüsings Aufenthaltsort zu
nennen.« Tobias war nun doch bereit, ein paar Taler aufzuwen-
den, um die erhoffte Auskunft zu erhalten, denn er glaubte
nicht, dass Klara im Schloss viel erfahren würde.

Seine Frau war zuversichtlicher als er, denn sie hatte sich
überlegt, einem der ganz hohen Herren um den Landgrafen
oder sogar diesem selbst zu Füßen zu fallen und ihn um Hilfe

anzuflehen. Immerhin gehörte Rübenheim zu Hessen-Kassel, auch wenn Emanuel Engstler so viele Privilegien erworben hatte, dass er dort beinahe wie ein unabhängiger Herr hatte regieren können. Mit diesem Vorsatz ging sie zu Bett und setzte ihn am nächsten Morgen nach dem Frühstück um.

Da ihr Gasthof ein Stück vom Schloss entfernt lag, hatte sie weit zu gehen und kam außer Atem dort an. Die Wachen vor dem Tor musterten sie neugierig, vertraten ihr dann aber den Weg.

»Wohin willst du denn?«, fragte einer der Männer.

»Ich will zu Seiner Durchlaucht, dem Landgrafen, um ihm eine Bittschrift zu überreichen«, antwortete Klara.

»Bist aber früh dran! Willst wohl bei der Audienz die Erste aus dem Volk sein, die zu ihm vorgelassen wird. Da wirst du dich ein wenig gedulden müssen. Seine Durchlaucht hat in der Nacht ein Fest gegeben und wird wohl kaum so schnell aufstehen.«

»Und dann wird er erst einmal ausgiebig frühstücken«, setzte der andere Gardist hinzu.

»Ich kann warten«, sagte Klara mit einem freundlichen Lächeln.

»Na, dann rein! Aber lass dir nicht einfallen, den Vordereingang zu benutzen. Der ist nur für Herrschaften, musst du wissen«, erklärte ihr der Wachtposten.

»Nimm diesen Weg dort und poche hinten am linken Flügel an die Pforte. Dort wird man dich einlassen«, setzte sein Kamerad hinzu. »Bedenke aber, wenn du hinter dem Schloss stehst, liegt der linke Flügel rechts von dir!«

Den beiden Gardisten schien es Freude zu machen, Klara zu belehren. Diese überlegte, ob sie den Männern ein paar Münzen zustecken sollte, beließ es dann aber bei einem freundlichen »Habt Dank!« und eilte weiter.

· 449 ·

Rechts und links wusste sie auseinanderzuhalten und stand daher bald vor der genannten Pforte. Sie war etwas versteckt eingelassen, um den Anblick der Rückseite des Schlosses nicht zu beeinträchtigen. Klara war von dem stattlichen Gebäude beeindruckt. An ihm sah man, dass der Landgraf von Hessen-Kassel zu den großen Herren im Reich zählte und über weitaus mehr Land und Menschen gebot als Friedrich Anton von Schwarzburg-Rudolstadt.

Auf ihr Klopfen hin öffnete eine junge Magd. Diese betrachtete sie mit einem abschätzigen Blick und schnaubte ablehnend, als Klara erklärte, sie wolle dem Landgrafen eine Bittschrift überreichen.

»Da kann ja jeder kommen!«, sagte die Frau abweisend. »Du wirst dich mit der allgemeinen Audienz zufriedengeben müssen. Glaube aber nicht, dass Seine Durchlaucht mehr als ein, zwei Worte mit dir wechselt.«

Wenigstens ließ sie Klara eintreten und scheuchte sie in einen kleinen Raum, in dem diese die Audienz abwarten sollte. Klara blieb so lange darin, bis sie die harten Schritte der Frau nicht mehr vernahm. Dann öffnete sie die Tür und spähte vorsichtig in den Flur. Dort war niemand zu sehen. Fest entschlossen, sich nicht aufhalten zu lassen, trat sie hinaus und näherte sich dem Teil des Schlosses, in dem sie den Landgrafen und dessen höchstrangige Höflinge vermutete. Den Gedanken, sich doch an einen der Diener zu wenden, hatte sie beiseitegeschoben, denn bei denen lief sie Gefahr, dass man ihr Geld abnahm und sie dann aus dem Schloss wies.

Die Pracht, in die Klara eintauchte, war verschwenderisch. Etliche Türen standen offen, und so konnte sie einen Blick in mehrere Räume und einen riesigen Saal erhaschen. Gold, Marmor und buntbemalter Stuck waren in überschäumender Fülle vorhanden, und sie fragte sich, wozu ein Fürst solche Räumlichkei-

· 450 ·

ten benötigte, wenn viele aus seinem Volk kaum genug zu essen hatten.

Dieser Gedanke hielt sie jedoch nicht davon ab, nach jemandem Ausschau zu halten, der ihr weiterhelfen konnte. Zweimal hörte sie einen Lakaien kommen und versteckte sich in einem der kleinen Kabinette, die mit intarsienverzierten Möbeln allerliebst ausgestattet waren.

Kaum war der Diener verschwunden, wagte Klara sich wieder hinaus. Wie es aussah, schliefen die hohen Herrschaften tatsächlich lange. Doch auch die Bediensteten schienen sich bei der Arbeit nicht zu überschlagen. Klara entdeckte nämlich einen kleinen Speisesaal, in dem noch das schmutzige Geschirr vom Vortag stand. Die Teller und Terrinen waren keine plumpen Tongefäße, sondern bestanden aus einem weißen Material, das mit bunten Bildern bemalt war und so zierlich wirkte, dass sie es nicht gewagt hätte, etwas davon in die Hand zu nehmen, geschweige denn die Sachen zu benutzen.

Gleichzeitig fragte sie sich, was man von ihr halten würde, wenn man sie hier entdeckte. Hoffentlich nicht für eine Diebin, dachte sie und ging rasch weiter. In einem Seitenflur hörte sie ein Geräusch. Sie blickte vorsichtig ums Eck und sah einen Mann mittleren Alters in einem engsitzenden, dunkelblauen Rock, bis zu den Hüften reichender Brokatweste und Seidenstrümpfen, die unter den Kniehosen aus Samt verschwanden. Auf dem Kopf trug der Mann eine gewaltige, grau gepuderte Perücke, in der Hand hielt er einen zierlichen Spazierstock, auf den er sich niemals würde stützen können.

Es war der erste Herr von Stand, den Klara hier antraf. Ob sie zu dieser frühen Stunde einen weiteren fand, wusste sie nicht. Daher trat sie um die Ecke und ging auf ihn zu. Zunächst beachtete der Mann sie nicht. Da knickste Klara vor ihm und sah ihn an.

»Verzeiht, wenn ich Euch anspreche, edler Herr, doch ich bin gekommen, um Rat und Hilfe zu erflehen.«

Der Mann blieb stehen und musterte sie mit einer gewissen Abwehr. »Die Audienz Seiner Durchlaucht findet erst heute Nachmittag statt. Wenn dir dies zu lange dauert, musst du einen der Diener bitten, dich zu einem der Untergebenen des Haushofmeisters zu führen. Ist dein Ansinnen gerecht, wird er es weitergeben.«

»Ich ersuche um Auskunft über einen Bekannten, der nach Kassel gekommen ist. Es handelt sich um Herrn Hüsing, den Richter von Rübenheim«, erklärte Klara und setzte hinzu, dass sie die landgräflichen Beamten drei Tage lang gebeten hätte, ihr zu helfen.

»Ohne klingende Taler zwischen den Fingern zu spüren, tun diese Leute nichts«, antwortete der Edelmann mit einer gewissen Abscheu. »Doch von mir erhältst du diese Auskunft umsonst. Herr Hüsing wohnt in einem der Gästehäuser des Landgrafen. Warte, ich rufe einen Lakaien, damit er dich zu ihm führt.«

»Habt Dank, edler Herr!« Klara war froh, auf Anhieb jemanden gefunden zu haben, der nicht nur bereit, sondern auch in der Lage war, ihr zu helfen.

»Richard Hüsing ist ein alter Freund von mir«, erklärte der Edelmann mit dem Anflug eines Lächelns. »Wir haben gemeinsam hier in Kassel studiert. Das verbindet!«

Dann aber, als wäre er Klaras Anwesenheit bereits überdrüssig geworden, klatschte er mehrmals in die Hände. Innerhalb kürzester Zeit erschien ein Lakai und verbeugte sich.

»Der gnädige Herr wünschen?«

»Führe diese Frau zu Herrn Hüsing. Der Richter wohnt in einem der Gästehäuser Seiner Durchlaucht.«

»Sehr wohl, gnädiger Herr!« Der Diener verbeugte sich erneut und wandte sich dann Klara zu. »Komm mit!«

»Sehr gerne.« Klara knickste noch einmal vor dem Edelmann und schenkte ihm ihr strahlendstes Lächeln. Dann folgte sie dem Diener durch schier endlose Flure ins Freie.

4.

Das Gästehaus, in dem Hüsing untergebracht worden war, lag wunderschön in einem großen Garten. Es war nicht sonderlich groß, wirkte aber mit seinen dunklen Klinkersteinen und dem grauen Schieferdach recht stattlich. Noch während Klara es musterte, blieb der sie begleitende Lakai stehen.

»Dort ist es«, erklärte er, machte auf dem Absatz kehrt und verschwand so schnell, dass Klara sich nicht einmal bei ihm bedanken konnte.

Klara sah ihm einen Augenblick nach, dann trat sie auf das Haus zu und klopfte in der Hoffnung, nicht enttäuscht zu werden.

Die Tür wurde geöffnet, eine Frau schaute heraus und schlug, als sie Klara erkannte, die Hände zusammen. »Ihr seid es wirklich! Bei Gott, ich habe jeden Tag an Euch und Euren Mann gedacht. Ohne Euch hätte diese böse Jungfer unseren verehrten Herrn Richter und den lieben Apotheker Stößel unbarmherzig hinrichten lassen.«

Es war Lene, die frühere Wirtin aus Rübenheim, die mit Klara, Tobias und den anderen zusammen geflohen war. Nun bat sie Klara ins Haus und rief im nächsten Augenblick sehr laut, dass ein lieber Gast erschienen sei.

Ihre Vettern Neel und Bert kamen sofort und begrüßten Klara stürmisch. Als Nächster erschien Stößel und konnte bei ihrem Anblick kaum die Freudentränen zurückhalten.

»Willkommen! Willkommen!«, rief er. »Es geht Euch hoffentlich gut und Eurem Ehemann auch.«

»Tobias versucht derzeit noch, von einigen Beamten zu erfahren, wo ihr zu finden seid«, antwortete Klara lachend. »Ich bin in den Palast gegangen und habe einen hohen Herrn danach gefragt. Er kannte Richter Hüsing und sagte sogar, er habe mit diesem zusammen studiert.«

»Dann kann es nur mein Freund Gottfried von Schwalbe gewesen sein!« Nun war auch Hüsing auf die Besucherin aufmerksam geworden und trat erleichtert auf Klara zu. »Seid froh, dass Ihr auf von Schwalbe getroffen seid! Andere hätten Euch wahrscheinlich nicht geholfen. Ich bin nicht sehr beliebt am Kasseler Hof, denn ich erinnere den Landgrafen daran, dass er den Städten Steinstadt und Rübenheim zu viele Privilegien erteilt hat.«

Hüsing klang bitter, denn er hatte seit seiner Ankunft versucht, den Landgrafen zu einem entschiedenen Vorgehen gegen Kathrin Engstler zu bewegen. Die Unterschrift des hohen Herrn unter einigen Verträgen verhinderte dies jedoch. Zudem nahm Karl von Hessen-Kassel es Richard Hüsing übel, an jene Privilegien erinnert zu werden. Selbst wenn er diese hätte zurücknehmen wollen, waren ihm die Hände gebunden. Gegen die tief in Hannoverschem Gebiet liegenden Enklaven konnte er ohne die Zustimmung König Georgs von England, der gleichzeitig Kurfürst von Hannover war, nichts unternehmen. Diese Zustimmung aber würde er niemals erhalten.

»Daher beliebt es Landgraf Karl, die Steuern zu kassieren, die er von Elias Schüttensee und Kathrin Engstler erhält, und diesen die Herrschaft in Steinstadt und Rübenheim zu überlassen. Ich mag schon gar nicht mehr vor Seine Durchlaucht treten«, schloss Hüsing mit einer hilflosen Geste und griff zu dem Weinpokal, den sein Leibdiener Neel ihm kredenzte.

Klara erhielt eine Tasse Schokolade und blickte, während sie trank, zum Fenster hinaus in den Garten. Es war ein so friedliches Bild, dass sie kaum glauben konnte, wie viel Ungerechtigkeit und Unterdrückung es in der Welt gab.

»Ich sollte besser in unseren Gasthof zurückkehren und meinem Mann Bescheid geben, dass ich Euch gefunden habe«, sagte sie nachdenklich.

»Das kann Bert erledigen«, antwortete Hüsing. »Nennt ihm den Namen des Gasthofs. Er soll Euren Mann holen und Euer Gepäck dazu. Dieses Haus bietet Platz genug für uns alle, und Ihr werdet hier gewiss angenehmer wohnen als dort.«

»Das will ich nicht bestreiten«, sagte Klara. »Wenn Tobias hier ist, können wir über das sprechen, was wir in der Zwischenzeit erfahren haben.«

Überrascht hob Hüsing die Augenbrauen. »Das hört sich ganz so an, als wäre Euch mehr Erfolg beschieden gewesen als mir.«

»Das mag sein, aber wir benötigen Euer Wissen, um die einzelnen Punkte miteinander verbinden zu können.«

»Ihr solltet damit nicht warten, bis Euer Mann hier ist. Je eher ich es erfahre, umso länger habe ich Zeit, darüber nachzudenken«, drängte Hüsing.

Klara nickte, sah sich dann aber noch einmal um. »Wo ist eigentlich der Arzt, der die Arzneien aus dem Hause meines Schwiegervaters so verdammt hat? Ich kann ihm die Gutachten angesehener Leute vorlegen, dass sie sehr wohl wirksam sind.«

»Doktor Capracolonus hat sich in seine Kammer zurückgezogen und schmollt«, antwortete der Apotheker an Hüsings Stelle. »Er hatte gehofft, hier die Stellung eines landgräflichen Leibarztes oder wenigstens die des Leibarztes eines hohen Herrn einnehmen zu können. Doch bislang will ihn keiner dazu ernennen.«

Hüsing lachte leise und verriet damit, dass er den Arzt nicht ernst nahm. Klara erinnerte sich daran, was sie in Weimar von

Janowitz erfahren hatte. Er hatte von dem Leibarzt des Grafen Tengenreuth gesprochen. Es wäre ein Zufall, sollte es sich bei Capracolonus um diesen Mann handeln, dachte sie, stellte Hüsing dann aber trotzdem die Frage. »Wisst Ihr, ob Doktor Capracolonus einmal der Leibarzt des Herrn auf Rodenburg und Tengenreuth gewesen ist?«

Hüsing sprang erregt auf. »Wie kommt Ihr auf Tengenreuth? Meinen Überlegungen zufolge könnte er Engstlers und Schüttensees geheimnisvoller Feind sein!«

»War Capracolonus einmal sein Leibarzt?«, fragte Klara erneut, ohne auf Hüsings Bemerkung einzugehen.

»Ich weiß es nicht. Da müssten wir ihn fragen«, antwortete Hüsing. »Doch sollten wir bei allem, was Hyazinth von Tengenreuth betrifft, sehr vorsichtig sein. Er genießt aufgrund seines schweren Schicksals die Gunst des Landgrafen. Soweit ich hörte, hat dieser ihn aufgefordert, wieder in die Hauptstadt zu kommen, und will eine neue Ehe für ihn stiften, nachdem seine erste Gemahlin und seine Kinder durch eine Seuche umgekommen sind.«

Es passte mit dem zusammen, was Klara von von Janowitz erfahren hatte. Obwohl es sie drängte, mit dem Arzt zu sprechen und ihn über Tengenreuth auszufragen, begriff sie, dass sie dieses Problem mit Bedacht angehen musste. Sie erinnerte sich daran, dass Capracolonus die Arzneien aus dem Hause ihres Schwiegervaters verdammt und als schädlich bezeichnet hatte. Hatte er dies vielleicht auch Tengenreuth gegenüber getan und dessen Zorn auf die Buckelapotheker gelenkt?, fragte sie sich. Sie war mittlerweile fest davon überzeugt, dass dessen Reitknecht Ludwig, der sich auch Rudi nannte, sowohl Armin Gögel wie auch dem alten Heinz Gift in die für Engstler und Schüttensee bestimmten Arzneien gemischt hatte.

Zunächst berichtete Klara allgemein von ihrer Fahrt nach Grimmwald und ließ alles aus, was auf Graf Tengenreuth hätte

· 456 ·

hinweisen können. Sie enttäuschte damit Hüsing, der sich mehr Informationen von ihr erhofft hatte. Kasimir Fabel und dessen Versuch, den Laboranten und Buckelapothekern aus Thüringen Konkurrenz zu machen, interessierten ihn wenig.

Rechtzeitig zum Mittagessen erschien der ehemalige Wirtsknecht Bert mit Tobias. Dieser atmete sichtlich auf, als er Hüsing und Stößel erkannte.

»Bei Gott, ich bin froh, Euch zu sehen! Ich kam mir wie ein Narr vor, der von den Beamten von Pontius zu Pilatus geschickt wird. Dabei habe ich einem von ihnen vier Taler gegeben!« Tobias klang so empört, dass Klara lachen musste.

»Die werden wir bald eingespart haben, denn wir dürfen mit Erlaubnis von Herrn Hüsing hier auf Kosten des Kasseler Hofes wohnen und essen.«

»Ich hoffe nur, dass es nicht zu lange dauert. Sonst wird unsere Tochter noch hier geboren!« Ganz hatte Tobias sich mit der Situation noch nicht ausgesöhnt. Er sah aber selbst ein, dass es das Beste war, bei Hüsing und den anderen zu bleiben.

5.

Etwa zu derselben Zeit musterte Justinus von Mahlstett seinen Verwalter mit versteinerter Miene. Der Mann stand mit hängenden Schultern vor ihm und versuchte, sich zu rechtfertigen.

»Ich wollte Euch so rasch wie möglich aufsuchen, gnädiger Herr. Doch als ich nach Kassel kam, sagte mir Euer Haushofmeister, Ihr wäret nach Steinstadt abgereist. Ich folgte Euch also dahin, fand die Stadt in höllischem Aufruhr vor und brauchte zwei Tage, bis ich von einem Diener des Herrn Schüttensee erfuhr, dass Ihr Euch hierher begeben habt. Durch die Unruhen war es mir jedoch unmöglich, einen Platz in einer Postkutsche zu erhalten. Daher musste ich bis hierher zu Fuß gehen und verlor dadurch zwei weitere Tage.«

»Mich interessiert nicht, wie Ihr hierhergekommen seid, sondern was auf Rodenburg geschehen ist!«, rief Mahlstett erregt. »Ihr sagt, es hätte dort gebrannt?«

Sein Verwalter nickte unglücklich. »Bedauerlicherweise ja!«

»Dann sorgt dafür, dass die Schäden behoben werden!«

»Wenn dies möglich wäre, hätte ich dies sofort veranlasst«, erklärte der Verwalter. »Schloss Rodenburg ist jedoch bis auf die Grundmauern niedergebrannt. Es muss vollkommen neu errichtet werden. Dies in die Wege zu leiten, übersteigt meine Kompetenzen jedoch bei weitem!«

»Bis auf die Grundmauern, sagt Ihr?« Mahlstett wurde blass. Auch wenn sein Besitz ertragreich war, so hatte er doch ein aufwendiges Leben geführt und etliche hohe Herrschaften mit nicht unbeträchtlichen Summen zufriedenstellen müssen. Ein vollkommen neues Schloss hinzustellen, war ihm unmöglich. Wenn überhaupt, konnte es nur weitaus kleiner errichtet werden, und das würde ihn etliches an Reputation kosten.

»Wie konnte das geschehen? Es wäre Eure Aufgabe gewesen, dies zu verhindern!«, fuhr er seinen Untergebenen an.

Der Mann wand sich wie ein Wurm. »Gnädiger Herr, das Feuer ist an etlichen Stellen fast gleichzeitig ausgebrochen, so dass auf Brandstiftung geschlossen werden muss.«

»Brandstiftung?« In einer unbewussten Geste griff Mahlstett sich an den Hals. Konnte dieser Anschlag ihm gegolten haben? Immerhin hatte er in Kassel so getan, als würde er sich auf seinen Besitz begeben. Schüttensee und Engstler waren durch Gift ums Leben gekommen. Hätte es bei ihm Feuer sein sollen?

»Hat jemand etwas bemerkt?«, fragte er in der Hoffnung, seinen Feind dadurch entlarven zu können.

· 458 ·

»Nein, gnädiger Herr. Ich habe zusammen mit den Leuten vom Gutshof alles getan, um wenigstens Teile des Schlosses zu retten, doch es ist uns nicht gelungen. Von uns hat keiner etwas bemerkt. Nur …« Der Verwalter brach ab und schien nicht recht zu wissen, ob er weitersprechen sollte.

»Was?«, fragte Mahlstett scharf.

»Unter den Bediensteten im Schloss gab es sehr viele Opfer. Einer der Männer, die noch ins Freie gebracht werden konnten, soll vor seinem Tod gesagt haben, er habe am späten Nachmittag Ludwig, Herrn von Tengenreuths Reitknecht, im Park gesehen.«

»Tengenreuth!« Mahlstett ballte die Fäuste und fragte sich, ob er in den letzten Jahren blind gewesen war. Zwar hatte es geheißen, Hyazinth von Tengenreuth habe sich nach dem Tod seiner Gemahlin und seiner Kinder wie ein verletztes Tier verkrochen. Konnte er sich nicht ebenso in die Einsamkeit zurückgezogen haben, um seine Rache zu planen?

Ich hätte mich nicht so sicher fühlen dürfen, warf er sich vor. Aber noch war es nicht zu spät. Er hatte den Brandanschlag überlebt und besaß mit Kathrin Engstler und Elias Schüttensee Verbündete, die ihm gegen Tengenreuth helfen mussten, wenn sie ihm nicht selbst zum Opfer fallen wollten.

Als er sich wieder seinem Verwalter zuwandte, setzte Mahlstett eine scheinbar gelassene Miene auf. »Kehre nach Rodenburg zurück und sorge dafür, dass der Gutsbetrieb weiterhin ertragreich ist. Was das Schloss betrifft, so soll der Platz geräumt und die Steine, die noch zu verwenden sind, daneben gestapelt werden. Zu gegebener Zeit werde ich mich nach Rodenburg begeben und bestimmen, was dort zu geschehen hat.«

»Sehr wohl, gnädiger Herr«, antwortete der Verwalter verwundert, weil Mahlstett nicht sofort hinreisen wollte, um nach dem Rechten zu sehen.

6.

Nachdem Mahlstett seinen Verwalter verabschiedet hatte, begab er sich zu Kathrin Engstler. Seine Gastgeberin war auch an diesem Tag wieder wie ein Fräulein von Stand gekleidet. Ihre Miene wirkte jedoch so verbissen, dass er überrascht die Augenbrauen hob. Bevor er fragen konnte, was geschehen war, entdeckte er Elias Schüttensee in einer Ecke des Raumes. Der junge Mann trug einen Verband um den Kopf, und ein Hemdärmel war von Blut gefärbt.

»Was für eine Überraschung!«, rief Mahlstett aus. »Ich wähnte Euch in Steinstadt.«

Elias Schüttensee stieß einen leisen Fluch aus, um dann erst Antwort zu geben. »Die beiden Bürgermeister und das ganze andere Ratsgesindel haben sich gegen mich erhoben und die Stadtgarde auf meine Söldner gehetzt.«

»Ihr hättet die Stadtgarde rechtzeitig entwaffnen und das Zeughaus in Eure Hand bringen sollen«, wies Mahlstett ihn zurecht.

Er wunderte sich über den alten Schüttensee, der es versäumt hatte, seine Macht rechtzeitig so zu sichern, dass sein Sohn sie ohne Schwierigkeiten hätte übernehmen können. Engstler hingegen hatte die Herrschaft in Rübenheim mit so harter Hand ergriffen, dass niemand seiner Tochter das Recht streitig machte, über die Stadt zu befehlen.

Mahlstett schüttelte die Gedanken an die Vergangenheit ab und musterte die beiden jungen Leute. »Ihr habt unbedacht gehandelt, Schüttensee, denn Ihr hättet die Herrschaft über Eure Stadt so festigen müssen, dass niemand auch nur ein lautes Wort gegen Euch gewagt hätte. So aber habt Ihr Euren Feinden die Gelegenheit gegeben, Euch loszuwerden.«

»Ihr habt gut reden!«, fuhr Elias auf. »Ich habe vierzig Söldner nach Steinstadt geholt. Mit zwanzig bin ich hier angekom-

· 460 ·

men. Der Rest ist entweder tot oder musste verwundet zurückgelassen werden.«

Ich hätte Steinstadt nicht so einfach aufgegeben, dachte Mahlstett. Doch dazu hätte der junge Schüttensee mehr Mut und mehr Verstand aufbringen müssen. Da ihn Steinstadt jedoch wenig interessierte, sagte er nichts, sondern überlegte, wie er Elias und dessen zwanzig Söldner zu seinem eigenen Nutzen verwenden konnte.

»Wir sollten uns alle drei zusammensetzen, ein Glas Wein trinken und uns beraten«, schlug er vor.

Kathrin Engstler spürte, dass ihn etwas bedrückte, und sah ihn fragend an. Mit einem erzwungenen Lächeln hob Mahlstett abwehrend die Hand.

»Nicht hier und nicht vor fremden Ohren!«

»Ihr werdet wohl kaum mein Schlafgemach meinen«, antwortete Kathrin verärgert.

»Die Schreibstube Eures Vaters wird genügen. Lasst Wein hinbringen und sorgt dafür, dass die Diener anderswo beschäftigt sind!« Mahlstetts Stimme klang scharf. Hier ging es ums Überleben, und dies hieß, dass nur einer befehlen durfte – und das war er!

Sowohl Kathrin wie auch Elias begriffen, dass es Mahlstett um Wesentliches ging, und so gehorchten sie. Wenig später saßen sie in lederüberzogenen Sesseln, vor sich auf dem Tisch Wein in funkelnden Gläsern, und hörten Mahlstett zu, der ihnen berichtete, wie ihre Väter und er zu Reichtum gekommen waren. Mahlstett ließ allerdings jene Teile aus, die ihn und seine Freunde in ein schlechtes Licht setzen konnten, und tat so, als wäre ihr Gerichtsprozess gegen Hyazinth von Tengenreuth rechtens gewesen.

»Wir haben seinem Vater, dem Feldmarschall, viel Geld besorgt und ihm etliches geliehen, doch der Sohn wollte diese

· 461 ·

Schulden nicht begleichen. Das hat ihn zuletzt um den größten Teil seiner Güter gebracht. Hätte er uns gegeben, was uns zustand, wäre er billiger davongekommen«, log Mahlstett und kam dann auf die Gefahr zu sprechen, die ihnen von Tengenreuth drohte.

»Anstatt das Gerichtsurteil anzuerkennen, zog der Mann sich auf seinen letzten verbliebenen Besitz zurück und schmiedete Rachepläne. Eure Väter sind diesen zum Opfer gefallen, und ich entging seinem Anschlag nur, weil ich nicht, wie ich es einigen Leuten gegenüber vorgab, Rodenburg aufgesucht hatte, sondern hierherkam, um sowohl Junker Elias wie auch Euch, mein Fräulein, nach dem Tod Eurer Väter zu unterstützen.«

»Ihr glaubt, Tengenreuth hätte meinen Vater ermordet?«, fragte Kathrin mit bleichen Lippen.

»Nicht mit eigener Hand, doch hat er gewiss den Auftrag dazu gegeben«, antwortete Mahlstett. »Mein Schloss ließ er durch seinen Reitknecht niederbrennen. Der Mann ist ihm treu ergeben und würde selbst seine ewige Seligkeit opfern, nur um seinen Herrn zufriedenzustellen.«

»Das heißt, er wird erneut versuchen, Euch umzubringen?« In Elias' Stimme schwang eine gewisse Hoffnung mit. Er fühlte sich dem erfahrenen Mann unterlegen und spürte, dass dieser eine größere Faszination auf Kathrin ausübte, als es seinen eigenen Plänen zuträglich war.

»Tengenreuth wird sich nicht mit meinem Tod zufriedengeben, mein Freund«, antwortete Mahlstett mit einem gewissen Spott, »sondern will auch Euch vernichten. Bei den Unruhen in Eurer Stadt hättet Ihr leicht getötet werden können. Seid dankbar, dass es nicht dazu gekommen ist. Wir sollten uns daher überlegen, wie wir unseren Feind erledigen können.«

»Gewiss hat Tengenreuth den Königseer Laboranten und die anderen Gefangenen befreien lassen«, rief Kathrin Engstler hasserfüllt. »Wir müssen ihn töten, wenn wir nicht seiner Bosheit zum Opfer fallen wollen!«

Da sich Engstlers Tochter Mahlstetts Meinung anschloss, blieb Elias Schüttensee nichts anderes übrig, als es ebenfalls zu tun. »Dann soll es so sein! Aber wie stellt Ihr Euch das vor?«

Mahlstett bedachte den jungen Mann mit einem Blick, der seine überlegene Klugheit ausdrücken sollte. »Wir müssen rasch und hart zuschlagen. Jedes Zaudern bringt uns nur in Gefahr.«

»Und wo wollt Ihr zuschlagen?«, fragte Schüttensee.

»Wir müssen Tengenreuth an dem Ort treffen, an den er sich zurückgezogen hat! Er kann nur wenige Bedienstete haben, und so müssten Eure zwanzig Söldner ausreichen, um mit ihm fertigzuwerden. Er soll dafür bezahlen, dass er mein Schloss hat niederbrennen lassen.«

»Und für den Tod meines Vaters!«, setzte Kathrin hinzu.

»Ebenso für den Tod des meinen und für den Verlust meiner Stadt!« Elias' Stimme klirrte vor Wut. Vor kurzem noch war er der mächtigste Mann in Steinstadt gewesen und jetzt ein Flüchtling, der nur noch das besaß, was er am Leibe trug.

»Ich hätte die Stadtkasse mitnehmen sollen«, murmelte er und wusste gleichzeitig, dass er beim Versuch, in das Rathaus einzudringen und sie zu holen, höchstwahrscheinlich ums Leben gekommen wäre. Nun kränkte es ihn zusätzlich, dass er sich Mahlstett beugen und diesem damit die Gelegenheit geben musste, sich Jungfer Kathrin als entschlossener und vor allem erfolgreicher Kämpfer zu empfehlen.

7.

Während Mahlstett in Rübenheim Pläne schmiedete, überlegte sich Richard Hüsing in Kassel, wie sie weiter vorgehen sollten. Schließlich rief er alle Beteiligten zusammen. Bis auf den früheren Gefängniswärter Klaas, der die Gruppe verlassen und sich als Fuhrknecht verdingt hatte, waren alle anwesend, die mit Klara und Tobias geflohen waren. Selbst Doktor Capracolonus war mangels anderer Möglichkeiten bei der Gruppe geblieben. Obwohl er sich sonst abseits hielt, folgte er diesmal Hüsings Ruf.

Der Richter musterte die Gruppe kurz und begann dann zu sprechen. »Wir befinden uns in keiner guten Lage. Der Landgraf hat mir deutlich zu verstehen gegeben, dass er sich nicht in die inneren Angelegenheiten von Steinstadt und Rübenheim einmischen will, und unser Kampf gegen die Jungfer Kathrin ist für ihn solch eine innere Angelegenheit.«

»Aber was können wir tun?«, fragte Klara.

»Wir stehen zwischen zwei Parteien, die sich bald bis aufs Blut bekämpfen werden«, antwortete Hüsing. »Auf der einen Seite befinden sich die Jungfer und Elias Schüttensee und auf der anderen Hyazinth von Tengenreuth.«

»Ihr habt Justinus von Mahlstett vergessen!«, warf Klara ein. »Er ist der Letzte der drei, die Tengenreuth um seinen Besitz gebracht haben. Dieser wird Mahlstett gewiss nicht ungeschoren davonkommen lassen.«

»Mit der Rache an ihm hat er schon begonnen«, erklärte Hüsing mit einer gewissen Überheblichkeit. »Mir wurde zugetragen, dass Schloss Rodenburg, welches Mahlstett damals als Beute zugesprochen bekommen hat, bis auf die Grundmauern niedergebrannt ist. Er selbst befand sich seinen Ankündigungen zum Trotz nicht auf seinem Besitz, und da er nun weiß, dass

Tengenreuth sich an ihm rächen will, wird er gegen ihn vorgehen. Wir müssen darauf achten, nicht zwischen den verfeindeten Parteien zerquetscht zu werden, also gehen wir am besten ein Bündnis mit einer der beiden Seiten ein. Da dies weder mit Jungfer Kathrin noch mit Mahlstett möglich ist, schlage ich vor, mit Tengenreuth zu reden.«

Obwohl Hüsings Worte schlüssig klangen, schüttelte Klara den Kopf. »Mir gefällt das nicht! Tengenreuth trägt die Schuld daran, dass mein Mann und Armin Gögel als angebliche Mörder von Engstler gefangen gesetzt wurden und hingerichtet werden sollten.«

»Ich halte Tengenreuth für einen Mann, mit dem man darüber reden kann. Als seine Verbündeten wärt ihr vor ihm sicher. Bei der Jungfer Engstler würdet ihr das nicht sein, denn sie würde niemanden von uns anhören, sondern sofort den Henker rufen.«

Damit hatte Hüsing zwar recht, dennoch wurde Klara bei dem Gedanken übel, sich ausgerechnet Tengenreuth anzudienen. Der Mann hatte alles getan, um ihre Familie zu vernichten, angefangen von dem Geld, das er Kasimir Fabel gegeben hatte, um den Schwarzburger Laboranten Konkurrenz zu machen, bis hin zu dem Mord an Engstler, den er Armin Gögel und ihrem Mann hatte anhängen wollen. Sie vergaß auch den Brandanschlag auf das Haus ihres Schwiegervaters nicht, dem beinahe auch ihr Sohn und sie zum Opfer gefallen wären.

»Ich will nicht«, sagte sie daher.

Auch Tobias schwankte zunächst, sagte sich aber, dass Hüsing es am besten wissen musste. »Es scheint die einzige Möglichkeit zu sein, die uns bleibt. Beten wir zu Gott, dass Tengenreuth auf Hüsings Angebot eingeht!«

»Und wenn nicht? Dann warten wir wohl, bis er uns alle umbringen lässt«, fragte Klara bissig.

»Dann gäbe es nur noch einen Ausweg.« Obwohl Tobias lächelte, begriff Klara, dass er seine Pistole meinte, und schauderte.

»So ist es nun beschlossen«, erklärte Hüsing, um die Diskussion zu beenden.

Capracolonus rutschte unruhig auf seinem Stuhl herum. »Ich würde Tengenreuth lieber nicht aufsuchen. Er war damals, als seine Gemahlin und seine Kinder durch die Schuld dieses Buckelapothekers starben, sehr aufgebracht und hätte den Mann, wenn er seiner habhaft geworden wäre, ohne Gericht und Urteil am nächsten Baum aufhängen lassen.«

»Welche Schuld soll unser Buckelapotheker auf sich geladen haben?«, fragte Klara scharf.

Capracolonus druckste ein wenig herum, denn Tobias Just war ein Laborant, der selbst Buckelapotheker aussandte. »Er redete der Gräfin zu, seine Arzneien zu nehmen, dann würden sie und ihre Kinder wieder gesund. Stattdessen starben sie!«

Klara schüttelte den Kopf. »Keiner unserer Leute verspricht Heilung, wo sie nicht möglich ist. Wenn Tengenreuths Weib starb, so war es, weil Gott es gewollt hat, aber nicht durch unsere Arzneien.«

»Graf Tengenreuth muss und wird das einsehen!«, rief Hüsing, um das Streitgespräch zwischen Klara und Capracolonus zu beenden. Anschließend wandte er sich an den Arzt.

»Ihr wart der Leibarzt des Grafen, daher vertraue ich auf Eure Vermittlung. Ihr werdet mit Tengenreuth sprechen und …«

»Nicht ohne uns!«, unterbrach Klara den Richter. »Der Doktor hat zu oft gezeigt, dass er uns Königseer hasst. Ich will nicht, dass er uns Tengenreuth ausliefert, nur um selbst gut dazustehen.«

»Das wird nicht geschehen!« Hüsing bedachte sowohl sie wie auch den Arzt mit einem warnenden Blick. »Es geht um unser aller Leben. Wenn es Jungfer Kathrin gelingt, unser habhaft zu werden, wird sie niemanden verschonen.«

»Mir erscheint Tengenreuth als die größere Gefahr«, wandte Klara ein.

Doch keiner hörte auf sie, und Tobias winkte ihr sogar, zu schweigen.

»Herr Hüsing weiß, was zu tun ist«, sagte er und legte einen Arm um sie. »Du brauchst keine Angst zu haben, mein Schatz. Ich werde dich und unser Kleines beschützen!«

»Ja, das wirst du«, antwortete Klara gerührt und hoffte gleichzeitig, dass Tobias nicht gezwungen sein würde, es wirklich zu tun.

8.

Nachdem er sich entschlossen hatte zu handeln, hielt es Hüsing nicht mehr in Kassel. Da seine Geldmittel nicht ausreichten, bat er seinen Freund Gottfried von Schwalbe um ein Darlehen. Davon mietete er eine Kutsche, die groß genug war, die Gruppe aufzunehmen. Neel und Bert mussten oben auf dem Dach sitzen, doch der Rest fand in der Kutsche Platz.

Eine gut gefederte, mit schnellen Pferden bespannte Kutsche konnte Tengenreuths Schloss von Kassel aus in anderthalb Tagen erreichen, Hüsings Gefährt brauchte jedoch drei. Da es in der Kutsche sehr eng war, fühlten sich alle erleichtert, als das Ziel endlich vor ihnen auftauchte.

Klara musterte das Schloss, welches deutliche Spuren der Vernachlässigung aufwies. Es lag so einsam, als befände man sich am Ende der Welt. Selbst einen Heiligen mochte es erzürnen, sich an diesen Ort verbannt zu sehen. Daher wunderte sie

sich nicht, dass Tengenreuth den Wunsch nach Vergeltung empfand.

Klara überlegte jedoch, ob sie und Tobias sich nicht besser aus
dem Ganzen heraushalten sollten. Wenn Mahlstett und Jungfer
Kathrin siegten, würden sie in Zukunft wohl kaum noch in Gefahr geraten, solange ihre Buckelapotheker die Gebiete von
Steinstadt und Rübenheim mieden.

Sollte jedoch Tengenreuth gewinnen, würden sie unter einer
steten Drohung leben. Klara sagte sich, dass Tobias und sie nur
dann Tengenreuth unterstützen würden, wenn er hoch und
heilig versprach, sie und ihre Familie in Zukunft in Ruhe zu
lassen.

Mit diesem Gedanken stieg sie aus dem Wagen und blieb neben Tobias stehen. Hüsing ging auf die Freitreppe zum Haupt-
portal zu und stieg nach oben. Als er den Türklopfer anschlug,
blieb es eine ganze Weile still.

»Es sieht so aus, als wäre niemand zu Hause«, flüsterte Lene
besorgt.

Nur einen Lidschlag später wurde die Tür geöffnet, und ein
älterer Mann steckte den Kopf heraus. Angesichts der Gruppe,
die sich vor dem Schloss befand, wackelte er verwundert mit
dem Kopf.

»Der gnädige Herr Graf befindet sich derzeit auf Reisen. Daher werden hier keine Gäste empfangen«, antwortete er mit abweisender Stimme.

»Herr von Tengenreuth ist nicht anwesend?« Für einen Augenblick wirkte Hüsing verwirrt und sah sich hilfesuchend um.

Klara wies mit der Hand auf den östlichen Himmel, an dem
bereits die ersten dunklen Schleier der kommenden Nacht auf-
zogen. »Wir sollten fragen, ob wir hier übernachten können.
Sonst müssten wir in den Wald, denn hier ist auf Stunden keine
Herberge zu finden.«

· 468 ·

»Ich will nicht im Wald bei den Wölfen und Bären schlafen«, rief Lene entsetzt.

Tengenreuths Diener schwankte. Schließlich wies er auf ein kleines Nebengebäude, das aussah, als werde es seit Jahren nicht mehr benützt. »Ihr könnt dort schlafen! Wasser könnt ihr vom Brunnen holen. Auf mehr habt ihr nicht zu hoffen.«

Nun bedauerte Klara, dass Hüsing auf Tengenreuths Gastfreundschaft gebaut und auf Reiseproviant verzichtet hatte. Der Gedanke, ohne Abendessen und ohne Aussicht auf ein Frühstück die Nacht verbringen zu müssen, hatte wahrlich nichts Verlockendes an sich. Daher trat Capracolonus ein paar Schritte auf den Diener zu.

»Günter, du kennst mich doch. Ich war lange Jahre der Leibarzt des Herrn Grafen …«

»… und konntest seine Gemahlin, das Gräflein und die Komtesse nicht retten!«, fiel ihm der Diener ins Wort.

Dem Arzt war eine starke, innere Anspannung anzusehen. »Es war nicht meine Schuld, sondern die des Königseer Laboranten und seiner Wald-und-Wiesen-Medizin.«

»Das bezweifle ich!«, rief Klara zornig. »Unsere Arzneien helfen bei vielen Beschwerden, doch gegen zu schwere Krankheiten oder gar gegen Seuchen sind sie auch machtlos.«

»So sehe ich das auch«, pflichtete Tobias seiner Frau bei, während Hüsing ärgerlich schnaubte.

»Still jetzt! Wir können keinen Streit gebrauchen, sondern müssen überlegen, was wir morgen tun.«

»Uns wird nichts anderes übrigbleiben, als nach Kassel zurückzukehren«, sagte Stößel bedrückt.

»Der gnädige Herr Graf ist heute Morgen dorthin abgereist«, erklärte der alte Günter mit getragener Stimme.

Hüsing sah den Mann voll neuer Hoffnung an. »So, ist er das? Dann ist es beschlossen. Wir folgen dem Grafen nach Kassel!«

· 469 ·

»Können wir nicht die Nacht durchfahren?«, fragte Klara, die wenigstens am nächsten Morgen gerne einen gut gefüllten Napf mit dicker Suppe gegessen hätte.

Hüsing schüttelte den Kopf. »Die Pferde sind erschöpft. Ich konnte leider kein besseres Gespann mieten.«

Mit der Auskunft musste Klara sich zufriedengeben.

9.

Tengenreuths Faktotum Ludwig hatte sich tatsächlich nach Königsee gewandt. Nun saß er in einem Wirtshaus und hielt Rumold Justs Haus durch das Fenster unter Beobachtung. Noch wusste er nicht, was er erreichen konnte. Sein Hass und sein Wunsch nach Rache wuchsen jedoch mit jeder Stunde. Gleichzeitig verfluchte er die beiden Schurken, die er in Sachsen aus dem Gefängnis freigekauft hatte. August und Karl waren ihr Geld nicht wert gewesen. Justs Haus hatte den Anschlag gut überstanden. Es war frisch getüncht, und mit dem tiefschwarzen Ständerfachwerk wirkte es wie neu.

Wuterfüllt trank Ludwig einen weiteren Schluck Bier und wünschte sich genug Hände, um Rumold Just und dessen Familie auf einen Schlag erwürgen zu können. Offen durfte er jedoch nichts gegen sie unternehmen. Just war ein angesehener Bürger dieser Stadt und er ein Fremder ohne den Schutz eines Bürgerrechts, den man ohne Federlesens ins Gefängnis stecken und hinrichten würde.

Eine Magd trat mit einem Korb in der Hand aus dem Haus und eilte zum Marktplatz. Für einen Augenblick sah Ludwig einen kleinen Jungen, der den Kopf zur Tür herausstreckte, dann aber von einem älteren Mann eingefangen und wieder nach innen getragen wurde. Bei diesem Anblick kamen Ludwig die Tränen, und er dachte an seinen Sohn, dem durch Rumold Justs Schuld kaum mehr Jahre vergönnt worden waren als dessen Enkel.

»Dafür wirst du bezahlen, Just!«, murmelte er vor sich hin. »Ihr werdet alle bezahlen!«

Bislang hatte er sich bei seinen Racheaktionen im Hintergrund gehalten und andere vorgeschickt. Diesmal aber wollte er die Hände um den Hals des Kindes legen und selbst zudrücken.

Während Ludwig einen weiteren Krug Bier trank und eine Kleinigkeit aß, gesellte sich der Wirt zu ihm.

»Na, wo kommt Ihr denn her?«

Er erhielt keine Antwort.

»Seid Ihr in Geschäften unterwegs?«, fragte der Wirt weiter.

Ludwig brummte etwas Unverständliches.

»Sucht Ihr vielleicht eine Anstellung als Buckelapotheker? Das wird nicht leicht werden. Hier gibt es viele, die gerne für einen Laboranten wandern würden. Die können sich die kräftigsten und gewandtesten Männer aussuchen und brauchen keine Landfremden. Das würden auch die hiesigen Behörden nicht erlauben.«

Jetzt erst wandte Ludwig sich zu dem Wirt um. »Ich will weder Buckelapotheker noch sonst was hier werden, sondern nur meine Ruhe haben!«

»Bei Gott! Deswegen braucht Ihr nicht gleich aufzufahren!« Enttäuscht, weil seine Neugier nicht gestillt worden war, kehrte der Wirt ihm den Rücken zu und begann, seine Krüge auf der Anrichte neu zu stapeln.

Wegen dieses Zwischenfalls hätte Ludwig beinahe übersehen, dass Rumold Just mit seinem Enkel aus der Tür trat. Der Kleine hielt einen Korb in den Händen, der beinahe so groß war wie er selbst.

»So, Martin, jetzt gehen wir beide Kräuter und Beeren sammeln, damit du weißt, welche gut sind. Du willst doch ein Laborant werden, so wie ich einer bin«, klang Rumold Justs Stimme durch das offene Fenster herein.

Ludwig riss es vom Hocker, als er das hörte. Ohne seine Mahlzeit zu beenden oder auszutrinken, sprang er auf und eilte zur Tür.

»He!«, rief ihm der Wirt nach. »Zum Abtritt geht's hinten raus.«

Ohne darauf zu achten, riss Ludwig die Tür auf und verließ den Gasthof.

»Du hast deine Zeche nicht bezahlt!«, klang die zornige Stimme des Wirts hinter ihm her.

Nun blieb Ludwig stehen. Wenn der Wirt um Hilfe rief, würde er aufgehalten werden und Just mit dem Jungen entkommen. Innerlich rasend vor Wut, drehte er sich um und warf einen Taler durch die offene Tür.

»Hier! Das wird wohl reichen.«

Der kurze Zwischenfall half Ludwig, seine aufgepeitschten Gefühle zu beruhigen. Es brachte nichts, wenn er noch in der Stadt zu Just aufschloss und dieser misstrauisch wurde. Daher folgte er ihm und dem Jungen in einem gewissen Abstand und verließ die Stadt wie jemand, der in Königsee zu Mittag gegessen und nun ein anderes Ziel vor Augen hatte.

Einige Zeit wanderten Just und Martin auf der Landstraße dahin, bogen dann aber in den Wald ab. Da Ludwig sie nicht verlieren wollte, wurde er schneller und tauchte ebenfalls zwischen die Bäume ein. Zu seinem Glück erklärte der Laborant seinem Enkel die Pflanzen des Waldes, und so wies dessen Stimme dem Verfolger den Weg. Unterwegs blieben Großvater und Enkel immer wieder stehen, um Kräuter oder Beeren zu pflücken.

Anders als Just hatte ihr Verfolger keinen Blick für die erhabene Majestät des Waldes. Er schlich lautlos hinter seinen Opfern her und griff zum Messer.

· 472 ·

Als Rumold Just sich niederkniete, um ein heilkräftiges Kraut zu pflücken, stürmte Ludwig heran, holte aus und stach zu. Just schrie auf, packte jedoch den Angreifer und stieß ihn heftig beiseite. Dabei verlor Ludwig das Messer und tastete verzweifelt danach. Statt seiner Waffe geriet ihm ein Ast in die Finger. Er nahm ihn, sprang auf und schlug zu. Der Ast traf Just am Kopf. Blut spritzte, und er kippte um wie ein gefällter Baum. Noch während er zu Boden stürzte, packte Ludwig den Jungen und schleifte ihn dorthin, wo sein Messer lag. Als er es am Hals des Jungen ansetzte, hielt er nachdenklich inne. Er hatte das Kind noch hier im Wald umbringen wollen, doch nun kam ihm ein besserer Gedanke. Justs Enkel sollte an derselben Stelle sterben wie sein Sohn, auch wenn dies für ihn bedeutete, den Bengel über viele Meilen bis nach Tengenreuth schleppen zu müssen.

Er schüttelte das vor Entsetzen schreiende Kind und versetzte ihm ein paar heftige Ohrfeigen. »Willst du wohl still sein!«, brüllte er es an.

Als auch das nichts half, fesselte und knebelte er den Jungen, wickelte ihn in seinen Mantel und legte ihn sich über die Schulter. Nach einem letzten Blick auf den blutüberströmt am Boden liegenden Just machte er sich auf den Weg. Er dachte kurz daran, dass sein Gepäck noch im Gasthof lag. Aber es zu holen erschien ihm zu gefährlich. Außerdem machte der Fang des Jungen diesen Verlust mehr als wett.

10.

Während Klara und ihre Begleiter noch nach Tengenreuth unterwegs waren, verließ Graf Hyazinth seine Zuflucht. Als das Schloss hinter ihm zurückblieb, hatte er das Gefühl, als würde vieles, das ihn bedrückt hatte, ebenso hinter ihm versinken wie die alten Mauern. Da er in Kassel einen gewissen Aufwand würde betreiben müssen, wählte er die Kutsche. Diese war seit Jahren nicht mehr benützt worden, hatte die Zeit aber in der Remise gut überstanden.

Tengenreuth betrachtete durch das Fenster im Schlag die gewaltigen Baumriesen, die ihre Äste wie ein schützendes Dach über die Straße streckten, und begriff, dass er sich viel zu lange seiner Trauer hingegeben hatte.

»Ich hätte längst nach Kassel zurückkehren und Landgraf Karl davon überzeugen sollen, sich für mich zu verwenden«, sagte er leise.

Auch wenn es seinen Gegnern gelungen war, ihn um den größten Teil seines Besitzes zu bringen, so hatte er doch Freunde, die ihm hätten beistehen können. Stattdessen hatte er sich wie ein waidwundes Tier in Tengenreuth verkrochen und dort kurz darauf Weib und Kinder durch eine schreckliche Krankheit verloren.

»Ich habe Mahlstett, Schüttensee und Engstler zu viel Zeit gelassen, ihren Raub zu genießen«, setzte er sein Selbstgespräch fort. »Statt sie sofort zu bestrafen, habe ich meinen Zorn auf den Königseer Laboranten und dessen Buckelapotheker gerichtet und meine Rache an ihnen gesucht.«

Seine Gemahlin hatte auf die Arzneien aus Königsee geschworen und dem Buckelapotheker, der zu ihnen gekommen war, stets vieles abgekauft. Im Gegensatz zu ihr hatte er selbst auf die Kunst seines Leibarztes vertraut und fest an dessen Urteil geglaubt, die Mittel des Buckelapothekers hätten zum Tod seiner Lieben geführt.

Nun überkamen ihn zum ersten Mal Zweifel. Der Buckelapotheker war jahrelang zunächst in Rodenburg und dann auch in Tengenreuth erschienen, und nie hatte es Beschwerden über seine Heilmittel gegeben. Ganz stimmte es nicht, dachte er. Sein

Leibarzt Capracolonus hatte ständig gegen dieses Wald-und-Wiesen-Gebräu gewettert und sich deswegen sogar mit seiner Gemahlin gestritten.

»War es ein Fehler gewesen, dass ich Ludwig erlaubt habe, den Laboranten und seine Buckelapotheker durch List als Engstlers Mörder hinzustellen?«, fragte er sich.

Gleichzeitig begriff er, dass Ludwig den Hass auf die Laboranten und Buckelapotheker im Allgemeinen und auf Rumold Just im Besonderen so lange geschürt hatte, bis er ebenso wie sein Reitknecht und sein früherer Leibarzt von dem verderblichen Wirken dieser Leute überzeugt gewesen war.

»Selbst wenn der Laborant ein giftiges Mittel hergestellt hätte, so konnten weder der Buckelapotheker, der es verkauft hat, noch Justs Familie etwas dafür«, sagte er zu sich selbst.

Bei dem Gedanken überlief es Tengenreuth heiß und kalt. Er hatte seine berechtigte Rache an den Räubern seines Vermögens hintangestellt, um Just und dessen Familie zu vernichten. Mittlerweile waren zwar zwei der drei Schurken tot, doch dies war auf eine Weise geschehen, auf die er nicht stolz sein konnte.

»Ich hätte mich niemals auf Ludwigs Pläne einlassen dürfen«, sagte er sich.

Aber diese Erkenntnis kam zu spät. Was geschehen war, konnte er nicht mehr zurücknehmen. Von Schuldgefühlen gepackt, fragte er sich, ob er seine Rache auf Engstlers Tochter und Schüttensees Sohn ausdehnen durfte. Er nahm sich vor, mit dieser Entscheidung zu warten, aber Mahlstett würde sein Zorn mit voller Wucht treffen. Dieser Mann war der Anstifter des Plans gewesen, der ihn seinen Besitz gekostet hatte. Wenn Kathrin Engstler und Elias Schüttensee bereit waren, ihm das, was ihm ihre Väter geraubt hatten, zurückzugeben, würde er sie in Frieden lassen. Mit diesem Gedanken setzte Tengenreuth seine Reise fort.

Am späten Nachmittag kehrte er in einer Herberge ein, die er schon einige Male aufgesucht hatte. Sie war die erste auf seinem Weg, und die nächste wäre erst in der Nacht zu erreichen.

Der Wirt kannte ihn und sein Schicksal und begrüßte ihn scheu. »Seid mir herzlich willkommen, gnädiger Herr. Es freut mich, Euch wiederzusehen!«

»Hat Er eine Kammer für mich?«, fragte Tengenreuth.

»Selbstverständlich steht Euch mein bestes Zimmer zur Verfügung, Herr Graf«, versicherte der Wirt.

Tengenreuth erinnerte sich daran, dass er mit seiner Gemahlin darin übernachtet hatte, und schüttelte den Kopf. »Eine einfache Kammer reicht!«

Sich selbst aber sagte er, dass er seine Angst vor den Schatten der Vergangenheit, denen er eben entronnen war, bekämpfen musste. Sonst würden sie immer wieder zurückkehren.

Der Wirt nickte etwas verwirrt. »Aber selbstverständlich, gnädiger Herr! Ich stelle Euch meine zweitbeste Stube zur Verfügung.«

Diese Kammer lag genau neben dem besten Zimmer, und das erschien Tengenreuth noch zu nah. Doch im nächsten Moment schüttelte er entschlossen den Kopf. »Dann soll es so sein! Mein Kutscher und der Lakai sollen ebenfalls eine Kammer erhalten!« In früheren Zeiten war er nie ohne mehrere Vorreiter und ein halbes Dutzend Bedienstete gereist, und vielleicht würde der Tag kommen, an dem er es wieder tun konnte. Doch vorerst waren seine Möglichkeiten arg begrenzt.

»Führe mich hin! Ich werde in der Kammer speisen!« Noch wollte Tengenreuth keine fremden Menschen um sich sehen. In Kassel wirst du es nicht vermeiden können, fuhr es ihm durch den Kopf. Bis dorthin aber wollte er selbst bestimmen, wer in seiner Nähe sein durfte.

»Selbstverständlich, Herr Graf«, erwiderte der Wirt und ging voraus.

Unterdessen stellte der Kutscher den Wagen hinter dem Pferdestall ab und freute sich zusammen mit dem sie begleitenden Diener auf einen Krug frischen Bieres.

»Bin froh, dass wir wieder aus diesem Loch herauskommen. War ja fast nicht mehr auszuhalten«, meinte er, als sich die beiden der Schankstube zuwandten.

»Daran ist nur der Ludwig schuld! Der Kerl ist eine wahre Übelkrähe, sage ich dir. Immer nur trauern um etwas, das nun einmal geschehen ist, ohne je wieder den Kopf zu heben und zu sehen, dass das Leben weitergehen muss, das wäre nichts für mich. Ich hoffe nur, dass der Herr ihn endlich zum Teufel jagt«, entgegnete der Lakai.

Der Kutscher lachte kurz auf. »Du denkst wohl, du könntest dann der neue Kammerdiener und Vertraute unseres Herrn werden.«

Der andere gab keine Antwort darauf, doch seine Miene verriet, dass er genau dies hoffte.

11.

Tengenreuth saß beim Mahl, als es auf dem Hof der Herberge mit einem Mal laut wurde. Verärgert blickte er durchs Fenster, sah aber zunächst nur eine größere Gruppe Bewaffneter um eine Kutsche herumstehen. Eine, wie er zugeben musste, recht ansehnliche junge Frau stieg aus und musterte die Umgebung mit hochmütigem Blick.

Nach ihr verließ ein junger Mann den Wagen. Tengenreuth beobachtete die beiden ohne große Anteilnahme. Als jedoch ein weiterer Mann ausstieg, holte er tief Luft.

· 477 ·

»Mahlstett!«

Tengenreuth starrte den Mann hasserfüllt an und griff zu seiner Pistole. Doch als er das Fenster öffnen wollte, begriff er, dass die Entfernung für einen sicheren Schuss zu groß war. Enttäuscht senkte Tengenreuth die Waffe. Gleichzeitig wurde ihm klar, dass diese Söldnertruppe mit seinem Feind an der Spitze nur ein einziges Ziel haben konnte, nämlich ihn umzubringen. Er fragte sich, was mit Ludwig geschehen sein mochte. Schließlich hatte er seinen Vertrauten ausgeschickt, um Mahlstett zu töten. Wie es aussah, war Ludwig gescheitert – oder er hatte ihn verraten! Wie sonst hätte sein Feind herausfinden können, dass er hinter den Anschlägen auf Engstler und Schüttensee steckte?

Nun musterte Tengenreuth den jüngeren Mann genauer und stellte eine Ähnlichkeit mit Christoph Schüttensee fest. Sollte die junge Frau etwa Emanuel Engstlers Tochter sein? Wenn sich die beiden mit Mahlstett verbündet hatten, würden sie seiner Rache auf keinen Fall entkommen.

Bei dem Gedanken lachte Tengenreuth bitter auf. Er war allein mit seinem Kutscher und einem Knecht, die beide nicht in Waffen geübt waren, und hatte mit Mahlstett, Schüttensee, deren Söldnern, dem Kutscher und dessen Gehilfen vierzehn Mann gegen sich. Selbst auf Tengenreuth hätte er dieser Schar nur vier weitere Bedienstete entgegensetzen können, die allesamt älter waren als fünfzig Jahre.

Ernüchtert überlegte Tengenreuth, was er tun sollte. War es besser, weiter nach Kassel zu fahren? Ob er dort Hilfe erhielt, war jedoch zweifelhaft. Wenn Mahlstett zum Schloss Tengenreuth weiterfuhr, würde er es als Vergeltung für den Verlust von Rodenburg niederbrennen lassen und ihn damit endgültig heimatlos machen.

Tengenreuth fühlte sich verunsichert. An diesem Ort lief er

Gefahr, von seinen Feinden erkannt und ermordet zu werden. In dem Fall hätte Mahlstett endgültig über ihn gesiegt.

»Noch bin ich nicht geschlagen!« Er rief es fast zu laut, denn auf der Treppe vernahm er bereits die Stimme seines verhassten Feindes.

»Morgen Nachmittag werden wir Tengenreuths Schlupfwinkel erreichen. Er soll nur wenige Diener haben, und mit denen werden unsere Männer leicht fertig.«

»Der Kerl soll dafür bezahlen, dass ich die Herrschaft über Steinstadt verloren habe!«, rief Elias Schüttensee wuterfüllt aus.

Tengenreuth lächelte. Auch wenn er damit alles, was Christoph Schüttensee ihm einst geraubt hatte, verlieren würde, so freute es ihn, dessen Sohn als Flüchtling zu sehen.

»Wenn Tengenreuth am Tod meines Vaters schuld sein soll, wird er es bezahlen«, erklärte jetzt Kathrin Engstler und trat in die Kammer, die neben Tengenreuths Raum lag.

»Ich will bis zum Abendessen ein wenig ruhen. Sobald die Kutsche mit meiner Zofe ankommt, schickt Ihr sie zu mir!«

Tengenreuth konnte sie durch die Wand hören, ebenso die Antwort, die Mahlstett ihr gab. »Das tun wir, mein Fräulein!«

»Mich ärgert, dass wir die Kammer nebenan nicht bekommen haben. Weiß der Teufel, wer darin sitzt! Am liebsten würde ich unsere Leute holen und ihn hinauswerfen lassen«, sagte Elias Schüttensee in einem Tonfall, als wolle er dieses Vorhaben sofort in die Tat umsetzen.

Wie es aussieht, hat Schüttensees Sohn nicht die verschlagene Klugheit seines Vaters geerbt, sondern ist ein dumpfer Tropf, sagte Tengenreuth sich.

Gefährlich war der Sprössling seines alten Feindes trotzdem. Viel wichtiger war es jedoch, Mahlstett zu beseitigen. Der Edelmann verfügte über eine Autorität, der sich sowohl der junge Schüttensee wie auch Engstlers Tochter zu beugen schienen.

Tengenreuth lauschte noch eine Weile und erfuhr, dass die drei vor mehreren Tagen von Rübenheim aus aufgebrochen waren. Aus Angst vor Anschlägen hatte keiner von ihnen zurückbleiben wollen, so dass nun der Bürgermeister im Auftrag der Jungfer in der Stadt herrschte.

Nachdem er nichts Neues mehr zu erfahren glaubte, verließ Tengenreuth vorsichtig seine Kammer und stieg nach unten. Er fand seine beiden Bediensteten in einer Ecke der Gaststube, während sich Mahlstetts Leute ziemlich ausgebreitet hatten und den Wirt und dessen Knechte mit ihren Forderungen auf Trab hielten.

Tengenreuth hielt den Wirt auf. »Seine Gäste gefallen mir nicht. Ich werde weiterreisen!«, sagte er.

»Verzeiht … aber … ich kann nichts dafür!«, stieß der Wirt hervor.

»Ich mache Ihm keinen Vorwurf. Sag Er, was Er zu bekommen hat!«

»Nichts, gar nichts, Herr Graf!« Dann aber kniff der Wirt die Augen zusammen. »Gebt mir drei Taler für das Essen und das Bier sowie den Hafer, den Eure Pferde gefressen haben.«

Tengenreuth reichte ihm vier Taler. »Dafür hält Er den Mund und sagt niemandem, dass ich hier gewesen bin, verstanden?«

Während der Wirt eifrig nickte, winkte Tengenreuth seinen Kutscher und seinen Diener zu sich. Die beiden folgten ihm verwundert ins Freie. Als er sicher war, dass niemand ihn hören konnte, begann er zu sprechen.

»Spann an!«, befahl er dem Kutscher. »Wir fahren weiter!«

»Ist es wegen diesem Gesindel da? Die machen wirklich viel Lärm«, antwortete der Mann.

»Beeil dich!« Tengenreuth ging nicht auf die Bemerkung ein, sondern wandte sich an seinen Diener. »Hole meinen Mantel-

· 480 ·

sack aus der Kammer. Gib aber acht, dass du nicht aus Versehen die falsche betrittst!«

Beide Männer setzten sich in Bewegung. Tengenreuth folgte seinem Kutscher und befahl ihm, die Pferde so anzuschirren, dass das Wappen auf dem Wagen von den Fenstern des Gasthofs aus nicht gesehen werden konnte. Wenig später schleppte der Diener das Gepäck herbei und verstaute es hinten an der Kutsche. Als die Pferde angespannt waren, stieg Tengenreuth ein und hängte seinen Mantel so über den Schlag, dass er das Wappen verdeckte.

Als der Wagen zum Tor des Gasthofs hinausrollte, wollte der Kutscher weiter nach Kassel fahren. Doch da klopfte sein Herr energisch gegen das Kutschendach.

»Wir kehren um und fahren die Nacht durch. Die Laternen vorne an der Kutsche werden uns leuchten!«

Während der Kutscher seufzend den Wagen wendete, schüttelte der Lakai den Kopf. »Da kommt man endlich einmal aus dieser Waldeinöde heraus, und dann fällt es dem Herrn ein, wieder nach Hause zurückzukehren.«

Tengenreuth hörte den Ausruf zwar, kümmerte sich aber nicht darum, denn seine Gedanken gingen eigene Wege. Auch wenn er nur ein paar Männer aufbrachte, so kannten diese sein Schloss und dessen Umgebung wie ihre Westentasche. Mahlstett und seine Leute waren jedoch fremd. Daher hielt er es für besser, mit ihnen auf eigenem Grund und Boden zu kämpfen als in einer Stadt wie Kassel, in der sein Feind durch seine zahlenmäßige Übermacht einen Vorteil besaß.

12.

Das Quartier, das Tengenreuths Diener Klara und ihrer Gruppe zugeteilt hatte, war ein besserer Schuppen. Sein einziger Vorteil war, wie Lene behauptete, dass keine Ratten offen herumliefen.

»Würde aber nicht darauf schwören, dass keine da sind«, setzte sie mit Ekel in der Stimme hinzu.

Hüsing sah sich um und schüttelte den Kopf. »Es kann wirklich nur ein Schwachkopf wie dieser Lakai darauf kommen, uns diesen Verschlag als Nachtquartier zuzuweisen. Hier liegt alles wie Kraut und Rüben durcheinander! Neel, Bert, räumt so weit auf, dass wir Platz zum Schlafen finden.«

Die beiden Männer machten sich ans Werk. Tobias und der Apotheker Stößel halfen ihnen, während Capracolonus missmutig eines der blinden Fenster öffnete und ins Freie starrte. Seit sie das Schloss erreicht hatten, zuckten seine Mundwinkel unkontrolliert, und er sah sich mit flackernden Blicken um, so als hätte er Angst, es könnte jemand eintreten, den er fürchtete.

Klara konnte sich auf sein Verhalten keinen Reim machen. Obwohl sie ihn in Rübenheim befreit und ihm damit das Leben gerettet hatte, war ihm kein Wort des Dankes über die Lippen gekommen. Sie hielt ihn daher für einen eigenartigen Menschen, spürte aber auch, dass ihn ein Geheimnis umgab, vor dem er sich fürchtete. Ging es vielleicht um Tengenreuths Frau und Kinder?, fragte sie sich. Immerhin war Capracolonus Tengenreuths Leibarzt gewesen. Hatte er genau wie in Rübenheim den Arzneien ihres Schwiegervaters die Schuld am Tod der Frauen und Kinder gegeben, obwohl er es besser hätte wissen müssen? Am liebsten hätte sie ihn darauf angesprochen, doch er verließ wortlos das Gebäude und wanderte draußen auf dem Schlosshof hin und her.

Da sie müde war, legte Klara sich auf die Pferdedecke, die Bert im Gepäckfach der Kutsche gefunden und für sie ausgebreitet hatte, und deckte sich mit ihrem Mantel zu. Capracolonus kann ich auch morgen ins Gebet nehmen, dachte sie noch, bevor sie einschlief.

Tobias, Hüsing und Stößel saßen noch eine Weile zusammen und überlegten, was sie als Nächstes tun sollten. »Ich schlage vor, wir kehren nach Kassel zurück und sprechen dort mit Tengenreuth«, erklärte Hüsing. »Da er mit Mahlstett verfeindet ist, muss er sich mit uns verbünden.«

Tobias hingegen dachte an die Gefahr, die Tengenreuth für ihn und seine Familie darstellte. Obwohl er im Grunde ein friedfertiger Mensch war, war er bereit, zum Schutz seiner Familie alles zu wagen. Zwar hoffte er, es würde Hüsing gelingen, Tengenreuth zu überzeugen, sich mit ihnen zusammenzutun. Doch sollte dies nicht der Fall sein, war er bereit, ihn zu erschießen.

»Vielleicht hat Tengenreuth Beweise für den Betrug seiner Feinde in die Hand bekommen. In dem Fall müsste Landgraf Karl sich auf seine Seite stellen«, erklärte der Apotheker hoffnungsvoll.

»Gegen den Willen des Kurfürsten von Hannover kann er keinen einzigen Soldaten nach Rübenheim schicken. Bis eine Anfrage London erreicht und Antwort kommt, hat Jungfer Kathrin alle Zeit der Welt, ihren Besitz zu Geld zu machen und zu verschwinden«, wandte Hüsing ein. »Daher hoffe ich, Tengenreuth davon zu überzeugen, mit uns gemeinsame Sache zu machen. Wenn wir ein paar wackere Kerle anwerben, können wir die Stadtknechte in Schach halten und Rübenheim von Kathrin Engstlers Herrschaft befreien.«

»Wie war das mit den Soldaten, die nicht durch Hannoversches Gebiet dürfen?«, fragte Tobias.

»Wer spricht von Soldaten?«, antwortete Hüsing mit einem leisen Auflachen. »Es wären nur einfache Reisende, die ihre Pistolen und Degen zum Schutz gegen Räuber bei sich tragen.«

»Dann wollen wir beten, dass es auch so kommt!« Tobias hatte seine Zweifel, sagte sich aber, dass Hüsing die Verhältnisse in der Landgrafschaft besser kannte als er und daher recht haben könnte.

13.

Trotz des unbequemen Lagers und des muffigen Geruchs in dem Gebäude hatte Klara gut geschlafen. Beim Erwachen verspürte sie ein derartiges Hungergefühl, dass sie sich unwillkürlich nach etwas Essbarem umsah. Es gab jedoch nichts, und sie würde vor dem Abend auch nichts bekommen. Bei dem Gedanken kamen ihr die Tränen.

»Was hast du, mein Schatz?«, fragte Tobias besorgt.

»Nur eine Laune, wie sie schwangere Frauen nun einmal überfällt«, antwortete Klara, damit er sich keine Sorgen um sie machen sollte.

»Jetzt wäre ein Frühstück recht«, rief da der frühere Wirtsknecht Bert, »mit einem duftenden Omelett, gebratenem Speck, einem großen Stück Brot und einem Krug Bier, der seinen Namen auch verdient.«

Klara hätte ihn für diesen Ausspruch erwürgen können. Mit Mühe kämpfte sie sich auf die Beine und wankte nach draußen, um nach einem Platz zu suchen, an dem sie ihre Notdurft verrichten konnte. Sie musste bis in den nahen Wald gehen und sich dort hinter ein paar Büschen verkriechen. Als sie zu den anderen zurückkehrte, spannte der Kutscher bereits die Pferde an.

»Da es hier nichts zu beißen gibt, sind wir der Ansicht, dass wir rasch zu dem ersten Gasthof an der Straße fahren sollten. Der sah zwar so aus, als biete er nur schlichte Kost, aber unsere Mägen werden mit dem zufrieden sein, was dort aufgetischt wird«, erklärte Tobias ihr.

»Redet bitte nicht vom Essen, sonst knie ich mich noch auf der Wiese nieder und streite mich mit den Pferden um das Gras«, stöhnte Klara, deren Magen schmerzhaft nach einem Frühstück schrie.

»Da die Gäule bereits angeschirrt sind, können sie dir das Gras nicht mehr wegfressen«, antwortete Tobias und zog sie zärtlich an sich. »Ist es sehr schlimm?«

»Ich könnte dich mit Haut und Haaren verschlingen, so hungrig bin ich.«

»Dann sollten wir rasch aufbrechen!« Tobias half ihr in die Kutsche und stieg hinter ihr ein. Auch Hüsing, Lene und Stößel gingen zum Wagen, während Capracolonus stehen blieb und auf das Hauptgebäude des Schlosses starrte.

»Kommt jetzt, Doktor! Sonst fahren wir ohne Euch ab!« Hüsings Stimme klang zornig, denn er hatte selbst Hunger und sah Klara an, wie sehr die Schwangere litt.

Der Arzt schüttelte sich wie im Fieber, wandte sich dann ab und schlurfte zur Kutsche. Ohne ein Wort zu sagen, stieg er ein und nahm Platz. Bert und Neel saßen bereits oben neben dem Kutscher. Dieser löste die Bremse und ließ die Peitsche über den Ohren der Pferde knallen.

»Wollt ihr wohl ziehen, ihr Zossen!«, rief er und lenkte das Gespann auf die schmale Straße.

Eine ganze Weile ging es gut. Dann aber kam ihnen eine Kutsche entgegen, deren Lenker halb zusammengesunken auf dem Bock hockte. Ohne auf ihren Wagen zu achten, fuhr er einfach darauf zu.

· 485 ·

»He, kannst du nicht aufpassen, du Hornochse!«, brüllte Bert, so laut er konnte.

Jetzt erst schrak der andere hoch und zog die Zügel an. Dabei starrte er auf Hüsings Kutsche, als könne er nicht begreifen, dass noch ein Wagen diese Straße befuhr. Da der Wald an beiden Seiten dicht an die Straße heranreichte, war es unmöglich, aneinander vorbeizukommen.

»Wir werden wohl eine der Kutschen ausschirren und zwischen die Bäume schieben müssen«, sagte Hüsing, der sich über die Verzögerung ärgerte.

Unterdessen war der Besitzer der anderen Kutsche auf sie aufmerksam geworden und steckte den Kopf zum Schlag heraus. »Was wollt ihr hier?«, fragte er, wohl wissend, dass diese Straße nur zu seinem Schloss führte.

»Wir wollen nach Kassel«, gab Hüsing zur Antwort.

»Und das auf dieser Straße?« Tengenreuth musterte ihn misstrauisch, da er ihn für einen Verbündeten seiner Feinde hielt.

Hüsing war Tengenreuth vor Jahren begegnet, und damals war der Adelige ein fröhlicher Mann gewesen. Nun sah der Richter einen Mann Mitte dreißig vor sich, mit ernstem Gesicht und scharfen Kerben, die das Schicksal um seine Mundwinkel eingegraben hatte. Trotzdem erkannte er ihn und stieg erleichtert aus der Kutsche.

»Gott im Himmel sei Dank, dass wir auf Euch getroffen sind, Graf Tengenreuth!«

Der Graf sah ihn scharf an. »Ihr kennt mich? Was wollt Ihr eigentlich hier?«

»Wir wollten Euch aufsuchen, doch Euer Diener sagte uns, Ihr wäret nach Kassel abgereist. Wir wollten Euch dorthin folgen, freuen uns aber sehr, Euch gleich hier getroffen zu haben. Es gibt viel zu besprechen, mein Herr.«

»Und wer seid Ihr, dass Ihr viel mit mir zu besprechen habt?«
Tengenreuth blieb misstrauisch und griff mit der linken Hand
nach seiner Pistole.

»Verzeiht, dass ich mich noch nicht vorgestellt habe. Mein
Name ist Richard Hüsing, und ich war bis vor ein paar Wochen
Richter in der Stadt Rübenheim.«

Als er diesen Namen hörte, versteifte Tengenreuth sich. Hüsing spürte seine aufflammende Feindschaft und sprach rasch
weiter.

»Hört mich an! Wir verfolgen gemeinsame Interessen. Emanuel Engstlers Tochter ließ mich und mehrere andere Männer
einsperren und hätte uns hinrichten lassen, wären wir nicht
rechtzeitig befreit worden. Jetzt suchen wir Mitstreiter im
Kampf gegen sie und ihre Verbündeten Elias Schüttensee und
Justinus von Mahlstett!«

Tengenreuth hatte eben seine Pistole spannen wollen, ließ es
nun aber sein. »Das müsst Ihr mir näher erklären! Warum sollte ich mich um Jungfer Kathrin scheren?«

»Ihr habt immerhin dafür gesorgt, dass ihr Vater umgebracht
wurde!« Hunger und Ärger ließen Klara harscher reagieren als
sonst. Auch sie stieg jetzt aus und blieb neben Tengenreuths
Kutsche stehen.

»Wer seid Ihr denn?«, fragte der Graf verwirrt.

»Die Frau des Mannes, der wegen Eurer Schliche beinahe
hingerichtet worden wäre!«

Klara war nicht bereit, dies so einfach zu vergessen, ebenso
wenig den Brandanschlag auf das Haus ihres Schwiegervaters.

»Schweigt bitte und lasst mich mit Herrn von Tengenreuth
sprechen«, forderte Hüsing sie auf.

»Wir sollten wirklich miteinander sprechen«, fand Tengenreuth. »Seht zu, dass Ihr Euer Gespann wendet. Wir fahren zu
meinem Schloss!«

»Ich will zu dem Gasthof und nicht zurück an einen Ort, an dem wir nicht einmal ein Stück Brot erhalten haben«, rief Klara rebellisch.

»Waren meine Diener so ungefällig?« Noch während er es sagte, begriff Tengenreuth, dass er seinen Leuten durch seine menschenscheue Haltung ein schlechtes Beispiel gegeben hatte, und wandte sich Klara zu.

»Ich verspreche Euch, Ihr werdet in meinem Schloss mehr erhalten als nur ein Stück Brot!«

»Hoffentlich!«, antwortete Klara und trat beiseite, damit Bert und der Kutscher die Pferde ausspannen konnten.

14.

Tengenreuth hatte nicht zu viel versprochen. Auch wenn Klara keine Delikatessen aus fremden Ländern aufgetischt wurden, so war sie mit der Wurst, dem Schinken und dem Käse, zu denen duftende Brotscheiben gereicht wurden, hochzufrieden. Sie blieb dennoch misstrauisch. Zwar gab Tengenreuth sich freundlich, doch sie konnte nicht vergessen, dass er am Tod mehrerer Menschen Schuld trug und ihr Mann seinetwegen beinahe hingerichtet worden wäre.

Während Tobias sich ebenfalls zurückhielt, berichtete Hüsing ihrem Gastgeber alles, was sich in Rübenheim ereignet hatte, und war dabei voll des Lobes über Klara. »Ohne diese Frau hätte Jungfer Kathrin uns ohne Gnade hinrichten lassen. Dabei konnte keiner etwas für den Tod ihres Vaters. Ich frage mich allerdings, wie es Euch gelungen ist, das Gift in die Arzneien der Buckelapotheker einzumischen.«

»Ich habe das Mittel erforscht, durch das Engstler den Tod fand, und auch das, das aus Herrn Justs Labor stammte. Es wur-

· 488 ·

de das Gift der Atropa belladonna in einer tödlichen Dosis beigegeben. Die originale Arznei enthielt dieses Gift nicht«, er-
gänzte Apotheker Stößel die Worte des Richters.

Über Tengenreuths Gesicht zuckte es, und er starrte Tobias
durchdringend an. Das war also der Sohn des Mannes, der die
Arznei hergestellt hatte, durch die sein Weib und seine Kinder
gestorben waren, fuhr es ihm durch den Kopf. Wie ein Mörder
sah Tobias nicht aus, sondern wie ein angenehmer junger Mann,
wie man ihn sich als Nachbarn nur wünschen konnte. Seine
Ehefrau war ein wenig stachlig, doch dies war nach ihren Erlebnissen nicht verwunderlich und wohl auch ihrer fortgeschritte-
nen Schwangerschaft geschuldet.

»Ich will Euch vergeben, Just«, sagte er aus einem Impuls
heraus.

»Was vergeben?«, fragte Klara scharf.

Tengenreuth sah, dass sie ihre Mahlzeit beendet hatte, und
stand auf. »Kommt mit und seht! Und Ihr kommt auch mit und
bezeugt, was Ihr damals herausgefunden habt!« Der letzte Satz
galt Capracolonus, den Tengenreuth bislang völlig missachtet
hatte.

Ohne eine Antwort abzuwarten, führte er sie in eine Zim-
merflucht auf der linken Seite des Schlosses. Capracolonus zögerte kurz, folgte ihnen dann jedoch wie unter einem geheimen
Zwang.

In einem hübsch eingerichteten Schlafgemach blieb Tengenreuth stehen und wies auf ein Gemälde an der Stirnwand. Es
zeigte eine schöne, junge Frau mit einem vielleicht fünfjährigen
Jungen und einem etwas jüngeren Mädchen.

»Das war meine Gemahlin mit unseren Kindern. Sie alle starben durch jenes Mittel, das Euer Buckelapotheker als heilsam
für ihre Krankheit empfahl.«

Tobias schüttelte empört den Kopf. »Wir Schwarzburger Laboranten stellen keine Arzneien her, die den Tod bringen. Eure Gemahlin muss aus einem anderen Grund gestorben sein.«

»Doktor Capracolonus hat es bestätigt, und er ist ein studierter Mediziner«, antwortete Tengenreuth mit mühsam beherrschter Stimme. »Er hat ein eigenes Mittel angefertigt, das meinen Lieben hätte helfen können, doch in ihrem Unverstand lehnte meine Gemahlin ab, es einzunehmen.«

Danach sah Tengenreuth Stößel an. »Ihr seid Apotheker und könnt Arzneien prüfen. Die Arzneidosen meiner Gemahlin stehen noch hier. Sie wurden seitdem nicht mehr angerührt.«

Tengenreuth wies auf einen kleinen Schrank, der mit Intarsien in Form von Blumen geschmückt war. Mit einem raschen Schritt war Tobias dort, öffnete das Schränkchen und nahm eine der Dosen heraus. Er öffnete diese und roch daran. »Das ist ein ganz normales Mittel gegen Erkältungskrankheiten. Ich glaube, man könnte es jetzt noch verwenden«, erklärte er.

»Zeigt her!« Apotheker Stößel roch ebenfalls daran, nahm dann eine kleine Probe und verrieb sie auf seinem Unterarm. Danach schnupperte er erneut. »Ich muss Herrn Just beipflichten! An dieser Arznei ist nichts Böses. Wenn dennoch jemand starb, dann nicht durch sie.«

Tengenreuth starrte ihn verwirrt an. »Aber Doktor Capracolonus hat mir genau das versichert! Er war sehr aufgebracht, weil meine Gemahlin seine Medizin nicht nehmen wollte. Dort steht die Flasche. Sie ist nicht einmal angebrochen.«

»Das ist sie wohl!«, rief Stößel. »Seht, sie ist über die Hälfte leer.«

Tengenreuth schüttelte den Kopf. »Das kann nicht sein!«

Unterdessen ergriff der Apotheker die Flasche, zog den Stöpsel heraus und roch kurz daran.

»Bäh, stinkt das!«, rief er aus und stellte die Flasche wieder zurück.

»Wieso ist diese Flasche angebrochen, wenn Herr von Tengenreuth sagt, sie wäre es nicht?«, fragte Klara.

»Das wüsste ich auch gerne«, antwortete der Graf verwundert und sah den Doktor durchdringend an.

Inzwischen überwand Stößel seinen Ekel und nahm die Flasche erneut in die Hand. Er goss ein wenig von dem Inhalt auf ein Tuch und roch daran. Schließlich benetzte er die Kuppe seines rechten Zeigefingers damit und führte ihn zum Mund. Er spie das Zeug jedoch sofort wieder aus.

»Zwar habe ich nicht die Möglichkeiten, dieses Mittel genauer zu untersuchen, doch bin ich mir gewiss, dass der gesündeste Mensch durch dieses Mittel krank werden muss.«

»Das ist eine Lüge!«, fuhr Capracolonus auf. »Ich habe diese Arznei nach der hohen Kunst der Medizin angefertigt und wollte die Gräfin, das Komtesschen und den jungen Grafen damit retten. Doch es war zu spät.«

»Ihr habt ihnen dieses Zeug eingegeben?«, fragte Stößel fassungslos.

Der Arzt nickte. »Da die Gräfin es nicht freiwillig nehmen wollte, habe ich es ihr in ihre Speisen gemischt.«

»Und sie damit vergiftet! Keiner, der krank darniederliegt, kann eine solche Kur überleben.« Während Stößel die Flasche angewidert zurückstellte, musterte Tengenreuth seinen einstigen Leibarzt mit einem Blick, der diesen ein paar Schritte zurückweichen ließ.

»Es war kein Gift, wahrlich nicht!«, rief Capracolonus.

Stößel gab sich jedoch nicht mit dieser Aussage zufrieden und fragte ihn nach den Zutaten dieser Medizin. Erst als Tengenreuth es ihm befahl, gab der Arzt zögernd Auskunft.

Zuerst nickte der Apotheker noch, doch da Capracolonus auch die Menge des jeweiligen Anteils nannte, fuhr Stößel bei einem Inhaltsstoff erschrocken auf.

»Seid Ihr von allen guten Geistern verlassen? Man nimmt weniger als ein Zehntel davon!«

»So stand es aber auf meiner Rezeptur«, verteidigte der Arzt sich und setzte die Aufzählung der Zutaten fort.

Schon bei der nächsten zuckte Klara zusammen. »Ihr habt Schweinemist hinzugetan?«

»Dieser ist heilend, und die Gräfin und ihre Kinder waren keine Juden, die ihn nicht essen dürfen«, antwortete Capracolonus heftig.

»Ich esse ihn auch nicht, obwohl ich keine Jüdin bin!« Klara wurde bei dem Gedanken an Schweinemist übel, und sie war kurz davor, die Kammer zu verlassen, um im Freien erbrechen zu können.

Unterdessen dröhnte es in Tengenreuths Kopf, dass er kaum einen geraden Gedanken fassen konnte. »Du elender Hund hast meine Gemahlin und meine Kinder mit diesem Zeug vergiftet? Man sollte dich in einen Bottich voller Schweinemist stecken und darin ertränken!«

»Ich wollte doch Eure Gemahlin und die Kinder retten!«, schrie der Arzt mit sich überschlagender Stimme. »Euer Diener Ludwig sagte, ich solle es tun, und er bat auch um die Medizin für sein Weib und seinen Sohn. Doch es war bereits zu spät!«

»Sie hätten vielleicht alle überlebt, wenn Ihr ihnen nicht dieses Teufelszeug beigebracht hättet!«, fuhr der Apotheker ihn an.

Tengenreuth kämpfte mit seinen aufgepeitschten Gefühlen. Aus Hass hatte er Tobias und dessen Buckelapotheker Armin in Todesgefahr gebracht. Ein weiterer Buckelapotheker war von seinem Diener vergiftet worden, ebenso die beiden Schurken, die Justs Haus in Königsee angezündet hatten. Auch wenn er Ludwig nur die Morde an Engstler und Schüttensee befohlen hatte, so kamen die anderen Untaten doch auch auf sein Haupt.

»Ludwig, warum hast du das alles getan?«, stöhnte er verzweifelt. »Meine Befehle waren doch eindeutig gewesen!«

Doch genau so war es nicht gewesen. Er hatte sich von Ludwigs Hass und Rachegelüsten überwältigen lassen und nicht nachgeprüft, wie dieser vorgegangen war. Es wäre besser gewesen, Ludwig hätte sich Mahlstett angeschlossen, durchfuhr es ihn. So aber hatte der Wahnsinn ihn überwältigen können und zu grässlichen Taten getrieben.

In dem Augenblick hoffte Tengenreuth, sein Diener wäre bei dem Versuch, Mahlstett zu ermorden, gefangen genommen worden, schämte sich aber im nächsten Moment für diesen Gedanken. Es war seine Pflicht, für den Mann zu sorgen, vor allem aber auch zu verhindern, dass dieser weitere Verbrechen beging.

Mit verzweifelter Miene wandte er sich an Klara und Tobias. »Es tut mir leid!«, flüsterte er. »Das wollte ich nicht! Ich glaubte mich im Recht, doch ich war es nicht. Ich habe das Blut Unschuldiger auf mein Haupt geladen. Und das nur wegen dieses Kurpfuschers!«

Für einen Augenblick sah es so aus, als wolle Tengenreuth sich auf Capracolonus stürzen und ihn niederschlagen. Der Arzt stieß einen Angstschrei aus, stürzte in Panik zur Tür und rannte davon.

»Bleibt!«, schrie Tengenreuth ihm nach. »Ihr könnt Eure Schuld im Kampf gegen die wahren Feinde sühnen.«

Der Arzt reagierte nicht auf seine Worte, sondern lief, so rasch er konnte, auf den Wald zu. Vom Fenster aus sah Klara, wie er zwischen den Bäumen verschwand. Ein Windstoß ließ es so aussehen, als würde der Wald ihn verschlucken.

Schaudernd wandte sie sich ab und lehnte sich gegen die Wand. Tobias spürte, wie erschöpft sie war, und stellte ihr einen Stuhl hin.

»Ruh dich ein wenig aus«, riet er ihr.

»Ihr solltet alle ausruhen«, erklärte Tengenreuth mit fester Stimme. »Nicht mehr lange, dann benötigen wir alle Kraft, die wir aufbringen können. Der Feind ist nach hier unterwegs, und er kommt nicht allein. Wir haben es mit vierzehn entschlossenen Männern zu tun, die alle Menschen hier umbringen und das Schloss in Brand setzen wollen. Daher sollten wir Vorbereitungen für unsere Verteidigung treffen und uns überlegen, wo die beiden Frauen am sichersten untergebracht werden können. Uns stehen Feinde gegenüber, die es sich nicht leisten können, Zeugen am Leben zu lassen.«

»Wir sind bereit, das Unsere zu tun!«, rief Hüsing mit blitzenden Augen und zählte die anwesenden Männer. Selbst wenn er das halbe Dutzend Diener, über die Tengenreuth noch verfügte, hinzuzählte, waren sie in der Minderzahl.

»Wenn wir Glück haben und Mahlstett überraschen können, werden wir trotzdem siegen«, sagte er und fragte Tengenreuth, welche Waffen es im Schloss gab.

15.

Justinus von Mahlstett blickte angespannt auf die Bäume, die den Weg dicht an dicht säumten. Ein entschlossener Mann hätte seine Schar mit wenigen Männern angreifen und aufreiben können. Tengenreuth war jedoch kein entschlossener Mann mehr, sondern jemand, der sich vor der Welt verkrochen hatte. Ganz konnte dies nicht stimmen, machte er sich klar. Immerhin hatte Tengenreuth Engstler und Schüttensee auf raffinierte Weise ums Leben gebracht.

Mit einem Mal kroch die Angst in seinem Nacken hoch, die ihn jedes Mal packte, wenn er daran dachte. Er rang sie mühsam nieder und sagte sich, dass Tengenreuth ihm damit sogar einen

Gefallen getan hatte. Sein Blick heftete sich auf Kathrin Engstler. Sie war eine schöne Frau, nur etwas zu stolz. Aber das konnte er ihr austreiben. Er musste nur dafür sorgen, dass Elias Schüttensee den bevorstehenden Kampf mit Tengenreuth nicht überlebte. Wenn der junge Mann starb, war auch das Verlöbnis hinfällig, das die Väter der beiden beschlossen hatten.

Das Geld, das Kathrin in die Ehe mitbringen würde, würde es ihm ermöglichen, Schloss Rodenburg neu errichten zu lassen und neben Rübenheim auch Steinstadt in die Hand zu bekommen. Dann dürfte es für ihn ein Leichtes sein, Landgraf Karl dazu zu bewegen, ihm die beiden Städte als erbliches Lehen zu überlassen.

»Wann kommen wir endlich an?«

Kathrin Engstlers Ausruf riss Mahlstett aus seinem Grübeln.

»Nur noch wenige Stunden, meine Liebe«, antwortete er.

»Noch so lange?« Die junge Frau schnaubte missmutig.

Seit Tagen saß sie in der Kutsche und musste sich der Hände von Elias erwehren, dem nach dem Verlust der eigenen Stadt sehr daran gelegen war, bald Hochzeit mit ihr zu feiern. Der Gedanke passte ihr nicht, und sie fragte sich, was ihren Vater dazu bewogen haben mochte, sie mit diesem Tölpel zu verloben. Da war Justinus von Mahlstett ein ganz anderer Mann. Sie spürte sein Interesse an ihr, doch im Gegensatz zu Elias hielt er sich im Zaum. Er würde gewiss nicht vor anderen Leuten versuchen, ihren Hintern oder ihren Busen zu berühren. Des Nachts im Ehebett konnte dies geschehen, aber nicht in der Öffentlichkeit.

»So nachdenklich?«, fragte Mahlstett sie.

Kathrin sah ihn achselzuckend an. »Was kann man auf einer solchen Reise denn anderes tun als seinen Gedanken freien Lauf lassen?«

»Ein Weib mag das tun, doch ein Mann sollte seine fünf Sinne zusammenhalten. In Kürze erreichen wir Schloss Tengenreuth und müssen auf alles vorbereitet sein«, antwortete Elias Schüttensee an Mahlstetts Stelle.

»Auf was alles?«, fragte dieser spöttisch.

»Nun … äh … auf Feinde natürlich.«

»Ich rechne mit Eurem Mut und Euren Kampfeskünsten«, erwiderte Mahlstett lächelnd.

Während Elias selbstzufrieden nickte, begriff Kathrin, dass diese Worte ironisch gemeint waren, und zog ein angewidertes Gesicht. Sie würde niemals einen Mann heiraten, der so leicht zu verspotten war.

Einige Zeit herrschte Schweigen in der Kutsche. Dann wandte Kathrin Engstler sich erneut Mahlstett zu. »Wann erreichen wir endlich Tengenreuths Schloss?«

»Es muss bald so weit sein! Daher sollten wir jetzt langsamer fahren, damit wir rechtzeitig anhalten können. Wir dürfen Tengenreuth keine Gelegenheit geben, sich in die Büsche zu schlagen. In diesem verfilzten Wald würden wir ihn niemals finden.«

»Wir hätten Schweißhunde mitnehmen sollen«, warf Elias Schüttensee ein.

Kathrin musterte ihn mit einem verächtlichen Blick. »Die hättet Ihr mitbringen müssen! Bei mir in Rübenheim war kein Schweißhund zu finden.«

Von seiner Braut zurechtgewiesen zu werden, passte Elias Schüttensee nicht. Aber bevor er etwas darauf antworten konnte, fasste Mahlstett ihn am Arm. »Unser Späher kommt zurück!«

Tatsächlich ritt einer der Männer, die er als Vorreiter losgeschickt hatte, auf sie zu und trabte dann neben der Kutsche her. »Es ist nicht mehr weit bis zum Schloss!«, rief er Mahlstett zu.

Dieser klopfte mit dem Griff seines Degens gegen das Kutschendach. »Anhalten!«

Der Kutscher zog die Zügel an. »Wollt ihr wohl anhalten, ihr Viecher!«

Kaum stand die Kutsche, verließ Mahlstett den Wagenkasten. Als die Söldner, die sie zu Pferd begleitet hatten, aus den Sätteln steigen wollten, hob er abwehrend die Hand.

»Ihr bleibt auf den Gäulen. Reitet auf das Schloss zu, umzingelt es und lasst keinen entkommen!«

»Wir reiten jeweils zu zweit und nähern uns von allen Himmelsrichtungen. Da sollte es mit dem Teufel zugehen, wenn uns einer entkommt«, erklärte der Hauptmann der kleinen Schar.

»Was machen wir, während unsere Männer das Schloss stürmen?«, fragte Elias Schüttensee.

Mahlstett wandte sich mit einem beinahe mitleidigen Blick zu ihm um. »Wir folgen unseren Leuten zu Fuß. Haltet die Waffen bereit!«

»Wozu? Für die paar Knechte, die Tengenreuth besitzt, reichen meine Söldner vollkommen aus!« Elias gefiel es nicht, dass Mahlstett sich als Anführer aufspielte, und wollte zeigen, dass die Männer immer noch unter seinem Kommando standen. Trotzdem zog er seinen Degen und seine Pistole und marschierte los.

»Was soll ich tun?«, fragte Jungfer Kathrin.

»Ihr bleibt unter dem Schutz des Kutschers und seines Gehilfen im Wagenkasten sitzen«, antwortete Mahlstett und wollte losmarschieren.

Doch Kathrin verließ die Kutsche und eilte an seine Seite. »Ich will dabei sein und dem Mörder meines Vaters selbst eine Kugel in den Kopf schießen, damit seine verderbte Seele zur Hölle fährt!«

Mahlstett musterte sie kopfschüttelnd. »Zum Schießen braucht Ihr eine Pistole! Habt Ihr eine?«

»Ihr werdet mir Eure leihen!«

»Vielleicht.«

Tatsächlich dachte Mahlstett nicht daran, es zu tun. Kathrin Engstler sollte seine Ehefrau werden, und er wollte kein Weib im Ehebett, das mit eigener Hand einen Menschen getötet hatte. Da sie nicht in der Kutsche warten wollte, wies er sie an, hinter ihm zu bleiben, und schritt auf das Schloss zu. Ihre Reiter hatten es bereits erreicht, und Elias Schüttensee lief gerade über den Vorplatz.

16.

ie kommen!«, rief Klara Tobias zu.

Sie und Lene hatten beschlossen, sich nicht im Keller zu verstecken, sondern bei den Männern zu bleiben, mochte dies auch gefährlicher sein. Im Gegensatz dazu hatte ihr Kutscher sich geweigert, an ihrer Seite zu kämpfen, und sich im Untergeschoss verkrochen.

Tobias musterte Bert und Tengenreuths Diener Günter, die mit ihm zusammen diesen Flügel des Schlosses verteidigen sollten. »Ihr wisst, was ihr zu tun habt?«

»Was ist, wenn die Kerle uns nacheinander angreifen? Wir haben uns immerhin in drei Gruppen aufgeteilt«, fragte Bert.

»Wenn wir nur bessere Waffen hätten!«, rief Lene aus.

»Wir müssen mit dem zufrieden sein, was wir bekommen haben.« Bei diesen Worten musterte Tobias die alte Flinte, die Günter in Händen hielt. Ihm hatte Tengenreuth eine schwere Jagdbüchse zugeteilt. Dazu kamen noch seine Pistole und eine weitere, die Klara an sich genommen hatte. Sie waren sogar besser mit Schusswaffen versehen als die beiden anderen Gruppen, die von Tengenreuth und Hüsing angeführt wurden. An Hieb- und Stichwaffen hingegen herrschte kein Mangel, aber da Tobi-

· 498 ·

as nicht mit Schwert oder Spieß geübt war, hoffte er, dass es nicht zu einem Nahkampf kommen würde.

»Sie reiten auf uns zu!«, sagte Klara gepresst, denn gerade trat sie das Kleine in ihr und erinnerte sie daran, was auf dem Spiel stand.

Tobias blickte hinaus und fluchte. »Verdammt, ich hatte gehofft, ein paar von ihnen erwischen zu können, wenn sie auf das Schloss zukommen. Aber sie sind zu schnell für einen sicheren Schuss!« Trotzdem legte er die Waffe an, merkte aber rasch, dass er auf diese Weise keinen der Männer treffen würde. Auf die Pferde zu schießen, widerstrebte ihm jedoch.

»Wir holen sie uns, wenn sie die Treppe heraufkommen«, rief er Bert und Günter zu.

Die beiden nickten mit blassen Mienen. Keiner von ihnen war ein Held, und ihnen standen Männer gegenüber, die das Töten gewohnt waren.

Während Klara sich die feuchten Hände an ihrem Kleid abwischte, um die Pistole im entscheidenden Augenblick gut festhalten zu können, nahm Lene einen Sauspieß an sich.

»Lebendig bekommen die mich nicht!«

Klara ahnte, dass sie Angst hatte, von den Angreifern vergewaltigt zu werden. Auch ihr Magen zog sich bei dem Gedanken zusammen. In dem Augenblick spürte sie einen noch kräftigeren Tritt ihres Kindes. Sie atmete tief durch, und mit einem Mal überkam sie eine tiefe Ruhe.

»Die dort bekommen keinen von uns, denn wir werden sie zurückschlagen«, sagte sie und sah erneut zum Fenster hinaus. Ein einzelner Mann folgte den Reitern zu Fuß. Obwohl sie Elias Schüttensee nur einmal in Steinstadt aus der Ferne gesehen hatte, erkannte sie ihn. Er schwang seinen Degen wie ein Kapellmeister seinen Taktstock und hatte seine Pistole in den Gürtel gesteckt. Gerade als sie überlegte, ob sie Tobias auf ihn aufmerksam machen sollte, damit dieser ihn aufs Korn nahm, traten zwei weitere Personen aus dem Wald und schritten auf das Schloss zu.

»Da sind Mahlstett und die Jungfer von Rübenheim«, sagte sie.

Tobias folgte ihrem Blick. »Der Herr ist vorsichtig, denn für einen guten Schuss ist es zu weit. Aber den anderen könnte ich erwischen!« Er hob die Waffe und zielte auf Elias Schüttensee, brachte es aber nicht fertig, abzudrücken.

»Warum schießt Ihr nicht?«, fragte der Diener Günter entsetzt.

»Ich käme mir schäbig vor, würde ich aus dem Hinterhalt auf einen Menschen feuern«, erwiderte Tobias und kehrte zur Treppe zurück. Sie befanden sich im vierten Geschoss des Turms, der diesen Schlossflügel begrenzte. Von unten drangen bereits die Stimmen der Söldner herauf. Diese nahmen offenbar an, die Bewohner des Schlosses überrascht zu haben, und stürmten vorwärts.

Da klang der erste Schuss auf, gefolgt von einem zweiten.

»Das war mein Herr!«, stieß der Diener hervor und wollte die Treppe hinablaufen.

»Hiergeblieben!« Noch während er es rief, packte Tobias den Mann und zerrte ihn zurück. »Wir müssen diese Stellung verteidigen. Wenn wir jetzt einfach losrennen, machen wir es den Feinden zu einfach!«

Während Günter nickte, waren weitere Schüsse zu hören.

»Wie es aussieht, stehen auch Hüsing, Stößel und Neel im Kampf«, flüsterte Lene so leise, als hätte sie Angst, Mahlstetts Söldner könnten sie hören und erkennen, dass es noch eine dritte Verteidigergruppe im Schloss gab.

Minutenlang tat sich bei ihnen nichts. Dafür wurde in den anderen Schlossflügeln kräftig geschossen. Wer im Vorteil war, wussten Klara und die anderen nicht. Sie konnten nur hoffen,

· 500 ·

dass es Tengenreuths und Hüsings Gruppen gelang, die Angreifer aufzuhalten.

»Wir sollten unseren Kameraden zu Hilfe eilen«, schlug Günter vor.

Tobias schüttelte den Kopf. »Nicht mit den Frauen!«

»Der Mann hat recht!«, rief Klara. »Wenn alle Angreifer sich gegen Hüsings und Tengenreuths Gruppen wenden und diese überwältigen, sind auch wir verloren.«

»Du willst wirklich, dass wir diese gut gewählte Stelle verlassen? Herr von Tengenreuth würde dies gewiss nicht wollen. Hier haben wir den Vorteil, dass die Feinde die Treppe hochstürmen müssen.«

Tobias hoffte, Klara würde auf ihn hören, doch sie wies mit einer energischen Geste nach unten. »Wenn die anderen Gruppen niedergekämpft sind, brauchen Mahlstetts Männer nicht heraufzukommen. Es reicht, wenn sie den Eingang zum Turm von außen verbarrikadieren. Wir säßen wie Ratten in der Falle und würden elend umkommen.«

An diese Möglichkeit hatte niemand gedacht. Obwohl es ihm in der Seele weh tat, nickte Tobias und spannte den Hahn seiner Büchse.

»Du und Lene, ihr bleibt hinter uns, verstanden!«

»Wäre es nicht besser, wenn Frau Klara mir die Pistole geben würde?«, fragte Bert, der nur mit einem alten, wenn auch scharfen Schwert bewaffnet war.

»Soll meine Frau etwa dein Schwert nehmen oder gar eine Hellebarde?«, fragte Tobias ätzend.

»Zur Not würde ich es tun«, antwortete Klara, war aber froh, als sie die Pistole behalten konnte. Bei ihrem Umfang hätte sie sich mit jeder anderen Waffe schwergetan.

Tobias stieg als Erster die Treppe hinab und blickte sich unten um. Da niemand zu sehen war, winkte er den anderen, ihm zu folgen.

»Wohin wenden wir uns?«, fragte Bert, der lieber Hüsing zu Hilfe gekommen wäre als Tengenreuth.

»Dorthin, wo am heftigsten geschossen wird«, antwortete Tobias und lief los.

Obwohl das Schloss nicht besonders groß war, mussten sie schier endlose Gänge passieren, um zum Haupttrakt zu gelangen. Tengenreuth und seine Männer hatten sich auf der Empore im Großen Saal verbarrikadiert und hielten von dort aus die Angreifer auf Abstand.

Da Mahlstetts Männer nicht in den Saal eindringen konnten, ohne beschossen zu werden, hatten sie an den Zugängen Brustwehren aus Tischen und Stühlen errichtet und nahmen die Verteidiger von dort unter Feuer. Ein Stück weiter im Flur entdeckte Tobias die beiden Anführer und Kathrin Engstler. Er wurde langsamer und bedeutete den anderen, still zu sein.

»Das sieht nicht gut aus«, murmelte Bert trotzdem.

Klara wies auf einen Söldner, der bis in den Saal gekommen und dort niedergeschossen worden war. »Wir haben auf jeden Fall einen weniger gegen uns. Außerdem müssen etliche der Kerle bei Hüsing im linken Flügel sein, denn auch dort fallen Schüsse.«

»Ich halte es für Wahnsinn, jetzt anzugreifen«, maulte Bert.

Lene versetzte ihm einen heftigen Rippenstoß. »Wir können auch warten, bis die Männer der Jungfer unsere Freunde niedergekämpft haben und danach uns umbringen.«

»Das werden wir gewiss nicht«, antwortete Tobias und hob seine Büchse.

Gerade als er auf Mahlstett anlegen wollte, trat dieser durch eine Tür in einen Raum auf der anderen Seite des Ganges, und Elias Schüttensee wurde durch einen der Söldner verdeckt. Da der Kampf voll im Gange war, hatte Tobias keine Hemmungen, ebenfalls zu schießen. Er zielte kurz und feuerte. Ein Söldner stieß einen leisen Schrei aus, taumelte ein paar Schritte und stürzte zu Boden.

Günter schoss ebenfalls, traf aber schlecht, so dass der Kerl sich mit einem Satz in den Raum retten konnte, in dem Mahlstett verschwunden war. Auch die übrigen Söldner suchten Deckung und versuchten, ihre unhandlichen Musketen auf die überraschend aufgetauchten Gegner zu richten.

»Weg vom Korridor!«, rief Tobias und riss die erste Tür auf. Er schob Klara und Lene in den Raum dahinter. Dann wartete er trotz der Gefahr, bis die beiden Männer ebenfalls darin verschwunden waren, und folgte ihnen dichtauf.

Es war keinen Augenblick zu früh. Die Söldner feuerten mehrere Musketen auf ihn ab, aber die Kugeln verfehlten ihn und schlugen stattdessen in das andere Ende des Korridors ein.

»Hier kommen wir nicht mehr lebend heraus!«, prophezeite Bert düster.

»Das steht noch nicht geschrieben«, antwortete Günter grinsend und öffnete eine für Fremde kaum sichtbare Tapetentür.

Da draußen Schritte zu hören waren, die rasch näher kamen, beeilten sich alle, das Zimmer durch die Geheimtür zu verlassen. Der Diener schloss sie wieder und wandte sich Tobias zu. »Selbst wenn die Kerle in den anderen Raum eindringen, werden sie eine Weile brauchen, bis sie die Tür entdecken. Das gibt uns die Zeit, meinem Herrn zu helfen.«

»Von hier aus?«, fragte Tobias verwundert.

»Ja, von hier aus!«, antwortete Günter. »Graf Hyazinths Vorfahr, der dieses Schloss erbauen ließ, wollte in diesen Gemächern von einem Raum in den anderen gelangen, ohne von den Dienern im Korridor gestört zu werden. Daher gibt es hier überall eine Verbindungstür in den nächstfolgenden Raum. Seht!« Damit öffnete Günter eine weitere Geheimtür, und sie kamen Jungfer Kathrin, Mahlstett und Elias Schüttensee erneut ein Stück näher.

17.

Mahlstett glaubte, den Sieg bereits in der Tasche zu haben. Auch wenn es ihnen nicht gelungen war, die Bewohner des Schlosses zu überraschen, so hatten sie diese an zwei Stellen festgenagelt, von denen sie nicht mehr entkommen konnten. Mahlstett schätzte, dass sie es mit etwa sieben Leuten zu tun hatten. Auch wenn diese sich gut verschanzt hatten, so lagen doch alle Vorteile auf ihrer Seite.

Während Mahlstett jeden Augenblick erwartete, den Ersten von Tengenreuths Männern fallen zu sehen, klangen mit einem Mal hinter ihrem Rücken Schüsse auf. Einer seiner Männer stürzte zu Boden, ein anderer rettete sich verletzt zu ihm in den Raum.

»Schießt auf die Kerle hinter uns!«, befahl Mahlstett.

Ein paar Schüsse krachten, und kurz darauf rief einer der Söldner, dass sich die feindliche Gruppe in eine Kammer zurückgezogen hätte.

»Drei von euch reichen aus, um Tengenreuth in Deckung zu halten. Die anderen vier sollen den Raum stürmen, in den sich das andere Gesindel zurückgezogen hat«, befahl Mahlstett und wandte sich Elias Schüttensee zu. »Geht zu unseren Leuten im linken Flügel und sorgt dafür, dass die Kerle, die dort Widerstand leisten, rasch niedergemacht werden.«

Elias zögerte. »Was ist, wenn noch mehr Feinde auftauchen?«

»Woher soll Tengenreuth sie nehmen? Wie es aussieht, hat er jedem Pferdeknecht und jedem Gärtnerbuben eine Waffe in die Hand gedrückt. Doch das sind keine Kämpfer, vor denen wir Angst haben müssten. Und jetzt macht schon!«

Am liebsten hätte Elias ihn angebrüllt, er solle doch selbst gehen. Aber da im linken Schlossflügel weniger Schüsse fielen als an dieser Stelle, machte er sich auf den Weg. Er achtete jedoch sorgfältig darauf, immer in Deckung zu bleiben.

Mahlstett schüttelte verächtlich den Kopf. »Was für ein Schwächling! Euer Vater hätte ihn sich ansehen müssen, bevor er Euch mit ihm verlobt hat.«

Jungfer Kathrin hörte ihn offensichtlich nicht, denn sie stand mit angespannter Miene mitten im Raum und schien sich nicht entscheiden zu können, ob sie davonlaufen oder bleiben sollte.

»Werden wir wirklich gewinnen?«, fragte sie ängstlich. »Es sind mehr Verteidiger, als Ihr erwartet habt.«

Das stimmte zwar, doch Mahlstett war nicht bereit, einen Fehler zuzugeben. »Keine Sorge! Mit denen werden wir schon fertig. Die sitzen samt und sonders in der Falle.« Um zu beweisen, dass er alles im Griff hatte, steckte er den Kopf in den Flur und sah nach den Männern, die er nach hinten geschickt hatte.

»Habt ihr die Kerle?«

»Wir müssen erst die Tür aufbrechen!«, erwiderte einer.

Zwei weitere Söldner holten gerade einen Tisch aus einem anderen Raum. Als sie die Tür auframmten, erklang in der Wand ein leises Knacken, das Mahlstett in dem Lärm, den seine Männer machten, jedoch nicht vernahm. Er wollte wieder nach hinten schauen, da stieß Kathrin Engstler einen gellenden Schrei aus.

Mahlstett prallte herum und starrte in den Lauf der Büchse, mit der Tobias auf ihn zielte. »Ihr solltet Euren Leuten befehlen, sich zu ergeben«, sagte dieser grinsend.

Voller Wut wich Mahlstett ein paar Schritte zurück und hob die Hände in Schulterhöhe. Da sah er Kathrin direkt neben sich. Mit einem raschen Griff packte er sie und hielt sie so vor sich, dass sie ihn fast ganz verdeckte. Gleichzeitig richtete er seine Pistole auf Tobias.

Dieser fluchte, weil er sich seines Erfolgs zu sicher gewesen war. Wenn er jetzt schoss, würde seine Kugel die Jungfer treffen und Mahlstetts Waffe ihn.

»Der Teufel soll Euch holen!«, sagte er mürrisch und senkte seine Büchse.

»Eines der beiden Weiber soll zu mir kommen«, befahl Mahlstett, da er glaubte, die Verteidiger mit einer solchen Geisel besser erpressen zu können als mit Kathrin Engstler.

»Nein!«, rief Tobias, doch da setzte sich Klara bereits in Bewegung. Ihre Pistole hielt sie hinter ihrem Rücken zwischen den Falten des Rocks verborgen. Zu sagen wagte sie nichts, um Mahlstett nicht zu warnen.

»So ist es brav!«, lobte dieser sie spöttisch und wies Kathrin an, sich im gleichen Maße von ihm wegzubewegen, wie er Klara an sich ziehen konnte.

Der Jungfer war der Schock in sämtliche Glieder gefahren. Keiner der Feinde hatte Grund, Rücksicht auf sie zu nehmen, und wenn die beiden Männer schossen, waren sowohl sie wie auch Mahlstett tot. Selbst wenn einer der Verteidiger ebenfalls starb, hatte sie nichts davon. Daher war sie froh, aus der Schusslinie zu kommen. Sie musste sich jedoch an die Wand lehnen, denn ihre zitternden Beine trugen sie nicht mehr.

Unterdessen glaubte Mahlstett den Kampf so gut wie gewonnen. Er packte Klara mit festem Griff und feixte. »Mit deinem dicken Bauch bist du die richtige Deckung für mich. Jetzt wird keiner deiner Freunde mehr schießen!«

»Die nicht, aber ich!«, antwortete Klara, presste den Lauf ihrer Pistole gegen seinen Leib und drückte ab. Der Schuss hallte misstönend in ihren Ohren, und für Augenblicke sah es so aus, als wolle Mahlstett seine Waffe auf sie richten.

Da war Tobias heran und schlug den Kolben seiner Büchse gegen den Schädel des Mannes. Mahlstett taumelte und sackte zu Boden. Da er sich immer noch regte, schoss Günter auf ihn.

Tobias zog Klara an sich. »Ist dir etwas zugestoßen, mein Schatz?«

· 506 ·

»Mir geht es gut! Du aber solltest lieber auf die Söldner achten!«

Klaras Ruf kam gerade noch rechtzeitig. Als Tobias zur Tür schaute, sah er, wie einer von Mahlstetts Männern seine Muskete schussfertig machte, und kam ihm um einen Herzschlag zuvor. Während der Söldner zu Boden stürzte, spürte er ein Zupfen an seinem linken Oberarm. Als er hinsah, hing sein Ärmel in Fetzen, und der Stoff färbte sich rot.

»Es ist nicht schlimm!«, rief er Klara zu.

Da stürmte einer der Kerle auf ihn zu und holte mit seinem Degen zum Stoß aus. Mit einem Schritt stellte Lene sich vor Tobias und trieb dem Angreifer die Saufeder in den Leib. Der Söldner stürzte und riss sie mit zu Boden. Als sie sich wieder auf die Beine kämpfte, begriff sie, dass ihr Gegner nie mehr aufstehen würde, und schlug das Kreuz.

»Gütiger Herr Jesus, bin ich jetzt eine Mörderin?«

Zwei weitere Söldner drangen in den Raum. Dem ersten hieb Tobias den metallbeschlagenen Griff seiner Pistole über den Schädel, und gegen den zweiten führte Bert einen tödlichen Schwertstreich. Für einige Augenblicke befürchtete Tobias, der Rest der Kerle werde ebenfalls angreifen, doch da klangen Schüsse auf, und die Söldner stürzten zu Boden. Kurz darauf steckte Tengenreuth den Kopf zur Tür herein.

»Ihr habt die Schurken zur rechten Zeit abgelenkt, so dass wir sie niederkämpfen konnten. Jetzt werden wir Hüsing und seinen Männern beistehen. Bleibt ihr hier bei den Frauen!«

»Lasst die Jungfer nicht entkommen!«, setzte er hinzu und warf einen kurzen Blick auf Mahlstett. »Was ist mit ihm?«

»Der ist mausetot«, antwortete sein Diener. »Frau Klara hat ihn angeschossen, und ich habe ihm den Rest gegeben.«

»Er hat zuerst Jungfer Kathrin als Schutzschild verwendet und dann meine Frau. Doch die hatte ihre Pistole zwischen den

Falten ihres Rockes versteckt!« Tobias grinste und legte den Arm um Klara. »Habe ich dir schon gesagt, dass du unvergleichlich bist?«

»Nein, und ich will es auch nicht hören! Es würde mich über andere Menschen erheben, und das kann Gott nicht gefallen.« Klara klang erschöpft, aber auch wie von einem Alptraum erlöst, denn für sie und ihren Mann war der Kampf vorbei. Nun lehnte sie sich gegen Tobias und hielt sich an ihm fest.

»Du warst so tapfer!«, flüsterte sie.

»Jetzt heb du nicht mich über andere hinaus«, antwortete Tobias und sah Tengenreuth das Zimmer verlassen. Günter und Bert folgten ihm, und draußen schlossen sich die übrigen Bediensteten an, um die Schurken um Elias Schüttensee niederzukämpfen.

Lene blieb bei Klara und Tobias und richtete ihren Sauspieß auf Kathrin Engstler. »Denke nur nicht, dass du von hier verschwinden kannst. Ich ramme dir sonst dieses Ding durch die Eingeweide!«, drohte sie der jungen Frau.

Mit wachsendem Grauen starrte die Jungfer auf die blutige Spitze des Spießes und dann auf den Mann, den Lene damit getötet hatte. Niemals zuvor hatte sie so viel Angst verspürt wie in diesem Augenblick.

Einige Zeit erklangen noch Schüsse, dann wurde es im Schloss gespenstisch still. Klara sah Tobias fragend an. »Glaubst du, dass die Unsrigen gewonnen haben?«

»Da bin ich mir sicher! Bestimmt konnte Tengenreuth die restlichen Schurken ebenso überraschen wie wir diese hier«, antwortete Tobias und streichelte ihre Wange.

»Ich bin so froh, dass es vorbei ist«, flüsterte Klara und kämpfte gegen die Tränen an, die ihr bei dem Gedanken an all die Toten kamen, die wegen der Verleumdungen des eingebildeten Arztes und seiner giftigen Medizin ihr Leben verloren hatten.

»Bitte, lasst mich gehen!«, flehte Jungfer Kathrin. Von ihrem Stolz war wenig übrig geblieben. Sie wollte nur fort von hier und sich in ihre Heimatstadt retten.

Tobias erinnerte sich an seine Haft in Rübenheim und schüttelte den Kopf. »So leicht kommt Ihr uns nicht davon!«

»Ich weiß jetzt, dass nicht Ihr oder Euer Buckelapotheker die Schuld am Tod meines Vaters tragt, sondern ganz allein Graf Tengenreuth. Er ist ein grausamer Mann und wird seinen Zorn an mir auslassen, wenn er mich hier findet.«

»So wie Ihr den Euren an mir ausgelassen habt?«, fuhr Tobias sie giftig an.

Klara beobachtete die junge Frau und spürte deren Furcht beinahe körperlich. Vor wenigen Tagen noch die Herrin ihrer Stadt, war sie nun eine Gefangene von Männern, die wenig Grund hatten, sie zu schonen. Fast gegen ihren Willen empfand sie Mitleid. Sie konnte jedoch nichts für die Jungfer tun, denn über deren Schicksal würden Graf Tengenreuth und Richter Hüsing entscheiden.

18.

In der Zeit, in der Klara, Tobias, Lene und Bert, von Günter geführt, die Geheimtüren benutzten, um in Mahlstetts Rücken zu gelangen, lag Richter Hüsing in guter Deckung und beobachtete den Feind. Als er eine Bewegung sah, legte er an und schoss. Ein Schrei ertönte, dann taumelte ein junger Mann in den Raum und schlug schwer zu Boden.

»Das muss Schüttensee sein!«, rief Stößel aufgeregt und streckte den Kopf ein paar Zoll zu hoch über die Barrikade, die sie aus mehreren Tischen zusammengestellt hatten. Sofort knallte ein Schuss, und die heransurrende Kugel zwang ihn zu einem tiefen Bückling.

»Gott sei Dank vorbei!«, sagte er noch, doch da schüttelte Neel den Kopf.

»Hat Euch genau am Scheitel erwischt!«

Der Apotheker langte nach oben und sah dann erschrocken auf das Blut, das an seinen Fingerkuppen klebte. »Tot bin ich aber noch nicht?«, fragte er verdattert.

»Vielleicht seid Ihr das nächste Mal etwas vorsichtiger. Es könnte ja sein, dass die Kerle tiefer zielen«, erwiderte Hüsing grob.

Die Söldner sahen sich unterdessen unsicher an. Sie waren noch zu dritt, nachdem Hüsing einen von ihnen beim ersten Angriff niedergeschossen hatte.

»Das war Junker Elias! Ihm allein haben wir Treue geschworen. Was machen wir jetzt?«, fragte einer.

»Herr von Mahlstett wird uns gewiss in seinen Diensten behalten«, rief sein Kamerad.

»Wie es sich anhört, wehren sich die Leute im anderen Teil des Schlosses ebenso verbissen, wie die hier es tun. Dabei sagte Mahlstett, wir würden nur auf den Schlossherrn und zwei oder drei Diener treffen. Doch dort vorne sind mindestens schon drei, und im Hauptflügel müssen es noch weit mehr sein.« Die Miene des Mannes verriet, dass er Mahlstett nicht vertraute.

Im Gegensatz zu ihm waren die anderen bereit, sich unter das Kommando des Edelmanns zu stellen. Einer wich nun vorsichtig zurück und richtete sich auf, sobald er Hüsings Schusslinie entronnen war.

»Ich sehe nach, wie die Sache drüben steht. Haltet ihr inzwischen die Leute in Schach! Um mit denen fertigzuwerden, brauchen wir Unterstützung.«

Während er loslief, schossen seine Kameraden in gewissen Abständen auf die Barrikade, hinter der Hüsing, Stößel und Neel Deckung gesucht hatten, damit diese nicht auf die Idee kamen, einen Ausfall zu wagen.

Nach einer Weile kam der andere Söldner zurück. Zwei weitere Männer folgten ihm. Bei einem davon tropfte es rot von seinem Ärmel.

»Mahlstett hat uns in eine Falle geführt!«, stieß der Verletzte hervor. »Die anderen Kameraden sind tot oder schwer verletzt. Mahlstett hat es ebenfalls erwischt. Wenn wir uns nicht rasch von den Socken machen, teilen wir sein Schicksal.«

»Das kann doch nicht wahr sein!«, rief einer der beiden, die sich Mahlstett hatten andienen wollen, erschrocken.

»Dort drüben ist eine Tür! Bis die Verteidiger merken, dass wir abgehauen sind, sitzen wir auf unseren Gäulen und sind innerhalb weniger Herzschläge außer Schussweite«, schlug der Verletzte vor.

»Wir sollen die anderen im Stich lassen?«, fragte einer seiner Kameraden aufgebracht.

»Wenn du unbedingt erschossen werden willst, kannst du ja bleiben«, antwortete der andere höhnisch. »Ich gebe auf jeden Fall Fersengeld.«

»Schade, dass Schüttensee nicht hier im Flur liegen geblieben ist. In dem Fall könnten wir seinen Leichnam mit einer Pike zu uns herziehen und seinen Beutel mitnehmen. Der ist recht gut gefüllt, kann ich euch sagen«, warf einer entsagungsvoll ein.

»Wir nehmen die Pferde unserer Kameraden mit. Wenn wir die verkaufen, kriegen wir genug Reisegeld zusammen. Und jetzt kommt!« Der Sprecher schoss noch einmal auf die Barrikade und eilte dann davon. Die anderen sahen einander kurz an und folgten ihm.

Kurz darauf war Pferdegetrappel zu vernehmen. Klara eilte ans Fenster und sah die überlebenden Söldner davonreiten. Jeder von ihnen führte ein weiteres Pferd am Zügel.

»Es sieht so aus, als wäre es wirklich vorbei«, sagte sie aufatmend und faltete die Hände zum Gebet.

»Ja, es ist vorbei!« Tengenreuth trat mit einer Miene grimmiger Zufriedenheit in den Raum. »Elias Schüttensee ist ebenso tot wie Mahlstett. Ohne ihren Anführer wollten die restlichen Söldner nicht mehr kämpfen und sind geflohen.«

»Hoffentlich bleiben sie nicht als Räuber in der Gegend«, gab Stößel zu bedenken.

Tengenreuth schüttelte den Kopf. »In dieser Gegend würde ein Räuber verhungern. Da müssten sie sich schon in der Nähe einer Stadt einnisten, aber dort würde man sie bald fangen. Ich schätze, dass die Kerle sich irgendwo neu anwerben lassen. Das soll uns nicht mehr bekümmern. Wir sperren die Jungfer und die beiden verletzten Söldner in den Keller. Dort kann sie sich um die Verletzungen der Kerle kümmern. Anschließend tragen wir die Toten ins Freie und begraben sie am Waldrand. Da kein Priester zur Stelle ist, werde ich einen Psalm aus der Heiligen Schrift lesen. Herr Just, Herr Stößel und zwei meiner Männer sind verwundet. Ich würde mich freuen, wenn ihr beide sie verbinden könntet.«

Die letzten Worte galten Klara und Lene. Beide nickten und ließen die Verletzten in den Sesseln am Fenster Platz nehmen, wo sie genug Licht fanden, um die Wunden zu versorgen.

Zum Glück waren die Blessuren nicht allzu schwer, so dass alle damit rechnen konnten, wieder auf die Beine zu kommen. Während Tobias nur einen Verband um den Oberarm benötigte, musste Stößel sich von einem Teil seiner Haare trennen und protestierte heftig.

»Ihr wollt mich wohl zum Mönch scheren. Dabei bin ich ein guter Protestant!«

»Gott achtet auf die Herzen der Menschen, nicht auf ihre Frisur«, antwortete Lene lachend.

»Wäre auch schwer bei den gewaltigen Perücken, welche die hohen Herrschaften tragen!« Auch Klara lachte jetzt und dankte Gott, dass alles gut ausgegangen war.

19.

Klara konnte es kaum fassen, dass nach all den aufregenden Tagen endlich Ruhe herrschte, war aber froh darüber, weil sie sich unendlich erschöpft fühlte. In den Nächten hatte sie Alpträume, in denen sie, Tobias und ihre ganze Familie abwechselnd Jungfer Kathrin, Mahlstett oder Tengenreuth zum Opfer fielen. Dabei war der Edelmann nicht mehr ihr Feind, Mahlstett tot und Kathrin Engstler ihre Gefangene.

Tengenreuth aber war beunruhigt, weil er nichts mehr von seinem einstigen Reitknecht gehört hatte.

»Wo mag Ludwig stecken?«, sagte er am Nachmittag des dritten Tages. »Ich hatte ihn losgeschickt, um Mahlstett zu töten.«

»Vielleicht hat er es nicht über sich gebracht, diesen Mord zu begehen, und wagt sich deshalb nicht mehr zurück«, meinte der Apotheker.

Auf Tengenreuths Stirn erschien eine scharfe Falte. Er kannte seinen Diener und wusste, dass dieser kein Mann war, der jemanden aus Mitleid verschonte. »Vielleicht ist er Mahlstett aufgefallen und wurde von ihm beseitigt. Wir werden es wohl nie erfahren. Sei's drum! Herr Just und Herr Stößel haben sich gut erholt, daher werden wir morgen nach Kassel aufbrechen und Seiner Durchlaucht berichten, was hier geschehen ist.«

»Das ist wohl das Beste«, stimmte Tobias ihm zu. »Klara und ich wollen bald nach Hause, sonst kommt sie noch in der Fremde mit unserem Kind nieder.«

»Das sollte nicht geschehen«, antwortete Tengenreuth lächelnd. »Erlaubt mir aber, der Gevatter des Kindes zu werden. Ich will damit wenigstens einen Teil meiner Schuld Euch gegenüber abtragen.«

»Es wird uns eine Ehre sein!«, antwortete Tobias mit einer Verbeugung. Ein leibhaftiger Graf als Pate für ihr Kind würde das

· 513 ·

Ansehen der ganzen Familie steigern. Wie es Sitte war, würde der Pate wenigstens einmal im Jahr das Kind beschenken und sein Wohlergehen insgesamt fördern. Würde es ein Mädchen, hatte er später für eine Mitgift zu sorgen und die Hochzeit auszurichten.

Klara machte sich ähnliche Gedanken und legte versonnen lächelnd die Hände auf ihren Bauch. Das Ungeborene bewegte sich und bewies ihr damit, dass es gesund war und ihren Leib bald verlassen wollte.

Mit einem Mal platzte Bert herein und störte aufgeregt die entspannte Runde. »Ein Reiter kommt auf das Schloss zu!«

»Was?« Tengenreuth sprang auf und trat ans Fenster. Da er den Ankömmling von diesem Seitenflügel aus nicht sehen konnte, nahm er seine Pistole an sich und verließ das Schloss durch eine kleine Pforte. Kurz darauf entdeckte er den Reiter. Dieser sah ihn ebenfalls und lenkte seinen Gaul auf ihn zu.

Als Tengenreuth seinen Vertrauten Ludwig erkannte, kniff er überrascht die Augen zusammen. Sein Reitknecht saß erschöpft auf einem schweißbedeckten Gaul und hielt einen größeren Gegenstand in seinem Mantel verborgen.

»Wenn du gekommen bist, um mich vor Mahlstett zu warnen, so hast du dich um eine Woche versäumt!«, herrschte Tengenreuth ihn an.

»Was kümmert mich Mahlstett?«, stieß Ludwig mit heiserer Stimme hervor. »Ich habe unsere Lieben gerächt! Der Laborant Just starb durch meine Klinge, und ich habe seinen Enkel entführt, damit Ihr ihn töten könnt.«

Bei diesen Worten schlug er den Mantel zurück, so dass sein Herr den kleinen Martin sehen konnte, der gut verschnürt und geknebelt vor dem Sattel lag.

»Ich musste zwei Mal ein Pferd stehlen, da ich wegen dieses Bengels nicht mit der Postkutsche reisen konnte. Doch nun bin ich hier«, rief Ludwig triumphierend.

Tengenreuth traute seinen Ohren kaum. »Was hast du getan? Rumold Just ermordet? Du elender Narr! Der Laborant war unschuldig! Der wahre Schuldige am Tod unserer Frauen und Kinder ist der unselige Capracolonus, dessen Arznei aus Schweinemist und Gift bestand. Oh Himmel! Was habe ich nur getan, dir zu erlauben, meine Feinde zu beseitigen?«

»Ihr lügt!«, schrie Ludwig. »Dieser Laborant war schuld! Der ehrwürdige Doktor Capracolonus hat es gesagt, und der ist ein studierter Herr.«

»Steig ab und gib mir den Knaben!«, herrschte Tengenreuth seinen Diener an.

Ludwig schüttelte wild den Kopf. »Niemals! Er soll sterben!« Noch während er es sagte, zog er sein Messer und holte aus, um es Martin in den Leib zu stoßen.

»Nein!«, schrie Tengenreuth auf und riss die Pistole hoch.

Ein Schuss krachte. Gleichzeitig erschien auf Ludwigs Brust ein kleines, schwarzes Loch, aus dem es rot herausrann. Trotzdem versuchte der Mann, das Kind zu erstechen.

Tengenreuth war mit einem Sprung neben Ludwig und schlug ihm mit dem Pistolenlauf das Messer aus der Hand.

»Ihr ... Gott soll Euch ...«, sagte Ludwig mit ersterbender Stimme und rutschte haltlos aus dem Sattel.

Tengenreuth fing den Knaben auf, bevor dieser Schaden nahm, entfernte den Knebel und drückte ihn tröstend an seine Brust.

Klara und Tobias rannten bereits auf ihn zu. »Mein Kleiner!«, schrie Klara. »Was hat man mit dir gemacht?«

»Mama!« Martin strampelte so sehr, dass Tengenreuth Mühe hatte, die Fesseln zu lösen. Dann aber war es geschafft, und der Kleine stolperte unsicher zu seiner Mutter. Klara hob ihn auf und tastete ihn ab. Wohl war Martin ein bisschen bleich und hatte hohle Wangen, da Ludwig ihn unterwegs hatte hungern

· 515 ·

lassen, doch er wirkte unverletzt und schlang erleichtert die Arme um seine Mutter.

Unterdessen trat Tengenreuth mit gesenktem Kopf auf Tobias zu. »Möge Gott mir vergeben, wenn Ihr es nicht könnt! Mein Diener hat Euren Vater erstochen.«

»Nein!« Tobias ballte die Fäuste und stieß einen Schrei aus, der von den Mauern des Schlosses widerhallte.

Bei Klara flossen unterdessen die Tränen. »Die arme Martha! Dabei habe ich so gehofft, sie würde doch noch ihr Glück finden.«

»Was tun wir noch hier? Wir müssen nach Hause«, sagte Tobias mit heiserer Stimme.

»Das verstehe ich«, wandte Tengenreuth ein. »Doch hier werdet Ihr schwerlich eine Postkutsche finden, die Euch in Eure Heimat bringt. Kommt mit mir nach Kassel. Ich werde dafür sorgen, dass Ihr von dort nach Königsee gebracht werdet.«

»Das wird wohl das Beste sein!« Tobias wandte sich ab und ging zum Wald, um eine Zeitlang allein zu sein.

Als Klara ihm folgen und ihn trösten wollte, rief Martin, dass er sehr hungrig sei, und mahnte sie damit, dass das Leben weiterging.

20.

Später erinnerte Klara sich kaum noch daran, wie sie nach Kassel gekommen waren. Selbst die ersten Tage dort waren so von der Trauer um ihren Schwiegervater überschattet, dass sie sich für nichts anderes interessierte. Sie bekam zwar mit, dass Tengenreuth mehrfach zu einer Privataudienz bei Landgraf Karl vorgelassen worden war, doch wie dessen Sache stand, erfuhr sie nicht. Umso mehr wunderte sie sich, als Tengenreuth eines Abends sie und Tobias aufforderte, sich für einen Besuch bei seinem Landesherrn zurechtzumachen.

»Was sollen wir dort?«, fragte sie abweisend.

»Es ist der Wunsch Seiner Durchlaucht, den Mann kennenzulernen, den Jungfer Kathrin zu Unrecht gefangen nehmen ließ und mit dem Tode bedroht hat. Und ebenso dessen mutiges Weib, das alles unternommen hat, um den Gatten und mit den Herren Hüsing und Stößel zwei geachtete Untertanen des Landgrafen vor einem willkürlichen Urteil zu retten.«

Klara atmete tief durch und nickte. »Gut! Aber morgen fahren wir nach Hause!«

»Das werden wir«, versprach Tobias ihr. »Ich wollte nur warten, bis du dich ein wenig von dem Schrecken erholt hast. Es wird für dich sehr anstrengend werden.«

In gewisser Weise fürchtete er sich davor, nach Hause zu kommen und an das Grab seines Vaters geführt zu werden. Er wusste jedoch selbst, dass er sich nicht ewig davor drücken konnte, und war Klara dankbar, dass sie ihm die Entscheidung abgenommen hatte.

Während Tengenreuth sich seinem Rang gemäß mit einer langen, goldbestickten Weste, einem knielangen, silbern glänzenden Samtrock und blauen Kniehosen kleidete und auch Hüsing Wert auf ein gediegenes Aussehen legte, wählte Klara ein schlichtes Kleid und Tobias einen dunklen Rock und einen Dreispitz. Tengenreuth und Hüsing trugen ebenfalls Dreispitze, doch bei ihnen saßen diese auf gewaltigen Perücken. Im Vergleich dazu wirkte Stößel mit seinem braunen Rock und bequem fallenden Kniehosen wie ein Rebhuhn unter prachtvollen Fasanen.

Kathrin Engstler, die Tengenreuth bislang in einem Raum des Hauses gefangen gehalten hatte, begleitete sie ebenfalls. Um zu verhindern, dass sie mit einer abgerissenen Erscheinung das Mitleid des Landgrafen erregen konnte, hatte die Jungfer ein neues Kleid erhalten und war von Lene frisiert und zurechtgemacht worden. So sah sie zwar blass, aber doch recht ansehnlich aus. Tengenreuth fragte sich daher bei ihrem Anblick, ob es nicht doch ein Fehler gewesen war, sie neu einzukleiden.

Er ließ sie auf dem Weg nach unten nicht aus den Augen und wies sie an, als Erste in die Kutsche zu steigen. Er selbst folgte ihr, während Hüsing und Stößel Klara den Vortritt ließen. Alle waren sehr angespannt. Für Tengenreuth ging es um seinen verlorenen Besitz, für Hüsing und Stößel darum, wie es mit ihrer Heimatstadt weitergehen sollte, und die Jungfer hoffte, dass der Landgraf die Männer, in deren Gewalt sie sich befand, bestrafen würde.

Während die Kutsche durch Kassel rollte, beobachtete Kathrin Engstler Tengenreuth. Bisher wusste sie nicht viel mehr von ihm, als dass er ein Feind ihres Vaters gewesen war und dessen Tod verschuldet hatte. Ich werde Seine Durchlaucht anflehen, dieses schreckliche Verbrechen zu sühnen, nahm sie sich vor und harrte der Ankunft im Schloss.

Klara hätte sich gewünscht, Martin bei sich zu haben. Doch der Junge hatte in Lenes Obhut zurückbleiben müssen. Nun vermisste sie ihn und kämpfte mit den Tränen.

»Nur Mut! Es wird alles gut werden!«, raunte Tobias ihr ins Ohr.

Sie nickte, war aber froh, als die Kutsche endlich anhielt und ein Lakai herbeieilte, um den Schlag zu öffnen.

Da die Angelegenheit nicht publik gemacht werden sollte, empfing der Landgraf die Gruppe nicht im Audienzsaal seiner Residenz, sondern in einem Nebengebäude. Er saß auf einem bequemen Sessel und richtete sein Augenmerk als Erstes auf Tengenreuth.

»Wir freuen Uns, Euch wieder an Unserem Hofe zu sehen, mein lieber Freund«, begrüßte er ihn, als hätte er nicht schon mehrere Gespräche mit ihm geführt.

Tengenreuth verbeugte sich und hob in einer unbestimmten Geste die rechte Hand. »Ich bitte Eure Durchlaucht um Verzeihung. Ich hätte längst wieder nach Kassel kommen sollen.«

»Das hättet Ihr – und hier Euren Prozess neu aufleben lassen! Wir haben die Akten noch einmal prüfen lassen. Es wurden neue Beweise gefunden, und so sind Unsere Richter zu folgendem Urteil gelangt: Eure Besitztümer wurden Euch von Emanuel Engstler, Christoph Schüttensee und Justinus Mahlstett widerrechtlich geraubt. Zu Unserem großen Bedauern haben Wir dies zu spät erfahren und den drei Verbrechern dadurch die Möglichkeit geboten, von Eurem geraubten Geld Privilegien zu erlangen, die Wir heute bedauern erteilt zu haben. Daher werden Wir Steinstadt und Rübenheim im Tausch gegen zwei Ämter an Unseren Grenzen dem Kurfürstentum Hannover überlassen.«

Der Landgraf schwieg einen Augenblick und musterte Kathrin Engstler mit forschendem Blick, bevor er weitersprach.

»Eine weitere Angelegenheit ist jedoch schwerer aus der Welt zu schaffen. Aufgrund von Engstlers und Schüttensees Drängen haben Wir Seine Majestät, Kaiser Karl VI., gebeten, die beiden in den Rang eines Freiherrn zu erheben. Seine Majestät hat diesem Wunsch stattgegeben. Durch Elias Schüttensees Tod ist diese Linie glücklicherweise wieder erloschen, doch Fräulein Kathrin kann sich durch kaiserlichen Erlass Freiin von Engstler nennen. Wäre sie eine schlichte Bürgerliche, könnten wir sie auf dem Markt stäupen und anschließend des Landes verweisen. Bei einer Dame von Stand ist dies jedoch unmöglich. Daher können Wir Fräulein Kathrin nur in einer abgelegenen Burg in Haft nehmen und hoffen, dass ihre Ernennung in den Adel des Reiches bald aus dem Gedächtnis der Menschen schwindet.«

Landgraf Karls Ausführungen stellten für Kathrin Engstler einen Schlag nach dem anderen dar. Es war schon schwer genug für sie zu erfahren, dass ihr Vater ein Betrüger gewesen sein sollte, der Hyazinth von Tengenreuth um sein Vermögen gebracht hatte. Mittlerweile wusste sie auch, dass dessen Gemahlin und seine Kinder auf Tengenreuth gestorben waren. Hätten sie auf Rodenburg bleiben können, wäre dies vielleicht nicht geschehen. Am schlimmsten fand sie jedoch, dass sich der Traum ihres Vaters, ihr einen Adelstitel hinterlassen zu können, erfüllt hatte. Dem Urteil des Landgrafen zufolge würde sie jedoch zeitlebens eingesperrt bleiben und es daher nie einen Sohn geben, der diesen Titel weiterführen konnte.

Unterdessen erklärte Landgraf Karl, dass Tengenreuth Rodenburg zurückbekommen sollte. »Bei Märzweil ist dies leider nicht möglich«, fuhr er fort, »weil ein Freund es gekauft und dafür bezahlt hat. Ihr erhaltet das Vermögen von Christoph Schüttensee und das von Emanuel Engstler als Entschädigung für das verlorene Gut, auf dass Ihr Euer Haus neu errichten könnt.«

Dieser Hinweis, der nicht nur einem neuen Palast, sondern auch einer neuen Familie und damit einem Sohn und Nachfolger galt, ließ Tengenreuth nachdenklich nicken. Er musterte Kathrin von Engstler noch einmal und fand, dass er in seiner Rache bereits weit genug gegangen war, vielleicht sogar zu weit.

»Erlaubt Euer Durchlaucht mir, eine Bitte zu äußern?«, fragte er den Landgrafen.

Dieser schenkte ihm einen forschenden Blick. »Sprecht!«

»Emanuel Engstler brachte mich um meinen Besitz und wahrscheinlich sogar um mein Weib, das auch aus Gram über meine Verzweiflung gestorben ist. Daher halte ich es für gerecht, wenn Emanuel Engstler mich für beides entschädigt.«

»Wie kann er das, da er doch tot ist?«, rief der Landgraf erstaunt.

»Seinen Besitz haben Eure Durchlaucht mir bereits zugesprochen. Nun bitte ich Euch, mir zu erlauben, seine Tochter zur Frau zu nehmen. Als mein Weib kann sie für das sühnen, was ihr Vater mir angetan hat.«

Jungfer Kathrin starrte Tengenreuth aus weit aufgerissenen Augen an. Wollte er sie in dieser Ehe quälen und demütigen, oder hatte er doch Mitleid mit ihr? Alles in ihr drängte sie dazu, »Ich will nicht!« zu schreien.

Doch da nickte der Landgraf bereits. »Wir danken Euch, Graf Tengenreuth! Damit schafft Ihr ein Problem aus der Welt, für das Wir bislang keine Lösung gefunden hatten. Es hätte dem Ruhme des Hauses Hessen Abbruch getan, wäre die junge Frau an einem Tag in den Stand einer Freiin erhoben worden und am nächsten für immer verschwunden. Es sei so, wie Ihr es vorgeschlagen habt.«

Der Landgraf, ein immer noch stattlicher älterer Herr mit einer wallenden Perücke, lächelte zufrieden, denn auf diese Weise wurde diese leidige Angelegenheit aus der Welt geschafft, ohne dass sein Ansehen einen Kratzer erhielt.

Für Klara waren dies Winkelzüge, wie sie nur die hohen Herrschaften ersinnen konnten. Jungfer Kathrin hatte alles getan, um die Männer zu bestrafen, denen sie die Schuld am Tod ihres Vaters gegeben hatte. Nun sollte sie ausgerechnet Hyazinth von Tengenreuth heiraten, der den Befehl zum Mord an Engstler erteilt hatte? An Kathrin Engstlers Stelle hätte sie sich mit allen Kräften gegen diese Zumutung gewehrt. Doch die junge Frau sank nach kurzer Überlegung vor Tengenreuth nieder und blickte ängstlich zu ihm auf.

»Ich gelobe, Euch eine gehorsame Ehefrau zu sein, wenn dies Euer Wille sein sollte.«

In Gedanken bat sie ihren Vater um Verzeihung, doch auch seine Seele musste begreifen, dass dies der einzige Weg war, seine und ihre Ehre zu retten. Wenn sie Tengenreuth heiratete, würde es so aussehen, als käme der Besitz ihres Vaters als ihre Mitgift zu ihm und nicht als Strafe für seine früheren Untaten.

Unterdessen ernannte der Landgraf Richard Hüsing zum Richter in einer seiner bedeutenderen Städte, und Stößel erhielt das Privileg, dort eine Apotheke einzurichten. Klara hoffte schon, dass die Audienz zu Ende ging und sie zu ihrem Sohn zurückkehren konnte. Da fiel der Blick Karls von Hessen-Kassel auf sie und Tobias.

»Das ist also dieses wackere Laborantenpaar aus Schwarzburg-Rudolstadt, das Graf Tengenreuth so treu zur Seite gestanden ist. Nehmt Unseren Dank!«

Der Landgraf winkte die beiden näher zu sich heran und ließ sich von einem seiner Höflinge ein Etui reichen. Als er es öffnete, war eine wunderschöne Brosche in Form eines Schwans zu sehen, die mit echten Edelsteinen besetzt war.

»Nehmt dies hier! Ihr habt es Euch wahrlich verdient«, sagte er mit einem freundlichen Blick auf die schöne, schwangere Frau, die Tengenreuth, vor allem aber auch Hüsing in den höchsten Tönen gelobt hatten. Auch Tobias erhielt ein Geschenk. Es war aus Papier und gab ihm das Recht, in einigen weiteren Regionen Hessen-Kassels Buckelapotheker auf die Strecke zu schicken.

»Wir danken Eurer Durchlaucht für die große Gnade!« Mehr brachte Klara nicht heraus.

Der Haushofmeister des Landgrafen winkte ihnen, dass die Audienz für sie vorbei war. Mit etlichen Knicksen und Verbeugungen verließen sie den Raum und waren schließlich froh, als sie draußen auf dem Hof standen. Dort kamen Tobias die Tränen. »Durch die Gunst des Landgrafen können wir im nächsten

Jahr mindestens vier neue Buckelapotheker auf die Reise schicken. Wenn das Vater noch erlebt hätte!«

Klara schloss ihn in die Arme und schmiegte sich an ihn. »Er wird vom Himmel auf uns herabschauen und sich mit uns freuen.«

21.

Der nächste Morgen brachte den Abschied. Tengenreuth hatte Klara und Tobias angeboten, ihnen eine Extrapost zu besorgen, doch sie hatten abgelehnt. Ihnen war es lieber, während der Reise unter Menschen zu sein, anstatt allein in einem Wagen zu sitzen und ihren trüben Gedanken nachzuhängen.

Zum Abschied reichte Tengenreuth ihnen mit bedrückter Miene die Hand. »Ich wollte, wir könnten uns unter besseren Umständen trennen«, sagte er. »Lebt wohl! Sobald Euer Kind geboren ist, meldet Ihr es mir.«

»Das tun wir, Herr Graf«, antwortete Klara und sah sich dann Richard Hüsing gegenüber. Der Richter beließ es nicht bei einem Händedruck, sondern umarmte sie.

»Habt Dank für alles, was Ihr für mich und meine Freunde getan habt!«

»Dem schließe ich mich an!« Stößel reichte ihr die Hand und lächelte. »Sollte es Gott geben, würde ich mich freuen, wenn Ihr und Euer Gatte mich in meiner neuen Apotheke besuchen würdet.«

»Das werden wir«, versprach Klara und wandte sich Lene zu. »Leb wohl!«

»Ich sage auch Euch Lebewohl und viel Glück. Sollte Euer Weg Euch einmal nach Rübenheim führen, so kehrt bei mir ein.

Für Euch wird immer ein Krug Bier und ein Teller Eintopf übrig sein.«

»Du kehrst also in deine Heimatstadt zurück?«

Lene nickte. »Ob hessisch oder hannoveranisch – es ist mein Gasthof, der dort steht. Herr von Tengenreuth hat mir eine kleine Entschädigung versprochen. Mit dieser kann ich dem elenden Wirt vom *Hirsch*, der Euch vor die Tür gesetzt hat, Konkurrenz machen.«

»Ich wünsche es dir!« Klara umarmte die Frau und verabschiedete sich dann noch von Bert und Neel. Als sie in die wartende Postkutsche einsteigen wollte, drehte sie sich noch einmal um. »Hat man noch etwas von Doktor Capracolonus gehört?«

Hüsing schüttelte den Kopf. »Bis jetzt ist er nirgends gemeldet worden. Die Wälder um Schloss Tengenreuth sind schier undurchdringlich, und jemand, der sich nicht auskennt, kann sich leicht in ihnen verirren. Es mag sein, dass Capracolonus verschmachtet oder einem wilden Tier zum Opfer gefallen ist. Wenn nicht, wird er für den Rest seines Lebens mit der Schuld leben müssen, Ursache des ganzen Unheils zu sein, das uns getroffen hat.«

»Steigt ein! Ich muss endlich losfahren«, fuhr der Kutscher Klara vom Kutschbock aus an.

Diese winkte noch einmal, wurde dann von Tobias in das Wageninnere gezogen und setzte sich. »Es geht nach Hause«, sagte sie leise und spürte, wie die Tränen in ihr aufsteigen wollten.

Da fasste Martin nach ihrer Hand und zupfte daran. »Kuni soll gut kochen! Ich habe Hunger!«

Nun stahl sich doch ein leichtes Lächeln auf Klaras Lippen.

»Das wird sie hoffentlich auch.«

Auf dem weiteren Weg war sie froh, ihren Sohn bei sich zu haben. Martin verhinderte, dass sie und Tobias im Trübsinn versanken. Dennoch wurde es für sie eine schwere Fahrt. Als die letzte Kutsche vor der Posthalterei in Königsee anhielt, fühlten beide einen schmerzenden Klumpen im Magen.

Während Klara Martin festhielt, damit er nicht einfach losrannte, ließ Tobias sich von dem Gehilfen des Kutschers ihr Gepäck reichen und wandte sich dann der Straße zu, in der das Haus seines Vaters stand.

Als sie es erreichten, war die Tür unversperrt. Klara und Tobias traten ein und hörten jemanden in der Küche hantieren. Es war Liese. Sie hatte gerade Feuerholz geholt und legte ein paar Scheite nach, als sie Schritte hörte. Sie drehte sich um, sah Klara, Tobias und Martin und schlug die Hände zusammen.

»Bei Gott, ihr …« Mehr brachte sie nicht heraus.

»Wo ist Martha?«, fragte Klara, da ihre Freundin gewiss Trost benötigte.

»Im Garten, mit …«

Den Rest hörte Klara nicht mehr, da sie sofort die Küche verließ und nach hinten eilte. Im Garten war es sonnig, und sie sah, dass Kuni an einem der Beete arbeitete. Martha saß auf einem Stuhl neben einem Liegesessel und füllte gerade ein Glas aus einem Krug.

»Hier, mein Lieber, trink«, sagte sie mit trauriger Stimme.

»Ich danke dir, mein Schatz!«

Es war unzweifelhaft Rumold Justs Stimme. Klara setzte Martin ab und eilte auf ihn zu.

»Ihr lebt!«, rief sie und fasste nach den Händen des Schwiegervaters.

Dieser sah schmal aus, doch sein Gesicht hatte Farbe gewonnen. Als er Klara erkannte, zeigte seine Miene schiere Verzweiflung.

»Ich wollte, ich wäre tot, und unser Martin …« Just brach in Tränen aus, während Martha Klara umarmte und dabei zum Erbarmen schluchzte.

· 525 ·

»Rumold … Herr Just ist im Wald überfallen und niederge-
stochen worden! Unser kleiner Martin wurde von dem gleichen
Bösewicht geraubt. Der Amtmann hat Reiter ausgeschickt, doch
sie haben keine Spur von dem Entführer gefunden.«

»Mich hat eine Kräuterfrau gerettet. Sie hat mich verbunden
und Bauern zu Hilfe geholt, die mich nach Hause gebracht
haben. Ich war bewusstlos, daher ist Martha in den Wald gelaufen, um nach dem Kleinen zu suchen. Als ich wieder zu
mir kam, habe ich Liese zum Amtmann geschickt. Der gute
Mann hat getan, was er nur konnte, doch es war alles vergebens.«

Klara spürte die Verzweiflung ihres Schwiegervaters und
wollte schon sagen, dass Martin gerettet wäre.

Da sah Martha sie ängstlich an. »Herrn Just ging es sehr
schlecht, und wir bangten mehrere Tage um sein Leben. Sonst
wäre ich selbst aufgebrochen, um nach unserem Sonnenschein
zu suchen!«

»Mir ging es wirklich schlecht«, warf Just ein. »Aus diesem
Grund habe ich dem Pastor gesagt, dass ich Martha heiraten
will, damit sie nach meinem Tod als ehrengeachtete Witwe hier
leben kann!«

»Das freut mich!«, antwortete Klara und holte ihren Jungen.
»Und nun lasst das Trauern sein! Wir haben unseren Schatz
wieder. Ein übler Mann hat ihn entführt und sich vor uns ge-
brüstet, Herrn Just erstochen zu haben. Dann wollte er Martin
vor unseren Augen töten. Doch ihm ist weder das eine noch das
andere gelungen.«

»Gott sei Dank!«, warf Tobias ein. Er hatte bereits von Liese
erfahren, dass sein Vater noch lebte, und umarmte diesen vorsichtig.

»Ich bin so überaus froh, nicht an deinem Grab beten zu müssen, Vater!«

»Ich bin es nicht weniger«, antwortete Just mit dem verzweifelten Versuch, sich seine Rührung nicht anmerken zu lassen. »Ihr seid also zurück und habt unser Goldstück gerettet.«

»Das ist eine längere Gesichte, die wir nicht zwischen Tür und Angel erzählen wollen«, sagte Klara. »Auch möchten wir hören, wie es euch ergangen ist.«

»Dann soll Liese zwei Stühle für euch und einen Krug Schlehenwein bringen sowie den Saft von reifen Äpfeln für dich und Martin. Bevor ich's vergesse: Ich habe von dem Geld, das die Verwandten ihres ersten Mannes Martha auszahlen mussten, das Nachbarhaus gekauft. Es ist euch hoffentlich recht? So können wir zusammen sein, aber auch für uns allein, wie wir es wollen.«

»Selbstverständlich ist uns das recht«, erklärte Tobias und sah seine Frau an. »Das sagst du doch auch, Klara.«

Klara nickte und zog Martha an sich. »Ich freue mich für dich und hoffe, dass du dein Glück ebenso findest, wie ich das meine gefunden habe.«

»Das ist ein Wort!«, rief Tobias und zwinkerte seinem Vater zu.

Die Schatten, die sie in den letzten Monaten bedroht hatten, waren gewichen, und sie hatten in Hessen-Kassel sogar neue Privilegien erhalten. Dies musste er seinem Vater ebenso erzählen wie auch den wunderbaren Umstand, dass Graf Tengenreuth der Pate ihres nächsten Kindes werden wollte. Vor allem aber wollte er berichten, wie mutig Klara an seiner Seite gegen Mahlstetts Söldner gekämpft hatte.

»Vater, es gibt viel zu bereden, und ich freue mich, dass ich das tun kann und keine Trauer tragen muss.«

»Bevor ihr mit dem Erzählen anfangt, solltet ihr etwas essen. Ich sehe es unserm Martin an, dass er Hunger hat«, mischte sich da Kuni ein und brachte damit alle zum Lachen.

· 527 ·

Klara sah ihren Mann an, dann ihren Sohn und den Rest ihrer Familie und lächelte.

»Am heutigen Tag kann ich mit Fug und Recht sagen, dass ich sehr glücklich bin!«

Personenverzeichnis

Teil 1

Fabel, Kasimir – Wundermittelhersteller aus Grimmwald
Fabel, Reglind – Klara Justs Cousine
Hüsing, Richard – Richter in Rübenheim
von Janowitz, Albert – Höfling in Sachsen-Weimar
von Janowitz, Erdmute – Albert von Janowitz' Ehefrau
Just, Klara – »Die Wanderapothekerin«
Just, Martin – Klaras und Tobias' dreijähriger Sohn
Just, Rumold – Laborant
Just, Tobias – Klaras Ehemann
Kircher, Fritz – Marthas Ehemann
Kircher, Hermann – Marthas Schwiegervater
Kircher, Martha – Klaras Freundin
Kuni – Köchin und Magd bei Just
Liese – Kunis Nichte
Oschmann – Apotheker in Weimar
Schneidt, Fiene – Johanna Schneidts Schwägerin
Schneidt, Johanna – Klara Justs Mutter
Schneidt, Liebgard – Johanna Schneidts jüngere Tochter
Schüttensee, Elias – Sohn Christoph Schüttensees aus Steinstadt
Stößel – Apotheker in Rübenheim

Teil 2

August – Galgenvogel
Engstler, Kathrin – Tochter des Bürgermeisters
Frahm, Wilhelm – Beamter in Rudolstadt
Heinz – Wanderapotheker
Hüsing, Richard – Richter in Rübenheim
Just, Klara – »Die Wanderapothekerin«
Just, Martin – Klaras und Tobias' dreijähriger Sohn
Just, Rumold – Laborant
Just, Tobias – Klaras Ehemann
Karl – Galgenvogel
Kircher, Fritz – Marthas Ehemann
Kircher, Hermann – Marthas Schwiegervater
Kircher, Martha – Klaras Freundin
Kuni – Köchin und Magd bei Just
Liese – Kunis Nichte
Ludwig – Vertrauter Tengenreuths
Rudi – Wanderhändler
Schneidt, Johanna – Klara Justs Mutter
Schneidt, Liebgard – Johanna Schneidts jüngere Tochter
von Tengenreuth, Hyazinth – Herr auf Tengenreuth

Teil 3

Hüsing, Richard – Richter in Rübenheim
Just, Klara – »Die Wanderapothekerin«
Just, Martin – Klaras und Tobias' dreijähriger Sohn
Just, Rumold – Laborant
Just, Tobias – Klaras Ehemann

Kircher, Martha – Klaras Freundin
Kuni – Köchin und Magd bei Just
Liebmann – Laborant aus Großbreitenbach
Liese – Kunis Nichte
Ludwig – Tengenreuths Vertrauter
von Mahlstett, Justinus – Herr auf Rodenburg
Schüttensee, Elias – Sohn Christoph Schüttensees aus Steinstadt
Stößel – Apotheker in Rübenheim
von Tengenreuth, Hyazinth – Herr auf Tengenreuth

Teil 4

Bert – Wirtsknecht in Rübenheim
Capracolonus – Arzt in Rübenheim
Engstler, Kathrin – Tochter des Bürgermeisters
Frahm, Wilhelm – Beamter in Rudolstadt
Gögel, Armin – Wanderapotheker
Hüsing, Richard – Richter in Rübenheim
Klaas – Gefängniswärter in Rübenheim
von Janowitz, Albert – Höfling in Sachsen-Weimar
von Janowitz, Erdmute – Albert von Janowitz' Ehefrau
Just, Klara – »Die Wanderapothekerin«
Just, Martin – Klaras und Tobias' dreijähriger Sohn
Just, Rumold – Laborant
Just, Tobias – Klaras Ehemann
Kircher, Martha – Klaras Freundin
Kuni – Köchin und Magd bei Just
Lene – Wirtin in Rübenheim
Liese – Kunis Nichte

von Mahlstett, Justinus – Herr auf Rodenburg
Neel – Hüsings Leibdiener
Oschmann – Apotheker in Weimar
Stößel – Apotheker in Rübenheim
von Tengenreuth, Hyazinth – Herr auf Tengenreuth

Historische Persönlichkeiten:

Friedrich Anton – Fürst von Schwarzburg-Rudolstadt
von Beulwitz, Georg Ulrich – Kanzler Fürst Anton Friedrichs

Teil 5

Bert – Wirtsknecht in Rübenheim
Capracolonus – Arzt in Rübenheim
Engstler, Kathrin – Tochter des Bürgermeisters
Fabel, Reglind – Klaras Cousine
Frahm, Wilhelm – Beamter in Rudolstadt
Gögel, Armin – Wanderapotheker
Hüsing, Richard – Richter in Rübenheim
Klaas – Gefängniswärter in Rübenheim
von Janowitz, Albert – Höfling in Sachsen-Weimar
von Janowitz, Erdmute – Albert von Janowitz' Ehefrau
Jonathan – Magistratsbeamter in Rübenheim
Just, Klara – »Die Wanderapothekerin«
Just, Martin – Klaras und Tobias' dreijähriger Sohn
Just, Rumold – Laborant
Just, Tobias – Klaras Ehemann
Kircher, Martha – Klaras Freundin

Kuni – Köchin und Magd bei Just
Lene – Wirtin in Rübenheim
Liese – Kunis Nichte
Ludwig – Tengenreuths Vertrauter
von Mahlstett, Justinus – Herr auf Rodenburg
Neel – Hüsings Leibdiener
Schneidt, Fiene – Reglind Fabels Mutter
Schüttensee, Elias – Christoph Schüttensees Sohn
Stößel – Apotheker in Rübenheim
von Tengenreuth, Hyazinth – Herr auf Tengenreuth
Till – Diener auf Rodenburg

Teil 6

Bert – Wirtsknecht in Rübenheim
Capracolonus – Arzt in Rübenheim
Engstler, Kathrin – Tochter des Bürgermeisters
Günter – Diener auf Tengenreuth
Hüsing, Richard – Richter in Rübenheim
Just, Klara – »Die Wanderapothekerin«
Just, Martin – Klaras und Tobias' dreijähriger Sohn
Just, Rumold – Laborant
Just, Tobias – Klaras Ehemann
Kircher, Martha – Klaras Freundin
Kuni – Köchin und Magd bei Just
Lene – Wirtin in Rübenheim
Liese – Kunis Nichte
Ludwig – Tengenreuths Vertrauter
von Mahlstett, Justinus – Herr auf Rodenburg
Neel – Hüsings Leibdiener

Schüttensee, Elias – Christoph Schüttensees Sohn
von Schwalbe, Gottfried – Hüsings Freund
Stößel – Apotheker in Rübenheim
von Tengenreuth, Hyazinth – Herr auf Tengenreuth

Historische Persönlichkeiten:

Karl – Landgraf von Hessen

Historischer Überblick

In der Zeit des Barock, in der dieser Roman spielt, wurde äußerster Wert auf die Ehre und das Ansehen des Adels und vor allem der Herrscher gelegt. Jeder Fürst, Herzog oder König tat alles, um sein Renommee zu steigern. So war es für den Kurfürsten Friedrich III. von Brandenburg ein herber Schlag, als Friedrich August von Sachsen zum polnischen König gewählt wurde und Kurfürst Georg Ludwig von Hannover die Aussicht auf die englische Königskrone erhielt. Nur seine eigene Ernennung zum König in Preußen, die er mit aller Hartnäckigkeit durchsetzte, verhinderte in seinen Augen, dass er hinter den beiden zurückstehen musste.

In jener Zeit wurden auch die beiden Schwarzburger Reichsgrafschaften Sondershausen und Rudolstadt zu Fürstentümern erhoben, und ihre Herren nahmen einen höheren Stand ein als zuvor. Beide Fürstentümer bestanden aus mehreren voneinander getrennten Gebieten, die durch Ankauf oder Erbteilung an den jeweiligen Fürsten gekommen waren. Doch auch die Landgrafschaft Hessen besaß mehrere Enklaven jenseits ihrer Grenzen, so auch im Kurfürstentum Hannover.

Die wirtschaftlichen Probleme der zu Fürstentümern ernannten Herrschaften Schwarzburg-Rudolstadt und Schwarzburg-Sondershausen löste die Rangerhöhung nicht. Beide zählten Anfang des achtzehnten Jahrhunderts zu den kleinsten Fürstentümern des Heiligen Römischen Reiches Deutscher Nation und zu den ärmsten. Um ihre Steuereinnahmen zu erhöhen, siedelten die jeweiligen Fürsten Handwerkszweige wie Glasherstellung, Holzverarbeitung und Metallverhüttung in dieser Gegend an. Doch keiner dieser Wirtschaftszweige erreichte den Stellenwert wie die Erzeugung von Arzneimitteln durch die Laboranten und deren Verkauf durch wandernde Händler.

In der kargen Landschaft des thüringischen Schiefergebirges wuchsen viele Heilpflanzen, die bereits im ausgehenden Mittelalter gesammelt und an Apotheker im Umland verkauft wurden. Der Erste, der diese Heilkräuter zu Arzneien verarbeitete, war Johann Georg Mylius. Er sandte auch die ersten Buckelapotheker aus, die zunächst den Wegen der Kräuterhändler folgten. Der Verkauf der Arzneien erwies sich als so lukrativ, dass in verschiedenen Städten der beiden Schwarzburger Fürstentümer wie Oberweißbach, Meuselbach, Königsee und Großbreitenbach weitere Betriebe zur Herstellung dieser Arzneien entstanden und immer mehr Buckelapotheker auf Wanderschaft gingen.

Um jedoch in den Herrschaften außerhalb der Schwarzburger Fürstentümer Wanderhandel mit den Arzneien betreiben zu können, benötigten die Laboranten, wie die Hersteller genannt wurden, und deren Buckelapotheker die entsprechenden Privilegien, sowohl von ihrem eigenen Landesherrn wie auch von den Herrschern der Länder, in denen sie ihre Erzeugnisse verkauften. Die Bürokratie ist keine Erfindung der modernen Zeit. Sie feierte schon damals fröhliche Urstände. Außerdem mussten die Laboranten ihre Erzeugnisse den Ärzten ihrer Heimatstädte vorlegen und sie auf ihre Qualität kontrollieren lassen. Mit den entsprechenden Pässen und Gutachten ausgestattet, konnten sich die Buckelapotheker schließlich auf den Weg machen.

Die Wanderung der Buckelapotheker war nicht ohne Gefahren. Sie konnten Räubern begegnen, mussten sich gegen übereifrige Zöllner durchsetzen und standen oft genug vor verschlossenen Toren, wenn die im Vorjahr verkaufte Medizin nicht so wirksam gewesen war wie vom Käufer erhofft. Gelegentlich wurden sie auch gefangen gesetzt, hatten hier aber anders als heimatloses Volk Anspruch auf Unterstützung durch ihren Landesherrn. Gegen Willkür waren aber auch sie nicht gefeit.

*Eine Zeit des Aufbruchs,
ein geheimer Schatz, eine mutige Frau*

INY LORENTZ
Die Wanderapothekerin

ROMAN

Als Klaras Vater, der Wanderapotheker Martin, und ein Jahr darauf auch ihr Bruder spurlos verschwinden, gerät die Familie in größte Not. Die junge Klara macht sich beherzt auf den Weg zum Fürsten, um ihn um Hilfe zu bitten. Wie ihr Vater will auch sie auf der Wanderschaft Heilmittel verkaufen, um die Familie zu ernähren. Dieser Weg ist jedoch hart und gefahrvoll …

*Ein gewaltiges Epos
in einer faszinierenden Epoche*

INY LORENTZ
Die steinerne Schlange

ROMAN

Im Jahre des Herrn 213 kämpft eine mutige und selbstbewusste junge Frau am germanischen Limes gegen einen grausamen Feind.

Sinnlich und dramatisch, anrührend und spannend erzählen die Bestsellerautoren vom Schicksal der jungen Gerhild und eröffnen dem Leser gleichzeitig einen Einblick in eine faszinierende Epoche.

*Der spannende vierte Teil
der großen Auswanderer-Saga*

INY LORENTZ
Der rote Himmel

ROMAN

Es ist das Jahr 1860. Die Situation im Süden der USA ist bis zum Äußersten angespannt. Der Riss, der durch das Land geht, macht auch vor Walther Fitchners Familie nicht halt: Sein Sohn Waldemar ist wie sein Vater ein entschiedener Anhänger der Union, während sein älterer Bruder Joseph sich mehr als Texaner fühlt, auch wenn er persönlich die Sklaverei ablehnt. Walther Fitchner wird mit seinen fast sechzig Jahren von einem weitaus jüngeren politischen Gegner zum Duell gefordert – und geht als Sieger daraus hervor. Doch er muss die Stadt verlassen, bis sich die Wogen wieder geglättet haben. Kurz darauf will man seinen Besitz enteignen, daher bleibt ihm nichts anderes übrig, als den Eid auf die neugegründeten Konföderierten Staaten von Amerika abzulegen. Doch damit ist die Gefahr für Walther und seine Familie noch nicht gebannt …

*Eine spannende Geschichte,
eine packende Frauenfigur, ein düsteres Setting!*

INY LORENTZ

Flammen des Himmels

ROMAN

Münster im 16. Jahrhundert: Die Familie der jungen Frauke Hinrichs gehört zur verbotenen Sekte der Wiedertäufer und führt ein unauffälliges Leben, um nicht entdeckt zu werden. Als der berüchtigte Inquisitor Jakobus von Gerwardsborn in ihrer Stadt erscheint, werden sie schon bald bezichtigt, Ketzer zu sein. Der Rat der Stadt ist froh, dem unbarmherzigen Schlächter ein Opfer nennen zu können, und so gerät Frauke in dessen Hand. Lothar, der Sohn eines engen Vertrauten des Fürstbischofs von Münster, rettet Frauke vor dem Scheiterhaufen, verliert sie aber bald aus den Augen. Als die Anführer der Wiedertäufer ihre Anhänger nach Münster rufen, um dort das himmlische Jerusalem zu erschaffen, sehen Frauke und ihr Retter sich wieder. Doch sie gehört zu jenen, die der Fürstbischof unter allen Umständen vernichten will, und Lothar soll die Täufer ans Messer liefern.

*Eine starke Frau und eine tödliche Feindschaft
vor der großartigen Kulisse Irlands*

INY LORENTZ
Feuertochter

ROMAN

Irland, Ende des 16. Jahrhunderts: Ciara, die Schwester eines rebellischen Clan-Oberhaupts, kehrt nach Jahren der Verbannung mit ihrer Familie in ihre Heimat in Ulster zurück. Doch bedeutet dies beileibe nicht Ruhe und Frieden, denn ihr Bruder und seine Männer wollen erneut für die Freiheit Irlands in den Kampf ziehen. Ohne Unterstützung scheint dies ein aussichtsloses Unternehmen zu sein, und so rufen sie dafür den deutschen Söldnerführer Simon von Kirchberg zu Hilfe. Dieser war die erste große Liebe in Ciaras jungem Leben, aber ist er noch der Mann, dem sie einst ihr Herz geschenkt hat?